Eugène Sue:
Die Geheimnisse von Paris
Roman

Mit einem Nachwort
von Norbert Miller und Karl Riha

Band 1

Deutscher
Taschenbuch
Verlag

dtv

Aus dem Französischen übersetzt und bearbeitet
von Bernhard Jolles

Ungekürzte Ausgabe
Juli 1974
Deutscher Taschenbuch Verlag GmbH & Co. KG,
München

Titel der Originalausgabe: ›Les Mystères de Paris‹
Umschlaggestaltung: Celestino Piatti
Gesamtherstellung: C. H. Beck'sche Buchdruckerei,
Nördlingen
Printed in Germany · ISBN 3-423-01004-5

Vorwort

Alle Welt hat die bewunderns würdigen Bücher gelesen, in denen Cooper, der amerikanische Walter Scott, die grausam-wilden Sitten der Indianer geschildert hat, ihre malerische und poetische Sprache und die tausend Listen, mit deren Hilfe sie ihren Gegnern entfliehen oder ihnen nachstellen.

Man hat für die Ansiedler und für die Stadtbewohner gezittert bei dem bloßen Gedanken, wie nahe bei ihnen diese barbarischen Stämme leben und jagen, die durch ihre blutrünstigen Lebensgewohnheiten so sehr noch von der Zivilisation getrennt sind.

Wir wollen nun versuchen, dem Leser einige Episoden aus dem Leben anderer Barbaren vor Augen zu stellen, die nicht weniger weit außerhalb der Zivilisation stehen als jene wilden Völkerschaften, deren Eigenarten Cooper so glänzend beschrieben hat.

Nur daß die Barbaren, von denen wir sprechen, mitten unter uns hausen, daß wir ihnen zu jeder Zeit begegnen können, sobald wir uns in ihre Schlupfwinkel vorwagen, in denen sie sich verbergen, in denen sie sich versammeln, um über Raub und Mord zu beraten oder die Habseligkeiten ihrer Opfer untereinander zu verteilen.

Diese Menschen haben ihre eigenen Sitten, ihre eigenen Weiber, ihre eigene Sprache, eine geheimnisvolle Sprache voll schauriger Bilder, voll abschreckend blutiger Gleichnisse.

Und wie die Indianer nennen sie einander gemeinhin mit Beinamen, die sie ihrem Wagemut, ihrer Grausamkeit, bestimmten äußeren Besonderheiten oder bestimmten physischen Entstellungen verdanken.

Mit einem doppelten Mißbehagen gehen wir an die Ausarbeitung einiger der Szenen unserer Erzählung.

Zum einen und hauptsächlich fürchten wir den Vorwurf, wir hätten nur widerwärtige und grausige Begebenheiten ausgewählt. Dann aber – gesetzt auch, man wollte uns diese Auswahl nachsehen – müssen wir erst recht den anderen Vorwurf scheuen, unsere Darstellung bleibe an harter Genauigkeit hinter dem Anspruch zurück, den eine getreue, lebendige und gewagte Schilderung so außerordentlicher Sitten und Gebräuche erheben muß.

Während wir an diesen uns selbst beinahe erschreckenden Passagen arbeiteten, konnten wir uns einer Art von Beklemmung –

wir wollen es nicht geradezu Angst nennen – nicht erwehren, der Sorge nämlich, in unserer Anmaßung lächerlich zu wirken.

Über dem Gedanken, unsere Leser könnten das vielleicht ebenso empfinden, haben wir uns ernsthaft gefragt, ob wir in unserem einmal begonnenen Unterfangen weiterfahren oder innehalten sollten, und ob solche Gemälde des Schreckens dem Leser überhaupt vor Augen geführt werden dürften.

Bei diesen Zweifeln ist es gewissermaßen geblieben; und ohne die zwingende Notwendigkeit des Erzählungsfortgangs müßten wir den Entschluß bedauern, die Exposition unserer Geschichte an einen so schrecklichen Ort verlegt zu haben – wie man sogleich sehen wird. Dem ungeachtet rechnen wir ein wenig mit der ängstlichen Neugier, die gelegentlich gerade durch schauerliche Ereignisse wachgerufen wird.

Und mehr noch erhoffen wir uns von der mächtigen Wirkung des Kontrastes.

Von diesem ästhetischen Gesichtspunkt her mag es sogar als nützlich erscheinen, gewisse Charaktere, Zustände und Figuren einzuführen, deren zwielichtige, brutale, ja grausame Züge als kontrastierende Folie für Szenen von ganz anderer Art und Wertigkeit dienen.

So vor Anbeginn der Wanderung, die wir dem Leser zu den Eingeborenen dieser infernalischen Rasse vorschlagen wollen, welche die Zuchthäuser und Bagnos bevölkert und mit ihrem Blut die Schaffotte rötet ... so vor Anbeginn der Wanderung belehrt und gewarnt, wird der Leser uns vielleicht gerne dorthin nachfolgen. Denn ohne Zweifel wird ihm die Entdeckungsreise manches Neue zu bieten haben. Im übrigen geben wir schon im voraus die Versicherung, daß sich im Fortgang der Geschehnisse, selbst wenn der Leser anfangs den Fuß nur auf die unterste Sprosse der gesellschaftlichen Stufenleiter setzen wird, die Atmosphäre fortschreitend mehr und mehr aufhellen wird.

Eugène Sue

I

An einem kalten, regnerischen Dezemberabend des Jahres 1838 schritt ein Mann von riesenhaftem Wuchs über den Pont-au-Change, um sich in das Gewirr von finsteren und engen Gäßchen zu begeben, das sich vom Justizpalaste bis zur Notre-Dame erstreckte.

Es pfiff ein heftiger Wind. Das bleiche Licht der Laternen spiegelte sich im schwärzlichen Wasser des Rinnsteins, der in der Mitte des kotigen Pflasters hinlief.

In den schmutzigen Häusern führten dunkle, übelriechende Gänge zu finsteren Treppen, die so steil waren, daß man sich beim Hinaufsteigen an einem Seil festhalten mußte, das von der feuchten Wand herabhing.

Im Erdgeschoß der Häuser befanden sich Läden, deren armselige Auslagen mit Eisen vergittert waren; so sehr fürchteten die Verkäufer die kühnen Diebe dieses Stadtteiles ...

Als der Mann in die Bohnenstraße kam, die in der Mitte der Cité lag, ging er langsamer.

Die Uhr des Justizpalastes schlug eben die zehnte Stunde.

Frauen, die in den niedrigen Türen standen, sangen halblaut einen Gassenhauer.

Vor einer der Frauen blieb der Mann stehen und faßte sie am Arm.

Sie wich zurück und sagte mit ängstlicher Stimme:

»Guten Abend, Schurimann (Messermann).«

»Schallerin (Sängerin), entweder bezahlst du für mich Gefinkel (Branntwein), oder ich spiel dir zum Tanz auf.«

»Ich habe kein Geld«, antwortete zitternd das Mädchen.

»Ist dein Fuchsnetz (Geldbeutel) leer, so borgt dir die Wirtin auf dein ehrliches Gesicht.«

»Ach du mein Gott, ich bin ihr ja noch das Kleid schuldig, das ich anhabe.«

»Was, du willst nicht?« schrie der Mann erbost und versetzte dabei der Unglücklichen einen so gewaltigen Faustschlag, daß sie einen gellenden Schrei ausstieß.

»Das ist erst der Anfang, mein Töchterchen –«

Kaum hatte der Mann diese Worte ausgesprochen, als er fluchend ausrief:

»Stechen willst du mich?« Und wütend verfolgte er die Schallerin in den dunklen Hausgang.

»Komm mir nicht zu nahe, oder ich steche dir die Scheine (Augen) aus«, sprach sie in entschlossenem Tone.

»Jetzt hab ich dich! Nun tanze!« höhnte er, indem er mit seinen großen Fäusten eine kleine, zarte Hand ergriff.

»An dir die Reihe!« antwortete eine männliche Stimme.

»Bist du's, Rotarm? So greif doch nicht so derb zu!«

»Hier ist nicht Rotarm«, sagte der andere.

»Da's kein Freund ist, wird's Rötling (Blut) geben«, entgegnete der Schurimann. »Aber wem gehört denn das Pfötchen da, das ich halte?«

»Es gehört zu dem übrigen.«

Unter der zarten Hand, die den Gegner mit einem Male an der Kehle packte, spannten sich Sehnen und Muskeln von Stahl.

Die Schallerin, die bis an das Ende des Hauseinganges geflüchtet war, blieb stehen und sprach zu ihrem unbekannten Beschützer:

»Ich danke Ihnen. Der Schurimann hat mich geschlagen, weil ich keinen Branntwein für ihn bezahlen wollte. Jetzt bin ich in Sicherheit; lassen Sie ihn los und nehmen Sie sich in acht. Er ist ein Gefährlicher!«

»Und ich bin ein Sündenfeger, der nicht bausert (ich bin ein Bandit, der sich nicht fürchtet)«, sagte der Unbekannte.

Dann war alles still.

Man hörte einige Sekunden das Geräusch eines heftigen Ringens.

»Soll ich dich kaporen (umbringen)?« rief der Bandit. »Du sollst für die Schallerin und für dich selbst bezahlen«, setzte er, zähneknirschend, hinzu.

»Bezahlen? Mit Handgeld!« antwortete der Unbekannte.

Dabei zog er den Banditen, den er am Kragen hielt, auf die Straße hinaus, stellte ihm ein Bein und warf ihn zu Boden. Der Bandit, der die Überlegenheit seines Gegners nicht anerkennen wollte, begann, wutschnaubend, den Kampf immer von neuem.

Da änderte der Verteidiger der Schallerin plötzlich seine Taktik und ließ auf den Kopf des Gegners einen Hagel von Faustschlägen regnen, bis der wie ein Stier zusammenbrach und stöhnte: »Meine Wäsche ist gewaschen (ich habe genug).«

Nachdem er einige Minuten regungslos dagelegen hatte, begann der Bandit sich zu bewegen.

»Nehmen Sie sich in acht!« sagte die Schallerin, indem sie von neuem flüchtete und ihren Beschützer am Arme nachzog. »Nehmen Sie sich in acht! Er wird sich rächen.«

»Sei ruhig, mein Kind; wenn er nicht genug hat, steht ihm noch mehr zu Diensten!«

»Für heute habe ich genug«, sagte der Schurimann zu dem Unbekannten; »ein anderes Mal – wenn wir uns wieder treffen –«

»Beklagst du dich?« fragte der Unbekannte in drohendem Ton; »bin ich nicht ehrlich zu Werke gegangen?«

»Nein, nein, ich beklage mich nicht. Aber wer bist du eigentlich? Du redest jenisch (die Gaunersprache), als wärst du dabei aufgewachsen. Wenn du Schupper (Dieb) bist, so bin ich nicht dein Mann. Ich habe das Schuri (das Messer) gebraucht, weil ich rot sah. Aber ich habe auch dafür bezahlt, bin fünfzehn Jahre in der Klemme (im Gefängnis) gewesen. Meine Zeit ist um; ich bin den Neugierigen (den Richtern) nichts mehr schuldig. Niemals habe ich geschuppt (gestohlen); frage die Schallerin!«

»Das ist wahr; er ist kein Dieb!« antwortete das Mädchen.

»So komm, trink ein Glas mit mir und lern' mich kennen«, sprach der Unbekannte. »Ohne Groll.«

»Das ist brav. Du bist mein Meister, ich erkenne es an; du weißt famos mit den Fäusten zu spielen. Du mußt mir Unterricht darin geben.«

»Gleich, wenn du willst.«

»Nur nicht an mir! Es funkelt und blitzt mir noch vor den Augen. Kennst du den Rotarm?«

»Rotarm? Wohnt nur der hier im Hause?«

»Nur er. Er sieht nicht gern Nachbarn um sich«, antwortete der Bandit, bedeutungsvoll lächelnd.

»Desto besser für ihn«, entgegnete der Unbekannte. »Ich kenne Rotarm so wenig wie Schwarzarm.«

»Es geht mich ja auch nichts an. Wer Rotarm braucht, tritt nicht auf den Markt und erzählt es.« Dann wandte er sich an die Schallerin und sagte: »Es war hübsch von dir, daß du den Hitzkopf da nicht weiter auf mich hetztest! Du trinkst mit uns; der Herr bezahlt. Apropos«, sagte er zu dem Unbekannten, »wenn wir, statt Gefinkel zu schwächen (Branntwein zu trinken), uns was zu kauen geben ließen bei der Wirtin zum Weißen Kaninchen?«

»Topp! Willst du von der Partie sein, Schallerin?« fragte der Unbekannte.

»Ich war recht hungrig«, antwortete sie, »aber wenn ich eine Prügelei sehe, vergeht mir der Appetit.«

»Unsinn! Biete dem Mädchen nur etwas an, und der Appetit wird sich finden.«

Die drei gingen, jetzt vollkommen einig, nach dem Wirtshause zu.

Während des Kampfes zwischen dem Banditen und dem Unbekannten hatte ein riesenhafter Kohlenträger die Szene heimlich beobachtet.

Als die drei vor dem Wirtshause standen, trat er schnell auf den Unbekannten zu und sagte ihm halblaut, in englischer Sprache: »Sehen Sie sich vor!«

Der Unbekannte nickte kaum merklich und ging in das Wirtshaus hinein.

Der Kohlenträger blieb vor der Tür stehen und blickte von Zeit zu Zeit ins Innere des Raumes.

Es war dies ein großer, niedriger Saal mit verräucherter Decke, erhellt durch das rötliche Licht eines Wandleuchters. Die mit Kalk geweißten Wände waren mit plumpen Malereien oder mit Sprüchen in der Gaunersprache bedeckt. Der Fußboden war feucht und schmutzig; vor dem Schenktische lag, statt des Teppichs, ein Arm voll Stroh.

An jeder Seite der Stube standen sechs Tische. Im Hintergrunde führte eine Türe in die Küche; rechts ging eine kleine Türe auf den Flur hinaus, aus dem man in die Löcher gelangte, wo man für drei Sous die Nacht schlief.

Die Wirtin, Mutter Ponisse, betrieb ein dreifaches Geschäft: Sie gab Nachtquartier, hielt eine Wirtschaft und verlieh Kleidungsstücke an die elenden Geschöpfe, die sich zahlreich in diesen Gassen umhertrieben.

Die Wirtin war etwa vierzig Jahre alt, groß, stark, gerötet, mit einem Anflug von Bart. Ihre dicken Arme und ihre großen Hände verrieten eine ungewöhnliche Kraft.

Auf dem Schenktische standen Krüge mit eisernen Reifen und verschiedene Zinnmaße; auf einem Brett an der Wand bemerkte man mehrere Gläser, die eine Figur des Kaisers darstellten.

Diese Gläser enthielten verfälschte rote und grüne Getränke, die unter den Namen Parfait amour und Consolation bekannt waren.

Eine große schwarze Katze mit gelben Augen kauerte, wie ein Hausteufel, neben der Wirtin.

Zwei zerlumpte Männer von verdächtigem Aussehen rührten den Weinkrug kaum an, den man ihnen vorgesetzt hatte, und sprachen besorgt und leise miteinander. Der eine war auffallend blaß. Er trug eine griechische Mütze und hielt die linke Hand verborgen, selbst wenn er sich ihrer bedienen mußte.

Etwas weiter saß ein junger Mann von kaum sechzehn Jahren mit bartlosem, eingefallenem Gesicht und erloschenem Blick, der aus einer kurzen Tonpfeife rauchte. Den Rücken an die Wand gelehnt, die beiden Hände in den Taschen seiner Bluse, die Beine auf die Bank gestreckt, nahm er die Pfeife nur aus dem Munde, um Branntwein aus einem kleinen Kruge zu trinken, der vor ihm stand.

Die anderen Gäste, Männer und Frauen, hatten nichts besonders Auffälliges an sich.

Alle Blicke flogen zur Tür, als der Unbekannte, der Bandit und das Mädchen eintraten.

Der Schurimann, ein wahrer Riese von Gestalt, hatte blaßblondes, fast weißes Haar, dicke Augenbrauen und einen ungeheuren feuerroten Bart.

Sonnenglut und Armut hatten seinem Gesicht ihren Stempel aufgeprägt.

Der Schurimann trug eine schlechte blaue Bluse und Hosen von grobem Manchester, der ursprünglich grün gewesen, dessen Farbe aber nicht mehr zu erkennen war.

Die Schallerin stand im siebzehnten Jahre.

Die reinste, weißeste Stirn wölbte sich über einem vollkommen ovalen Gesicht, und ungewöhnlich lange Wimpern beschatteten ihre großen, blauen Augen. Ihr kleiner Mund, ihre feine, gerade Nase und ihr Grübchenkinn waren von lieblichster Form. Flechten von herrlichem blondem Haar fielen über ihre Wangen. Eine Korallenschnur umgab einen Hals von blendender Schönheit und Weiße. Ihr viel zu weites Kleid ließ die zierlichste Taille ahnen.

Sie verdankte ihren Namen dem Zauber ihrer Stimme, der auf ihren unbekannten Beschützer bereits einen tiefen Eindruck gemacht hatte.

Man nannte sie aber auch Marienblume, was in der Gaunersprache soviel wie Jungfrau bedeutete.

Der Verteidiger der Schallerin, den wir Rudolf nennen wollen, zählte höchstens vierzig Jahre. Sein schlanker, vollkommen proportionierter Körper verriet kaum die überraschende Kraft, die der Mann in seinem Kampfe mit dem riesigen Banditen bewiesen hatte.

Sein Gesicht war regelmäßig und, für einen Mann, vielleicht zu schön.

Sein zartweißer Teint, seine großen, braunen, fast immer halbgeschlossenen Augen, seine nachlässige Haltung, sein ironisches Lächeln deuteten auf ein blasiertes und verweichlichtes Mitglied der guten Gesellschaft hin, und doch hatte Rudolf mit seiner zierlichen, weißen Hand einen der gefürchtetsten Banditen des Viertels niedergeschlagen.

Oft leuchtete aus seinem Blick eine trübe Melancholie wider, und das rührendste Mitgefühl lag auf seinem Gesicht. Dann wieder wurde der Blick hart und boshaft, und Rudolfs Züge drückten dann so viel Verachtung und Grausamkeit aus, daß man ihn keiner guten Regung für fähig halten konnte.

Im übrigen gewann Rudolf durch sein Benehmen und die Gaunersprache, die er mit größter Geläufigkeit redete, eine vollkommene Ähnlichkeit mit den übrigen Gästen der Verbrecherkneipe. Sein Hals war von einem nachlässig geknüpften, schwarzen Tuche umschlungen, dessen Enden auf den Kragen seiner Bluse fielen. Seine plumpen Schuhe waren mit Nägeln beschlagen, kurz, außer seinen Händen unterschied ihn zunächst nichts von den Gästen des Wirtshauses.

Bei seinem Eintritt rief der Bandit, auf Rudolf weisend:

»Es lebe der Meister des Schurimannes! Ja, der da hat mich auf den Boden gelegt, was sich diejenigen hinter die Ohren schreiben mögen, denen es einfallen könnte, sich mit ihm zu messen!«

Bei diesen Worten sahen alle den Besieger des gefürchteten Schurimannes mit ängstlicher Achtung an.

Einige zogen ihre Gläser zurück, um Rudolf Platz zu machen; andere traten zu dem Banditen, um ihn leise über den Unbekannten zu fragen, der auf so siegreiche Weise debütiert hatte.

Die Wirtin endlich war – etwas Unerhörtes in der Geschichte des »Weißen Kaninchens« – aufgestanden, um die Befehle Rudolfs entgegenzunehmen.

Der verdächtig aussehende Mann, der seine linke Hand versteckte und seine Mütze über die Stirn zog, bog sich nach der Wirtin hin und fragte sie mit heiserer Stimme:

»Ist der Schulmeister heute dagewesen?«

»Nein«, antwortete Mutter Ponisse.

»Gestern?«

»Gestern war er da.«

»Mit seiner neuen Krönerin (Frau)?«

»Hältst du mich für einen Iltis (Spion)?« entgegnete die Wirtin.

»Ich muß den Schulmeister sehen«, fuhr der Räuber fort; »wir haben Geschäfte miteinander.«

»Das werden schöne Geschäfte sein, ihr Sündenfeger (Mörder)!«

Marienblume hatte, als sie hinter dem Banditen eintrat, dem jungen Menschen mit dem bleichen Gesichte freundlich zugenickt.

Der Schurimann sprach ihn an:

»He, Barbillon, du schwächst also immer Gefinkel (du trinkst also immer Branntwein)?«

»Ich will lieber butterich bleiben und Kläpperlinge an den Trittlingen haben, als kein Gefinkel auf dem Laller und keinen Dowrich in der Kehle (Ich will lieber hungern und Holzschuhe an den Füßen tragen, als keinen Branntwein auf der Zunge und keinen Tabak in der Pfeife haben)«, antwortete der junge Mann, ohne seine Stellung zu ändern.

»Guten Abend, Mutter Ponisse«, sagte die Schallerin.

»Guten Abend, Marienblume«, antwortete die Wirtin, indem sie zu dem jungen Mädchen trat und es prüfend musterte.

»'s ist eine wahre Freude, dir Sachen zu leihen. Bist sauber wie ein Kätzchen. Es gibt überhaupt kein besseres Mädchen als dich in der ganzen Cité. Sag', Schallerin, willst du uns heute nichts hören lassen?«

»Nach dem Essen, Mutter Ponisse«, antwortete der Schurimann.

»Was bestellen Sie?« fragte die Wirtin Rudolf, dessen Gunst sie zu erwerben suchte.

»Fragen Sie den Schurimann, Mutter! Er ißt, ich bezahle.«

»Nun«, fragte die Wirtin, indem sie sich an den Banditen wandte, »was willst du, Alter?«

»Zwei Zinken Blenkert, einen Harlekin und drei Schnitten Lehm (Zwei Schoppen Wein, drei Schnitten Brot und einen Harlekin [ein Gemisch von Fleisch, Fisch und allen Arten Überresten von dem Tische der Dienerschaft in großen Häusern])«, antwortete der Bandit.

»Ich sehe, du bist immer noch ein Feinschmecker.«

Nach einigen Augenblicken kam die Wirtin wieder und setzte einen Krug Wein, ein Brot und einen Harlekin auf den Tisch, den der Bandit vollkommen nach seinem Geschmacke zu finden schien, denn er sagte:

»Herr Gott, welch ein Gericht! – welch ein Omnibus! Für jeden Geschmack etwas! Iß doch mit, Schallerin! Oder hast du schon gegessen?«

»Ich habe heute früh, wie gewöhnlich, für einen Sou Milch getrunken und ein Stück Brot dazu gegessen.«

Der Eintritt einer anderen Person ließ plötzlich die Gespräche verstummen.

Es war ein Mann von mittlerem Alter, der Jacke und Mütze trug und an das Leben in der Penne gewöhnt zu sein schien. Denn er bediente sich der dort üblichen Sprache, um ein Abendessen zu bestellen.

Der Neuangekommene hatte sich so gesetzt, daß er die beiden Männer beobachten konnte, von denen der eine nach dem Schulmeister gefragt hatte. Er ließ sie nicht aus den Augen, sie aber konnten nicht bemerken, daß sie beobachtet wurden.

Die unterbrochenen Gespräche wurden bald wieder aufgenommen.

»Ein Mann, ein Wort,« sagte der Schurimann zu Rudolf, »obgleich ich habe tüchtig tanzen müssen, so freut's mich doch, Sie kennengelernt zu haben.«

»Weil dir der Harlekin so gut schmeckt?«

»Hauptsächlich, weil ich Sie mit dem Schulmeister anbinden sehen möchte. Er hat mich verprügelt, und es würde mir eine Freude sein, könnte ich ihm auch einmal eins auswischen.«

»Glaubst du, ich werde, dir zuliebe, den Schulmeister anfallen?«

»Er wird mit Ihnen anbinden, wenn er hört, daß Sie stärker sind als er,« antwortete der Bandit, indem er sich die Hände rieb.

»Ich habe Münze genug, um ihn bezahlen zu können,« warf Rudolf nachlässig hin; dann fuhr er fort: »Und um miteinander bekannt zu werden, erzählen wir uns, wer wir sind.«

»Der Albino, genannt Schurimann, freigelassener Galeerensträfling, Holzflößer am Kai St. Paul, im Winter halb erfroren, im Sommer gebraten,« sagte er, indem er militärisch die Hand an seine Mütze legte. – »Und Sie? Haben Sie noch ein anderes Gewerbe, als den Schurimann zu klopfen?«

»Ich bin Fächermaler und heiße Rudolf.«

»Fächermaler? Es scheint eine ziemliche Kraft zu diesem Gewerbe zu gehören. Aber wenn Sie Arbeiter sind, warum kommen Sie in eine Penne, wo nur Schupper, Sündenfeger und freigelassene Galeerensträflinge verkehren, die sich an keinem anderen Ort sehen lassen können?«

»Ich komme hierher, weil ich die gute Gesellschaft liebe.«

»Hm! hm!« sagte der Bandit, der zweifelnd den Kopf schüttelte. »Ich habe Sie in dem Hause Rotarms gefunden; aber Sie kennen ihn ja nicht, wie Sie sagen.«

»Willst du mich noch lange mit deinem Rotarm langweilen, den der Teufel holen mag?«

»Sie trauen mir nicht und haben vielleicht nicht ganz unrecht. Aber wenn Sie wollen, erzähle ich Ihnen meine Geschichte.«

»Recht gern; du erzählst mir deine Geschichte, und die Schallerin erzählt mir die ihrige.«

»Gut. Willst du, Schallerin?«

»Ich habe nichts dagegen.«

»Sie erzählen uns aber auch etwas, Kamerad Rudolf!« sagte der Bandit.

»Ja, ich werde den Anfang machen.«

»Wieviel verdienen Sie als Fächermaler?« fragte der Schurimann.

»An guten Tagen bringe ich es auf vier bis fünf Franken, aber nur im Sommer, weil da die Tage länger sind.«

»Was kostet Sie Ihr Nachtquartier?« fragte der Schurimann.

»Sechs Sous.«

»Er ist ein Pair von Frankreich!« rief der Bandit; »er schläft für sechs Sous!«

»Dazu,« fuhr Rudolf fort, »vier Sous für Tabak, macht zehn; vier Sous für das Frühstück, vierzehn; fünfzehn Sous das Mittagessen, ein oder zwei Sous für Branntwein, so kommt der Tag auf ungefähr dreißig Sous. Ich brauche nicht die ganze Woche zu arbeiten; die übrige Zeit laß ich mir's wohl sein.«

»Was waren Ihre Eltern?« fragte das Mädchen.

»Sie hatten einen Verkaufsstand in der Halle.«

»Wer ist Ihr Brotherr?«

»Mein Affe (mein Herr) heißt Borel. Er ist dumm, brutal und geizig und schindet die Arbeiter bis aufs Blut. Ich wohne in der Rue de la Juiverie in der vierten Etage, vorn heraus, und heiße Rudolf Durand. Das ist meine Geschichte.«

»Nun kommt die Reihe an die Schallerin,« sagte der Schurimann; »meine Geschichte hebe ich auf bis zuletzt.«

II

»Wir fangen beim Anfang an!« sagte der Schurimann.

»Ja. Deine Eltern?« fragte Rudolf.

»Ich habe sie nicht gekannt,« sagte Marienblume.

»Aha!« machte der Bandit.

»Nicht gesehen und nicht gekannt; ich bin auf einem Baum gewachsen, wie man zu den Kindern sagt.«

»Dann, Schallerin, stammen wir aus einer Familie.«

»Du auch, Schurimann?«

»Eine Waise von der Straße, ganz wie du, meine Tochter.«

»Und wer hat dich erzogen, Schallerin?« fragte Rudolf.

»Das weiß ich nicht. Ich kann nicht weiter zurückdenken, als bis zu meinem siebenten oder achten Jahre. Da war ich bei einem alten, bösen Weibe, das man Eule nannte, weil es eine krumme Nase und ein grünes, ganz rundes Auge hatte.«

»Du weißt, daß diese Frau nicht deine Mutter war?« fragte Rudolf.

»Die Eule hat mir oft genug vorgeworfen, daß sie mich von der Straße aufgelesen habe.«

»Du bekamst also Schläge von ihr?«

»Und ein Glas Wasser dazu. Da ging ich und klapperte vor Frost die ganze Nacht auf einem Strohsack.«

»Weil du nicht zuviel gegessen hast, bist du schlank geworden, wie eine Wespe, meine Tochter; darfst dich nicht beklagen,« sagte der Bandit, indem er dicke Rauchwolken von sich blies.

»Und doch war ich fett, wie eine Lerche.«

»Was?«

»Freilich; wenn die Eule mich schlug, fiel ich immer beim ersten Schlage um. Dann trat sie mich und sagte: Der kleine Balg hat nicht für zwei Sous Kraft und ist dabei rund und fett.«

»Was tatest du den ganzen lieben Tag?« fragte der Schurimann.

»Ich mußte in der Nähe der Einäugigen betteln bis zum Abend, dann verkaufte sie Gebratenes auf dem Pont-Neuf. Es dauerte lange, ehe ich mein Stück Brot bekam, und wenn es mir einfiel, etwas zu essen zu verlangen, schlug mich das Weib und sagte: Bring' erst zehn Sous, Balg, dann sollst du essen! Da weinte ich, denn mich hungerte sehr. Die Einäugige hing mir ein kleines Kästchen mit Gerstenzucker um den Hals und stellte mich auf den Pont-Neuf. Wie schluchzte ich da und zitterte vor Frost und Hunger!«

»Gerade wie ich, mein Kind,« sagte der Schurimann, indem er die Schallerin unterbrach; »man sollte es nicht glauben, aber man zittert vor Hunger, ebenso wie vor Frost.«

»So blieb ich bis elf Uhr auf der Brücke. Die Vorübergehenden ließen sich oft durch meine Tränen rühren und schenkten mir Geld, das ich der Eule gab.«

»Hör' einmal ... Gerstenzucker ...? Bekamst du keinen Appetit danach, Schallerin?«

»Das glaub' ich, Schurimann, aber ich rührte ihn nicht an. Das war mein Ehrgeiz, und dieser Ehrgeiz stürzte mich ins Verderben. Du wirst gleich hören, wie das zuging. Eines Tages nahmen mir die Gassenjungen mein Körbchen fort. Dafür mißhandelte mich die Einäugige bis aufs Blut und riß mir die Haare aus.«

»Donnerwetter! Das ist stark!« rief der Bandit, indem er mit der Faust auf den Tisch schlug. »Ein Kind zu schlagen!«

»Fahre fort, mein Kind«, sagte Rudolf zu dem Mädchen.

»Ich weinte aber nicht, sondern um die Eule zu ärgern, fing ich an zu lachen und ging mit meinem Gerstenzucker auf die Brücke. Die Einäugige stand am Bratofen. Da ich nun so großen Hunger hatte, nahm ich ein Stückchen von dem Gerstenzucker und aß es.«

»Bravo!«

»Er schmeckte vortrefflich. Eine Apfelhändlerin aber rief der Einäugigen zu: ›Eule ... Dein Balg frißt den Zucker.‹ Die Einäugige war außer sich vor Wut, aber sie konnte ihren Bratofen nicht verlassen, weil ihr sonst alles angebrannt wäre!«

»Eine peinliche Lage!« rief der Schurimann, der laut auflachte.

Marienblume lachte ebenfalls und fuhr dann fort:

»Als ich an die Schläge dachte, sagte ich mir: ich werde nicht mehr geschlagen werden, wenn ich drei Stück esse. Ich nahm also noch ein Stück, und ehe ich es in den Mund steckte, zeigte ich es der Eule, die mir mit ihrer eisernen Gabel drohte.«

»Und hinterher hat dir die Eule gewiß die Haut über die Ohren gezogen?«

»Als sie fertig war, kam sie zu mir. Man hatte mir drei Sous gegeben, und ich hatte für sechs gegessen. Als die Einäugige mich an der Hand nahm, trat mir der Angstschweiß auf die Stirn. Am meisten erschreckte es mich, daß die Eule nicht fluchte und tobte, sondern auf dem ganzen Weg nur immer etwas zwischen den Zähnen murmelte. Sie ließ mich dabei nicht los, und ich mußte ganz schnell mit meinen kleinen Füßen laufen. Unterwegs verlor ich einen Holzschuh; ich wagte nicht, es ihr zu sagen und trollte immer barfuß neben ihr her. Als wir nach Hause kamen, blutete der Fuß. Die Eule schloß die Türe zu, und ich warf mich vor ihr auf die Knie nieder, um sie zu bitten, mir zu verzeihen. Sie antwortete mir nicht, und ich hörte nur, wie sie vor sich hin murmelte: ›Was werde ich mit dem Balg machen?‹ Sie blieb vor mir stehen und sah mich mit ihrem grünen Auge an. Mit einem Male ging die Einäugige nach einem Regal und nahm eine Kneifzange.«

»Eine Kneifzange?« rief der Schurimann.

»Ja.«

»Was wollte sie denn damit?«

»Mir einen Zahn ausreißen.«

Der Schurimann stieß einen so fürchterlichen Fluch aus, daß alle Gäste sich erstaunt umdrehten.

»Und hat dir die Frau den Zahn wirklich ausgerissen?« fragte Rudolf.

»Freilich hat sie ihn mir ausgerissen, und nicht auf den ersten Ruck. Den Kopf hielt sie mir zwischen den Knien wie in einem Schraubstock. Endlich brachte sie den Zahn heraus, und dann sagte sie, um mich recht zu erschrecken: ›Von nun an werde ich dir alle Tage einen ausziehen, Balg, und wenn du keinen mehr hast, werf' ich dich ins Wasser, damit die Fische dich fressen!‹«

»Die Hexe! Einem armen kleinen Kind die Zähne auszureißen!« rief der Schurimann, dessen Wut immer höher stieg.

»Was tatest du?« fragte Rudolf.

»Ich lief am nächsten Tag davon, so weit mich meine Füße tragen wollten. Lieber wäre ich bis ans Ende der Welt gegangen, als daß ich der Eule wieder in die Klauen fallen wollte. In der Nacht schlief ich auf einem Holzhaufen. Ich wagte aber nicht, den Holzhof zu verlassen, denn ich bildete mir ein, die Eule suche mich überall, um mir die Zähne auszureißen und mich den Fischen vorzuwerfen.«

»Hör' du, erwähne die Alte nicht mehr! Das Blut steigt mir in die Augen.«

»Am zweiten Tage bellte, als ich eben eingeschlafen war, ein Hund. Das weckte mich auf. Ich horchte; der Hund bellte lauter und kam dem Holzstoß immer näher. Ein neuer Schrecken! Zum Glück wagte sich der Hund nicht heran, ich weiß nicht, warum. Du wirst lachen, Schurimann.«

»Bei dir muß man immer lachen. Du bist ein braves Mädchen. Jetzt tut's mir leid, daß ich dich geschlagen habe.«

»Erzähle weiter, Kind«, fiel Rudolf ein.

»Während der Hund kläffte, sagte eine Stimme: ›Es ist jemand auf dem Hof versteckt.‹ – ›Diebe‹, meinte eine andere Stimme, und sie hetzten den Hund und riefen ihm zu: ›Such'! such!‹ Der Hund kam zu mir; ich fürchtete mich und fing an, laut zu schreien. ›Horch!‹ sagte da die eine Stimme, ›ein Kind.‹ Man rief den Hund zurück, holte eine Laterne, ich kroch hervor und stand vor einem dicken Mann und einem Knaben in einer Bluse. ›Was machst du auf meinem Holzhof, kleine Diebin?‹ fuhr der dicke Mann mich an. – ›Ach, guter Herr,‹ sagte ich, ›ich habe seit zwei Tagen nichts gegessen und bin von der Eule fortgelaufen, die mir einen Zahn ausgerissen hat und mich den Fischen vorwerfen wollte.‹ Der

Holzhändler sagte darauf zu seinem Knaben: ›Ich lasse mir nichts weismachen; 's ist eine Diebin, sie wollte nur Holz stehlen.‹ «

Der Knabe sagte: »Holz stehlen? Sie ist ja nicht so groß wie das kleinste Scheit da.« – »Du hast recht,« antwortete der Mann, »aber die Diebe haben Kinder, die sie zum Spionieren ausschicken. Sie muß also zum Polizeikommissar geführt werden.«

»Dieser Dummkopf!«

»Man brachte mich zum Polizeikommissar. Ich sagte alles. Ich wurde vor die Zuchtpolizei zitiert und wegen Herumtreibens verurteilt, bis zum sechzehnten Jahre im Besserungshause zu bleiben. Ich dankte den Richtern für ihre Güte. Im Gefängnis bekam ich zu essen ... man schlug mich nicht; es war ein Paradies für mich. Ich sang, zumal wenn ich die Sonne sah ... Und sang ich so recht aus Herzensgrunde, so war mir, als sei ich nicht mehr gefangen.«

»Weil du eine Nachtigall bist,« sagte Rudolf lächelnd.

»Sie sind sehr freundlich, Herr Rudolf. Seit der Zeit nun nennt man mich Sängerin statt Balg. Endlich wurde ich sechzehn Jahre alt und aus dem Gefängnis entlassen. An der Türe traf ich die Wirtin da mit zwei oder drei anderen alten Frauen, die zuweilen meine Mitgefangenen besucht und mir immer gesagt hatten, sie würden mir Arbeit geben, sobald ich frei wäre.«

»Aha, ich errate,« sagte der Schurimann.

»Mein Engel, mein schönes Kind, mein Liebchen, sagten sie zu mir, wollen Sie bei uns wohnen? Wir geben Ihnen schöne Kleider, und Sie sollen in Lust und Freude leben. – Du kannst dir denken, Schurimann, daß man nicht acht Jahre im Gefängnis gewesen ist, um nicht zu wissen, was das bedeutet. Ich ließ also die alten Kupplerinnen ablaufen und dachte mir: Ich kann nähen, habe dreihundert Franken, bin jung.«

»Und schön ...« fiel der Schurimann ein.

»Ich bin acht Jahre im Gefängnis gewesen und will nun mein Leben genießen; Arbeit wird sich finden, wenn das Geld zu Ende ist. Aber meine dreihundert Franken waren bald ausgegeben. Das war mein größter Fehler. Doch ich hatte niemanden, der mir einen guten Rat gegeben hätte. Ich kaufte mir also schöne Kleider und machte Ausflüge mit einer Bekannten, die ein gutes Mädchen war. Man nannte sie Lachtaube, weil sie immer lachte.«

»Lachtaube? Kenne ich nicht,« sagte der Schurimann, der nachzudenken schien.

»Ich glaube wohl, daß du sie nicht kennst! Lachtaube ist ein ehrliches, braves Mädchen, eine sehr gute Arbeiterin; jetzt verdient sie täglich wenigstens fünfundzwanzig Sous, hat ihre eigene Wirtschaft ... ich habe deshalb nicht gewagt, sie wieder zu besuchen ... Bald blieben mir von meinem Geld nur noch dreiundvierzig Franken übrig.«

»Damit hättest du einen Handel anfangen sollen,« sagte der Bandit.

»Ich tat mehr ... Meine Wäscherin, die Lothringerin, war die gutmütigste Seele von der Welt. Damals war sie hochschwanger und mußte den ganzen Tag im Wasser stehen und arbeiten. Als sie nicht mehr arbeiten konnte, bat sie, man möge sie in ein Spital aufnehmen. Es war aber kein Platz, man wies sie zurück, und sie verdiente nichts mehr. Ihre Entbindung rückte heran, und sie hatte nicht so viel, um ein Bett zu bezahlen. Zum Glück begegnete sie eines Abends an der Notre-Dame-Brücke zufällig der Frau Goubins, die sich seit vier Tagen im Keller eines Hauses hinter dem Hôtel Dieu versteckt hielt ...«

»Warum?«

»Um sich vor ihrem Mann zu retten, der sie erschlagen wollte. Nur in der Nacht kam sie heraus, um sich Brot zu kaufen. Sie begegnete also der armen Lothringerin, die nicht mehr wußte, wohin sie ihr Haupt legen sollte. Die Frau Goubins nahm sie mit in den Keller, in dem sie sich versteckt hielt. Es war doch wenigstens ein Unterkommen.«

»Wart' einmal! Die Frau Goubins, das ist Helmine?« fragte der Schurimann.

»Ja, eine Näherin, die für mich und die Lachtaube gearbeitet hatte. Sie tat wahrhaftig, was sie konnte, als sie die Hälfte ihres Kellers, ihres Strohlagers, ihres Brotes der Lothringerin gab, die da mit einem Kinde niederkam. Sie hatte nicht einmal eine Decke für das Kind, nur Stroh! Die Frau Goubins konnte das nicht mitansehen; auf die Gefahr hin, von ihrem Mann ermordet zu werden, verließ sie den Keller am hellen Tage und kam zu mir. Ich lief in meine Kammer und holte, was ich an Wäsche hatte, meine Matratze, meine Decke, packte alles einem Träger auf und trollte mit in den Keller ... Ach, du hättest sehen sollen, wie die arme Lothringerin sich freute! Wir wachten bei ihr, Helmine und ich, und als sie aufstehen konnte, unterstützte ich sie mit meinem letzten Gelde, bis sie wieder waschen konnte. Jetzt verdient sie, was sie braucht ...«

»Und die Frau Goubins?« fragte der Schurimann.

»Wie? Du weißt nicht?« entgegnete das Mädchen.

»Nein!«

»Ach, die Unglückliche! Sie ist Goubin nicht entgangen! Man hatte ihm gesagt, sie treibe sich am Hôtel Dieu herum, und eines Abends, als sie aus ihrem Keller ging, um Milch für die Lothringerin zu holen, erstach er sie.«

»Deshalb hat er das Gehirnfieber?« (Ist er zum Tode verurteilt?)

»Ja, deshalb,« antwortete die Schallerin.

»Und was tatest du, als du dein Geld der Lothringerin gegeben hattest?« fragte Rudolf.

»Ich suchte Arbeit ... Ich ging in eine Wäschehandlung in der Rue Saint-Martin. Ich erzählte, daß ich vor zwei Monaten aus dem Gefängnis entlassen worden sei und Lust hätte zu arbeiten; man wies mir die Türe. Ich bat, man möchte mir Arbeit ins Haus geben, aber man wollte mir nicht einmal ein Hemd anvertrauen. Als ich recht betrübt nach Hause ging, begegnete ich der Wirtin da und einer der Alten ... Ich wußte nicht mehr, wovon ich leben sollte. Sie nahmen mich mit ..., gaben mir Branntwein zu trinken und ... da bin ich, was ich bin.«

»Ich verstehe,« sagte der Schurimann.

»Es muß doch schön sein, ehrlich zu sein,« setzte Marienblume mit einem Seufzer hinzu.

»Ehrlich?« rief der Bandit mit lautem Lachen. »Warum nicht gleich Rosenmädchen?«

»Ich bin nicht zimperlich, Schurimann! Mein Vater und meine Mutter haben mich an eine Straßenecke gelegt, wie einen jungen Hund, den man nicht behalten mag; ich zürne ihnen nicht; sie konnten sich wahrscheinlich selbst nicht helfen. Deshalb gibt es aber doch bessere Schicksale als das meine.«

»Was fehlt dir denn? Du bist schön, siebzehn Jahre alt, singst wie eine Nachtigall, heißt Marienblume und beklagst dich! Was willst du sagen, wenn du erst ein Kohlenbecken unter den Beinen hast, wie die Wirtin da?«

»So alt werde ich überhaupt nicht.«

»Kommen dir solche Gedanken öfter, Schallerin?« fragte Rudolf.

»Bisweilen ...«

»Nun sei doch ehrlich, mein Kind, spiele Komödie ... sei ehrlich,« sagte der Schurimann.

»Ehrlich, mein Gott, wie soll ich denn ehrlich sein? Die Kleider, die ich auf dem Leibe trage, gehören der Wirtin; ich bin ihr Geld schuldig für Wohnung und Essen; ich kann nicht von hier fort; sie würde mich als Diebin festnehmen lassen ... Ich gehöre ihr!«

Die Unglückliche zitterte, als sie diese Worte aussprach.

»So bleib, wie du bist!« sagte der Schurimann.

»Gib mir zu trinken,« erwiderte das Mädchen und hielt ihr Glas hin. »Nein,« sagte sie, »keinen Wein; Branntwein!«

»Das ist recht. So lieb' ich dich, mein Kind,« sagte der Mann, ohne die Träne zu bemerken, die an den Wimpern der Schallerin zitterte.

Rudolf hatte die Erzählung des Mädchens mit wachsender Teilnahme gehört. Not und Hilflosigkeit hatten sie ins Verderben gestürzt, nicht aber die Neigung zum Bösen.

III

Während der Erzählung der Schallerin, die sie nicht hören konnten, hatten die beiden Männer, die etwas abseits saßen, mehrmals leise miteinander gesprochen und ängstlich nach der Türe gesehen.

Der mit der Mütze sagte zu seinem Gefährten:

»Der Schulmeister kommt nicht; hoffentlich hat ihn der Kamerad nicht erschlagen, um ihm seinen Anteil zu nehmen!«

»Das wäre schlimm für uns!« erwiderte der andere.

Der Neuangekommene, der die beiden beobachtete, saß zu weit von ihnen entfernt, als daß er ihre letzten Worte hätte hören können; nachdem er aber mehrmals ein kleines Papier zu Rate gezogen hatte, das in seiner Mütze versteckt war, schien er mit sich im reinen zu sein, denn er stand auf und sagte zu der Wirtin: »Mutter Ponisse, ich komme gleich wieder. Gib, bitte, auf meinen Krug und meinen Teller acht!«

»Unbesorgt, Mann«, antwortete die Wirtin. Wenn dein Teller und dein Krug leer sind, rührt sie niemand an.«

Der Mann lachte über den Scherz und verschwand unbemerkt. In dem Augenblick, in dem der Mann die Tür öffnete, bemerkte Rudolf auf der Straße den riesigen Kohlenträger, der ihm, wie erinnerlich, hierher gefolgt war.

Die Schallerin fand, trotz dem Branntwein, den sie getrunken hatte, ihre Heiterkeit nicht wieder. Die Unglückliche schien in die düstersten Gedanken versunken zu sein. Einige Male war sie dem fest auf sie gerichteten Blicke Rudolfs begegnet und hatte die Augen niedergeschlagen, ohne daß sie sich Rechenschaft gab von dem Eindruck, den dieser Unbekannte auf sie machte.

Der Schurimann war dagegen in der besten Laune. Er hatte den Harlekin ganz allein verzehrt, Wein und Branntwein machten ihn mitteilsam, und die Scham, seinen Meister gefunden zu haben, war der Bewunderung vor Rudolfs Überlegenheit gewichen. Rudolf wartete nun mit gespannter Neugier auf die Erzählung des Mörders, und er forderte den Schurimann auf, ihm seine Abenteuer zu berichten.

»Fang an, Mann!« sagte er, »wir sind ganz Ohr.«

Der Mörder trank sein Glas aus und begann also:

»Du, arme Schallerin, bist doch wenigstens von der Eule aufgenommen worden, die der Teufel holen möge. Du hast eine Wohnung gehabt, bis du eingesperrt wurdest. Ich aber erinnere mich nicht, vor meinem neunzehnten Jahr in einem Bett geschlafen zu haben.«

»Du hast gedient, Schurimann?« fragte Rudolf.

»Drei Jahre – doch davon später. Die Gipsöfen in Clichy und die Steinbrüche in Montrouge waren die Zuflucht meiner Jugend.«

»Und was tatest du?«

»Es schwebt mir so vor, als hätte ich in meiner Kindheit mit einem alten Lumpensammler gestromt (mich umhergetrieben), der mich mit seinem Haken prügelte. Mein erstes Gewerbe bestand darin, daß ich den Abdeckern in Montfaucon die Pferde töten half. Ich war damals zehn bis zwölf Jahre alt. Hatte ich meine Pferde abgeschlachtet, so warf man mir für meine Mühe ein Stück Fleisch zu, und hatte ich es in den Händen, dann war der König nicht reicher als ich. Ich lief damit in meinen Gipsofen, wie ein Wolf in seine Höhle, und briet es mir dort auf den Kohlen.«

»Und wie nannte man dich?« fragte Rudolf.

»Mein Haar war damals noch weißer als jetzt, und meine Augen waren immer mit Blut unterlaufen; deshalb nannte man mich den Albino.«

»Und deine Familie?«

»Meine Eltern wohnten in derselben Nummer wie die der Schallerin. Mein Geburtsort? – Die erste beste Straßenecke, rechts oder links.«

»Du hast gehungert, gefroren und doch nicht gestohlen, Schurimann?«

»Nein. Manchmal habe ich zwei Tage gefastet, aber nie gestohlen.«

»Aus Furcht vor Strafe?«

»Unsinn!« sagte der Mörder, indem er laut auflachte. »Ich sollte nicht Brot gestohlen haben aus Furcht, Brot zu bekommen? Ich habe nicht gestohlen, weil – weil ich nicht stehlen wollte.«

Diese Antwort, deren eigentliche Bedeutung der Schurimann nicht verstand, setzte Rudolf in Erstaunen.

Er fühlte, daß der Arme, der, trotz der schrecklichsten Entbehrungen, ehrlich bleibt, doppelt achtenswert ist, weil die Strafe für das Verbrechen eine sichere Hilfsquelle für ihn wäre.

Rudolf reichte dem unglücklichen Opfer der Zivilisation, das die Not nicht ganz verdorben hatte, die Hand.

Der Schurimann wagte kaum, die Hand zu berühren. Er fühlte, daß zwischen ihm und Rudolf ein tiefer Abgrund lag.

»Du hast noch ein Herz und ein Ehrgefühl«, sagte Rudolf.

»Ich weiß es nicht«, entgegnete der Mörder gerührt, »aber was Sie mir da sagen – sehen Sie – das habe ich noch nie gefühlt.«

»Warst du lange Gehilfe beim Abdecker?«

»Ich glaube wohl. – Anfangs tat es mir weh, die armen alten Tiere totzustechen, dann aber machte es mir Spaß, und als ich etwa sechzehn Jahre alt war, da war mir das Totschlagen zur Leidenschaft geworden. Ich vergaß Essen und Trinken darüber und dachte an nichts weiter. Sie hätten mich einmal bei der Arbeit sehen sollen! Wenn ich, mein großes Messer in der Hand, fünfzehn bis zwanzig Pferde (ich lüge nicht) um mich hatte, die alle warteten, bis die Reihe an sie käme, Donnerwetter! – wenn ich anfing, sie totzustechen, summte und sang es mir in den Ohren; ich sah nichts als Blut und stach und stach, bis mir das Messer aus den Händen fiel. – Das war eine Lust! – Wäre ich Millionär gewesen, ich hätte Geld darum gegeben, dieses Geschäft zu betreiben.«

»Dabei gewöhntest du dich wahrscheinlich an das Totstechen,« fiel Rudolf ein.

»Wohl möglich, aber als ich sechzehn Jahre alt war, wurde die Wut so arg, daß ich, wenn ich einmal im Stechen war, wie toll wurde und die Arbeit verdarb. Zuletzt jagte man mich hinaus. Ich wollte Arbeit bei den Metzgern suchen, aber sie waren zu hochmütig! Sie verachteten mich, wie die Schuhmacher die Schuhflicker verachten. Endlich arbeitete ich in den Steinbrüchen von Montrouge. Nach zwei Jahren aber war ich es überdrüssig, immer in den großen Rädern herumzusteigen, durch die man die Steine herauswindet. Ich war groß und stark und ging zu einem Regiment. Ich konnte einen prächtigen Grenadier abgeben, und man nahm mich an.«

»Bei deiner Stärke, deinem Mut und deiner Lust am Töten

würdest du bald Offizier geworden sein, wenn es damals Krieg gegeben hätte!«

»Donnerwetter! Engländer oder Preußen zu massakrieren, würde mir noch größeren Spaß gemacht haben, als alte Mähren totzustechen. Zum Unglück gab es aber damals keinen Krieg! – Eines Tages bediente sich mein Feldwebel dummer Redensarten, um mich zu schnellerem Gehorsam anzutreiben; er hatte recht, ich war faul; aber mich verdroß es, und ich hielt das Maul nicht; er stieß mich, und ich stieß wieder; er nahm mich beim Kragen, und ich versetzte ihm einen Rippenstoß. Da fiel man über mich her, mich ergriff die Wut, das Blut stieg mir in die Augen. Ich hatte mein Messer in der Hand und fing an zu stechen, wie in der Abdeckerei. Ich erstach meinen Feldwebel und verwundete zwei Personen. Es war eine wahre Schlächterei; Blut floß, wie auf einem Schlachthofe.«

Der Mörder ließ mit finsterem Blick den Kopf sinken und schwieg einen Augenblick.

»Woran denkst du, Schurimann?« fragte Rudolf, der ihn mit Interesse beobachtete.

»An nichts – an nichts«, entgegnete er rasch. Dann fuhr er mit seiner rohen Sorglosigkeit fort:

»Endlich überwältigte man mich, steckte mich ein, und ich kriegte Gehirnfieber.« (Ich wurde zum Tode verurteilt.)

»Du entflohst also?«

»Nein, ich war fünfzehn Jahre in der Klemme (im Gefängnis), statt geköpft zu werden. Ich habe vergessen, Ihnen zu erzählen, daß ich zwei Kameraden, die in der Marne beinahe ertrunken wären, herausfischte; wir lagen in Melun in Garnison. Ein andermal, als wir in Rouen lagen, wo alle Häuser von Holz sind, kam in einem Stadtteil Feuer aus. Die Häuser brannten wie Schwefelhölzchen; ich wurde zum Löschen kommandiert. Als wir an der Brandstätte ankamen, rief man mir zu, eine alte Frau könne aus ihrem Stübchen nicht mehr herunter. Ich lief hin und brachte die Alte glücklich heraus. Meine Gefängnisratte (mein Advokat) gab sich soviel Mühe, daß es ihr gelang, eine Strafumwandlung für mich zu erlangen; statt das Schaffott besteigen zu müssen, kam ich auf fünfzehn Jahre in die Klemme. – Als ich sah, daß es mit dem Sterben nichts war, konnte ich mich kaum fassen und wollte meinen Advokaten an der Kehle packen, um ihn zu erwürgen. Können Sie sich das denken?«

»Die Umwandlung der Strafe gefiel dir nicht?«

»Nein. Für die, die das Messer gebraucht haben, gehört sich

das Messer des Koflers (des Henkers); so ist es in der Ordnung; wer stiehlt, kriegt Ketten an die Knochen. Jedem das Seine!«

»Du hast Gewissensbisse gefühlt, Schurimann?«

»Gewissensbisse? Nein, ich habe meine Zeit abgesessen.«

»Du warst in einer guten Schule, stehlen zu lernen.«

»Ja, aber ich hatte keine Neigung dazu. Die anderen Sträflinge höhnten mich aus deshalb, aber ich schlug sie mit meiner Kette und schaffte mir so Ruhe. – Dort lernte ich den Schulmeister kennen. Respekt vor seinen Fäusten! – er hat mich geklopft, wie Sie eben.«

»Er ist also ein freigelassener Galeerensträfling?«

»Das heißt, er war eigentlich auf Lebenszeit verurteilt, hat sich aber selbst befreit.«

»Und niemand verrät ihn?«

»Ich werde ihn nicht verraten. – Ich kenne seine Fäuste.«

»Und die Polizei? Hat man nicht sein Signalement?«

»Ja, aber er hat schon lange aus seiner Physiognomie ausgelöscht, was Gott ihm da aufgeschrieben hatte. Jetzt würde der Bäcker, der die Seelen in den Ofen schiebt (der Teufel), den Schulmeister in ihm nicht mehr erkennen.«

»Wie hat er das angefangen?«

»Zuerst hat er sich die Nase abgeschnitten, die eine halbe Elle lang war; und dann hat er sich das Gesicht mit Vitriolöl beschmiert.«

»Du schneidest auf!«

»Wenn er heute abend kommt, werden Sie es selbst sehen; er hatte eine große Habichtsnase, jetzt hat er ein Stumpfnäschen wie ein Totenkopf, ungerechnet, daß sein olivenbraunes Gesicht aussieht wie die geflickte Jacke eines Lumpensammlers.«

»Er ist also ganz unkenntlich geworden?«

»In den sechs Monaten, seit er aus Rochefort entwichen ist, sind ihm die Iltisse (Spione, Polizeidiener) hundertmal begegnet, ohne ihn zu erkennen.«

»Warum war er im Bagno?«

»Als Fälscher, Dieb und Mörder! Man nennt ihn den Schulmeister, weil er schreibt wie gestochen und sehr gelehrt ist.«

»Und man fürchtet ihn?«

»Das wird aufhören, wenn Sie ihn einmal unter den Händen gehabt haben!«

»Wovon lebt er?«

»Man sagt, er rühme sich, vor drei Wochen einen Viehhändler auf der Straße von Poissy ermordet und beraubt zu haben.«

»Früher oder später wird man ihn doch festnehmen.«

»Da müssen mehr als zwei kommen, denn er trägt immer zwei geladene Pistolen und einen Dolch bei sich. Karlchen (der Henker) wartet sowieso auf ihn, und mehr als einmal kann er doch nicht geköpft werden.«

»Was hast du begonnen, seit du frei bist?«

»Ich ging zu dem Holzhändler am Quai St. Paul und verdiene mir da, was ich brauche.«

»Warum sieht man dich aber in diesem Viertel, da du doch kein Dieb bist?«

»Wo soll ich sonst sein? Ich liebe Gesellschaft, und hier bin ich unter meinesgleichen. – Man fürchtet mich dabei wie das Feuer, und der Kommissar hat mir nichts zu sagen, als etwa wegen einer Schlägerei, um derentwillen ich bisweilen vierundzwanzig Stunden brummen muß.«

»Wieviel verdienst du den Tag?«

»Fünfunddreißig Sous. – Das wird so lange dauern, als ich Kraft in den Armen habe; ist es aus damit, so nehme ich einen Haken und einen Korb und sammle Lumpen.«

Bei diesen Worten klopfte er auf einer Tischecke seinen Pfeifenkopf aus.

Die Schallerin hatte den Schurimann zerstreut angehört; sie schien in schmerzliches Sinnen versunken zu sein.

Rudolf selbst war nachdenklich geworden.

Die beiden Erzählungen hatten neue Ideen in ihm geweckt.

Ein tragischer Vorfall erinnerte die drei Personen, an welchem Ort sie sich befanden.

IV

Der Mann, der einen Augenblick hinausgegangen war, nachdem er der Wirtin seinen Krug und seinen Teller anempfohlen hatte, kam bald mit einem anderen Manne zurück, aus dessen Gesicht verwegene Entschlossenheit sprach.

Er sagte zu ihm:

»Das nenn' ich ein Zusammentreffen, Borel! Komm, wir wollen ein Glas miteinander trinken!«

Der Schurimann sagte leise zu Rudolf und der Schallerin, indem er auf den Neuangekommenen zeigte:

»Es gibt was. Er ist ein Iltis. Aufgepaßt!«

Die beiden Banditen, von denen der eine eine Mütze trug und mehrmals nach dem Schulmeister gefragt hatte, wechselten rasche Blicke, standen gleichzeitig vom Tische auf und gingen nach der Türe zu. Aber die beiden Polizisten fielen blitzschnell über sie her.

Es begann ein schrecklicher Kampf.

Gleich darauf ging die Türe auf, es drangen andere Polizeibeamte herein, und draußen sah man die Gewehre von Gendarmen blitzen.

Der Kohlenträger, der draußen gewartet hatte, benutzte den Tumult, trat auf die Schwelle der Wirtsstube und legte, als er dem Blicke Rudolfs begegnete, den Zeigefinger seiner rechten Hand an seine Lippen.

Rudolf befahl ihm mit einer gebieterischen Gebärde, sich zu entfernen, und beobachtete dann weiter, was in der Wirtsstube vorging.

Der Mann mit der Mütze heulte vor Wut. Er lag halb auf dem Tische, zuckte und schlug so heftig um sich, daß ihn drei Männer kaum halten konnten.

Sein Gefährte war wie vernichtet; seine Lippen waren weiß, die Kinnlade hing ihm herab und zitterte krampfhaft; er widersetzte sich nicht im mindesten und hielt selbst die Hände den Handschellen hin.

Die Wirtin hinter ihrem Schenktische blieb, an dergleichen Auftritte gewöhnt, ganz ruhig und behielt die Hände in den Taschen ihrer Schürze.

»Was haben denn die beiden ausgefressen, lieber Herr Borel?« fragte sie einen der Polizeidiener, den sie kannte.

»Sie haben eine alte Frau ermordet, um sie zu bestehlen. Ehe die Arme starb, sagte sie noch, sie habe einem der Mörder in die Hand gebissen. Man hatte ein Auge auf die Halunken; mein Kamerad kam eben, um sich zu überzeugen, daß es die richtigen wären, und wir haben sie nun.«

»Ein Glück, daß sie mir ihre Schoppen vorausbezahlt haben,« sagte die Wirtin. »Wollen Sie nicht etwas genießen, Herr Borel? Ein Gläschen Parfait Amour vielleicht?«

»Ich danke, Mutter Ponisse. Aber ich muß die beiden Kerle da ins Loch bringen. Der eine schlägt noch gewaltig um sich.«

Der Mörder in der Mütze war wirklich kaum zu bändigen. Als man ihn in einen Wagen steigen lassen wollte, der auf der Straße wartete, wehrte er sich so, daß man ihn hineintragen mußte.

»Mutter Ponisse,« sagte der Polizeidiener beim Hinausgehen,

»nehmen Sie sich vor Rotarm in acht; er könnte Sie kompromittieren.«

»Rotarm? Man hat ihn seit Wochen nicht mehr gesehen, Herr Borel.«

»Nehmen Sie nichts von ihm in Verwahrung; das wäre Hehlerei!«

»Sie können ganz ruhig sein, Herr Borel, ich fürchte mich vor Rotarm wie vor dem Teufel. Man weiß nie, wohin er geht, und woher er kommt. Als ich ihn das letztemal sah, sagte er, er käme aus Deutschland.«

»Na, ich warne Sie, seien Sie vorsichtig!«

Ehe der Polizeidiener die Wirtsstube verließ, betrachtete er die anderen Gäste aufmerksam und sagte zum Schurimann in fast freundlichem Ton:

»Bist du auch da, Taugenichts? Man hat lange nichts von dir gehört! Mir scheint, du wirst vernünftig.«

»Sie wissen ja, daß ich keinem ein Loch in den Kopf schlage, dem es nicht danach verlangt.«

»Es fehlte auch noch, daß du andere dazu reiztest!«

»Ich habe übrigens meinen Meister gefunden, Herr Borel. Da sitzt er!«

»Sieh da! Den kenn' ich noch nicht«, sagte der Polizeibeamte, indem er Rudolf genau betrachtete.

»Wir werden auch schwerlich Bekanntschaft miteinander machen,« antwortete dieser.

»Das wünsch' ich um Ihretwillen,« entgegnete der Polizeidiener, der sich dann an die Wirtin wandte und sagte: »Gute Nacht, Mutter Ponisse; Ihre Wirtschaft ist eine wahre Mausefalle; drei Mörder habe ich nun schon bei Ihnen gefangen.«

»Und ich hoffe, es soll nicht der letzte sein, Herr Borel,« sagte die Wirtin, freundlich knixend.

Nachdem der Polizeidiener sich entfernt hatte, sagte Mutter Ponisse zum Schurimann:

»Übrigens ein Glück für den Schulmeister, daß er nicht da war! Der in der Mütze fragte zweimal nach ihm, aber ich verrate meine Kunden nicht. Man mag sie verhaften, gut; verkaufen tue ich sie nicht. Aber wenn man vom Wolfe spricht, kommt der Schwanz zum Vorschein,« setzte die Wirtin hinzu, als ein Mann und eine Frau in die Wirtsstube traten: »der Schulmeister mit seiner Krönerin (Frau).«

Die anwesenden Gäste konnten sich eines Schauders nicht erwehren.

Der Schurimann hatte recht: Man konnte sich nichts Gräßlicheres denken als das Gesicht dieses Räubers. Es war von tiefen, bläulichen Narben durchzogen; die Lippen waren dick aufgetrieben; die Nase war vorn abgeschnitten, und man sah an ihrer Wurzel zwei unförmige Löcher. Graue, kleine Augen funkelten vor Wildheit; die flache Stirn verschwand zur Hälfte unter einer rötlichen Pelzmütze.

Der Schulmeister war nicht viel über fünf Fuß groß; sein übermäßig dicker Kopf saß tief zwischen den breiten, mächtigen Schultern. Er hatte lange, muskulöse Arme, kurze, dicke, bis an die Fingerspitzen behaarte Hände; seine Beine waren etwas auswärts gebogen, die Waden aber verrieten Riesenkraft.

Die Frau, die den Schulmeister begleitete, war alt und trug ein braunes Kleid, einen schwarz karierten Schal und eine weiße Haube.

Rudolf sah sie von der Seite; ihr grünes Auge, ihre Hakennase, ihre dünnen Lippen, ihr vorspringendes Kinn, ihr zugleich boshaftes und schlaues Gesicht erinnerten ihn an die Eule.

Er wollte das eben der Schallerin mitteilen, als das Mädchen erbleichte, mit zitternder Hand den Arm Rudolfs ergriff und leise sagte:

»Mein Gott! – Die Eule – die Einäugige!«

In diesem Augenblick trat der Schulmeister, der einige Worte mit einem der Gäste gewechselt hatte, langsam an den Tisch, an dem Rudolf, die Schallerin und der Schurimann saßen.

Dann wendete er sich, mit einer rauhen und hohlen Stimme, an Marienblume und sagte:

»Schöne Blondine, laß die beiden sitzen und komm zu mir.«

Die Schallerin antwortete nicht, aber ihre Zähne schlugen vor Angst aufeinander.

»Ich bin nicht eifersüchtig,« sagte die Eule, laut lachend.

Sie erkannte in der Schallerin noch nicht ihr Opfer.

»Na, Kleine, verstehst mich wohl nicht?« sprach das Ungetüm weiter und trat näher. »Wenn du nicht gutwillig kommst, schlag' ich dir ein Auge aus, und du mit dem Schnurrbart hast es mit mir zu tun, wenn du mir die Kleine nicht über den Tisch herüberreichst!«

»Beschützen Sie mich!« rief das Mädchen.

»Sei ruhig, mein Kind,« antwortete Rudolf. »Du bist bei mir und wirst nicht von der Stelle gehen. Und da dir der Kerl ebenso zuwider ist wie mir, werde ich ihn auf die Straße werfen.«

»Du?!« fragte der Schulmeister.

»Ja, ich,« antwortete Rudolf, der, trotz den Bemühungen des Mädchens, ihn zurückzuhalten, aufstand.

Der Schulmeister wich vor Rudolfs Miene einen Schritt zurück.

Auch das Mädchen und der Schurimann bemerkten den Ausdruck teuflischer Wut, der die Züge ihres Begleiters plötzlich entstellte. Seine Pupillen, die der Zorn weit ausdehnte, funkelten in seltsamem Glanze.

Der Schulmeister wich noch einen Schritt zurück und griff, da er das Vertrauen auf seine Körperkraft verloren hatte, nach dem Dolch unter seiner Bluse.

Plötzlich faßte die Eule den Schulmeister am Arm und rief:

»Nur eine Minute, Mörderchen! Nur ein Wort! Du kannst die beiden da noch immer kalt machen; sie entgehen dir nicht.«

Der Schulmeister sah die Einäugige mit Verwunderung an.

Seit einigen Minuten hatte die Eule Marienblume mit zunehmender Aufmerksamkeit beobachtet und ihre Erinnerung gesammelt.

Endlich hegte sie keinen Zweifel mehr; sie hatte die Schallerin erkannt.

»Ist es möglich?« rief die Einäugige, indem sie die Hände erstaunt zusammenschlug; »s' ist der Balg, die Gerstenzuckerdiebin. Woher kommst du denn? Schickt dich der Bäcker (Teufel) her?« setzte sie hinzu und wies dem Mädchen die Faust. »Du gerätst mir also wieder unter die Hände. Na, sei nur ruhig; ich reiße dir keinen Zahn mehr aus, aber du sollst dich giften! Ich kenne deine Eltern. – Der Schulmeister hat in der Klemme (im Gefängnis) den Mann gesehen, der dich mir gab, als du noch ganz klein warst. Er hat ihm den Namen deiner Mutter genannt. Deine Eltern sind reiche Leute.«

»Meine Eltern! Sie kennen sie?« rief Marienblume.

»Ja, mein Mann kennt den Namen deiner Mutter, aber eher reiß' ich ihm die Zunge aus, als daß ich ihn dir nennen lasse. Der Mann, von dem ich rede, hat Papiere, ja, Briefe von deiner Mutter, und wenn er keinen Gebrauch davon macht, so hat er seine Gründe dafür. He! Du giftest dich? – Du weinst? Du erfährst doch nicht, wer deine Mutter ist!«

Rudolf hatte der Eule, deren Erzählung sein Interesse erregte, aufmerksam zugehört.

Der Räuber hatte indes, da er nicht mehr unter dem Einfluß von Rudolfs Blicken stand, wieder Mut gefaßt; im Vertrauen auf seine Riesenkraft trat er also wieder zu dem Beschützer der Schallerin und sagte gebieterisch zur Eule:

»Genug geschwatzt. – Jetzt werde ich dem Maulaffen da das Lärvchen so zurichten, daß die schöne Blondine mich für hübscher hält als ihn.«

Mit einem Satz war Rudolf über den Tisch hinüber.

Aber im gleichen Augenblick wurde die Tür der Wirtsstube heftig aufgerissen; der sechs Fuß hohe Kohlenträger trat rasch ein, schob den Schulmeister beiseite, näherte sich Rudolf und sagte diesem ins Ohr:

»Gnädiger Herr, Tom und Sarah sind am anderen Ende der Straße.«

Nach diesen geheimnisvollen Worten machte Rudolf eine zornige Bewegung, warf einen Louisdor auf den Schenktisch und eilte zur Türe.

Der Schulmeister wollte sich Rudolf in den Weg stellen. Dieser drehte sich um und gab ihm zwei so gewaltige Schläge ins Gesicht, daß der stiermäßige Mann betäubt wankte und schwer auf den Tisch fiel.

»Bravo! Bravo!« rief der Schurimann.

Der Schulmeister, der sich nach einigen Augenblicken wieder erholt hatte, eilte Rudolf nach.

Der aber war mit dem Kohlenträger in dem Gewirr der Gäßchen verschwunden.

Zusammen mit dem Schulmeister betraten zwei Männer, von der anderen Seite der Straße her, die Wirtsstube. Sie waren außer Atem, als wären sie lange und schnell gelaufen.

Sie sahen sich in der Wirtsstube um.

»Schrecklich!« sagte der eine; »er entwischt uns wieder.«

»Geduld! – die Tage haben vierundzwanzig Stunden, und das Leben ist lang,« antwortete der andere.

V

Die beiden Personen, die in die Schenke eingetreten waren, gehörten offensichtlich einer anderen Klasse an, als die Gäste, die dort gewöhnlich verkehrten.

Der eine war lang aufgeschossen und hatte fast weißes Haar, schwarze Augenbrauen, einen schwarzen Backenbart und ein knochiges braunes Gesicht; sein langer schwarzer Überrock war bis an den Hals hinauf zugeknöpft, und er trug über den engen braunen Tuchbeinkleidern lange Stiefel. Der andere war sehr klein, ebenfalls in Trauer, blaß und schön. Sein langes schwarzes Haar, seine schwarzen Augenbrauen und Augen hoben die matte Weiße seines Teints noch mehr hervor. An der Haltung, dem Wuchs, der Zartheit der Züge erkannte man leicht eine Dame in Männertracht.

»Tom, bestellen Sie etwas zu trinken und fragen Sie die Leute nach ihm,« sagte die Frau.

»Ja, Sarah,« antwortete der Mann.

Er setzte sich an einen Tisch und sagte zur Wirtin in gutem Französisch:

»Madame, haben Sie die Gefälligkeit und lassen Sie uns etwas zu trinken geben.«

Mutter Ponisse stand auf, lehnte sich zierlich über den Tisch und sagte:

»Wünschen Sie Wein?«

»Geben Sie uns eine Flasche, Gläser und Wasser!«

Die Wirtin brachte das Verlangte; Tom warf ihr hundert Sous hin, weigerte sich, das Geld anzunehmen, das sie ihm herausgeben wollte und sagte:

»Behalten Sie das, Frau Wirtin, und trinken Sie ein Glas mit uns.«

»Sie sind sehr freundlich, mein Herr,« antwortete Mutter Ponisse, indem sie Tom erstaunt ansah.

»Aber beantworten Sie mir eine Frage,« fuhr dieser fort. »Wir wollten einen Bekannten in einem Wirtshaus dieser Straße treffen und sind vielleicht in ein falsches Lokal geraten.«

»Das ist ›Das weiße Kaninchen‹, Ihnen zu dienen, mein Herr.«

»Es ist richtig,« sagte Tom, indem er Sarah ansah. »Ja, im Weißen Kaninchen sollte er uns erwarten.«

»Wie sieht denn Ihr Freund aus?«

»Er ist groß und schlank, hat hellbraunes Haar und einen ebensolchen Schnurrbart,« antwortete Tom.

»Warten Sie! Warten Sie! – Das ist der Herr, der eben da war ... Ein sehr großer Kohlenträger holte ihn hier ab, und sie gingen miteinander fort.«

»Sie sind es,« sagte Tom.

»Waren sie allein hier?« fragte Sarah.

»Der Kohlenträger kam eben nur herein; der andere saß da mit der Schallerin und dem Schurimann.« Dabei deutete die Wirtin mit den Augen auf den Genannten.

Tom und Sarah drehten sich nach ihm um.

Nachdem sie ihn aufmerksam gemustert hatten, fragte Sarah ihren Begleiter:

»Kennen Sie den Mann?«

»Nein. Karl hatte die Spur Rudolfs verloren. Als er aber Murph um dieses Wirtshaus herumschleichen und unaufhörlich durch die Fenster schauen sah, merkte er, daß er auf der richtigen Fährte war.«

Während dieses Gespräches sagte der Schulmeister, mit einem Blick auf Tom und Sarah, ganz leise zur Eule:

»Der große Dürre hat der Wirtin hundert Sous gegeben. Wenn sie fortgehen, folgen wir ihnen; ich packe den Langen und nehme ihm das Geld ab. Er hat eine Frau bei sich und wird keinen Lärm zu machen wagen.«

»Wenn die Kleine schreit, so habe ich meine Flasche mit Vitriol,« bemerkte die Einäugige. Dann setzte sie hinzu: »Nicht wahr, Mörderchen, sobald wir den Balg wieder sehen, nehmen wir ihn mit? Dann reiben wir der Jungfer das Lärvchen mit Vitriol ein, damit sie sich nichts mehr auf ihre Schönheit einbildet.«

»Eule, ich heirate dich noch,« sagte der Schulmeister. »Was die Einfälle und die Kurage betrifft, so hast du nicht deinesgleichen ...«

Nach kurzer Überlegung sagte Sarah zu Tom, indem sie auf den Schurimann deutete:

»Wenn wir diesen Mann fragten?«

»Wir können es versuchen,« entgegnete Tom. Dann wendete er sich an den Schurimann und sagte: »Wir sollten hier einen Freund treffen. Sie kennen ihn; wissen Sie, wohin er gegangen ist?«

»Ich kenne ihn nur, weil er mich vor zwei Stunden durchgeprügelt hat.«

»Vorher haben Sie ihn nie gesehen?«

»Niemals.«

»Frau Wirtin! Noch eine Flasche, vom besten!« rief Tom. »Und stellen Sie sie auf den Tisch des Herrn da, wenn er es erlauben will!«

Als Tom und Sarah an einem Tisch mit dem Schurimann und der Wirtin saßen, wurde das Gespräch fortgesetzt:

»Ich traf,« begann der Schurimann, »den Herrn im Hause Rotarms.«

»Ein seltsamer Name ... Wer ist Rotarm?«

»Rotarm? Er bekaspert Meiches.«

»Was heißt das?«

»Meiches bekaspern? Nun, schmuggeln. Sie sprechen wohl nicht Jenisch?«

»Jenisch?«

»Na, da Sie unsere schöne Sprache nicht verstehen, so will ich Ihnen verraten, daß Rotarm ein Schmuggler ist ... Er macht selbst kein Hehl daraus und rühmt sich seines Gewerbes. Dennoch ist er nicht zu ertappen.«

»Was hatte Rudolf bei ihm zu suchen?« fragte Sarah.

»Wahrhaftig, mein Herr oder Madame, wie Sie wollen, denn ich weiß nicht, was von beiden Sie sind ... Heute abend also wollte ich die Schallerin tanzen lehren. Sie flüchtete sich ins Haus, ich verfolgte sie; es war finster wie in einem Backofen. Statt nun die Schallerin zu fassen, geriet ich an Euren Freund, der mir meinen Lohn gab ...«

»Und Rotarm? Was verkauft er?«

»Alles, was zu verkaufen verboten ist. Das ist sein Geschäft und Gewerbe. Nicht wahr, Mutter Ponisse? – Man hat zwanzigmal Haussuchung bei ihm gehalten, aber nie etwas gefunden.«

»Ja, er ist schlau,« fiel die Wirtin ein. »Er soll in seinem Hause einen geheimen Gang haben, der in die Katakomben führt.«

»Man hat aber diesen Gang nie gefunden. Man müßte schon das ganze Haus einreißen.«

»Welche Nummer ist es?«

»Nr. 13 in der Bohnenstraße.«

»Sie können sich rühmen, in Herrn Rudolf einen tüchtigen Freund zu haben,« sagte der Schurimann. »Wäre der Kohlenträger nicht gekommen, so würde er eine Partie mit dem Schulmeister gemacht haben, der dort in der Ecke sitzt mit der Eule ... Donnerwetter! Ich muß an mich halten, daß ich die alte Hexe nicht kalt mache, wenn ich daran denke, wie sie mit der Schallerin umgegangen ist ... Aber kommt Zeit, kommt Rat!«

»Rudolf hat Sie verprügelt? So hassen Sie ihn wahrscheinlich?« fragte Sarah.

»Ich einen Mann hassen, der sich so benimmt. Im Gegenteil. Ich könnte für ihn durchs Feuer gehen, obgleich ich ihn erst seit heute abend kenne. Ich bin Soldat gewesen ..., mit einem solchen Offizier könnte man den Mond vom Himmel reißen.«

Tom und Sarah sahen einander schweigend an.

»Diese Macht, Menschen zu beherrschen, begleitet ihn also überall!« sagte Sarah bitter.

»Ja ... bis wir den Bann gebrochen haben,« entgegnete Tom.

»Und das muß geschehen, was es auch kosten möge,« setzte Sarah hinzu, indem sie mit der Hand über die Stirn strich, als wollte sie eine unangenehme Erinnerung vertreiben.

Auf dem Rathause schlug es zwölf Uhr.

Der Schulmeister sagte leise zur Eule:

»Wir wollen uns verstecken, bis die beiden herauskommen; dann gehen wir ihnen nach. Wenden sie sich links, so erwarten wir sie an der Ecke der Rue St. Eloi; gehen sie rechts, so treffen wir sie auf der anderen Seite!«

Der Schulmeister und die Eule wandten sich zum Gehen.

»Ihr trinkt also heute abend nichts?« fragte sie die Wirtin.

»Nein, Mutter Ponisse ... das nächste Mal!«

VI

Tom und Sarah standen auf und dankten dem Schurimann für seine Auskunft.

Dann verließen sie das Wirtshaus und trennten sich vom Schurimann, der eine andere Richtung einschlug.

»Sie sind verloren,« sagte der Schulmeister leise zu der Eule; »nimm den Stöpsel von deinem Vitriolfläschchen. Achtung!«

»Wir wollen die Schuhe ausziehen, damit sie uns nicht hören!«

»Du hast recht, Eule!«

»Zum Glück hält unser Wagen an der Ecke,« sagte Tom; »wir würden sonst völlig durchnäßt. Frieren Sie, Sarah?«

»Vielleicht erfahren wir etwas durch Rotarm,« sagte Sarah, ohne auf die Frage zu antworten.

Tom blieb mit einem Male stehen.

»Ich habe mich in der Straße geirrt,« sagte er; »wir hätten links gehen sollen. Es bleibt uns nichts übrig, als umzukehren.«

Der Schulmeister und die Eule traten in eine Tür, um von Sarah und Tom nicht bemerkt zu werden.

Die beiden kamen wieder an dem Wirtshaus vorbei und gelangten an einen Schutthaufen.

Die Keller eines abgetragenen Hauses bildeten hier einen Abgrund, an dem sich die Straße hinzog.

Der Schulmeister sprang jetzt mit der Kraft und Gewandtheit eines Tigers zu, faßte Tom an der Kehle und rief ihm zu:

»Dein Geld her, oder ich werfe dich in die Grube!«

Der Räuber stieß Tom rückwärts, so daß er das Gleichgewicht verlor. Dann hielt er ihn mit einer Hand in der Schwebe, während er mit der anderen Hand den Arm Sarahs wie mit einem Schraubstock packte.

Ehe Tom eine Bewegung machen konnte, plünderte ihn die Eule mit der größten Fingerfertigkeit aus.

Sarah schrie nicht, sondern sagte ganz ruhig:

»Geben Sie ihm die Börse, Tom!«

Dann wandte sie sich an den Räuber und sagte: »Wir machen keinen Lärm, tut uns also nichts zuleide!«

Die kaltblütige Ruhe Toms verleugnete sich keinen Augenblick.

»Wollt Ihr einen Handel eingehen? Mein Taschenbuch enthält Papiere, die Euch nichts nützen können; bringt sie mir morgen wieder, und ich gebe Euch fünfundzwanzig Louisdor.«

»Ja, um uns zu fangen!« antwortete der Räuber ...

Sarah schien mit einem Mal auf einen Gedanken zu kommen. Sie fragte den Räuber:

»Willst du Geld verdienen?«

»Immer!«

»Hast du bei Mutter Ponisse den Mann gesehen, den der Kohlenträger abholte?«

»Den mit dem Schnurrbart? Ja, ich wollte ihn eben mit den Fäusten traktieren ... aber er ließ mir keine Zeit dazu. Er brachte mir zwei Hiebe bei, die mich rücklings auf den Tisch warfen ... s' ist das erstemal, daß mir so etwas passiert ... Aber er muß mir Revanche geben!«

»Den Mann meine ich,« sagte Sarah.

»Ihn?« sprach der Schulmeister ... »Geben Sie mir tausend Franken, und ich bringe ihn um.«

»Von Umbringen ist nicht die Rede,« erwiderte Sarah.

»Von was sonst?«

»Komm morgen in den Chemin de la Révolte! Du wirst meinen Begleiter dort treffen. Er wird allein sein und dir sagen, was du zu tun hast. Zweitausend Franken, wenn du den Auftrag ausführst.«

»Mörderchen,« sagte die Eule leise, »hier ist Geld zu verdienen. Ich will für dich gehen ...«

»Meine Frau wird kommen,« sagte der Schulmeister; »sagen Sie ihr, was zu tun ist, und ich werde mir's überlegen.

»Gut. Morgen um ein Uhr.«

»Abgemacht!«

»Jetzt gehen Sie rechts, wir gehen links!«

Der Schulmeister und die Eule entfernten sich schnell.

»Der Böse kommt uns zu Hilfe,« sagte Sarah. »Dieser Verbrecher kann uns von Nutzen sein.«

Beide gingen auf Notre-Dame zu …

Ein Mann war unbemerkt Zeuge dieses Vorgangs gewesen, der Schurimann, der unter dem Schutthaufen Zuflucht vor dem Regen gesucht hatte.

Er nahm sich sogleich vor, Rudolf vor der Gefahr zu warnen; aber wie zu ihm gelangen? Er hatte die Adresse des angeblichen Fächermalers vergessen. Vielleicht kam Rudolf nie wieder ins Weiße Kaninchen. Wie also ihn auffinden?

Während dieser Gedanken war der Schurimann Tom und Sarah gefolgt und sah sie in einen Wagen steigen, der sie vor Notre-Dame erwartete.

Der Wagen fuhr ab.

Der Schurimann stieg blitzschnell hinten auf.

Um ein Uhr hielt der Wagen auf dem Boulevard de l'Observatoire, und Tom und Sarah verschwanden in einem der Gäßchen, die auf diesen Platz münden.

Die Nacht war pechschwarz, und der Schurimann konnte die Örtlichkeit nicht genau erkennen. Deshalb nahm er sein Messer aus der Tasche und machte einen breiten Schnitt in einen der Bäume, bei denen der Wagen gehalten hatte …

Zum ersten Male seit langer Zeit fand der Schurimann einen tiefen Schlaf, der nicht durch schreckliche Träume unterbrochen wurde.

VII

Am nächsten Tage glänzte eine strahlende Herbstsonne am blauen Himmel, und der Sturm hatte sich gelegt.

Rudolf, der entweder ein Zusammentreffen mit den beiden, denen er am Abend vorher entwischt war, nicht mehr erwartete oder sie nicht mehr fürchtete, betrat gegen elf Uhr vormittags die Gasse, in der das Wirtshaus der Mutter Ponisse gelegen war.

Die Wirtin saß auf der Schwelle, als Rudolf erschien.

»Ihre Dienerin, junger Herr! Man hat gestern nach Ihnen gefragt. Es war ein großer, gut gekleideter Mann, der eine kleine Frau in Herrentracht begleitete. Sie haben mit dem Schurimann getrunken.«

»Ah! Und was haben sie mit ihm gesprochen?«

»Dies und jenes – von Rotarm, vom Regen und vom schönen Wetter.«

»Sie kennen Rotarm?«

»Im Gegenteil; der Schurimann sagte ihnen, wer er sei, und wie Sie ihn verprügelt hätten –«

»Gut. Aber deshalb komme ich nicht. Ich will mit der Schallerin aufs Land.«

»Das geht nicht, schöner Herr.«

»Warum nicht?«

»Sie könnte nicht wiederkommen. Ihre Kleider gehören mir, und überdies ist sie mir noch zweihundertundzwanzig Franken für Essen, Trinken und Wohnung schuldig.«

»Da,« sagte Rudolf, indem er elf Louisdor auf den Schenktisch warf. »Und wieviel sind die Kleider wert, die sie trägt?«

Die Wirtin besah mißtrauisch einen Louis nach dem anderen. Dann sagte sie:

»Mindestens – hundert Franken!«

»Diese Lumpen? Hier hast du noch einen Louis, mehr gibt es nicht! Wenn man sich von dir begaunern läßt, bestiehlt man die Armen, die ein Recht auf Almosen haben.«

»Wie Sie wollen. Ich behalte die Sachen, und die Schallerin bleibt hier!«

»Hol' dich der Teufel! Hier ist das Geld, wo ist das Mädchen?« Die Wirtin steckte das Geld ein und sagte mit gemeinem Lächeln:

»Warum will denn der schöne Herr nicht selbst zur Schallerin hinaufgehen? – Es würde ihr Freude machen.«

»Geh, hole sie und laß sie nicht wissen, daß ich ihre Schulden bezahlt habe!«

Einige Minuten später kam Mutter Ponisse zurück und sagte:

»Die Schallerin wollte mir nicht glauben. Sie wurde rot wie Mohn, als ich ihr sagte, Sie wären da. Als ich ihr gar erlaubte, den Tag auf dem Lande zuzubringen, wollte sie mir um den Hals fallen.«

In diesem Augenblick trat Marienblume ein.

Sie schlug verlegen die Augen nieder, als sie Rudolf erkannte.

»Wollen Sie mich aufs Land begleiten?« fragte er sie.

»Gern, Herr Rudolf, da es Madame erlaubt.«

»Ich erlaube es dir, weil du folgsam gewesen bist,« sagte die Wirtin. »Komm, gib mir einen Kuß.«

Marienblume unterdrückte ihren Widerwillen und hielt ihre Stirn den Lippen der Wirtin hin. Rudolf aber stieß die Alte hinter ihren Schenktisch zurück.

»Nehmen Sie sich in acht,« sagte die Schallerin, »sie wird Ihnen etwas an den Kopf werfen. Sie ist bösartig!«

Nach einigen Schritten zog die Schallerin sanft ihren Arm zurück und sagte:

»Gehen Sie lieber allein. Ich gehe hinter Ihnen bis an die Barriere. Sind wir im Freien, dann können wir miteinander gehen, aber hier soll man Sie nicht mit mir sehen.«

»Fürchten Sie nichts,« entgegnete Rudolf, der den Arm des Mädchens wieder nahm.

»Wie Sie wollen. Ich sagte es nur, um Ihnen keine Unannehmlichkeiten zu bereiten.«

»Ich danke Ihnen. Aber ich habe wirklich nichts zu fürchten.«

Rudolf und das Mädchen gelangten an den Blumenkai, wo ein Wagen wartete. Rudolf sagte dem Kutscher:

»Nach St. Denis!«

Der Wagen fuhr ab; die Sonne stand strahlend am wolkenlosen Himmel; die frische Luft strich durch die heruntergelassenen Wagenfenster.

Die Schallerin saß mit gefalteten Händen und halbgeschlossenen Augen und schien in ein tiefes Glück versunken. Nach einer Weile sprach Rudolf sie an:

»Haben Sie darüber nachgedacht, was die Eule Ihnen gestern von Ihrer Mutter sagte?«

»Ja, ich habe schon viel darüber geweint, aber ich bin überzeugt, daß es nicht wahr ist, daß die Einäugige die Geschichte erfunden hat, um mir weh zu tun.«

»Es wäre doch möglich, daß die Eule besser unterrichtet ist, als Sie glauben. Würden Sie nicht glücklich sein, Ihre Mutter wiederzufinden?«

»Ach, Herr Rudolf, warum sollte ich wünschen, meine Mutter wiederzufinden, wenn sie mich nie geliebt hat? Hat sie mich aber geliebt ... dann würde ich ihr ja nur Schande machen! Sie grämte sich vielleicht zu Tode.«

»Wenn Ihre Mutter Sie geliebt hat, wird sie Ihnen verzeihen und Sie wieder lieben ... Hat sie Sie absichtlich verlassen und sieht sie, in welche schreckliche Lage Sie dadurch geraten sind, so wird ihre Scham Sie rächen.«

»Was nützt mir die Rache?«

»Vielleicht haben Sie recht ... Sprechen wir nicht mehr davon ...«

In diesem Augenblick kam der Wagen an die Stelle, wo sich die Straße von St. Denis und der Chemin de la Révolte kreuzen.

Trotz der Eintönigkeit der Landschaft war das Mädchen so entzückt, Felder zu sehen, daß die Freude ihr reizendes Gesicht verklärte. Sie neigte sich aus dem Schlage, klatschte in die Hände und rief:

»Wie schön! Gras! Felder! Ach, darf ich über die Wiesen laufen?«

Rudolf ließ halten, und sie stiegen aus. Die Schallerin lief hin und her, blieb stehen und lief, unter neuem Jubel, immer wieder davon.

Beim Anblick einiger Blümchen konnte sie einen neuen Ausbruch ihrer Freude nicht unterdrücken und pflückte alle ab.

Dann setzte sie sich auf einem Baumstamm nieder, der an einem Graben lag.

Nach einer Weile sagte sie, im Tone tiefen Glückes und fast religiöser Dankbarkeit:

»Wie gütig ist doch das Schicksal, daß es uns einen so schönen Tag erleben läßt!«

In Rudolfs Auge trat eine Träne, als er das arme, verlassene, verachtete Mädchen so seine Dankbarkeit gegen den Schöpfer aussprechen hörte, weil es einen Sonnenstrahl und eine Wiese sah...

Ein völlig unvorhergesehenes Ereignis riß Rudolf aus seinem Sinnen.

VIII

In dem Graben, an dessen Rand die Schallerin sich gesetzt hatte, richtete sich ein Mann auf und brach in ein fürchterliches Gelächter aus.

Die Schallerin fuhr hoch.

Es war der Schurimann.

»Erschrick nicht, meine Tochter,« sagte er. »Ein famoses Zusammentreffen, nicht wahr? Das haben Sie gewiß nicht erwartet, Herr Rudolf. Ich auch nicht.«

»Was tust du hier?« fragte Rudolf verwundert.

»Ich wache, Meister. Aber wie geht es zu, daß Sie gerade in die Nähe meiner Sommerwohnung kommen? Das hat etwas zu bedeuten!«

»Sprich deutlicher!«

»Geduld! Geduld, Meister! Noch ein Wort: wie spät ist es?«

»Halb eins,« sagte Rudolf.

»Gut, wir haben noch Zeit. In einer halben Stunde muß die Eule hier sein.«

»Die Eule?« riefen Rudolf und das junge Mädchen gleichzeitig.

»Ja, die Eule! Die Geschichte verhält sich so: Gestern, als Sie das Wirtshaus verlassen hatten, kamen –«

»Ein großer Mann mit einer Frau in Herrenkleidern; sie fragten nach mir. Ich weiß. Weiter?«

»Die beiden wollten mich über Sie ausfragen, aber ich wußte natürlich nichts. Wenn ich aber auch etwas gewußt hätte, würde ich nichts gesagt haben. Ich halte zu Ihnen, Meister Rudolf, auf Leben und Tod –«

»Ich danke dir. Aber fahre fort!«

»Der Mann und die Frau gingen hinaus, und ich ging auch. Es regnete. Deshalb kroch ich, bei einer Baustelle, in ein Kellerloch, wo ich im Trockenen war und legte mich hin.«

»Was geschah?«

»Ich fing an einzuduseln, als ich Stimmen hörte. Ich lauschte. Es war der Schulmeister, der ganz freundschaftlich mit einem anderen sprach. Ich erkannte die Stimme des Langen, der mit der kleinen Frau im Wirtshaus gewesen war.«

»Sie sprachen mit dem Schulmeister und der Eule?« fragte Rudolf höchst erstaunt.

»Mit dem Schulmeister und der Eule, und sie verabredeten, am anderen Tag wieder zusammenzukommen.«

»Also heute,« fiel Rudolf ein.

»Um ein Uhr.«

»Seltsam!«

»Und zwar da, wo der Weg von St. Denis und der Chemin de la Révolte zusammenstoßen.«

»Hier, an dieser Stelle?«

»Wie Sie sagen, Herr Rudolf, an dieser Stelle.«

»Der Schulmeister? Nehmen Sie sich in acht, Herr Rudolf,« fiel Marienblume ein.

»Beruhige dich; er soll nicht kommen; nur die Eule.«

»Außerdem ist Herr Rudolf kein Kind, Mädchen; aber es könnte immerhin etwas gegen ihn im Werke sein, und deshalb bin ich da.«

»Erzähle weiter!«

»Der Große und die Kleine versprachen dem Schulmeister zweitausend Franken. Was er dafür tun soll, weiß ich nicht. Die Eule sollte hierherkommen, die gestohlene Brieftasche des Langen mitbringen, erfahren, was zu tun sei und es dem Schulmeister mitteilen, der das übrige zu erledigen hat.«

Das Mädchen erbebte. – Rudolf lächelte verächtlich.

»Als ich diesen Vorschlag hörte, sagte ich mir: Du mußt wissen, wo diese Leute zu Hause sind, die den Schulmeister gegen Herrn Rudolf hetzen wollen. An der Notre-Dame stiegen sie in einen Wagen, ich hintenauf, und so kamen wir auf den Boulevard de l'Observatoire. Es war finster wie in einem Backofen; ich schnitt also einen Baum an, um mich am anderen Tage wieder zurechtzufinden.«

»Sehr gut!«

»Heute früh ging ich wieder hin. Zehn Schritte von meinem Baum sah ich ein Gäßchen, das durch eine Barriere getrennt war, am Ende des Gäßchens ein Haus, und in diesem Hause müssen sie wohnen.«

»Ich danke dir, du hast mir, vielleicht ohne es zu wissen, einen großen Dienst erwiesen.«

»Bitte um Entschuldigung, Herr Rudolf, aber gerade darauf kam es mir an.«

»Ich errate, was man will. Ich habe ein Geheimnis, die Fächerstäbchen mit einer Maschine zu schneiden, aber dieses Geheimnis ist nicht allein mein Eigentum. Wahrscheinlich will man sich des Modells der Maschine, das ich bei mir habe, um jeden Preis bemächtigen, denn mit dieser Sache ist viel Geld zu verdienen.«

»Der Große und die Kleine sind also unterrichtet?«

»Es sind die Unternehmer, für die ich arbeite, und denen ich mein Geheimnis nicht mitteilen wollte.«

»Und sie haben,« fuhr der Schurimann fort, »nicht einmal den Mut, ihren schlechten Streich selbst auszuführen! Aber damit ich nur fertig werde: Heute morgen dachte ich mir: Ich kenne den Ort der Zusammenkunft der Eule und des Großen, ich werde sie erwarten. Kaum bin ich da, setzt sich die arme Schallerin gerade an meinem Park nieder. Da mußt' ich mir einen Spaß erlauben und laut aufschreien.«

»Welchen Plan hast du nun?«

»Ich warte auf die Eule und höre, was sie dem Großen sagt. Wenn ich aber nichts höre, falle ich über die Eule her, bezahle ihr, was sie gut hat und drehe ihr den Hals um, bis sie mir den Namen der Eltern des armen Mädchens nennt.«

»Ach, Schurimann, meinetwegen fang keinen Zank an! Wenn du die Eule schlägst, wird der Schulmeister –«

»Höre mich an,« fiel Rudolf ein, indem er sich einige Schritte von dem Mädchen entfernte. »Ich habe ein besseres Mittel, die Schallerin an der Eule zu rächen. Jetzt sage mir: willst du mir einen wirklichen Dienst erweisen?«

»Gewiß!«

»Die Eule kennt dich nicht?«

»Ich habe sie gestern zum erstenmal gesehen.«

»Du versteckst dich, kommst aber hervor, wenn du siehst, daß sie ganz nahe ist!«

»Um ihr den Hals umzudrehen?«

»Nein, um sie zu verhindern, mit dem Großen zu sprechen. Er wird nicht wagen, heranzukommen, wenn er sieht, daß jemand da ist. Kommt er doch, so verlaß sie keine Minute!«

»Ich folge der Eule wie ihr Schatten. Der Mann soll kein Wort sagen, das ich nicht höre.«

»Wenn sie ein anderes Stelldichein verabreden, so erfährst du es.«

»Gut, gut. Und dann geht es über die Eule her?«

»Noch nicht ... Die Einäugige weiß nicht, ob du ein Dieb bist oder nicht?«

»Nein; der Schulmeister müßte ihr denn gesagt haben, daß das nicht mein Fach ist.«

»Hat er es ihr gesagt, so stellst du dich, als hättest du dich anders besonnen.«

»Herr Rudolf – sagen Sie mir – hm! hm! – Das geht nicht.«

»Du wirst sehen, daß ich dir nichts Böses zumute.«

»Gut, ich werde gehorchen.«

»Ist der Mann fort, so suchst du die Eule zu kirren.«

»Ich, die alte Hexe? Lieber schlage ich mich mit dem Schulmeister.«

»Dann verdirbst du alles.«

»Aber was soll ich tun?«

»Die Eule wird wütend sein, daß ihr ein so fetter Bissen entgeht. Du suchst sie zu beruhigen, indem du ihr sagst, du wüßtest, wo ein gutes Geschäft zu machen wäre. Es könnte viel Geld verdient werden, wenn der Schulmeister von der Partie sein wollte.«

»Und dann?«

»Nachdem du sie eine Stunde hast warten lassen, sagst du ihr: Mein Kamerad kommt nicht! Dann bestellst du den Schulmeister und die Eule auf morgen früh ... Verstehst du?«

»Ungefähr.«

»Abends um zehn Uhr treffen wir uns wieder, und ich werde dir dann das übrige sagen.«

»Wenn es eine Falle sein soll, so sehen Sie sich vor! Der Schulmeister ist fähig, Sie zu ermorden.«

»Sei unbesorgt!«

»Dann noch ein Wort, Herr Rudolf.«

»Sprich.«

»Ich hoffe doch nicht, daß Sie dem Schulmeister eine Schlinge legen wollen, um ihn von der Polizei fassen zu lassen ...«

»Nein. Aber ich habe mit ihm und der Eule ein Hühnchen zu rupfen, weil sie sich mit Leuten einlassen, die mir übel wollen.«

»Da bin ich dabei.«

»Wenn es uns gelingt,« setzte Rudolf in ernstem Tone hinzu, »wirst du so stolz sein, wie damals, als du die Frau und den Mann gerettet hattest, die dir ihr Leben verdanken.«

»Das soll mich freuen, Herr Rudolf! Aber schnell, ich glaube, die Eule kommt!«

»Heute abend um zehn Uhr!«

»Abgemacht.«

Marienblume, die den letzten Teil des Gesprächs nicht gehört hatte, stieg wieder in den Wagen.

IX

Rudolf blieb einige Augenblicke nachdenklich und ernst.

Marienblume, die das Schweigen ihres Begleiters nicht zu unterbrechen wagte, sah ihn traurig an.

Rudolf richtete endlich den Kopf empor und sagte mit freundlichem Lächeln:

»Woran denken Sie? Die Begegnung mit dem Schurimann war Ihnen unangenehm, nicht wahr?«

»Im Gegenteil, Herr Rudolf, der Schurimann kann Ihnen ja nützlich sein.«

»Aber Sie hatten sich die Ausfahrt gewiß anders vorgestellt.«

»Ach, ich bin ganz glücklich. Ich bin ja so lange nicht aus Paris herausgekommen.«

»Warte nur, wir sehen noch viel Schönes.«

Nachdem sie eine Weile ungezwungen mit Rudolf geplaudert und sich, wie ein Kind, über alles gefreut hatte, was ihrem Blick begegnet war, sank Marienblume plötzlich in sich zusammen, bedeckte ihr Gesicht mit den Händen und weinte.

Verwundert fragte sie Rudolf:

»Was haben Sie, Marienblume?«

»Nichts ... nichts, Herr Rudolf,« und sie versuchte zu lächeln ... »Verzeihen Sie mir, achten Sie nicht darauf ... ich werde gleich wieder lustig sein.«

Allmählich verzog sich die Wolke des Trübsinns wieder; Marienblume wollte nur die Gegenwart genießen und nicht an die Zukunft denken.

Der Wagen kam nach St. Denis. Man sah die hohe Kirchturmspitze.

»Ah, der schöne Kirchturm!« rief das Mädchen aus.

Rudolf fragte unvermittelt:

»Haben Sie noch nie einen Mann geliebt?«

»Niemals, Herr Rudolf.«

»Warum nicht?«

»Man muß unschuldig sein, um lieben zu können.«

»Manchmal wünsche ich mir allerlei, was ich nicht habe und wohl haben möchte. Bauen Sie nicht auch zuweilen Luftschlösser?«

»Früher ja. Jetzt nicht mehr. Und was wünschen Sie sich, Herr Rudolf?«

»Ich möchte reich sein, ein großes Haus haben, alle Tage ins Theater gehen. Und Sie, Marienblume?«

»Ich wünsche nur so viel, um die Wirtin bezahlen und ohne Sorgen leben zu können, bis ich Arbeit fände.«

»Möchten Sie nicht auch Wagen, Diamanten, schöne Kleider haben?«

»Soviel wünsche ich mir nicht. Nur die Freiheit, auf dem Lande zu leben, und die Sicherheit, nicht im Hospital zu sterben ... Das besonders ist mir ein schrecklicher Gedanke. Ich kannte ein Mädchen. Es starb im Hospital ... man überließ den Leichnam den Ärzten,« flüsterte die Unglückliche und schauderte.

»Und mit solchen gräßlichen Gedanken quälen Sie sich?«

»Seien Sie mir nicht böse, Herr Rudolf. Sie nehmen mich mit, und ich rede von so traurigen Dingen. Aber ich denke schon nicht mehr daran. Ich will vernünftig sein ...«

»Wie könnte ich Ihnen böse sein? Jeder Mensch hat das Recht, traurige Gedanken zu haben.«

»Sind Sie auch zuweilen traurig, Herr Rudolf?«

»Gewiß; meine Zukunft ist nicht heiterer als die Ihre ... Ich habe weder Vater noch Mutter ...; wenn ich morgen krank werde, wovon soll ich leben? Ich brauche, was ich verdiene, von einem Tage zum andern.«

»Da tun Sie unrecht, Herr Rudolf,« sagte die Schallerin in einem Ton, über den Rudolf lächeln mußte. »Sie sollten etwas zurücklegen ... Ich bin auch nur deshalb in meine üble Lage gekommen, weil ich nicht gespart habe ...«

»Das ist ja weise und verständig, kleine Hausfrau. Aber wovon soll unsereins sparen?«

»Wir wollen einmal nachrechnen! Sie verdienen den Tag bis fünf Franken?«

»Ja, wenn ich arbeite.«

»Sie sind leichtsinnig, Herr Rudolf! Ein Arbeiter kann mit drei Franken anständig leben; in einem Monat können Sie also sechzig Franken erübrigen. Das ist ein Kapital.«

»Ja, aber das Nichtstun hat auch seine Reize. Dennoch will ich mich bessern und zu sparen anfangen.«

»Bestimmt?«

»Ich verspreche es ...«

»Sie werden sehen, wie sehr Sie sich über Ihre ersten Ersparnisse freuen. Aber das ist noch nicht alles ...«

»Erleichtern Sie Ihr Herz, Marienblume.«

»Nun, Sie sind aus guter Familie, man sieht es ... warum besuchen Sie so schlechte Lokale, wie das Weiße Kaninchen?«

»Wäre ich nicht in dieses Lokal gekommen, so hätte ich ja auch nicht das Vergnügen, heute mit Ihnen spazierenzufahren.«

»Sie verspotten mich,« sagte Marienblume. »Das ist nicht recht.«

Rudolf lächelte.

Der Wagen rollte weiter. Nach einer Weile begann Rudolf das Gespräch von neuem.

»Nun wollen wir Luftschlösser bauen, Marienblume. Das kostet nichts und steht meinem Gelübde, sparsam zu werden, nicht im Wege.«

»Wir wollen einmal sehen, ob Sie meinen Geschmack erraten, Herr Rudolf.«

»Es kommt auf einen Versuch an. Ich nehme an, dieser Weg führte nach einem hübschen, abgelegenen Dörfchen –«

»Ja, das recht still und versteckt ist.«

»Am Ende des Dorfes sieht man eine Meierei; an der einen Seite des Hauses liegt ein Obst-, an der anderen ein schöner Blumengarten.«

»Ach, ich sehe es vor mir, Herr Rudolf.«

»Im Erdgeschoß des Hauses eine große Küche und ein Speisezimmer.«

»Das Haus hat grüne Jalousien, nicht wahr, Herr Rudolf?«

»Grüne Jalousien, ich bin ganz Ihrer Meinung ... Natürlich wäre die Pächterin Ihre Tante.«

»Und eine recht gute Frau.«

»Eine vortreffliche Frau. Sie würde Sie lieben wie eine Mutter..«

»Gute Tante! Ach, es muß schön sein, so geliebt zu werden.«

»Ihr Stübchen ist im ersten Stock.«

»Mein Stübchen? Lassen Sie einmal mein Stübchen sehen!«

»Es hat zwei Fenster, das eine nach dem Blumengarten, das andere nach der Wiese hinaus, an deren Ende ein Bach vorüberfließt.«

»Ach, wie hübsch das ist, Herr Rudolf! Man möchte gleich dort sein.«

»Drei, vier Kühe weiden auf der Wiese, die durch eine Dornenhecke von dem Garten getrennt ist.«

»Und von meinem Fenster aus kann ich die Kühe sehen?«

»Ganz deutlich.«

»Und eine darunter ist mein Liebling, nicht wahr, Herr Rudolf? Ich gewöhne sie, aus meiner Hand zu fressen.«

»Sie ist ganz weiß, bis auf einen Flecken am Kopfe, noch ganz jung und heißt ›Bläßchen‹!«

»Ach, wie liebe ich das hübsche Bläßchen.«

»Erst müssen wir mit Ihrem Stübchen fertig werden! Es ist hübsch tapeziert, hat schöne Gardinen, und vor dem Fenster wachsen Blumen, so daß Sie früh nur die Hand auszustrecken brauchen, um einen Strauß Rosen und Jelängerjelieber zu pflücken.«

»Ach, Herr Rudolf, wie schön Sie das ausmalen!«

»Sehen wir nun, wie Sie Ihren Tag verbringen.«

»Ja, o ja!«

»Ihre gute Tante kommt früh zu Ihnen und bringt Ihnen warme Milch. Sie stehen auf, besuchen Bläßchen, die Hühner, die Tauben, die Blumen im Garten ... Um neun Uhr kommt Ihr Lehrer.«

»Mein Lehrer?«

»Sie fühlen doch, daß Sie lesen, schreiben und rechnen lernen müssen, um Ihre Tante unterstützen zu können.«

»Sie haben recht, Herr Rudolf,« sagte ernsthaft das arme Mädchen, das die Schilderung dieses friedlichen Lebens so beschäftigte, daß es an seine Wirklichkeit glaubte.

»Nach der Unterrichtsstunde machen Sie mit Ihrer Tante einen Spaziergang. Sie werden dabei recht müde und bringen eine Handvoll duftenden Klees für Ihr Bläßchen mit.«

»Denn wir gehen auf dem Rückweg über die Wiese, nicht wahr, Herr Rudolf?«

»Ohne Zweifel; es führt eine hölzerne Brücke über den Bach. Dann speisen Sie mit der Tante. Zuweilen kommt der Geistliche oder ein alter Hausfreund zum Abendessen. Dann lesen Sie oder arbeiten, während Ihre Tante eine Partie spielt. Um zehn Uhr gibt sie Ihnen einen Kuß auf die Stirn, und Sie gehen in Ihr Stübchen. Am nächsten Morgen fängt das Ganze wieder von vorn an.«

»So könnte man hundert Jahre alt werden, Herr Rudolf, ohne sich einen Augenblick zu langweilen.«

»Am Sonntag ziehen Sie ein schönes Kleid an und fahren mit der Tante aus. Sie sind so hübsch, daß alle jungen Burschen mit Ihnen tanzen wollen, weil alle Heiraten auf diese Weise anfangen. Allmählich werden Sie auch einen bemerken und ...«

Rudolf wunderte sich über das Schweigen des Mädchens und sah sie an.

Marienblume konnte ein Schluchzen kaum unterdrücken.

»Was ist Ihnen, Marienblume?«

»Ach, Herr Rudolf, ich glaubte einen Augenblick an dieses Paradies ...«

»Und wenn nun dieses Paradies kein Traum wäre, armes Kind? – Halt, Kutscher!«

Der Wagen hielt.

Das Mädchen hob unwillkürlich den Kopf. Sie befanden sich auf der Spitze eines Hügels.

Das hübsche Dörfchen, die Meierei, die Wiese, die Kühe, das Kastanienwäldchen ... das Bild lag vor ihren Augen, nichts fehlte daran, nicht einmal Bläßchen, der künftige Liebling!

»Nun, Marienblume, was sagen Sie? Bin ich ein guter Maler?« fragte Rudolf lächelnd.

Die Schallerin sah ihn voll Verwunderung an. Es kam ihr wie Zauberei vor.

»Wie geht das zu, Herr Rudolf? Alles, wie Sie es ausgemalt haben!«

»Nichts einfacher als das, mein Kind. Die Pächterin ist meine Amme; ich bin hier erzogen worden. Ich malte also nach der Natur.«

Die Schallerin sagte nichts. Aber sie seufzte tief.

X

Die Meierei lag vor dem Dorfe Bouqueval.

Der Wagen fuhr einen ziemlich steilen Weg hinunter und gelangte in eine lange Allee von Kirsch- und Apfelbäumen.

Nach einigen Minuten hielt er vor einer kleinen hölzernen Pforte, die unter einem kräftigen Weinstock mit vergilbten Blättern versteckt war.

»Wir sind am Ziele, Marienblume,« sagte Rudolf.

Man hatte jedenfalls auf die Ankunft des Wagens gewartet.

Der Kutscher hatte kaum den Schlag geöffnet, als eine Frau von etwa fünfzig Jahren in der Tür erschien und Rudolf mit ehrerbietiger Eile entgegenkam.

Die Schallerin stieg, hochrot, erst nach einigem Zögern aus.

»Guten Tag, liebe Madame Georges,« sagte Rudolf, »ich bin pünktlich, wie Sie sehen.«

Dann wandte er sich an den Kutscher und sagte:

»Du kannst nach Paris zurückkehren.«

Der Kutscher, ein kleiner, untersetzter Mann, steckte das Geld ein, antwortete nichts, stieg wieder auf den Bock, trieb sein Pferd an und verschwand schnell in der grünen Allee.

Marienblume trat ängstlich und verlegen zu Rudolf und sagte leise, so daß es Madame Georges nicht hören konnte:

»Mein Gott, Herr Rudolf, Sie schicken ja den Wagen zurück. Ich muß heute abend wieder bei der Wirtin sein, sonst hält sie mich für eine Diebin ... Meine Kleider gehören ihr, und ich bin ihr Geld schuldig.«

»Beruhigen Sie sich! Sie sind der Wirtin nichts mehr schuldig und bleiben hier!«

Marienblume sah bald die Pächterin, bald Rudolf an und konnte nicht glauben, was sie hörte.

»Wie?« fragte sie, und ihre Stimme zitterte, »ich darf hier bleiben? Madame will es mir erlauben? Wäre es möglich? ...«

»Mein liebes Kind, glauben Sie mir,« sagte Rudolf, »ja, Sie können von heute an bei Madame Georges das gemütliche Landleben führen, dessen Schilderung Sie eben entzückte ... Ja, Sie können, wenn Sie es wünschen, Ihre Träume sogleich verwirklicht sehen.«

Marienblume faltete die Hände. Überraschung, Freude und Dankbarkeit malten sich auf ihrem Gesicht; ihre Augen füllten sich mit Tränen, und sie sprach:

»Herr Rudolf ... Sie müssen ein Engel Gottes sein, daß Sie eine Fremde aus Not und Schande befreien und ihr so viel Gutes erweisen.«

»Armes Kind,« antwortete Rudolf mit einem Lächeln tiefer Melancholie ... »ich habe in meinem Leben viel gelitten; das mag Ihnen mein Mitleid mit den Unglücklichen erklären. Gehen Sie nun mit Madame Georges, Marie! Vor meiner Abreise plaudern wir noch ein wenig, und es wird mich glücklich machen, wenn ich Sie glücklich verlasse.«

Marienblume nahm Rudolfs Hand und führte sie an ihre Lippen.

Dann folgte sie Madame Georges, die sie mit tiefem Interesse betrachtete.

XI

Auf dem Hofe traf Rudolf den riesenhaften Mann, der ihn am Tage vorher, als Kohlenträger verkleidet, von der Ankunft Toms und Sarahs verständigt hatte.

Murph, so hieß der Mann, war etwa fünfzig Jahre alt; sein breites, rotes Gesicht war glatt rasiert bis auf einen kurzen Backenbart von fast roter Farbe, der kaum bis unter das Ohr reichte. Trotz seiner Beleibtheit war Murph gewandt und stark. Aus seinem Gesicht sprach kühne Entschlossenheit. Er trug ein weißes Halstuch, eine lange Weste und einen schwarzen Frack mit breiten Schößen; seine kurzen Beinkleider waren von demselben Stoff wie die Gamaschen.

Kleidung und Haltung erinnerten an den Typus, den die Engländer einen Gentlemanpächter nennen. Ein Pächter war Murph nun freilich nicht, wohl aber ein Engländer und ein vollendeter Gentleman.

In dem Augenblick, in dem Rudolf den Hof betrat, steckte Murph ein Paar Pistolen, die er sorgfältig gereinigt hatte, in die Tasche eines kleinen Reisewagens.

»Wem willst du mit deinen Pistolen zu Leibe?« fragte Rudolf.

»Das ist meine Sache,« antwortete Murph, indem er vom Kutschentritt herunterstieg. »Kümmern Sie sich um Ihre Angelegenheiten, ich sorge für die meinigen.«

»Für wann hast du die Pferde bestellt?«

»Zum Abend, wie Sie befahlen.«

»Du bist heute morgen angekommen?«

»Um acht Uhr. Madame Georges hatte reichlich Zeit, alles vorzubereiten.«

»Du bist schlecht gelaunt ... Was ist geschehen?«

»Es wäre mir lieber, wenn Sie Gutes täten, ohne Ihr Leben aufs Spiel zu setzen.«

»Hast du Angst um mich, Murph? Zweifelst du an meiner Kraft, an meinem Mut?«

»Ich kenne Ihre Talente, Herr, und weiß, daß es keinen Boxer, keinen Schützen, keinen Läufer gibt, der es mit Ihnen aufnehmen könnte ...«

»Nun, was fürchtest du dann?«

»Ich behaupte, daß es sich nicht schickt, mit jedem Verbrecher anzubinden. Sonst, in anderen Dingen, bin ich nachsichtig.«

»Zum Beispiel in Geldsachen, Murph?«

»Mit einem Einkommen von beinahe zwei Millionen ...«

»Kann man auch in Verlegenheit sein, armer Murph!«

»Wem sagen Sie das?«

»Und doch gibt es Freuden, die wenig kosten!«

»Sie denken an Ihren neuen Schützling? ... Da wäre allerdings so manches zu sagen ... Doch reden wir lieber nicht davon!«

»Warum nicht, Murph?«

»Sie tun ja doch, was Ihnen beliebt.«

»Ich tue, was recht ist,« sagte Rudolf.

»Was Sie für Recht halten, Herr!«

»Du weißt, daß ich Widerspruch nicht dulde, Murph!«

»Gnädigster Herr, ich bin fünfzig Jahre alt und habe Anspruch darauf, wie ein Gentleman behandelt zu werden.«

»Schweig!«

»Es ist unwürdig, Herr, einen Mann zu zwingen, an die Dienste zu erinnern, die er geleistet hat.«

Diese Worte versetzten Rudolf in höchsten Zorn. Seine Augen blitzten, seine Lippen erbleichten; er trat mit einer drohenden Gebärde auf Murph zu und sprach:

»Wagst du –«

Murph wich zurück und sagte leise, doch bestimmt:

»Denken Sie an den dreizehnten Januar!«

Diese Mahnung wirkte wie ein Zauberspruch. Rudolf sah Murph starr an, ließ den Kopf sinken und flüsterte:

»Ach, Herr – Sie sind grausam – ich glaubte – und nun auch Sie – Sie –!«

Er konnte nicht vollenden; seine Stimme erlosch; er sank auf eine Steinbank und schlug beide Hände vors Gesicht.

»Gnädigster Herr,« sprach Murph verzweifelt, »verzeihen Sie Ihrem alten Murph! Nur weil ich – ach, nicht für mich – die Wirkung Ihrer Hitze fürchtete, sprach ich die Worte aus. Ich tat unrecht, daß ich mich hinreißen ließ ... verzeihen Sie, daß ich Sie an den furchtbaren Tag erinnerte!«

Rudolf erwiderte mit weicher, trauriger Stimme:

»Genug, alter Freund, ich danke dir, daß du mit einem Worte diese verderbliche Hitze abkühltest ... Ich war ein Tor, sprechen wir nicht mehr davon!«

»Wie konnte ich mich nur so vergessen?«

»Genug, Murph. Du kennst meine Ideen über das Gute, das der Mensch wirken kann ... Unglücklichen beizustehen, die klagen, ist gut; die aufzusuchen, die in Ehren kämpfen, ist besser; diejenigen wieder ehrlich und rechtschaffen zu machen, die in der Not, nach menschlichem Ermessen, gefehlt haben, ist das beste. Mit Haß und Rache Laster, Ehrlosigkeit, Verbrechen zu verfolgen, ob sie im Kote kriechen oder sich auf seidenen Polstern blähen, ist Gerechtigkeit!«

»Ich habe nicht sagen wollen, daß Sie Ihre Wohltaten an Unwürdige verschwenden.«

»Noch ein Wort, alter Freund! Madame Georges und das arme junge Mädchen, das ich ihr anvertraut habe, sind von zwei verschiedenen Punkten ausgegangen, um in einen gemeinsamen Abgrund: das Unglück, zu stürzen. Die eine war reich, glücklich, geliebt und mußte ihre Existenz in Trümmer fallen sehen, weil der Mann, mit dem verblendete Eltern sie vermählt hatten, ein Schurke war.«

»Aber Sie haben ihr geholfen, Herr!«

»Und ihr gönntest du meine Hilfe, Murph. Aber verdient das unglückliche Kind, das gemartert, erniedrigt, befleckt, in der Tiefe seines Herzens sich seine Reinheit bewahrte, nicht auch Mitleid, Teilnahme und Achtung?«

»Sie haben recht, gnädigster Herr ...«

»Und wenn ich bedenke, daß dieses Kind, wie es heißt, eine reiche, hochgestellte Mutter hat, die es unwürdig verließ ... wenn das wahr ist, dann wehe dieser Frau!«

»Ach, gnädiger Herr,« entgegnete Murph, »ich weiß es; die, welche Teilnahme und Mitleid verdienen, haben von Ihnen oft gesagt: ›er ist ein Engel!‹, während die, denen Haß und Verachtung gebührt, Sie einen Teufel nennen!«

»Schweig, da kommt Madame Georges mit Marien ... Laß alles zu unserer Abfahrt vorbereiten; wir müssen beizeiten in Paris sein.«

Marie war kaum wiederzuerkennen.

Ein hübsches Häubchen und zwei dicke blonde Zöpfe rahmten das Gesicht des jungen Mädchens ein. Ein faltenreiches Tuch von weißem Musselin verschwand unter dem hohen Latz einer Schürze von schillerndem Taffet.

Ihre Gesichtszüge waren ernst.

»Da kommt mein Kind,« sagte Madame Georges, »um Ihnen für Ihre Güte zu danken.«

Bei den Worten »mein Kind« wendete Marie langsam ihre Augen zu ihrer Beschützerin und sah sie mit einem Ausdruck unaussprechlicher Dankbarkeit an.

»Ich danke Ihnen in Mariens Namen, meine liebe Madame Georges; sie ist dieser liebevollen Teilnahme wert und wird sie immer verdienen.«

Zu dem jungen Mädchen gewandt, sagte Rudolf:

»Mein Kind, ich habe noch einiges mit Madame Georges zu besprechen ... Mein Freund Murph wird Sie in der Meierei umherführen und Sie mit Ihren zukünftigen Schützlingen bekannt machen ... Wir sind bald wieder bei Ihnen.«

Murph nahm den Arm Mariens und ging mit ihr zur Meierei.

»Nun, Madame Georges, was halten Sie von Marie?« fragte Rudolf.

»Lassen Sie mich es Ihnen in wenigen Worten sagen, Herr Rudolf: Sie ist Ihrer Hilfe wert.«

»So bin ich mit dem, was ich getan habe, doppelt zufrieden, meine gute Madame Georges. Das arme Mädchen wird Ihre Teilnahme in Anspruch nehmen und die Leere in Ihrem Herzen ausfüllen.«

»Ja, ich werde mich mit ihr beschäftigen, wie ich mich mit ihm beschäftigt haben würde,« antwortete Madame Georges mit Tränen in den Augen.

Rudolf ergriff ihre Hand.

»Geben Sie nicht alle Hoffnung auf! Vielleicht gelingt es uns noch, etwas zu ermitteln.«

Madame Georges schüttelte traurig den Kopf.

»Mein armer Sohn wäre jetzt zwanzig Jahre alt ...«

»Sagen Sie lieber: er ist so alt.«

»Gott gebe es! Herr Rudolf.«

»Hoffen wir! Gestern suchte ich einen Mann auf, der Rotarm heißt, und der mir vielleicht, wie man mir gesagt hatte, Auskunft über Ihren Sohn geben kann. Als ich aus dem Hause Rotarms trat, traf ich das unglückliche Mädchen.«

»So hat Ihr gutes Herz Sie richtig geführt!«

»Aus Rochefort haben Sie noch immer keine Nachricht?«

»Nein,« antwortete Madame Georges leise.

»Desto besser! – Der Unmensch wird seinen Tod gefunden haben, als er zu entfliehen suchte. Sein Signalement ist allgemein verbreitet. Er ist ein so gefährlicher Bösewicht, daß man sicher alles aufbietet, um ihn zu entdecken –«

»Der Vater meines Sohnes ...«

»Arme Frau!«

»Mich überfällt bisweilen eine schreckliche Angst. Ich stelle mir vor, mein Mann sei, gesund und wohlbehalten, aus Rochefort entkommen, er suche mich auf, um mich zu ermorden, wie er vielleicht unser Kind bereits ermordet hat ...«

»Hatte Ihr Sohn kein Zeichen, kein Merkmal an sich, an dem er zu erkennen wäre?«

»Einen kleinen Heiligen, in Lapislazuli geschnitten, den er an einem silbernen Kettchen am Halse trug. Ich hatte dieses geweihte Stück von meiner Mutter, die es selbst als Kind getragen hatte und großen Wert darauf legte. Auch ich habe es getragen und dann meinem Söhnchen gegeben. Ach, dieser Talisman hat ihm Unglück gebracht!«

»Wer weiß, wer weiß? ...«

Ein Gutsarbeiter unterbrach das Gespräch, indem er sagte:

»Madame, der Herr Pfarrer wartet auf Sie.«

»Sind die Postpferde schon da?« fragte Rudolf.

»Ja, man spannt gerade an.«

»Ich vergaß, Ihnen zu sagen, liebe Madame Georges,« sagte Rudolf auf dem Weg nach dem Wohnhause, »daß Marie, wie ich glaube, eine schwache Brust hat. Sie bedarf recht sorgfältiger Pflege.«

»Rechnen Sie auf mich, Herr Rudolf! Bei ihrem Alter wird sie sich in der guten Luft schnell erholen.«

»Ich hoffe es. Sie werden mir oft Nachricht geben. In einiger Zeit, wenn sich Marie erholt hat, und wenn sie ruhig geworden ist, wollen wir an ihre Zukunft denken. Vielleicht wäre es das beste, wenn sie immer bei Ihnen bliebe!«

In dem Augenblick, in dem Rudolf und Madame Georges in die Nähe des Wohnhauses kamen, langten auch Murph und Marie dort an.

Murph ließ den Arm des Mädchens los und sagte, fast verlegen, Rudolf ins Ohr:

»Das Mädchen hat mich ganz bezaubert; ich weiß jetzt wirklich nicht, welche von beiden mir lieber ist, sie oder Madame Georges?«

»Reiß dir deshalb nicht die Haare aus, Murph,« entgegnete Rudolf lächelnd, indem er die Hand des Alten drückte.

Madame Georges trat mit Marie in das Zimmer, in dem der Abbé Laporte auf sie wartete.

Das Zimmer war einfach, aber sehr wohnlich und ganz so eingerichtet, wie es Rudolf geschildert hatte.

Durch die halbgeschlossenen grünen Jalousien sah man die Wiese, den Bach und jenseits den mit Kastanienbäumen bepflanzten Hügel.

Abbé Laporte, der am Kamin saß, war über achtzig Jahre alt, und seine Hände zitterten. Er glich, in seiner rührenden Güte, einem Heiligenbild.

»Herr Abbé,« sagte Rudolf, »Madame Georges will die Güte haben, sich dieses armen Mädchens anzunehmen, für das ich auch um Ihre Liebe bitte.«

»Sie hat ein Recht darauf, wie alle, die zu uns kommen!« Und er nahm die Hand Mariens in seine ehrwürdigen zitternden Hände.

»Der Mann, der Sie gerettet, hat das Wort der Schrift erfüllt: ›Der Herr ist nahe denen, die ihn anrufen; er wird die anhören, die ihn fürchten; er wird ihre Stimme hören und sie erretten.‹«

Marie war tief erschüttert, und Schluchzen unterbrach ihre Stimme ...

»Leben Sie wohl, Marie,« sagte Rudolf, indem er ihr ein kleines goldenes Kreuz an einem schwarzen Sammetbande übergab. »Behalten Sie dieses Kreuz als Andenken an mich; ich habe den Tag Ihrer Befreiung hineingravieren lassen ... Ich werde bald zurückkommen.«

Marie drückte das Kreuz an ihre Lippen.

Murph öffnete die Türe und sagte:

»Herr Rudolf, der Wagen steht bereit –«

»Leben Sie wohl, mein Vater, leben Sie wohl, meine gute Madame Georges. Ich empfehle Ihnen Ihr Kind. Noch einmal, leben Sie wohl, Marie.«

Rudolf stieg in den Wagen, und Murph nahm neben ihm Platz.

Die Pferde jagten im Galopp davon.

XIII

Einen Tag, nachdem Rudolf die Schallerin Madame Georges übergeben hatte, befand er sich, noch immer in der Kleidung eines Arbeiters, Punkt zwölf Uhr an der Türe des Wirtshauses »Zum Blumenkorb«, das unweit der Barriere von Bercy lag.

Es regnete in Strömen; die Seine führte Hochwasser und trat hie und da über ihre Ufer.

Rudolf sah mit Ungeduld nach der Barriere hin; endlich erblickte er in der Ferne einen Mann und eine Frau, die unter einem Regenschirm herbeikamen. Er erkannte die Eule und den Schulmeister.

Diese beiden Personen hatten sich völlig verwandelt; der Räuber trug einen langen Rock und einen runden Hut; Halstuch und Hemd waren blendend weiß.

Die Einäugige trug ein weißes Häubchen, einen Schal und hielt in der Hand einen großen Strickbeutel.

Rudolf ging dem Paar entgegen.

Der Schulmeister begrüßte ihn mit einer tiefen Verbeugung, und die Eule knixte.

»Erfreut, Ihre Bekanntschaft zu machen, oder vielmehr zu erneuern; denn vorgestern haben Sie mir ein paar Faustschläge versetzt, die ein Rhinozeros hätten zu Boden strecken können ... Doch denken wir nicht mehr daran; es führen uns jetzt wichtigere Dinge zusammen! Ich sah gestern abend den Schurimann in der Penne und bestellte ihn hierher für den Fall, daß er mittun wollte. Aber er scheint nicht zu wollen.«

»Sie nehmen also die Sache an?«

»Wir wollen in den ›Blumenkorb‹ hineingehen, Herr! Madame und ich haben noch nicht gefrühstückt.«

»Gern.«

»Sie und der Schurimann sind übrigens mir und meiner Frau eine Entschädigung schuldig. Sie haben uns um mehr als zweitausend Franken gebracht. Die Eule hatte eine Zusammenkunft mit einem großen Mann in Trauer verabredet, der letzthin nach Ihnen fragte; er bot uns zweitausend Franken, wenn wir irgend etwas tun wollten.«

Die Eule hatte Rudolf keine Minute aus den Augen gelassen; sie ging jetzt voraus, nachdem sie einen Blick mit dem Schulmeister gewechselt hatte. Dieser fuhr fort:

»Ich sagte also, der Schurimann hatte mich unterrichtet.«

»Gut, gut ...«

»Nein, es ist eben nicht gut, junger Mann. Denn der Schurimann begegnete gestern früh der Eule und wich nicht von ihr, als er den Langen in Trauer kommen sah, so daß sich dieser nicht heranwagte. Sie müssen uns also zweitausend Franken verdienen helfen, ungerechnet fünfhundert für ein Portefeuille, das wir zurückgeben sollten, das wir aber nicht zurückgeben wollen, da die Papiere, die es enthält, mehr wert zu sein scheinen.«

»Es enthält also Papiergeld?«

»Nein, Papiere, die meist in englischer Sprache geschrieben sind; ich behalte sie bei mir,« setzte der Räuber hinzu, indem er auf die Seitentasche seines Rockes klopfte.

Rudolf war sehr froh, zu hören, daß der Schulmeister die Papiere noch hatte, denn sie waren von großer Wichtigkeit.

»Ich behalte die Papiere für den Notfall,« sagte der Räuber, »denn ich habe die Adresse des Langen gefunden und werde ihn, auf diese oder jene Weise, wiedersehen.«

»Wir können ein Geschäft miteinander machen, wenn Sie wollen; wenn unser Anschlag gelingt, kaufe ich Ihnen die Papiere ab; ich kenne den Mann, und sie werden mir mehr nützen als Ihnen.«

»Wir wollen sehen. Erst das andere!«

»Ich hatte dem Schurimann eine vortreffliche Sache vorgeschlagen; anfangs ging er darauf ein, später aber nahm er sein Wort zurück.«

»Er hat immer die verrücktesten Ideen.«

»Dabei riet er mir, ich möchte mich an Sie wenden.«

»Und darf ich wissen, warum Sie gestern früh eine Zusammenkunft mit dem Schurimann hatten? Und was ihn veranlaßte, der Eule zu begegnen? Er konnte mir keine bestimmte Auskunft darüber geben.«

Rudolf biß sich auf die Lippen und antwortete achselzuckend:

»Das glaube ich wohl, ich hatte ihm meinen Plan nur halb mitgeteilt – da ich ja nicht wußte, ob er darauf eingehen würde.«

»Das war klug.«

»Um so klüger, weil ich zweierlei dabei gewann.«

»Sie sind ein vorsichtiger Mann! Sie hatten also mit dem Schurimann eine Zusammenkunft ...«

Rudolf fand, nach einigem Zögern, eine wahrscheinlich klingende Erklärung. Er sagte:

»Die Sache ist so. Der Anschlag, den ich im Sinne hatte, ist sehr gut, weil der Herr des fraglichen Hauses sich auf dem Lande befindet; ich fürchte nur, er könnte zurückkommen. Um ruhig zu sein, dachte ich: hier ist nur eins zu tun ...«

»Sie hatten sich zu überzeugen, ob der Mann wirklich auf dem Lande wäre.«

»Wie Sie sagen. Ich mache mich also auf nach Pierrefitte, wo er sein Landhaus hat; meine Cousine dient dort ... Sie verstehen?«

»Vollkommen.«

»Meine Cousine sagte mir, ihr Herr kehre erst übermorgen nach Paris zurück.«

»Übermorgen?«

»Ja.«

»Gut. Aber ich komme wieder auf meine Frage: warum hatten Sie die Zusammenkunft mit dem Schurimann bei Saint-Ouen?«

»Erraten Sie es nicht? – Wie weit ist es von Pierrefitte nach Saint-Ouen?«

»Eine Stunde ungefähr.«

»Und von Saint-Ouen nach Paris?«

»Ebensoweit.«

»Richtig! Fand ich niemanden in Pierrefitte, das heißt war das Haus leer, so war auch da ein gutes Geschäft zu machen, ein weniger gutes als in Paris, aber immerhin ein leidliches ... ich kehrte also nach Saint-Ouen zurück, um den Schurimann abzuholen, der mich erwartete. Wir gingen auf einem Feldwege wieder nach Pierrefitte ...«

»Ich verstehe. Wenn sich aber die Sache in Paris machte?«

»Gingen wir auf dem Chemin de la Révolte nach der Barriere de l'Etoile, und von da nach der Allée des Veuves.«

»Es ist nur ein Schritt bis dahin, das ist einfach. In Saint-Ouen hatten Sie die beiden Unternehmungen gleich zur Hand; das war sehr geschickt. Nun erkläre ich mir die Anwesenheit des Schurimannes in Saint-Ouen. Das Haus in der Allée des Veuves wird also bis übermorgen nicht bewohnt sein?«

»Nur der Portier ist da.«

»Gut. Und die Sache lohnt sich?«

»Meine Cousine sprach von sechzigtausend Franken in Gold, die im Zimmer ihres Herrn lägen.«

»Wir sind an Ort und Stelle. Ich weiß nicht, ob es Ihnen geht wie mir; mir hat die Morgenluft Appetit gemacht.«

Die Eule stand auf der Türschwelle.

»Hier herein,« sagte sie, »hier herein! Ich habe das Frühstück schon bestellt.«

Ehe er Platz am Tische nahm, klopfte der Schulmeister leise an die Wände des Zimmers, um sich von ihrer Stärke zu überzeugen.

»Wir haben nicht nötig, zu flüstern,« sagte er; »die Wand ist gut!«

Eine Magd brachte das Frühstück.

Als die Türe geschlossen wurde, sah Rudolf den Kohlenträger Murph ernst im Nebenzimmer sitzen.

Das Zimmer, in dem sich die drei niederließen, war lang und schmal und erhielt das Licht durch ein Fenster, das auf die Straße ging und gegenüber der Türe lag.

Die Eule kehrte diesem Fenster den Rücken; der Schulmeister saß an der einen, Rudolf an der anderen Seite des Tisches.

Nachdem die Magd sich entfernt hatte, stand der Räuber auf, nahm sein Gedeck und setzte sich neben Rudolf, so daß er diesem die Türe verbarg.

»Wir können so bequemer miteinander sprechen,« sagte er, »und haben nicht nötig, uns anzustrengen.«

»Und dann wollen Sie auch zwischen mir und der Türe sein, um mir, sozusagen, den Weg abzuschneiden,« antwortete Rudolf kaltblütig.

Der Schulmeister nickte und zog aus der Seitentasche seines Rockes einen langen Dolch von der Dicke einer starken Federspule, der in einen hölzernen Griff gefaßt war.

»Nur zur Vorsicht.«

Dabei kniff er die Augenbrauen zusammen und machte eine bezeichnende Gebärde.

Rudolf griff, mit der größten Ruhe, unter seine Bluse, zog eine kleine, doppelläufige Pistole hervor, zeigte sie dem Schulmeister und steckte sie wieder ein.

»Wenn man mich arretieren wollte – ob Sie mir nun die Schlinge gelegt haben oder ein anderer –, würde ich Sie kaltmachen,« sagte der Schulmeister.

»Ich würde dir helfen,« setzte die Eule hinzu.

Rudolf antwortete nicht, zuckte mit den Achseln, schenkte sich ein Glas Wein ein und trank es aus.

»Stecken Sie nur Ihre Spicknadel wieder ein, es gibt hier kein Hühnchen zu spicken. Ich bin ein alter Hahn und habe gute Sporen,« sagte Rudolf trocken.

»Sagen Sie nichts Schlechtes von meiner Spicknadel. Sie macht keinen Lärm und stört nicht.«

»Können wir in ihrer Gegenwart von Geschäften sprechen?« fragte Rudolf, auf die Eule deutend.

»In völliger Sicherheit; sie besitzt alle Eigenschaften einer guten Hausfrau. Sie können nicht glauben,« setzte der Räuber hinzu, indem er der Alten die Hand reichte, »welche Dienste sie mir schon geleistet hat.«

Die Eule legte ihr Tuch ab.

Trotz seiner Geistesgegenwart konnte sich Rudolf einer Bewegung des Erstaunens nicht enthalten, als er an einem silbernen Ring an der Halskette der Frau einen kleinen Heiligen von Lapislazuli hängen sah.

Bei dieser Entdeckung schoß Rudolf ein Gedanke durch den Kopf. Wie der Schurimann erzählte, hatte der Schulmeister, der vor sechs Monaten aus dem Bagno entflohen war, alle Nachforschungen der Polizei dadurch vereitelt, daß er sich selbst verstümmelt hatte, und vor sechs Monaten war auch der Mann der Madame Georges aus dem Bagno verschwunden, ohne daß man erfahren hatte, was aus ihm geworden war.

Rudolf erinnerte sich, daß Madame Georges von dem verzweifelten Widerstand des Unmenschen gesprochen und erwähnt hatte, daß er, infolge seiner Riesenstärke, beinahe entkommen wäre.

Zum Glück entging sein Nachdenken dem Räuber, der der Eule vorlegte.

Rudolf sagte zu der Einäugigen:

»Sie haben eine schöne Kette!«

»Ja, schön ist sie, aber unecht; ich trage sie nur, bis mir mein Mann eine bessere schenkt.«

»Und was ist das kleine blaue Ding da?«

»Auch ein Geschenk von meinem Manne.«

Rudolf wartete in ängstlicher Spannung auf die Antwort des Schulmeisters, der endlich, kauend, sagte:

»Das mußt du behalten, Finette! Es ist ein Talisman.«

»Ein Talisman?« warf Rudolf hin. »Sie glauben noch an solche Dinge? Wo, zum Teufel, haben Sie ihn gefunden?«

»Das Ding ist sehr alt; ein Familienstück. Ich habe es Finette gegeben, damit es ihr Glück bringe ... Doch, auf den besagten Hammel zurückzukommen: Sie sagen also, daß in einem Zimmer sechzigtausend Franken in Gold liegen?«

Rudolf nickte bejahend.

»Und Sie sind in dem Hause bekannt?« fragte der Schulmeister.

»Sehr gut.«

»Ist es schwer hineinzukommen?«

»Eine sieben Fuß hohe Mauer, ein Garten und die Fenster im Erdgeschoß. Das Haus hat nur ein Erdgeschoß.«

»Und der Schatz wird von einem Portier bewacht?«

»Ja.«

»Und welchen Feldzugsplan haben Sie entworfen, junger Mann?« warf der Schulmeister nachlässig hin.

»Die Sache ist ganz einfach. Man steigt über die Mauer und bricht die Türe oder einen Fensterladen auf.«

»Und wenn der Portier erwacht?«

»So ist es seine Schuld!«

»Wenn alles so ist, wie Sie sagen, halte ich es für das beste, gleich ans Werk zu gehen, also noch heute abend.«

»Heute abend? Das ist nicht möglich,« antwortete Rudolf ruhig.

»Warum nicht, da der Mann erst übermorgen zurückkommt?«

»Ja, aber ich kann heute abend nicht.«

»So? Und ich kann morgen nicht.«

»Warum nicht?«

»Aus demselben Grunde, aus dem Sie heute nicht können,« sagte der Räuber lachend.

Nach einigem Nachdenken setzte Rudolf hinzu:

»Nun, meinetwegen heute abend! Wo treffen wir uns?«

»Warum wollen wir uns erst trennen? Wir bleiben beisammen!«

»Ich komme um neun zurück.«

»Wollen wir das Geschäft machen oder nicht?«

»Natürlich.«

»So bleiben wir beisammen, sonst glaube ich, Sie wollen mir eine Schlinge legen.«

»Wenn ich das will, könnte ich es doch auch am Abend tun.«

»Wenn Sie uns nicht verlassen, können Sie niemanden benachrichtigen.«

»Sie mißtrauen mir also?«

»Sehr! Wird es heute abend nichts, so weiß ich, woran ich mit Ihnen bin und werde Ihnen, früher oder später, eine Suppe nach meiner Art einbrocken.«

»Ich werde Ihnen nichts schuldig bleiben, darauf können Sie rechnen!«

»Dumme Reden,« fiel die Eule ein. »Ich denke wie mein Mann. Entweder heute abend oder gar nicht.«

Nach kurzem Zögern sagte Rudolf:

»Also, meinetwegen heute.«

»So bin ich Ihr Mann, und Sie sollen es nicht bereuen. Nun wollen wir bezahlen und einen Wagen nehmen.«

»Wenn wir einen Wagen nehmen, könnte ich vorher wohl eine Zigarre rauchen?«

»Gewiß,« sagte der Schulmeister. »Meine Frau stört es nicht.«

»So will ich mir ein paar holen,« sagte Rudolf, indem er aufstand.

»Bleiben Sie ruhig sitzen,« fiel der Schulmeister ein. »Meine Frau geht.«

Die Eule ging hinaus.

»Eine gute Hausfrau, nicht wahr? Und gefällig. Sie ginge für mich durchs Feuer.«

»Bei dem Feuer fällt mir ein, daß es entsetzlich kalt hier ist.« sagte Rudolf, indem er seine beiden Hände unter die Bluse steckte.

Er nahm, während er das Gespräch mit dem Schulmeister fortsetzte, einen Bleistift aus der Westentasche und schrieb, ohne daß es zu bemerken war, eilig einige Worte unter der Bluse.

Dann stand er auf, trat ans Fenster und fing an, ein Liedchen zu trällern, während er auf die Scheibe trommelte.

Der Schulmeister trat zu ihm und warf nachlässig hin:

»Was singen Sie da?«

»Ich singe: ›Meine Rose sollst du nicht haben‹.«

»Ein hübsches Liedchen! Ich wollte nur sehen, ob es auf die Vorübergehenden so viel Eindruck macht, daß sie sich umdrehen.«

»So unbescheiden bin ich nicht.«

»Aber Sie trommeln ganz vorzüglich.«

XIV

Die Eule kam in diesem Augenblick zurück. »Es scheint nicht mehr zu regnen,« sagte Rudolf, indem er eine Zigarre anzündete; »wollen wir bis zum Wagen gehen? Wir haben uns ganz steif gesessen.«

»Es regnet nicht mehr?« entgegnete der Schulmeister. »Sind Sie denn blind? Glauben Sie, daß ich meine Frau einem Schnupfen aussetze, daß ich ein so kostbares Leben in Gefahr bringe?«

»Du hast recht, Männchen, es ist ein wahres Hundewetter!«

»Gut; dann bitten wir die Magd, wenn wir bezahlen, einen Wagen zu holen,« meinte Rudolf.

»Das ist das Vernünftigste, junger Mann, was Sie bis jetzt gesagt haben.«

Die Magd erschien. Rudolf gab ihr hundert Sous.

»Herr, das erlaube ich nicht,« sagte der Schulmeister.

»Jetzt bezahle ich, das nächstemal bezahlen Sie.«

Rudolf wollte als letzter hinausgehen, aus Artigkeit gegen die Eule.

Der Schulmeister gab es aber nicht zu, ging dicht hinter ihm und beobachtete die geringste seiner Bewegungen.

Eben bezahlte ein Kohlenträger, der den großen Hut über die Augen gedrückt hatte, am Schenktisch seine Zeche, als unsere drei Personen vorübergingen.

Trotz der Aufmerksamkeit des Schulmeisters und der Einäugigen konnte Rudolf einen Blick mit Murph wechseln.

Der Wagenschlag stand offen; Rudolf blieb stehen, fest entschlossen, zuletzt einzusteigen, denn der Kohlenträger hatte sich ihm unbemerkt genähert.

Die Eule stieg zuerst ein, und Rudolf sah sich genötigt, ihr zu folgen, denn der Schulmeister sagte:

»Soll ich denn durchaus mißtrauisch werden?«

Nachdem Rudolf eingestiegen war, trat der Kohlenträger pfeifend auf die Türschwelle und sah ihn verwundert und besorgt an.

»Wohin?« fragte der Kutscher, und Rudolf antwortete laut:

»In die Witwen ...«

»In die Akazienallee im Bois,« fiel der Schulmeister, ihn unterbrechend, ein; dann setzte er hinzu: »Sie sollen ein anständiges Trinkgeld haben, Kutscher!«

Der Wagenschlag wurde zugeworfen.

»Wie konnten Sie vor allen Leuten sagen, wohin wir fahren wollen!« sagte der Schulmeister. »Eine solche Spur kann uns ins Unglück bringen. Junger Mann, Sie sind sehr unvorsichtig!«

Rudolf antwortete:

»Sie haben recht; ich habe nicht daran gedacht. Aber ich räuchere Sie hier voll. Erlauben Sie, daß ich ein Fenster öffne.«

Rudolf ließ seinen Worten sogleich die Tat folgen und wußte dabei geschickt ein kleines, zusammengewickeltes Blatt hinauszuwerfen, auf das er mit Bleistift einige Worte geschrieben hatte.

Das Auge des Schulmeisters war so scharf, daß er einen flüchtigen Ausdruck des Triumphs auf Rudolfs Miene erkannte, denn er steckte den Kopf zum Kutschenschlage hinaus und rief dem Kutscher zu:

»Es ist jemand hinten auf dem Wagen!«

Der Wagen hielt. Der Kutscher sah sich um und sagte:

»Nein, es ist niemand da!«

»Ich muß mich doch selbst überzeugen,« entgegnete der Schulmeister, indem er aus dem Wagen sprang.

Er bemerkte nichts. In diesem Augenblick fuhr der Wagen in eine Querstraße.

Murph, der das Manöver Rudolfs wohl bemerkt hatte, eilte hinzu und hob das zusammengefaltete Papier auf.

Nach einer Viertelstunde sagte der Schulmeister zum Kutscher:

»Fahren Sie nach dem Magdalenenplatz!«

Rudolf sah ihn verwundert an.

»Von diesem Platz aus kann man an tausend verschiedene Orte kommen, junger Mann.«

In dem Augenblick, in dem der Wagen sich der Barriere näherte, jagte ein hochgewachsener Mann mit weit über die Stirn gedrücktem Hut und sehr brauner Gesichtsfarbe auf einem großen, prächtigen Pferde vorbei.

»Zu einem schönen Pferd gehört ein guter Reiter!« sagte Rudolf, indem er sich aus dem Wagen hinausbog und Murph nachsah. »Wie der Dicke jagt! Haben Sie gesehen?«

Der Schulmeister tat, als überhöre er die Frage und sagte zu Rudolf:

»Nehmen Sie es nicht übel, aber das Schaukeln des Wagens schläfert mich ein.«

Rudolf erriet die List und antwortete:

»Ich bin zeitig aufgestanden; ich werde also Ihrem Beispiel folgen.«

Und er schloß die Augen.

Bald täuschte das laute Atmen des Schulmeisters und der Eule, die um die Wette schnarchten, Rudolf so gründlich, daß er wirklich glaubte, sie schliefen und die Augen halb öffnete.

Der Schulmeister und die Eule saßen, trotz ihrem Schnarchen, mit offenen Augen da und unterhielten sich in der Fingersprache.

Mit einem Male hörte die Zeichensprache auf. Der Räuber sagte lachend:

»Ah, Kamerad, Sie prüfen wohl den Schlaf Ihrer Freunde?«

»Das darf Sie nicht wundern, da Sie mit offenen Augen schnarchen.«

»Bei mir ist das natürlich; ich bin mondsüchtig.«

Der Wagen hielt auf dem Magdalenenplatz.

Der Regen hatte nachgelassen, die Wolken aber, die der Wind vor sich herjagte, waren so schwarz und hingen so tief, daß es fast Nacht war.

Rudolf, die Eule und der Schulmeister gingen dem Cours-la-Reine zu.

»Da komme ich auf einen Gedanken, der nicht übel ist,« sagte der Räuber.

»So?«

»Ich will mich überzeugen, ob alles stimmt, was Sie mir von dem Hause in der Witwenallee gesagt haben.«

»Wenn Sie jetzt hier herumschleichen, wird man Verdacht schöpfen. Übrigens ist es kaum vier Uhr.«

»Wozu hat man eine Frau?«

Die Eule richtete den Kopf empor.

»Sehen Sie die Frau an! Wie ein Trompeterpferd, das zum Angriff blasen hört!«

»Sie wollen sie auf Rekognoszierung ausschicken?«

»Richtig!«

»Nummer siebzehn, nicht wahr?« fragte die Eule in ihrer Ungeduld. »Ich habe zwar nur ein Auge, aber das ist gut.«

»Sehen Sie, junger Mann? Der Eifer läßt ihr keine Ruhe.«

»Wenn sie auf eine geschickte Weise hineinkommen kann, finde ich Ihren Gedanken nicht schlecht.«

»Behalte den Regenschirm, Männchen. In einer halben Stunde bin ich wieder hier,« sagte die Eule.

»Wir wollen ins ›Blutende Herz‹ gehen! Wenn der kleine Lahme da ist, so nimm ihn mit; er kann Wache halten.«

»Du hast recht; er ist schlau wie ein Fuchs, der kleine Lahme.«

Ein Wink des Schulmeisters unterbrach die Eule.

»Was ist das ›Blutende Herz‹? Ein sonderbarer Name,« sagte Rudolf.

»Darüber müssen Sie sich beim Wirt beschweren.«

»Wie heißt er?«

»Der Wirt zum Blutenden Herzen.«

»Wo ist denn das Wirtshaus?«

»Sehen Sie sich nur gut um!«

Eine Treppe in der Erde führte in eine Art Grube hinunter; an eine Seite lehnte sich ein niedriger, schmutziger Bau, dessen mit moosigen Ziegeln bedecktes Dach kaum an die Oberfläche des Erdbodens reichte, wo Rudolf stand; ein paar Hütten aus wurmstichigen Brettern dienten als Keller und Schuppen.

Ein sehr schmaler Gang ging, der ganzen Länge nach, durch die Grube und führte von der Treppe zur Türe des Hauses; der übrige Raum verschwand hinter einer Gitterlaube, die zwei Reihen plumper Tische schützte.

Der Wind bewegte pfeifend ein rostiges Blechschild, auf dem man ein rotes, von einem Pfeil durchbohrtes Herz sah.

Ein dicker, feuchter Nebel stieg auf. Es wurde Abend.

»Was sagen Sie zu diesem Wirtshaus, junger Mann?« begann der Schulmeister wieder.

»Nach dem Regen muß es ziemlich feucht da unten sein. Ich glaube, man könnte angeln ... Gehen Sie voran.«

»Nur einen Augenblick! Ich muß erst wissen, ob der Wirt da ist.«

Der Räuber gab einen seltsamen, kehltönigen Laut von sich. Von unten antwortete ein ähnlicher Ton.

»Er ist da,« sagte der Schulmeister. »Verzeihung, junger Mann – Ehre den Damen! Lassen Sie die Eule vorangehen, ich folge Ihnen. Nehmen Sie sich aber in acht; die Sache ist etwas schlüpfrig.«

XV

Der Wirt zum Blutenden Herzen kam, nachdem er das Zeichen des Schulmeisters beantwortet hatte, höflich bis an die Schwelle, um seine Gäste zu empfangen.

Dieser Mann, den Rudolf in der Cité gesucht hatte, war Rotarm. Er war klein, hager und schwächlich und konnte etwa fünfzig Jahre alt sein. Sein Gesicht hatte etwas von einem Marder und einer Ratte; seine spitze Nase, sein Kinn, seine starken Backenknochen, seine kleinen, schwarzen, lebhaften und durchdringenden Augen gaben ihm einen unnachahmlichen Ausdruck von hinterhältiger Verschlagenheit. Eine alte gelbe Perücke, die auf dem Scheitel seines Kopfes saß, ließ seinen ergrauten Hinterkopf sehen. Er trug eine Jacke und eine lange schwärzliche Schürze, wie die Kellner in den Weinschenken.

Die drei hatten kaum die letzte Stufe der Treppe verlassen, als ein Kind von höchstens zehn Jahren, das klein, lahm und etwas verwachsen war, zu Rotarm trat.

»Da ist er,« sagte der Schulmeister. »Finette, die Zeit drängt, es wird Abend!«

»Du hast recht, Männchen, ich will mir den Lahmen von seinem Vater ausbitten.«

»Guten Tag, Alter,« sagte Rotarm zum Schulmeister. »Was steht zu Diensten?«

»Du sollst meiner Frau deinen Jungen auf eine Viertelstunde leihen; sie hat etwas verloren; er soll ihr suchen helfen.«

Rotarm blinzelte dem Schulmeister zu und sagte zu seinem Sohne:

»Lahmer, geh mit Madame.«

Der Knabe hinkte zu der Einäugigen und ergriff ihre Hand.

»Geh nun schnell, Frau; mach' das Auge auf und sieh dich gut um! Ich erwarte dich hier.«

»Ich bin bald wieder da. Geh voran, Lahmer!«

»Wir wollen hineingehen,« sagte Rudolf.

Er mußte sich bücken, um durch die Türe zu kommen. In der einen Stube sah man einen Schenktisch und ein altes Billard, in der anderen Gartentische und Stühle, die einmal grün angestrichen waren. Zwei schmale Fenster mit von Spinnweben bedeckten Scheiben erhellten kaum die Stuben, deren Wände feucht waren.

Rudolf war kaum eine Minute allein. Rotarm und der Schulmeister hatten aber Zeit, schnell einige geheimnisvolle Zeichen zu wechseln.

»Wir wollen ein Glas trinken, bis meine Frau wiederkommt,« sagte der Schulmeister.

»Ich bin nicht durstig.«

»Nach Belieben. Ich trinke ein Glas Branntwein,« fuhr der Räuber fort und setzte sich an einem der kleinen grünen Tische nieder.

Es war hier unten so dunkel, daß der gähnende Eingang zu einem zweiten Keller kaum zu erkennen war. Der Tisch, an dem der Schulmeister saß, befand sich ganz nahe bei diesem tiefen Keller, den er vor den Augen Rudolfs ganz verdeckte.

Rudolf sah durchs Fenster hinaus, um seine Unruhe zu verbergen. Er fürchtete, Murph würde die Bedeutung seines so lakonischen Briefchens nicht verstanden haben. Er zitterte, diese einzige Gelegenheit zu verlieren, in den Besitz der Geheimnisse zu kommen, deren Kenntnis ihm so sehr am Herzen lag. Er war zwar sehr kräftig, sehr entschlossen und gut bewaffnet, aber er hatte es auch mit einem furchtbaren Verbrecher zu tun, der zu allem fähig war.

Nach einigen Minuten setzte er sich an den Tisch des Schulmeisters und verlangte ein Glas.

Rotarm betrachtete, nachdem er leise einige Worte mit dem Räuber gewechselt hatte, Rudolf mit neugierigen und mißtrauischen Blicken.

»Mir ist eingefallen,« sagte der Schulmeister, »daß wir den Leuten, wenn sie zu Hause sind, unseren Besuch schon um acht machen könnten.«

»Das wäre um zwei Stunden zu früh,« entgegnete Rudolf.

»Bah, unter Freunden macht man keine Umstände!«

»Ich wiederhole Ihnen, daß wir vor zehn Uhr nicht gehen dürfen.«

»Sie sind sehr eigensinnig, junger Mann.«

»Ich rühre mich jedenfalls vor zehn Uhr nicht von der Stelle.«

»Also, wie Sie wollen, junger Mann.«

Bald darauf erschien die Eule wieder.

»Es ist richtig, Männchen!« sagte sie.

Die Alte, die vom Regen völlig durchnäßt war, setzte sich vor Rudolf und dem Räuber nieder.

»Nun?« fragte der Schulmeister.

»Im großen ganzen hat der junge Mann da die Wahrheit gesagt.«

»Sehen Sie!« fiel Rudolf ein.

»Lassen Sie die Eule reden, junger Mann. Weiter, Frau!«

»Ich kam bei Nummer siebzehn an und ließ den Lahmen Wache stehen. Es war noch hell. Ich klopfte. Nichts. Ich klingelte, und der Portier machte mir auf, ein großer dicker Mann mit schläfrigem Gesicht und einer Glatze ... Sobald ich den Portier sah, fing ich an zu schreien, ich hätte meinen Papagei verloren. Ich sagte, ich wohne in der Allee Marboeuf, und bat ihn um die Erlaubnis, in seinem Garten nach meinem Papagei suchen zu dürfen.«

»Sehr klug,« sagte Rudolf, »und dann?«

»Der Portier erlaubte es mir, und ich lief im Garten umher und sah mich gründlich um. An der Ecke, links, steht eine Fichte wie eine Leiter, so daß eine schwangere Frau daran hinuntersteigen könnte. Das Haus hat sechs Fenster im Erdgeschoß, keine Etage darüber und vier Kellerlöcher ohne Eisenstäbe. Die Fenster sind mit Läden verschlossen.«

»Lassen sich leicht öffnen,« fiel der Schulmeister ein.

Die Eule fuhr fort:

»Die Eingangstür ist eine Glastür mit zwei Vorsetzern.«

»Richtig,« bemerkte Rudolf.

»Links,« fuhr die Eule fort, »im Hofe ein Ziehbrunnen; das Seil könnte nützlich sein für den Fall, daß uns der Rückzug abgeschnitten würde ...«

»Du bist im Hause gewesen? Sie ist hineingegangen, junger Mann!« sagte der Schulmeister mit Stolz.

»Allerdings bin ich drinnen gewesen. Da ich meinen Papagei nicht fand, bat ich, halb erschöpft vom Laufen, den Portier um die Erlaubnis, mich einen Augenblick auf der Türschwelle niedersetzen zu dürfen. Der gute Mann ließ mich eintreten und brachte mir Wein und Wasser. ›Nur Wasser, guter Herr, nur Wasser!‹ sagte ich. Da ließ mich der Portier ins Vorzimmer treten. Überall Teppiche, man hört weder gehen noch die Glasscherben fallen, wenn man eine Fensterscheibe eindrücken müßte; rechts und links Türen mit gewöhnlichen Schlössern. Im Hintergrund eine starke Türe, verschlossen. Es roch förmlich nach Geld. Ich hatte mein Wachs in meinem Beutel ...«

»Sie geht nie ohne ihr Wachs aus,« sagte der Räuber.

Die Eule fuhr fort:

»Ich fing so stark zu husten an, daß der Portier sagte: ›Ich werde Ihnen ein Stück Zucker holen.‹ Er suchte wahrscheinlich einen Löffel, denn ich hörte Silberzeug klingen; im Zimmer rechts, vergiß das nicht, Männchen! Endlich hatte ich mich der Tür im Hintergrunde genähert ... ich hatte mein Wachs in der hohlen Hand ... und drückte es auf das Schloß ... da ist der Abdruck. Wenn wir ihn heute nicht brauchen können, brauchen wir ihn ein anderes Mal.«

Die Eule gab dem Räuber ein Stück gelbes Wachs, auf dem man deutlich den Abdruck sah.

»Ist das die Türe zum Gelde?« fragte die Eule.

»Ja, das ist sie,« antwortete Rudolf.

»Wo ist übrigens der Lahme?« fragte mit einem Mal der Schulmeister.

»Er hält noch immer Wache, zwei Schritte von der Gartentür. Wenn wir kommen, wird er uns sagen, ob jemand hineingegangen ist.«

»Gut!«

Kaum hatte der Schulmeister dieses Wort ausgesprochen, als er unversehens über Rudolf herfiel, ihn an der Kehle packte und in den Keller warf, der sich hinter dem Tisch öffnete.

Der Angriff erfolgte so rasch und unerwartet, daß ihn Rudolf weder vorhersehen noch vermeiden konnte.

Die Eule stieß vor Schreck einen gellenden Schrei aus.

Der Schulmeister lauschte. Als kein Geräusch mehr zu hören war, stieg er langsam in den Keller hinunter.

»Männchen, sei auf der Hut!« rief die Einäugige.

Der Räuber antwortete nicht und verschwand.

Nach einigen Augenblicken kreischte eine verrostete Tür in der Tiefe des Kellers, worauf wieder tiefe Stille eintrat.

Es war vollkommen dunkel. Die Eule brannte ein kleines Licht an, dessen schwacher Schein sich in der düsteren Stube verbreitete.

In diesem Augenblick erschien der Kopf des Schulmeisters in der Kelleröffnung.

Die Eule konnte sich eines Ausrufs des Entsetzens beim Anblick dieses blassen, verstümmelten Gesichtes nicht enthalten ...

»Schnell, es ist höchste Zeit!« sagte der Räuber, indem er die Kellertüre mit einer Eisenstange verschloß; »in einer Stunde wäre es vielleicht zu spät.«

XVI

Rudolf war, infolge des furchtbaren Sturzes, ohnmächtig an der Kellertreppe liegengeblieben.

Der Schulmeister hatte ihn in ein noch tieferes Kellergewölbe geschleppt und die mit Eisen beschlagene zweite Türe hinter ihm verschlossen.

Nach etwa einer Stunde kam Rudolf allmählich wieder zu sich.

Er lag in völliger Finsternis. Zu seinen Füßen fühlte er etwas sehr Kaltes; er griff hin; es war eine Wasserpfütze.

Durch eine gewaltsame Anstrengung gelang es ihm, sich auf die letzte Stufe zu setzen; er horchte, vernahm aber nichts als ein schwaches, fortwährendes Rauschen.

Je wacher er wurde, um so deutlicher erinnerte er sich der Umstände des Überfalles. Er war schon fast völlig klar, als er an den Füßen wiederum das Gefühl von Kühle empfand; er bückte sich, er tastete umher: Wasser reichte ihm bis an die Knöchel ...

In der schauerlichen Stille, die ihn umgab, hörte er das dumpfe, unablässige Rauschen noch deutlicher. Jetzt erriet er auch die Ursache: Die Seine führte Hochwasser, und dieser Keller befand sich unterhalb des Niveaus des Flusses, wurde also nach und nach überschwemmt.

Diese Gefahr verlangte schnellstes Handeln. Rudolf eilte die feuchten Stufen hinauf. Oben stieß er an eine Türe, die er vergebens zu öffnen suchte; sie blieb unbeweglich in ihren eisernen Angeln.

In dieser verzweifelten Lage dachte er zuerst an Murph.

»Wenn er nicht auf der Hut ist, wird dieser Unmensch ihn ermorden, und ich habe seinen Tod veranlaßt! Armer Murph!«

Rudolf durchtastete den Keller nach allen Richtungen und

stand dabei bis an die Knie im Wasser; er fand nichts. Mutlos stieg er langsam die Treppe wieder hinauf.

Er zählte die Stufen; es waren dreizehn; drei standen bereits unter Wasser.

Dreizehn! Eine Unglückszahl! ...

Rudolf schrie, so laut er konnte. Er hoffte, seine Stimme werde irgendwie nach oben dringen. Dann lauschte er wieder.

Er hörte aber nichts als das dumpfe Rauschen und Plätschern des Wassers, das höher und höher stieg.

Wenn Rudolf an der Türe sich aufrichtete, berührte er die Decke mit der Stirn. Er konnte berechnen, wann der Tod ihn ereilen würde: ein langsamer, stummer, schrecklicher Tod ...

Die durch das Wasser aus ihren Löchern vertriebenen Ratten hatten sich, da sie keinen anderen Ausgang fanden, von Stufe zu Stufe geflüchtet. Sie kletterten jetzt an Rudolf empor. Er wollte sie verjagen, aber sie bissen ihn in die Hände ...

Rudolf rief von neuem. Niemand hörte ihn. In wenigen Minuten, das sah er voraus, würde er nicht mehr schreien können. Das Wasser stand ihm bereits bis an den Hals. Bald mußte es seinen Mund erreichen.

Das Atmen wurde ihm schwer. Die ersten Symptome des Erstickens stellten sich ein: die Adern an seinen Schläfen klopften zum Zerspringen; es schwindelte ihn; das Wasser brauste an seinen Ohren. Es war ihm, als drehe er sich um sich selbst; der letzte Schein des Verstandes war schon im Begriff, zu verlöschen, als eilige Tritte und ein Geräusch von Stimmen sich an der Kellertüre hören ließen.

Die Hoffnung belebte die schwindenden Kräfte, mit äußerster Anspannung seines Geistes konnte er folgende Worte vernehmen:

»Du siehst ja, es ist niemand da.«

»Donnerwetter, 's ist wahr!« antwortete traurig die Stimme des Schurimannes. Und die Tritte entfernten sich wieder.

Rudolf hatte nicht mehr die Kraft, sich aufrecht zu halten ... er glitt hinab.

Mit einem Male wurde die Kellertüre gewaltsam aufgerissen, so daß das in dem Gewölbe stehende Wasser fortströmte, wie durch die Öffnung einer Schleuse ... Der Schurimann konnte die beiden Arme Rudolfs fassen, der, halb ertrunken, sich noch krampfhaft an die Schwelle der Türe klammerte.

XVII

Rudolf lag, als er erwachte, in einem wohnlich eingerichteten Zimmer; im Kamin loderte ein gutes Feuer; eine Lampe verbreitete mildes Licht.

Ein Neger mit weißem Haar, sorgfältig gekleidet, hielt in der linken Hand eine Sekundenuhr, während er mit der rechten Hand die Pulsschläge Rudolfs zählte.

Der Schurimann stand unbeweglich am Fuß des Bettes. Er wagte kaum zu atmen und sagte leise, während er auf Rudolf blickte:

»Wenn man ihn so schwach da liegen sieht, könnte man nicht glauben, daß er so fürchterliche Schläge auszuteilen versteht!«

Der Schwarze winkte leicht mit der Hand.

Nachdem Rudolf einige Löffel Medizin erhalten hatte, regte er sich schwach.

»Die Erstarrung läßt nach,« sagte der Arzt.

»Bravo!« rief der Schurimann, der seine Freude nicht bändigen konnte.

»Verhalte dich, um des Himmels willen, ruhig!« sagte der Arzt ungeduldig; dann setzte er sich in einen Lehnstuhl und stützte die Stirn in die Hände.

Plötzlich fuhr Rudolf hoch, richtete sich auf, sah sich ängstlich um, sammelte seine Gedanken und rief:

»Wo ist Murph?«

»Beruhigen Sie sich, Hoheit,« entgegnete der Schwarze ehrerbietig; »wir können noch hoffen.«

»Ist er verwundet?« fragte Rudolf.

»Leider ja, gnädigster Herr.«

»Wo ist er? Ich will ihn sehen.«

Rudolf versuchte aufzustehen, sank aber gleich wieder zurück.

»Gnädigster Herr, es würde gefährlich sein, ihn jetzt irgendwie aufzuregen.«

»Sie sagen mir nicht die Wahrheit... Man bringe mich sogleich zu ihm!«

»Ich beteuere bei meiner Ehre, daß Herr Murph genesen wird.«

»Ist es wirklich wahr, lieber David?«

»Ja, gnädigster Herr.«

»Aber wie ist das alles überhaupt zugegangen?« fragte Rudolf, den Schwarzen unterbrechend; »wer hat mich aus dem Keller gezogen? Ich erinnere mich undeutlich, die Stimme des Schurimannes gehört zu haben. Ist das richtig?«

»Er kann es Ihnen erzählen, gnädigster Herr, denn er hat alles getan.«

»Dank, mein Braver!« sagte Rudolf, indem er seinem Retter die Hand entgegenstreckte.

XVIII

Der Schurimann hielt Rudolf schüchtern seine braune, schwielige Hand hin.

Rudolf drückte sie herzlich.

»Setze dich und erzähle mir alles! Wie hast du den Keller entdeckt? ... Aber jetzt fällt mir ein: wo ist der Schulmeister?«

»In Sicherheit,« sagte der schwarze Arzt.

»Zusammengeschnürt, wie eine Rolle Tabak, beide, er und die Eule.«

»Und mein armer Murph ... wo ist er verwundet, David?«

»An der rechten Seite, gnädigster Herr, aber es ist zum Glück nicht lebensgefährlich.«

»Und du? Wie kamst du zu rechter Zeit hierher, guter Freund?«

»Sie wissen, daß Sie mir gestern abend sagten: Suche den Schulmeister und sage ihm, du wüßtest ein gutes Geschäft. Wenn er sich beteiligen wolle, möge er sich morgen (das war heute früh) an der Barriere von Bercy im ›Blumenkorbe‹ einfinden.«

»Richtig.«

»Ich trollte mich nach der Cité und ging zur Wirtin in der Penne; kein Schulmeister. Ich ging durch die Gassen, in denen er verkehrt ... Niemand. Endlich fasse ich ihn mit der Eule bei einem Trödler. Sie wollten mit dem Geld, das sie dem Langen abgenommen hatten, sich herausputzen und kauften ein. Ich sagte dem Schulmeister, was ich ihm sagen sollte, und er antwortete, er würde sich einfinden. Gut! Heute früh machte ich mich auf die Socken, um Ihnen die Antwort zu überbringen. Sie sagten: ›Komm morgen vor Tage wieder!‹ Ich dachte so bei mir: dem Schulmeister soll morgen ein Possen gespielt werden; er ist ein Schurke; ich bin dabei –«

»Ich tat unrecht, daß ich dir nicht alles sagte.«

»Das war Ihre Sache, Herr Rudolf; kurz und gut, ich dachte bei mir: die Hochzeit ist erst morgen, heute gibt es nichts zu tun. Ich dachte weiter: Herr Rudolf bezahlt mir meine Zeit, ich will sie für ihn brauchen. So kam ich denn auf einen Gedanken: der

Schulmeister ist schlau, er kann eine Falle wittern ... Herr Rudolf wird ihm die Sache für morgen vorschlagen, aber der Kerl ist imstande und schleicht den Tag über da herum, um sich die Örtlichkeit zu besehen. Wenn er Herrn Rudolf nicht traut, so bringt er vielleicht einen anderen Dieb mit oder sagt: morgen, und unternimmt die Sache für eigene Rechnung schon heute.«

»Du hast recht geraten; so ist es gekommen. Und die Vorsehung wollte, daß ich dir das Leben zu verdanken habe.«

»Ich wollte also meine Zeit für Sie verwenden, Herr Rudolf, und dachte bei mir: ich muß mich irgendwo verstecken, von wo ich die Mauer und die Türe des Gartens sehen kann; es gibt keinen anderen Eingang. Ich ging also in die Champs Elysées und suchte da ein Plätzchen. Was sah ich? Ein kleines Wirtshaus, zehn Schritte von Ihrer Tür entfernt. Da ging ich hinein, setzte mich an ein Fenster und sagte, ich warte auf Freunde, einen buckligen Mann und eine große Frau. Ihre Türe ließ ich nicht aus den Augen. Es regnete, was vom Himmel wollte. Niemand ging vorbei, es wurde finster. Ich saß also am Fenster, knackte Nüsse und trank Wein, als ich im Nebel die Eule mit dem lahmen Jungen Rotarms herankommen sah.«

»Rotarm ist also der Wirt der unterirdischen Schenke in den Champs Elysées?« fragte Rudolf.

»Ja, Herr Rudolf!«

»Ich glaubte, er wohne in der Cité.«

»Er wohnt überall. Er ist ein schlauer Bursche! ... Kurz und gut, als ich die Eule und den Jungen kommen sah, dachte ich bei mir: jetzt gibt es etwas. Der Junge versteckte sich wirklich in einem Graben, so daß er Ihre Türe sehen konnte. Die Eule nahm ihre Haube ab, steckte sie in die Tasche und klingelte an der Türe. Man machte ihr auf, und sie lief in den Garten. Nach einer Weile kam sie wieder heraus, setzte ihre Haube auf und ging fort. Ich sagte mir: Aufgepaßt! der lahme Junge ist mit der Eule gekommen; der Schulmeister und Herr Rudolf sind beim Rotarm.«

»Und dann?«

»Endlich sagte ich mir: ich will hinausgehen; im Freien fällt mir vielleicht etwas ein. Ich ging hinaus und dachte nach. Dann zog ich meine Bluse aus, band mein Halstuch ab, ging hin zum Lahmen und faßte ihn am Genick, ob er auch zappelte, kratzte und schrie, wickelte ihn in meine Bluse, band sie oben mit den Ärmeln, unten mit dem Halstuch zusammen, nahm das Paket unter den Arm und ging fort damit. In der Nähe sah ich einen Gemüsegarten und warf den Jungen in ein Möhrenbeet; er grunzte wie ein junges Schwein, aber über zwei Schritte weit hörte man ihn nicht. Dann macht' ich mich fort, es war Zeit, kletterte auf einen Baum, gerade Ihrer Türe gegenüber ... Zehn Minuten später hörte ich gehen; es regnete noch immer ... Es war so finster, so finster, daß sich der Teufel hätte auf den Schwanz treten können. Ich horchte; es war die Eule mit dem Schulmeister. ›Lahmer!‹ rief sie leise. – Ja, such' du deinen Lahmen nur. — ›Es regnet, der Junge wird des Wartens überdrüssig geworden sein‹, sagte der Schulmeister fluchend. – ›Männchen, nimm dich in acht‹, sagte die Eule wieder; ›vielleicht ist er fortgegangen, um uns etwas zu melden. Wenn es eine Falle wäre? Der andere wollte erst um zehn Uhr.‹ – ›Eben deshalb‹, sagte der Schulmeister; ›jetzt ist es erst sieben. Wer nicht wagt, gewinnt nicht! Gib mir die Zange!‹

In einem Augenblicke war die Türe erbrochen. ›Bleib da!‹ sagte der Schulmeister, ›paß auf und gib mir das Zeichen, wenn du etwas hörst.‹

Ich sprang von meinem Baume herunter, fiel über die Eule her und betäubte sie mit zwei ausgesuchten Faustschlägen. – Sie fiel stumm nieder, und ich trat in den Garten hinein. Donnerwetter, Herr Rudolf! Es war zu spät ...«

»Armer Murph!«

»Er wälzte sich eben mit dem Schulmeister auf der kleinen Vortreppe; obgleich schon verwundet, hielt er doch noch fest, ohne um Hilfe zu schreien. Ich fiel über beide her und faßte den Schulmeister. ›Spitzbube, wo kommst du her?‹ rief der. ›Nicht so neugierig!‹ antwortete ich, indem ich seinen Arm faßte, in dem er den Dolch hielt. Ich pakte also den Schulmeister noch einmal so fest, weil er mich zu stechen suchte; ich lag mit der Brust auf seinem Arm, und er hatte nur die Hand frei. Er schnaubte wie ein Ochse. Herr Murph hatte ihm den Dolch nicht entreißen können, denn die Faust dieses Menschen ist wie ein Schraubstock. Endlich, indem ich immer mit meinem ganzen Körper auf seinem rechten Arme lag, brachte ich meine beiden Hände hinter seinen Nacken und drückte sie zusammen, – als wenn ich ihn umarmen wollte. Das wollte ich. ›Nun gehen Sie‹, sagte ich zu Murph, ›und holen Sie Hilfe, ich warte, bis Sie wiederkommen.‹

Ich will mich nicht rühmen, aber einen Augenblick war es kein Spaß. Wir lagen halb auf der Erde, halb auf der letzten Treppenstufe. Ich hatte meinen Arm um seinen Hals geschlungen und hörte seine Zähne knirschen. Er wollte mich beißen, aber konnte nicht. – Niemals fühlte ich eine solche Kraft in meinen Knochen.

Donnerwetter! Das Herz klopfte mir, aber auf dem rechten Flecke, und ich sagte mir: Du bist wie jemand, der einen tollen Hund festhält, damit er die Leute nicht beiße. – ›Laß mich los, und ich tue dir nichts‹, sagte der Schulmeister. Während er dies sagte, hob er sich mit dem Leibe so hoch, daß er mich auf die Seite warf; aber ich hatte noch immer meine Hände unter seinem Kopf und seinen rechten Arm unter mir. Die Beine aber bekam er frei und brauchte sie tüchtig. Das half ihm, und er kehrte mich halb um ... Hätte ich nicht den Arm mit dem Dolche festgehalten, so wäre es um mich geschehen gewesen. In diesem Augenblick wurde mir das linke Handgelenk verrenkt, und ich mußte die Finger loslassen. Nun ist's vorbei, dachte ich; jetzt macht er mich tot! ... In diesem Augenblick sah ich die Eule oben auf den Stufen stehen – mit ihrem runden Auge und dem roten Schal. Donnerwetter! ›Finette!‹ rief ihr der Schulmeister zu, ›ich habe den Dolch fallen lassen; heb' ihn auf – da – und stoß zu! – in den Rücken, zwischen die Schultern!‹ – ›Warte, warte!‹ antwortete die Eule und flatterte um uns herum, wie ein Vogel, der Unglück bedeutet. Endlich sah sie den Dolch und wollte danach greifen. – Ich lag platt auf dem Bauche und versetzte ihr einen Tritt mit dem Fuße, daß sie niederstürzte; aber sie sprang wieder auf und kam zurück ... Ich konnte nicht mehr; zwar klammerte ich mich noch immer am Halse des Schulmeisters fest, aber er gab mir von unten so fürchterliche Stöße ans Kinn, daß ich ihn fast losgelassen hätte ... Da sah ich drei oder vier bewaffnete Leute die Stufen herunterkommen und Murph, der ganz blaß war und sich auf den Doktor stützte. Man packte den Schulmeister und die Eule und band sie fest ... Das war alles! Nun fehlte nur noch Herr Rudolf. Ich faßte die Eule am Arm, drehte ihn ihr um und fragte: ›Wo ist Herr Rudolf?‹ Sie hielt sich tapfer; als ich aber immer weiter drehte, sagte sie: ›bei Rotarm im Keller.‹ Gut. So kam ich ins ›Blutende Herz‹ und packte Rotarm an der Kehle. ›Wo ist der junge Mann, der heute abend mit dem Schulmeister hier war?‹ – ›Drück' nur nicht so derb, ich will es dir sagen. Man wollte sich einen Spaß mit ihm machen und hat ihn in den Keller gesteckt.‹ Wir stiegen hinunter; es war niemand da. Ich wollte traurig wieder fortgehen, da sah ich, im Schein der Laterne, eine andere Türe. Ich lief hin, zog, und das Wasser stürzte mir ins Gesicht. Ich sah Ihre beiden Arme, fischte Sie heraus und trug Sie auf meinem Rücken hierher, weil niemand da war, der einen Wagen hätte holen können. Das ist die Geschichte, Herr Rudolf, und ich kann sagen, ohne mich zu rühmen, daß ich zufrieden bin.«

»Ich verdanke dir mein Leben, eine Schuld, die ich tilgen werde! ...«

»Nichts zu danken, Herr Rudolf! Hab' es gern getan!«

»Braver Kerl! Weißt du übrigens, wo der Schulmeister ist?«

»Unten, zusammen mit der Eule. Wollen Sie die Polizei holen lassen, Herr Rudolf?«

»Nein.«

»Sie wollen ihn laufen lassen? Herr Rudolf, hier wäre der Edelmut nicht angebracht. Er ist ein toller Hund!«

»Er wird keinen mehr beißen, verlaß dich drauf!«

»Sie wollen ihn also einsperren?«

»Nein. In einer halben Stunde wird er fortgehen.«

»Frei?«

»Ja.«

»Und ganz allein?«

»Ja, und wohin er will,« sagte Rudolf, finster lächelnd.

Dann setzte er hinzu: »David, ein Wort.«

Und er sprach leise mit dem Schwarzen.

Dieser schauderte.

»Sie zögern?« fragte ihn Rudolf.

»Ich zögere nicht, gnädigster Herr. Ich billige die Idee, denn die Strafe ist gerecht.«

»Wir sind also einig, David?«

»Wir arbeiten an einem Werke!«

Nach einer kurzen Pause setzte Rudolf hinzu:

»Und fünftausend Franken werden ausreichen, David?«

»Vollkommen!«

»Guter Freund,« sagte Rudolf zu dem verblüfften Schurimann, »ich habe ein paar Worte mit dem Herrn da zu reden. Geh indessen ins Nebenzimmer; dort findest du auf dem Schreibtisch ein rotes Portefeuille; daraus nimm fünf Tausendfrankenscheine und bringe sie mir her!«

»Für wen sind die fünftausend Franken?« fragte unwillkürlich der Schurimann.

»Für den Schulmeister. Zugleich sage, man solle ihn zu mir führen!«

XIX

In einem rot ausgeschlagenen, glänzend erleuchteten Zimmer saß Rudolf in einem langen, schwarzen Schlafrock, der die Blässe seines Gesichts noch mehr betonte, an einem Tische. Auf dem Tisch lagen zwei Brieftaschen, die vergoldete Kette der Eule mit dem kleinen Heiligen von Lapislazuli, der noch blutige Dolch, mit dem Murph verwundet worden war, das Brecheisen, dessen sich der Schulmeister bedient hatte, und endlich die fünf Tausendfrankenscheine, die der Schurimann aus dem Nebenzimmer geholt hatte.

Der schwarze Arzt saß an der einen Seite des Tisches, der Schurimann an der anderen.

Der Schulmeister saß festgebunden, so daß er keine Bewegung machen konnte, auf einem großen Rollstuhl inmitten des Zimmers.

Rudolf wandte sich an ihn:

»Du bist aus dem Bagno zu Rochefort, wo du lebenslänglich bleiben solltest, entwichen und heißt Anselm Duresnel?«

»Falsch!« erwiderte der Schulmeister mit unsicherer Stimme.

»Was?« fiel der Schurimann ein, »sind wir nicht beide in Rochefort gewesen?«

Rudolf winkte dem Schurimann, zu schweigen.

Rudolf fuhr fort:

»Du bist Anselm Duresnel und wirst es noch gestehen; hast du einen Viehhändler auf der Straße von Poissy beraubt und ermordet?«

»Nein.«

»Du wirst es später gestehen.«

Der Räuber sah Rudolf überrascht an.

»Letzte Nacht bist du in dieses Haus gedrungen, um zu stehlen, und hast den Besitzer des Hauses ermordet.«

»Sie selbst haben mir diesen Diebstahl vorgeschlagen,« antwortete der Schulmeister, der wieder Mut faßte; »man hat mich angegriffen, ich habe mich verteidigt ...«

»Der Mann, den du ermordet hast, war nicht bewaffnet.«

»Sie sind nicht mein Richter, und ich werde Ihnen nicht mehr antworten.«

»Den Diebstahl habe ich dir aus folgendem Grunde vorgeschlagen: Ich wußte, daß du aus dem Bagno entwichen bist und die Eltern eines Mädchens kennst, an dessen Unglück die Eule, deine Mitschuldige, schuld ist. Ich wollte dich durch einen Diebstahl – denn nur ein solcher kann dich verführen – hierherlocken. Warst du erst einmal in meiner Gewalt, so sollte es dir freistehen, entweder der Justiz übergeben zu werden und mit deinem Kopfe für die Ermordung des Viehhändlers zu büßen ...«

»Falsch! Ich habe keinen Viehhändler ermordet.«

»... oder dich, durch meine Vermittlung, an einen Ort ewiger Einsamkeit bringen zu lassen, wenn du einwilligtest, mir die Auskünfte zu geben, die ich suchte. Du warst lebenslänglich verurteilt und bist entflohen. Indem ich mich deiner bemächtigte und es dir unmöglich machte, weitere Verbrechen zu begehen, leiste ich der Gesellschaft einen Dienst. Mein Plan war vielleicht nicht gesetzlich, aber du stehst außerhalb des Gesetzes. Gestern habe ich zufällig deinen wahren Namen erfahren.«

»Er ist falsch!«

»Gestern erfuhr ich auch, daß du deinen Sohn vor fünfzehn Jahren seiner Mutter geraubt hast, und daß du allein weißt, wo er lebt. Diese Schandtat war ein Beweggrund mehr, mich deiner zu versichern ... Heute nacht hast du abermals Blut vergossen. Der Mann, den du ermordet hast, kam vertrauensvoll zu dir und ahnte deinen Blutdurst nicht!«

»Es ist falsch. Der Mann hat gelogen!«

»Murph lügt niemals,« antwortete Rudolf ruhig. – »Deine Verbrechen fordern Strafe. Du bist bewaffnet hier eingedrungen, du hast einen Mann ermordet, um ihn zu bestehlen. Du wirst sterben! Aus Mitleid mit deiner Frau und deinem Sohne wird man dir die Schande des Schafotts ersparen. Man wird sagen, du wärest mit bewaffneter Hand umgekommen. Mach' dich bereit, die Gewehre sind geladen!«

Der Schulmeister zitterte krampfhaft; er sah durch die halboffene Türe Gewehrläufe blitzen und glaubte, seine Stunde sei gekommen; seine Lippen wurden weiß, und er winselte: »Gnade!«

»Gnade?« erwiderte Rudolf. »Für dich Gnade? Wenn man dir hier keine Kugel durch den Kopf jagt, erwartet dich das Blutgerüst.«

»Das Schafott ist mir lieber. Und übrigens verbietet Ihnen das Gesetz, sich selbst Recht zu schaffen!«

»Das Gesetz!« entgegnete Rudolf. »Du wagst es, das Gesetz anzurufen, nachdem du, seit zwanzig Jahren, dich gegen die Gesellschaft aufgelehnt hast?«

Der Räuber ließ den Kopf sinken und antwortete in demütigem Tone:

»Lassen Sie mich leben! Aus Barmherzigkeit!«

»Wirst du mir sagen, wo dein Sohn ist?«

»Ich will alles sagen, was ich weiß.«

»Willst du mir die Eltern des Mädchens nennen, das von der Eule gemartert worden ist?«

»In meiner Brieftasche sind die Papiere, die Sie auf die Spur bringen werden.«

»Wo ist dein Sohn?«

»Werden Sie mich leben lassen?«

»Zuerst gestehe!«

»Ich habe ihn einem Mitschuldigen übergeben, der, als ich verhaftet wurde, entkam.«

»Was hat er mit ihm gemacht?«

»Er hat ihn erzogen ... Aber das übrige werde ich nicht sagen, wenn Sie mir nicht versprechen, mich nicht umbringen zu lassen.«

»Du stellst Bedingungen, Elender?«

»Lassen Sie mir nur die Möglichkeit, meinen Kopf zu retten –«

»Du willst um jeden Preis leben?«

»Ja, und wäre es an der Kette. Lassen Sie mich nicht sterben!«

»Gestehe alle deine Schandtaten, und du sollst leben!«

»Ist es wahr? ich darf leben?«

»Was hast du mit deinem Sohne gemacht?«

»Der Freund, von dem ich sprach, hatte ihn zum Buchhalter ausgebildet, um ihn in ein Bankgeschäft zu bringen, damit er uns über gewisse Dinge Auskunft geben könne.«

»Den eigenen Sohn ...«, rief Rudolf.

»Es handelte sich nur um eine Fälschung!« fuhr der Räuber fort, »und als mein Sohn erfuhr, was man von ihm erwartete, wurde er widerspenstig. Nach einem heftigen Auftritt mit dem Manne, der ihn erzogen hatte, verschwand er. Wir wissen nicht, was aus ihm geworden ist. In meiner Brieftasche werden Sie die Schritte angedeutet finden, die mein Freund versuchte, um ihn ausfindig zu machen, damit er uns nicht verrate. In Paris hat man seine Spur verloren. Seine letzte Wohnung war in der Rue du Temple. Die Adresse befindet sich auch in meiner Brieftasche ... Sie sehen, ich habe alles gesagt! Halten Sie nun Ihr Versprechen und lassen Sie mich nur wegen des Diebstahls verhaften.«

»Und der Viehhändler von Poissy?«

»Erledigt! Es gibt keine Beweise. Ihnen kann ich es gestehen, vor dem Richter würde ich leugnen.«

»Du gestehst also den Mord?«

»Ich war in Not und wußte nicht, wovon ich leben sollte. Die Eule riet es mir – ich bereue es ...«

»Du sollst leben, und ich werde dich der Justiz nicht ausliefern.«

»Sie verzeihen mir also?« rief der Schulmeister, der seinen Ohren nicht zu trauen wagte. »Sie verzeihen mir?«

»Ich richte dich,« entgegnete Rudolf mit fester Stimme. »Ins Bagno sollst du nicht! Ketten können zerbrochen, Mauern durchwühlt, Wälle überstiegen werden. Du würdest, früher oder später, entweichen, von neuem über die Gesellschaft herfallen wie ein wütendes Tier und deinen Weg durch Raub und Mord bezeichnen. Das darf nicht sein! Was aber soll geschehen, um die Gesellschaft vor deiner Wut zu schützen, da du im Bagno die Kette zerbrechen würdest?«

»Sie wollen also doch meinen Tod?« fiel der Räuber ein.

»Den Tod? Hoffe ihn nicht! Jedes Verbrechen ist zu sühnen, hat der Heiland gesagt, aber nur, wenn der Verbrecher aufrichtig Buße tun und bereuen will. Vom Gerichtssaal zum Schafott ist der Weg zu kurz. Du darfst also so nicht sterben!«

Der Schulmeister war wie vernichtet. Zum erstenmal in seinem Leben fürchtete er etwas mehr als den Tod.

Der schwarze Arzt und der Schurimann sahen Rudolf in ängstlicher Spannung an; sie hörten schaudernd seine Worte, die schneidend und unbarmherzig waren, wie der Stahl eines Beiles.

Rudolf fuhr fort:

»Anselm Duresnel, du wirst weder ins Bagno kommen, noch wirst du sterben!«

»Aber was wollen Sie von mir? ... Schickt Sie die Hölle?«

»Höre mich an,« sagte Rudolf in feierlichem Ernst. »Du hast deine Kraft mißbraucht, ich werde deine Kraft lähmen. Die Stärksten zitterten vor dir, du wirst nun vor den Schwächsten zittern. Du hast Geschöpfe Gottes in ewige Nacht gestürzt, das Dunkel der Ewigkeit wird für dich schon in diesem Leben beginnen. Wenn ich dir, um es dir unmöglich zu machen, ferner zu sündigen, für immer alle Herrlichkeiten der Schöpfung entziehe, wenn ich dich in undurchdringliche Nacht stürze, in der du allein sein wirst, mit der Erinnerung an deine Missetaten, so geschieht es, damit du unaufhörlich ihre Gräßlichkeit betrachten mögest. Dann wird, hoffe ich, deine eiserne Stirn sich mit Schamröte bedecken, deine verstockte Seele sich erweichen ...«

Der Schulmeister fühlte fast keine Furcht mehr; er glaubte, Rudolf habe ihn nur erschrecken wollen, ehe er ihm Moral predigte.

Der Verbrecher lachte also roh auf und sagte:

»Wollen wir hier Rätsel lösen? Oder sind wir in der Schule?«

Rudolf schüttelte traurig den Kopf und sagte:

»David, tun Sie Ihre Pflicht! Gott mag mich strafen, wenn ich irre.«

Der Neger klingelte.

Zwei schwarzgekleidete Männer traten ein. Der Doktor zeigte auf das Nebenzimmer.

Die beiden Männer rollten den Stuhl, auf dem der Schulmeister so gefesselt war, daß er sich nicht rühren konnte, hinaus.

Nach einer Weile brachte man ihn wieder herein.

»Sie wollen mich also foltern? Warum haben Sie mir an den Augen herumgestochen? Und warum ist es plötzlich überall so dunkel?«

Es herrschte einen Augenblick Stille.

»Du bist blind,« sagte David.

»Das ist nicht wahr, das ist nicht wahr!« schrie der Sträfling, der sich anstrengte, sich loszumachen.

»Nehmt ihm die Fesseln ab! Er mag aufstehen!« sagte Rudolf.

Die beiden Männer erfüllten den Befehl.

Der Schulmeister sprang rasch auf, tat einen Schritt, während er die Hände von sich streckte, und sank dann, die Arme erhoben, von neuem auf den Stuhl.

»David, geben Sie ihm die Brieftasche,« sagte Rudolf. »In dieser Brieftasche befindet sich so viel Geld, daß du dir, bis ans Ende deines Lebens, in irgendeinem einsamen Ort Obdach und Unterhalt sichern kannst. – Jetzt bist du frei; geh und bereue!«

»Blind! – blind!« jammerte der Räuber. »Mein Gott, es ist also wahr?«

»Du bist frei, hast Geld – geh!«

»Um der Barmherzigkeit willen,« sagte der Schulmeister mit flehentlicher Gebärde, »lassen Sie mich führen! Wie soll ich über die Straße kommen? – Ach, töten Sie mich! ich flehe Sie an, töten Sie mich lieber!«

Und er weinte.

Der Schurimann trat zu Rudolf und sagte leise:

»Herr Rudolf, er war ein großer Bösewicht; aber jetzt ist er blind, er weint. – Sehen Sie, das tut mir weh. – Er weiß nicht, wie er fortkommen soll ... Soll ich ihn irgendwohin führen, wo er wenigstens ruhig sein kann?«

»Ja,« sagte Rudolf, den dieser Edelmut rührte, »ja – geh!«

Der Schurimann trat zum Schulmeister und legte ihm die Hand auf die Achsel.

Der Räuber zuckte.

»Wer rührt mich an?« fragte er mit dumpfer Stimme.

»Da, nimm meinen Arm, ich will dich führen.«

»Du?«

»Komm, laß uns gehen!«

»Ist es wahr, daß Geld in der Brieftasche ist, die man mir gegeben hat?« fragte der Räuber nach einer Pause.

»Ja, ich habe selbst fünftausend Franken hineingelegt.«

»Also versteck' mir die Brieftasche, damit die Eule sie nicht sieht, sie würde mich bestehlen!«

»Die Eule? Die ist im Hospital, ich habe ihr einen Denkzettel gegeben.«

»Aber was soll aus mir werden? Mein Gott, was soll aus mir werden?«

Der Räuber schwieg eine Zeit, dann fuhr er wütend auf:

»Du bist an allem schuld, Schurimann! Wärest du nicht gekommen, hätte ich den Mann kalt gemacht!«

»Denke nicht mehr daran! Ich will dich noch führen, wohin du willst, dann gehe ich schlafen.«

»Ich weiß ja nicht, wohin ich gehen soll ...«

»Willst du ein paar Tage bei mir bleiben? Vielleicht mache ich brave Leute ausfindig, die dich aufnehmen ...«

»Ich danke dir, Schurimann – du bist besser als ich.«

Der Schurimann zuckte die Achseln und sagte:

»Wollen wir gehen?«

»Zu dir, Schurimann, nicht wahr?«

Auf den Arm des Schurimannes gestützt, verließ der Geblendete das Haus seiner Strafe.

XX

Ein Monat war vergangen. In der kleinen Stadt Ile-Adam am Ufer der Oise zerbrachen sich die Müßiggänger die Köpfe, wann wohl der Käufer des schönen Metzgergeschäftes, das die Witwe Dumont veräußert hatte, seinen Einzug in die Stadt halten würde.

Der Käufer war ohne Zweifel ein reicher Mann, denn er hatte das Verkaufslokal glänzend malen und dekorieren lassen. Die Arbeiten waren beendet bis auf die Firma, welche die Neugierigen mit Ungeduld erwarteten, um den Namen des Nachfolgers der Witwe zu erfahren.

Eines Tages prangte, in goldenen Buchstaben auf schwarzem Grunde, der Name Francoeur, Metzger.

Aber die Neugierde war dadurch nur zum Teil befriedigt. Wer war dieser Francoeur? ...

Zwei Stunden nach Eröffnung des Ladens fuhr ein Korbwagen mit einem kräftigen Pferde in das Haus. Zwei Männer stiegen aus dem Wagen: Murph, der völlig wiederhergestellt war, aber noch sehr blaß aussah, und der Schurimann.

Dieser war, in dem anständigen Anzug, den er trug, fast nicht wiederzuerkennen. In seinem Gesicht war ebenfalls eine Veränderung vorgegangen; der Schurimann hatte mit seinen Lumpen sein wildes Aussehen abgelegt. Wer ihn so, die beiden Hände in die Taschen des langen, braunen Rockes gesteckt, das glatt rasierte Kinn von einem weißen Halstuch verhüllt, sah, konnte ihn für den harmlosesten Mann von der Welt halten.

Murph band die Zügel des Pferdes an einen in der Mauer befestigten eisernen Ring und winkte dem Schurimann, ihm zu folgen. Sie traten in eine hübsche, behaglich eingerichtete Stube, die sich hinter dem Laden befand. Murph öffnete einen Schrank, nahm eine Flasche Branntwein heraus und sagte:

»Es ist kalt! Ist Ihnen ein Gläschen gefällig?«

»Wenn Sie nichts dagegen haben, Herr Murph, so werde ich lieber nicht trinken.«

»Sie schlagen aus?«

»Ja, ich bin so zufrieden, und die Freude, wissen Sie, wärmt ...«

»So?«

»Ja, weiß Gott, das tut sie.«

»Sagen Sie übrigens: Sind Sie noch manchmal ins Weiße Kaninchen gekommen?«

»Nein.«

»Warum nicht?«

»Ich habe so meine Gedanken ... sie mögen albern sein.«

»Sie sagten vorhin: ich bin so zufrieden –«

»Ja, das bin ich auch, aber man darf sich nicht verwöhnen. Jetzt wird es mir schon schwer genug werden, meine Lumpen wieder anzuziehen, und ich wollte auch lieber immer auf einem Strohsack liegen, als ein paar Nächte in einem guten Bette schlafen und dann wieder auf den Strohsack kommen. Ich bin nun einmal so.«

»Sie haben nicht ganz unrecht, aber es ist doch noch besser, immer in einem guten Bett zu schlafen.«

»Gewiß; es ist besser, Brot zu haben, als zu hungern.«

»Wollen Sie sich das Haus ansehen, während das Pferd etwas verschnauft?«

»Ja, gern; ich habe immer für das Metzgergewerbe etwas übrig gehabt. So auf einem Klepper herumzureiten und auf den Jahrmärkten Vieh zu kaufen, dann an seinen Herd zurückzukommen, sich zu wärmen, wenn man friert, sich zu trocknen, wenn man naß ist, seine Hausfrau da zu finden mit einem Häufchen Kinder, die einem die Taschen durchsuchen, um zu sehen, ob man etwas mitgebracht hat, – und dann im Schlachthaus einen Ochsen an den Hörnern zu fassen, besonders wenn er böse ist ... das wäre so meine Sache.«

Der Schurimann und Murph traten in den Laden; dann gingen sie in den Stall, wo drei prächtige Ochsen und etwa zwanzig Schafe standen, dann in die Wagenremise, ins Schlachthaus und auf den Boden.

Als sie alles gesehen hatten, sagte Murph:

»Sie werden gestehen, daß mein Freund, dem das Ganze hier gehört, ein glücklicher Mann ist. Dieses Haus und diese Vorräte sind sein Eigentum, nebst baren tausend Talern für das Geschäft; dabei ist er erst achtunddreißig Jahre alt und stark wie ein Stier. Der Geselle unten vertritt ihn, wenn er auf Reisen ist, um Vieh einzukaufen ... Ist mein Freund nicht ein glücklicher Mann?«

»Ja, Herr Murph! Aber es gibt nun einmal Glückliche und Unglückliche. Wenn ich bedenke, daß ich jetzt vier Franken täglich verdiene, während viele nur die Hälfte und noch weniger verdienen ...«

»Wollen Sie auch den übrigen Teil des Hauses sehen?«

»Gern, Herr Murph.«

»Der Mann, der Sie beschäftigen will, ist gerade da.«

»Einen Augenblick,« sagte der Schurimann mit trauriger und verlegener Miene, indem er Murph am Arme zurückhielt; »hören Sie; ich muß Ihnen etwas sagen, was ich dem Manne, der mir Arbeit geben will, nicht verschweigen darf.«

»Was meinen Sie?«

»Daß ich im Bagno war,« sagte der Schurimann leise.

»Ah!« entgegnete Murph.

»Aber ich habe niemandem etwas genommen,« fuhr der Schurimann fort. »Freilich tat ich etwas Schlimmeres,« setzte er hinzu, »ich mordete – aus Zorn –. Die Leute wollen keinen ehemaligen Sträfling haben, und sie haben recht! Es ist mir übrigens lieber, ich werde gleich abgewiesen, als daß es später herauskommt. Auch dem Manne hier werde ich reinen Wein einschenken. Sie kennen ihn; wenn er mich abweisen sollte, so sagen Sie es mir lieber gleich, und ich kehre um.«

»Kommen Sie nur mit,« antwortete Murph.

Der Schurimann folgte Murph, und sie gingen eine Treppe hinauf. Oben öffnete sich eine Türe, und sie standen vor Rudolf.

»Mein guter Murph – laß uns allein,« sagte er.

XXI

»Freut mich, Sie wiederzusehen, Herr Rudolf,« sagte der Schurimann.

»Guten Tag, Freund! Auch ich freue mich.« Dann setzte er hinzu:

»Murph hat Ihnen das Haus gezeigt?«

»Ja, Herr Rudolf. Schönes Haus! – schöner Laden! Alles sauber und nett!«

»Gefällt es Ihnen? Das freut mich; denn das Haus mit allem, was darin ist, der Laden und tausend Taler sind Ihr Eigentum!«

Der Schurimann lächelte, drückte seinen Kastorhut zwischen den Knien breit und verstand nicht, was Rudolf zu ihm sagte, obgleich die Worte deutlich genug waren.

Rudolf fuhr freundlich fort:

»Ich begreife Ihre Überraschung, aber ich wiederhole: das Haus und das Geld sind Ihr Eigentum.«

Der Schurimann wurde jetzt feuerrot, strich mit seiner schwieligen Hand über die Stirn, auf die ihm der Schweiß trat, und stotterte:

»Das heißt – das heißt –«

»Das heißt, daß ich Ihnen das alles gebe. Verstehen Sie jetzt?«

Der Schurimann rückte auf dem Stuhle hin und her, kratzte sich hinter den Ohren, schlug die Augen nieder und antwortete nicht; er konnte nicht glauben, was er hörte. Zwischen der tiefen Armut und der Erniedrigung, in der er immer gelebt hatte, und der Stellung, die ihm Rudolf jetzt sicherte, lag ein Abgrund, der ihm unübersteigbar schien.

Nachdem er sich eine Zeitlang an der Verblüffung des Schurimannes geweidet hatte, fuhr Rudolf fort:

»Das, was ich Ihnen gebe, scheint Ihre Hoffnungen zu übertreffen.«

»Gnädigster Herr,« entgegnete der Schurimann, indem er aufsprang, »Sie bieten mir dieses Haus und all das andere an, um mich in Versuchung zu führen; aber ich kann nicht –«

»Was können Sie nicht?« fragte Rudolf verwundert.

Das Gesicht des Schurimannes rötete sich; er sprach mit fester Stimme:

»Um mich zum Stehlen zu verleiten, bieten Sie mir das nicht, das weiß ich; aber was soll ich sonst dafür tun? Ich werde es nicht imstande sein ...«

Rudolf antwortete: »Sie haben genug getan. Was ich Ihnen gebe, haben Sie bereits verdient!«

»Ich?« entgegnete der Schurimann, »womit?«

»Das will ich Ihnen sagen. Obgleich Sie fünfzehn Jahre im Bagno leben mußten und durch Not und Hunger gezwungen waren, mit dem Auswurf der Gesellschaft umzugehen, sind Sie nicht nur innerlich gut geblieben, sondern die Reue über Ihr Verbrechen hat länger gedauert als die Buße, welche die menschliche Gesellschaft Ihnen auferlegte.«

Diese Sprache war eine neue Quelle des Erstaunens für den Schurimann. Er sah Rudolf mit einem Gefühl von Achtung, Scheu und Dankbarkeit an, konnte aber noch immer nicht glauben, was er hörte.

»Wie, Herr Rudolf, weil ich Sie nicht ertrinken ließ, deshalb für mich ein Haus und Geld? Das ist nicht möglich.«

»Ich habe Sie kennengelernt und wünsche, Sie zu belohnen.«

»Herr Rudolf, das geht nicht an. Es gibt arme Tagelöhner, die ihr Leben lang redlich gewesen sind –«

»Ich weiß es und habe vielleicht für manchen getan, was ich jetzt für Sie tue. Wenn aber der Mensch, der rechtschaffen unter rechtschaffenen Leuten lebt, Teilnahme und Unterstützung verdient, so verdient derjenige, der von den sogenannten Rechtschaffenen zurückgestoßen wird und unter Verbrechern gut bleibt, noch viel mehr. Sie haben mir das Leben gerettet, Sie haben es Murph, meinem teuersten Freunde, gerettet. Was ich für Sie tue, gebietet mir also auch die persönliche Dankbarkeit.«

Rudolf nahm herzlich die Hand des Schurimannes in die seine und fuhr fort:

»Du botest einem Manne, der dich hatte ermorden wollen, deine Hilfe an und nahmst ihn selbst in deine Wohnung auf. Mitleid aber ist eine Tugend, die helleres Licht ausstrahlt als alle anderen Tugenden!«

»Hören Sie, Herr Rudolf, was alles das betrifft, was Sie eben sagen, so bin ich Ihnen Dank schuldig, nicht Sie mir.«

»Wieso?«

»Ja, Herr Rudolf,« setzte er traurig hinzu. »Ich habe etwas nicht wieder aus meinen Gedanken bringen können, denn seit Sie einmal die Worte zu mir gesagt haben: ›Du hast noch ein Herz und eine Ehre im Leibe‹, denke ich viel nach. 's ist merkwürdig, daß zwei Worte so etwas bewirken können. Aber freilich, wenn man Körner in die Erde streut, wachsen auch große Ähren daraus.

Sehen Sie, gnädigster Herr,« fuhr der Schurimann fort, »ich habe Sie und einigermaßen auch Herrn Murph gerettet, das ist wahr; aber ich kann Hunderte, Tausende retten – die, die ich erschlagen habe, werden doch nicht wieder lebendig!«

Dabei ließ er traurig den Kopf sinken.

»Reue ist heilsam, aber eine gute Tat zählt doppelt.«

Um den Schurimann von traurigen Gedanken abzulenken, sagte Rudolf:

»Sie haben den Schulmeister nach St. Mandé gebracht?«

»Ja, Herr Rudolf.«

»Sie müssen mir noch einen Gefallen tun, mein Freund.«

»Sprechen Sie, Herr Rudolf.«

»In einigen Tagen gehen Sie zu ihm mit diesem Papier, das ihm Aufnahme im ›Hospital der guten Armen‹ verschaffen wird. Er gibt 4500 Franken und sichert sich auf diese Weise Obdach und Unterhalt für den Rest seines Lebens. Weigert er sich, so sprechen wir weiter davon.«

»Ich würde Ihnen mit Vergnügen den Gefallen tun, Herr Rudolf, aber ich weiß nicht, ob ich Zeit haben werde. Murph hat mich für jemand engagiert, der mir täglich vier Franken zahlen will.«

»Und Ihr Laden? Ihr Haus?«

»Herr Rudolf, halten Sie einen armen Teufel nicht zum Narren. Sie dachten: wir wollen doch sehen, ob der Esel so dumm ist und sich einbildet – Herr Rudolf, Sie sind ein Spaßvogel –«

Und er lachte laut und herzlich auf.

»Noch einmal –«

»Ich gestehe, anfangs wäre ich beinahe in die Falle gegangen. Ich dachte da bei mir: Herr Rudolf ist ein Mann, wie es wenige gibt, er hat vielleicht etwas beim Bäcker (Teufel) zu bestellen und will mir die Hand schmieren, damit ich das Feuer nicht fürchte. Nachher überlegte ich mir's aber genauer und kam dahinter, daß Sie mir einen Bären aufbinden wollten.«

Rudolf wußte nicht mehr, wie er den Schurimann überzeugen sollte und sagte ihm deshalb in ernstem Tone:

»Ich erlaube mir niemals, mit der Dankbarkeit Scherz zu treiben. Ich habe Ihnen gesagt: Haus und Geld sind Ihr Eigentum. Da Sie mir nicht glauben wollen, schwöre ich bei meiner Ehre, daß alles dies Ihnen gehört.«

Bei diesen Worten schwieg der Schurimann minutenlang, dann sagte er mit tiefbewegter Stimme:

»Ich glaube Ihnen, Herr, und danke Ihnen. Ein armer Mann kann nicht viel Worte machen. Ich kann Ihnen weiter nichts sagen, sehen Sie, als: ich werde niemals einem Unglücklichen meinen Beistand verweigern.«

»Sie können Ihre Dankbarkeit nicht besser zu erkennen geben. – Hier, in diesem Schreibtisch, werden Sie die Besitzurkunden finden, die für Sie auf den Namen Francoeur ausgestellt sind.«

»Francoeur?«

»Sie haben keinen Namen, ich gebe Ihnen diesen. Sie werden ihm Ehre machen, ich bin dessen überzeugt.«

»Ja, das verspreche ich Ihnen.«

»Sie können mir bei einem guten und schönen Werke helfen.«

»Ich?«

»Sie werden der Welt als Beispiel dienen. Wenn man Sie glücklich sieht, nachdem Sie eine verbrecherische Tat begangen und gebüßt haben, aber mutig, uneigennützig und gut geblieben sind, werden alle, die noch schwankten, besser zu werden suchen. Ihre Vergangenheit soll keineswegs unbekannt bleiben. Ich werde mit Ihnen zum Maire gehen und mich für Sie verbürgen. Ich werde monatlich tausend Franken für die Armen des Ortes aussetzen; jeden Monat werde ich Ihnen diese Summe senden, deren Verwendung durch Sie, den Maire und den Geistlichen bestimmt werden soll.«

»Jetzt verstehe ich Sie, Herr Rudolf. Nicht mir erweisen Sie so viel Gutes, sondern den Unglücklichen, die, gleich mir, in Not und Verbrechen versunken waren und sich, wie Sie sagen, mit Ehren herausgearbeitet haben. Es ist wie in der Armee: wenn ein Bataillon sich ausgezeichnet hat, gibt es vier Ordenskreuze für fünfhundert Tapfere; aber die, die das Kreuz nicht haben, denken bei sich: gut, ich bekomme es ein andermal, und das nächste Mal schlagen sie sich noch tapferer.«

Rudolf hörte seinen Schützling mit Vergnügen an.

»Was Sie mir da sagen, Francoeur,« sprach Rudolf, »gefällt mir sehr. Jetzt aber wollen wir Ihr Haus besichtigen!«

Rudolf und der Schurimann gingen hinunter.

Als sie in den Hof traten, sagte der Geselle ehrerbietig:

»Da Sie der Meister sind, Herr Francoeur, so muß ich Ihnen melden, daß schon viele Kunden kommen. Wir werden ein paar Schöpse schlachten müssen.«

»Da bietet sich ja eine schöne Gelegenheit, Ihr Talent zu zeigen,« sagte Rudolf. »Und ich möchte die erste Frucht davon haben; die frische Luft hat mir Appetit gemacht.«

»Soll ich zwei Schöpse ins Schlachthaus führen, Meister?« fragte der Geselle.

»Ja, und bring' ein scharfes Messer mit!«

»Damit kann ich dienen, Meister. Sehen Sie einmal –«

»Bursche, du verstehst deine Sache. Das nenn' ich eine Klinge!«

Der Schurimann schwang das Messer. Das Tierische in ihm gewann wieder die Oberhand; der Blutdurst bemächtigte sich seiner mit furchtbarer Gewalt.

Der Geselle führte einen Hammel.

»Soll ich ihn an den Ring binden, Meister?«

»Anbinden? Gib her das Vieh und geh wieder in den Laden!«

Der Geselle ging, und Rudolf blieb allein mit dem Schurimann, den er, mit fast ängstlicher Spannung, beobachtete.

»Sie werden sehen, Herr Rudolf, wie ich das Messer zu brauchen weiß. – Komm her, Schöps!«

Seine Augen funkelten in wildem Feuer, er hob das Tier ohne Mühe empor und trug es mit einer gewissen Wollust ins Schlachthaus. – Es war, als wenn ein Wolf mit seiner Beute sich in seine Höhle flüchtet.

Rudolf folgte ihm und lehnte sich an einen Flügel der Türe.

Das Schlachthaus war dunkel; ein heller Lichtstrahl, der gerade herunterfiel, beleuchtete das Gesicht des Schurimanns. Er bog sich zusammen, hielt das lange Messer, das im Halbdunkel blitzte, zwischen den Zähnen und zog das Schaf zwischen seine Knie. – Als er ihm die passende Lage gegeben hatte, faßte er es am Kopfe, streckte ihm den Hals aus und stach es tot.

In dem Augenblick, in dem das Schaf die Klinge fühlte, stieß es einen leisen, klagenden Ton aus und richtete das brechende Auge auf den Schurimann, dem das Blut ins Gesicht spritzte.

Dieser Laut, dieser Blick, dieses Blut, das an ihm herabtropfte, machten einen entsetzlichen Eindruck auf den Mann. Das Messer entfiel seiner Hand; sein Gesicht wurde bleich, die Augen traten aus den Höhlen, das Haar richtete sich empor, dann wich er plötzlich entsetzt zurück und rief, mit halb erstickter Stimme:

»Wieder ein Mord! Wieder Blut!«

Rudolf eilte zu ihm und sagte:

»Beruhigen Sie sich, Freund!«

Der Schurimann wich schrittweise, mit starrem Blick, zurück und wies mit dem Finger auf ein unsichtbares Phantom. Dann stieß er einen Schrei aus, zog sich in den dunkelsten Teil des Schlachthauses zurück, stemmte sich mit Brust, Gesicht und Armen an die Wand, als wollte er sie umreißen, um einer gräßlichen Erscheinung zu entfliehen, und wiederholte, krampfhaft schluchzend:

»Blut ... Blut ...«

XXII

Unter dem Zuspruch Murphs und Rudolfs, die seine Aufregung nur mit Mühe beschwichtigen konnten, kam der Schurimann, nach langer Krisis, wieder zu sich.

Er befand sich mit Rudolf allein in einem Zimmer.

»Sie sind sehr gütig gegen mich gewesen, Herr,« sagte er, »aber lieber will ich noch tausendmal ärmer und elender sein, als ich gewesen bin, als das Geschäft annehmen, das Sie mir antragen.«

»Bedenken Sie ...«

»Sehen Sie, gnädigster Herr, als ich den Schrei des armen Tieres hörte, da sah ich die wieder, die ich niederdolchte und die im Sterben mich so klagend ansahen ... Ach, ich könnte den Verstand darüber verlieren!«

»Beruhigen Sie sich, Francoeur.«

»Nehmen Sie mir's nicht übel, Herr, aber ich fühle, ich würde den Anblick eines Messers nicht mehr ertragen können. – Alle Tage arme Tiere zu erstechen, die sich nicht verteidigen können, nein, nein, dazu bin ich nicht mehr fähig. Lieber will ich blind sein wie der Schulmeister, als dieses Gewerbe betreiben!«

Rudolf war tief bewegt. Er hatte dieses Resultat erwartet, und sein Wille, nicht der Zufall, hatte die Szene im Schlachthause herbeigeführt.

»Verzeihen Sie mir, Herr,« sagte schüchtern der Schurimann, »ich vergelte Ihre Güte schlecht, aber ...«

»Hören Sie mich an,« sagte Rudolf. »Wenn Sie das Anerbieten, das ich Ihnen machte, annahmen, so gehörte Ihnen alles hier, und ich bezahlte eine heilige Schuld. Wenn aber der Anblick des

Blutes Sie an Ihre Verbrechen erinnert, so wäre das Gewerbe, das ich Ihnen bot, eine Strafe für Sie.«

»Sie haben recht, Herr Rudolf, eine schreckliche Strafe.«

»Hören Sie also, was ich Ihnen nun vorschlage! Ein Mann, der viel Land in Algier besitzt, hat mir für Sie ein großes Gut, das zur Viehzucht eingerichtet ist, abgetreten; die Urkunde braucht nur unterzeichnet zu werden. Die dazugehörigen Ländereien sind sehr fruchtbar, aber der Besitzer muß ein Mann von Mut sein, da sie an der Grenze liegen und häufigen Einfällen der Araber ausgesetzt sind. Der Besitzer muß also Soldat und Landmann sein. Die Ausdehnung der Besitzung und die Anzahl der Arbeiter würden Sie zum Führer einer ansehnlichen Schar machen. Sie könnten zum Schutze der zerstreut liegenden anderen Besitzungen viel beitragen. Ich habe dies eben der Gefahren wegen gewählt, weil ich Ihren natürlichen Mut nützlich verwenden wollte. Noch ist es Zeit. Wenn mein Antrag Ihnen nicht zusagt, so sprechen Sie es offen aus; willigen Sie dagegen ein, so übergebe ich Ihnen die Urkunden, die Sie in den Besitz des Gutes setzen, und Sie reisen mit einer Person ab, die Ihnen alles übergeben wird. Bei Ihrer Ankunft werden Sie Pachtgeld für zwei Jahre zu erheben haben. Das Gut bringt dreitausend Franken ein; arbeiten Sie, bleiben Sie tätig und wachsam, und Sie werden leicht Ihren und der Ansiedler Wohlstand erhöhen können. Der einzige Beweis von Dankbarkeit, den ich von Ihnen verlange, ist, daß Sie so schnell als möglich lesen und schreiben lernen, damit Sie mir regelmäßig Nachricht geben und sich an mich wenden können, wenn Sie meines Rates oder meiner Hilfe bedürfen ...

Am nächsten Tage reiste der Schurimann nach Algier ab.

XXIII

Rudolf wohnte in einem der größten Paläste des Quartier St.-Germain, am Ende der Rue Plumet.

Es hatte eben zehn Uhr geschlagen.

In einem Zimmer im Erdgeschosse saß Murph am Schreibtisch und siegelte Depeschen.

Ein schwarz gekleideter Kammerdiener öffnete die Tür eines Vorzimmers und meldete:

»Se. Exzellenz Baron von Graun.«

Murph grüßte den Baron mit einer herzlichen Handbewegung.

»Herr Geschäftsträger,« sagte er lächelnd, »ich stehe sofort zu Diensten.«

»Sir Walter, Geheimsekretär Sr. Durchlaucht, ich werde auf Ihre Befehle warten,« entgegnete Herr von Graun heiter und machte eine ehrerbietige Verbeugung.

Der Baron stand etwa im fünfzigsten Jahre und hatte dünnes, leicht gepudertes und gekräuseltes Haar. Sein Gesicht verriet Schlauheit; hinter den Gläsern seiner goldenen Brille blitzte ein ebenso schalkhafter wie durchdringender Blick. Herr von Graun stellte seinen Hut auf einen Stuhl und trat an den Kamin, während Murph seine Beschäftigung fortsetzte.

»Se. Hoheit hat ohne Zweifel einen Teil der Nacht hindurch gearbeitet, lieber Murph. Ihre Korrespondenz scheint ziemlich umfangreich zu sein.«

»Der gnädige Herr ist erst um sechs Uhr zur Ruhe gegangen.«

»Soll ich auf Se. Hoheit warten, um ihr die Nachrichten mitzuteilen, die ich überbringe?«

»Nein, lieber Baron. Er hat mir befohlen, ihn vor drei Uhr nachmittags nicht zu wecken und wünscht, daß Sie die Depeschen noch heute vormittag befördern, statt bis Montag zu warten. Vertrauen Sie mir die Nachrichten an, die Sie eingezogen haben, ich werde sie dem gnädigen Herrn mitteilen, sobald er aufgestanden ist.«

»Vortrefflich! Se. Hoheit wird, glaube ich, mit dem, was ich zu berichten habe, zufrieden sein.«

»Und hier gibt es gar nichts Neues, lieber Baron? Es ist nichts ruchbar geworden? Unsere Abenteuer ...«

»Sind für jedermann ein Geheimnis. Man glaubt, Se. Hoheit liebe die Zurückgezogenheit und mache häufig Ausflüge in die Umgegend. Niemand also, außer der Gräfin Sarah Mac Gregor, ihrem Bruder Tom Seyton of Halesbury und Karl, weiß etwas von den Verkleidungen Sr. Hoheit, und weder die Gräfin noch deren Bruder, noch Karl hat ein Interesse, das Geheimnis zu verraten.«

»Ach, lieber Baron,« sagte Murph seufzend, »welches Unglück, daß die verwünschte Gräfin jetzt Witwe ist!«

»Hatte sie sich nicht 1827 verheiratet?«

»Im Jahre 1827, kurz nach dem Tode des unglücklichen Mädchens, das jetzt sechzehn oder siebzehn Jahre alt sein würde, und das Se. Hoheit noch beweint, ohne je von ihm zu sprechen.«

»Die Trauer über diesen Verlust ist begreiflich, da Se. Hoheit ja keine Kinder aus seiner Ehe hat.«

»Deshalb glaube ich auch, daß das Interesse, das Se. Hoheit an dem armen Mädchen, der Schallerin, nimmt, hauptsächlich daher rührt, daß die Tochter, die er so schmerzlich betrauert, wenn er auch die Mutter verwünscht, im gleichen Alter stehen würde.«

»Es ist wirklich eine unglückliche Fügung des Schicksals, daß Sarah, von der man für immer frei zu sein hoffte, gerade jetzt, anderthalb Jahre nach dem Tode der Gemahlin Sr. Hoheit, wieder zum Vorschein kommt. Die Gräfin sieht in diesem doppelten Witwenstand sicherlich eine Gunst des Schicksals.«

»Und ihre unsinnigen Hoffnungen leben heftiger als je wieder auf, obgleich sie weiß, daß Se. Hoheit die tiefste Abneigung gegen sie fühlt. Ach, Baron, diese Frau ist uns verderblich. Gott gebe, daß sie nicht neues Unglück über uns bringt!«

»Was kann man von ihr noch fürchten, lieber Murph? Ihr Einfluß ist durch die Entdeckung der unwürdigen Intrigen, besonders aber durch die Erinnerung an das schreckliche Ereignis, das ihre Folge war, völlig vernichtet worden.«

»Leiser, lieber Baron, leiser!« fiel Murph ein. »Wir stehen vor dem dreizehnten Januar. Ich fürchte an diesem Tage immer für unseren Herrn –«

»Muß aber Se. Hoheit, wenn ein solches Vergehen durch Buße gesühnt werden kann, nicht längst Vergebung gefunden haben?«

»Sprechen wir nicht davon, lieber Baron!«

»Jedenfalls sind die Pläne der Gräfin Sarah jetzt überaus töricht, da der Tod des armen Mädchens, von dem Sie eben sprachen, das letzte Band zerrissen hat, das unseren Herrn noch an das Weib fesseln konnte; sie ist wahnsinnig, wenn sie auf ihren Hoffnungen beharrt.«

»Ja, aber sie ist eine gefährliche Wahnsinnige. Ihr Bruder teilt, wie Sie wissen, ihre ehrgeizigen Pläne, obgleich das würdige Paar jetzt allen Grund hätte, seine Hoffnungen preiszugeben.«

»Welches Unglück hat nicht auch der teuflische Abbé Polidori durch seine verbrecherische Mithilfe heraufbeschworen!«

»Wie man mir berichtet hat, befindet sich dieser Elende seit einem Jahre hier, ohne Zweifel in der tiefsten Armut oder bei irgendeinem verbrecherischen Gewerbe.«

»Welcher tiefe Fall für einen Mann von so viel Geist und Klugheit!«

»Gebe Gott, daß er der Gräfin nicht begegnet! Die Verbindung beider würde sehr gefährlich sein.«

»Noch einmal, lieber Murph, die Gräfin wird durch ihr eigenes Interesse stets daran gehindert werden, die Abenteuerlust Sr. Hoheit zu benutzen, um irgendeinen bösen Streich zu unternehmen.«

»Ich hoffe es auch. Aber ich weiß, daß nur der Zufall irgendeinen schlimmen Antrag verhindert hat, den dieses Weib dem Schulmeister machen wollte, der jetzt, vielleicht reuevoll, bei ehrlichen Bauersleuten in St. Mandé lebt. Ich bin überzeugt, daß Se. Hoheit, hauptsächlich durch den Wunsch, mich an diesem Bösewicht zu rächen, sich einer sehr gefährlichen Lage aussetzte, als er die Strafe an ihm vollziehen ließ.«

»Nein, lieber Murph! Die Sache war doch einfach die: ein entflohener Mörder schleicht sich in Ihr Haus und verwundet Sie. Sie können ihn, in rechtmäßiger Notwehr, beseitigen oder auf das Schafott bringen. In beiden Fällen ist er dem Tode verfallen. Statt ihn zu töten oder dem Henker zu übergeben, nehmen Sie dem Unmenschen durch eine fürchterliche, aber wohlverdiente Strafe die Fähigkeit, der Gesellschaft weiter zu schaden. Wer sollte Sie anklagen? Sollte die Justiz als Kläger gegen Sie zugunsten eines solchen Banditen auftreten? Sollten Sie verurteilt werden, weil Sie weniger weit gegangen sind, als das Gesetz Ihnen zu gehen erlaubte, weil Sie dem, dem Sie, nach dem Gesetze, das Leben nehmen konnten, nur das Gesicht nahmen? Denken Sie sich einen solchen Prozeß gegen unseren Herrn! Wie viele gute Taten würden für ihn sprechen! Was könnte ihm geschehen?«

»Se. Hoheit hat oft gesagt, er würde die Anklage annehmen und die Straflosigkeit, die ihm seine Stellung sichert, nicht benutzen. Aber wer sollte das Ereignis an den Tag bringen? Die unerschütterliche Verschwiegenheit Davids und der vier ungarischen Diener kennen Sie. Der Schurimann hat mir, noch vor seiner Abreise nach Algier, geschworen, durchaus zu schweigen. Der Räuber selbst weiß, daß er seinen Kopf dem Henker überliefert, sobald er sich beklagt.«

»Und Sie und ich werden auch nicht davon sprechen, nicht wahr? Lieber Murph, das Geheimnis wird also Geheimnis bleiben!«

»Sie beruhigen mich vollkommen ... Wollen Sie mir jetzt die Nachrichten übermitteln, die Se. Hoheit erwartet?«

»Hier sind sie,« sagte der Baron, indem er ein Papier aus der Tasche zog. »Sie beziehen sich auf die Nachforschungen, die über die Geburt der Schallerin und den gegenwärtigen Aufenthalt des Franz Germain, des Sohnes des Schulmeisters, angestellt worden sind.«

»Sind Sie mit Ihrem Agenten noch zufrieden?«

»Er ist ein sehr gewandter und verschwiegener Mann.«

»Er weiß noch immer nicht, welches Interesse Se. Hoheit an allem hat?«

»Nein. Badinot war früher Notar, mußte sein Amt verkaufen, kennt aber noch manches Geheimnis, mit dem er, wie er schamlos gesteht, Handel getrieben hat. Er gewann und verlor wiederholt beträchtliche Vermögen, ist jetzt zu bekannt, als daß er neue Spekulationen versuchen könnte und ist nun eine Art Figaro, dessen Erzählungen immer von Interesse sind. Solange es sein Vorteil ist, gehört er dem, der ihn bezahlt, mit Leib und Seele; er hat keinen Grund, uns zu verraten; übrigens lasse ich ihn beobachten, und wir haben deshalb keine Ursache, ihm zu mißtrauen.«

»Die Nachrichten, die er uns bis jetzt verschafft hat, waren übrigens vollkommen zuverlässig.«

»Er nimmt jedesmal, wenn er mir seine Berichte bringt, eine diplomatische Miene an, denn er stellt sich, als glaube er, es handle sich um Staatsangelegenheiten. Ja, er ist unverschämt genug, bisweilen zu sagen: ›Wer sollte glauben, daß die Nachrichten, die ich Ihnen übergebe, Herr Baron, ihre Bedeutung in der europäischen Politik haben!‹«

»Und diese letzten Nachrichten, lieber Baron?«

»Hier sind sie, wie ich sie, nach dem Berichte Badinots, niedergeschrieben habe.«

»Ich bin ganz Ohr.«

Herr von Graun las folgendes:

»Notizen über Marienblume.

Anfangs des Jahres 1827 machte ein gewisser Peter Tournemine, der sich wegen Fälschung gegenwärtig im Bagno zu Rochefort befindet, der Frau Gervais, die Eule genannt, den Vorschlag, ein kleines Mädchen von fünf bis sechs Jahren zu sich zu nehmen gegen eine Bezahlung von tausend Franken ein für allemal.

Der Handel wurde abgeschlossen, und das Kind blieb zwei Jahre bei der Frau, worauf das Mädchen, um der üblen Behandlung zu entgehen, die es erleiden mußte, verschwand. Die Eule hatte mehrere Jahre nichts von ihr gehört, als sie sie, vor ungefähr sechs Wochen, in einem Wirtshause in der Cité zum ersten Male wiedersah. Das Kind war ein erwachsenes Mädchen geworden und hieß damals die Schallerin.

Wenige Tage vor diesem Wiedersehen hatte Tournemine, den der Schulmeister im Bagno zu Rochefort gekannt hatte, Rotarm, einem Bekannten der freigelassenen Sträflinge, einen ausführlichen Brief über das Kind übergeben. Aus diesem Briefe und aus den Aussagen der Eule geht hervor, daß eine Madame Seraphin, die Haushälterin eines Notars Jacob Ferrand, Tournemine aufgetragen hatte, eine Frau ausfindig zu machen, die ein Kind von fünf bis sechs Jahren aufzunehmen geneigt sei.

Die Eule ging auf den Antrag ein.

Tournemine teilte Rotarm diese Angaben mit, um ihn in den Stand zu setzen, Madame Seraphin durch einen Dritten Geld abzupressen. Tournemine versicherte, jene Madame Seraphin habe nur im Auftrag unbekannter Personen gehandelt.

Rotarm hatte diesen Brief der Eule mitgeteilt, die, seit langer Zeit, an den Verbrechen des Schulmeisters teilnahm.

Es war nun zu ermitteln, ob der Brief Tournemines die Wahrheit enthielt.

Man hat sich nach Madame Seraphin und dem Notar Jacob Ferrand erkundigt.

Beide existieren.

Der Notar wohnt in der Rue du Sentier 41; er gilt für einen sittenstrengen und frommen Mann; wenigstens geht er häufig in die Kirche. In seiner Praxis zeichnet er sich durch Ordnung und Regelmäßigkeit aus. Er lebt mit einer Sparsamkeit, die an Geiz grenzt. Madame Seraphin ist noch immer seine Haushälterin.

Herr Jacob Ferrand, der sehr arm war, hat seine Stelle mit 350000 Franken bezahlt, welche Summe er, unter guter Bürgschaft, von Herrn Karl Robert, Offizier im Stabe der Nationalgarde zu Paris, erhalten hat. Dieser teilt mit dem Notar den Ertrag der Stelle, der auf ungefähr 50000 Franken geschätzt wird, kümmert sich aber um die Notariatsgeschäfte nicht. Gewiß scheint zu sein, daß Madame Seraphin, die Haushälterin dieses ehrbaren Mannes, Angaben über die Geburt der Schallerin würde machen können.«

»Sehr gut, lieber Baron,« sagte Murph. »Vielleicht finden wir bei dem Notar die Möglichkeit, die Eltern jenes unglücklichen Kindes zu erforschen. Haben Sie nun ebenso gute Nachrichten über den Sohn des Schulmeisters?«

»Sie sind vielleicht weniger genau, aber doch ziemlich befriedigend.«

»Herr Badinot ist in der Tat eine Perle!«

»Sie sehen, daß jener Rotarm die Hände im Spiele hatte. Badinot, der mit der Polizei in Verbindung stehen muß, hatte ihn, als Mittelsperson verschiedener Sträflinge, schon früher bezeichnet.«

»Allerdings. Als ihn Se. Hoheit aufsuchen wollte, traf er ja auf den Schurimann und die Schallerin. Unser Herr wollte durchaus die Gelegenheit benutzen, um jene schrecklichen Diebeshöhlen zu besuchen, da er glaubte, dort vielleicht Unglückliche zu finden, denen er helfen könnte. – Mein Gott! welchen Gefahren hat er sich dabei ausgesetzt!«

»Die Sie mutig geteilt haben, lieber Murph!«

»Bin ich nicht der Hofkohlenträger Sr. Hoheit?« antwortete der Squire lächelnd.

»Ja, Ihr Mut und Ihre Ergebenheit sind bekannt. – Hier sind nun die Bemerkungen über Franz Germain, den Sohn der Madame Georges und des Schulmeisters.«

XXIV

Baron von Graun las:

»Vor ungefähr achtzehn Monaten kam ein junger Mann, Franz Germain, von Nantes in Paris an, wo er im Bankhaus Noël & Co. angestellt gewesen war.

Aus den Geständnissen des Schulmeisters und aus mehreren bei ihm gefundenen Briefen geht hervor, daß der Bösewicht, dem er seinen Sohn übergab, damit er ihn verderbe, diese Absicht dem jungen Mann mitteilte und ihm vorschlug, einen Raubversuch zu begünstigen, den man gegen das Haus Noël & Co. unternehmen wollte.

Der junge Mann wies den Antrag zurück; da er aber den Mann nicht anzeigen wollte, schrieb er einen anonymen Brief an seinen Chef und verließ in der Stille Nantes, um denen zu entgehen, die ihn zum Mitschuldigen ihrer Verbrechen hatten machen wollen.

Diese kamen, nachdem sie die Abreise Germains erfahren hatten, nach Paris, besprachen sich mit Rotarm und stellten dem Sohne des Schulmeisters nach. Nach langen Nachforschungen machten sie endlich seine Wohnung ausfindig, aber es war zu spät. Germain hatte die Wohnung schon wieder verlassen.

Vor sechs Wochen erfuhren sie jedoch, daß er in der Rue du Temple Nr. 17 wohne. Eines Abends, als er nach Hause zurückkehrte, wurde er beinahe das Opfer eines Hinterhaltes. Diesen Umstand hat der Schulmeister Sr. Hoheit verschwiegen.

Germain erriet die Zusammenhänge des Überfalls, verließ die Straße und suchte abermals eine neue Wohnung. So standen die Dinge, als der Schulmeister die Strafe für seine Verbrechen erhielt, und hier wurden die Nachforschungen, auf Befehl Sr. Hoheit, wieder aufgenommen. Sie ergaben folgendes:

Franz Germain hat ungefähr drei Monate in der Rue du Temple Nr. 17 gewohnt. Vergebens erkundigte man sich in diesem Hause nach der neuen Wohnung Germains und nach den Geschäften, die er treibt; man vermutet, daß er in irgendeinem Bureau oder Handelsgeschäft angestellt war, weil er früh ausging und erst abends, gegen zehn Uhr, nach Hause kam.

Die einzige Person, die bestimmt weiß, wo der junge Mann jetzt wohnt, ist ein Mädchen, das mit Germain auf sehr vertrautem Fuße zu stehen schien. Das Stübchen der Mademoiselle Lachtaube – so wird sie genannt – befand sich neben der Wohnung Germains. Germains Zimmer steht seit dem Auszug des jungen Mannes leer ...«

»Lachtaube?« fiel plötzlich Murph ein. »Lachtaube? diesen Namen kenne ich. Die Schallerin hat ihn genannt. Soviel ich mich erinnere, war Lachtaube eine Freundin der armen Marienblume im Gefängnis.«

»Mademoiselle Lachtaube kann uns jetzt sehr nützlich werden. Doch ich beende meinen Bericht:

Vielleicht wäre es von Vorteil, das leerstehende Zimmer in der Rue du Temple zu mieten. Man hatte keinen Befehl, die Nachforschungen weiter zu treiben, aber man hat alle Ursache, zu glauben, daß man nicht nur bestimmte Auskunft über den Sohn des Schulmeisters durch Mademoiselle Lachtaube erhalten könnte, sondern daß auch andere Beobachtungen in dem Haus zu machen wären, die der Mühe lohnen würden.«

XXV

»Wie Sie sehen, mein lieber Murph,« sagte Baron Graun, »muß man nach unseren Nachrichten bei dem Notar Jacob Ferrand die Spur der Eltern der Schallerin suchen und bei Fräulein Lachtaube anfragen, wo Franz Germain jetzt wohnt.«

»Haben Sie sich auch nach dem Marquis von Harville erkundigt?«

»Ja. Herr Badinot versichert, das Vermögen des Marquis sei nie solider gewesen und nie verständiger verwaltet worden als jetzt.«

»Se. Hoheit fürchtete, der Marquis könne sich in Geldverlegenheit befinden; er würde ihm in diesem Falle zu Hilfe gekommen sein. Da er sich aber in seinen Vermutungen getäuscht hat, so wird er es wohl aufgeben müssen, den Kummer des Marquis zu ergründen, freilich mit großem Bedauern, da er den Marquis sehr liebt.«

»Se. Hoheit hat nie vergessen, was sein Vater dem Vater des Marquis schuldete. Deshalb haben alle, die zur Familie Harville gehören, Anspruch auf das Wohlwollen Sr. Hoheit. Auch Madame Georges hat nicht nur wegen ihres Unglücks und ihrer Rechtschaffenheit, sondern auch wegen ihrer Verwandtschaft mit der Familie Harville so viele Wohltaten von ihm empfangen.«

»Madame Georges, die Frau Duresnels, des Sträflings, der unter dem Namen ›Schulmeister‹ bekannt ist?« rief der Baron aus.

»Ja, die Mutter jenes Franz Germain, den wir suchen und den wir finden werden, wie ich hoffe.«

»Sie ist mit Herrn von Harville verwandt?«

»Sie ist die Cousine seiner Mutter und war deren vertraute Freundin. Der alte Marquis hatte sie sehr lieb.«

»Aber wie konnte die Familie Harville eine Verheiratung mit jenem Unmenschen zugeben, lieber Murph?«

»Der Vater der Unglücklichen, Herr von Lagny, vor der Revolution Intendant von Languedoc, besaß ein großes Vermögen und entging der Proskription. In den ersten Tagen der Ruhe suchte er seine Tochter zu verheiraten. Duresnel erschien; er gehörte zu einer ausgezeichneten Familie, war reich und wußte seine schlechten Neigungen unter einer heuchlerischen Miene zu verbergen. Er erhielt also die Hand des Fräuleins von Lagny. Bald aber entwickelten sich die eine Zeitlang unterdrückten Laster dieses Menschen aufs neue; er war ein Verschwender, ein

Spieler und machte seine Frau höchst unglücklich. Sie klagte nicht, verbarg ihren Kummer und zog sich nach dem Tode ihres Vaters auf ein Gut zurück, das sie selbst bewirtschaftete. Das Vermögen war durch die Ausschweifungen ihres Mannes bald verschlungen, und auch das kleine Gut, auf dem Madame Georges Duresnel lebte, wurde verkauft. Sie nahm ihren Sohn und wollte sich zu ihrer Verwandten, der Marquise von Harville, begeben, die sie wie eine Schwester liebte. Duresnel wurde bald Fälscher, Dieb und Mörder. Man ergriff ihn, er wurde zu lebenslänglicher Zwangsarbeit verurteilt, entkam und raubte seinen Sohn seiner Frau, um ihn einem Verbrecher zur Ausbildung zu übergeben ... Das übrige wissen Sie.«

»Wie aber hat Se. Hoheit Madame Duresnel ausfindig gemacht?«

»Als Duresnel ins Bagno gebracht wurde, nahm seine in die tiefste Armut gestürzte Frau den Namen Georges an. Sie wagte nicht, sich zu ihrer Familie zu begeben. Ein einziges Mal, als sie durch Not und Krankheit zum Äußersten gezwungen war, entschloß sie sich, Herrn von Harville, den Sohn ihrer besten Freundin, um eine Unterstützung zu bitten. Auf diese Weise lernte unser Herr sie kennen.«

»Jetzt begreife ich das doppelte Interesse, das Se. Hoheit daran hat, die Spur des Sohnes der armen Frau ausfindig zu machen.«

»Sie werden auch verstehen, wie weh es ihm tut, den jungen Marquis so traurig zu sehen.«

»Was fehlt Herrn von Harville?«

»Vielleicht liegt die Krankheit im Herzen –«

»Er soll doch seine Frau sehr lieben, und sie gibt ihm gewiß keine Veranlassung zur Eifersucht. Ich sehe sie oft in Gesellschaften; sie wird viel umschwärmt, wie jede junge schöne Frau, ihr Ruf ist aber vollkommen makellos geblieben.«

»Nur einmal hatte er, soviel ich weiß, einen Wortwechsel mit ihr wegen der Gräfin Sarah Mac Gregor.«

»Sie verkehrt also mit der Gräfin?«

»Infolge eines Zufalles lernte der Vater des Marquis Harville vor siebzehn oder achtzehn Jahren Sarah Seyton of Halesbury und deren Bruder Tom bei ihrem Aufenthalt in Paris kennen, wo sie durch die Gattin des englischen Gesandten eingeführt wurden. Der alte Marquis gab ihnen, als er hörte, daß die Geschwister nach Deutschland reisten, Empfehlungsschreiben an den Vater Sr. Hoheit mit. Als endlich die Gräfin Sarah wieder hierherkam, ließ sie sich, da ihr die Freundschaft Sr. Hoheit mit dem Marquis bekannt war, im Hause Harvilles einführen, in der Hoffnung, mit Sr. Hoheit dort zusammenzutreffen, denn sie verfolgt ihn, noch immer, ebenso eifrig, als er vor ihr flieht –«

»Die Weiber, die Weiber, lieber Murph! Es tut mir leid, daß Frau von Harville mit dieser Sarah umgeht. Die reizende kleine Marquise kann bei diesem Verkehr nur verlieren.«

»Dabei fällt mir ein,« sagte Murph, »daß eine Depesche über Cecily hier liegt.«

»Unter uns, lieber Murph, diese Frau hätte auch die Strafe verdient, die ihr Mann an dem Schulmeister vollzogen hat. Auch sie hat Blut vergossen und ist eine vollendete Sünderin.«

»Und dabei so schön und verführerisch!«

»Ich hoffe, daß diese Depesche die letzten Befehle aufhebt, die Se. Hoheit in bezug auf die Elende gegeben hat.«

»Im Gegenteil, Baron.«

»Se. Hoheit will also noch immer, man solle ihr behilflich sein, aus der Haft zu entfliehen, in der er sie lebenslänglich gefangen halten wollte?«

»Ja.«

»Und ihr angeblicher Entführer soll sie nach Frankreich bringen? Nach Paris?«

»Ja, und mehr noch, die Depesche befiehlt, die Flucht Cecilys zu beschleunigen, damit sie in spätestens vierzehn Tagen hier sein könne.«

»Das begreife ich nicht.«

»Wir werden ja sehen, was geschieht, Baron. Auch habe ich Befehl von Sr. Hoheit, Sie zu ersuchen, an unsere Kanzlei zu schreiben, um sofort eine beglaubigte Abschrift des Trauscheins Davids zu verlangen, denn er ist im Schlosse, als Hofbeamter Sr. Hoheit, getraut worden.

»Wenn ich das Schreiben mit dem heutigen Kurier abgehen lasse, werden wir das Gewünschte in acht Tagen haben.«

»David war wie versteinert, als er die bevorstehende Ankunft Cecilys erfuhr. Dann sagte er: ›Ich hoffe, Ew. Hoheit werden mich nicht nötigen, dieses Ungeheuer zu sehen.‹ – ›Bleiben Sie ganz ruhig,‹ antwortete unser Herr, ›Sie werden die Frau nicht sehen, aber ich bedarf ihrer zur Ausführung bestimmter Pläne‹.«

»Der arme David liebt sie vielleicht noch immer. Ich weiß übrigens noch heute nicht, wie er eigentlich zu unserem Herrn und zu der Verbindung mit Cecily gekommen ist, die ich erst ein Jahr nach ihrer Verheiratung sah.«

»Darüber kann ich Ihnen Auskunft geben, lieber Baron; ich habe ja Hoheit auf der amerikanischen Reise, auf der er David und Cecily dem schrecklichsten Schicksal entriß, begleitet.«

»Erzählen Sie, lieber Murph.«

XXVI

»Herr Willis, ein reicher amerikanischer Pflanzer in Florida,« begann Murph, »hatte an einem seiner jungen Negersklaven, der dem Krankenhause der Pflanzung beigegeben war, einen ungewöhnlichen Verstand, tiefes Mitleid mit den Kranken, denen er liebevoll jede Pflege angedeihen ließ, und endlich eine ausgesprochene Begabung für Botanik bemerkt. Der Neger hatte, ohne Unterweisung, eine Flora der Pflanzung gesammelt und geordnet. Die Besitzung des Herrn Willis, die an der Meeresküste lag, war fünfzehn bis zwanzig Stunden von der nächsten Stadt entfernt; die dortigen Ärzte ließen sich nur ungern stören. Um diesem Übelstand abzuhelfen und um immer einen geschickten Arzt in der Nähe zu haben, kam der Pflanzer auf die Idee, David nach Frankreich zu schicken, um ihn dort Medizin studieren zu lassen. Nach acht Jahren kehrte David, der die medizinische Doktorwürde mit Auszeichnung erworben hatte, nach Amerika zurück, um seine Kenntnisse seinem Herrn zur Verfügung zu stellen.«

»Es gehört allerdings eine seltene Rechtlichkeit dazu, nach einem achtjährigen Aufenthalt in Paris zu einem ›Herrn‹ zurückzukehren –«

»Nach diesem Zuge können Sie den Mann beurteilen. Er war also wieder in Florida und wurde, das muß ich sagen, von Willis anfangs mit Auszeichnung behandelt. Nach einigen Monaten brach ein bösartiges Nervenfieber auf der Pflanzung aus; Willis wurde auch davon befallen, durch David aber schnell wiederhergestellt. Willis erhöhte Davids Gehalt, und der schwarze Arzt war der glücklichste Mensch auf Erden. So verging fast ein Jahr. Unter den schönsten Sklavinnen der Pflanzung befand sich eine fünfzehnjährige Mestize names Cecily. Willis fühlte für dieses junge Mädchen eine Sultanslaune, aber er stieß, vielleicht zum ersten Mal in seinem Leben, auf hartnäckigen Widerstand. Cecily liebte David, der sie während der letzten Epidemie mit aufopfernder Sorge behandelt hatte. David war zu zartfühlend, von seinem Glücke vor dem Tage zu sprechen, an dem er Cecily heiraten konnte. Willis, der diese Liebe also nicht ahnte, hatte der schönen Mestize stolz sein Schnupftuch zugeworfen, aber sie hatte, statt es aufzunehmen, David alles berichtet. Der Schwarze beruhigte sie und ging zu Willis, um die Hand Cecilys von ihm zu erbitten.«

»Und der amerikanische Sultan gab natürlich eine abschlägige Antwort?«

»Ja. Das junge Mädchen gefalle ihm selbst, sagte er. David möge sich eine andere zur Frau aussuchen. David sprach von seiner Liebe, die Cecily teile. Der Pflanzer hatte die Unverschämtheit, ihm zu erwidern, es würde ein schlechtes Beispiel sein, wenn ein Herr einer Sklavin nachgäbe. David war zu stolz, sich noch weiter zu erniedrigen und wies auf die Dienste hin, die er geleistet hätte. Willis antwortete ihm gereizt und mit Verachtung, er würde, für einen Sklaven, viel zu gut behandelt. Bei diesen Worten konnte David seinen Unwillen nicht länger unterdrücken, sondern begann, von seinen Rechten zu sprechen. Zwei Stunden später war er an den Pfahl gebunden, und Peitschenhiebe zerfleischten ihn, während man, vor seinen Augen, Cecily in das Haus des Pflanzers schleppte. Noch an demselben Tage zog sich Willis eine lebensgefährliche Krankheit zu. Er legte sich mit schwerem Fieber ins Bett und schickte einen Boten, um einen Arzt zu holen, der jedoch vor sechsunddreißig Stunden nicht kommen konnte. Nur David konnte den Pflanzer retten. Man hatte ihn, nachdem er die Züchtigung erlitten, in den Kerker geworfen. Willis ließ ihm die Ketten abnehmen. Fünf Tage und fünf Nächte wachte David bei ihm, wie er bei seinem Vater gewacht haben würde und besiegte so die Krankheit, zur großen Verwunderung des fremden Arztes, der am dritten Tage ankam.«

»Und was tat der Pflanzer?«

»Um vor seinem Sklaven nicht erröten zu müssen, gewann er, mit bedeutenden Opfern, den Arzt, den er hatte rufen lassen, für seine Pflanzung, und David wurde wieder in den Kerker geworfen. Kurze Zeit nach diesen Ereignissen kamen wir in Amerika an. Se. Hoheit hatte in St. Thomas eine dänische Brigg gechartert, und wir besuchten inkognito alle Pflanzungen. Willis nahm uns glänzend auf. Den Tag nach unserer Ankunft erzählte er uns im Weinrausch die Geschichte Davids und Cecilys. Se. Hoheit glaubte, Willis prahle oder sei betrunken, aber er stand wankend vom Tische auf, befahl einem Sklaven, eine Laterne zu nehmen und führte uns in den Kerker Davids. Der Pflanzer sagte mit schneidendem Hohne zu ihm: ›Nun, Doktor, wie geht es dir? Du bist ja so klug, so hilf dir doch!‹ Der Schwarze erhob langsam die Hand und sagte, ohne den Pflanzer anzusehen, in feierlichem Tone nur das Wort: ›Gott!‹ dann schwieg er wieder. Wir wendeten uns mit Abscheu ab. Se. Hoheit sagte kein Wort. Wir kehrten auf unsere Brigg zurück, und um ein Uhr früh, als die ganze Pflanzung in tiefem Schlafe lag, landete Se. Hoheit mit acht Bewaffneten, sprengte den Kerker und entführte den Unglücklichen und Cecily. Die beiden wurden auf die Brigg gebracht, und dann begleitete ich Se. Hoheit in das Haus des Pflanzers. ›Ich habe Ihnen Ihre Opfer entrissen‹, sprach Se. Hoheit. Dann nahm er einen Sack, der 25 000 Franken in Gold enthielt, warf ihn auf das Bett des Mannes und setzte hinzu: ›Das wird Sie für den Verlust der beiden Sklaven entschädigen. Ihrer Gewalttat, die tötet, setze ich eine Gewalttat entgegen, die rettet!‹

Wir verschwanden und hatten, einige Minuten später, die Brigg erreicht, die sogleich unter Segel ging.«

»Hatte dieses Abenteuer keine weiteren Folgen?«

»Es konnte keine haben. Die Brigg fuhr unter dänischer Flagge; das Inkognito Sr. Hoheit wurde streng beobachtet, und wir galten für reiche Engländer. Wohin hätte Willis, wenn er zu klagen gewagt, seine Anzeige richten sollen? – Seitdem ist David als Arzt bei Sr. Hoheit geblieben.«

»Und heiratete wahrscheinlich nach der Ankunft in Europa seine Cecily?«

»Die Trauung, die eine so glückliche Ehe zu versprechen schien, wurde in der Schloßkapelle vollzogen. Kaum aber sah sich Cecily in ihrer neuen Stellung, als sie alles vergaß, was David für sie, und was sie selbst für ihn gelitten hatte, und sich schämte, die Frau eines Negers zu sein. Sie kennen ihre skandalösen Abenteuer. Nach einer zweijährigen Verbindung erfuhr David alle diese Schändlichkeiten.«

»Er wollte, hieß es, seine Frau ermorden?«

»Ja; nur auf Bitten Sr. Hoheit willigte er ein, daß sie lebenslänglich in einer Festung bliebe. Dieses Gefängnis hat Se. Hoheit jetzt geöffnet, zu Ihrem und meinem großen Erstaunen, lieber Baron.«

»Zu welchem Zweck? Aus welchem Grunde?«

»Das weiß ich ebensowenig wie Sie. – Doch es wird spät. Se. Hoheit wünscht, daß der Kurier so bald als möglich nach Gerolstein abreise.«

»Vor zwei Uhr wird er unterwegs sein. Auf heute abend also, lieber Murph!«

»Aber wahrscheinlich etwas spät, denn ich bin überzeugt, daß Se. Hoheit noch heute das geheimnisvolle Haus in der Rue du Temple wird besuchen wollen.«

XXVII

Noch an demselben Tage, gegen drei Uhr nachmittags, begab sich Rudolf in die Rue du Temple.

Das Haus Nr. 17, im Mittelpunkt eines geschäfts- und volkreichen Stadtteiles gelegen, hatte in seinem Aussehen nichts Auffälliges; es bestand aus dem Erdgeschoß, das ein Likörfabrikant inne hatte, und aus vier Etagen.

Ein dunkler, schmaler Gang führte in einen kleinen Hof, dem es an Licht und Luft fehlte.

Am Fuße einer finsteren Treppe verriet ein rötlicher Schein die Wohnung des Portiers, in der selbst am Tage die Lampe brennen mußte, um die dunkle Höhle zu erhellen, die Rudolf, der etwa wie ein sonntäglich ausstaffierter Kommis gekleidet war, nun betrat.

Er sagte dem Portier, daß er das freie Zimmer zu sehen wünsche.

Pipelet, der Portier, der gerade abwesend war, wurde durch seine Frau vertreten. Diese stand neben einem eisernen Ofen in der Mitte der Stube und horchte ernsthaft auf das Singen eines Topfes am Feuer.

Madame Pipelet war die häßlichste, schmutzigste, schlampigste, giftigste aller Portiersfrauen.

Sie trug einen seltsamen Kopfputz, der aus einer Titusperücke bestand, die ursprünglich blond gewesen war, durch die Zeit aber eine Menge rötlicher und gelblicher, brauner und fahler Farbtöne erhalten hatte. Diese einzige und ewige Zierde ihres sechzigjährigen Hauptes legte Frau Pipelet nie ab.

Als Rudolf eintrat, fragte die Frau in barschem Tone:

»Was wünschen Sie?«

»Es ist, wie ich höre, in diesem Haus ein Zimmer nebst einem Schlafkabinett zu vermieten, Madame,« antwortete Rudolf, der das Wort »Madame« besonders betonte, was Frau Pipelet nicht wenig schmeichelte.

Sie entgegnete deshalb auch minder mürrisch:

»Im vierten Stock ... kann aber nicht gezeigt werden. Alfred ist ausgegangen.«

»Ihr Sohn, ohne Zweifel, Madame? Wird er bald zurückkommen?«

»Nein, nicht mein Sohn, sondern mein Mann. Warum sollte Pipelet nicht Alfred heißen?«

»Er hat ein unbestrittenes Recht darauf, Madame; aber wenn Sie erlauben, werde ich einen Augenblick auf ihn warten. Es liegt mir daran, dieses Zimmer zu mieten; der Stadtteil und die Straße gefallen mir und das Haus ebenfalls, denn es scheint außerordentlich gut gehalten zu werden. Ehe ich aber das Zimmer besehe, möchte ich wissen, ob Sie die Führung meiner kleinen Wirtschaft übernehmen können, Madame.«

Dieser in so schmeichelhaften Worten ausgesprochene Antrag gewann Frau Pipelet vollständig, und sie antwortete:

»Ich will Ihre Wirtschaft recht gern führen; für sechs Franken monatlich sollen Sie wie ein Fürst bedient werden.«

»Sechs Franken monatlich gebe ich gern. Ihr Name?«

»Pomona Fortunata Anastasia Pipelet.«

»Und wie teuer ist das Zimmer?«

»Mit dem Schlafzimmer 150 Franken; keinen Sou weniger. Der Wirt ist ein Geizkragen.«

»Wie heißt er?«

»Rotarm.«

Bei diesem Namen und den Erinnerungen, die er weckte, konnte Rudolf ein Gefühl des Schauders nicht unterdrücken.

»Und wohnt?«

»Bohnenstraße Nr. 13, hat auch ein Wirtshaus in der Gegend der Champs Elysées.«

Es unterlag keinem Zweifel: es war derselbe Mann!

Um das Vertrauen der Portiersfrau zu gewinnen, fuhr Rudolf fort:

»Hören Sie, meine werte Madame Pipelet, ich bin müde und friere sehr; wollen Sie mir wohl den Gefallen tun und mir eine Flasche Schnaps und zwei Gläser oder vielmehr drei Gläser holen, da Ihr Mann bald zurückkommen wird?«

Und dabei gab er der Frau hundert Sous.

»Man muß Ihnen gleich nach dem ersten Worte gut sein,« entgegnete die Frau, deren blütenreiche Nase schon im voraus zu funkeln begann.

»Allerdings, Madame Pipelet, habe ich den Wunsch, daß Sie mich gern sehen.«

»Ich bringe zwei Gläser; ich und Alfred trinken immer aus einem Glase. Dem lieben Manne schmeckt es dann noch einmal so gut.«

»Nun, Madame Pipelet, wir werden auf Alfred warten.«

»Sie bleiben hier, bis ich wiederkomme?«

»Verlassen Sie sich darauf.«

Die Alte ging fort.

Nach wenigen Augenblicken klopfte ein Briefträger ans Fenster, steckte den Arm durch und reichte zwei Briefe mit den Worten hin: »Drei Sous!«

»Sechs, da es zwei Briefe sind?« fragte Rudolf.

»Einer ist frei,« antwortete der Briefträger.

Rudolf betrachtete die beiden Briefe, die man ihm übergeben hatte; sie schienen ihm bald einer näheren Prüfung wert zu sein.

Der eine, an Frau Pipelet gerichtet, duftete stark nach Moschus. Auf dem Siegel sah man die Buchstaben K. R., darüber einen Helm auf einem gestirnten Schilde des Kreuzes der Ehrenlegion; die Adresse war mit fester Hand geschrieben, und Helm und Kreuz bestärkten Rudolf in der Meinung, daß der Brief nicht von einer Frau stamme.

Wer konnte der moschusduftende, wappensüchtige Korrespondent der Madame Pipelet sein?

Der andere Brief von grauem Papier, mit einer Oblate geschlossen, war an Herrn Cäsar Bradamanti, Zahnarzt, adressiert.

Die offenbar verstellte Handschrift dieser Adresse bestand aus lauter großen Buchstaben. Einige Buchstaben waren halb verwischt. Es war eine Träne darauf gefallen.

In diesem Augenblick kam Madame Pipelet mit einer Flasche Likör und zwei Gläsern zurück.

»Ich bin lange ausgeblieben, nicht wahr? Ja, wenn man einmal bei Vater Joseph im Laden ist, kommt man nicht wieder fort. – Glauben Sie, daß er sogar mit mir noch schön tut?«

»Wenn das Alfred wüßte!«

»Sprechen Sie nicht davon! Alfred ist eifersüchtig wie ein Beduine, wenngleich von Vater Joseph gewiß nichts zu befürchten, und alles nur Spaß ist.«

»Der Briefträger hat zwei Briefe gebracht,« sagte Rudolf.

»Ach, Sie haben dafür bezahlt?«

»Ja.«

»Sie sind sehr gütig. Ich werde es von dem Geld abziehen, das ich Ihnen wiederbringe; wieviel macht es?«

»Drei Sous,« antwortete Rudolf, indem er über die seltsame Schuldentilgung Madame Pipelets lachte.

»Wie, drei Sous? Sechs müssen es sein, da es zwei Briefe sind.«

»Ich könnte Ihr Vertrauen mißbrauchen, aber einer der Briefe ist frei. Ich muß bemerken, daß Sie einen Korrespondenten haben, dessen Briefe ungemein gut riechen.«

»Es ist wahr,« sagte die Frau, indem sie den Brief nahm, »es sieht fast aus wie ein Liebesbrief. Wer könnte sich wohl unterstehen ...«

»Wenn nun Alfred den Brief gefunden hätte, Madame Pipelet!«

»Ich weiß, ich weiß, er ist vom Kommandanten. Aber wir müssen abrechnen. Also fünfzehn Sous der Likör und drei Sous Porto, die ich behalte, macht achtzehn; achtzehn und zwei sind zwanzig, und vier Franken macht hundert Sous. Nur immer richtig bezahlt, das erhält die Freundschaft!«

»Und hier sind zwanzig Sous für Sie, Madame Pipelet. Sie haben eine so bewunderungswürdige Art, Auslagen zurückzuerstatten, daß ich das Meine dazu beitrage, Sie darin zu ermutigen.«

»Sie schenken mir zwanzig Sous? Warum denn?« rief die Frau mit einem Gesicht, in dem sich zugleich Besorgnis und Erstaunen über diese fabelhafte Freigebigkeit aussprach.

»Anzahlung auf das Trinkgeld, wenn ich das Zimmer miete.«

»Nun, da nehme ich es an; aber ich muß es Alfred sagen.«

»Hier ist auch der andere Brief an Herrn Bradamanti.«

»Ach, an den Zahnarzt im dritten Stock ... Ich werde ihn in den Stiefel legen.«

Rudolf glaubte, nicht recht gehört zu haben, sah aber, daß die Frau den Brief tatsächlich in einen alten Stulpenstiefel warf, der an der Wand hing.

Rudolf sagte: »In Ihrem Hause ist alles in der schönsten Ordnung. Dieser Briefstiefel gefällt mir vortrefflich.«

Die Frau hatte indessen den Brief geöffnet und drehte ihn nach allen Seiten um. Nach einigen Augenblicken sagte sie endlich zu Rudolf:

»Bei uns hat Alfred das Amt, die Briefe zu lesen, weil ich es nicht kann. Wollen Sie einmal die Stelle meines Mannes vertreten?«

»Recht gern.«

Rudolf las: »Morgen, Freitag, um elf Uhr, wird man Feuer in den beiden Zimmern machen, die Spiegel putzen und überall die Bezüge von den Stühlen abziehen, sich aber wohl in acht nehmen, die Vergoldung zu beschädigen. Sollte ich zufällig noch nicht da sein, wenn um ein Uhr eine Dame im Wagen ankommt und nach mir fragt, so läßt man sie in die Wohnung hinauf, nimmt aber den Schlüssel wieder mit herunter und übergibt ihn mir, wenn ich komme.«

Rudolf erriet, um was es sich handelte, und fragte:

»Wer wohnt denn im ersten Stock?«

Die Alte legte ihren gelben, dürren Finger auf ihre Lippen und antwortete mit einem Lächeln, das schelmisch sein sollte:

»Liebesabenteuer, mein verehrter Herr.«

»Ich frage nur, meine liebe Madame Pipelet, weil man, ehe man in ein Haus zieht, doch wissen möchte ...«

»Ich kann Ihnen wohl sagen, was ich weiß, denn es ist nicht viel. Vor etwa sechs Wochen kam ein Tapezierer, besah sich den ersten Stock, der zu vermieten war, fragte nach dem Preise und kam den nächsten Tag wieder mit einem jungen, blonden Herrn, der einen kleinen Schnurrbart, das Kreuz und schöne Wäsche trug. Der Tapezierer nannte ihn Herr Kommandant.«

»Er ist also Offizier?«

»Nein, er gehört nur zur Nationalgarde. Als der Kommandant – wir kennen ihn nur unter diesem Namen – alles gesehen hatte, sagte er zu dem Tapezierer: ›Es ist gut, richten Sie es ein und machen Sie die Sache mit dem Besitzer ab.‹ Und am anderen Tag unterzeichnete der Tapezierer den Mietskontrakt und zahlte die Miete auf ein halbes Jahr im voraus. Gleich darauf kamen die Arbeitsleute, brachten Sofas, seidene Vorhänge, goldene Spiegel und prächtige Möbel. Als alles in Ordnung war, kam der Kommandant wieder und sagte zu Alfred: ›Können Sie die Wohnung im Stande halten, von Zeit zu Zeit Feuer darin machen und alles vorbereiten zu meinem Empfang, wenn ich es Ihnen rechtzeitig melde?‹ – ›Ja, Herr Kommandant‹, sagte Alfred. – ›Und wieviel verlangen Sie dafür?‹ – ›Zwanzig Franken monatlich, Herr Kommandant.‹ – ›Zwanzig Franken? Sie spaßen wohl!‹ Und der schöne Herr handelte wie ein Jude. Wegen einiger Franken! Und gibt ein Sündengeld für eine Wohnung aus, die er gar nicht bewohnt! Sie sind ein anderer Mann,« setzte die Frau hinzu, »Sie lassen sich nicht Kommandant nennen, sehen nach nichts aus und bewilligen mir aufs erste Wort zehn Franken.«

»Ist der junge Herr seitdem hier gewesen?«

»Das ist eben das Spaßhafte. Man scheint den Herrn Kommandanten an der Nase herumzuführen. Er hat schon dreimal geschrieben und befohlen, Feuer anzumachen und alles in Ordnung zu bringen, weil eine Dame kommen würde. Aber die Dame kommt nicht.«

»Niemand kam?«

»Das erstemal kam der Herr Kommandant, trällernd und seelenvergnügt, an und wartete zwei volle Stunden; aber es war nichts.

Als er vorüberging, stellten wir zwei uns ans Fensterchen, um ihn mit den Worten zu ärgern: ›Herr Kommandant, es hat keine Dame nach Ihnen gefragt.‹ – ›Schon gut!‹ antwortete er ärgerlich, kaute vor Wut an den Nägeln und schoß wie ein Pfeil hinaus. Das zweitemal brachte ein Mann ein Briefchen an Herrn Karl. ›Herr Kommandant,‹ sagte ich, als er kam, und legte die Hand an meine Perücke wie ein alter Soldat, ›da ist ein Brief; es scheint heute wieder nichts zu werden.‹ Er sah mich groß an, erbrach den Brief, las ihn, wurde rot wie ein Truthahn und sagte: ›Ich wußte schon, daß man heute nicht kommen würde.‹ Dann ging er wieder fort, aber er ärgerte sich doch. Wir hatten unsere Freude daran. Warum gibt er auch nur zwölf Franken?«

»Und das drittemal?«

»Das drittemal glaubte ich wirklich, es würde was werden. Der Kommandant kam an; sein Gesicht strahlte vor Freude, so gewiß schien er seiner Sache zu sein. Er nahm den Schlüssel und sagte aufgeblasen: ›Sie werden der Dame sagen, welche Tür es ist!‹ – Gut! Wir waren neugierig und wollten die Dame doch gern sehen, obgleich wir noch nicht recht daran glaubten, daß sie kommen würde. Ein blauer Wagen hielt vor dem Hause. ›Sie ist es!‹ sagte ich zu Alfred; ›komm weiter zurück, damit sie nicht erschrickt.‹ Der Kutscher öffnete den Wagenschlag, und wir sahen eine Dame mit einem Muff auf den Knien und einem schwarzen Schleier, der ihr Gesicht verhüllte. Sie sah aus, als weine sie; kaum aber war der Tritt heruntergeschlagen, als die Dame, statt auszusteigen, einige Worte zu dem Kutscher sagte, der den Schlag sofort wieder zuwarf.«

»Die Dame stieg also nicht aus?«

»Nein; sie legte sich zurück und drückte die Hände aufs Gesicht. Ich lief geschwind an die Türe und sagte zu dem Kutscher: ›Nun, Sie kehren um?‹ – ›Ja‹, sagte er. – ›Und wohin fahren Sie?‹ fragte ich weiter. – ›Dahin, woher ich komme.‹ – ›Und woher kommen Sie?‹ – ›Aus der Rue St. Dominique, Ecke der Rue Belle-Chasse.‹«

Rudolf fuhr bei diesen Worten zusammen. Rue St. Dominique, Ecke der Rue Belle-Chasse, wohnte der Marquis von Harville.

War es die Marquise, die so in ihr Verderben eilte? Argwöhnte ihr Mann ihre Untreue? Vielleicht war das die Ursache des Kummers, der an ihm zu nagen schien.

Diese Gedanken bestürmten Rudolf. Seine Unruhe war Frau Pipelet nicht entgangen.

»Nun, schöner Herr, woran denken Sie?« fragte sie.

»Ich denke darüber nach, aus welchem Grunde die Dame sich plötzlich eines anderen besonnen haben mag.«

»Warum? Weiber sind so schwach, so mutlos ... Ich kann es mir vorstellen. Mir würde es gewiß ähnlich ergangen sein ... Armer Alfred! Kein Mann auf Gottes Erdboden kann sich rühmen ...«

»Ich glaube Ihnen, Madame Pipelet, aber die junge Dame?«

»Ich weiß nicht, ob sie jung war; man konnte nicht einmal ihre Nasenspitze sehen. Genug, sie fuhr wieder ab, wie sie gekommen war, ganz still. Und wenn wir zehn Franken bekommen hätten, wir würden uns nicht so gefreut haben.«

»Warum?«

»Das Gesicht des Kommandanten ... denken Sie doch. Ich mußte lachen, noch ehe ich es gesehen hatte. Zuerst ließen wir ihn eine volle Stunde zappeln. Dann ging ich hinauf; ich hatte nur Filzschuhe an und machte die Türe leise auf. Auf der Treppe war es finster, im Vorzimmer ebenfalls. – Und als ich eintrete, umfaßt mich der Kommandant mit seinen Armen und sagt in süßem Tone: ›Mein Gott, mein Engel, wie spät du kommst!‹«

Madame Pipelet fuhr fort:

»Hä hä! Das war prächtig, aber hören Sie nur weiter! Ich antworte nicht, halte den Atem an und sträube mich auch nicht. Mit einem Male aber schreit er auf und stößt mich von sich, als hätte er eine Spinne angegriffen. ›Wer ist denn eigentlich da?‹ brüllt er. – ›Ich bin es, Herr Kommandant, Frau Pipelet, die Portiersfrau. Sie Schlimmer! Wenn nun Alfred dazugekommen wäre!‹ – ›Was wollen Sie von mir?‹ fragte er wütend. – ›Herr Kommandant,‹ sage ich, ›die Dame ist in einem Wagen angekommen.‹ – ›Nun, so führen Sie sie doch herauf! Haben Sie vergessen, was ich Ihnen befohlen habe?‹ – Ich ließ ihn reden. ›Ja, Herr Kommandant,‹ sagte ich dann, ›Sie haben mir befohlen, die Dame heraufzuführen.‹ – ›Nun?‹ – ›Die Dame ist aber wieder fortgefahren.‹ – ›So haben Sie gewiß etwas Albernes gesagt‹, fuhr er mich, noch wütender, an. – ›Nein, Herr Kommandant, die Dame ist gar nicht erst ausgestiegen; als der Kutscher den Schlag aufmachte, sagte sie ihm, er möge sie wieder dahin fahren, wo er sie abgeholt habe.‹ – ›Der Wagen kann noch nicht weit sein!‹ sagte der Kommandant und stürzte nach der Türe. ›O doch,‹ antwortete ich, ›er ist schon länger als eine Stunde fort.‹ – ›Eine Stunde? Und warum sagen Sie mir das erst jetzt?‹ – ›Weil wir fürchteten, Sie würden sich ärgern.‹ – ›Machen Sie, daß Sie fortkommen!‹ fuhr er mich an. Dabei zog er seinen türkischen Schlafrock aus und warf sein Samtkäppchen auf die Erde – ein schönes Käppchen!«

»Und seitdem ist weder er noch die Dame wiedergekommen?«

»Keiner von beiden; aber hören Sie nur das Ende von der Geschichte,« sagte Madame Pipelet.

XXVIII

Frau Pipelet fuhr fort: »Ich zog wieder ab, um zu meinem Alfred zu gehen und fand in meiner Stube die Portiersfrau von Nr. 19 und die Austernhändlerin, die ihren Stand neben dem Schnapsladen hat. Ich erzählte ihnen, daß der Kommandant mich seinen Engel genannt und umarmt habe. Da hätten Sie einmal das Lachen hören sollen ...! In diesem Augenblick kam der Kommandant aus seiner Wohnung und schloß die Türe zu, um fortzugehen; da er uns aber lachen hörte, wagte er sich nicht herunter. Die Austernfrau sagte mit ihrer Stimme, die man über drei Häuser hinweg hört: ›Pipelet, du kommst spät, mein Engel!‹ Da kehrte der Kommandant wieder um und warf seine Türe wie toll zu; er muß sehr erregbar sein, denn er hat eine weiße Nasenspitze ... Er öffnete seine Türe wohl zehnmal, um zu horchen, ob noch immer Leute in der Portiersstube wären. Wir rührten uns nicht von der Stelle. Endlich faßte er sich ein Herz, sprang die Treppe herunter, warf mir den Schlüssel zu, ohne etwas zu sagen und lief wütend davon, während die Austernfrau noch einmal schrie: ›Du kommst so spät, mein Engel!‹«

»Wenn er Sie nun aber nicht mehr beschäftigt?«

»Ach, das wagt er nicht; wir haben ihn fest! Ich habe übrigens nichts gegen ihn, aber es macht mir Spaß, daß ihn seine Schöne an der Nase herumführt. Ich wette, daß es ihm morgen nicht besser geht. Wenn man bedenkt, daß ein Mann dabei im Spiele ist, so muß man lachen, nicht wahr, Herr? Aber das ist seine Sache und geht uns nichts an. Morgen werden wir sie sehen. Sie möchte wohl, aber sie traut sich nicht, wie man bei mir zu Hause sagt; sie geht zu einem Manne, tut aber, als fürchte sie sich. Aber entschuldigen Sie, wenn ich den Topf vom Feuer nehme; das Fleisch will gegessen sein. – Es ist ein prächtiges Stück, und Alfred wird das Herz im Leibe lachen, denn er sagt immer, für ein schönes Stück Fleisch würde er Frankreich verraten.«

Nachdem die Portiersfrau ihre Hausfrauenpflichten erfüllt hatte, setzte sie ihr Gespräch mit Rudolf fort.

»Wer wohnt im zweiten Stock?« fragte er.

»Mutter Burette, eine Kartenschlägerin. Sie liest Ihnen in der Hand wie in einem Buche. Es kommen sehr vornehme Leute zu ihr, und sie verdient viel Geld. Das Wahrsagen ist überdies nur ihre Nebenbeschäftigung.«

»Was treibt sie sonst noch?«

»Sie leiht auf Pfänder aus; das wird für Sie vermutlich eine Veranlassung mehr sein, in das Haus zu ziehen.«

»Warum?«

»Nun, es kommt bald die Karnevalszeit, in der manchem das Geld ausgeht. Da ist es doch bequem, Hilfe im Hause zu haben! Die Frau ist überdies auch kulanter als das Leihhaus. Bringen Sie zu Mutter Burette ein Hemd, das drei Franken wert ist, so leiht sie Ihnen zehn Sous darauf; nach acht Tagen bringen Sie ihr zwanzig Sous und bekommen Ihr Hemd wieder; wenn nicht, so behält sie es. Das ist doch sehr einfach, nicht wahr? Ein Kind kann es begreifen.«

»Ich glaubte, das wäre verboten.«

»Es ist freilich verboten, aber wenn man nur tun wollte, was erlaubt ist, müßte man den ganzen Tag die Hände in den Schoß legen. Mutter Burette gibt nie etwas Schriftliches. Man hat also keine Beweise gegen sie, und sie lacht die Polizei aus.«

»Ein anderes Gewerbe betreibt Mutter Burette nicht?«

»Was sie in dem Zimmerchen tut, in das niemand hineinkommt, außer Herrn Rotarm und der Eule, das weiß ich nicht.«

»Kommt die Frau oft?«

»Etwa sechs Wochen ist sie nicht dagewesen, aber vorgestern haben wir sie gesehen; sie hinkte ein wenig.«

»Und was will sie bei der Wahrsagerin?«

»Das weiß ich nicht. Sie und Herr Rotarm müssen einen Bund mit dem Teufel haben, denn es riecht immer, wenn sie in dem kleinen Zimmer sind, wie Schwefel, Kohle und Zinn, und dann hört man sie blasen, wie Blasebälge. Mutter Burette muß da an ihrer Zauberei arbeiten; wenigstens hat es Herr Cäsar Bradamanti so gesagt, der im dritten Stock wohnt. Das ist ein gelehrter Mann, der Herr Bradamanti! Der nimmt den Leuten die Zähne aus, nicht des Geldes, sondern der Ehre wegen; ja, Herr, der puren Ehre wegen. Sie können sechs schlechte Zähne haben, er zieht Ihnen die fünf ersten ganz umsonst und läßt sich nur für den sechsten bezahlen.«

»Sehr edelmütig.«

»Dann verkauft er ein Wasser, das das Ausfallen der Haare verhindert, Augenschmerzen heilt, Hühneraugen zerstört, den Magen stärkt und die Ratten vertreibt.«

»Also, ein Universalmittel?«

»Ja ... Vor einem Monat hat er den Sohn des Herrn Rotarm, den kleinen Lahmen, zu sich genommen und ihn wie einen Troubadour herausgeputzt mit einem schwarzen Barett, einem Kragen und einem gelben Wams. Er muß die Trommel schlagen, um Herrn Cäsar Kunden anzulocken.«

»Der Sohn Ihres Hauptmieters scheint also eine sehr bescheidene Rolle zu spielen.«

»Der Vater will ihn in gute Zucht geben, denn er sagt selbst, der Junge würde sonst auf dem Schafott enden. Und er hat recht, denn der Junge ist boshaft wie ein Affe und spielt dem armen Herrn Bradamanti manchen Streich. Wir achten und lieben ihn sehr, denn er hat Alfred von einem bösen Rheumatismus kuriert. Manche Leute freilich sind so schlecht, daß sie ... aber nein, die Haare stehen einem dabei zu Berge. Alfred sagt, wenn es wahr wäre, müßte er auf die Galeeren ...«

»Wenn was wahr wäre?«

»Ich wage nicht, es zu sagen.«

»So sprechen wir nicht mehr davon!«

»... es einem jungen Herrn zu sagen.«

»Um Gottes willen, Madame Pipelet!«

»Da Sie aber in unser Haus ziehen wollen, so müssen Sie wissen, daß es Lügen sind. – Sie können mit Herrn Bradamanti bekannt werden; wenn Sie aber an solche Gerüchte glaubten, würden Sie ihm aus dem Wege gehen!«

»Also, reden Sie!«

»Man sagt, daß ein Mädchen, wenn es mal einen dummen Streich gemacht hat – Sie verstehen mich schon – und die Folgen fürchtet ...«

»Nun?«

»Ich schäme mich.«

»Aber – in drei Teufels Namen! – was denn?« rief Rudolf, dem die Geduld ausging.

»Hören Sie, junger Herr,« fuhr die Frau in feierlichem Tone fort, »schwören Sie mir, niemandem etwas davon zu sagen?«

»Wenn ich gehört habe, was es ist, werde ich ja oder nein sagen.«

»Ich verrate es Ihnen nicht wegen der sechs Franken, die Sie mir versprochen haben ...«

»Natürlich nicht!«

»Sondern weil ich glaube, daß ich mich auf Sie verlassen kann.«

»Ganz recht.«

»Man sagt also–aber es darf nicht unter die Leute kommen ...«

»Gewiß nicht; man sagt also?«

»Ich will es Ihnen ins Ohr sagen, damit es niemand hört.«

Und die Alte murmelte Rudolf einige Worte ins Ohr.

»Das ist ja entsetzlich!« sagte er, indem er beklommen um sich blickte, als laste ein Fluch auf diesem Hause.

Die Frau fuhr fort, während sie sich mit häuslichen Arbeiten beschäftigte:

»Nicht wahr, das sind abscheuliche Verleumdungen? Ich glaube es nicht, und wenn ich sterben sollte.«

Während Madame Pipelet ihre Entrüstung über die Verleumder äußerte, dachte Rudolf an den Brief, auf dem ein Teil der Adresse durch Tränen halb ausgelöscht war ...

Eine Ahnung sagte ihm, daß die Gerüchte, die über den Italiener umliefen, nicht unbegründet wären.

»Da kommt Alfred,« sagte die Frau; »er wird Ihnen bestätigen, daß nur böse Zungen den armen Herrn Bradamanti solcher gräßlichen Dinge beschuldigen.«

XXIX

Pipelet trat ernst und bedächtig in die Stube; er war ungefähr sechzig Jahre alt, hatte eine ungeheure Nase, einen respektablen Schmerbauch und ein Gesicht wie ein Nürnberger Nußknacker. Auf dem Kopfe trug er einen fuchsigen Hut mit breiter Krempe, auf dem Leibe einen alten grünen Frack mit ungeheuren Schößen und glänzenden Klappen. Trotz Hut und Frack aber, die ihm etwas Feierliches gaben, hatte Pipelet das bescheidene Zeichen seines Standes, das Schurzfell, nicht abgelegt.

Der Portier grüßte Rudolf mit einer gewissen Freundlichkeit, aber sein Lächeln war bitter.

»Alfred, der Herr will das Zimmer und das Schlafkabinett im vierten Stock mieten,« sagte die Frau. »Wir haben bis zu deiner Ankunft ein Glas Likör getrunken, den er holen ließ.«

Durch diese zarte Aufmerksamkeit gewann Rudolf sogleich das Vertrauen Pipelets; er legte die Hand an den vorderen Rand seines Hutes und sagte:

»Wir werden Sie als Portier zufriedenstellen, wie Sie uns als Mieter zufriedenstellen werden; gleich und gleich gesellt sich gern.«

Dann unterbrach er sich und sagte, mit einer gewissen Ängstlichkeit:

»Aber Maler dürfen Sie nicht sein.«

»Das bin ich auch nicht, sondern Handlungsgehilfe.«

»Dann mache ich Ihnen mein Kompliment und wünsche Ihnen Glück.«

»Die Maler haben das Leben Alfreds vergiftet,« sagte Frau Pipelet leise zu Rudolf. Dann setzte sie schmeichelnd hinzu: »Sei vernünftig Alfred, und denke nicht mehr an jenen Flegel; du ärgerst dich sonst und das Essen bekommt dir nicht!«

»Die Maler,« sagte er zu Rudolf gewandt, »sind eine Pest im Hause!«

»Haben Sie einen Maler im Hause gehabt?«

»Leider!« antwortete Pipelet, »und noch dazu einen, der Cabrion hieß.«

Der Portier ballte bei dieser Erinnerung die Fäuste.

»War es der letzte Inhaber des Zimmers, das ich mieten will?« fragte Rudolf.

»Nein, der letzte Mieter war ein braver junger Mann namens Germain; vor ihm wohnte Cabrion darin. Ach, Herr, dieser Cabrion hat mich, seit er fort ist, fast zur Verzweiflung gebracht.«

»Haben Sie sein Ausziehen so sehr bedauert?« fragte Rudolf.

»Bedauert? Cabrion?« wiederholte der Portier. »Sie haben keine Idee von den Streichen, die er uns und den anderen Hausbewohnern gespielt hat! Er blies auf jedem nur erdenklichen Blasinstrument, um uns zu ärgern; ja, Herr, er spielte alles und ging in seiner Bosheit so weit, daß er falsch blies, stundenlang. Er zog aus, und Sie denken, nun waren wir ihn los? Gott bewahre! Den anderen Tag, um elf Uhr abends, als ich schon im Bette lag, ging es: bum! bum! Ich stehe auf und sehe nach. ›Guten Abend, Portier‹, sagte eine Stimme; ›wollen Sie mir wohl eine Locke von Ihrem Haar geben?‹ Ich sagte zu dem Unbekannten: ›Das ist nicht hier, sondern nebenan.‹ – ›Das Haus hat doch Nr. 17? Der Portier heißt Pipelet?‹ antwortete die Stimme. – ›Ja,‹ sagte ich, ›ich heiße Pipelet.‹ – ›Nun also, Freund Pipelet, ich bitte Sie um eine Haarlocke für Cabrion; er wünscht sie dringend und wird sich nicht abweisen lassen.«

Pipelet sah Rudolf kopfschüttelnd an.

»Verstehen Sie?« fuhr er dann fort, »mich, seinen Todfeind, ersucht der unverschämte Mensch um eine Haarlocke!«

»Wenn nur Cabrion wenigstens ein so guter Mieter gewesen wäre wie Herr Germain!« antwortete Rudolf mit unerschütterlicher Gelassenheit.

»Auch wenn er ein guter Mieter gewesen wäre, würde ich ihm keine Locke bewilligt haben,« sagte der Mann majestätisch; »es ist gegen meine Grundsätze und Gewohnheiten. Aber ich würde es mir zur Pflicht gemacht haben, ihm sein Gesuch höflich abzuschlagen.«

»Das ist noch nicht alles,« fiel die Frau ein, »denken Sie sich, seit diesem Tage hatte der schreckliche Cabrion früh, abends, in der Nacht, zu jeder Stunde einen Schwarm von Plagegeistern losgelassen, die, einer nach dem anderen, kamen, um Alfred um eine Locke von seinem Haar zu bitten – und immer für Cabrion.«

»Ich habe aber nicht nachgegeben,« sagte Pipelet; »ich hätte mich eher aufs Schafott schleppen lassen. Nach drei oder vier Monaten unerschütterlichen Widerstandes hat meine Energie triumphiert. Aber da fühle ich es,« setzte er hinzu, indem er die Hand auf sein Herz legte. »Mein Schlaf könnte nicht unruhiger sein, wenn ich die schrecklichsten Verbrechen begangen hätte.«

»Ich begreife jetzt, daß Sie die Maler nicht lieben,« sagte Rudolf, »aber Herr Germain, von dem Sie sprachen, hat Sie doch gewiß entschädigt?«

»Ach ja, er war ein netter junger Mann, treu wie Gold, dienstwillig, gar nicht stolz und sehr lustig, aber in einer Art, die niemanden belästigte.«

»Wer ist denn der glückliche Hausbesitzer, der die Perle der Mieter, Herrn Germain, jetzt beherbergt?«

»Ist mir völlig unbekannt; niemand weiß es und soll es wissen, ausgenommen Mademoiselle Lachtaube.«

»Wer ist Mademoiselle Lachtaube?«

»Eine Näherin, die auch im vierten Stock wohnt,« antwortete die Frau des Portiers. »Als Germain auszog, sagte er zu uns: ›Ich erwarte keine Briefe, sollte aber zufällig einer ankommen, so übergeben Sie ihn Mademoiselle Lachtaube‹, – und sie verdient sein Vertrauen, sogar wenn Geld in dem Briefe sein sollte, nicht war, Alfred?«

»Es ließe sich nichts gegen Mademoiselle Lachtaube sagen,« erwiderte Pipelet ernst, »wenn sie nicht so schwach gewesen wäre, sich von dem schändlichen Cabrion die Cour schneiden zu lassen.«

»Was das betrifft, Alfred,« setzte die Frau hinzu, »so weißt du recht wohl, daß Mademoiselle Lachtaube daran unschuldig war.«

»Herr Germain hat das Mädchen nicht wiedergesehen, seit er ausgezogen ist?«

»Nein, es müßte denn sonntags geschehen sein. An anderen Tagen hat das Mädchen keine Zeit, an Liebhaber zu denken. Sie steht um fünf auf, arbeitet bis um zehn, ja bis um elf Uhr abends und kommt nur herunter, um einzukaufen, was sie mit ihren zwei Kanarienvögeln braucht. Sie brauchen alle drei nicht viel... Denken Sie übrigens, bei den armen Leuten unter dem Dache, die Herr Rotarm aus dem Hause jagen will, haben Mademoiselle Lachtaube und Herr Germain sogar die Kinder gewartet.«

»Es wohnt also auch eine arme Familie im Hause?«

»Das glaube ich. Fünf kleine Kinder, die Mutter todkrank, die Großmutter schwachsinnig, und ein Mann, der nicht einmal trockenes Brot genug hat, wenn er auch arbeitet wie ein Negersklave.«

»Das ist ja entsetzlich,« fiel Rudolf ein. »Steht denn den Leuten niemand bei?«

»Wir tun, was wir können. Seit der Kommandant mir zwölf Franken monatlich gibt, koche ich wöchentlich einmal Fleisch, und die Armen oben bekommen die Brühe. Mademoiselle Lachtaube arbeitet in der Nacht, um Kleidchen und Schürzchen für die Kleinen zu nähen.«

»Der Zahnarzt hat nichts für die armen Leute getan?«

»Herr Bradamanti? Als ich ihm von der Armut der Morels erzählte, sagte er zu mir: ›Da sie so arm sind, werde ich den Leuten, wenn sie sich Zähne ziehen lassen wollen, auch den sechsten unentgeltlich herausnehmen und ihnen eine Flasche von meinem Wunderwasser für den halben Preis geben.‹«

»Ich habe nach alledem keine gute Meinung von dem Manne, Madame Pipelet, und werde keine Freundschaft mit ihm schließen. Ist die Pfandleiherin mildtätiger gewesen?«

»Hm! Alles ist zu ihr gewandert bis auf die letzte Matratze, was freilich nicht viel sagen will, da sie nur zwei hatten.«

»Und seitdem unterstützt sie die Leute nicht mehr?«

»Die Mutter Burette? Ach, sie ist ja so geizig.«

»Was tut denn der Mann?«

»Er schleift Steine nach dem Stück und hat sich dabei ganz ruiniert. Sie werden es selbst sehen. Wenn Brot für sieben Personen zu schaffen ist, muß man sich rühren. Seine älteste Tochter hilft ihm, soviel sie kann.«

»Wie alt ist sie?«

»Siebzehn Jahre, und schön wie der Tag. Sie dient bei einem alten, steinreichen Manne, einem Notar Jacob Ferrand.«

»Jacob Ferrand?« fragte Rudolf, verwundert über dieses neue Zusammentreffen.

»Richtig ... Kennen Sie ihn?«

»Er ist der Notar des Handelshauses, in dem ich arbeite.«

»So werden Sie auch wissen, daß er ein Knicker, aber rechtschaffen und fromm ist. Alle Sonntage geht er zur Messe. Luise, die Tochter des Steinschneiders, ist nun seit anderthalb Jahren bei ihm im Dienst; sie arbeitet wie ein Pferd und bekommt nur achtzehn Franken Lohn. Sechs Franken behält sie, das übrige gibt sie ihrer Familie; es ist freilich etwas, aber wenn sieben Personen davon essen sollen ...«

»Wieviel kann der arme Mann den Tag über verdienen?«

»Wenn er nicht seine Mutter, seine Frau und seine Kinder pflegen müßte, würde er vier Franken verdienen, weil er so fleißig ist; da er aber drei Viertel seiner Zeit nicht arbeiten kann, so verdient er höchstens einen Franken.«

»Die armen Leute!«

»Ja, das ist bald gesagt. Es gibt aber so viele arme Leute, denen man nicht helfen kann, daß man sich trösten muß, nicht wahr, Alfred?«

Pipelet, dem der Magen knurrte, brummte etwas Unverständliches. Dann fragte er Rudolf, in sachlichem Ton: »Reflektieren Sie also auf das Zimmer oben?«

»Allerdings, und wenn es mir gefällt, gebe ich Ihnen gleich das Draufgeld.«

Der Portier ging aus seiner Stube hinaus, und Rudolf folgte ihm.

XXX

Sie stiegen die dunkle, feuchte Treppe hinauf.

Der Eingang zu jeder Wohnung in diesem Hause war für den aufmerksamen Beobachter höchst aufschlußreich.

So war die Türe der Wohnung, die der Kommandant als Absteigequartier benutzte, neu gestrichen; am Schlosse blitzte ein vergoldeter Drücker, und eine schöne Klingelschnur mit rotseidener Quaste stach grell von der schmutzigen Wand ab.

Die Türe der Wohnung, in der die Wahrsagerin und Pfandleiherin hauste, gewährte einen seltsamen Anblick: eine ausgestopfte Eule war mit den Fängen und Flügeln darüber angenagelt, und ein kleines vergittertes Schiebefenster gestattete, die Ankommenden zu mustern, bevor ihnen geöffnet wurde.

Auch die Wohnung des italienischen Scharlatans, der, wie man argwöhnte, ein schändliches Gewerbe betrieb, zeichnete sich durch ihren seltsamen Eingang aus.

Sein Name war, mit Pferdezähnen auf einer schwarzen Holztafel gebildet, an der Türe zu lesen.

Die Klingelschnur endete in dem Vorderarm und der Hand eines Affen.

Dieser vertrocknete Arm und die kleine Hand mit den fünf Fingern sahen grausig aus; man konnte glauben, sie rührte von einem Kinde her.

Als Rudolf an dieser Türe vorbeiging, glaubte er unterdrücktes Schluchzen zu hören; dann schallte plötzlich ein krampfhafter, schrecklicher Schmerzensschrei durch die Stille des Hauses.

Rudolf zuckte zusammen.

Mit einer gedankenschnellen Bewegung trat er an die Tür und klingelte heftig.

»Was wollen Sie, Herr?« fragte der Portier.

»Dieser Schrei ...,« antwortete Rudolf, »haben Sie ihn gehört?«

»Allerdings. Herr Bradamanti zieht wahrscheinlich jemandem die Zähne aus.«

Diese Erklärung genügte Rudolf nicht.

Er hatte außerordentlich heftig geklingelt.

Anfangs rührte sich nichts.

Dann wurden plötzlich mehrere Türen geschlossen, und Rudolf sah hinter einem runden Fenster neben der Türe, auf das er unwillkürlich seine Blicke gerichtet hatte, ein hageres, leichenblasses Gesicht.

Nach einer Sekunde verschwand die Erscheinung wieder.

Rudolf blieb wie versteinert stehen.

Die grünen Augen, die unter rötlichen Brauen funkelten, die Leichenblässe, die dünne, vorspringende Nase erinnerten ihn frappant an den Abbé Polidori, dessen Namen Murph in seinem Gespräch mit dem Baron von Graun verflucht hatte.

Obgleich Rudolf den Abbé Polidori seit sechzehn Jahren nicht gesehen hatte, so hatte er doch tausend Gründe, ihn nicht zu vergessen. Er wunderte sich übrigens nicht, einen Mann, dessen hohen Verstand und seltenen Geist er kannte, in diese Tiefe versunken zu sehen. Er wußte, daß dieser Mensch vor nichts zurückschreckte, wenn es darum ging, sich das Geld, dessen er zur Befriedigung seiner zügellosen Leidenschaft bedurfte, zu beschaffen.

»Wohnt Herr Bradamanti schon lange in diesem Hause?« fragte Rudolf den Portier.

»Seit ungefähr einem Jahre. Er ist ein pünktlicher Zahler und hat mich von einem famosen Rheumatismus befreit. Aber, wie ich Ihnen schon sagte, er hat einen Fehler: er schont in seinen Reden weder Gott noch die Welt.«

»Ist er sehr lustig?«

»O nein, im Gegenteil, er sieht aus wie eine Leiche; aber er höhnt über alles, selbst über seine Laster, Herr, über seine eigenen Laster. Ich kann es Ihnen nicht verschweigen, bei seinen Späßen schauert's mich manchmal. Wenn er eine Viertelstunde unten in meiner Stube gesessen und unanständig über die Frauenzimmer der verschiedenen wilden Länder gesprochen, die er besucht hat, und ich bin dann mit meiner Anastasia wieder allein, dann schäme ich mich blutig und bin, weiß Gott, kein Tugendbold! So redet dieser Mann.«

»Und Ihre Frau duldet das?«

»Anastasia hört gern geistreiche Reden, und Herr Cäsar, das muß man ihm lassen, plaudert sehr geistreich.«

»Sie hat gewisse Gerüchte erwähnt ...«

»Hat sie davon gesprochen?«

»Haben Sie aber keine Angst! Ich bin verschwiegen.«

Fest entschlossen, das Geheimnis, das diesen Menschen umgab, zu ergründen, folgte Rudolf dem Portier in das obere Stockwerk, in dem sich das Zimmer befand, das er mieten wollte.

Die Wohnung der Mademoiselle Lachtaube war leicht zu erkennen.

Ein halbes Dutzend kleiner dickbäckiger Amoretten, im Geschmack Watteaus leicht und geistreich auf die Tür gemalt, war um eine zierliche Einfassung gruppiert; der eine trug einen Fingerhut, der andere eine Schere, der dritte ein Bügeleisen, der vierte einen kleinen Spiegel; in der Mitte der Verzierung, auf hellblauem Grunde, las man in roten Buchstaben »Mademoiselle Lachtaube, Näherin«. Das Ganze war von einer Blumengirlande umgeben, die sich von dem grünen Grunde der Türe gut hervorhob.

Dieses kleine Gemälde war sehr hübsch und stach ebenfalls von der häßlichen Treppe ab.

Rudolf fragte, während er auf die Türe zeigte:

»Das ist ohne Zweifel das Werk des Herrn Cabrion?«

»Ja, er hat sich erlaubt, die frisch angestrichene Türe mit seiner unanständigen Pinselei zu verderben. Hätte nicht Mademoiselle Lachtaube um Schonung gebeten, so hätte ich die Malerei ebenso weggekratzt wie die auf Ihrer Türe.«

Rudolf folgte dem Portier in das ziemlich geräumige Zimmer, vor dem sich ein kleines Kabinett befand, dessen zwei Fenster auf die Straße gingen.

Nach kurzer Besichtigung gab er dem Portier bescheiden vierzig Sous und sagte:

»Das Zimmer gefällt mir sehr, hier ist das Draufgeld; morgen werde ich die Möbel schicken. Daß ich zu Herrn Rotarm gehe, ist wohl nicht nötig?«

»Nein. Die Mieter unterhandeln nur mit mir ... Ihr Name?«

»Rudolf.«

»Rudolf – weiter?«

»Nur Rudolf, Herr Pipelet.«

»Ich frage nicht aus Neugierde.«

»Sagen Sie, Herr Pipelet, darf ich wohl als neuer Nachbar zu der Familie Morel gehen, um zu fragen, ob ich ihnen behilflich sein kann, da mein Vorgänger, Herr Germain, sie ebenfalls unterstützte?«

»Das können Sie tun. Sie werden sich nur darüber freuen.«

Dann setzte Pipelet, als komme ihm plötzlich ein Gedanke, hinzu:

»Verzeihung, ich will nun auf mein kleines Observatorium gehen.«

»Was ist denn das?«

»Über dieser Leiter befindet sich der Vorsaal, auf den das Stübchen Morels geht, und hinter einer Tapete ist ein kleines Loch; da kann ich alles sehen und hören, als wäre ich drinnen in der Wohnung. Ich will nicht spionieren; ich gehe aber zuweilen dahin, wie man ins Theater geht, um ein recht schauerliches Stück anzusehen. Komme ich dann wieder in meine Stube, so glaube ich in einem Palast zu sein. Wenn Sie etwas von den Leuten sehen und hören wollen, so kommen Sie mit!«

»Sie sind sehr gütig, Herr Pipelet, aber lieber ein anderes Mal.«

»Wie Sie wollen. Gehen Sie indessen immer hinunter, ich komme Ihnen gleich nach.«

Rudolf warf einen Blick auf die Tür der Mademoiselle Lachtaube und dachte daran, daß dieses Mädchen ohne Zweifel den

Aufenthalt des Sohnes des Schulmeisters kennen würde. Plötzlich hörte er, daß die Tür Bradamantis geöffnet wurde. Er erkannte den leichten Tritt einer Frau und vernahm das Rauschen eines seidenen Kleides. Um nicht neugierig zu erscheinen, blieb Rudolf einen Augenblick stehen. Als er nichts mehr hörte, ging er hinunter.

Im zweiten Stock sah er, auf einer der letzten Treppenstufen, ein Taschentuch liegen, das er aufhob; es gehörte offenbar der Person, die aus der Wohnung des Italieners gekommen war.

Rudolf trat an eines der schmalen Fenster, welche die Treppe beleuchteten, und besah das Tuch; in der einen Ecke waren ein L. und ein N. mit einer Herzogskrone eingestickt.

Das Taschentuch war von Tränen durchnäßt.

Als Rudolf wieder vor der Portiersloge stand, fragte er: »Ist eben eine Dame vorübergegangen?«

»Ja. Eine Dame mit einem schwarzen Schleier. Sie kam von Herrn Cäsar. Der kleine Lahme mußte ihr einen Wagen holen. Der Junge setzte sich hinten darauf, wahrscheinlich, um zu sehen, wohin sie fährt; er ist neugierig wie eine Elster und flink wie ein Wiesel, trotz seinem lahmen Fuße.«

So erfährt der Scharlatan vielleicht den Namen der Dame, dachte Rudolf.

»Nun, gefällt Ihnen das Zimmer?« fragte die Frau.

»Ja, ich habe es gemietet.«

»Gott segne Sie! Wir werden an Ihnen einen vortrefflichen Mieter haben.«

»Es ist also abgemacht: Sie besorgen meine kleine Wirtschaft. Auf Wiedersehen, Madame Pipelet.«

Damit ging Rudolf fort.

Die Resultate seines Besuches in dem Hause der Rue du Temple waren: Mademoiselle Lachtaube kannte die neue Wohnung des Franz Germain; eine junge Dame, mit einiger Wahrscheinlichkeit die Marquise von Harville, hatte dem Kommandanten für den nächsten Tag ein neues Rendezvous versprochen, das sie, vielleicht für immer, unglücklich machen konnte; ein redlicher und arbeitsamer Mann, den die schrecklichste Armut niederdrückte, sollte mit seiner Familie durch Rotarm aus dem Hause gejagt werden; Spuren eines Abenteuers, in dem die Hauptpersonen der Scharlatan Cäsar Bradamanti (vielleicht der Abbé Polidori) und eine Dame waren, die ohne Zweifel den höchsten Kreisen der Gesellschaft angehörte; die Eule, vor kurzem aus dem Hospital entlassen, stand in verdächtiger Verbindung mit der sogenannten Mutter Burette, einer Wahrsagerin und Pfandleiherin, die das zweite Stockwerk des Hauses inne hatte.

Nachdem Rudolf dies alles erfahren hatte, kehrte er in seine Wohnung zurück und verschob seinen Besuch bei dem Notar Jacob Ferrand auf den nächsten Tag.

XXXI

Sarah Seyton, damals Witwe des Grafen Mac Gregor und sieben- bis achtunddreißig Jahre alt, stammte aus einer schottischen Familie und war die Tochter eines Landedelmannes.

Im siebzehnten Jahre verwaist, hatte Sarah mit ihrem Bruder, Tom Seyton von Halesbury, Schottland verlassen.

Die törichten Prophezeiungen einer alten Hochländerin hatten die beiden Hauptfehler Sarahs: Stolz und Ehrgeiz, fast bis zum Wahnsinn gesteigert, indem sie ihr einen Thron verhießen.

Die junge Schottin glaubte an die Prophezeiung jener Wahrsagerin, und Tom Seyton, der so abergläubisch war wie seine Schwester, bestärkte sie in ihren törichten Hoffnungen und hatte sich vorgenommen, der Verwirklichung des unsinnigen Traumes sein Leben zu widmen.

Nach dem Gothaischen Hofkalender von 18 .. entwarf Tom Seyton, kurz vor der Abreise aus Schottland, eine Tabelle von allen souveränen Fürsten Europas, die damals heiratsfähig waren. Das Resultat war befriedigend.

Deutschland zumal verfügte über eine ziemliche Anzahl junger Thronerben; Sarah war Protestantin, und Tom wußte, wie leicht es in Deutschland war, eine Ehe zur linken Hand zu schließen. Beide entschlossen sich also, zuerst nach Deutschland zu gehen.

Nach der Ankunft auf dem Kontinent wollte Sarah, wie ihr Bruder es ihr riet, ihre Unternehmungen nicht beginnen, bevor sie sich eine Zeitlang in Paris aufgehalten hatte, wo sie ihre britische Steifheit abzulegen hoffte. Sarah wurde in der besten Pariser Gesellschaft eingeführt.

Nach einem Aufenthalt von sechs Monaten hätte sie mit jeder Pariserin an pikanter Grazie des Geistes, an Heiterkeit und Koketterie wetteifern können.

Nachdem seine Schwester auf diese Weise genügend vorbereitet war, reiste Tom mit ihr nach Deutschland, wohin er die vorzüglichsten Empfehlungsschreiben mitnahm.

Der erste Staat, der in dem Reiseplan Sarahs stand, war das Großherzogtum Gerolstein.

Der mutmaßliche Thronerbe von Gerolstein, Gustav Rudolf, zählte kaum achtzehn Jahre, als Tom und Sarah seinem Vater vorgestellt wurden.

Die Ankunft der jungen Schottin war an dem kleinen, stillen Hofe ein Ereignis.

Vierzehn Tage nach ihrer Ankunft hatte Sarah, die eine scharfe Beobachtungsgabe besaß, den milden, loyalen Geist des Großherzogs erkannt; ehe sie den Sohn gewann, wollte sie sich der Meinung des Vaters versichern. Dieser schien seinen Sohn so zu lieben, daß Sarah glaubte, er würde lieber in eine Mésalliance willigen, als seinen Sohn unglücklich sehen wollen. Bald aber überzeugte sich die Schottin, daß der so zärtliche Vater von gewissen Grundsätzen über die Pflichten eines Fürsten niemals abweichen würde.

Sarah stand bereits auf dem Punkt, ihr Unternehmen aufzugeben. Als sie aber bedachte, daß Rudolf sehr jung war, daß man allgemein seine Sanftmut, seinen schüchternen und träumerischen Charakter rühmte, hielt sie den jungen Prinzen für schwach und unentschlossen, sah darin ein günstiges Zeichen und blieb bei ihrem Plan und ihren Hoffnungen.

Sie wußte namentlich die Personen für sich zu gewinnen, die auf ihre Vorzüge eifersüchtig hätten sein können. Bald wurde sie der Abgott nicht nur des Großherzogs, sondern auch der verwitweten Großherzogin Judith, die, trotz ihren sechsundneunzig Jahren, alles, was jung und schön war, liebte.

Tom und Sarah sprachen mehrmals von ihrer Abreise, und niemals wollte der Souverän einwilligen. Um den Bruder und die Schwester ganz für sich zu gewinnen, ersuchte er den Baronet Tom Seyton von Halesbury, die Stelle eines ersten Stallmeisters anzunehmen und bat Sarah, die Großherzogin Judith nicht zu verlassen.

Nach langem Sträuben nahmen Tom und Sarah diese glänzenden Anträge an und blieben am Hofe von Gerolstein.

Sarah war eine ausgezeichnete Musikkennerin. Als sie von der Vorliebe der Großherzogin für die alten Meister, besonders für Gluck, erfuhr, ließ sie die Werke dieses berühmten Meisters kommen und fesselte die alte Fürstin durch das Talent, mit dem sie seine schönen Arien sang.

Tom wußte sich in dem Amt, das der Großherzog ihm übertragen hatte, sehr nützlich zu machen. Er war ein hervorragender

Pferdekenner, besaß Ordnungsliebe und Festigkeit und brachte in kurzer Zeit den Stalldienst, der durch Nachlässigkeit sehr heruntergekommen war, wieder in die Höhe.

So genoß denn das Paar am Hofe alle Ehren, ohne daß auch nur ein einziges Mal die Rede von Rudolf gewesen wäre. Infolge eines glücklichen Zufalls war er übrigens, einige Tage nach der Ankunft Sarahs, mit einem Adjutanten und dem treuen Murph zu einer Truppeninspektion abgereist.

Bruder und Schwester ließen sich aber durch die Abwesenheit ihres Opfers nicht hindern, ihre Pläne weiter zu verfolgen und, absichtlich und bewußt, Unruhe und Kummer an dem bis dahin so friedlichen und glücklichen Hofe zu stiften. Sie berechneten kaltblütig die wahrscheinlichen Ergebnisse des Zwistes, den sie zwischen Vater und Sohn säten, die bis dahin durch die innigste Liebe verbunden gewesen waren.

XXXII

Rudolf war, von seiner Kindheit an, von schwächlicher Gesundheit gewesen. Deshalb ließ der Großherzog aus England einen Mann kommen, der seinen Sohn nach den bewährten Prinzipien englischer Landedelleute erziehen sollte. Dieser Mann war Walter Murph.

Murph und sein Zögling bewohnten mehrere Jahre ein Landgut, das inmitten von Feldern und Wäldern gelegen war.

Rudolf führte hier, frei von jeder Etikette, ein gesundes und regelmäßiges Landleben, beschäftigte sich mit ländlichen Arbeiten, und seine Vergnügungen waren Leibesübungen: Ringen, Faustkampf, Reiten und Jagd.

In der reinen Luft der Wiesen, Wälder und Berge wurde der Prinz kräftig wie eine junge Eiche. Er lernte die schwersten Strapazen ertragen und errang Gewandtheit, Energie und Mut.

Walter Murph war kein Gelehrter und konnte Rudolf nur die notwendigen Elementarkenntnisse beibringen; dagegen verstand es niemand besser als er, in seinem Schüler das Gefühl für Recht und Ehre sowie den Abscheu vor allem Niedrigen und Gemeinen zu entwickeln.

Murph gab also seinem Zögling die Gesundheit des Körpers und der Seele. Nachdem er auf diese Weise seine Aufgabe gelöst hatte, beriefen ihn wichtige Interessen nach England zurück, und er verließ, zur großen Betrübnis Rudolfs, der ihn zärtlich liebte, Deutschland für die Dauer eines Jahres.

Der Abbé Polidori, ein berühmter Philolog, Arzt und Geschichtsforscher, erhielt nun den Auftrag, die wissenschaftliche Ausbildung des Prinzen zu leiten.

Der Abbé Polidori war gottlos, heuchlerisch und boshaft; er heuchelte christliche Demut und trug salbungsvolle Güte zur Schau, um seine Schlechtigkeit zu verbergen; er besaß dabei eine große Menschenkenntnis und war so der gefährlichste Lehrer, den man einem jungen Manne geben konnte.

Rudolf, der höchst ungern das freie und unabhängige Leben aufgab, das er bis dahin geführt hatte, hegte, vom Anfang an, einen heftigen Widerwillen gegen den Abbé.

Er erklärte ihm sogleich, daß er keinen Hang zum Studium in sich fühle, daß er Arme und Beine üben, die freie Luft atmen, in den Wäldern und auf den Bergen umherschweifen wolle, und daß er ein gutes Gewehr und ein gutes Pferd den schönsten Büchern vorziehe.

Daraufhin entwarf der Abbé eine so lächerliche Schilderung des einfachen, ländlichen Lebens, daß Rudolf sich zum ersten Mal schämte und den Priester fragte, womit man seine Zeit hinbringen könne, wenn man das Studium nicht lieben und die Jagd und das freie Leben auf dem Lande nicht achten könne.

Der Abbé antwortete, daß er ihn später darüber aufklären werde.

Da Rudolf seine Abneigung gegen das Studium nicht überwand, so verschwieg der Abbé, um seine ehrgeizigen Pläne nicht stören zu lassen, dem Großherzog den wahren Stand der Dinge, rühmte vielmehr den Fleiß und die staunenswerten Fortschritte des jungen Prinzen und erhielt so den Großherzog in seinem blinden Vertrauen.

Der Abbé war übrigens zu schlau, um offen gegen gewisse Überzeugungen Rudolfs, die Frucht der Erziehung Murphs, zu verstoßen. Er reizte aber die Neugierde seines Schülers durch Andeutungen über das herrliche Leben gewisser Fürsten in früherer Zeit; dann gab er den dringenden Bitten Rudolfs nach und entflammte, nach mancherlei scherzhaften Bemerkungen über den zeremoniellen Ernst am Hofe des Großherzogs, die Phantasie des jungen Prinzen durch lebhaft ausgemalte Erzählungen von den galanten Vergnügungen Ludwigs XIV. und besonders Ludwigs XV., des Helden Cäsar Polidoris.

Er versicherte dem Jüngling, der ihm begehrlich lauschte,

daß selbst übermäßige Genüsse einem Fürsten nicht nur nicht schadeten, sondern ihn gnädig und groß machten.

Seinen Worten nach konnte ein kluger Fürst die Menschen durch das Vergnügen besser, durch das Glück tugendhafter machen und in den Ungläubigsten das religiöse Gefühl steigern, indem er ihren Dank für den Schöpfer weckte, der den Menschen Genüsse in unerschöpflicher Fülle biete.

Alles genießen, hieß, nach dem Abbé, Gott in der Herrlichkeit seiner Gaben preisen.

Diese Lehren trugen ihre Früchte.

Rudolf träumte bereits von den tollen Nächten in Versailles, von den Orgien in Choisy, von den Freuden und Genüssen einer romantischen Liebschaft. Aber er machte sich, nachdem er seinen ersten Widerwillen gegen den Abbé überwunden hatte, auch seinen wissenschaftlichen Unterricht zunutze und erwarb sich mannigfaltige Kenntnisse, die ihn in den Stand setzten, gebildeter zu erscheinen, als er in Wirklichkeit war.

Murph kam endlich aus England zurück und weinte vor Freuden, als er seinen Zögling wieder in seine Arme schloß.

Nach einigen Tagen fand er, ohne die Ursache der Veränderung, die ihn tief betrübte, zu ergründen, Rudolf kalt und ironisch.

Er konnte, da ihm die natürliche Herzensgüte des jungen Prinzen bekannt war, die Vermutung nicht von sich weisen, der Einfluß des Abbé Polidori habe Rudolf verdorben.

Um diese Zeit erschienen Tom und Sarah. Einige Tage vorher war Rudolf mit einem Adjutanten und Murph abgereist, um die Truppen in einigen Garnisonen zu inspizieren. Da dieser Ausflug einen rein militärischen Charakter hatte, war der Abbé in Gerolstein geblieben.

Murph hoffte, bei dieser Gelegenheit über die Ursache der Kälte Rudolfs Klarheit zu gewinnen.

Obwohl Rudolf sich verstellte und Murph, um ihn zu täuschen, Beweise seiner alten Zuneigung zu geben suchte, ahnte Murph, daß zwischen ihnen ein Geheimnis lag, aber er versuchte vergebens, es zu ergründen. Seine Versuche scheiterten an der Verstellungskunst Rudolfs.

Der Abbé war während dieser Reise nicht müßig gewesen. Einige Tage nach der Ankunft Toms und Sarahs war er bereits mit Tom eng befreundet. Das plötzliche Erscheinen der bildhübschen Sarah hielt der Abbé für einen Fingerzeig. Rudolfs Phantasie war von Liebesträumen entflammt. Sarah mußte für ihn die herrliche Wirklichkeit bedeuten, und die junge Schottin mußte offenbar einen unermeßlichen Einfluß auf ein Herz erlangen, das zum ersten Male in Liebe entbrannte. Diesen Einfluß wollte der Abbé benutzen, Murph für immer aus dem Felde zu räumen.

Als kluger Mann gab er dem Geschwisterpaar deutlich zu verstehen, daß sie nur auf ihn zu zählen hätten, da er allein dem Großherzog für das Privatleben des jungen Prinzen verantwortlich sei.

Das sei, sagte er, noch nicht alles: man müsse besonders auf der Hut sein vor einem ehemaligen Lehrer des Prinzen, der ihn jetzt auf einer Inspektionsreise begleite. Dieser ungeschlachte Mensch voll törichter Vorurteile könnte ein gefährlicher Wächter werden und sich für verpflichtet halten, dem streng moralischen Großherzog Anzeige zu erstatten.

Tom und Sarah erkannten sofort die Bedeutung dieser Warnung, und als Rudolf zurückkehrte, waren sie mit dem Abbé gegen Murph, ihren gefährlichsten Feind, verbündet.

XXXIII

Es geschah, was geschehen mußte.

Rudolf verliebte sich leidenschaftlich in Sarah, und bald gestand auch sie ihm ihre Liebe. Sie bat zugleich den Prinzen um die tiefste Verschwiegenheit, damit nicht der Argwohn des Großherzogs geweckt würde, der gewiß unerbittlich sein und sie ihres Glückes berauben werde.

Beide beherrschten sich äußerlich, und das Geheimnis ihrer Liebe blieb lange Zeit verborgen.

Als die Geschwister sahen, daß die Leidenschaft des Prinzen den höchsten Grad erreicht hatte, und ein Eklat zu fürchten war, der alles verderben konnte, nahmen sie sich vor, den großen Streich zu führen.

Da der Charakter des Abbé eine vertrauliche Mitteilung gestattete, machte ihm Tom Eröffnungen über die Notwendigkeit einer Heirat zwischen Rudolf und Sarah, wenn er und seine Schwester Gerolstein nicht augenblicklich verlassen sollten. Sarah teilte die Liebe des Prinzen, würde aber den Tod der Schande vorziehen und könne nur als seine Gattin mit ihm leben.

Dieser Plan setzte den Priester in Erstaunen; für so ehrgeizig hatte er Sarah nicht gehalten. Er sagte Tom offen, daß der Großherzog in eine solche Verbindung niemals willigen würde.

Tom ließ diese Gründe gelten und schlug als Ausweg eine geheime Vermählung vor, die erst nach dem Tode des Großherzogs bekanntgegeben werden solle. Zum Schluß bewilligte er dem Prinzen acht Tage Zeit zur Überlegung. Länger, sagte er, würde seine Schwester die peinigende Ungewißheit nicht ertragen; müsse sie auf die Liebe Rudolfs verzichten, so wünsche sie diesen schmerzlichen Entschluß so schnell als möglich zu fassen.

Für jeden Fall hatte Tom, wie er sagte, an einen seiner Freunde in England einen Brief geschrieben, der in London auf die Post gegeben werden sollte; dieser Brief würde die plötzliche Abreise der Geschwister verständlich machen.

Der Abbé, der klug genug war, die wirklichen Absichten der ehrgeizigen Schottin bis auf den Grund zu durchschauen, erkannte sofort, daß er zwischen drei Wegen die Wahl habe:

Er konnte dem Großherzog dieses Heiratskomplott entdecken, dem Prinzen die Augen über die Intrigen Toms und Sarahs öffnen oder die Hände zu dieser Verbindung bieten.

Wenn er dem Großherzog Anzeige machte, so entfremdete er sich den mutmaßlichen Thronerben für immer. Wenn er Rudolf aufklärte, so setzte er sich der Gefahr aus, bei ihm auf Unglauben zu stoßen und sich so eine Sympathie zu verscherzen, mit der er rechnete. Wenn er dagegen die Hand zu dieser Heirat bot, fesselte er den Prinzen und seine Gattin, zunächst wenigstens, an sich.

Ohne Zweifel konnte alles entdeckt werden, und er setzte sich in diesem Falle dem Zorne des Großherzogs aus. War aber die Heirat geschlossen, so mußte der Sturm vorüberziehen, und der künftige Fürst von Gerolstein um so größere Verpflichtungen gegen den Abbé haben, je schwereren Gefahren dieser sich für ihn ausgesetzt hatte.

Nach reiflicher Überlegung entschloß sich also der Abbé, Sarah behilflich zu sein.

Als der Abbé Rudolf vor die Wahl stellte, das reizende Mädchen entweder nie wiederzusehen oder seinen Besitz sich durch eine geheime Vermählung zu sichern, fiel Rudolf dem Geistlichen um den Hals und nannte ihn seinen Retter.

Der Abbé wollte, aus bestimmten Gründen, selbst alles Weitere übernehmen.

Er fand einen Geistlichen und Zeugen, und die Trauung wurde insgeheim, während einer kurzen Abwesenheit des Großherzogs, vollzogen.

Die Prophezeiung war erfüllt: Sarah vermählte sich mit dem Erben einer Krone.

In den drei ersten Monaten seiner Ehe, die wirklich geheim blieb, war Rudolf der glücklichste Mensch auf Erden. Auch als an die Stelle der Leidenschaft die ruhige Überlegung trat, bereute er es nicht, sich an Sarah gefesselt zu haben.

Ein von Sarah mit Ungeduld erwartetes Ereignis ließ aber die Ruhe bald dem Sturme weichen.

Sarah wurde schwanger und erklärte Rudolf, unter erheuchelten Tränen, daß sie den Zwang, in dem sie lebe, nicht länger ertragen könne.

In dieser Not schlug sie Rudolf vor, dem Großherzog alles zu gestehen.

Rudolf wußte, wie sehr sein Vater ihn liebte; er kannte aber auch die Unbeugsamkeit seiner Grundsätze.

Auf alle Einwendungen, die er deshalb erhob, antwortete Sarah unerschütterlich:

»Ich bin deine Frau vor Gott und vor den Menschen. Bald werde ich meinen Zustand nicht mehr verbergen können. Das will ich auch nicht, sondern ich gedenke mich seiner laut zu rühmen.«

Tom nahm die Partei seiner Schwester.

»Die Ehe ist unauflöslich,« sagte er zu seinem Schwager. »Der Großherzog kann Sie und Ihre Gemahlin vom Hofe verbannen, mehr nicht. Er liebt Sie aber viel zu sehr, als daß er sich zu einer solchen Maßregel entschließen könnte; er wird vorziehen, zu dulden, was er nicht verhindern kann.«

Diese Gründe beruhigten Rudolf nicht. Tags darauf erhielt Tom vom Großherzog den Auftrag, mehrere Gestüte zu besuchen.

Sarah versprach ihrem Bruder, ihm täglich Nachricht vom Gange der für beide so wichtigen Sache zu geben. Damit die Korrespondenz sicher und geheim sei, kamen sie über eine Chiffre überein.

Schon diese Vorsicht bewies, daß Sarah ihrem Bruder von anderen Dingen als von ihrer Liebe zu Rudolf zu schreiben hatte. Und wirklich: das Eis im Herzen dieses selbstsüchtigen, ehrgeizigen Weibes war selbst an der Flamme der leidenschaftlichen Liebe nicht geschmolzen, die sie entzündet hatte.

Ihre Schwangerschaft war für sie nur ein Mittel zum Zweck. Die Jugend, die grenzenlose Liebe, die Unerfahrenheit des Prinzen, der hinterlistig in eine so gefährliche Lage gebracht worden war, erweckten in ihr alles andere als Teilnahme. Sie beklagte sich vielmehr Tom gegenüber mit bitterem Spott über die Schwäche dieses knabenhaften Jünglings, der vor seinem Vater zitterte.

Wenige Tage nach der Abreise Toms befand sich Sarah in einer Gesellschaft bei der verwitweten Großherzogin.

Mehrere Damen sahen sie verwundert an und zischelten einander ihre Beobachtungen ins Ohr.

Die Großherzogin Judith hatte ein scharfes Auge, und das Tuscheln entging ihr nicht. Sie winkte einer ihrer Damen und erfuhr von ihr, daß man Miß Sarah Seyton von Halesbury minder schlank finde als gewöhnlich.

Die alte Großherzogin zuckte, unwillig über das boshafte Geschwätz, mit den Achseln und sagte ganz laut:

»Liebe Sarah!«

Sarah stand auf.

Sie mußte durch den Kreis der Damen gehen, und nun bemerkten auch die Unerfahrensten, was Sarah gar nicht verbergen wollte. Sie hatte diesen Eklat vielmehr absichtlich herbeigeführt, um Rudolf zu zwingen, seine Ehe einzugestehen.

Die Großherzogin, die ihren Augen nicht trauen wollte, sagte leise zu Sarah:

»Liebes Kind, Sie haben sich heute nicht gut gekleidet. Ihre Taille ist sonst mit den Fingern zu umspannen ...«

Die Folgen dieser Entdeckung waren tragisch genug. Es wird über sie noch zu sprechen sein.

Kehren wir jetzt zu Rudolf zurück, der, nachdem er das Haus in der Rue du Temple verlassen hatte, einen Ball besuchen sollte, den die Gemahlin des ***schen Gesandten gab.

XXXIV

Um elf Uhr abends öffnete ein Schweizer in Staatslivree die Tür eines Palastes in der Rue Plumet, um einen mit zwei herrlichen Grauschimmeln bespannten Galawagen hinauszulassen. Auf dem Bock mit gefranster Brokatdecke saß ein ungeheurer Kutscher, der einen blauen Pelzrock mit Marderkragen, silbernen

Tressen und Schnüren trug. Hinten stand ein riesenhafter, gepuderter Lakai in blauer Livree neben einem Jäger, dessen breit bordierter Hut zur Hälfte von einem gelbblauen Federbusch verdeckt wurde.

Die Laternen warfen helles Licht in das Innere des mit Atlas ausgeschlagenen Wagens; Rudolf zur Linken saß der Baron von Graun, ihm gegenüber der treue Murph.

»Ich freue mich,« sagte Rudolf, »über die günstigen Nachrichten, die mir Madame Georges über meinen kleinen Schützling in Bouqueval gibt. Die Behandlung Davids hat Wunder gewirkt ... Gestehen Sie übrigens, Sir Walter,« setzte Rudolf lächelnd hinzu, »daß, wenn einer von Ihren Bekannten in der Cité Sie in Ihrer jetzigen Verkleidung sähe, er sich ungemein wundern würde.«

»Ich glaube, daß Hoheit dieselbe Verwunderung erregen würde, wenn Sie heute abend Frau Pipelet in der Rue du Temple einen freundschaftlichen Besuch machen wollten.«

»Hoheit haben uns diesen Alfred mit dem majestätischen Frack und dem unabsetzbaren Hute so vollkommen geschildert,« setzte der Baron hinzu, »daß ich ihn in seiner verräucherten Stube vor mir sitzen sehe. Übrigens sind Hoheit, wie ich hoffe, mit den Mitteilungen meines Agenten zufrieden. Hat das Haus in der Rue du Temple Ihren Wünschen entsprochen?«

»Ja,« sagte Rudolf, »ich fand dort sogar mehr, als ich erwartete.«

Seine Züge verdüsterten sich. Er versank in traurige Gedanken und schwieg, bis der Wagen in den Hof des Gesandtschaftspalastes einfuhr.

Alle Fenster glänzten hell in die dunkle Nacht; eine doppelte Reihe von Lakaien in Staatslivree stand, vom Ehrenhof bis zu den Vorzimmern, in denen sich die Kammerdiener befanden, bereit. Es war ein imposanter und königlicher Luxus.

Graf und Gräfin X. waren bis zur Ankunft Rudolfs im ersten Empfangssaal geblieben. Bald trat er mit Murph und dem Baron von Graun ein.

Rudolf trug den Kopf hoch und frei. Sein von Natur gelocktes, braunes Haar fiel um die breite, offene Stirn. Sein blauer, hoch geknöpfter Frack, an dessen linker Seite ein Diamantstern glänzte, hob seine zierliche und doch kräftige Gestalt; in seiner Haltung lag Männlichkeit und Entschlossenheit. Rudolf kam wenig in Gesellschaften. Deshalb richteten sich alle Blicke auf ihn, als er in dem Salon erschien.

Ein Attaché, der den Auftrag erhalten hatte, auf die Ankunft Rudolfs zu achten, meldete sie sogleich der Gräfin X., die Rudolf entgegenging und ihn mit den Worten begrüßte:

»Ich weiß nicht, wie ich meinen Dank für die Ehre aussprechen soll, die Sie uns heute erzeigen.«

»Sie wissen, Frau Gräfin, daß ich mich immer bestrebe, Ihnen meine Huldigung darzubringen.«

»Ew. Hoheit sind zu gütig.«

»Frau Gräfin, erlauben Sie mir, Ihnen meinen Arm zu bieten. Man hat mir von einem Wintergarten erzählt, der wirklich feenhaft sein soll. Würden Sie wohl die Güte haben, mich zu diesem Wunder aus Tausendundeiner Nacht zu begleiten?«

»Mit dem größten Vergnügen!«

Rudolf bot der Gräfin den Arm und ging mit ihr in andere Säle, während der Graf sich mit dem Baron von Graun und Murph unterhielt, die er seit langem kannte.

XXXV

Es konnte wirklich nichts Feenhafteres geben als den Garten, dessen Schönheit Rudolf gerühmt worden war.

Am Ende einer prachtvollen Galerie lag ein vierzig Meter langer und dreißig Meter breiter Raum; ein leichtes, kuppelartig geformtes Glasdach bedeckte, in einer Höhe von etwa fünfzig Fuß, dieses Parallelogramm; die Seiten, die mit einer zahllosen Menge von Spiegeln bedeckt waren, auf denen sich die kleinen grünen Rauten eines Rohrgeflechtes kreuzten, glichen einer durchbrochenen Laube. Hohe Orangenbäume und Kamelien, die einen mit Früchten bedeckt, die wie goldene Äpfel unter den grünen Blättern glänzten, die anderen mit purpurnen, weißen und rosenroten Blüten geschmückt, zogen sich an den Wänden hin.

Gruppen von Bäumen und Sträuchern aus tropischen Ländern waren von mosaikartig belegten Alleen umgeben, in denen zwei bis drei Personen bequem nebeneinander gehen konnten.

Die Wirkung, die diese üppige, exotische Vegetation, im vollen Winter und mitten in einem Balle, hervorrief, läßt sich nicht beschreiben.

Hier reichten ungeheure Pisangbäume bis fast an das Glas der Kuppelwölbung und mischten ihre breiten, glänzend grünen

Wedel unter die schmalen Blätter der Magnolien, von denen einige mit Blüten bedeckt waren; aus ihren silberglänzenden, glockenförmigen Kelchen ragten goldene Staubfäden; levantinische Dattel-, rote Fächerpalmen und indische Feigenbäume von dem glänzenden Grün, wie es alle Gewächse der Tropen besitzen und das den Glanz des Smaragdes zu teilen scheint, vervollständigten diesen Märchenwald.

Die Baumgruppen waren eingefaßt von Tulpen, Narzissen, persischen Hyazinthen, von Zyklamen und Iris, die einen natürlichen Teppich bildeten, auf dem alle Farben und Schattierungen auf das harmonischste verschmolzen.

Chinesische Laternen von durchscheinender Seide, blau, blaßrosa und goldfarben, die unter dem Grün versteckt waren, erhellten diesen Garten.

Das geheimnisvolle Licht, das die bläuliche Klarheit einer Sommernacht mit den goldenen Strahlen des Nordlichtes vereinte, war köstlich wie das Streicheln des Frühlingswindes.

Man gelangte in das Gewächshaus, zu dem drei Stufen hinabführten, auf einer langen Galerie, die von Gold und Spiegeln strahlte. Flammende Helle rahmte das Halbdunkel ein, in dem sich unklar die Umrisse der Bäume zeigten. Der Eingang war mit Vorhängen von karmesinrotem Samt umrahmt und glich einem riesenhaften Fenster, durch das man in einer herrlichen Nacht auf eine zauberhafte Landschaft Asiens hinausblickte ...

Die Töne eines Orchesters verklangen, gedämpft durch das Stimmengewirr, melodisch unter den sanft bewegten Blättern der geheimnisvollen Bäume.

Unwillkürlich sprach man leise in diesem Garten; man hörte kaum das Geräusch der Schritte und das Rauschen der Atlasgewänder; die leichte, von tausend Wohlgerüchen durchduftete Luft und die ferne Musik versetzten die Sinne in einen köstlichen Rausch.

Rudolf konnte einen Ausruf der Überraschung nicht unterdrücken.

»Wahrhaftig, Frau Gräfin,« sagte er, »ich hätte ein solches Wunder nicht erwartet. Statt zu schreiben, wie ein Dichter oder zu malen, wie ein Maler, schaffen Sie, was jene kaum zu träumen wagten.«

»Ew. Hoheit sind zu gütig.«

»Ich behaupte, daß der, der dieses zauberische Bild, als Dichter oder als Maler, wiederzugeben vermöchte, etwas Bewunderungswürdiges schaffen würde!«

In diesem Augenblick stiegen die Gräfin Sarah Mac Gregor und die Marquise von Harville die wenigen Stufen herab, die von der Galerie in den Wintergarten führten.

XXXVI

Die Schönheit der Marquise von Harville war von besonderer Art. Ihr blendend weißer Teint war von frischestem Rot überhaucht; lange Locken hellbraunen Haares fielen bis auf die Schultern, die glänzten wie weißer Marmor. Ihr frischer Mund stand zu dem melancholischen Blick ihrer herrlich grauen Augen in wirkungsvollstem Gegensatz. Sie trug ein weißes Kreppkleid, das mit rosa Kamelien garniert war, unter denen versteckte Diamanten gleich funkelnden Tautropfen blitzten; eine ähnliche Girlande lief anmutig über ihre weiße reine Stirne.

Gräfin Sarah war ungefähr fünfunddreißig Jahre alt, schien aber kaum dreißig zu zählen. Bis auf eine gewisse Fülle, die ihr eine üppige Grazie gab, strahlte Sarah noch in ganz jugendlichem Glanz; ihre glühenden, schwarzen Augen und ihre feuchten, roten Lippen verrieten Entschlossenheit und Sinnlichkeit. Das bläuliche Adergeflecht an Schläfen und Hals schimmerte durch eine milchweiße, feine Haut.

Die Marquise und Sarah hatten Rudolf sofort bemerkt, als sie den Wintergarten betraten. Der Fürst dagegen schien sie nicht zu sehen; er befand sich eben an der Ecke einer Allee, als die beiden näherkamen.

»Der Fürst beschäftigt sich so sehr mit der Gräfin,« sagte die Marquise zu Sarah, »daß er auf uns nicht achtet.«

»Glauben Sie das nicht, liebe Clémence,« antwortete Sarah, die vertraute Freundin der Frau von Harville, »der Fürst hat uns sehr wohl gesehen; aber er fürchtet sich vor mir; er schmollt noch immer.«

»Ich begreife weniger als je seinen Eigensinn. Ich habe ihm oft sein sonderbares Benehmen vorgehalten. ›Die Gräfin Sarah und ich sind Todfeinde,‹ antwortete er mir scherzend, ›ich habe mir gelobt, nie mit ihr zu sprechen, und dieses Gelübde‹, setzte er hinzu, ›muß gewiß sehr heilig sein, da es mich der Unterhaltung mit einer so liebenswürdigen Person beraubt.‹ So seltsam mir diese Antwort auch erschien, liebe Sarah, so mußte ich mich doch damit begnügen.«

»Ich versichere Sie, daß die Ursache dieser halb spaßhaften, halb ernsten Todfeindschaft höchst unschuldig ist; wenn nicht eine dritte Person dabei beteiligt wäre, würde ich Ihnen das große Geheimnis schon längst verraten haben.«

Beide nahmen Platz auf einem Diwan.

»Ich glaube, ich habe mehr Vertrauen zu Ihnen, als Sie zu mir,« sagte Sarah im Tone freundschaftlichen Vorwurfs.

»O nein,« entgegnete die Marquise traurig; »habe ich Ihnen nicht gesagt, was ich mir selbst nie gestanden haben würde?«

»Nun gut! Wir wollen einmal von ›ihm‹ sprechen. Haben Sie geschworen, ihn in den Tod zu treiben?«

»Was sagen Sie?« entgegnete Frau von Harville erschrocken.

»Sie kennen ihn noch nicht, armes Kind. Er ist ein Mann von kalter Energie, der das Leben nicht achtet und den Tod nicht fürchtet ... Man sollte meinen, es mache Ihnen Vergnügen, ihn zu quälen.«

»Glauben Sie das? Ach Gott!«

»Wenn Sie wüßten, einen wie schmerzlichen Eindruck Ihr Verhalten auf ihn macht! Ich habe eben erst Tränen in seinen Augen gesehen.«

»Tränen?«

»Jawohl, ohne Furcht vor der Gefahr, sich lächerlich zu machen! Man muß sehr lieben, um so leiden zu können!«

»Barmherzigkeit, sprechen Sie nicht weiter,« fiel Frau von Harville mit bewegter Stimme ein; »Sie tun mir weh. Das Mitleid, das er mir einflößt, ist ja gerade schuld an meinem Unglück ...«

Sarah schien den Sinn dieser Worte nicht zu verstehen und fuhr fort:

»Nennen Sie es Unglück, in galanten Beziehungen zu einem Manne zu stehen, der die Diskretion so weit treibt, daß er sich nicht einmal Ihrem Gemahl vorstellen läßt, um Sie nicht zu kompromittieren? Ist Herr Karl Robert nicht ein Mann von Ehre, Mut und Zartgefühl? Ich verteidige ihn so warm, weil Sie ihn bei mir kennengelernt haben, und weil er für Sie Achtung und Liebe zugleich fühlt.«

»Ich habe an seinen Eigenschaften nie gezweifelt. Aber wie Sie wissen, hat besonders sein Unglück ihn mir interessant gemacht.«

»Und wie sehr verdient er dieses Interesse! Wenn der Adel nach dem Verdienst bemessen würde, müßte er Herzog und Pair sein!«

»Lassen Sie uns, bitte, von etwas anderem sprechen,« entgegnete Frau von Harville nach einer Pause.

»Warum?«

»Ja, reden wir lieber von Ihrem Todfeinde,« sagte sie, mit erzwungener Heiterkeit, »von dem Fürsten, den ich seit so langer Zeit nicht gesehen habe. So sehr ich auch republikanisch gesinnt bin, so gestehe ich doch, daß ich wenige Männer kenne, die mir so gut gefallen wie er.«

Sarah warf einen forschenden und argwöhnischen Blick auf Frau von Harville und sagte:

»Gestehen Sie, liebe Clémence, daß Sie sehr wankelmütig sind!«

»Ihnen habe ich es zu danken,« entgegnete Frau von Harville lächelnd, »daß meine Bewunderung nicht von langer Dauer war; Sie haben mir solche Dinge von dem Fürsten erzählt, daß Abneigung an die Stelle der Sympathie trat.«

»Apropos! Ist Ihr Mann heute abend hier?« fragte Sarah.

»Nein, er wollte nicht mitgehen,« antwortete Frau von Harville verlegen.

»Er zeigt sich, wie mir scheint, immer seltener in Gesellschaft.«

»Ja, zuweilen zieht er vor, zu Hause zu bleiben.«

Sarah bemerkte die Verlegenheit der Marquise und fuhr fort:

»Als ich ihn das letztemal sah, kam er mir blasser vor als sonst.«

»Ja, er ist nicht ganz wohl.«

»Soll ich offen sein, liebe Clémence?«

»Ich bitte Sie darum.«

»Sie sind häufig in seltsamer Unruhe, wenn die Rede auf Ihren Gatten kommt.«

»Was glauben Sie?«

»Wenn Sie von ihm sprechen, drückt sich zuweilen – gewiß ganz gegen Ihren Willen – in Ihren Zügen eine gewisse, sagen wir, Abneigung aus ...«

Da die Gräfin ihre Forschungen nicht weiter treiben und nicht das Mißtrauen ihrer Freundin wecken wollte, setzte sie schnell hinzu:

»Ja, eine gewisse schüchterne Abneigung, ein Widerwille, wie ihn wohl ein eifersüchtiger, mürrischer Mann hervorruft.«

»Nein, Harville ist weder eifersüchtig noch mürrisch.« Dann sagte sie plötzlich, ohne Zweifel um ein Gespräch abzubrechen, das ihr lästig war:

»Mein Gott, da kommt der unerträgliche Herzog von Lucenay! Wenn er uns nur nicht bemerkt! Ich glaubte, er sei tausend Meilen weit von hier.«

»Man sagte doch, er sei auf ein oder zwei Jahre nach dem Orient gereist. Das nenne ich eine unerwartete Wiederkehr, doppelt peinlich für die Herzogin von Lucenay, obgleich der Herzog ihr nie in den Weg tritt,« sagte Sarah mit boshaftem Lächeln. »Auch Herr von St. Remy wird sich ärgern. Übrigens hat der Herzog uns eben bemerkt. Wir müssen uns in unser Schicksal ergeben. Ich kenne nichts Unausstehlicheres als diesen Mann.«

»He! he! Was seh' ich? Die schönste Frau des Festes zieht sich zurück? Ist das erlaubt?« schrie der Herzog durch den Saal. »Muß ich von den Antipoden zurückkehren, um einem solchen Skandal ein Ende zu machen? Wenn Sie sich der Bewunderung noch länger entziehen, Marquise, schrei' ich wie ein Besessener, der schönste Schmuck sei verlorengegangen.«

Dann warf er sich, neben der Marquise, auf den Diwan, lehnte sich zurück, legte das linke Bein über den rechten Schenkel und nahm den Fuß in die Hand.

»Sie sind also aus Konstantinopel schon wieder zurück?« fragte Frau von Harville, indem sie vor ihm zurückwich.

»Schon? Sie sagen gewiß, was meine Frau gedacht hat. Da überrasche man seine Freunde, wenn man so empfangen wird!«

»Um des Himmels willen, Herzog, schreien Sie nicht so, greifen Sie das Bukett nicht an, lassen Sie auch den Fächer unberührt, Sie werden ihn zerbrechen!«

»Ich habe schon mehr als einen zerbrochen, darunter einen prachtvollen chinesischen, den Frau von Vaudemont meiner Frau gegeben hatte.«

Während der Herzog von Lucenay diese beruhigenden Erklärungen abgab, griff er nach einem Geflecht von Kletterpflanzen, die er an sich zerrte und von dem Baume losriß, der sie stützte. Sie fielen herunter, und der Herzog wurde von ihnen gleichsam gekrönt.

Darüber lachte er so laut und betäubend, daß Frau von Harville sich von ihm entfernt haben würde, wenn sie nicht eben Herrn Karl Robert (den Kommandanten der Frau Pipelet) von der anderen Seite des Ganges hätte kommen sehen.

»Sagen Sie, Madame Mac Gregor, sehe ich unter diesem Grün nicht aus wie Pan?« wandte er sich an Sarah. »Dabei fällt mir eine närrische Geschichte ein, die ich Ihnen erzählen muß. Denken Sie sich, daß auf Otahaiti ...«

»Herr Herzog!« unterbrach ihn Sarah mit schneidender Kälte.

»Schon gut, schon gut! Ich erzähle Ihnen meine Geschichte nicht, sondern behalte sie für Frau von Fonbonne, die eben kommt.«

Es war dies eine kleine, dicke, sehr prätentiöse Frau von etwa fünfzig Jahren, deren Kinn den Busen berührte und die fortwährend die Augen so verdrehte, daß man nur das Weiße sah. Sie sprach immer von ihrer Seele, von der Sehnsucht ihrer Seele, von den Bedürfnissen ihrer Seele und von dem Streben ihrer Seele. Sie trug einen abscheulichen Turban von kupferfarbigem Zeug mit grünen Mustern.

»Ich behalte sie für Frau von Fonbonne,« wiederholte der Herzog.

»Was behalten Sie für mich, Herzog?« fragte Frau von Fonbonne, girrend und mit verdrehten Augen.

»Eine gräßlich unanständige Geschichte,« antwortete der Herzog.

»Mein Gott, und Sie wagen ...?«

»Ja, Frau von Fonbonne. Mancher Mann würde dabei rot werden, aber ich kenne Ihren Geschmack. Also hören Sie mich an.«

»Herr Herzog!!«

»Nein, Sie sollen meine Geschichte auch nicht hören, denn während Sie sich sonst immer so geschmackvoll kleiden, tragen Sie heute einen Turban, der, auf Ehre, aussieht wie ein alter Kupferkessel mit Grünspanflecken.«

Darauf belachte er laut seinen Witz.

»Wenn Sie aus dem Orient zurückgekommen sind, um Ihre albernen Späße fortzusetzen, die man Ihnen nur verzeiht, weil Sie halb verrückt sind,« sagte die dicke Frau gereizt, »so wird man Ihre Rückkunft sehr beklagen!«

Und sie schritt majestätisch weiter.

»Ich muß wahrhaftig an mich halten, um der Kuh nicht den Turban herunterzureißen,« sagte der Herzog, »aber sie ist eine Waise.« Und er lachte von neuem. »Sieh da, Herr Karl Robert!« fuhr er fort. »Ich habe ihn in den Pyrenäen getroffen, ein prächtiger Mensch, singt wie ein Schwan. Geben Sie acht, Marquise, wie ich ihn aufziehe! Soll ich ihn Ihnen vorstellen?«

»Seien Sie ruhig und lassen Sie uns in Ruhe,« sagte Sarah.

Während Herr Karl Robert langsam näherkam, indem er sich stellte, als bewundere er die Blumen des Treibhauses, hatte der Herzog von Lucenay so geschickt manövriert, daß er sich wirklich Sarahs Flakon bemächtigte, von dem er den Stöpsel herauszuziehen versuchte.

Herr Karl Robert kam immer näher; seine Gestalt war vollkommen proportioniert, seine Kleidung sehr elegant; dennoch fehlte es ihm an Grazie, an Feinheit; seine Haltung war steif und gezwungen, seine Hände und Füße waren groß und ordinär. Als er Frau von Harville erblickte, verschwand die Nichtigkeit seiner

Züge plötzlich unter einem Ausdruck tiefer Melancholie, der indes so rasch eintrat, daß man ihn für erheuchelt halten mußte. Nichtsdestoweniger sah Herr Robert so entsetzlich unglücklich aus, als er an Frau von Harville herantrat, daß diese unwillkürlich an die Worte Sarahs denken mußte.

»Ah, guten Tag, mein Lieber,« rief ihm Lucenay zu, indem er ihn aufhielt; »ich habe nicht wieder das Vergnügen gehabt, Sie zu sehen seit unserem letzten Beisammensein im Bade. Aber was fehlt Ihnen? Sie sehen so krank aus.«

Herr Karl Robert warf einen langen, melancholischen Blick auf Frau von Harville und antwortete dem Herzog mit kläglicher Stimme:

»Ich befinde mich allerdings nicht wohl.«

»Mein Gott, können Sie denn Ihre Verschleimung nicht loswerden?« fragte der Herzog.

Diese Frage war so abgeschmackt, daß Herr Karl Robert einen Augenblick ganz verblüfft dastand; dann färbte sich sein Gesicht mit Zornesröte, und er sagte:

»Da Sie an meiner Gesundheit so großen Anteil nehmen, so werden Sie sich hoffentlich morgen früh nach meinem Befinden erkundigen!«

»Ach so, mein Lieber? Gewiß, ich werde schicken,« antwortete der Herzog kühl.

Herr Karl Robert verbeugte sich leicht und ging weiter.

»Das merkwürdigste ist, daß er ebensowenig verschleimt ist wie der Sultan,« sagte der Herzog, indem er sich von neuem neben Sarah zurücklehnte. »Sagen Sie selbst, Madame Mac Gregor, sieht der Herr aus, als wäre er verschleimt?«

Sarah drehte ihm den Rücken zu, ohne ihn einer Antwort zu würdigen.

Frau von Harville dagegen hatte sehr gelitten bei dem Gedanken an die schreckliche Lage eines Mannes, der vor einer Dame, die er liebt, auf so lächerliche Weise angeredet wird; sie fühlte überdies eine peinvolle Unruhe, als sie bedachte, daß ein Duell die Folge sein könne. Sie stand endlich rasch auf, nahm den Arm Sarahs, holte Herrn Karl Robert ein und sagte im Vorübergehen leise zu ihm:

»Morgen um ein Uhr!«

Dann kehrte sie mit der Gräfin in den Ballsaal zurück und fuhr bald wieder nach Hause.

XXXVII

Rudolf hatte, als er sich zu diesem Balle begab, um eine Pflicht der Konvenienz zu erfüllen, auch die Absicht, sich davon zu überzeugen, ob seine Befürchtungen in bezug auf Frau von Harville begründet wären.

Nachdem er den Wintergarten mit der Gräfin verlassen hatte, war er vergebens durch mehrere Säle gegangen, um die Marquise allein zu treffen. Er kehrte eben in das Treibhaus zurück und blieb einen Augenblick auf der ersten Stufe stehen, als er Zeuge der flüchtigen Szene zwischen Frau von Harville und Herrn Karl Robert wurde. Er bemerkte einen Austausch sehr bedeutungsvoller Blicke, und eine Ahnung sagte ihm, daß der schöne junge Mann der Kommandant sei. Dann begab er sich wieder in die Galerie.

Eben begann ein Walzer. Nach einigen Minuten sah er Herrn Karl Robert in einer Türe stehen.

Rudolf suchte Murph auf.

»Siehst du dort den jungen blonden Mann?«

»Den jungen Herrn, der so selbstzufrieden aussieht?«

»Suche ihm so nahe zu kommen, daß du, ohne von ihm gesehen zu werden, doch so, daß er es hört, die Worte sagen kannst: ›Mein Engel, du kommst spät‹.«

Der Squire sah Rudolf verwundert an.

»Ist das Ihr Ernst, Durchlaucht?«

»Durchaus. Dreht er sich bei diesen Worten um, so bewahre deine Kaltblütigkeit, damit der Herr nicht merkt, wer die Worte gesprochen hat.«

Murph war vor dem Ende des Walzers unmittelbar hinter Herrn Karl Robert gekommen. Rudolf, der sich einen Standpunkt gewählt hatte, von dem er die Wirkung des Experimentes genau beobachten konnte, folgte Murph aufmerksam mit den Augen. Nach einer Sekunde drehte sich Herr Karl Robert plötzlich, höchst erstaunt, um.

Der Squire zuckte nicht mit den Wimpern, und der Kommandant hielt den großen, kahlköpfigen Mann mit dem ernsten Gesicht am allerwenigsten für den Sprecher jener Worte, die ihn an die unangenehme Szene mit Frau Pipelet erinnerten.

Nach dem Walzer kam Murph zu Rudolf zurück.

»Der junge Mann drehte sich um, als hätte ich ihn gebissen. Sind das Zauberworte?«

»Allerdings, lieber Murph. Sie haben mir verraten, was ich wissen wollte.«

Rudolf konnte Frau von Harville wegen dieser Verirrung nur beklagen. Er zweifelte nicht mehr an der Ursache des Kummers Harvilles, den er aufrichtig liebte; offenbar war dieser Kummer eine Folge der Eifersucht. Seine Frau opferte sich einem Manne, der es nicht verdiente.

Aus diesen Gedanken riß ihn der Baron von Graun.

»Wenn Ew. Hoheit mir einen Augenblick Gehör schenken wollen, so werde ich Ihnen Rechenschaft über die Erkundigungen ablegen, die ich einziehen sollte.«

Rudolf folgte dem Baron.

»Die einzige Herzogin, deren Namen die Anfangsbuchstaben N. und L. tragen, ist die Herzogin von Lucenay, geborene von Noirmont,« sagte der Baron. »Sie ist heute abend nicht hier. Eben habe ich aber ihren Gatten gesehen, der vor fünf Monaten eine Reise nach dem Orient unternahm, die über ein Jahr dauern sollte. Vor zwei oder drei Tagen ist er, unerwartet, zurückgekehrt.«

Rudolf hatte keinen Grund, sich für die Herzogin von Lucenay zu interessieren; er schauderte aber bei dem Gedanken, daß ihr Name, wenn sie wirklich dem Scharlatan einen Besuch gemacht hatte, diesem Elenden, der kein anderer als der Abbé Polidori war, bekannt war, und daß der Schurke von dem schrecklichen Geheimnisse, das die Herzogin ganz in seine Hände gab, einen furchtbaren Gebrauch machen konnte.

»Der Zufall ist bisweilen sonderbar,« fuhr der Baron fort.

»Wieso?«

»In dem Augenblick, in dem mir Herr von Grangeneuve diese Mitteilung über den Herzog von Lucenay und seine Gemahlin machte und hinzufügte, die unerwartete Rückkunft des Herzogs würde ihr und einem jungen Manne, dem Vicomte von Saint Remy, sehr ungelegen sein, fragte mich der Gesandte, ob ich wohl glaube, daß Ew. Hoheit sich den anwesenden Vicomte vorstellen lassen würden. Er ist der Gesandtschaft in Gerolstein beigegeben und würde sich glücklich schätzen, Ew. Hoheit seine Aufwartung machen zu dürfen.«

Rudolf konnte eine Bewegung der Ungeduld nicht unterdrücken; er sagte:

»Das ist mir sehr unangenehm, ich kann mich aber nicht weigern. Sagen Sie also dem Grafen, er möge mir Herrn von Saint Remy vorstellen.«

Der Vicomte kam mit dem Grafen herbei. Er war ein schöner junger Mann von fünfundzwanzig Jahren, schlank gewachsen und hatte, wenigstens auf den ersten Eindruck, ein äußerst sympathisches Gesicht. Sein bläulich schimmerndes, auf der Stirn glatt liegendes Haar lockte sich anmutig um das Gesicht. Der dichte, seidenweiche Schnurrbart stach wirkungsvoll von der bartlosen Jugendlichkeit des Kinnes und der Wangen ab, die so glatt waren wie die eines Mädchens. Er trug eine niedrige, schwarze Atlaskrawatte, die seinen schönen Hals sehen ließ.

Eine einzige Perle hielt die langen Falten seiner Krawatte zusammen, aber diese Perle war von unschätzbarem Werte wegen ihrer Größe, der Reinheit ihrer Form und ihres auffallenden Glanzes. Die geschmackvolle Kleidung, die Herr von Saint Remy gewählt hatte, paßte vollkommen zu diesem prachtvollen Juwel.

Durch seine Geburt gehörte Herr von Saint Remy der großen Welt an; er war heiter, mutvoll, geistreich, ein guter Gesellschafter; er gab vorzügliche Diners und hielt dann alle Einsätze, die man ihm vorschlug; was brauchte er also weiter?

Die Damen vergötterten ihn; seine Erfolge waren kaum zu zählen; er war galant und bis zur Verschwendung freigebig bei allen Gelegenheiten, in denen es ein Mann Damen von Rang gegenüber sein kann; kurz, seine Beliebtheit war so groß, daß das Dunkel, mit dem er die Quelle umgab, aus der er mit vollen Händen schöpfte, seinem Leben selbst einen geheimnisvollen Reiz gab. Man sagte lachend:

»Saint Remy muß den Stein der Weisen gefunden haben.«

Andere Personen meinten, als sie erfuhren, St. Remy habe sich der französischen Gesandtschaft beim Großherzog von Gerolstein beigeben lassen, er wolle sich auf eine ehrenvolle Weise zurückziehen.

Der Graf von X. sagte zu Rudolf, als er ihm den Vicomte vorstellte:

»Ich habe die Ehre, Ew. Hoheit den Vicomte von Saint Remy, Attaché der Gesandtschaft in Gerolstein, vorzustellen.«

Der Vicomte verbeugte sich tief und sagte zu Rudolf:

»Werden Ew. Hoheit meine Ungeduld entschuldigen, die mich treibt, Ihnen meine Ehrfurcht zu bezeigen? Vielleicht eile ich zu sehr, mich einer Ehre zu erfreuen, auf die ich so großen Wert lege.«

»Ich werde Sie mit Vergnügen in Gerolstein wiedersehen. Gedenken Sie, bald dahin abzureisen?«

»Der Aufenthalt Ew. Hoheit in Paris ist die Ursache, daß ich meine Abreise nicht beschleunige.«

»Der friedliche Kontrast unserer deutschen Höfe wird Ihnen sehr auffallen, Herr Vicomte, da Sie an das Leben in Paris gewöhnt sind.«

»Ich wage zu versichern, daß das Wohlwollen, das Sie mir zu gewähren geruhen, und das Sie mir vielleicht auch in Zukunft schenken, meine Sehnsucht nach Paris verringern wird.«

»Es wird nicht von mir abhängen, Herr Vicomte, ob Sie während meines Aufenthaltes in Gerolstein immer so denken.«

Und Rudolf nickte leicht mit dem Kopfe, um Herrn von Saint Remy anzuzeigen, daß er sich wieder entfernen könne.

Der Vicomte verbeugte sich tief und ging.

Rudolf faßte schnell eine Zu- oder Abneigung, die sich später fast immer rechtfertigte. Nach den wenigen Worten, die er mit Herrn von Saint Remy gewechselt hatte, fühlte er gegen ihn eine heftige Antipathie, ohne sich des Grundes hierfür bewußt zu sein.

Nach der Vorstellung ging Rudolf, in Gedanken über das seltsame Zusammentreffen, das der Zufall herbeigeführt hatte, in den Wintergarten zurück. Da das Souper beginnen sollte, waren die Säle fast leer. Das geheimste, versteckteste Plätzchen im Treibhause befand sich am Ende eines Dickichts, an der Ecke zweier Wände, die ein von Kletterpflanzen umschlungener ungeheurer Pisangbaum fast ganz verdeckte. Eine kleine, durch das Gitterwerk maskierte Türe, die über einen langen Korridor in den Büfettsaal führte, war halb offen geblieben.

Hier setzte sich Rudolf nieder und saß in Gedanken versunken, als er von einer wohlbekannten Stimme seinen Namen aussprechen hörte.

Sarah, die auf der anderen Seite des Dickichts saß, sprach englisch mit ihrem Bruder Tom.

Tom war schwarz gekleidet. Obgleich er nur wenige Jahre älter war als Sarah, so war doch sein Haar fast ganz weiß; sein Blick war finster, und seine Stimme klang hohl. Es mußte ein großer Schmerz oder ein tiefer Haß in ihm wühlen.

Rudolf hörte folgendes Gespräch:

»Die Marquise ist einen Augenblick auf den Ball des Barons von Nerval gegangen; zum Glück hat sie sich entfernt, ohne mit Rudolf sprechen zu können, der sie suchte. Ich fürchte immer den Einfluß, den er auf sie ausübt, und den zu bekämpfen mir so schwer wird. Endlich wird diese Nebenbuhlerin, die ich immer verabscheut habe, in ihr Verderben gehen. Höre mich an, Tom, die Sache ist wichtig!«

»Du irrst dich! Rudolf hat nie an die Marquise gedacht.«

»Es ist Zeit, dir endlich einige Aufklärungen zu geben. Es ist während deiner letzten Reise viel geschehen, und da schneller gehandelt werden muß, als ich glaubte, so ist diese Besprechung durchaus notwendig. Zum Glück sind wir allein.«

»Ich bin ganz Ohr.«

»Die Marquise hatte, davon bin ich überzeugt, nicht geliebt, ehe sie Rudolf sah. Ich weiß nicht, weshalb sie einen unüberwindlichen Widerwillen gegen ihren Mann hat, der sie anbetet. Es ruht ein Geheimnis dahinter, in das ich vergebens einzudringen suchte. Die Anwesenheit Rudolfs hatte in ihrem Herzen tausend neue Gefühle erregt. Ich erstickte diese aufkeimende Liebe durch Erzählungen, die ihn verdächtigten. Aber das Bedürfnis nach Liebe war in der Marquise erwacht, und als sie bei mir jenen Karl Robert sah, fiel ihr seine Schönheit auf. Der Mensch ist leider albern, aber er hat etwas Rührendes in seinem Blicke; ich rühmte den Adel seiner Seele, die Hoheit seines Charakters. Ich kannte die angeborene Gutmütigkeit der Marquise und dichtete Herrn Robert ein interessantes Unglück an. Durch sein Gesangstalent, durch sein Gesicht, besonders aber durch seine scheinbare Traurigkeit hat er es dahin gebracht, daß Frau von Harville ihn fast liebt. Begreifst du nun?«

»Ja, vollkommen.«

»Robert und die Marquise sahen sich ungestört nur bei mir; zweimal in der Woche machten wir vormittags Musik. Der schöne Traurige seufzte, sprach leise einige zärtliche Worte und steckte ihr ein paarmal Liebesbriefchen zu. Die kleine Marquise besaß mehr Grundsätze als Liebe, oder vielmehr nicht Liebe genug, um die Grundsätze zu vergessen. Endlich entschloß sich Clémence, als sie dem verzweifelten Aussehen ihres unglücklichen Anbeters nicht mehr widerstehen konnte, ihm das so heiß begehrte Rendezvous zu bewilligen.«

»Sie hatte dich also zu ihrer Vertrauten gemacht?«

»Sie hatte mir ihre Neigung für Karl Robert gestanden, weiter nichts. Er aber teilte mir aus Begeisterung sein Glück mit, ohne mir jedoch den Tag oder den Ort der Zusammenkunft zu nennen.«

»Und wie hast du es erfahren?«

»Karl stellte sich den ersten und zweiten Tag darauf an der Türe Roberts in einen Hinterhalt und folgte ihm. Am zweiten Tage nahm unser Verliebter einen Wagen und fuhr in die Rue du Temple. Er stieg in einem Hause von schlechtem Aussehen ab, blieb anderthalb Stunden und ging wieder fort. Karl wartete lange, um zu sehen, ob noch jemand herauskäme. Das geschah nicht; die Marquise hatte ihr Versprechen nicht gehalten. Ich erfuhr es durch den Verliebten, der niedergeschlagen und aufgebracht war. Ich riet ihm, sich noch verzweifelter zu stellen. Das Mitleid der Marquise wurde noch einmal wach; sie versprach ihm von neuem ein Rendezvous, kam aber wieder nicht. Das drittemal kam sie wirklich bis an die Türe; das war ein Fortschritt. Du siehst, wie die Frau kämpft. Und warum? Weil sie – und das erregt meinen Haß – noch immer an Rudolf denkt. Heute abend hat die Marquise Robert endlich ein Rendezvous für morgen zugesagt, und diesmal wird sie Wort halten. Der Herzog von Lucenay hat den jungen Mann so lächerlich gemacht, daß die Marquise, von der Demütigung ihres Geliebten tief ergriffen, ihm aus Mitleid bewilligt hat, was sie ihm sonst vielleicht nicht bewilligt haben würde. Diesmal wird sie also ihr Versprechen halten.«

»Welche Pläne hast du nun?«

»Die Marquise folgt bestimmt nicht der Stimme der Liebe; Karl Robert ist so wenig imstande, das Zartgefühl zu begreifen, das den Entschluß der Marquise bestimmte, daß er morgen sicherlich in der Achtung der Marquise, die sich zu diesem Schritt ohne Leidenschaft entschlossen hat, abgrundtief sinken wird. Mit einem Worte: ich zweifle nicht, daß sie geht, um ihre Teilnahme zu bekunden, aber ebensowenig zweifle ich, daß sie sich nicht einen Augenblick vergessen wird. Herr Karl Robert wird dies nicht begreifen; die Marquise wird ihn verabscheuen und, nach Zerstörung ihrer Illusion, wieder unter den Einfluß Rudolfs geraten, dessen Bild noch immer in ihrem Herzen ruht.«

»Nun?«

»Sie muß für Rudolf auf immer verloren sein. Er würde sicher, früher oder später, die Freundschaft Harvilles verraten und die Liebe der Marquise erwidert haben. Sobald er sie aber eines Vergehens mit einem anderen schuldig weiß, wird er sie verabscheuen.«

»Du willst also den Marquis benachrichtigen?«

»Ja, und noch heute abend. Nach dem, was mir Clémence gesagt hat, ahnt er etwas, ohne zu wissen, gegen wen sich sein Argwohn richten soll. Es ist Mitternacht; wir verlassen den Ball. Du gehst in das erste beste Kaffeehaus und schreibst an Herrn von Harville, daß sich seine Frau morgen um ein Uhr zu einem Rendezvous in die Rue du Temple Nr. 17 begeben werde. Er ist eifersüchtig und wird Clémence überraschen; das übrige kannst du dir denken.«

»Das wäre eine Infamie!« sagte Tom kalt.

»Du hast also Bedenken, Tom?«

»Ich werde tun, was du verlangst, aber ich wiederhole: es ist abscheulich.«

»Aber du willigst ein?«

»Meinetwegen – aber – es ist mir, als wäre jemand hier,« sagte Tom plötzlich, indem er sich unterbrach und leise sprach: »Es hat sich etwas bewegt.«

»So sie nach!« antwortete Sarah besorgt.

Tom stand auf, ging um das Dickicht herum und erblickte niemanden.

Rudolf war verschwunden.

»Ich hatte mich geirrt,« sagte Tom, als er zurückkam; »es ist niemand da.«

Dann sprach er weiter:

»Höre mich an, Sarah! Ich glaube nicht, daß die Frau so gefährlich für deine Pläne ist, wie du glaubst. Rudolf hat Grundsätze, gegen die er niemals handeln wird. Das junge Mädchen, das er vor sechs Wochen auf die Meierei gebracht hat, scheint mir gefährlicher zu sein. Wir wissen nicht, wer das Mädchen ist. Die seltene Schönheit aber, die sie besitzen soll, die wachsende Teilnahme, die Rudolf an ihr nimmt: alles beweist, daß diese Neigung nicht ohne Bedeutung ist. Ich bin deshalb auch deinen Wünschen zuvorgekommen. Der Zufall führte mir die häßliche Alte wieder zu, die meine Adresse behalten hatte. Ihre Verbindungen werden uns von großem Nutzen sein. Alles ist vorgesehen – und es wird sich kein Beweis gegen uns erbringen lassen. Morgen wird die Sache erledigt sein; wenn nicht, so werden wir weiter sehen!«

»Sind diese Hindernisse erst beseitigt, dann wird unser großer Plan ...«

»Er hat Schwierigkeiten, kann aber gelingen.«

»Glaubst du nicht, daß der Erfolg begünstigt wird, wenn wir ihn in dem Augenblick ausführen, in dem Rudolf durch den Skandal der Marquise und das Verschwinden jenes Mädchens doppelt niedergebeugt ist?«

»Wenn aber auch diese letzte Hoffnung versagt – dann bin ich frei,« sagte Tom, mit einem traurigen Blick auf Sarah.

»Dann bist du frei.«

»Du wirst die Bitten nicht wiederholen, die, schon zweimal, meine Rache verhindert haben!« Dann setzte er, bitter lächelnd, hinzu: »Ich warte noch immer.–Du weißt, daß ich seit sechzehn Jahren Trauer trage, und daß ich sie nicht eher ablegen werde, als..«

Sarah, deren Züge Angst verrieten, unterbrach ihren Bruder und sagte:

»Ich sage dir, du bist dann frei, Tom, denn dann werde ich das Vertrauen, das mich aufrechterhalten hat, nicht mehr haben. Meine Mittel sind vielleicht schlecht, ich gebe es zu. Aber bin ich selbst geschont worden?« sprach Sarah, indem sie die Stimme erhob.

»Still! Man kommt,« sagte Tom. – »Da du es für vorteilhaft hältst, den Marquis von Harville auf das Rendezvous seiner Frau aufmerksam zu machen, so laß uns gehen; es ist schon spät.«

»Die späte Nachtstunde, in der er die Warnung erhält, wird ihm ein Beweis für ihre Wichtigkeit sein.«

Tom und Sarah verließen den Ball.

XXXVIII

Rudolf, der, um jeden Preis, Frau von Harville vor der Gefahr warnen wollte, die sie bedrohte, hatte das Gesandtschaftshotel verlassen, ohne das Ende des Gesprächs zwischen Tom und Sarah abzuwarten. Er kannte also den Anschlag nicht, der sich gegen Marienblume richten sollte.

Die Marquise sollte noch am gleichen Abend an einer Gesellschaft der Frau von Nerval teilnehmen. Die Gefühle ihres Herzens bestürmten sie aber so gewaltig, daß sie nicht den Mut hatte, zu diesem zweiten Balle zu gehen und nach Hause zurückkehrte.

Das konnte alles verderben.

Der Baron von Graun war, wie fast alle Gäste der Gräfin X., zu Frau von Nerval geladen, und Rudolf gab ihm den Auftrag, Frau von Harville aufzusuchen und ihr zu sagen, daß der Fürst einige höchst wichtige Worte mit ihr zu sprechen wünsche.

Die Marquise war nicht auf dem Ball erschienen.

Der Marquis aber hatte den verräterischen Brief noch in der gleichen Nacht erhalten.

Am anderen Morgen ging Herr von Harville langsam in seinem Schlafzimmer auf und ab.

Das Bett war noch unbenutzt, die seidene Decke hing zerissen herunter; ein Stuhl und ein Ebenholztischchen lagen umgestürzt am Kamin; auf dem Teppich sah man die Scherben eines geschliffenen Glases, halb zertretene Kerzen und einen Armleuchter der weit hingerollt war.

Diese Unordnung schien auf einen heftigen Kampf hinzudeuten.

Herr von Harville war ungefähr dreißig Jahre alt und hatte ein Gesicht von angenehmem Ausdruck, das jetzt aber bleich und verzerrt war; er trug noch den Anzug vom vorigen Abend. Sein Hals war entblößt, die Weste stand offen, gelocktes Haar hing wirr über seine bleiche Stirn.

Harville blieb plötzlich vor dem Kamin stehen in dem, trotz der heftigen Kälte, kein Feuer brannte. Er nahm den Brief zur Hand und las zum soundsovielten Male:

»Morgen um ein Uhr wird sich Ihre Frau zu einem Rendezvous in die Rue du Temple Nr. 17 begeben. Folgen Sie ihr, und Sie werden alles erfahren. – Glücklicher Gatte!«

In dem Augenblick wurde die Türe geöffnet, und ein Kammerdiener trat ein.

»Was willst du?« fuhr der Marquis den Diener an.

Dieser betrachtete, statt zu antworten, mit schmerzlichem Staunen die Unordnung in dem Zimmer. Dann sah er seinen Herrn an und rief:

»Blut an Ihrem Hemd? Sind Sie verwundet, Herr Marquis? Warum haben Sie nicht geklingelt?«

»Geh!«

»Herr Marquis, Ihr Feuer ist ausgegangen, es ist entsetzlich kalt hier ...«

»Laß mich allein.«

»Herr Marquis,« fuhr der Kammerdiener zitternd fort: »Sie haben Herrn Doublet hierher befohlen; es ist halb elf Uhr, und er wartet mit dem Notar.«

»Es ist gut,« entgegnete der Marquis. »Wenn man reich ist, muß man an die Geschäfte denken. Laß also Herrn Doublet in mein Arbeitszimmer treten.«

»Er ist schon dort, Herr Marquis.«

»Gib mir einen anderen Anzug! Ich muß ausgehen.«

»Aber, Herr Marquis ...«

»Tu, was ich dir sage, Joseph,« sagte der Marquis in milderem Ton. Dann setzte er hinzu: »Ist meine Frau schon auf?«

»Ich glaube nicht, daß die Frau Marquise schon geklingelt hat.«

»Man wird es mir melden, sobald sie klingelt.«

»Ja, Herr Marquis.«

»Sage Philipp, er möge mir helfen; du wirst nicht fertig.«

»Aber lassen Sie mich nur erst etwas aufräumen, Herr Marquis,« antwortete Joseph traurig. »Man würde nicht begreifen, was in der Nacht geschehen ist.«

»Und wenn man es begriffe, wäre es schlimm, nicht wahr?« entgegnete Harville im Tone schmerzlichen Spottes.

»Ach, Herr,« rief Joseph, »Gott sei Dank, daß niemand ahnt...«

Während Joseph damit beschäftigt war, Ordnung zu machen, trat der Marquis an den Gewehrschrank, betrachtete aufmerksam die Waffen und sagte zu Joseph:

»Du hast gewiß nicht vergessen, meine Gewehre im Jagdnecessaire putzen zu lassen.«

»Der Herr Marquis hat mir nichts davon gesagt.«

»Du hast es also vergessen.«

»Ich versichere, Herr Marquis ...«

»Sobald ich angekleidet bin, hole mir das Necessaire; ich gehe morgen vielleicht auf die Jagd und will die Gewehre prüfen.«

Nach Beendigung seiner Toilette trat der Marquis in das Arbeitszimmer, in dem Doublet, sein Intendant, und der Schreiber eines Notars warteten.

»Hier ist das Dokument, das dem Herrn Marquis vorgelegt werden soll,« sagte der Intendant; »es braucht nur noch unterzeichnet zu werden.«

»Haben Sie es gelesen, Doublet?«

»Ja, Herr Marquis.«

»Das genügt mir.«

Er unterzeichnete, und der Schreiber ging.

Sobald auch der Intendant sich empfohlen hatte, sank Harville, wie vernichtet, auf einen Stuhl und verbarg sein Gesicht in den Händen.

Zum ersten Male, seit er den unseligen Brief Sarahs erhalten hatte, konnte er weinen. Er erhob die geballten Fäuste, fuhr dann mit der Hand über seine Augen und kehrte, da er die Notwendigkeit fühlte, vor seinen Leuten ruhig zu erscheinen, in sein Schlafzimmer zurück, wo er Joseph wiederfand.

»Nun, die Gewehre?«

»Hier sind sie, Herr Marquis. Sie sind in vollkommen gutem Zustande.«

»Ich werde mich davon überzeugen ... Hat meine Frau geklingelt?«

»Ich weiß es nicht, Herr Marquis.«

»Geh und erkundige dich.«

Der Kammerdiener ging, und Harville entnahm dem Jagdnecessaire ein kleines Pulverhorn, einige Kugeln und Zündhütchen; dann schloß er es wieder zu, steckte den Schlüssel zu sich, nahm aus dem Gewehrschrank ein Paar Pistolen, lud sie und steckte sie in die Taschen seines langen Rockes.

In diesem Augenblick kam Joseph zurück.

»Hat die Marquise den Wagen bestellt?«

»Nein, Herr Marquis. Juliette sagte dem Kutscher, Madame würde zu Fuß ausgehen, da es kalt und trocken sei.«

»Gut. Bald hätte ich etwas vergessen ... Sag' William, er möge sogleich den grünen Jagdwagen untersuchen!«

Nach einigem Zögern setzte der Marquis hinzu:

»Geh und frag' Juliette, ob meine Frau zu sprechen ist.«

Der Marquis verließ sein Zimmer, begab sich aber nicht zu seiner Frau, sondern sagte dem Kammermädchen:

»Sagen Sie Frau von Harville, daß ich mit ihr zu sprechen wünschte, aber jetzt einen Augenblick ausgehen muß. Ich werde gegen Mittag zurückkommen. Komme ich aber nicht, so mag sie nicht auf mich warten.«

Harville ging nach der Droschkenhaltestelle in der Nähe seines Hauses.

»Kutscher, wie spät ist es?«

»Halb zwölf, Herr. Wohin fahren wir?«

»Rue de Belle Chasse, Ecke der Rue Saint Dominique. Dort wartest du.«

»Sehr wohl.«

Harville ließ die Fenster herunter; der Wagen fuhr ab und kam bald gegenüber dem Hause des Marquis an. Von hier aus war jeder zu sehen, der aus dem Hause trat.

Das Rendezvous war auf ein Uhr festgesetzt.

Es schlug zwölf, als die Türe sich öffnete, und die Marquise erschien.

Clémence trug einen schwarzen Hut mit schwarzem Schleier und einen braunseidenen Überrock; ihr großer, dunkelblauer Kaschmirschal reichte bis auf den Saum ihres Kleides, das sie leicht und graziös aufhob, um über die Straße zu gehen.

»Siehst du die Dame dort?« fragte der Marquis den Kutscher.

»Gewiß, Herr.«

»Folge ihr im Schritt! Nimmt sie einen Wagen, so fahre ihr nach!«

»Sehr wohl!«

Die Marquise von Harville rief einen Wagen an und stieg ein.

Der Kutscher Harvilles folgte.

Nach einiger Zeit schlug, zum Erstaunen des Marquis, sein Kutscher den Weg nach einer Kirche ein und hielt vor der Pforte.

»Die Dame ist in die Kirche hineingegangen ...«

Einen Augenblick glaubte der Marquis, hoffen zu können, daß das Ganze eine schändliche Verleumdung war, denn es lag ein zu großer Kontrast zwischen dieser Frömmigkeit und dem Schritt, den seine Frau tun wollte.

Aber der Kutscher bog sich zurück und sagte:

»Die kleine Dame steigt wieder in den Wagen.«

»Fahre ihr nach.«

Der Wagen erreichte die Kais, das Rathaus, die Rue Sainte Avoye und endlich die Rue du Temple.

»Herr,« sagte der Kutscher, indem er sich nach dem Marquis umdrehte, »mein Kamerad hält vor Nr. 17; wir sind vor Nr. 13; soll ich auch anhalten?«

»Ja.«

»Die kleine Dame geht ins Haus hinein.«

»Öffne mir.«

Einige Sekunden später trat der Marquis hinter seiner Frau in das Haus Rue du Temple Nr. 17.

XXXIX

Als Frau von Harville in dem Haus erschien, standen Frau Pipelet, Alfred und die Austernhändlerin in der Türe der Portiersstube.

Die Treppe war so dunkel, daß man niemand bemerken konnte, wenn man von draußen hereinkam. Die Marquise fragte mit fast klangloser Stimme:

»Herr Karl?«

»Herr wer?« wiederholte die Alte, die sich stellte, als habe sie nicht verstanden.

»Ich frage nach Herrn Karl, Madame,« wiederholte Clémence mit bebender Stimme, indem sie den Kopf sinken ließ, um ihr Gesicht den Blicken zu entziehen, die sie mit so lästiger Neugier musterten.

»Ach, Herr Karl? Im ersten Stock!«

»Haha!« lachte die Alte; »heute scheint es was Ordentliches zu werden. Ich wünsche viel Vergnügen!«

»Einen schlechten Geschmack hat der Kommandant nicht,« setzte die Austernfrau hinzu.

Die Marquise, die vor Scham verging, wäre am liebsten umgekehrt, wenn sie nicht vor der Stube wieder hätte vorübergehen müssen. Sie machte also eine letzte Anstrengung und stieg die Treppe hinauf.

Zu ihrer höchsten Überraschung sah sie sich plötzlich Rudolf gegenüber. Er drückte ihr eine Börse in die Hand und flüsterte:

»Ihr Gatte weiß alles; er folgt Ihnen.«

In diesem Augenblicke hörte man die kreischende Stimme der Pipelet:

»Wohin wollen Sie, mein Herr?«

»Er ist es,« sagte Rudolf, der dann rasch hinzufügte, während er Frau von Harville nach der Treppe zum zweiten Stockwerk drängte:

»Gehen Sie in den fünften Stock hinauf. – Sie wollen eine arme Familie unterstützen; sie heißt Morel.«

»Mein Herr, ich lasse Sie nicht vorüber, wenn Sie mir nicht sagen, wohin Sie wollen,« rief Frau Pipelet, indem sie dem Marquis den Weg vertrat.

»Ich gehöre zu der Dame, die eben gekommen ist,« sagte der Marquis.

»Das ist etwas anderes.«

Herr Robert hatte seine Türe ein wenig geöffnet; Rudolf trat rasch zu ihm hinein und schloß die Türe hinter sich zu, als Harville erschien. Rudolf fürchtete, von dem Marquis erkannt zu werden und benutzte die Gelegenheit, ihm zu entgehen.

Herr Karl Robert, der seinen prächtigen Schlafrock und seine gestickte Samtmütze trug, blieb bei dem Anblick Rudolfs, den er auf dem Balle nicht bemerkt hatte, und der jetzt mehr als bescheiden gekleidet war, verblüfft stehen.

»Mein Herr, was soll das bedeuten?«

»Still!« antwortete Rudolf leise und mit einem solchen Ausdruck, daß Herr Karl Robert schwieg.

Ein lautes Geräusch, als wenn ein schwerer Körper mehrere Stufen herunterrolle, schallte durch die Stille des Hauses.

»Er hat sie ermordet!« rief Rudolf.

»Ermordet! wen? – was geht denn hier vor?« fragte Robert erbleichend.

Rudolf hatte, ohne zu antworten, die Türe halb geöffnet.

Er sah den kleinen Lahmen die Treppe herunterkommen, die rotseidne Börse in der Hand, die er Frau von Harville gegeben hatte.

Der Lahme verschwand.

Man hörte den leichten Schritt Frau von Harvilles und den schweren ihres Gatten, der ihr in die höheren Etagen folgte.

Rudolf konnte zwar nicht begreifen, wie der Lahme in den

Besitz der Börse gekommen sein mochte; er war aber einigermaßen beruhigt und sagte zu Herrn Robert:

»Gehen Sie nicht hinaus; Sie hätten beinahe alles verdorben.«

»Aber, Herr,« begann Robert wieder in ärgerlichem Ton, »werden Sie mir endlich sagen, was das bedeutet?«

»Es bedeutet, daß der Marquis von Harville alles weiß, daß er seiner Frau bis an Ihre Türe folgte und ihr jetzt nachgeht.«

»Mein Gott!« rief Karl Robert, »was will sie denn da oben?«

»Das kann Ihnen gleich sein! Bleiben Sie nur hier und gehen Sie nicht hinaus!«

Rudolf ließ Herrn Robert stehen und ging in die Portiersstube hinunter.

»Was sagen Sie dazu?« redete ihn Frau Pipelet, mit strahlendem Gesicht, an; »es geht der kleinen Dame ein Herr nach, ohne Zweifel der Ehemann. Ich habe alles gleich erraten. Es wird einen Streit auf Tod und Leben mit dem Kommandanten geben; das macht Aufsehen in der Straße, und man wird sich drängen, das Haus zu sehen, wie Nr. 16, wo ein Mord geschehen war.«

»Meine liebe Madame Pipelet, wollen Sie mir einen Gefallen tun?« fragte Rudolf, indem er der Alten fünf Louisdor in die Hand drückte. »Wenn die Dame wieder herunterkommt, so fragen Sie sie, wie es den armen Morels gehe, und sagen Sie ihr, sie tue ein gutes Werk, wenn sie ihnen beisteht, wie sie versprochen habe, als sie sich nach den Leuten erkundigte.«

Frau Pipelet sah Rudolf verwundert an.

»Das ist für mich? Und die kleine Dame ist nicht beim Kommandanten?«

Dann setzte sie hinzu: »Ich verstehe. Sie werden sehen, wie gut ich meine Sache mache. Ich höre sie kommen.«

Rudolf versteckte sich schnell.

Herr und Frau von Harville kamen die Treppe herunter. Der Marquis führte seine Frau.

Clémence sah ruhig, aber bleich aus.

»Nun, meine gute Dame,« begann Frau Pipelet, indem sie aus der Stube hinaustrat, »haben Sie die armen Morels gesehen? Der Anblick zerreißt einem das Herz, nicht wahr? Sie verrichten da einen wahren Liebesdienst. Ich sagte es Ihnen gleich, als Sie sich nach ihnen erkundigten. Ach, Sie werden für die armen Leute nie genug tun können, nicht wahr, Alfred?«

Alfred, dessen natürliches Rechtsgefühl sich gegen den Gedanken empörte, an diesem Komplott gegen einen Ehemann teilzunehmen, brummte unverständlich.

Seine Frau fuhr fort:

»Alfred hat seinen Magenkrampf, und da hört er nicht gut; sonst würde er Ihnen sagen, daß die armen Leute für Sie beten werden, meine gütige Dame.«

Herr von Harville sah seine Frau mit Bewunderung an und sagte:

»Du bist ein Engel!«

»Sie haben recht, Herr, sie ist ein guter Engel.«

»Laß uns gehen,« sagte die Marquise. Sie fühlte, daß ihre Kräfte zu Ende gingen.

»Ja, wir wollen gehen,« antwortete der Marquis.

Rudolf trat aus seinem Versteck hervor.

»Nun,« sagte Frau Pipelet, »ich hoffe, den Eifersüchtigen gut abgeführt zu haben. Der arme Mann! – Und Ihre Möbel, Herr Rudolf? Man hat sie noch nicht gebracht.«

»Ich werde sie schicken. Sie können dem Kommandanten sagen, daß er herunterkommen darf.«

Rudolf ging fort.

»Jetzt kommt die Reihe an den Kommandanten,« sagte Frau Pipelet.

Sie ging zu Herrn Karl Robert hinauf und klingelte; er öffnete die Türe.

»Herr Kommandant,« sagte Anastasia und legte militärisch die Hand an ihre Perücke, »ich entlasse Sie aus Ihrer Haft. Sie sind Arm in Arm fortgegangen, der Mann und die Frau. Sie sind mit einem blauen Auge davongekommen. Das haben Sie Herrn Rudolf zu verdanken.«

»Wer ist der Mann?«

»Der Mann?« wiederholte Frau Pipelet; »er ist so gut wie zwei andere. Er wohnt hier im Hause, hat nur ein Zimmer und knickert nicht.«

»Schon gut. Da ist der Schlüssel.«

»Soll ich morgen wieder Feuer machen, Herr Kommandant?«

»Nein.«

»Übermorgen?«

»Auch nicht.«

Herr Karl Robert warf einen Blick der Verachtung auf Anastasia Pipelet und ging fort, ohne begreifen zu können, wie ein Herr Rudolf sein Rendezvous mit der Marquise von Harville entdeckt haben mochte.

In dem Augenblick, als er durch den Hausflur ging, begegnete er dem kleinen Lahmen, der hinkend hereinkam.

»Was willst du da, Taugenichts?« rief ihm Frau Pipelet zu.

»Hat mich die Einäugige nicht gesucht?« fragte der Knabe, ohne ihr zu antworten.

»Die Eule? Nein. Warum sollte sie dich suchen?«

»Um mit mir aufs Land zu gehen,« antwortete der Lahme.

»Und dein Herr?«

»Mein Vater hat Herrn Bradamanti gebeten, mir heute Urlaub zu geben,« sagte seelenvergnügt der Sohn Rotarms, indem er mit den Fingern auf ein Fenster trommelte.

Ein Wagen näherte sich.

Man sah das Gesicht der Einäugigen.

Sie winkte dem Lahmen, der hinzulief.

Der Kutscher machte den Wagenschlag auf, und der Knabe stieg ein.

Die Eule war nicht allein.

In einer Ecke saß der Schulmeister, der sich in einen alten Mantel mit einem Pelzkragen gehüllt und das Gesicht durch eine schwarzseidene Mütze verdeckt hatte.

»Leg' dich auf die Trittlinge meines Mannes, Junge, und halte ihn warm!« sagte die Einäugige zu dem Lahmen, der sich, wie ein Hund, zwischen den Beinen des Schulmeisters und der Eule zusammenkauerte.

Der Wagen verließ die Rue du Temple.

Zwei Stunden später hielt er vor einem Kreuz an einem Hohlweg, der nach der Meierei Bouqueval führte.

XL

Es schlug fünf Uhr an der Kirche des kleinen Dorfes Bouqueval; es war sehr kalt, und der Himmel war klar. Die Sonne, die langsam hinter dem großen, blätterlosen Walde niedersank, der die Höhen von Ecouen krönte, übergoß den Horizont mit Purpur und warf ihre bleichen Strahlen auf die weitgestreckte, hartgefrorene Ebene.

Die Meierei, in der die Schallerin lebte und die im Sommer wie ein Nest in Blättern versteckt war, zeigte sich jetzt ohne Blätterschleier.

Der kleine zugefrorene Bach glich einem Band von mattem Silber, das inmitten immergrüner Wiesen aufgerollt war, auf denen Kühe weideten. Flüge von Tauben, die der hereinbrechende Abend zurücktrieb, ließen sich auf dem spitzen Dach des Taubenhauses nieder; die großen Nußbäume, die ihre Blätter verloren hatten, ließen die mit grünem Moos bewachsenen Ziegeldächer sehen.

Ein schwerer Wagen, gezogen von drei kräftigen Pferden mit dichter Mähne, brachte Getreidegarben hinein. Der Wagen rollte durch das große Tor in den Hof, während sich eine zahlreiche Schafherde durch eines der Seitentore drängte.

Menschen und Tiere schienen sich zu beeilen, der Kälte des Abends zu entrinnen. Die Pferde wieherten vergnügt beim Anblick des Stalles; die Schafe blökten in dichtgedrängter Schar, und die Arbeiter sahen ungeduldig auf die Fenster der Küche, wo das Abendessen für sie zubereitet wurde.

Plötzlich flogen die Hühner gackernd von ihren Stangen, die Truthähne gluckten, die Perlhühner schrien, und die Tauben kamen vom Dach des Taubenhauses, um sich, girrend und trommelnd, auf dem Sande des Hofes niederzulassen.

Die Ursache dieser freudigen Aufregung war Marie.

Marie war blaß und etwas abgemagert. Aber sie wirkte, in ihrer mädchenhaften Anmut, wie ein Modell von Watteau.

Das kleine Häubchen, das sie trug, ließ ihre Stirn und das blonde gescheitelte Haar unbedeckt; wie fast alle Landmädchen in der Umgegend von Paris, hatte sie über dieses Häubchen ein breites rotes Tuch gebunden, dessen Enden auf ihre Schultern fielen.

Ein weißes, über dem Busen gekreuztes Batisttuch war halb durch den breiten Latz der grauen Leinwandschürze verdeckt; ein Spenzer von dunkelblauem Tuch mit engen Ärmeln hob die schlanke Taille hervor; sehr weiße Strümpfe und Absatzschuhe, die jetzt in kleinen Holzschuhen versteckt waren, vervollständigten das einfach-ländliche Kostüm.

Marie hielt mit der einen Hand die an den beiden Ecken zusammengenommene Schürze und holte Hände voll Körner, die sie unter die geflügelte Menge verteilte, daraus hervor.

Eine hübsche, silberweiße Taube mit purpurrotem Schnabel, die kecker war als die übrigen, setzte sich auf Mariens Schulter, nachdem sie eine Zeitlang um sie herumgeflogen war.

Das Mädchen wandte ihr liebliches Profil, erhob das Köpfchen und reichte lächelnd die Lippen dem kleinen roten Schnabel ihres Lieblingstäubchens.

Die letzten Strahlen der untergehenden Sonne warfen einen matten Goldglanz auf dieses bezaubernde Bild.

XLI

Während Marie so beschäftigt war, saßen Madame Georges und der Abbé Laporte am Kamin in dem kleinen Zimmer und sprachen von dem Mädchen.

Der alte Geistliche, der nachdenklich den Kopf gesenkt hatte, streckte seine beiden zitternden Hände vor dem Feuer aus.

Madame Georges nähte, sah von Zeit zu Zeit den Abbé an und schien auf eine Antwort von ihm zu warten.

»Sie haben recht, Madame Georges,« sagte er nach einer Weile, »es muß Herrn Rudolf mitgeteilt werden. Wenn er Marie fragt, so wird sie ihrem Wohltäter vielleicht gestehen, was sie uns verbirgt.«

»Noch heute abend will ich an ihn schreiben.«

»Das arme Kind!« fuhr der Abbé fort. »Welcher Kummer mag wohl an ihr nagen? Sagten Sie nicht, daß sich diese Stimmung seit der Anwesenheit der Madame Dubreuil, der Pächterin des Herzogs von Lucenay, bemerkbar gemacht hat?«

»Ja, Herr Abbé, und doch war Madame Dubreuil und auch ihre Tochter Klara von Marie so entzückt wie alle anderen; beide überhäuften sie täglich mit Beweisen ihrer Freundschaft. Sie wissen, daß unsere Freunde sonntags zu uns kommen, oder daß wir zu ihnen gehen. Jeder solche Besuch scheint die Traurigkeit des lieben Kindes zu erhöhen, obgleich Klara sie liebt wie eine Schwester.«

»Es ist wirklich ein seltsames Rätsel, Madame Georges.«

»Halten Sie sie für unterrichtet genug, ihr das Sakrament zu reichen, das die Ärmste ohne Zweifel noch nicht empfangen hat?«

»Eben jetzt will ich ihr sagen, daß die heilige Zeremonie wahrscheinlich in vierzehn Tagen stattfinden wird.«

In diesem Augenblicke trat Marie ein.

»Woher kommst du, Kind?« fragte Madame Georges.

»Ich war in der Obstkammer, Madame. Das Obst hat sich gut gehalten, bis auf weniges, das ich ausgelesen habe.«

»Warum trägst du diese Arbeit nicht Klaudine auf, Marie? Du wirst dich wieder recht ermüdet haben.«

»Ach nein, Madame; ich bin gern in der Obstkammer.«

Der Geistliche sah Madame Georges lächelnd an und sagte zu Marie:

»Ich habe schon die Milchkammer bewundert, der Sie vorstehen, liebes Kind; nächstens werde ich Ihre Obstkammer bewundern. Aber die Sonne ist untergegangen; Sie werden gerade noch die Zeit haben, mich nach Hause zu begleiten und hierher zurückzukehren, bevor es Nacht wird ... Nehmen Sie Ihren Mantel; wir wollen gehen, mein Kind ...«

Marie warf rasch einen Mantel über und bot dem Geistlichen den Arm.

»Zum Glück,« sagte dieser, »ist es nicht weit, und der Weg ist sicher.«

»Da es heute später ist als gewöhnlich,« setzte Madame Georges hinzu, »so könnte jemand von den Leuten mitgehen, Marie.«

»Man würde mich für furchtsam halten,« entgegnete Marie lächelnd; »es ist ja kaum ein Viertelstündchen bis zur Wohnung des Herrn Abbé, und ich bin zurück, ehe es finster wird.«

Der Abbé verließ die Meierei am Arme Mariens, die ihre Schritte nach dem langsamen Schritte des Greises richtete.

Einige Minuten später gelangten der Geistliche und Marie an den Hohlweg, in dem der Schulmeister, die Eule und der kleine Lahme versteckt lagen.

XLII

Die Kirche und die Wohnung des Geistlichen von Bouqueval standen am Hügel unter Kastanienbäumen, und man übersah von da aus das ganze Dorf.

Die Eule, der Schulmeister und der Lahme, die im Dickicht kauerten, sahen den Geistlichen und Marie in den Hohlweg herunterkommen und an der anderen Seite wieder emporsteigen. Das Gesicht des Mädchens war durch die Kapuze des Mantels verhüllt, und die Einäugige erkannte ihr ehemaliges Opfer nicht.

»Still, Mann!« sagte die Alte zu dem Schulmeister; »das Mädchen und der Schwarze sind eben durch den Hohlweg. Nach der Beschreibung, die uns der Lange gegeben hat, muß sie es sein: bäuerlicher Anzug, Mittelgröße, braungestreifter Rock, wollener Mantel mit schwarzem Besatz. Sie führt, wie alle Tage, den Schwarzen nach Hause und geht dann allein zurück. Wenn sie wiederkommt, müssen wir über sie herfallen und sie nach dem Wagen tragen.«

»Und wenn sie um Hilfe schreit?« fiel der Schulmeister ein. »Man wird es im Dorfe hören, da die Häuser ganz in der Nähe stehen.«

»Ja, ganz nahe stehen die Häuser,« sagte der Lahme.

»Wir müssen es dann so machen,« sagte der Schulmeister nach einer kurzen Pause: »der Lahme hält Wache, wo der Weg anfängt. Sieht er die Kleine von weitem kommen, so läuft er ihr entgegen, sagt, er sei der Sohn einer armen alten Frau, die gefallen sei und bittet sie, ihr zu Hilfe zu kommen.«

»Richtig, Alterchen. Die arme Alte ist deine Eule. Gut ausgedacht! Und was habe ich dabei zu tun?«

»Du legst dich in dem Hohlweg, an der Seite, wo Barbillon mit dem Wagen wartet, nieder. Ich verstecke mich in der Nähe ... Hat der Lahme die Kleine bis in die Mitte des Hohlwegs gebracht, so hörst du auf zu wimmern und packst sie mit der einen Hand am Hals, mit der anderen greifst du ihr in den Mund, damit sie nicht schreien kann.«

»Ich verstehe, Alterchen.«

»Während du die Kleine festhältst, holt mich der Lahme, wir wickeln sie in meinen Mantel und tragen sie in den Wagen. Dann geht es fort nach St. Denis, wo der Mann in Trauer auf uns wartet.«

»Abgemacht! Dir kommt doch keiner gleich. – Mein Mann, das ist ein Mann!« sagte die Alte stolz zu dem Lahmen.

Dann wandte sie sich an den Schulmeister und sagte:

»Apropos, weißt du, daß Barbillon sich wie ein Hund fürchtet?«

»Warum?«

»Er hat vor einiger Zeit bei einem Streit den Mann einer Milchfrau erschlagen, die alle Morgen mit einem kleinen Wagen und einem Esel vom Dorfe kam, um in der Cité, in der Nähe des ›Weißen Kaninchens‹, Milch zu verkaufen.«

Der Lahme lauschte gespannt.

»Hier gibt's was zu hören, Junge, was, das macht Spaß?« sagte die Eule.

»Ja, ich bliebe lieber bei Ihnen als bei meinem alten Italiener, bei dem ich immer Arznei stoßen und das Pferd putzen muß. Wenn ich wüßte, wo er sein Rattengift für die Menschen versteckt hat, würde ich ihm etwas davon in die Suppe tun, um von ihm loszukommen.«

Die Eule lachte und sagte, indem sie den Kleinen an sich zog:

»Gib mir 'nen Schmatz! Du bist ein drolliger Bengel. Aber

woher weißt du, daß dein Herr Rattengift für Menschen hat, he?«

»Ich hörte es ihn sagen.«

»Was hörtest du ihn sagen?« fragte die Eule.

»Ich hörte ihn zu einem Herrn sagen, dem er ein Pulver in einem Papier gab: ›wer das auf dreimal nähme, müßte unter die Erde, ohne daß man wüßte, wie und warum, und ohne daß eine Spur davon übrig bliebe‹.«

»Wer war der Herr?« fragte der Schulmeister.

»Ein junger Herr, der einen schwarzen Schnurrbart hatte, aber sonst aussah wie ein Mädchen. Er kam noch einmal, und dann mußte ich ihm, auf Befehl Bradamantis, nachgehen, um zu wissen, wo er wohnt. Der Herr ging in ein Haus in der Rue de Chaillot. – Mein Herr hatte mir gesagt: ›Wohin er auch geht, folge ihm und warte an der Türe; kommt er wieder heraus, so folge ihm wieder, bis er irgendwo nicht mehr herauskommt. Dann sieh zu, daß du seinen Namen erfährst!‹«

»Nun?«

»Ich bin ihm nachgegangen und habe auch den Namen erfahren.«

»Wie hast du das angefangen?« fragte der Schulmeister.

»O, ich bin nicht so dumm. Ich ging zu dem Portier des Hauses in der Rue de Chaillot, aus dem der Herr nicht wieder herauskam, und sagte:

»Mein guter Herr, ich will mir hundert Sous holen, die mir der Herr versprochen hat, weil ich seinen Hund wiedergefunden habe. – Der Herr hat braunes Haar, einen schwarzen Schnurrbart, einen gelben Rock und sagte mir, er wohne Rue de Chaillot Nr. 11 und hieße Dupont. – ›Der Herr, von dem du sprichst, heißt Vicomte von Saint Remy; es ist kein Hund hier als du‹, antwortete der Portier und gab mir einen Fußtritt. Aber ich wußte, was ich wissen wollte.«

»Du bist ein Junge zum Anbeißen!« sagte die Eule, indem sie den Lahmen küßte.

Der Sohn Rotarms, den dieser Liebesbeweis rührte, rief, in überströmender Dankbarkeit:

»Sie brauchen nur zu befehlen, und Sie werden sehen, wie gut ich Sie bediene!«

»Das sollte dein Schaden nicht sein.«

»Ich möchte bei Ihnen bleiben.«

»Wenn du recht folgsam bist, wird sich das finden; du sollst uns beide nicht verlassen, mein Junge.«

»Ja,« sagte der Schulmeister, »du führst mich armen Blinden. Wir gehen in die Häuser, und wenn die Eule hilft, können wir manchen guten Griff tun.«

»Bin ich nicht dein für Strick und Galgen, Mörderchen? Bin ich nicht, als ich aus dem Spital kam, zu dir aufs Dorf gelaufen und habe gesagt, ich wäre deine Frau?«

Diese Worte der Einäugigen weckten in dem Schulmeister eine böse Erinnerung. Er änderte plötzlich den Ton und rief mit zorniger Stimme:

»Ja, ich kam allerdings auf den dummen Gedanken, dich zu mir bestellen zu lassen. – Und was war das Ende?« setzte er wütend hinzu; »den Tag nach deiner Ankunft war das Geld verschwunden, das mir der Schuft, der mich geblendet hat, gegeben hatte. Das kannst nur du getan haben, und ich bin jetzt ganz in deine Hände gegeben. Sooft ich daran denke, weiß ich nicht, warum ich dich nicht auf der Stelle totschlage, alte Spitzbübin.«

Und er tat einen Schritt auf die Einäugige zu.

»Nehmen Sie sich in acht!« rief der Lahme; »wenn Sie der Eule etwas zuleide tun ...«

»Ich werde euch beide zermalmen, ihr Schlangen!« rief der Räuber in Wut. Und da er den Sohn Rotarms ganz in seiner Nähe hörte, schlug er nach ihm, traf ihn aber nicht.

Der Lahme ergriff, um sich selbst und die Eule zu rächen, einen Stein, warf damit nach dem Schulmeister und traf ihn an der Stirn.

Der Wurf war nicht gefährlich, aber er schmerzte.

Der Räuber richtete sich auf wie ein verwundeter Stier, ging einige Schritte weit und strauchelte.

»Brich den Hals!« rief ihm die Eule lachend zu.

Der Junge teilte die Freude der Einäugigen. Als der Schulmeister zum zweiten Male stolperte, rief er:

»So mach' doch die Augen auf, Alter! Wisch' deine Brillengläser ab.«

Da der herkulische Verbrecher die Unmöglichkeit erkannte, den Knaben zu erreichen, blieb er stehen, stampfte wütend auf die Erde, legte die beiden behaarten Fäuste auf seine Augen und brüllte, wie ein Tiger, dem ein Maulkorb angelegt ist.

»Du hustest, Alter!« rief ihm der Sohn Rotarms zu. »Da, nimm! Lakritzensaft!«

Und er hob eine Handvoll feinen Sandes auf, den er dem Mörder ins Gesicht warf.

Den Schulmeister verletzte die Beschimpfung mehr als der Wurf mit dem Steine; er wurde blaß und rot vor Wut, schlug beide Arme in grenzenloser Verzweiflung übereinander, erhob sein Gesicht gen Himmel und rief mit flehentlicher Stimme:

»Mein Gott! Mein Gott!«

»Ah, Mörderchen betet!« rief die Eule lachend ...

»Nur ein Messer, daß ich mich umbringen könnte!« brüllte der Schulmeister, indem er in wilder Wut sich in die Hände biß.

»Ein Messer? Du hast eins in der Tasche, Männchen! ... Der kleine Alte in der Rue du Roule und der Viehhändler kennen es.«

Der Schulmeister, der sich nun das Leben nehmen konnte, wenn er wollte, gab dem Gespräch eine andere Richtung und sagte vor sich hin:

»Der Schurimann war gut; er hat mich nicht bestohlen; er hatte Mitleid mit mir.«

»Warum hast du gesagt, ich hätte dir dein Geld gestohlen?« entgegnete die Eule, die mit Mühe das Lachen unterdrückte.

»Nur du bist in meine Kammer gekommen,« sagte der Räuber; »du hast mich in der Nacht bestohlen!«

»Er tut, als knacke er Nüsse,« warf der Lahme ein.

»Haha! Der Junge hat recht. – Beruhige dich, Männchen, und laß ihn lachen. Aber gestehe auch, daß du ungerecht gewesen bist. Als der Lange in Trauer zu mir sagte: ›Sie können tausend Franken verdienen, wenn Sie ein junges Mädchen gewaltsam nach Saint Denis bringen‹, habe ich dich gleich aufgefordert, die Sache mitzumachen. Ich gebe dir da ein Almosen, denn du wirst doch nur das fünfte Rad am Wagen sein; höchstens, daß du die Kleine hältst, während wir sie einwickeln. Wir geben Barbillon zweihundert Franken für den Wagen, und es bleiben dann noch achthundert für uns. Was sagst du dazu? Bist du noch immer bös auf deine Alte?«

»Wer bürgt mir dafür, daß du mir etwas gibst, wenn die Sache gemacht ist?« fragte der Räuber mißtrauisch.

»Es ist wahr, ich brauchte dir nichts zu geben, denn du wohnst bei mir, wie sonst die Schallerin, und mußt es dir bei mir gefallen lassen, bis der Teufel dich holt ...«

»Könnte ich mich an dem Hund rächen, der mich ins Unglück gebracht hat!« rief der Schulmeister, dessen Wut von neuem erwachte. »Mit den Zähnen wollte ich ihn zerreißen!«

»Sei nur ruhig, Männchen, wir werden ihn wiederfinden, den Lumpen von Rudolf und den Schurimann auch!«

»Du wirst mich also nicht verlassen?« sagte der Räuber in unterwürfigem, aber noch immer mißtrauischem Tone. »Was sollte aus mir werden, wenn du mich im Stiche ließest!«

»Das ist wahr! Wäre es nicht ein Spaß, wenn wir beide, der Lahme und ich, dich hier allein zurückließen?«

Der Schulmeister zitterte bei dieser Drohung, rückte näher an die Eule und sagte:

»Nein, das wirst du nicht tun, Eule, auch du nicht, Lahmer. Es wäre zu gemein!«

»Haha! Zu gemein! – Und der kleine Alte in der Rue du Roule! Und der Viehhändler! Und die Frau vom Kanal St. Martin! Und der Herr in der Witwenallee! Glaubst du, sie hätten dich angenehm und lieblich gefunden mit deinem Messer? Warum sollte man dir nicht auch einmal einen Possen spielen?«

»Ich gestehe es,« sagte der Schulmeister dumpf. »Ich habe dir Unrecht getan; ich tat auch Unrecht, als ich den Lahmen schlagen wollte; ich bitte um Verzeihung, ja, ich bitte euch beide um Verzeihung.«

Mitten in dem Hohlwege streckte der Schulmeister bittend seine kräftigen Hände nach der Einäugigen aus; sein dichtes starres Haar fiel, wie eine Mähne, über seine bleiche Stirn; seine roten Augenlider, die er vor Angst weit aufriß, ließen die Hälfte seiner glasigen, erstorbenen Pupille sehen. Seine ungeheuren Schultern beugten sich demütig. Die Einäugige stand stolz und gerade vor dem Schulmeister. Das knochige, stark gebräunte Gesicht der Alten mit der Hakennase drückte eine rohe Freude aus; ihr grünliches Auge funkelte gleich einer glühenden Kohle; ein spöttisches Lächeln zog ihre Oberlippe zurück und enthüllte drei lange gelbliche Zähne.

Der Lahme, der eine Bluse mit einem ledernen Gürtel trug, stand dabei auf einem Fuß und lehnte sich an den Arm der Eule, um sich im Gleichgewicht zu halten.

Das Gesicht des Knaben verriet eine teuflische Bosheit und Schadenfreude.

»Versprecht mir wenigstens, mich nicht zu verlassen!« wiederholte der Schulmeister.

»Ja, ja, Männchen, fürchte dich nicht! – Ich habe immer gern jemanden bei mir gehabt, an dem ich meine Wut auslassen konnte, ein Vieh oder einen Menschen. Als ich aus dem Gefängnis kam, geriet mir die Schallerin in die Hände, aber sie nahm Reißaus; dann hatte ich einen Hund. Der hatte auch keine guten Tage!

Als ich dich kennenlernte, Männchen,« fuhr die Eule fort, »wollte ich mir eben ein Kätzchen anschaffen. Jetzt wirst du mein Sündenbock sein. Verstehst du mich, Männchen? Dich zu quälen, muß ein ganz anderes Vergnügen machen, als einen Vogel zu rupfen oder ein Kind zu schlagen!«

»Scheusal!« rief der Schulmeister, indem er sich in einem neuen Wutanfall aufrichtete.

»Schimpfst du schon wieder? Nun, du kannst mich ja verlassen, es steht dir frei. Ich sperre dich nicht ein.«

»Ja, die Türe steht offen, geh nur immer geradeaus!« sagte der Lahme lachend. Plötzlich aber bückte er sich und flüsterte:

»Ich höre Schritte. Wir wollen uns verstecken! Aber es ist nicht das Mädchen!«

Es erschien wirklich nach einigen Minuten eine rüstige Bäuerin, der ein großer Hund folgte, und die einen Korb auf dem Kopfe trug; sie ging durch den Hohlweg hindurch und dann den Fußsteig hinauf, den der Geistliche und Marie gegangen waren.

XLIII

Die letzten Strahlen der Sonne verglommen langsam hinter der imposanten Masse des Schlosses von Ecouen und seiner Wälder. Auf allen Seiten breiteten sich unabsehbare Ebenen mit braunen, durch den Frost verhärteten Furchen aus, eine weite Einöde, in der das Dorf Bouqueval wie eine Oase lag.

Der Himmel färbte sich im Westen mit langen Purpurstrahlen.

Die schmale, dünne Sichel des Mondes begann mild zu glänzen. Die Stille war vollkommen.

Der Geistliche blieb auf dem Hügel stehen, um sich an dem Anblicke des schönen Abends zu erfreuen.

»Betrachten Sie, mein Kind«, sagte er zu Marie, »diese Unermeßlichkeit, deren Grenzen man nicht mehr sieht; man hört nicht das geringste Geräusch; es ist, als gäbe uns die Stille und Unendlichkeit eine Vorstellung der Ewigkeit. Macht die Ruhe, die in dieser Stunde herrscht, nicht auch Eindruck auf Sie?«

Das Mädchen antwortete nicht.

Der Geistliche sah sie verwundert an; sie weinte.

»Was ist Ihnen, mein Kind?«

»Mein Vater, ich bin unglücklich!«

»Unglücklich? Sie?«

»Ich weiß, ich habe nicht das Recht, mich über mein Schicksal zu beklagen – und doch –«

»Wir haben Sie oft nach der Ursache der Traurigkeit gefragt, Marie, die Sie bisweilen niederdrückt. Sie haben immer vermieden, uns eine Antwort darauf zu geben, und wir achteten Ihr Geheimnis.«

»Ach, mein Vater, ich kann Ihnen nicht sagen, was in mir vorgeht.«

»Aber was fehlt Ihnen, Marie? Sie wissen, wie sehr man Sie liebt. Übrigens naht der Tag, an dem Madame Georges und Herr Rudolf Sie zur Taufe führen und die Verpflichtung übernehmen werden, Sie stets zu schützen.«

»Herr Rudolf wollte mir diesen neuen Beweis seiner großen Güte geben? Ach, ich will Ihnen nichts verbergen, mein Vater; ich fürchte, undankbar zu sein.«

»Ich höre Ihnen zu.«

»Als ich erfuhr, daß ich die Meierei und Madame Georges nicht wieder verlassen würde,« sagte Marie, nachdem sie sich beruhigt hatte, »glaubte ich einen schönen Traum zu träumen. Ich war glücklich wie jemand, der einer großen Gefahr entgangen ist.«

Der Geistliche sah das Mädchen verwundert an. Marie fuhr fort:

»Allmählich gewöhnte ich mich an dieses Leben. Ich kannte keine größere Freude, als Madame Georges bei ihren Arbeiten zu helfen und Ihre Ermahnungen zu beachten, mein Vater. Ich hielt mich allen gleich, weil alle gütig gegen mich waren, bis eines Tages …«

Hier konnte Marie vor Schluchzen nicht weitersprechen.

»Beruhigen Sie sich, Kind. Fassen Sie Mut und fahren Sie fort.«

Marie trocknete ihre Augen und fuhr fort:

»Sie erinnern sich, mein Vater, daß am Allerheiligenfeste Madame Dubreuil, die Pächterin des Herzogs von Lucenay, mit ihrer Tochter einige Tage bei uns blieb.«

»Allerdings … Klara Dubreuil ist ein vortreffliches Mädchen …«

»Sie ist ein Engel, mein Vater. Ich freute mich sehr, als ich erfuhr, daß sie einige Tage bei uns bleiben würde, und dachte nur an den Augenblick, in dem ich die ersehnte Freundin sehen sollte. Endlich kam sie. – Ich war in meinem Stübchen, das ich mit ihr teilen sollte. Man holte mich. Ich trat in das Zimmer; Madame Georges zeigte mir das schöne Mädchen, das so sanft und so gut aussah, und sagte: ›Marie, da ist eine Freundin für dich.‹ – ›Ich hoffe, daß Sie und meine Tochter bald Schwestern sein werden‹, setzte Madame Dubreuil hinzu. Kaum hatte ihre Mutter das gesagt, als Klara zu mir kam und mich küßte. Da, mein Vater,« sagte Marie weinend, »ich weiß nicht, was in mir vorging, – aber als ich das reine Gesicht Klaras auf meiner befleckten Wange fühlte, brannte sie mir vor Scham, denn ich dachte an das, was ich gewesen war.«

»Aber, mein Kind –«

»Ja, mein Vater. Zum ersten Male fühlte ich, daß es eine Schande gibt, die durch nichts zu verwischen ist. Seit diesem Tage verläßt mich der Gedanke nicht mehr.«

Marie trocknete ihre Tränen.

Der Geistliche aber sprach, nachdem er sie mit zärtlichem Mitleid betrachtet hatte:

»Bedenken Sie, mein Kind, daß Madame Georges Sie dieser Freundschaft für würdig hielt. Die Vorwürfe, die Sie sich machen, gelten fast ebenso Ihrer zweiten Mutter.«

»Ich weiß es, mein Vater, ich habe unrecht, aber ich kann meine Scham nicht überwinden. Es ist noch nicht alles; ich will allen Mut zusammennehmen, um Ihnen alles zu erzählen.«

»Fahren Sie fort, Marie!«

»Man hatte Klara ein Bett in meinem Stübchen aufgeschlagen. Den ersten Abend, ehe sie sich niederlegte, küßte sie mich wieder und forderte mich auf, sie Klara zu nennen, wie sie mich Marie nennen würde. Dann legte ich mich nieder und hatte schreckliche Träume; ich sah die Gesichter wieder, die ich fast vergessen hatte: den Schurimann, den Schulmeister, die einäugige Frau, die mich in meiner Kindheit so gefoltert hatte.«

»Arme Marie!« fiel der Geistliche bewegt ein.

»Ich war sehr spät eingeschlafen, und Klara weckte mich früh mit einem Kuß. – Um mir ihre Freundschaft zu beweisen, wollte sie mir ein Geheimnis anvertrauen; sie sollte, wenn sie achtzehn Jahre alt sein würde, sich mit dem Sohn eines Pächters von Goussainville verheiraten, den sie zärtlich liebte. Die Verbindung war zwischen den beiden Familien schon längst verabredet. Dann schilderte sie mir mit wenigen Worten ihr früheres Leben; sie hatte niemals ihre Mutter verlassen und wollte sie nie verlassen, denn ihr Bräutigam sollte auf das Gut des Herrn Dubreuil ziehen. Nun, Marie, sagte sie zu mir, kennst du mich, als wärest du meine Schwester; erzähle mir nun auch deine Geschichte! Ich glaubte, vor Scham sterben zu müssen, ich errötete, ich stotterte und antwortete nur, daß ich eine Waise, von sehr harten Personen erzogen worden und in meiner Jugend nicht sehr glücklich gewesen sei. Da fragte mich Klara, wo ich erzogen worden sei, in der Stadt oder auf dem Lande, wie mein Vater heiße, ob ich mich erinnere, meine Mutter gesehen zu haben ... Jede dieser Fragen machte mich verlegen, denn ich mußte mit Lügen antworten, und Sie, mein Vater, hatten mich gelehrt, daß es eine Sünde sei, zu lügen. Aber Klara fiel es nicht ein, daß ich sie täuschen könnte. Sie glaubte mir und beklagte mich mit einer Güte, die mir das Herz zerriß. Ach, mein Vater, Sie können sich nicht denken, was ich bei diesem Gespräch gelitten habe!«

»Unglückliche! Möge der Zorn Gottes die treffen, die dich auf den Weg der Sünde führten!«

»Ach ja, mein Vater, diese Menschen waren sehr böse,« entgegnete Marie bitter. »Aber es ist noch nicht alles; da Klara von dem Glücke sprach, das sie erwartete, mußte ich unwillkürlich mein Schicksal mit dem ihrigen vergleichen; denn trotz der Güte, mit der man mich überhäuft, wird doch mein Schicksal immer elend sein.«

»Marie!«

»Nicht wahr, mein Vater, was ich da sage, ist recht schlecht? Deshalb wagte ich nicht, Ihnen alles zu gestehen. Ja, ich bin so undankbar, die Güte zu verkennen, mit der man mich überhäuft, und zu sagen: wenn man mich der Schande nicht entrissen hätte, würde ich bald gestorben sein. Das wäre besser für mich gewesen.«

»Sie dürfen nicht hoffen, den Flecken aus Ihrem Leben zu tilgen,« sagte der Priester mit ernster Stimme, »aber Sie müssen dennoch auf Barmherzigkeit hoffen.«

Der Priester stand auf dem Gipfel des Hügels. Seine schwarze Soutane, sein ehrwürdiges Gesicht, das von dem letzten Abendscheine beleuchtet wurde, hoben sich scharf von dem klaren, durchsichtigen Horizont ab, der im Westen bleiches Gold, im Zenit Saphir war.

Der Priester erhob eine seiner zitternden Hände zum Himmel und überließ die andere Marien, die sie mit Tränen benetzte.

Während sie beide, schweigsam und in Gedanken versunken, dastanden, trat das Bauernmädchen zu ihnen, das ihnen gefolgt war. Es war eine Magd von der Meierei.

»Nehmen Sie's nicht übel, Herr Pfarrer,« sagte sie zu dem Geistlichen, »aber Madame Georges hat mir befohlen, diesen Korb mit Obst zu Ihnen zu tragen und zugleich Marie zu begleiten, da es spät wird. – Ich habe auch Türk mitgenommen,« setzte das Mädchen hinzu, indem es einen großen Hund streichelte. »Wenn man auch noch nicht gehört hat, daß jemand hier angefallen worden wäre, so ist es doch immer besser.«

»Du hast recht, Klaudine. Sag' Madame Georges meinen schönsten Dank.«

Dann wandte er sich an Marie und sagte ihr leise:

»Ich muß morgen eine Konferenz besuchen, bin aber um fünf Uhr zurück. Ich sehe, daß Sie das Bedürfnis fühlen, länger mit mir zu sprechen.«

»Ich danke Ihnen, mein Vater,« antwortete Marie.

»Da sind wir an meinem Garten,« sagte der Geistliche. »Kehrt schnell zurück, denn es wird finster. Morgen um fünf, Marie!«

»Ja, mein Vater.«

Der Abbé trat in seinen Garten, und Marie begab sich mit Klaudine und Türk auf den Heimweg.

XLIV

Es war eine sternenhelle, klare Nacht.

Dem Rate des Schulmeisters folgend, hatte sich die Eule mit dem Räuber an eine Stelle des Hohlweges begeben, die näher zu dem Orte lag, wo Barbillon mit dem Wagen wartete.

Der Lahme lauschte auf die Rückkehr Mariens, die er in den Hinterhalt locken sollte. Er war einige Schritte über den Hohlweg hinausgegangen, als er in der Ferne Marie sprechen hörte.

Der Lahme hinkte schnell in den Hohlweg hinunter, um der Eule seine Entdeckung mitzuteilen.

»Es kommt noch jemand mit dem Mädchen,« sagte er leise.

»Daß ihr der Teufel den Hals umdrehe!« rief die Eule.

»Wer ist es?« fragte der Schulmeister.

»Wahrscheinlich die Magd, die eben vorüberging und einen großen Hund bei sich hatte.«

»Es sind zwei, die Kleine kann ich auf mich nehmen; aber die andere? Der Schulmeister sieht nicht, und der Lahme ist zu schwach. Was sollen wir tun?« jammerte die Eule.

»Ich bin nicht stark, aber wenn Sie wollen, werfe ich mich der Magd an die Beine, halte mich mit Händen und Zähnen fest und lasse nicht los. Unterdessen schleppen Sie die Kleine fort.«

»Und wenn sie schreien? wenn sie sich wehren? Man wird sie im Dorfe hören,« antwortete die Einäugige.

»Und sie haben einen großen Hund bei sich!« bemerkte der Lahme.

»Wenn es weiter nichts wäre! Mit einem Schlag auf die Schnauze will ich ihn still machen,« sagte die Eule.

»Sie kommen!« begann der kleine Lahme wieder, indem er von neuem horchte.

»So sag' doch ein Wort, Mann,« wandte sich die Eule an den Schulmeister.

»Es ist heute nichts zu machen,« antwortete er.

»Und die tausend Franken?« rief die Eule. »Dein Messer! Dein Messer, Mann! Ich werde die Magd erstechen, damit sie uns nicht im Wege ist. Mit der Kleinen werden wir, ich und der Lahme, schon fertig.«

»Aber der Mann verlangt nicht, daß wir jemand umbringen.«

»So hat er für dieses Blut besonders zu zahlen!«

»Jetzt kommen sie,« sagte der Lahme leise.

»Dein Messer, Mann,« wiederholte die Eule.

»Nein,« entgegnete der Räuber, »heute geht es nicht; morgen wird auch noch Zeit sein.«

»Fürchtest du dich?« fragte die Eule.

»Ich fürchte mich nicht,« antwortete der Schulmeister, »aber du kannst alles verderben.«

Der Hund, der die Magd begleitete und offenbar die Leute witterte, blieb stehen und bellte heftig.

»Hörst du den Hund? – Schnell, dein Messer oder ...«, sprach die Eule in drohendem Tone.

»Nimm es mir mit Gewalt,« antwortete der Schulmeister.

»Es ist zu spät,« sagte die Eule, nachdem sie einen Augenblick aufmerksam gelauscht hatte. »Sie sind hinaus. Das sollst du mir büßen! Tausend Franken durch deine Schuld verloren!«

»Vielleicht zweitausend gewonnen,« entgegnete der Schulmeister. »Höre mich an, Eule,« setzte er hinzu, »und du wirst sehen, ob ich unrecht tat, dir mein Messer zu verweigern. – Du kehrst zu Barbillon zurück, und ihr fahrt an den Ort, wo euch der Herr in Trauer erwartet. Sage ihm, daß heute nichts zu machen war, daß es aber morgen geschehen wird.«

»Und du?« murmelte die Eule, noch immer erzürnt.

»Höre nur weiter! Die Kleine begleitet den Pfarrer jeden Abend nach Hause; es ist ein Zufall, daß heute jemand mit ihr ging. Wahrscheinlich haben wir morgen mehr Glück; du kommst also morgen, um dieselbe Zeit, mit Barbillon und dem Wagen hierher!«

»Und du?«

»Der Lahme führt mich in die Meierei, wo das Mädchen wohnt; er sagt, wir hätten uns verirrt, und ich wäre sein Vater, ein armer Blinder. Wir wollen um die Erlaubnis bitten, die Nacht auf dem Gute bleiben zu dürfen. Die Bauern werden uns ein Nachtquartier geben. Wir sind in der ersten Hälfte des Januar, das ist eine gute Zeit, denn da pflegt man das Pachtgeld zu bezahlen. Das Gut liegt, wie ihr sagt, einsam; haben wir erst die Örtlichkeit besehen, so können wir mit Freunden wiederkommen.«

»Gescheit bist du, das muß man dir lassen,« antwortete die Eule. »Weiter, Männchen!«

»Morgen früh werde ich, statt das Gut zu verlassen, über Schmerzen klagen, die mich am Gehen hindern. So bleibe ich einen Teil des Tages, damit der Lahme mehr Zeit hat, alles genau zu besichtigen. Abends, wenn die Kleine, wie gewöhnlich, mit dem Geistlichen fortgeht, folgen wir, der Lahme und ich, dem Mädchen von weitem und warten hier auf sie. Da sie uns schon kennt, wird sie nicht erschrecken, wenn sie uns wiedersieht. Wir treten zu ihr, und kann ich sie erst mit meinem Arm erreichen, dann entgeht sie mir nicht; sie wird fortgeschafft, und tausend Franken sind unser. Aber nicht genug. Nach zwei oder drei Tagen können wir Barbillon den Einbruch in das Gut verpfeifen und mit ihm teilen, wenn er etwas findet.«

»Wenn aber die Kleine den Geistlichen morgen abend nicht begleitet?«

»So warten wir bis übermorgen! Bin ich erst in dem Gut, so werde ich bald beurteilen können, ob es möglich ist, die Kleine zu entführen, oder ob wir ein anderes Mittel ausdenken müssen.«

»Dein Plan ist gut, Männchen. Mach', daß du fortkommst. Das Bauernvolk geht mit den Hühnern schlafen. Morgen um vier Uhr bin ich mit Barbillon wieder hier.«

»Abgemacht!«

»Warte noch! Ich habe vergessen, dem kleinen Lahmen Wachs zu geben. Weißt du, wie man einen Abdruck macht, Kleiner?«

»Ja, ich weiß es; Vater hat es mir gezeigt.«

»Morgen also, Männchen,« sagte die Eule.

Dann kehrte sie zu dem Wagen zurück.

Der Schulmeister und der Lahme gingen nach der Meierei. Das Licht, das aus den Fenstern schien, diente ihnen als Leitstern.

XLV

In der Gutsküche zu Bouqueval setzten sich Mägde und Knechte eben zur Abendmahlzeit nieder, als die Hunde im Hofe laut anschlugen.

»Es scheint jemand draußen zu sein,« sagte einer der Knechte.

Kaum hatte er diese Worte ausgesprochen, als die Klingel am Hoftor gezogen wurde.

»Wer kann noch so spät kommen? Geh hinaus, René, und sieh nach.«

René, ein junger Bursche, ließ mit Bedauern die heiße Suppe stehen und ging hinaus.

»Seit langer Zeit sitzen Madame Georges und Mamsell Marie heute nicht bei uns,« sagte Vater Chatelain, einer der ältesten Knechte.

»Madame Georges ist zu Mamsell Marie hinaufgegangen, die sich unwohl fühlte, als sie zurückkam,« antwortete Klaudine, die Magd, die Marie von dem Pfarrhause zurückbegleitet hatte.

»Unsere gute Marie ist doch hoffentlich nicht krank?« sagte der alte Chatelain besorgt.

»Nein, Vater Chatelain; Madame Georges sagte, es würde bald vorübergehen,« antwortete Klaudine.

Die Antwort Klaudinens wurde durch die Rückkehr Renés unterbrochen.

»Wer ist draußen?« fragte Vater Chatelain.

»Ein armer Blinder mit einem Jungen, der ihn führt. Die beiden haben sich verirrt und bitten, die Nacht hierbleiben zu dürfen.«

»Madame Georges wird nichts dagegen haben, daß man den armen Leuten ein Nachtlager gibt. Geh, sag' es ihr, Klaudine.«

Nach einer Weile kam die Magd zurück und sagte:

»Madame Georges will, daß die beiden ihr Nachtlager in der kleinen Stube erhalten.«

»So rücke zwei Stühle ans Feuer, damit sie sich erwärmen, bevor sie sich an den Tisch setzen, denn es ist grimmig kalt.«

Man hörte die Hunde wütend bellen und die Stimme eines Knechtes, der sie zu besänftigen suchte.

Dann wurde die Küchentüre rasch aufgerissen, und der Schulmeister und der Lahme traten schnell ein, als würden sie verfolgt.

»Gebt doch auf eure Hunde acht,« sagte der Schulmeister erschrocken. »Sie hätten mich beinahe gebissen.«

Der Schulmeister und der Lahme blieben an der Türe stehen und wagten nicht, weiter zu gehen. Der Räuber hielt den Kleinen an der Hand, der sich an ihn drückte und die Leute mißtrauisch ansah.

»Treten Sie ans Feuer, guter Mann, und wärmen Sie sich,« sagte Vater Chatelain, »dann essen Sie mit uns! Da, mein Sohn, führe deinen Vater hierher.«

»Der liebe Gott vergelt es Euch!« antwortete der Lahme in heuchlerischem Tone. »Komm, armer Vater!«

Beide gingen so an den Herd.

Lisander, der alte Hofhund, knurrte dumpf; nachdem er aber den Schulmeister beschnuppert hatte, fing er an, grauenhaft zu heulen.

Das Geheul Lisanders war so kläglich, daß es die anderen Hunde hörten und alle in das Gewinsel einstimmten.

Die Leute in der Küche sahen sich erschrocken an.

Selbst den Räuber schauderte, als er dieses Geheul hörte, das bei seiner Ankunft losbrach.

Nach einiger Zeit trat Ruhe ein, und man hörte jetzt nichts als das Klappern der Messer und Gabeln.

Die Knechte und Mägde bemerkten mit Rührung die Sorge des Knaben für den Blinden. Der Kleine machte ihm die Bissen zurecht, schnitt ihm das Brot zu und schenkte ihm ein.

Aber grausam, wie der Knabe in Wirklichkeit war, glich er jede scheinbare Aufmerksamkeit für seinen angeblichen Vater durch einen Tritt unter dem Tische aus, den er gegen eine alte Wunde richtete, die der Schulmeister, wie viele Sträflinge, an der Stelle hatte, an der er im Bagno den Ring der Kette getragen hatte.

Der Räuber mußte einen um so stoischeren Mut aufbieten, seinen Schmerz zu verbergen, weil das kleine Ungeheuer, um sein Opfer noch mehr zu quälen, zu seinen Angriffen immer den Augenblick wählte, in dem der Schulmeister trank oder sprach.

Der Räuber verbiß seinen Schmerz, da er bedachte, daß es für das Gelingen seiner Pläne sehr nachteilig sein würde, wenn er erraten ließe, was unter dem Tische vorging.

»Da, armer Vater, ist eine geschälte Nuß,« sagte der Lahme.

»Brav, mein Junge,« sagte Vater Chatelain, der sich an den Räuber mit den Worten wandte: »Sie haben einen guten Sohn.«

»Ja, mein Unglück ist groß, aber die Liebe meines Kindes ...«

Jetzt konnte der Schulmeister einen lauten Schmerzensschrei nicht unterdrücken.

Der Sohn Rotarms hatte die schmerzhafteste Stelle getroffen.

»Mein Gott, was ist dir, guter Vater?« fragte der Lahme mit weinerlicher Stimme. Dann stand er auf und warf sich an den Hals des Schulmeisters.

Im ersten Aufbrausen seines Zornes wollte der Räuber den Kleinen in seinen Herkulesarmen ersticken; er bezwang sich aber und schob ihn auf den Stuhl zurück.

»Was ist Ihnen, guter Mann?« fragte Vater Chatelain.

»Es ist nichts,« antwortete der Schulmeister, der seine Kaltblütigkeit wiedererlangt hatte. »Ich habe eine alte Wunde am Bein, die zuweilen noch sehr schmerzt. Aber es ist schon vorüber.«

»Armer Vater!« sagte der Lahme, der einen diabolischen Blick auf den Schulmeister warf.

Die Weiber sahen den Jungen gerührt an.

»Es ist schade, guter Mann,« fiel Vater Chatelain ein, »daß Sie nicht vor drei Wochen zu uns gekommen sind.«

»Warum?«

»Weil wir da einige Tage einen Doktor aus Paris hier hatten, der ein vortreffliches Mittel gegen Beinschäden kennt. Eine alte Frau konnte seit drei Jahren nicht gehen; der Doktor legte ihr seine Salbe auf die Wunde, und jetzt läuft sie mit jedem um die Wette; sie will auch zu Fuß nach Paris, um ihrem Retter zu danken, der in der Witwenallee wohnt.«

Das Wort »Witwenallee« weckte schreckliche Erinnerungen in dem Schulmeister, der unwillkürlich zitterte und seine häßlichen Züge verzerrte.

»Wenn Sie wieder nach Paris kommen, lassen Sie sich durch Ihren Sohn zu ihm führen; er wird Sie sicherlich heilen. Denken Sie sich, dieser vortreffliche Doktor David ist ein Neger.«

Das Gesicht des Schulmeisters war so von Narben zerfetzt, daß man nicht sehen konnte, wie er erblaßte, als er von dem schwarzen Arzt reden hörte, der an ihm die entsetzliche Strafe vollzogen hatte.

Es war ein unglücklicher Tag für den Schulmeister.

Vater Chatelain fuhr fort:

»Übrigens wollen wir Ihnen, armer Mann, wenn Sie wieder fortgehen, die Adresse des Doktors mitgeben.«

XLVI

Sobald der Räuber sich von seinem Entsetzen erholt hatte, stand er auf, nahm die Hand des kleinen Lahmen und rief:

»Wir wollen gehen. Führe mich!«

Die Leute sahen einander verwundert an.

»Sie wollen gehen – jetzt? Wo denken Sie hin, armer Mann?« sagte Vater Chatelain. »Was fällt Ihnen ein? Ist es nicht richtig im Kopfe bei Ihnen?«

Der kleine Lahme griff dies klug auf, seufzte tief und nickte bejahend. Dann legte er den Zeigefinger an die Stirn und gab dadurch den Leuten zu verstehen, daß es im Kopfe seines angeblichen Vaters wirklich nicht richtig sei.

Vater Chatelain antwortete ihm durch ein Zeichen, daß er verstehe.

Der kleine Lahme, der durchaus sein gutes Nachtlager nicht preisgeben wollte, um in der kalten Nacht im Freien umherzulaufen, sagte:

»Mein Gott, armer Vater, kommt der Anfall wieder? Beruhige dich! Ich möchte dir, siehst du, lieber ungehorsam sein, als dich jetzt hinausführen.« Dann wandte er sich an die Leute am Tisch und setzte hinzu: »Nicht wahr, ihr werdet nicht zugeben, daß mein armer Vater jetzt fortgeht?«

»Sei ruhig, mein Kind,« sagte Vater Chatelain; »wir werden deinen Vater nicht hinauslassen. Er wird die Nacht hierbleiben müssen.«

»Sie werden mich nicht zwingen hierzubleiben,« entgegnete der Schulmeister. »Also noch einmal, laßt mich fort!«

»Es ist nicht wahrscheinlich, daß unsere gute Dame heute noch herunterkommt, sonst würde sie selbst Sie beruhigen. Hat sie nicht befohlen, Ihnen ein Bett zurechtzumachen? Wenn Sie die gute Frau heute abend nicht sehen, so werden Sie morgen früh mit ihr sprechen.«

Der Räuber konnte das Haus nicht verlassen; er war in den Händen des kleinen Lahmen. Er fügte sich also, sagte aber zum Vater Chatelain:

»Da Sie mir die Versicherung geben, daß ich niemandem zur Last bin, so nehme ich das Nachtquartier an, das Sie mir bieten; da ich aber sehr müde bin, so will ich mich, wenn Sie es erlauben, gleich niederlegen. Ich möchte morgen sehr zeitig aufbrechen.«

»Wann Sie wollen!«

»Ich will den armen Mann eine Strecke fahren,« sagte der Knecht René. »Madame hat mir den Auftrag gegeben, Geld beim Notar in Villiers-le-Bel zu holen.«

»Du wirst den armen Blinden auf den Weg bringen, aber zu Fuß gehen,« antwortete Vater Chatelain. – »Madame hat sich mit Recht bedacht, daß es nicht der Mühe lohne, eine so große Summe im voraus hier zu haben. Nächsten Montag ist noch Zeit genug. Bis dahin kann das Geld bei dem Notar bleiben.«

»Madame weiß besser, was sie zu tun hat, als ich.«

»Richtig! Und ich möchte auch lieber fünfhundert Säcke Getreide als sechs Säcke Taler hier haben.«

»Nun,« fuhr Vater Chatelain, zu dem Räuber und dem kleinen Lahmen gewandt, fort, »kommen Sie!« Damit ging er den beiden Gästen voraus und führte sie in ein Stübchen zu ebener Erde.

Der Alte setzte den Leuchter auf einen Tisch und sagte zu dem Schulmeister:

»Hier schlafen Sie. Möge Ihnen Gott eine gute Nacht schenken! Du, mein Sohn, schläfst gewiß gut, denn in der Jugend bleibt der Schlaf nie aus.«

Der Räuber setzte sich finster auf das Bett, zu dem ihn der Lahme geführt hatte.

Dieser winkte dem Vater Chatelain, als er sich entfernte, und ging ihm nach.

»Was willst du, mein Sohn?« fragte der Alte.

»Mein guter Herr, Vater bekommt manchmal Krämpfe in der Nacht; würde mich wohl jemand hören, wenn ich um Hilfe rufen müßte?«

»Armes Kind!« sagte der Alte teilnehmend; »siehst du die Türe hier an der Treppe?«

»Ja, guter Herr.«

»Nun, hier schläft immer jemand. Du brauchst den Mann nur zu wecken; er würde deinem Vater gleich zu Hilfe kommen.«

»Ach, dieser Mann würde vielleicht meines Vaters allein nicht Herr. Könnten Sie nicht auch kommen?«

»Ich schlafe mit auf der anderen Seite des Hofes. Aber beruhige dich: René ist stark; er kann einen Ochsen niederwerfen. Wenn ihr noch jemand braucht, so weckt er die alte Köchin; im Notfalle macht sie die Krankenwärterin.«

»Ich danke, guter Herr.«

»Nun gute Nacht! Hoffentlich brauchst du keine Hilfe!«

Und der Alte entfernte sich.

Mit teuflischer Schlauheit hatte der Knabe erfahren, was er wissen wollte, um die Pläne der Eule und des Schulmeisters zu fördern.

Als der Lahme in das Stübchen zurückkam, fragte der Schulmeister ihn leise:

»Woher kommst du?«

»Sie sind sehr neugierig, Augenloser.«

»Du sollst mir büßen, Teufelsjunge!« rief der Schulmeister und stand wütend auf, tappte nach dem kleinen Lahmen und hielt sich dabei an den Wänden an. »Ich erwürge dich, du Schlange!«

»Du bist wohl recht vergnügt, da du Blindekuh mit deinem lieben Söhnchen spielst?« sagte der Lahme lachend, indem er sich den Nachstellungen des Schulmeisters entzog.

Dieser mußte es bald aufgeben, den Sohn Rotarms zu fassen.

Der Räuber warf sich fluchend auf sein Bett.

»Armer Vater, hast du Zahnschmerzen, da du so fluchst? Was würde der Herr Pfarrer sagen, wenn er dich hörte?«

»Schon gut,« sagte der Räuber mit dumpfer Stimme, »spotte nur über mein Unglück!«

»Schade, daß du auf jedem Auge blind bist, guter Vater.«

»Nun, du bist lustig,« sagte der Schulmeister. »Aber statt mich zu peinigen, solltest du dich daran erinnern, was dir die Eule gesagt hat, die du so sehr liebst; du solltest alles ansehen und Abdrücke machen. Hast du gehört? Die Leute sprachen von einer großen Geldsumme, die sie Montag hier haben werden. Wir könnten da mit den Freunden wiederkommen. Es ist ein guter Fang zu machen. – Und selbst wenn es in dem Hause hier nichts zu stehlen gäbe, würde ich mit der Eule wieder herkommen, um mich zu rächen.«

»Wenn ich wollte, Alter, würde ich Sie an die Türe der Frau führen, denn ich weiß, wo ihr Zimmer ist.«

»Du weißt, wo ihr Zimmer ist?«

»Ja, ich werde Sie schön machen lassen wie einen Hund, dem man einen Knochen zeigt.«

»Du weißt, wo das Zimmer der Frau ist?« wiederholte der Räuber.

»Ja, ich weiß noch mehr; ich weiß, daß nur ein Mann hier in dem Hause schläft; ich weiß, wo seine Türe ist; der Schlüssel steckt; ein Ruck, und er ist eingesperrt.«

»Wer hat dir das gesagt?« fragte der Räuber, indem er aufstand.

»Neben der Stube der Frau schläft eine alte Köchin; noch einmal den Schlüssel herumgedreht, und wir sind Herren im Hause. Jetzt mach' schön, alter Hund!«

»Du lügst. Woher weißt du das alles?«

»Ich bin lahm, aber nicht dumm, alter Hund!«

Nach langem Schweigen sagte der Schulmeister mit ruhiger Stimme:

»Höre mich an. Gefängnis, Bagno, Guillotine sind nichts gegen das, was ich seit heute morgen erdulde ... Führe mich in die Stube der Frau, ich habe mein Messer bei mir ... ich will sie ermorden. Man wird mich auch töten, aber das ist mir gleich. – Seit einem Augenblick ist mir, als wollte mein Kopf zerspringen; die Adern schlagen, als wollten sie bersten; meine Gedanken verwirren sich –«

»Stockschnupfen! Ich kenne das. – Niese einmal, das hilft! Willst du eine Prise?«

Und er schlug klatschend auf den Rücken seiner linken geschlossenen Hand, als klopfe er auf den Deckel einer Dose.

Bei dem erneuten Gespött des Lahmen verlor der Räuber beinahe den Kopf.

Er wollte, da er kein Opfer fand, in der Wut sein eigenes Blut vergießen. Er griff in seine Tasche, zog ein langes, dolchartiges Messer hervor, machte es auf und holte aus, um es sich ins Herz zu stoßen.

Aber es gebrach dem Mörder an Mut; die Hand mit dem Dolche sank auf seine Knie.

Der kleine Lahme hatte allen diesen Bewegungen aufmerksam zugesehen, und als er die harmlose Entwicklung des tragischen Anfanges erkannte, lachte er laut auf. Dann trat er, barfuß und ohne von dem Schulmeister gehört zu werden, der noch immer das große Messer in der Hand hielt, näher; mit ungewöhnlicher Gewandtheit entriß er ihm die Waffe und war mit einem Satze wieder am anderen Ende der Stube.

»Mein Messer!« rief der Räuber, indem er die Arme ausbreitete.

»Nein,« antwortete der Lahme, »denn Sie sind imstande, einen Mord zu begehen, wennschon keinen Selbstmord!«

»Ich werde das Haus in Brand stecken, damit wir alle verbrennen. Das Licht, gib her das Licht!« lallte der Schulmeister in ohnmächtiger Wut.

»Haha!« lachte der Lahme, »wenn man dir das Licht nicht ausgeblasen hätte, würdest du sehen, daß wir gar kein Licht hier haben.«

Der Schulmeister seufzte tief, streckte die Arme aus und fiel, so lang er war, auf die Diele nieder. Er blieb, vom Schlag getroffen, unbeweglich liegen.

»Wir kennen das schon Alter,« sagte der Lahme; »es ist eine Finte, damit du mir eins versetzen kannst. Du wirst schon wieder aufstehen.«

Der Sohn Rotarms blieb auf dem Stuhle sitzen und ließ den Räuber nicht aus den Augen.

Um sich dabei angenehm zu beschäftigen, zog der Lahme vorsichtig die rotseidene Börse aus der Tasche, die er in der Rue du Temple der Marquise von Harville auf der Treppe entrissen hatte, und zählte langsam und mit innigem Vergnügen die siebzehn Goldstücke auf, die sich darin befanden.

Dann ging er, barfuß und das Licht mit der Hand verdeckend, hinaus, um Wachsabdrücke von den Schlössern der vier Türen zu nehmen, die auf den Korridor gingen. Wenn man ihn dabei überraschte, wollte er sagen, er suche Hilfe für seinen Vater.

Als der Lahme wieder in das Stübchen trat, lag der Räuber noch immer am Boden. Einen Augenblick wurde der Knabe doch ängstlich; er horchte; da er aber den Räuber atmen hörte, glaubte er noch immer an eine List.

»Immer noch hier, Alter?« sagte er zu ihm.

Ein Zufall hatte den Schulmeister vor einem sonst vielleicht tödlichen Schlagfluß gerettet. Er war auf das Gesicht und die Nase gefallen und hatte stark geblutet.

Darauf versank er in jenen Zustand, der halb Schlaf, halb Wahnsinn ist.

XLVII

Die Uhr an der Meierei von Bouqueval verkündete die neunte Morgenstunde, als Madame Georges leise in das Zimmer Mariens trat.

Das junge Mädchen schlummerte so leicht, daß es fast augenblicklich erwachte. Eine glänzende Wintersonne warf ihre Strahlen durch die Vorhänge, verbreitete in dem Stübchen Mariens einen goldenen Schein und gab ihrem bleichen Gesicht die Farbe, die ihm fehlte.

»Nun, mein Kind,« sagte Madame Georges, indem sie Marie auf die Stirn küßte, »wie geht es dir?«

»Besser, Madame; ich danke Ihnen.«

»Bist du nicht sehr früh geweckt worden?«

»Nein, Madame.«

»Desto besser. – Der unglückliche Blinde und sein Sohn, denen man Nachtquartier gegeben hatte, wollten die Meierei bei Tagesanbruch verlassen, und ich fürchtete, das Geräusch habe dich geweckt.«

»Die armen Leute! Warum sind sie so zeitig aufgebrochen?«

»Ich weiß es nicht. Ich ging gestern abend in die Küche hinunter, um sie zu sehen, aber sie waren so ermüdet, daß sie um die Erlaubnis baten, zur Ruhe gehen zu dürfen. Vater Chatelain sagte mir, der Blinde scheine nicht recht bei Verstande zu sein ... Marie, du hast etwas Fieber gehabt; du darfst heute nicht aus der Stube gehen.«

»Verzeihen Sie, Madame, um fünf Uhr erwartet mich der Herr Abbé.«

»Das würde unklug sein; du hast eine schlechte Nacht gehabt.«

»Das ist wahr; entsetzliche Träume haben mich gepeinigt.«

»Armes Kind!« sagte Madame Georges teilnehmend, als sie sah, daß Mariens Augen sich wieder mit Tränen füllten.

»Verzeihen Sie mir, Madame, aber seit zwei Tagen will mir bisweilen das Herz zerbrechen. Gegen meinen Willen treten mir die Tränen in die Augen; mich peinigt eine böse Ahnung, als sollte mir ein Unglück widerfahren.«

Madame Georges wollte Marie beruhigen, als Klaudine eintrat.

»Was willst du, Klaudine?«

»Madame, Peter ist von Arnouville gekommen und hat einen Brief für Sie mitgebracht; er sagt, es sei sehr eilig.«

Der Brief lautete folgendermaßen:

»Meine liebe Madame Georges! Sie würden mir einen großen Gefallen tun und könnten mich aus peinlichster Verlegenheit reißen, wenn Sie sogleich zu mir kommen wollten! Peter wird Sie im Wagen zu mir bringen und nach Tische wieder zurückfahren. – Ich weiß wirklich nicht, was ich tun soll; mein Mann ist in Pontoise, um Wolle zu verkaufen, und ich wende mich deshalb an Sie und an Marie; Klara küßt in Gedanken ihre liebe kleine Schwester und erwartet sie mit Ungeduld. – Kommen Sie, wenn möglich, noch zum Frühstück.

Ihre aufrichtige Freundin

Dubreuil.«

»Was mag es sein?« fragte Madame Georges Marie. »Zum Glück beweist der Ton des Briefes, daß nichts Schlimmes geschehen ist.«

»Soll ich Sie begleiten, Madame?« fragte Marie.

»Das ist vielleicht unvorsichtig, aber wenn du dich recht warm anziehst, kann dir die kleine Reise am Ende nicht schaden.«

Madame Georges sagte darauf zu Klaudine:

»Peter soll einen Augenblick warten, wir werden gleich bereit sein.«

XLVIII

Eine halbe Stunde nach diesem Gespräch stiegen Madame Georges und Marie in den Wagen, und bald rollte er, von kräftigen Pferden gezogen, auf dem Rasenwege hin, der von Bouqueval nach Arnouville führte.

Peters Peitschengeknall meldete Madame Dubreuil die Ankunft Mariens und der Madame Georges, die mit freundlicher Herzlichkeit empfangen wurden.

Madame Dubreuil war etwa fünfzig Jahre alt, ihr Gesicht freundlich und mild, wie die Züge ihrer Tochter, einer hübschen Brünette mit blauen Augen und frischen, rosigen Wangen.

»Auch Sie, Klara, haben sich als Bauernmädchen verkleidet?« fragte Madame Georges.

»Sie will es in allem ihrer Freundin Marie gleichtun,« antwortete Madame Dubreuil. »Aber kommen Sie, Madame Georges, damit ich Ihnen meine Verlegenheit schildere.«

Als alle ins Zimmer getreten waren, setzte sich Klara neben Marie nieder, nahm die Hände der Freundin in die ihren, küßte sie nochmals, nannte sie ihre kleine Schwester und machte ihr freundliche Vorwürfe, daß sie ihre Besuche so selten wiederhole.

»Was ist geschehen, liebe Madame Dubreuil?« fragte Madame Georges, »und wie kann ich Ihnen behilflich sein?«

»Ich will Ihnen alles erzählen. Sie wissen wohl nicht, daß diese Besitzung eigentlich der Herzogin von Lucenay gehört. Wir haben immer direkt mit ihr zu tun.«

»Das wußte ich wirklich nicht.«

»Sie werden gleich sehen, warum ich das vorausschicke. Wir bezahlen also das Pachtgeld an die Herzogin oder an ihre erste Kammerfrau, Madame Simon. Die Herzogin ist so gütig, daß es eine wahre Freude ist, mit ihr zu tun zu haben; ich und mein Mann würden für sie durchs Feuer gehen. Kürzlich bat sie uns um den Pachtzins auf ein halbes Jahr im voraus. Vierzigtausend Franken findet man nicht gleich auf der Straße, wie man zu sagen pflegt, aber wir hatten sie zufällig liegen, und den nächsten Tag hatte die Herzogin ihr Geld.«

»Bis jetzt sehe ich noch nicht, meine gute Madame Dubreuil, wie ich Ihnen dienen könnte.«

»Gleich, gleich; ich erzählte das nur, um Ihnen anzudeuten, daß die Herzogin uns ihr ganzes Vertrauen schenkt. Gestern abend also erhalte ich durch einen reitenden Boten folgenden Brief:

Der kleine Pavillon im Garten, liebe Madame Dubreuil, muß übermorgen bewohnbar sein; lassen Sie alle notwendigen Möbel, Teppiche und Vorhänge hineinbringen. Es darf nichts fehlen!

Lassen Sie Tag und Nacht Feuer in dem Pavillon brennen, um die Feuchtigkeit zu vertreiben. Sie werden die Person, die den Pavillon beziehen soll, so behandeln, wie Sie mich selbst behandeln würden; ein Brief, den Ihnen diese Person überbringt, wird Ihnen sagen, was ich von Ihrem immer so aufmerksamen Eifer erwarte. Ich rechne auch diesmal darauf und fürchte nicht, enttäuscht zu werden. Leben Sie wohl, küssen Sie meine hübsche Patin und glauben Sie an meine aufrichtige Gewogenheit.

Noirmont von Lucenay.

NS. Die Person, die den Pavillon bewohnen soll, wird übermorgen abends ankommen. Vergessen Sie nur nicht, den Pavillon so behaglich als möglich einzurichten.

Und nun komme ich,« sagte Madame Dubreuil, indem sie den Brief der Herzogin in die Tasche steckte, »in die größte Verlegenheit.«

»Warum?«

»Die Frau Herzogin spricht von Möbeln, Teppichen und so weiter, aber wir haben keine Teppiche hier, und unsere Möbel sind ganz bescheiden. Dann weiß ich nicht, ob die Person, die wir erwarten sollen, ein Herr oder eine Dame ist; gleichwohl soll morgen abend alles bereit sein. Was da anfangen? Man könnte den Kopf darüber verlieren.«

»Der Pavillon ist also gewöhnlich nicht bewohnt?« fragte Madame Georges.

»Nein; es ist das kleine, weiße Haus, das ganz allein am Ende des Gartens steht. Der Fürst ließ es für die Herzogin bauen, als sie noch Fräulein war; wenn sie hierherkamen, ruhten sie dort aus. Es enthält drei hübsche Zimmer und am Ende des Gartens eine Schweizer Meierei, in der die Herzogin als Kind Milchmädchen spielte. Seit sie verheiratet ist, haben wir sie nur zweimal hier gesehen, und jedesmal blieb sie einige Stunden in dem kleinen Pavillon. Das erstemal – es werden nun sechs Jahre sein – kam sie zu Pferde mit ...«

Als wenn die Anwesenheit Maries und Klaras sie verhindere, weiterzusprechen, fuhr Madame Dubreuil fort:

»Aber ich schwatze und schwatze, und das alles bringt uns doch nicht aus der Verlegenheit. Kommen Sie mir zu Hilfe, liebe Madame Georges!«

»Sagen Sie mir, wie ist der Pavillon jetzt möbliert?«

»Überhaupt fast nicht.«

»Ich würde an Ihrer Stelle einen verständigen Mann nach Paris schicken. Es ist jetzt elf Uhr.«

»Unser Faktotum!«

»In zwei Stunden ist er in Paris, geht zu einem Tapezierer, übergibt ihm ein Verzeichnis, das ich Ihnen entwerfen will, nachdem wir gesehen haben, was in dem Pavillon fehlt, und sagt ihm, es müsse, koste es, was es wolle, heute abend alles hier sein. Bis morgen abend ist dann das Häuschen in Ordnung.«

»Ach, gute Madame Georges, Sie sind meine Vorsehung! Aber die andere Schwierigkeit! Wir wissen nicht, ob wir einen Herrn oder eine Dame erwarten sollen!«

»Handeln Sie, als erwarteten Sie eine Dame, liebe Madame Dubreuil. Ist es ein Herr, so wird er sich um so wohler befinden.«

»Sie haben recht!«

Eine Magd meldete, das Frühstück sei aufgetragen.

»Madame,« setzte die Magd hinzu, »es ist auch die Milchfrau von Rains da.«

»Die arme Frau!«

»Was ist mit ihr?« fragte Madame Georges.

»Ach, es ist eine Bauernfrau von Rains, die alle Tage die Milch nach Paris brachte und sich so leidlich ernährte. Ihr Mann war Schmied. Eines Tages begleitete er seine Frau in die Stadt. Leider hatte sich die Frau ihren Platz, wie es scheint, in einem schlechten Viertel gewählt. Als ihr Mann kam, um sie abzuholen, fand er sie im Handgemenge mit betrunkenen Subjekten, die ihre Milch auf die Gasse gegossen hatten. Der Schmied wurde ebenfalls mißhandelt; er verteidigte sich, und im Verlauf der Schlägerei erhielt er einen Messerstich, der ihn tot niederstreckte.«

»Das ist ja gräßlich!« rief Madame Georges aus. »Hat man den Mörder verhaftet?«

»Leider nicht. Die arme Witwe versichert, sie würde ihn sogleich wiedererkennen. Bis jetzt sind aber alle Nachforschungen vergebens gewesen. Nach dem Tode ihres Mannes mußte die Frau ihre Kühe verkaufen. Sie hat drei Kinder, von denen das älteste noch nicht zwölf Jahre alt ist. Es war eine Stelle bei mir frei; die habe ich ihr gegeben, und jetzt ist sie also da.«

»Wo ist die arme Frau?« fragte Klara.

»Sie ist mit ihren Kindern, ihrem kleinen Wagen und ihrem Esel im Scheunenhof.«

»Du wirst die arme Frau sehen, Marie,« sagte Klara, indem sie den Arm der Freundin nahm. »Du wirst dich überzeugen, wie blaß und traurig sie aussieht. Das letztemal, als sie hier war, tat mir ihr Anblick so weh; sie vergoß Tränen, als sie von ihrem Manne sprach, dann aber hörten ihre Tränen auf, und sie geriet in große Wut. Es gibt recht unglückliche Menschen, nicht wahr, Marie?«

»Ach ja,« antwortete Marie mit einem tiefen Seufzer. – »Es gibt sehr unglückliche Menschen; Sie haben recht.«

»Geh!« rief Klara, »du sagst schon wieder Sie. Bist du denn böse auf mich, Marie?«

»Ich? Großer Gott!«

»Nun, warum sagst du Sie? Ich werde dir noch ernstlich zürnen.«

»Klara, verzeih mir! Ich war zerstreut.«

»Zerstreut, wenn du mich nach acht Tagen wiedersiehst!« erwiderte Klara traurig.

Marie wurde totenbleich und antwortete nicht.

Bei ihrem Anblick hatte eine Frau in Trauerkleidung einen Schrei des Entsetzens ausgestoßen.

Es war die Milchfrau, die jeden Morgen der Schallerin Milch verkaufte, als sie noch bei der Wirtin vom »Weißen Kaninchen« lebte.

XLIX

Der Auftritt erfolgte im Beisein von Arbeitern und Frauen, die von ihrer Arbeit zurückkehrten, um zu Mittag zu essen.

Unter einem Schuppen stand ein kleiner Wagen mit einem Esel, der das armselige Mobiliar der Witwe trug. Ein Knabe von etwa zwölf Jahren begann mit noch zwei jüngeren Kindern, den Wagen abzuladen.

Die schwarz gekleidete Frau war etwa vierzig Jahre alt und hatte ein männliches, entschlossenes Gesicht. Als sie Marie erblickte, stieß sie einen Schreckensschrei aus, bald aber verzerrten Schmerz und Zorn ihre Züge; sie stürzte auf Marie zu, faßte sie kräftig am Arm und schrie, indem sie die Arbeiter auf das Mädchen aufmerksam machte:

»Da ist eine, die den Mörder meines Mannes kennt! Ich habe sie zwanzigmal mit dem Schuft sprechen sehen. Als ich an der Ecke Milch verkaufte, kam sie jeden Morgen zu mir und holte sich für einen Sou; sie muß wissen, wer der Bösewicht ist, der meinen armen Mann ermordet hat! Sie gehört, wie alle ihresgleichen, zu der Sippe dieser Banditen ... Du entgehst mir nicht, Spitzbübin!« rief die Frau, während sie auch den andern Arm Mariens packte, die, an allen Gliedern zitternd, entfliehen wollte.

Klara, durch diesen unerwarteten Überfall verblüfft, hatte kein Wort sagen können; als aber die Witwe jetzt noch wütender wurde, fuhr sie sie an:

»Du bist verrückt! Der Kummer verwirrt dir den Verstand!«

»Ich mich irren?« wiederholte die Frau, »ach nein, ich irre mich nicht. Sehen Sie nur, wie die Elende blaß geworden ist. Wart' nur, das Gericht wird dich schon zwingen, zu reden; du gehst gleich mit mir zum Maire, verstehst du? Sträube dich nur, Würmchen, ich habe eine gute Faust. Ich lasse dich nicht los, und sollte ich dich zum Maire tragen müssen.«

»Unverschämtes Weib!« fiel jetzt Klara erzürnt ein. »Wie unterstehst du dich, dich an meiner Schwester zu vergreifen?«

»Ihre Schwester, Mamsellchen? Bei Ihnen scheint es im Köpfchen nicht zu stimmen,« antwortete die Frau grob. »Ihre Schwester! ein Mädchen von der Straße, das ich selbst in der Cité habe herumstreichen sehen.«

Bei diesen Worten erhoben die Arbeiter ein Gemurmel des Unwillens gegen Marie; sie nahmen natürlich die Partei der Milchfrau, die ihrem Stande angehörte, und deren Unglück ihnen naheging.

Als die drei Kinder ihre Mutter so laut sprechen hörten, eilten sie zu ihr und hängten sich weinend an sie, ohne zu wissen, worum es sich handelte. Der Anblick dieser armen, in Trauer gekleideten Kinder steigerte die Wut der Knechte und Mägde gegen Marie.

Klara sagte zu den Leuten mit bewegter Stimme:

»Bringt diese Frau fort! Ich wiederhole, daß der Gram ihren Verstand verwirrt hat. Marie, Marie, verzeihe! Die Verrückte weiß nicht, was sie spricht.«

Marie stand bleich, mit gesenktem Haupte, stumm, regungslos, wie vernichtet da und machte keine Bewegung, sich den Händen der kräftigen Bauersfrau zu entziehen.

Klara, die diese Mutlosigkeit dem Entsetzen zuschrieb, das ein solcher Auftritt in ihrer Freundin erregen mußte, sagte von neuem zu den Arbeitern:

»Hört ihr nicht? Ich befehle euch, die Frau fortzuweisen! Sie soll die Stelle nicht erhalten, die ihr meine Mutter versprochen hatte. Ich werde nie zugeben, daß sie den Hof wieder betritt.«

Keiner der Arbeiter rührte sich; einer wagte sogar zu sagen:

»Mamsellchen, wenn sie ein Straßenmädchen ist und den Mörder des Mannes der armen Frau kennt, muß sie dem Maire Auskunft geben.«

»Ich wiederhole dir, daß du dich niemals hier wieder sehen lassen darfst,« sagte Klara zu der Milchfrau, »wenn du nicht augenblicklich Mademoiselle um Verzeihung bittest.«

»Sie weisen mir die Türe? Kommt, ihr armen Kinder, packt alles wieder auf den Wagen, wir wollen unser Brot anderswo suchen. Weil Sie reich sind, Mamsell,« fuhr sie, mit einem kecken Blick auf Klara, fort, »weil Sie Freundinnen unter solchen Geschöpfen haben, brauchen Sie nicht so hart gegen arme Leute zu sein.«

»Es ist wahr,« sagte einer von den Leuten; »die Frau hat recht.«

»Man hat ihren Mann ermordet, soll sie sich das ruhig gefallen lassen?«

»Man kann sie nicht hindern, den Mörder ausfindig zu machen!«

»Es ist unrecht, sie fortzuschicken.«

»Ist es ihre Schuld, wenn die Freundin von Mamsell Klara eine Straßendirne ist?«

Das Gemurmel wurde drohend, als Klara ausrief:

»Gott sei Dank, da kommt meine Mutter!«

Madame Dubreuil, die aus dem Pavillon zurückkam, ging eben über den Hof.

»Nun, Klara und Marie,« sagte die Pächterin, indem sie zu der Gruppe trat, »kommt zum Frühstück, Kinder, es ist schon spät.«

»Mutter,« sagte Klara, »verteidige meine Schwester gegen die Beleidigungen dieser Frau!«

»Wie? Sie hätte gewagt ...«

»Ja, Mutter. Sieh, wie die arme Marie zittert; sie kann kaum stehen. Marie, ich bitte dich, verzeihe uns.«

»Aber was soll denn das bedeuten?« fragte Madame Dubreuil.

»Madame, Sie werden gerecht sein.« sagten die Arbeiter.

»Jetzt wirst du aus dem Hause gewiesen werden,« fiel die Witwe, zu Marie gewendet, ein.

»Es ist also wahr!« rief Madame Dubreuil, während die Milchfrau noch immer Mariens Arm festhielt. »Du wagst, so zu der Freundin meiner Tochter zu sprechen? Ist das der Dank für meine Güte? Willst du das Mädchen sogleich in Ruhe lassen?«

»Ich achte Sie, Madame, und bin Ihnen dankbar für Ihre Güte,« entgegnete die Witwe, indem sie Marie losließ. »Aber ehe Sie mich beschuldigen und mit meinen Kindern aus dem Hause weisen, fragen Sie die Unglückliche! Sie wird nicht so frech sein zu leugnen, daß sie mich kennt.«

»Marie, hörst du, was diese Frau sagt?« fragte Madame Dubreuil in höchstem Erstaunen.

»Heißt du die Schallerin, ja oder nein?« wandte sich die Milchfrau wieder an Marie.

»Ja«, sagte sie leise, ohne Madame Dubreuil anzusehen.

»Sehen Sie!« riefen die Arbeitsleute. »Sie gesteht es!«

»Was gesteht sie?« fragte Madame Dubreuil.

»Lassen Sie das Mädchen antworten, Madame,« fiel die Witwe ein. »Sie wird gestehen, daß sie in einem schlechten Hause war, wo ich ihr alle Morgen für einen Sou Milch verkauft habe. Sie wird auch gestehen, daß sie, in meiner Gegenwart, mit dem Mörder meines armen Mannes gesprochen hat. Sie kennt ihn genau, ich weiß es; ein junger, blasser Mann, der immer rauchte, eine Mütze, Bluse und langes Haar trug; sie muß seinen Namen kennen. Willst du antworten?« fragte die Frau.

»Ich habe wohl mit dem Mörder Ihres Mannes sprechen können, denn leider gibt es in der Cité mehr als einen Mörder,« antwortete Marie, kaum vernehmlich, »aber ich weiß nicht, wen Sie meinen.«

»Wie? Was sagt sie?« rief Madame Dubreuil entsetzt aus.

»Solche Geschöpfe kennen ja überhaupt keine andere Gesellschaft,« antwortete die Witwe.

Madame Dubreuil wich mit Ekel und Abscheu zurück, zog Klara zu sich und klagte:

»Welche Schändlichkeit! Klara, sieh dich vor, komm diesem Mädchen nicht zu nahe! – Aber wie konnte Madame Georges zulassen, daß meine Tochter... Mein Gott!... Das ist ja entsetzlich...«

Klara glaubte zu träumen. In ihrer Unschuld begriff sie die Anklagen nicht, die man auf ihre Freundin häufte; aus ihren Augen strömten Tränen, als sie Marie stumm, wie eine Verbrecherin, vor ihren Richtern stehen sah.

»Komm, meine Tochter,« sagte Madame Dubreuil zu Klara. Dann wandte sie sich an Marie und herrschte sie an: »Und dich, unwürdiges Geschöpf, wird Gott für deine Heuchelei strafen. Du läßt dich von meiner Tochter Schwester nennen, du Auswurf? Du wagst es, unter ehrliche Menschen zu treten und verdientest, ins Gefängnis gebracht zu werden!«

»Siehst du, daß es noch Gerechtigkeit gibt?« triumphierte die Witwe, während sie Marie die Faust wies.

»Du brave Frau,« sagte Madame Dubreuil, »ich werde dir für den Dienst danken, den du mir erwiesen hast, indem du die Elende entlarvtest!«

»Komm, Klara,« fuhr Madame Dubreuil fort. »Madame Georges wird uns ihr Benehmen erklären. Wenn nicht, so sehe ich sie in meinem Leben nicht wieder, denn sie hat sich unverantwortlich gegen uns betragen.«

»Aber sieh doch die arme Marie ...«

»Mag sie vor Scham in die Erde sinken, du darfst keinen Augenblick länger bei ihr bleiben. Sie gehört zu den Geschöpfen, mit denen man nicht sprechen kann, ohne sich zu entehren.«

»Mein Gott, Mutter, ich weiß nicht, was das alles bedeutet. Marie wird ohnmächtig; erbarme dich doch ihrer!«

»Ach, Mademoiselle Klara, verzeihen Sie mir ... Ich habe Sie gegen meinen Willen getäuscht und mir selbst Vorwürfe gemacht,« sagte Marie, indem sie ihre Beschützerin mit einem Blick tiefster Dankbarkeit ansah.

»Mutter, hast du denn kein Mitleid?« rief Klara mit herzzerreißender Stimme.

»Mitleid, für sie? Würde uns nicht Madame Georges von ihr befreien, ich ließe sie vor die Türe werfen wie eine Pestkranke.«

Madame Dubreuil führte ihre Tochter fort.

Marie blieb allein in der drohenden Gruppe, die sich um sie zusammenschloß.

Trotz den zornigen Worten, mit denen Madame Dubreuil sie überhäufte, hatte die Gegenwart der Pächterin und Klaras beruhigend gewirkt. Jetzt, da sie sich allein in den Händen der Bauern befand, verließen sie die Kräfte.

Einige Schritte von ihr stand die Witwe des Ermordeten, durch die Verwünschungen der Madame Dubreuil noch mehr gereizt, und zeigte ihren Kindern das junge Mädchen mit Gebärden des Hasses und der Verachtung. Die Leute, die im Kreise um sie standen, verhüllten ihre feindselige Gesinnung nicht. Ihre Gesichter drückten Unwillen, Zorn und Hohn aus. Männer und Frauen konnten es Marien nicht verzeihen, daß sie von ihrer Herrschaft fast wie ihresgleichen behandelt worden war.

»Man muß sie zum Maire führen,« sagte einer.

»Ja, und wenn sie nicht gehen will, muß sie gezwungen werden!«

»Du sollst schon reden und den Mörder nennen!« rief die Witwe dazwischen. »Ihr gehört ja alle zu einer Bande. Laß dein Lärvchen sehen!«

Und die Frau riß Marien die beiden Hände weg, mit denen sie ihr Gesicht verhüllte.

Das arme Mädchen, das anfangs nur Scham gefühlt hatte, fing jetzt an, sich zu fürchten, als sie sich allein unter den Wütenden sah; sie faltete die Hände, richtete ihre Augen flehentlich auf die Witwe und sagte mit sanfter Stimme:

»Gute Frau, ich lebe ja schon seit zwei Monaten in Bouqueval und konnte also unmöglich Zeuge des Unglücks sein, von dem Sie sprechen.«

Die schüchterne Stimme Mariens wurde durch das drohende Geschrei übertönt:

»Zum Maire mit ihr! Dort wird sie reden müssen.«

»Vorwärts!«

Da die Gruppe sich Marien immer mehr näherte, faltete sie unwillkürlich die Hände, sah bald nach dieser, bald nach jener Seite und schien um Hilfe zu bitten.

»Ja,« fiel die Milchfrau ein, »wenn du dich auch umsiehst, Mamsell Klara ist nicht mehr da.«

»Ach, gute Frau,« entgegnete Marie zitternd, »ich will ja nicht fliehen; aber was habe ich allen den Leuten hier zuleide getan?«

Die Bauern, die mehr dumm als böse waren, regten sich auf über ihre eigenen Worte und steigerten ihre Wut durch die Schimpfreden und Drohungen, die sie gegen ihr Opfer führten.

Marie, die von dem tiefen Wasserbassin nur durch die Brüstung getrennt war, auf die sie sich stützte, fürchtete, ins Wasser geworfen zu werden und rief deshalb, indem sie die Hände ausbreitete:

»Aber, mein Gott! was wollen Sie von mir? Tut mir doch nichts zuleide!«

Einer der Wütenden rief:

»Ins Wasser mit ihr! Wir wollen sie untertauchen!«

»Ja, ins Wasser!« wiederholte man, unter lautem Gelächter. »Das wird sie lehren, rechtschaffenen Leuten fernzubleiben.«

Marie sprach kein Wort der Klage aus, sondern sank auf die Knie nieder, legte die Hände auf ihre Brust, schloß die Augen und wartete betend.

Die Leute, durch die stumme Ergebung des Mädchens entwaffnet, zögerten einen Augenblick. Der weibliche Teil der Versammlung hielt ihnen aber ihre Schwäche vor, und sie fingen deshalb von neuem zu schreien an, um sich Mut zu machen.

Zwei der eifrigsten wollten eben Marie ergreifen, als eine entschiedene Stimme ihnen zurief:

»Zurück!«

In demselben Augenblick war auch schon Madame Georges, die sich einen Weg durch die Menge gebahnt hatte, neben Marie, die noch immer kniete, erschienen. Sie umfaßte sie mit ihren Armen, hob sie auf und sagte:

»Steh auf, mein Kind! Steh auf, meine liebe Tochter. Man darf nur vor Gott knien.«

Madame Georges sah jetzt die Leute mit einem festen und strengen Blicke an und sagte, mit lauter, drohender Stimme:

»Ihr Unseligen, schämt ihr euch nicht?«

»Sie ist eine –«

»Sie ist meine Tochter!« fiel Madame Georges ein. »Der Abbé Laporte, den jeder verehrt, liebt und schützt sie, und die, die er achtet, müssen von jedermann geachtet werden.«

Madame Georges fuhr fort:

»Für was wollt ihr sie also strafen? mit welchem Recht? Komm, mein liebes Kind; wir wollen nach Hause zurückkehren, dort kennt und achtet man dich.«

Madame Georges nahm den Arm Mariens; die Arbeitsleute schämten sich und traten ehrerbietig zur Seite.

Nur die Witwe sagte entschlossen zu Madame Georges:

»Das Mädchen wird sich von hier nicht entfernen, bis sie vor dem Maire über die Ermordung meines Mannes ausgesagt hat, was sie weiß.«

»Meine gute Frau,« antwortete Madame Georges, die sich mit Mühe beherrschte, »meine Tochter hat hier nichts auszusagen; später, wenn es das Gericht für gut befindet, ihre Zeugenaussage zu vernehmen, wird man sie rufen, und ich werde sie begleiten. Bis dahin hat niemand ein Recht, sie zu verhören!«

»Aber Madame, ich sage Ihnen ...«

Madame Georges unterbrach die Frau und antwortete streng:

»Das Unglück, das dich betroffen hat, kann dein Benehmen nicht entschuldigen; du wirst es noch bereuen, die Leute hier aufgereizt zu haben! Mademoiselle Marie wohnt bei mir in Bouqueval, sage das dem Richter, der deine erste Anzeige gehört hat!«

Auf diese Worte wußte die Witwe nichts zu erwidern. Sie setzte sich nieder und küßte, unter bitteren Tränen, ihre Kinder.

Einige Minuten nach diesem Auftritt erschien Peter mit dem Wagen, und Madame Georges und Marie stiegen ein, um nach Bouqueval zurückzukehren.

L

»Ach, Madame, welche Schande für mich, welcher Kummer für Sie!« sagte Marie zu ihrer Adoptivmutter, als sie mit ihr wieder allein in Bouqueval war.

»Meine Freundin wird, da sie ein gutes Herz besitzt, morgen gewiß bereuen, was sie sich heute hat zuschulden kommen lassen.«

»Nicht für mich fürchte ich, aber wer weiß, ob nicht der Ruf Klaras für immer befleckt ist, weil sie mich ihre Freundin nannte! Ich hätte der Neigung widerstehen sollen, die mich zu ihr hinzog; es wäre besser gewesen, wenn ich mich der Freundschaft entzogen hätte, die sie mir entgegenbrachte.«

»Mein Kind,« antwortete Madame Georges, »du machst dir mit Unrecht so grausame Vorwürfe. Kein Mensch ist verantwortlich für sein Schicksal. Auch du bist es nicht. Und wenn du auch eine Schuld auf dich geladen haben magst, so ist, wie du weißt, keine Schuld so groß, daß sie nicht gesühnt werden könnte.«

»Ach, Madame, ich werde sterben vor Scham, ich werde niemandem mehr ins Gesicht sehen können.«

»Auch mir nicht? Du bist hier nur von Freunden umgeben; dieses Haus ist deine Welt. Wir werden der Enthüllung, die du so fürchtest, zuvorkommen. Unser guter Abbé wird die Leute, die dich sehr lieben, zusammenrufen und ihnen die Wahrheit sagen. Glaube mir, mein Kind, sein Wort ist so gewichtig, daß die Enthüllung dich allen noch lieber machen wird.«

»Gestern hatte mir der Herr Abbé schmerzliche Prüfungen angekündigt; sie beginnen bereits, und ich darf mich nicht beklagen.«

»Du wirst in wenigen Augenblicken den Abbé selbst sehen, und sein Rat wird heilsam für dich sein. Es ist bereits halb fünf Uhr; mache dich also auf den Weg, mein Kind. Ich werde Herrn Rudolf schreiben, was geschehen ist. – Ein Bote soll ihm meinen Brief überbringen, dann werde ich dich bei dem Abbé abholen, denn es ist notwendig, daß wir drei miteinander sprechen.«

Wenige Augenblicke später verließ Marie die Meierei, um sich in die Wohnung des Geistlichen zu begeben.

LI

Die Sonne sank; die Ebene war still und öde.

Marie näherte sich dem Hohlweg, den sie durchqueren mußte, um zur Wohnung des Geistlichen zu gelangen, als sie einen kleinen lahmen Knaben auf sich zukommen sah, der eine graue Bluse und eine blaue Mütze trug; er schien geweint zu haben. Sobald er Marie bemerkte, lief er ihr entgegen.

»Ach, meine gute Dame, erbarmen Sie sich,« rief er, indem er, mit flehentlicher Miene, die Hände faltete.

»Was willst du, mein Kind?« fragte Marie teilnehmend.

»Ach, meine arme Großmutter ist gefallen und hat sich Schaden getan; ich fürchte, sie hat das Bein gebrochen, und ich bin zu schwach, ich kann ihr nicht helfen. Ach Gott, was soll ich anfangen? Helfen Sie mir doch, bitte!«

Durch den Schmerz des kleinen Lahmen gerührt, antwortete Marie:

»Ich bin zwar auch nicht sehr stark, mein Kind, aber vielleicht kann ich deiner Großmutter beistehen. Wir wollen schnell zu ihr gehen!«

»Ach, gute Dame, der liebe Gott wird Sie dafür segnen.«

»Du bist wohl nicht aus dieser Gegend?« fragte Marie, indem sie dem Lahmen folgte.

»Nein, gute Dame, wir kommen von Ecouen.«

»Und wohin wollt ihr gehen?«

»Zu einem Geistlichen, der auf dem Berge dort wohnt,« sagte der kleine Bösewicht, um das Vertrauen Mariens zu gewinnen.

»Zu dem Abbé Laporte vielleicht?«

»Ja, gute Dame, meine arme Großmutter kennt ihn sehr genau.«

»Ich wollte auch gerade zu ihm gehen,« sagte Marie, indem sie dem Knaben immer weiter in den Hohlweg folgte.

»Großmutter! Geduld, ich bringe Hilfe,« rief der Lahme, um den Schulmeister und die Eule zu verständigen, daß es an der Zeit sei, sich bereit zu halten.

Mit einem Male blieb der Lahme stehen.

Man hörte, in der Stille des Abends, den Trab eines Pferdes.

»Wieder alles verloren!« dachte der Kleine.

Der Weg machte eine sehr scharfe Biegung unweit der Stelle, an der sich der Sohn Rotarms mit Marie befand.

An dieser Biegung erschien ein Reiter, der anhielt, als er das Mädchen sah.

Man hörte die Tritte eines zweiten Pferdes, und einige Augenblicke darauf kam ein Reitknecht in braunem Rock mit silbernen Knöpfen. Der Herr, der einen einfachen dicken Rock und hellgraue Beinkleider trug, saß auf einem außerordentlich schönen Vollblut.

In dem Reiter mit dem hübschen, gebräunten Gesicht erkannte der Lahme den Vicomte von Saint Remy.

»Mein schönes Kind,« sagte der Vicomte zu Marie, »würden Sie wohl die Gefälligkeit haben, mir den Weg nach Arnouville zu zeigen?«

Marie schlug die Augen vor dem kecken Blick des Reiters nieder und antwortete:

»Wenn Sie aus dem Hohlweg hinaus sind, schlagen Sie den ersten Fußweg rechts ein; dieser führt zu der Allee nach Arnouville.«

»Tausend Dank, mein schönes Kind. Können Sie mir auch sagen, ob in Arnouville das Pachtgut der Madame Dubreuil leicht zu finden ist?«

Marie erbebte bei dieser Frage, die sie an den peinlichen Auftritt erinnerte und antwortete:

»Die Gebäude des Gutes stoßen direkt an die Allee.«

»Dank, schönes Kind,« sagte Herr von Saint Remy, der mit seinem Reitknecht davonritt.

Die hart gefrorene Erde erzitterte unter dem Galopp der Pferde, der allmählich schwächer und schwächer wurde.

Bald war es wieder still.

Der Lahme atmete auf.

Um seine Mitschuldigen zu beruhigen, rief er:

»Großmutter! Ich komme mit einer gütigen Dame, die dir helfen will.«

Marie ging schneller, um die Biegung des Hohlweges zu erreichen.

Kaum war sie angekommen, als die Eule, die auf der Lauer lag, leise sagte:

»Komm her, Männchen!«

Dann sprang die Einäugige auf, packte Marie mit der einen Hand am Halse und drückte ihr mit der anderen die Lippen zusammen, während der Lahme sich an ihre Füße klammerte.

Das alles geschah so schnell, daß die Eule keine Zeit hatte, das Gesicht des Mädchens zu betrachten; ehe aber der Schulmeister aus seinem Versteck hervorbrach und mit seinem Mantel herbeitappte, hatte die Alte ihr Opfer erkannt.

»Der Balg!« rief sie mit wilder Freude. »Dich schickt der Teufel. Ich habe mein Vitriol im Wagen; diesmal werde ich dir dein Lärvchen waschen. Komm, Mann, sieh dich vor, daß sie dich nicht beißt, und halte sie fest, während wir sie einpacken.«

Der Schulmeister erfaßte Marie mit seinen gewaltigen Fäusten, und ehe sie schreien konnte, warf ihr die Eule den Mantel über den Kopf und wickelte sie fest darin ein.

Marie konnte sich weder bewegen, noch um Hilfe rufen.

»Jetzt nimm das Paket, Mann,« sagte die Eule, »und rasch zum Wagen damit!«

»Aber wer wird mich führen?« fragte der Schulmeister mit dumpfer Stimme, während er seine leichte Last mit seinen Herkulesarmen umklammerte.

Die Eule schlug ihren Schal zurück, knüpfte ein rotes Tuch ab, das ihren dürren Hals bedeckte, drehte es zusammen und sagte zum Schulmeister:

»Mach' das Maul auf, nimm den Zipfel zwischen die Zähne und beiß fest zu. Der Lahme wird das andere Ende in die Hand nehmen und du brauchst nur nachzugehen.«

Der Lahme hüpfte herbei, nahm das Tuch in die Hand und führte so den Schulmeister, während die Eule schnell vorausging.

Wenige Minuten später war Marie in den Wagen gebracht, und die drei Verbrecher fuhren mit ihrem dem Tode nahen Opfer nach der Ebene von St. Denis, wo Tom sie erwartete.

LII

Rudolf war von der Rue du Temple in seine Wohnung zurückgekehrt und hatte den Besuch, den er der Lachtaube und der Familie Morel zu machen gedachte, auf den nächsten Tag verschoben.

Gegen vier Uhr erhielt der Fürst folgendes Schreiben, das von einer bejahrten Frau übergeben worden war.

»Ich verdanke Ihnen mehr als das Leben und möchte Ihnen meinen Dank noch heute aussprechen. Morgen macht mich vielleicht die Scham stumm.

Wenn Sie mir die Ehre erweisen wollten, heute abend zu mir zu kommen, so würden Sie den Tag beschließen, wie Sie ihn begonnen haben: mit einer edlen Handlung.

Clémence von Harville.

NS. Bemühen Sie sich nicht mit einer Antwort; ich werde den ganzen Abend zu Hause sein.«

Obwohl Rudolf sich freute, der Marquise einen Dienst geleistet zu haben, so bedauerte er doch, daß dieser Umstand eine gewisse Vertraulichkeit zwischen ihm und der Marquise schuf.

Da er nicht fähig war, die Freundschaft Harvilles zu verraten, die Anmut und die Schönheit der Marquise aber auch auf ihn nicht eindruckslos geblieben waren, hatte er es vermieden, ihr zu begegnen.

Auch erinnerte er sich der Unterredung zwischen Tom und Sarah, die er belauscht hatte. Sarah hatte, um ihren Haß und ihre Eifersucht zu rechtfertigen, nicht ohne Grund behauptet, Frau von Harville hege noch immer eine tiefe Zuneigung zu Rudolf.

So wurde Rudolf, wenn er an seine Zusammenkunft mit Frau von Harville dachte, von den widersprechendsten Empfindungen beherrscht, obwohl er sich fest vorgenommen hatte, die Neigung zu bekämpfen, die ihn zu ihr zog.

Clémence von Harville sah der Begegnung mit ängstlicher Spannung entgegen; an Herrn Karl Robert dachte sie nur noch mit tiefem Abscheu.

Eine Frau kann für einen Mann ihre Ehre aufs Spiel setzen, aber sie wird ihm nie verzeihen, wenn er sie in eine lächerliche Lage bringt.

Frau von Harville aber war vor Scham fast gestorben, als sie die höhnischen Worte und die frechen Blicke der Frau Pipelet ertragen mußte. –

Die Pendule im Zimmer der Marquise schlug die neunte Stunde.

Das schöne Zimmer wurde durch eine Lampe mild erleuchtet, deren Glocke von mattem Glase durch einen Strauß natürlicher Blumen halb verdeckt war, der in einer blaugoldenen Japanvase steckte. Die Lampe hing, wie ein Kronleuchter, an drei dicken Ketten von vergoldetem Silber, um die sich Kletterpflanzen schlangen. Einige der biegsamen, mit Blüten bedeckten Zweige reichten über die Glocke hinweg und fielen anmutig, wie frische grüne Fransen, auf die japanische Vase.

Clémence saß auf einem großen, mit strohgelbem Stoff überzogenen Sessel und trug ein Kleid von schwarzem Samt, das die herrliche Arbeit ihres breiten Kragens und ihrer Manschetten von englischen Spitzen erkennen ließ.

Je näher die Zeit ihrer Begegnung mit Rudolf kam, um so höher stieg die Unruhe der Marquise. Sie war entschlossen, Rudolf ein grausames Geheimnis zu enthüllen; sie hoffte, ihre Offenheit würde ihr vielleicht eine Achtung gewinnen, die sie so sehnlich wünschte.

Ihre erste Zuneigung zu Rudolf erwachte mit neuer Kraft. Eine Ahnung sagte ihr, nicht nur der Zufall habe den Fürsten zu ihrer Rettung herbeigeführt. Ein gewisser Instinkt erregte in ihr auch Zweifel an der Aufrichtigkeit Sarahs.

Nach einigen Minuten trat ein Diener ein und sagte:

»Will die Frau Marquise Madame Asthon und Mademoiselle empfangen?«

»Gewiß,« antwortete Frau von Harville, und ihre Tochter trat ins Zimmer.

Sie war ein allerliebstes Kind von vier Jahren, aber krankhaft blaß und mager. Madame Asthon, die Gouvernante, führte das Kind an der Hand und hob es auf die Knie der Mutter, die es innig küßte.

Die Kleine erwiderte die Liebkosungen mit kindlicher Freude und war gerade im Begriff, loszuplappern, als der Kammerdiener beide Flügeltüren öffnete und meldete:

»Se. Hoheit der Herr Großherzog von Gerolstein.«

Klara, die auf den Knien ihrer Mutter saß, hatte beide Ärmchen um ihren Hals geschlungen. Beim Anblick Rudolfs errötete Clémence, hob ihre Tochter sanft auf den Teppich herunter, winkte Madame Asthon, das Kind fortzubringen und stand auf.

»Sie werden mir erlauben,« sagte Rudolf lächelnd, nachdem er sich vor der Marquise verbeugt hatte, »die Bekanntschaft meiner kleinen Freundin zu erneuern, die mich, wie ich fürchte, vergessen hat.«

Dabei bückte er sich ein wenig und reichte Klara die Hand.

Diese sah ihn anfangs neugierig mit ihren großen, schwarzen Augen an, dann erkannte sie ihn, nickte freundlich und warf ihm einen Handkuß zu.

»Du kennst den Herrn, mein Kind?« fragte Clémence. Dieses nickte und warf Rudolf nochmals ein Kußhändchen zu.

Da die Marquise und Rudolf nicht ohne Verlegenheit an die Besprechung dachten, die vor ihnen lag, so sahen sie Klaras Gegenwart nicht ungern und bedauerten eigentlich, daß die Gouvernante so diskret war, sich bald mit der Kleinen zurückzuziehen.

LIII

Rudolf, der fühlte, wie peinlich es für die Marquise sein müsse, diese Unterredung zu beginnen, sagte:

»Sie sind das Opfer eines Verrats geworden. Die Gräfin Sarah Mac Gregor hätte Sie beinahe ins Unglück gestürzt.«

»Es ist also wahr?« rief Clémence. »Wie haben Sie es erfahren, Hoheit?«

»Ich entdeckte gestern zufällig das Geheimnis dieser Niederträchtigkeit. Gräfin Sarah, die nicht wußte, daß nur ein Gebüsch mich von ihr trennte – es war im Wintergarten der Gräfin X. –, sprach mit ihrem Bruder über ihre Pläne und die Schlinge, die Ihnen gelegt werden sollte. Um Sie zu warnen, eilte ich auf den Ball der Frau von Nerval. Sie waren aber nicht erschienen. Wenn ich Ihnen geschrieben hätte, konnte mein Brief dem Marquis in die Hände fallen, dessen Verdacht bereits erregt sein mußte. Ich zog vor, Sie in der Rue du Temple zu erwarten, um den Verrat der Gräfin Sarah zu vereiteln. Sie verzeihen mir, nicht wahr? Wenn Sie mir nicht selbst geschrieben hätten, würde ich nie mehr ein Wort davon erwähnt haben.«

Nach einer kurzen Pause antwortete Frau von Harville:

»Ich kann Ihnen nur auf eine Art meine Dankbarkeit beweisen: indem ich Ihnen ein Geständnis ablege, das ich noch niemand gemacht habe. Dieses Geständnis wird mich in Ihren Augen nicht rechtfertigen, aber Sie werden doch mein Verhalten weniger schuldvoll finden.«

»Offen gesagt, Madame, befinde ich mich Ihnen gegenüber in einer gewissen Verlegenheit.«

Clémence sah Rudolf verwundert an.

»Infolge eines Umstandes, den Sie ohne Zweifel erraten werden, bin ich genötigt, mich fast als den Urheber eines Abenteuers anzusehen, das nicht ernst genommen zu werden verdient, da Sie der Schlinge entgangen sind, die man Ihnen gelegt hat. Aber Ihr Gemahl ist mir fast ein Bruder. Ich wünsche Ihnen also in vollem Ernste Glück, daß Sie ihm die Ruhe und Sicherheit wiedergegeben haben.«

»Da Sie Harville mit Ihrer Freundschaft beehren, will ich Ihnen die ganze Wahrheit mitteilen, ebensowohl über eine Wahl, die Sie für so unglücklich halten müssen als sie wirklich ist, wie über mein Benehmen.«

»Ich werde immer stolz auf den geringsten Beweis Ihres Vertrauens sein; erlauben Sie mir jedoch zu bemerken, daß ich in bezug auf die Wahl, von der Sie sprechen, weiß, daß Sie nur einem Gefühl aufrichtigen Mitleids nachgegeben haben, als Sie sich von Sarah Mac Gregor überreden ließen. Ich weiß auch, daß Sie lange zögerten, ehe Sie sich zu dem Schritt entschlossen, den Sie jetzt so sehr bereuen.«

Clémence sah den Fürsten erstaunt an.

»Sie wundern sich darüber? Ich werde Ihnen später das Rätsel lösen, um nicht in Ihren Augen als Zauberer zu gelten,« antwortete Rudolf lächelnd. »Ist aber Ihr Gatte jetzt vollkommen beruhigt?«

»Ja, Hoheit,« antwortete Clémence, indem sie verlegen die Augen niederschlug, »aber ich gestehe, es ist mir peinlich, ihn um Verzeihung bitten zu hören.«

»Er fühlt sich glücklich in seiner Illusion. Als ich noch jung war,« setzte Rudolf lächelnd hinzu, »fühlte ich immer ein gewisses Mißtrauen bei gesteigerter Zärtlichkeit; und da ich mich meinerseits niemals mehr dazu angeregt fühlte, als wenn ich Verzeihung nötig hatte, so war ich, wenn man sich gegen mich besonders liebenswürdig zeigte, davon überzeugt, daß – irgendeine Untreue im Spiele sei.«

Frau von Harville wunderte sich mehr und mehr, Rudolf so leichtfertig über ein Abenteuer sprechen zu hören, das die schlimmsten Folgen hätte haben können; da sie indessen bald erriet, daß der Fürst nur die Wichtigkeit des Dienstes zu verringern sich bemühte, den er ihr geleistet hatte, so sagte sie, durch diese zarte Rücksichtnahme tief gerührt:

»Ich begreife Ihren Edelmut und erlaube Ihnen nun, über die Gefahr, der Sie mich entrissen haben, zu scherzen. Das aber, was ich Ihnen zu sagen habe, ist so ernst, daß ich Sie beschwöre, daran zu denken, daß Sie mir Ehre und Leben gerettet haben. Ja, auch das Leben, Hoheit. Mein Mann war bewaffnet; er hat mir gestanden, daß er mich töten wollte.«

»Großer Gott!« rief Rudolf in Bewegung.

»Er hatte das Recht dazu,« antwortete Frau von Harville bitter.

»Ich beschwöre Sie,« sprach Rudolf, diesmal sehr ernsthaft, »glauben Sie mir, wenn ich eben scherzte, so geschah es, um Ihre Gedanken abzulenken. Jetzt höre ich Sie aufmerksam an, da Sie mir sagen, mein Rat könne Ihnen irgendwie von Nutzen sein.«

»Ja, doch erlauben Sie mir, Ihnen zunächst einige Worte über die Vergangenheit zu sagen, die Ihnen noch unbekannt ist, über die Jahre vor meiner Verheiratung mit Herrn von Harville.«

Rudolf verbeugte sich, und Clémence fuhr fort:

»Als ich sechzehn Jahre alt war, verlor ich meine Mutter. Wie sehr ich sie liebte, kann ich nicht sagen; denken Sie sich das Ideal der Herzensgüte auf Erden. Da sie die Geselligkeit nicht schätzte und kränklich war, so fand sie das größte Vergnügen darin, meine Erziehung ganz allein zu leiten, und ihre tiefen Kenntnisse erlaubten ihr auch, die Pflicht, die sie übernommen hatte, zu erfüllen.

Denken Sie sich nun ihr und mein Erstaunen, als, in meinem sechzehnten Jahre, mein Vater uns ankündigte, eine junge Witwe würde vollenden, was meine Mutter begonnen habe. Meine Mutter widerstrebte anfangs diesem Wunsche; ich selbst bat ihn, keine Fremde zwischen sie und mich zu stellen; aber er blieb unerbittlich trotz unseren Tränen. Madame Roland, die Witwe eines Obersten, der in Indien gestorben war, zog in unser Haus als meine Erzieherin.«

»Wie! Madame Roland, die Ihr Herr Vater später heiratete?«

»Dieselbe.«

»Sie war wohl sehr schön?«

»Kaum hübsch.«

»Oder sehr geistreich?«

»Heuchlerisch und schlau, weiter nichts. Sie hatte blaßblondes Haar, fast weiße Augenbrauen und große, hellblaue Augen. Ihr Gesicht war unangenehm freundlich, und ihr Charakter treulos bis zur Grausamkeit, dem Anschein nach aber zuvorkommend.«

»Und ihre Kenntnisse?«

»Gleich Null. Meine Mutter machte ihn darauf aufmerksam, aber er antwortete, in einem Tone, der keinen Widerspruch zuließ, er würde die junge Witwe unter allen Umständen behalten; die Stellung sei ihr einmal angewiesen. Meine arme Mutter erriet alles und wurde davon tief ergriffen, wenn sie wohl auch weniger die Untreue meines Vaters als die Störung des Hausfriedens beklagte.«

»Selbst vom Standpunkt seiner törichten Liebe rechnete Ihr Herr Vater falsch, indem er diese Frau in sein Haus nahm.«

»Ihr Erstaunen würde sich verdoppeln, wenn Sie wüßten, daß mein Vater der stolzeste Mann ist, den ich kenne; um so jede Rücksicht und alle Gebote der Schicklichkeit zu vergessen, mußte er völlig unter dem Einfluß Madame Rolands stehen.«

»Wie alt war damals Ihr Herr Vater?«

»Ungefähr sechzig Jahre.«

»Und er glaubte an die Liebe dieser jungen Frau?«

»Madame Roland, die ihrem Instinkt oder Ratschlägen folgte ...«

»Ratschlägen? Wer konnte ihr Ratschläge geben?«

»Das werde ich Ihnen gleich erzählen. Die Frau, die wohl erriet, daß ein Mann, der Glück bei den Frauen gehabt hat, im Alter Schmeicheleien um so lieber hört, als sie ihn an die schönste Zeit seines Lebens erinnern, schmeichelte meinem Vater, und er ging blindlings in diese ihm so plump gestellte Falle. Das war, und das ist ohne Zweifel noch jetzt die Ursache des Einflusses dieser Frau auf ihn. – Trotz meinen traurigen Gedanken kann ich mich eines Lächelns nicht erwehren, wenn ich mich erinnere, daß ich vor meiner Verheiratung Madame Roland oft sagen hörte, die ›wirkliche Reife‹ sei das schönste Alter im Leben, und diese ›wirkliche Reife beginne mit dem sechzigsten Jahre.‹«

»Also mit dem Alter Ihres Herrn Vaters.«

»Ja. Da erst, sagte Madame Roland, erlangten Geist und Erfahrung ihre höchste Entwicklung; da erst erfreue sich ein Mann des ganzen Ansehens, das er erstreben könne, da erst erhielten auch seine Züge ihre äußerste Vollkommenheit, denn das Gesicht zeige in diesem Lebensalter eine seltene Mischung von anmutiger Heiterkeit und sanftem Ernst.«

Rudolf mußte bei dieser Schilderung lächeln.

»Das Seltsame ist,« sagte Clémence weiter, »mein Vater fühlte sich, wie ich wenigstens glaube, in den Illusionen glücklich, mit denen ihn meine Stiefmutter umgab.«

»Ohne Zweifel büßt sie, als Strafe für ihre Falschheit, die Folgen der leidenschaftlichen Liebe, die sie zur Schau trug. Ihr Herr Vater hat sie beim Wort genommen und umgibt sie mit Einsamkeit und Liebe. Denken Sie sich die stolze Freude eines Mannes von sechzig Jahren, der an Glück bei Frauen gewöhnt ist und wähnt, von einer jungen Frau noch so leidenschaftlich geliebt zu werden, daß sie sich gern mit ihm von der Welt abschließt.«

»Da mein Vater sich glücklich fühlt, darf ich mich vielleicht über Madame Roland nicht beklagen; aber ihr Benehmen gegen meine Mutter und die Rolle, die sie bei meiner Verheiratung gespielt hat, flößen mir Abneigung gegen sie ein,« sagte Frau von Harville.

Rudolf sah sie verwundert an.

»Herr von Harville ist Ihr Freund,« fuhr Clémence mit fester Stimme fort. – »Ich weiß, wie gewichtig die Worte sind, die ich eben ausgesprochen habe. Sie werden mir aber auch sagen, ob sie gerecht sind. – Ich komme auf Madame Roland zurück, die, trotz ihrer anerkannten Unfähigkeit, meine Erzieherin sein sollte. Meine Mutter hatte eine unangenehme Unterredung mit meinem Vater und erklärte ihm, daß sie, um gegen die Stellung dieser Frau zu protestieren, in Zukunft nicht mehr bei Tisch erscheinen würde, wenn Madame Roland nicht sofort das Haus verließe. Mein Vater blieb unbeugsam, und meine Mutter hielt, was sie gelobt hatte; wir lebten also nur noch in ihrem Zimmer. Mein Vater wurde gegen mich ebenso kalt wie gegen meine Mutter, während Madame Roland die Honneurs in unserem Hause machte.«

»Einem Manne von sechzig Jahren zu beweisen, er sei erst dreißig Jahre alt, ist das Abc der Schmeichelei; je plumper sie ist, um so größeren Erfolg hat sie!«

»Der bereits sehr bedenkliche Gesundheitszustand meiner Mutter wurde immer schlechter. Madame Roland hatte einen italienischen Arzt, der sehr geschickt sein sollte; mein Vater schlug ihn auch meiner Mutter vor, die ihn leider annahm. – Er behandelte sie in ihrer letzten Krankheit ... Ich schäme mich, Ihnen diese Schwäche zu gestehen, aber der bloße Umstand, daß Madame Roland diesen Arzt meinem Vater empfohlen hatte, erregte (ohne daß ich damals Grund dazu hatte) Widerwillen in mir. Ich sah mit Besorgnis, daß meine Mutter ihm Vertrauen schenkte, obwohl Doktor Polidori ...«

»Wie sagen Sie?« unterbrach sie Rudolf.

»Was ist Ihnen?« fragte Clémence, verwundert über den gänzlich veränderten Ausdruck Rudolfs.

»Frau Marquise,« fuhr Rudolf fort, »wie alt war dieser Italiener?«

»Etwa fünfzig Jahre alt.«

»Seine Figur ... sein Gesicht?«

»Es war finster. – Niemals aber werde ich die grauen Augen und die Nase vergessen, die wie ein Adlerschnabel aussah.«

»Er ist es!« rief Rudolf aus.

LIV

»Glauben Sie, Frau Marquise, daß Doktor Polidori noch in Paris wohnt?« fragte Rudolf.

»Das weiß ich nicht. Ungefähr ein Jahr nach der Verheiratung meines Vaters hat er Paris verlassen. Eine Dame meiner Bekanntschaft, deren Arzt jener Italiener damals auch war, die Herzogin von Lucenay ...«

»Auch die Herzogin ...«

»Ja, Hoheit. Warum dieses Erstaunen?«

»Erlauben Sie mir, Ihnen die Ursache zu verschweigen! Was sagte damals die Herzogin über diesen Mann?«

»Daß sie, seit seiner Abreise von Paris, oftmals sehr geistreiche Briefe über die Länder erhalte, die er besuche; denn er reiste viel. Jetzt erinnere ich mich: vor einem Monat ungefähr fragte ich die Herzogin, ob sie noch immer Nachricht von Polidori erhalte, und sie antwortete mir verlegen, man höre seit langer Zeit nichts mehr von ihm, man wisse nicht, was aus ihm geworden sei, manche Leute hielten ihn sogar für tot.«

»Seltsam,« sagte Rudolf, der an den Besuch der Herzogin von Lucenay bei Bradamanti dachte.

»Sie kennen also diesen Mann?«

»Ja, leider ja. – Aber fahren Sie in Ihrer Erzählung fort; später will ich Ihnen sagen, wer und was dieser Polidori ist, der Mann, auf dem die schrecklichsten Verbrechen lasten.«

»Verbrechen?« wiederholte Frau von Harville entsetzt; »dieser Mann, der Freund Madame Rolands, der Arzt meiner Mutter, hat Verbrechen begangen? Meine Mutter starb nach einigen Tagen unter seinen Händen.«

»Ohne diesen Mann eines Verbrechens mehr anzuklagen, ohne Ihre Stiefmutter mit einer entsetzlichen Mitschuld zu belasten, sage ich, daß Sie Gott danken müssen, daß Ihr Vater der Kunst Polidoris nicht bedurft hat!«

»Ach, mein Gott!« rief Frau von Harville, »eben erwähnte ich den Widerwillen, den ich gegen diesen Arzt fühlte, weil er durch Madame Roland in unser Haus gebracht worden war ... aber ich sagte Ihnen noch nicht alles.«

»Was haben Sie noch zu sagen?«

»Ich fürchtete, einen Unschuldigen anzuklagen ... Die Krankheit meiner Mutter hatte fünf Tage gedauert. Ich war nicht von ihrem Bette gewichen ... Eines Abends trat ich auf die Terrasse, um frische Luft zu schöpfen. Nach einer Viertelstunde kehrte ich über einen dunklen Korridor zurück. In dem schwachen Schein eines Lichtes, das aus Madame Rolands Zimmer schimmerte, sah ich Herrn Polidori mit dieser Frau heraustreten. Ich stand im Schatten; sie bemerkten mich nicht. Madame Roland sprach leise mit ihm. Der Arzt antwortete etwas lauter: ›Übermorgen!‹ Und als Madame Roland noch immer leise zu ihm sprach, wiederholte er, mit seltsamer Betonung: ›Übermorgen, sage ich Ihnen, übermorgen.‹«

»Was bedeuteten diese Worte?«

»An einem Mittwochabend sagte Herr Polidori: ›übermorgen‹, und am Freitag starb meine Mutter.«

»Das ist ja entsetzlich.«

»Als ich meine Gedanken sammeln konnte, fiel mir das Wort wieder ein, das den Zeitpunkt des Todes meiner Mutter verkündet zu haben schien; ich glaubte, Polidori habe gewußt, daß meine Mutter nur noch kurze Zeit leben könne ... Nur deshalb verabscheute ich diesen Mann; aber nie würde ich zu vermuten gewagt haben ... nein, nein ... noch jetzt kann ich an ein solches Verbrechen nicht glauben.«

»Hat Polidori Ihre Frau Mutter allein behandelt?«

»Am Tage vor ihrem Tode hat er einen anderen Arzt zugezogen. Nach dem, was mir später mein Vater sagte, hat dieser Arzt meine Mutter in einem sehr gefährlichen Zustand gefunden. Als das Unglück geschehen war, brachte man mich zu einer Verwandten, die meine Mutter innig geliebt hatte. Sie vergaß die Rücksichten, die meine Jugend verlangte und sagte mir ohne Umstände, wie viele Gründe ich hätte, Madame Roland zu hassen. Sie klärte mich auf über die ehrgeizigen Hoffnungen, die dieses Weib schon damals hegte.

Diese Enthüllung erschreckte mich, und ich sah endlich ein, was meine Mutter hatte leiden müssen. Als ich meinen Vater wiedersah, brach mir fast das Herz; er weinte viel und sagte, nur ich könne ihm diesen schweren Schlag erleichtern. Nach einigen

Worten teilte er mir mit, Madame Roland habe eingewilligt, das Haus zu führen und mir eine mütterliche Freundin zu sein.

Schmerz und Unwille machten mich stumm; ich weinte schweigend. Mein Vater fragte mich nach der Ursache meiner Tränen, und ich antwortete, ich würde nie in einem Hause mit Madame Roland zusammen wohnen können. Er sagte kalt, sein Entschluß stünde unerschütterlich fest, und ich müßte mich fügen.

Ich bat ihn, mir zu erlauben, mich in das Kloster vom Heiligen Herzen zu begeben, wo ich bleiben wollte, bis er es für passend hielt, mich zu verheiraten. Er entgegnete, die Zeit sei vorbei, in der man ein Mädchen am Sprechgitter eines Klosters verheirate; dann küßte er mich auf die Stirn und nannte mich einen kleinen Eigensinn.

Ich mußte mich fügen. Denken Sie sich meinen Schmerz, jeden Tag mit einer Frau zusammen zu sein, der ich beinahe die Schuld am Tode meiner Mutter gab!«

»Wie schwer muß dieses Leben für Sie gewesen sein!«

»Ich spreche so ausführlich über jene Zeit, weil ich Ihnen andeuten möchte, in welcher Lage ich mich befand, als ich meine Hand Herrn von Harville gab. Als wir in Aubiers, der Besitzung meines Vaters, ankamen, war Madame Roland die erste Person, die uns entgegentrat. Trotz ihrer freundlichen Miene, ließ sie eine triumphierende Freude durchblicken. Ich versäumte keine Gelegenheit, meinen Widerwillen gegen Madame Roland zu zeigen. Mein Vater geriet darüber in Zorn und schalt mich, im Beisein dieser Frau, hart aus. Madame Roland verwendete sich heuchlerisch für mich. ›Haben Sie Nachsicht mit Clémence,‹ sagte sie mit ihrer süßlichen Stimme; ›der Kummer über den Verlust der trefflichen Frau, die wir beweinen, ist so natürlich, daß man Rücksicht auf ihren Schmerz nehmen muß.‹

›Nun‹, entgegnete mein Vater, indem er voll Bewunderung auf Madame Roland deutete; ›da hörst du! Du solltest ihr in die Arme sinken, das sollte deine Antwort sein.‹ Dann warf er mir zornige Blicke zu und herrschte mich an: ›Zittere, wenn du noch ferner wagst, die schönste Seele der Welt zu kränken!‹«

»Wie stellte Ihr Vater Madame Roland in der Nachbarschaft vor?«

»Als meine Erzieherin und seine Freundin; und so behandelte man sie.«

»Lebte er noch immer so zurückgezogen?«

»Mit Ausnahme einiger Besucher, die nicht zu vermeiden waren, sahen wir fast niemanden; mein Vater, der von seiner

Liebe völlig beherrscht war, legte, nach kaum drei Monaten, die Trauer um meine Mutter ab, unter dem Vorwand, daß er im Herzen trauere. Seine Kälte gegen mich steigerte sich mehr und mehr, und seine Gleichgültigkeit ging so weit, daß er mir jede Freiheit gestattete. Ich konnte ganz über mich verfügen, in Begleitung eines Reitknechtes spazieren reiten oder lange Spaziergänge machen. Bisweilen, wenn mich die Trauer überwältigte, erschien ich nicht einmal bei Tisch, und mein Vater fragte dann auch nicht nach mir.«

»Wie benahm sich die Frau gegen Sie, wenn Sie mit ihr allein waren?«

»Sie vermied es, mit mir allein zu sein. Ein einziges Mal traf sie mich unter vier Augen und sagte: ›Sehen Sie sich vor! Sie wollen mit mir kämpfen, Sie werden aber unterliegen.‹ – ›Wie meine Mutter!‹ entgegnete ich; ›es ist schade, Madame, daß Herr Polidori nicht da ist, um Ihnen die Versicherung geben zu können, es werde ›übermorgen‹ geschehen!‹ Diese Worte machten einen tiefen Eindruck auf Madame Roland. Jetzt, da ich weiß, wer dieser Polidori ist, erscheint mir die Bestürzung, die Madame Roland zeigte, als ich sie an diese Worte erinnerte, als die Bestätigung eines schrecklichen Verdachtes.«

»Was antwortete sie, als Sie sie an die Worte Polidoris erinnerten?«

»Zuerst errötete sie, dann fragte sie mich kalt, was ich mit diesen Worten meine. ›Fragen Sie sich selbst, und Sie werden sich die Antwort darauf geben können!‹ Kurze Zeit darauf ereignete sich ein Auftritt, der gleichsam mein Schicksal entschied. In dem Zimmer, in dem wir uns abends aufhielten, befand sich, unter einer großen Anzahl von Familienbildern, auch das Porträt meiner Mutter. Als ich das Zimmer betrat, bemerkte ich, daß das Bild fehlte und fragte meinen Vater: ›Wo ist das Porträt meiner Mutter?‹ – Er wandte sich an Madame Roland und fragte sie, mit einem Blick der Ungeduld: ›Wohin hat man das Bild gebracht?‹ – ›In die Rumpelkammer‹, antwortete sie in herausforderndem Ton, da sie wohl glaubte, die Anwesenheit Fremder würde mich hindern, ihr zu antworten. ›Ich begreife, Madame,‹ entgegnete ich, ›daß der Blick meiner Mutter Ihnen lästig sein mußte; aber das ist kein Grund, das Porträt einer Frau, die Sie mitleidig in dieses Haus aufgenommen hat, in die Rumpelkammer zu verweisen.‹

Mein Vater stand einen Augenblick ganz verlegen da. Madame Roland wurde vor Scham und Ärger purpurrot. Die Nachbarn schlugen die Augen nieder und schwiegen. ›Mademoiselle!‹

begann sodann mein Vater, ›du vergißt, daß Madame deine Erziehung geleitet hat, und daß ich die höchste Achtung für sie fühle.‹ Madame Roland unterbrach ihn mit den an mich gerichteten Worten: ›Ich habe, weit entfernt, Ihrer Mutter Dank schuldig zu sein, mich vielmehr über die Abneigung zu beklagen, die sie stets gegen mich äußerte.‹ ›Ich sage Ihnen, Madame,‹ entgegnete ich ihr, ›meine Mutter erlaubte Ihnen, in ihrem Hause zu leben, statt Sie hinausweisen zu lassen, wozu sie ein Recht hatte. Sie hätte Ihnen durch Verachtung beweisen sollen, daß Sie von ihr nur gezwungen geduldet wurden!‹«

»Wie groß muß der Zorn Ihres Vaters gewesen sein!«

»Er kam am nächsten Morgen zu mir und sagte: ›Damit derartige Auftritte sich nicht wiederholen, erkläre ich dir, daß ich Madame Roland heiraten werde. Du wirst sie also von nun an mit der Achtung und Rücksicht behandeln, die meiner Frau gebührt! ... Von heute an werde ich eifrig besorgt sein, dir eine passende Verbindung zu suchen.‹

Nach dieser Besprechung lebte ich noch einsamer. Ich sah meinen Vater nur noch bei Tische. Mein Leben war so traurig, daß ich mit Ungeduld den Augenblick erwartete, in dem mir mein Vater irgendeine Heirat vorschlagen würde.«

»Und Sie hatten niemand, dem Sie sich anvertrauen konnten?«

»Nein. Ich erhielt jedoch einen Beweis von Teilnahme, der mich rührte und der mich über meine Zukunft hätte aufklären können. Einer der beiden Zeugen jenes Auftrittes war Herr Dorval, ein alter Notar, gewesen, dem meine Mutter einige Gefälligkeiten erwiesen hatte. Eines Tages kam Herr Dorval, mit geheimnisvoller Miene, zu mir und sagte: ›Mein Fräulein, lesen Sie diesen Brief und verbrennen Sie ihn dann; es handelt sich um eine Sache von großer Wichtigkeit.‹ Dann entfernte er sich wieder.

In dem Briefe teilte er mir mit, man wolle mich mit dem Marquis von Harville verheiraten; die Partie scheine in jeder Hinsicht passend zu sein. Herr von Harville sei jung, reich und gebildet, und doch hätten die Familien der beiden jungen Mädchen, denen er seine Hand angetragen, nach einiger Zeit plötzlich mit ihm gebrochen. Den Grund dieses Bruches konnte der Notar nicht angeben, aber er hielt es, wie er sagte, für seine Pflicht, mich darauf aufmerksam zu machen.«

»Ja,« sagte Rudolf, nach kurzem Nachdenken, »ich erinnere mich jetzt, daß Ihr Gemahl zweimal von Heiratsplänen erzählte, die sich plötzlich wieder zerschlagen hätten; wegen Geldangelegenheiten, wie er mir schrieb.«

Frau von Harville lächelte bitter und antwortete:

»Sie werden sogleich die Wahrheit erfahren. – Ich war, nachdem ich den Brief des Notars gelesen hatte, ebenso neugierig als ängstlich. Wer war Herr von Harville? Mein Vater hatte ihn nie erwähnt. Ich suchte mich vergebens seines Namens zu erinnern. Bald reiste, zu meiner großen Verwunderung, Madame Roland nach Paris ab. Ihre Abwesenheit sollte höchstens acht Tage dauern, und doch äußerte mein Vater tiefen Schmerz über diese kurze Trennung. Er wurde immer reizbarer und kälter gegen mich. Eines Tages, Madame Roland war inzwischen zurückgekehrt, beschied er mich in sein Zimmer; er war allein mit ihr. ›Ich habe‹, begann er, ›mich schon lange mit der Frage deiner Vermählung beschäftigt. In einem Monat geht deine Trauerzeit zu Ende. Morgen wird der Marquis von Harville hier erscheinen, ein junger, vortrefflicher Mann, der wohl imstande sein wird, dein Glück zu sichern. Er wünscht diese Verbindung lebhaft; alle Angelegenheiten sind bereits geordnet, und es wird also nur von dir abhängen, noch vor sechs Wochen verheiratet zu sein. Wenn du dagegen, aus einer Laune, die ich nicht erwarten will, diese Partie ausschlagen solltest, so werde ich mich dennoch verheiraten, sobald meine Trauerzeit abgelaufen ist. In diesem Falle muß ich dir erklären, daß mir deine Anwesenheit in meinem Hause nur dann angenehm sein würde, wenn du mir versprächst, meiner Frau die Liebe und Achtung entgegenzubringen, die sie verdient.‹ – ›Ich verstehe, lieber Vater. Wenn ich nicht heirate, heiraten Sie, und dann wird es weder für Sie noch für Madame unangenehm sein, wenn ich mich ins Kloster zurückziehe.‹ – ›Keineswegs‹, antwortete er kalt.«

»Sagten Sie ihm nichts von dem, was Sie durch den alten Notar erfahren hatten?«

»Allerdings. Er aber antwortete mir, es habe sich lediglich um Geldangelegenheiten gehandelt, bei denen das Zartgefühl des Herrn von Harville über jeden Zweifel erhaben gewesen sei.«

»Und Madame Roland?«

»Diese Heirat war ihr Werk. Sie allein kannte die eigentliche Ursache, aus der die beiden ersten Heiratsversuche Harvilles gescheitert waren, und deshalb lag ihr gerade so viel daran, mich zur Frau des Marquis zu machen.«

»Warum?«

»Sie wollte sich an mir rächen, indem sie mir ein entsetzliches Schicksal bereitete.«

»Aber Ihr Vater ...«

»Mein Vater glaubte, die Heiratspläne des Herrn von Harville seien wirklich an Vermögensfragen gescheitert.«

»Und der Marquis?«

»Herr von Harville kam. Sein Benehmen, sein Geist, sein Gesicht sagten mir zu. Er hatte etwas Gutmütiges in seinem Wesen; sein Charakter war mild, seine Stimmung etwas melancholisch. In seiner gewöhnlich energischen und entschlossenen Miene lag zuweilen eine gewisse Schüchternheit und Niedergeschlagenheit, die mich sehr rührte. Mit Vergnügen bemerkte ich auch, daß er gütig und freundlich gegen einen alten Diener war, der ihn ganz allein bediente. Einige Zeit nach seiner Ankunft blieb Herr von Harville zwei Tage in seinem Zimmer; mein Vater wollte ihm einen Besuch machen, aber der alte Diener wies ihn ab, indem er sagte, sein Herr werde von so heftigen Kopfschmerzen geplagt, daß er durchaus niemanden bei sich sehen könne. Als Harville erschien, fand ich ihn blaß und verändert. Nachdem die Zeit unserer Verbindung festgesetzt war, fragte ich ihn einmal nach der Ursache seiner Melancholie, und er sprach, ausweichend, von seiner Mutter, die hocherfreut gewesen sein würde, ihn nach seinem Herzen und nach seinem Geschmack verheiratet zu sehen ... Herr von Harville erriet die Verhältnisse, in denen ich bis dahin gelebt hatte, und gab mir zu verstehen, daß er mich wegen meines großen Kummers vielleicht nur noch mehr liebe.«

»So habe ich ihn immer gekannt,« sagte Rudolf. »Als einen Mann von Herz und Zartgefühl, jeder Aufopferung fähig. – Aber haben Sie nie seine früheren Heiratspläne erwähnt?«

»Ich gestehe, daß mir diese Frage mehrmals auf den Lippen schwebte, aber dann fürchtete ich, ihn zu kränken und wagte nicht, darüber mit ihm zu sprechen. Je näher der Tag unserer Heirat heranrückte, um so glücklicher pries sich Harville. Dennoch sah ich ihn zuweilen von tiefer Trauer niedergedrückt. Es schien ihm etwas schwer auf dem Herzen zu liegen. Es war, als wolle er mir ein Geheimnis anvertrauen, könne aber den Mut nicht finden.«

»Er sagte Ihnen also nichts?«

»Nichts!«

»Die Trauzeugen, der Herzog von Lucenay und Herr von St. Remy, kamen einige Tage vor meiner Verheiratung an. Nur meine nächsten Verwandten wurden eingeladen. Wir sollten, gleich nach der Trauung, nach Paris abreisen, was auch geschah. Ich war schmerzlich bewegt, denn ich kehrte zum ersten Male nach dem Tode meiner Mutter nach Paris zurück. Außerdem kam ich in eine fremde Umgebung, allein mit meinem Gatten, den ich kaum sechs Wochen kannte und der noch kein Wort gesagt hatte, das nicht steif und förmlich gewesen wäre. Wir langten in dem Hause Harvilles an ...«

Die Wangen der Frau von Harville bedeckten sich mit brennender Röte, und sie fuhr, mit schmerzlich bewegter Stimme, fort:

»Doch Sie müssen alles wissen! – Man führte mich in die Zimmer, die mir bestimmt waren, man ließ mich allein – dann kam Harville zu mir. Ich starb fast vor Angst trotz seinen Liebesbeteuerungen; aber ich gehörte ihm an und mußte mich fügen. Aber bald faßte mein Gatte mich am Arm, als wolle er ihn zerdrücken; dabei stieß er einen entsetzlichen Schrei aus. Vergebens versuchte ich, mich aus dieser eisernen Umarmung loszumachen – er hörte mich nicht mehr, sein Gesicht wurde durch gräßliche Zuckungen verzerrt, seine Augen rollten in ihren Höhlen, und vor dem Munde stand ihm blutiger Schaum. – Seine Hand hielt mich noch immer fest, ich machte eine verzweifelte Anstrengung, mich zu befreien. Endlich gelang es mir, und ich wurde ohnmächtig, während Harville sich in Zuckungen auf dem Boden wand. Das war meine Brautnacht, – das war die Rache der Madame Roland!«

»Unglückliche Frau!« sagte Rudolf mit wehmütiger Teilnahme.

»Aber das ist noch nicht alles,« fuhr Clémence fort. »Ach, daß diese Nacht ewig verflucht sein möge! – Meine Tochter hat die Krankheit geerbt.«

Frau von Harville bedeckte ihr Gesicht mit den Händen; nachdem sie das Geständnis abgelegt hatte, vermochte sie kein Wort mehr zu sprechen.

Auch Rudolf schwieg.

LV

Clémence stützte die Stirn in ihre Hand, ihre Augen waren tränenfeucht, ihre Wangen brannten vor Scham, und sie vermied den Blick Rudolfs, so schwer war ihr die Enthüllung ihrer Leiden geworden.

»Jetzt,« begann Rudolf nach einer Pause, »jetzt errate ich die Ursache der Traurigkeit Harvilles, die ich mir bis heute nicht erklären konnte.«

»Nie ist ein solches Verbrechen mit so kalter Überlegung vollbracht worden!«

»Ein Verbrechen, Frau Marquise?«

»Ist es kein Verbrechen, ein junges Mädchen durch unauflösliche Bande an sich zu fesseln, obgleich man mit einer solchen Krankheit behaftet ist? Ist es kein Verbrechen, ein unglückliches Kind mit derselben Krankheit zu belasten? Wer konnte Harville zwingen, zwei Menschen zu opfern? Mein Vermögen, meine Person sagten ihm zu, er wollte eine ›passende Verbindung‹ eingehen, weil das ehelose Leben ihn langweilte ...«

»Madame, haben Sie doch Mitleid!«

»Wissen Sie, wer Mitleid verdient? Meine Tochter. Das arme Opfer dieser Ehe! Wie viele Nächte, wie viele Tage habe ich an ihrem Bett verbracht, wie viele bittere Tränen habe ich um ihretwillen vergossen!«

»Hat ihr Vater nicht dieselben Schmerzen gelitten?«

»Ihr Vater hat sie zu einem Leben der Einsamkeit verurteilt, denn sie wird und kann sich nie verheiraten. Ach, ich liebe sie viel zu sehr, als daß ich sie eines Tages ihr Kind beweinen sehen möchte, wie ich sie beweine.«

»Sie haben recht! Doch Geduld! Vielleicht kommt auch für Sie die Stunde der Vergeltung!«

»Jetzt können Sie über mich und über mein Leben urteilen! Ich glaubte an die Rechtlichkeit Harvilles und wurde betrogen. Seine stille, sanfte Melancholie rührte mich, und diese Melancholie, die durch fromme Erinnerungen, wie er sagte, in ihm geweckt wäre, war nur die Überzeugung von der Unheilbarkeit seiner Krankheit.«

»Aber konnte nicht der Anblick seiner Leiden Ihre Teilnahme erregen, und wenn er selbst ein Fremder, ein Feind gewesen wäre?«

»Ach, Sie wissen nicht, wie grauenvoll diese Anfälle sind, in denen der Mensch in wilder Wut um sich schlägt, nichts sieht, nichts hört, nichts fühlt und aus seinem Wahnsinn nur heraustritt, um in völlige Stumpfheit zu verfallen. Wenn meine Tochter einen solchen Anfall bekommt, zerreißt mein Herz, und ich küsse weinend die kleinen Arme, welche die Krämpfe starr und steif machen. Wenn ich das Kind so leiden sehe, fluche ich seinem Vater tausendmal mehr. Lassen die Schmerzen meines Kindes nach, so mindert sich auch der Zorn gegen meinen Gatten; dann beklage ich ihn. Aber habe ich mich in meinem siebzehnten Jahre verheiratet, um nur immer Haß und Mitleid zu fühlen? – Um aus dieser drückenden Atmosphäre herauszukommen, träumte ich von einer Liebe, in der ich ausruhen wollte. Ach, ich wurde grausam getäuscht! Bin ich allein schuldig an dem Vergehen, für das mich Harville mit dem Leben büßen lassen wollte? Auch ich verdiene Mitleid und hoffe, daß Sie mir, in der schrecklichen Lage, in der ich mich befinde, mit Ihrem Rate beistehen werden.«

»Ich versichere Ihnen, Frau Marquise, daß, wenn der geringe Dienst, den ich Ihnen leistete, eine Belohnung verdiente, ich mich durch diesen Beweis Ihres Vertrauens für tausendfach bezahlt halten würde. Da Sie mich um meinen Rat bitten und mir erlauben, ganz offen zu sprechen ...«

»Ja, darum bitte ich Sie ...«

»So gestatten Sie mir die Bemerkung, daß Sie es selbst in der Hand haben, sich ein Glück zu verschaffen, das Sie Ihren schweren Kummer vergessen lassen könnte.«

»Was wollen Sie damit sagen?«

»Ich will damit sagen, daß Sie Gutes tun sollten!«

Frau von Harville sah Rudolf verwundert an.

»Sie begreifen,« fuhr er fort, »daß ich Sie nicht auffordern will, Unglücklichen, die Sie nicht kennen und die oft die Wohltaten nicht verdienen, Almosen zu spenden. Wenn Sie sich aber dazu entschließen könnten, zuweilen die Rolle der Vorsehung zu spielen, so würden Sie Wunderbares erleben.«

»Ich habe allerdings noch nie daran gedacht, die Wohltätigkeit als Quelle des Erlebens zu betrachten,« entgegnete Clémence lächelnd.

»Es ist dies eine Entdeckung, die ich meinem Widerwillen gegen alles Alltägliche verdanke. Wenn Sie meine Mitschuldige bei einigen solchen ›finsteren Intrigen‹ des Wohltuns werden wollten, würden Sie sehen, daß, ganz abgesehen von der edlen Tat, oft nichts merkwürdiger und seltsamer sein kann als diese Abenteuer der Mildtätigkeit. Die Empfindungen, die Sie dabei haben werden, sind ungefähr dieselben, wie die, die Sie fühlten, als Sie sich nach der Rue du Temple begaben. Einfach gekleidet, um nicht erkannt zu werden, würden Sie Ihr Haus mit klopfendem Herzen verlassen, in einen bescheidenen Mietswagen steigen und verstohlen in irgendein verdächtiges oder merkwürdiges Haus treten. Der Unterschied ist der, daß Sie gestern dachten: wenn man mich erkennt, bin ich verloren; daß Sie aber beim Wohltun denken würden: wenn man mich erkennt, wird man mich segnen. Da Sie aber, neben all Ihren anderen Tugenden, auch die Tugend der Bescheidenheit besitzen, so würden Sie jede List, selbst die diabolischeste, aufbieten, um – nicht gesegnet zu werden.«

»Ach, ich sehe meine Rettung,« rief Madame Harville tief ergriffen aus. – »Ich kann Ihnen nicht sagen, welche Ideen, welche tröstenden Hoffnungen Ihre Worte in mir erwecken.«

Rudolf lächelte.

Die Marquise aber fuhr fort:

»Ich trete mit Freuden, mit dankerfülltem Herzen Ihrem finsteren Bunde bei und werde, um unseren Roman zu beginnen, schon morgen wieder zu der armen Familie gehen, der ich gestern früh leider nur einige tröstende Worte bringen konnte, da ein kleiner Lahmer meine Angst benutzte und mir die Börse stahl, die Sie mir gegeben hatten. – Ach, wenn Sie wüßten, welche Not bei den Leuten herrscht! Ich hatte bis dahin nicht geglaubt, daß es so großes Elend geben könne.«

Rudolf, der seine Bewegung nicht merken lassen wollte, wandte heiter ein:

»Wenn Sie mir erlauben, nehme ich die Morels von unserer Gemeinschaft aus. Überlassen Sie diese Armen mir allein und versprechen Sie mir vor allem, nie wieder in jenes Haus zu gehen, denn dort wohne ich –«

»Sie, Hoheit? Ein Scherz!«

»Nein, mein voller Ernst. Freilich ist es nur eine bescheidene Wohnung, aber meine Nachbarin, Mademoiselle Lachtaube, ist die hübscheste Grisette im ganzen Viertel, und Sie werden gestehen, daß dies für einen Handlungsgehilfen mit 1800 Franken Jahreseinkommen höchst angenehm ist.«

»Gewiß, aber welche gute Tat überlassen Sie mir? Welche Rolle bestimmen Sie für mich?«

»Die des tröstenden Engels und – verzeihen Sie! – zugleich des schlauen Teufels. Denn wenn es Wunden gibt, die nur eine weibliche Hand heilen kann, so gibt es auch ein so stolzes und mißtrauisches Unglück, daß ein seltener Scharfsinn und alle weibliche List dazu gehören, es zu entdecken.«

»Und wann werde ich diesen Scharfsinn, den Sie in mir vermuten, anwenden können?« fragte Frau von Harville ungeduldig.

»Hoffentlich bald!«

»Aber wann, Hoheit, wann?«

»Sehen Sie, da stehen wir bereits vor der Frage des Rendezvous. Darf ich mich in vier Tagen wieder hier einfinden?«

»So spät?«

»Bedenken Sie doch! Wenn man uns beide für gleichschuldig hielte, würde man vor uns auf der Hut sein. Vielleicht habe ich Ihnen aber zu schreiben. Wer war die bejahrte Frau, die mir Ihren Brief überbrachte?«

»Eine alte Kammerfrau meiner Mutter, die Sicherheit und Verschwiegenheit selbst.«

»Durch sie werde ich meine Briefe an Sie befördern lassen. Wenn Sie die Güte haben, mir zu antworten, so schreiben Sie: ›An Herrn Rudolf, Rue Plumet.‹ Ihr Kammermädchen trägt die Briefe zur Post?«

»Ich werde sie selbst aufgeben, wenn ich meine Promenade mache.«

»Gehen Sie oft allein aus?«

»Fast täglich, wenn schönes Wetter ist.«

»Vortrefflich! Wenn ich eine Frau wäre – und ich würde vermutlich sehr mildtätig und leichtfertig sein –, würde ich gleich nach dem Trauungstage die geheimnisvollsten Gänge machen, absichtlich den Schein gegen mich heraufbeschwören, um dann später meine Armen oder – meine Liebhaber ganz ungefährdet besuchen zu können.«

»Das wäre ja eine entsetzliche Treulosigkeit,« sagte Frau von Harville lächelnd.

Rudolf entgegnete:

»Auch Treulosigkeiten können ihre gute Seite haben, zumal wenn sie nicht bedenklicher sind als die, die Sie von jetzt an – im Dienste der Wohltätigkeit – begehen werden. Es fehlte Ihrem Leben ein Zweck, Sie bedurften in Ihrem Kummer, wie Sie selbst sagten, einer Zerstreuung. Lassen Sie mich glauben, daß Sie diese Zerstreuung in der Zukunft finden werden, von der ich sprach; dann werden Sie so viel Trost genießen, daß selbst Ihr Haß gegen Ihren Gatten schwinden wird. Sie werden Mitleid mit ihm haben, wie mit Ihrem Kinde. – Und was den kleinen Engel betrifft, so könnte ich, da ich nun die Ursache seiner Kränklichkeit kenne, Ihnen fast Hoffnung geben.«

»Wäre es möglich?« rief Clémence, indem sie die Hände faltete.

»Mein Leibarzt ist ein sehr unbekannter, aber sehr gelehrter Mann. Ich erinnere mich, daß er von wunderbaren Heilungen gesprochen hat.«

»Wieviel Dank bin ich Ew. Hoheit schuldig!« sagte Clémence mit bewegter Stimme. »Sie geben mir Hoffnung für meine Tochter, Sie zeigen mir eine neue Zukunft, die zugleich Trost und Freude ist. Hatte ich nicht recht, Ihnen zu schreiben, daß

Sie den Tag beendigen würden, wie Sie ihn begonnen haben: mit einer guten Tat?«

»In vier Tagen – vergessen Sie es nicht – werde ich wiederkommen und Ihnen die Rolle zuweisen, die Sie zu übernehmen bereit sind. Vielleicht wird eine Verkleidung nötig sein.«

»Eine Verkleidung? Und welche?«

»Das kann ich noch nicht sagen. Ich werde wohl Ihnen die Wahl überlassen.«

LVI

Es war fünf Uhr morgens.

Es war kalt und es schneite.

In dem Stübchen der Morels vermochte ein durch zwei Holzspäne gehaltenes Talglicht kaum die tiefe Finsternis zu verscheuchen.

Die geschwärzten und von vielen Rissen durchzogenen Wände ließen wurmstichige Balken sehen; an einer dieser Wände führte eine schlecht schließende Tür auf die Treppe.

Der Fußboden war mit verfaultem Stroh und schmutzigen Lumpen bedeckt.

Am Tage wurde diese elende Wohnung durch ein schmales, längliches Fenster in der schrägen Dachseite erhellt.

Jetzt aber lag auf diesem Fenster eine dicke Schneeschicht.

Das Licht, das, fast in der Mitte des Stübchens, auf dem Arbeitstische des Steinschneiders stand, verbreitete an dieser Stelle einen Kreis von bleicher Helle, die sich aber bald im Schatten verlor.

Auf dem Arbeitstisch, einem viereckigen, plump gearbeiteten, von Fett und Talg befleckten Tische, funkelten und flimmerten Diamanten und Rubine von bewundernswürdiger Größe und seltenem Glanze.

Morel schliff echte Steine, nicht falsche, wie man im Hause glaubte.

Der Steinschneider saß, überwältigt von der Anstrengung und Kälte einer Winternacht, auf einem Schemel ohne Lehne und hatte seine erstarrten Arme auf den Arbeitstisch sinken lassen; seine Stirn stützte sich auf einen Schleifstein, der mit der Hand gedreht wurde. Eine feine Stahlsäge und einige andere Werkzeuge lagen daneben. Der Mann trug eine braune, gestrickte

Jacke auf der bloßen Haut, und seine zerrissenen Schuhe verhüllten kaum die kalten, bläulichen Füße, die auf dem Fußboden ruhten.

Es war in der Stube so kalt, daß der Handwerker, trotz seiner Erschöpfung, von Zeit zu Zeit am ganzen Körper zitterte.

Morel schlief bereits seit einiger Zeit. Man hörte sein tiefes, beschwerliches Atmen.

In dieser kleinen Dachstube lebten sieben Personen:

Fünf Kinder, von denen das jüngste vier, das älteste kaum zwölf Jahre alt war, die kranke Mutter und endlich eine achtzigjährige, blödsinnige Großmutter.

Außer dem Familienvater, der einen Augenblick eingeschlummert war, weil seine Kräfte erschöpft waren, schlief niemand. Kälte, Hunger und Krankheit hielten den Schlaf den müden Augen fern.

Der Steinschneider besaß übrigens nur noch eine dünne Matratze und ein Stück Decke, die der blödsinnigen Großmutter überlassen waren, die ihr Lager mit niemandem teilen wollte.

Zu Beginn des Winters war sie tobsüchtig geworden und hatte das jüngste Kind, ein kleines Mädchen von vier Jahren, das seit einiger Zeit schwindsüchtig war, fast erwürgt.

Ein kleiner Ofen, eine Pfanne und ein irdener Topf, ein paar gesprungene Tassen, ein Eimer, ein Brett und ein steinerner Krug, der neben der Türe stand, bildeten das ganze Besitztum der Familie.

Das Licht warf seinen flackernden Schein bald auf diese Armut, bald auf die funkelnden Edelsteine.

Unwillkürlich hefteten sich aller Augen, von der Großmutter bis zum jüngsten Kinde, auf den Steinschneider, ihre einzige Hilfe.

Mit Besorgnis sahen sie ihn untätig; sein Schlaf vermehrte ihre Leiden.

Die Mutter dachte an ihre Kinder.

Die Blödsinnige schien an gar nichts zu denken.

Mit einem Male aber setzte sie sich auf, schlug die langen, dürren Arme über ihrer hageren Brust zusammen, sah blinzelnd ins Licht, stand dann langsam auf und zog ihren Deckfetzen, gleich einem Leichentuche, hinter sich her.

Ihre dicke, hängende Unterlippe zitterte krampfhaft, während die Blödsinnige bedächtig an den Arbeitstisch schlich, wie ein Kind, das einen dummen Streich verüben will.

Als sie das Licht erreichen konnte, hielt sie ihre beiden zitternden Hände an die Flamme.

Magdalene Morel folgte von ihrem Lager aus jeder Bewegung der Alten, die sich fortwährend an der Flamme des Lichtes wärmte, dann den Kopf sinken ließ und mit kindischer Neugierde das Flimmern der Diamanten und Rubine betrachtete.

Die Blödsinnige kam der Flamme mit der Hand zu nahe, verbrannte sich und stieß einen heiseren Schrei aus.

Morel fuhr aus dem Schlafe auf und richtete rasch den Kopf empor.

Er war vierzig Jahre alt und hatte ein offenes und kluges, durch die Not abgezehrtes Gesicht; ein grauer Bart bedeckte sein Kinn. Vorzeitige Runzeln durchzogen seine Stirn, und seine Augenlider waren vom Wachen gerötet.

Da er immer gebückt sitzen und sich nach der rechten Seite beugen mußte, um den Schleifstein zu drehen, so war durch die Stellung, die er zwölf bis fünfzehn Stunden am Tage einnehmen mußte, sein Rücken krumm geworden.

Sein rechter Arm hatte sich durch das fortwährende Drehen des Schleifsteines zu bedeutender Muskelkraft entwickelt, während der linke Arm und die linke Hand in entsetzlicher Weise abgezehrt waren; die hageren, durch den gänzlichen Mangel an Bewegung kraftlos gewordenen Beine konnten den Körper kaum noch tragen.

Mit bitterer Resignation pflegte Morel zu sagen:

»Ich esse weniger um meiner selbst willen, als um den Arm zu stärken, der den Schleifstein dreht.«

Der Steinschneider fuhr aus dem Schlaf empor und sah vor sich die blödsinnige Alte.

»Was ist dir, Mutter? Was willst du?« fragte er sie; dann setzte er leiser hinzu, um seine Familie nicht zu wecken: »Lege dich nieder, Mutter, und mache keinen Lärm; Magdalene und die Kinder schlafen.«

»Ich schlafe nicht, ich wärme Adele,« sagte das älteste Mädchen.

»Ich kann auch nicht schlafen, mich hungert,« fiel einer der Knaben ein.

»Ihr armen Kinder!« seufzte Morel; »ich glaubte, ihr schliefet wenigstens.«

»Ich fürchtete, dich zu wecken, Morel,« sprach die Frau, »sonst würde ich dich um Wasser gebeten haben. Mich dürstet, ich liege im Fieber.«

»Gleich,« antwortete Morel; »ich will nur erst deine Mutter wieder zur Ruhe bringen. Laß die Steine liegen!« sagte er dann zu der Alten, die nach einem großen Rubin griff.

»Lege dich nieder, Mutter!« wiederholte er.

»Da! – Da!« antwortete die Blödsinnige, indem sie auf den Edelstein wies.

»Ach Gott, Morel, mich dürstet!« flüsterte Magdalene. »Gib mir zu trinken.«

»Ich darf deine Mutter nicht bei den Steinen lassen, sonst verliert sie mir noch einen Diamanten, wie im vorigen Jahre. Gott weiß, wie teuer uns dieser Diamant zu stehen gekommen ist, und wie teuer er uns vielleicht noch zu stehen kommt!«

Der Steinschneider legte mißmutig die Hand an seine Stirn, dann sagte er zu einem der Kinder:

»Felix, geh und gib der Mutter zu trinken!«

»Nein, ich warte; er könnte sich erkälten,« antwortete Magdalene.

»Laß das sein!« rief Morel jetzt mit drohender Stimme, um die Blödsinnige fortzutreiben, die sich nicht von dem Arbeitstische entfernen und durchaus einen der Steine nehmen wollte.

»Mutter, das Wasser im Kruge ist gefroren,« sagte Felix.

»So zerbrich das Eis,« antwortete Magdalene.

»Es ist zu dick.«

»Morel, zerbrich doch das Eis im Kruge,« sagte Magdalene mit jammernder Stimme. »Du lässest mich verschmachten.«

»Guter Gott! Deine Mutter geht mir ja nicht von der Stelle,« sagte der unglückliche Steinschneider.

Es gelang ihm nicht, die Blödsinnige zu entfernen, die über den Widerstand, den sie fand, zornig zu werden begann und ein dumpfes Knurren hören ließ.

»Rufe sie doch!« sagte Morel zu seiner Frau; »zuweilen hört sie ja auf dich.«

»Mutter, lege dich nieder; wenn du recht folgsam bist, gebe ich dir auch Kaffee!«

»Da!« wiederholte die Blödsinnige und suchte sich mit Gewalt des Rubins zu bemächtigen.

Morel stieß sie schonend zurück.

»Du weißt, daß du mit ihr nicht fertig wirst, wenn du ihr nicht mit der Peitsche drohst,« fiel Magdalene ein; »es gibt ja kein anderes Mittel, Ruhe zu schaffen.«

Morel sagte zu der Alten, die ihn zu beißen suchte:

»Nimm dich vor der Peitsche in acht, wenn du dich nicht niederlegst.«

Auch diese Drohung war fruchtlos.

Er nahm deshalb die Peitsche unter seinem Arbeitstisch hervor, drohte der Blödsinnigen und sagte:

»Augenblicklich legst du dich nieder!«

Die Alte blieb stehen, murmelte etwas zwischen den Zähnen und warf ihrem Schwiegersohn zornige Blicke zu.

Um diesen schmerzlichen Auftritt zu beenden und seiner Frau Wasser reichen zu können, trat er ganz nahe an die Blödsinnige heran, hob die Peitsche, ohne jedoch die Alte zu berühren, und wiederholte mit drohender Stimme:

»Ins Bett! Marsch!«

Die Alte stieß in ihrer Furcht ein entsetzliches Geheul aus, warf sich auf ihr Lager und kauerte sich zusammen wie ein Hund in seiner Hütte.

Die erschrockenen Kinder, die glaubten, ihr Vater habe die Alte geschlagen, riefen ihm weinend zu:

»Schlag doch die Großmutter nicht!«

LVII

Morel hatte solche Auftritte häufig erlebt, und doch rief er, in einem Anfall von Verzweiflung, indem er die Peitsche auf den Werktisch warf:

»Welches Leben! Mein Gott, welches Leben!«

»Ist es meine Schuld, daß Mutter blödsinnig ist?« fragte Magdalene weinend.

»Was verlange ich denn? Tag und Nacht sitze ich bei der Arbeit und klage nicht; solange ich Kräfte habe, will ich arbeiten; aber ich kann unmöglich arbeiten und zu gleicher Zeit Blödsinnige beaufsichtigen, dich und die Kinder warten. Es ist zuviel Not für einen einzigen Menschen!« stöhnte der Steinschneider.

Erschöpft sank er auf seinen Schemel.

»Was soll ich tun, da man sich geweigert hat, Mutter ins Hospital aufzunehmen?« fragte Magdalene mit kläglicher Stimme. »Was hilft es, daß du dich beklagst?«

»Nichts, du hast recht; aber man vergißt sich, wenn zu viel auf einen einstürmt.«

Morel stand auf, um den Krug zu holen. Nachdem er mit Mühe die Eisrinde zerbrochen hatte, goß er etwas von der eiskalten Flüssigkeit in eine Tasse und trat zu seiner Frau, die begierig die Hände ausstreckte.

»Nein, es ist zu kalt, es könnte dir schaden,« sagte er.

»Desto besser, um so eher geht es zu Ende.«

»Warum sprichst du so, Magdalene? Ich verdiene es nicht. Nur ihr macht mir Sorge; wenn ich allein wäre, würde ich mich um den nächsten Tag nicht kümmern.«

»Armer Morel!« sagte Magdalene gerührt; »aber ich bitte dich, gib mir zu trinken!«

»Ich wärme nur die Tasse ein wenig in meinen Händen.«

»Ich danke dir, Morel,« sagte Magdalene, indem sie gierig trank.

»Genug! Genug!«

»Es ist zu kalt,« sagte Magdalene, die Tasse zurückgebend.

Morel zog seine Jacke aus und legte sie auf die Füße seiner Frau. Der Arme hatte kein Hemd.

»Morel, du wirst dich erkälten.«

»Wenn ich zu sehr friere, ziehe ich die Jacke wieder an.«

»Armer Mann! Du hast recht: der Himmel ist nicht gerecht. Was haben wir verbrochen, daß wir so unglücklich sind, während andere ...«

»Es hat jeder seine Not, die Großen wie die Kleinen.«

»Ja, aber die Großen hungern und frieren nicht. Wenn ich denke, daß einer der Diamanten, die du schleifst, so viel wert ist, daß wir mit den Kindern gut davon leben könnten, so empört mich das; was nützen den Reichen die Diamanten?«

»Wenn man nur zu fragen brauchte: was nützt das den anderen? so käme man nicht weit! – Was nützt es dem Herrn, den Madame Pipelet Kommandant nennt, daß er die erste Etage dieses Hauses, in die er niemals kommt, gemietet hat? Was nützt es ihm, da er anderswo wohnt?«

»Das ist wahr. – Ach, die Reichen sind so hart!«

»Sie wissen eben nicht, was Not ist. Sie werden im Glück geboren, leben glücklich und sterben im Glück. Wie könnten sie sich eine Vorstellung von den Leiden anderer Menschen machen? Sie wissen nicht, wie es uns zumute ist. Wir, an ihrer Stelle, würden vielleicht nicht anders sein.«

»Die Armen sind besser! Die gute, kleine Lachtaube, die so oft bei mir und den Kindern gewacht hat, nahm gestern zwei von den Kindern mit und gab ihnen zu essen. Sie hat gewiß selbst gehungert.«

»Ja, sie ist gut. Weil sie die Not kennt. Wie ich immer sage: wenn die Reichen nur wüßten ...«

»Und die Dame, die gestern so erschrocken fragte, ob wir

etwas brauchten, die weiß nun, was es heißt, arm zu sein, aber sie ist nicht wiedergekommen.«

»Sie kommt vielleicht noch.«

»Ja, die Reichen haben, wenn man dich hört, immer recht.«

»Das sage ich nicht,« entgegnete Morel sanft, »ich sage nur, daß sie nicht wissen, was Armut ist. Die Welt ist nun einmal, wie sie ist.«

Ein bleicher Schein, der mit Mühe durch den Schnee drang, der das Dachfenster bedeckte, verbreitete sich allmählich in der Wohnung und erhöhte noch den grauenvollen Eindruck.

»Ich will warten, bis es hell genug ist, um wieder an die Arbeit zu gehen,« sagte der Steinschneider, indem er sich auf dem Strohsack seiner Frau niedersetzte und seine Stirn in die Hände stützte.

Nach einer kurzen Pause sagte Magdalene:

»Wann wird Madame Mathieu die Steine abholen, an denen du arbeitest?«

»Heute. Ich habe nur noch eine Facette an einem falschen Diamanten zu schleifen.«

»An einem falschen Diamanten?«

»Ach ja, du schliefst gerade, als Madame Mathieu zuletzt hier war. Sie hat mir zehn Rheinkiesel zu schleifen gegeben, die geradeso aussehen sollen wie die echten Steine, die sie mir brachte. – Ich habe nie Diamanten von schönerem Wasser gesehen; diese zehn Steine sind mindestens ihre 60000 Franken wert.«

»Und warum sollst du die Kiesel schleifen?«

»Eine vornehme Dame, eine Herzogin, glaube ich, hat Herrn Baudoin beauftragt, ihren Schmuck zu verkaufen und ihr dafür einen von unechten Steinen machen zu lassen. Madame Mathieu sagte mir das, als sie mir die echten Steine brachte, die ganz genau nachgeschliffen werden sollen.«

»Du siehst also, falsche Steine verrichten denselben Dienst wie echte, aber die großen Damen würden doch keinen einzigen Diamanten opfern, um den Armen zu helfen.«

Morel zuckte mitleidig mit den Achseln.

»Wieviel wird dir Madame Mathieu heute bezahlen?« fuhr Magdalene fort.

»Nichts, da ich hundertundzwanzig Franken Vorschuß habe.«

»Aber wir haben schon seit vorgestern kein Geld mehr.«

»Ich weiß es wohl.«

»Würde uns Mutter Burette etwas leihen?«

»Worauf? Alle unsere Habseligkeiten sind bereits bei ihr versetzt.«

»Aber ihr, Mutter, Kinder und du, habt seit gestern nur anderthalb Pfund Brot gehabt! Verhungern dürft ihr doch nicht!«

»Vielleicht vergißt uns die Dame nicht, die gestern hier war.«

»Ja, rechne nur darauf! – Vielleicht aber borgt dir Madame Mathieu eine Kleinigkeit; du arbeitest seit zwanzig Jahren für sie; sie kann uns nicht in so große Not geraten lassen.«

»Ich glaube nicht, daß sie uns etwas geben kann. Sie ist nicht reich.«

»So frage Herrn Ferrand, ob er dir helfen will!«

»Ich soll mich an Ferrand wenden?« rief Morel; »lieber will ich verrecken! Sprich mir nicht von diesem Manne!«

Das sonst so sanfte und ergebene Gesicht des Steinschneiders wurde hart. Morel stand rasch von dem Strohsack auf, auf dem er gesessen hatte und ging erregt auf und ab.

»Ich habe mein Leben lang niemand etwas zuleide getan,« sagte er zornig, »aber siehst du, diesem Notar wünsche ich so viel Schlechtes, wie er uns zugefügt hat. Hat dieser Heuchler das Recht, seinen Reichtum zum Nachteil derer zu mißbrauchen, die er verderben will?«

»Ja, ja,« fiel Magdalene ein, »tobe nur gegen ihn! Vergiß nicht, daß er dich ins Gefängnis bringen kann. Ich hasse den Notar auch, da wir aber einmal von ihm abhängen, so müssen wir ...«

»Unsere Tochter von ihm entehren lassen!«

»So schweige doch, die Kinder hören jedes Wort!«

»Um so besser!« entgegnete Morel mit schneidender Ironie. »Es wird ein gutes Beispiel für unsere beiden Mädchen sein; vielleicht gefallen auch sie dem Notar eines Tages. Hängen wir nicht von ihm ab? wie du immer sagst.«

Der Unglückliche brach bei diesen Worten in Schluchzen aus.

»Ach, meine Kinder!« fuhr er fort, »meine armen Kinder, meine gute, schöne Luise! Sie ist zu schön, daher unser Unglück. Wäre sie nicht so schön, würde der Mann mir das Geld nicht geborgt haben. Ich hätte Luise keinen Tag bei ihm gelassen, aber jetzt bin ich gezwungen, ich bin in seinen Händen.«

»Was wolltest du tun? Er sagt zu Luise: Wenn du fortgehst, lasse ich deinen Vater ins Gefängnis sperren!«

»Ja, und um das zu verhindern, lassen wir Luise entehren.«

»Du übertreibst; der Notar stellt ihr nach, das ist wahr, aber sie ist ein braves Mädchen. Das weißt du.«

»Ja, sie ist gut! Arme Luise! Mit ihr hat uns das Glück verlassen.«

»Morel, du zerbrichst mir das Herz,« sagte Magdalene unter Tränen.

»Und wenn ich denke, daß der alte Kerl ... Siehst du, bei dem Gedanken sehe ich rot. Ich könnte ihn umbringen ...«

»Und was sollte aus uns werden? Du übertreibst, Morel! Der Notar wird vielleicht mit ihr gescherzt haben. Aber er ist doch fromm, geht jeden Sonntag in die Kirche und sieht sogar Geistliche bei sich. Viele sagen, es sei sicherer, Geld bei ihm anzulegen, als in der Sparkasse.«

»Was beweist das? Daß er reich und ein Heuchler ist. Ich kenne Luise. Sie ist ein braves Mädchen, aber ihr Herz blutet vor Kummer über unsere Armut. Aus Liebe zu uns wäre sie fähig ... doch ich darf nicht daran denken ... ich werde wahnsinnig!«

»Wenn das geschehen wäre, Morel, würde der Notar ihr Geld gegeben haben, und sie hätte gewiß nichts für sich behalten!«

»Schweig! Ich begreife nicht, wie du so etwas nur aussprechen kannst.«

»Und wenn man bedenkt, daß du mit einem der Diamanten da den Notar bezahlen, unsere Tochter von ihm wegnehmen und zu Hause behalten könntest!« sagte Magdalene langsam.

»Was nützt es, wenn du es mir auch hundertmal wiederholst? Gewiß, wenn ich reich wäre, wäre ich nicht arm,« entgegnete Morel schmerzlich.

Er fuhr bitter fort:

»Wir müssen uns in unser Schicksal fügen. Die Zeit ist unser Vermögen, und das Brot ist so teuer, daß wir keine Zeit haben, auf unsere Kinder achtzugeben. Dann spricht man von Liederlichkeit, von dem schlechten Lebenswandel der armen Mädchen, als ob ihre Eltern sie beaufsichtigen könnten, wenn sie einmal das Elternhaus verlassen haben. Es ist unser Los, unsere Kinder herzugeben ...«

In diesem Augenblick wurde heftig an die Tür geklopft.

LVIII

Der Steinschneider stand auf, um zu öffnen.

Zwei Männer traten ein.

Der eine war groß, hager, hatte ein gemeines Gesicht mit schwarzem Backenbart, der grau zu werden begann; er hielt in der Hand einen schweren Stock und trug einen zerdrückten Hut und einen langen, grünen Rock. Der abgeschabte, schwarze Samtkragen ließ einen roten, behaarten Hals sehen. Der Mann hieß Malicorne.

Der andere war klein, dick und untersetzt und mit einem gewissen Luxus gekleidet. Brillantenknöpfe hielten sein Hemd von zweifelhafter Weiße zusammen, und auf der verschossenen Weste schlängelte sich eine lange, goldene Kette. Dieser Mann hieß Bourdin.

»Pfui, wie das hier nach Armut stinkt!« sagte Malicorne, der auf der Türschwelle stehenblieb.

»Ja, nach Moschus riecht es nicht,« entgegnete Bourdin mit einer Gebärde des Ekels. Dann trat er zu Morel, der ihn verwundert ansah.

Durch die Türe sah man das boshafte Gesicht des Lahmen, der den Unbekannten gefolgt war, um zu spionieren.

»Was wollen Sie?« fragte der Steinschneider barsch.

»Hieronymus Morel?« fragte Bourdin.

»Der bin ich.«

»Steinschneider?«

»Allerdings.«

»Ich glaube, Malicorne,« fuhr der Mann fort, indem er sich an seinen Kameraden wandte, »hier ist nicht viel zu machen.«

»Ja, wo etwas zu machen wäre, findet man den Vogel meist ausgeflogen, aber das Ungeziefer sitzt in seinen Löchern.«

»Freilich; solche Menschen wünschen geradezu, eingesperrt zu werden, weil sie da gefüttert werden.«

»Es kostet mehr, als die ganze Geschichte wert ist.«

»Macht, daß ihr fortkommt, ihr Trunkenbolde!« fiel Morel unwillig ein.

»Sieh da, sieh da,« entgegnete Bourdin, indem er mit den Fingern auf Morel wies, »der Krumme da denkt, wir wollten in dem Loche bleiben, in das ich meinen Hund nicht sperren möchte.«

»Großer Gott!« rief Magdalene, »es sind vielleicht Spitzbuben? Paß auf deine Diamanten auf!«

Morel ging rasch an den Tisch und bedeckte die Steine mit beiden Händen.

Der Lahme, der noch immer horchte, hörte die Worte Magdalenens und dachte bei sich:

»Sieh – sieh – Mutter Mathieu hat also echte Diamanten in ihrem Strickbeutel. – Gut, daß ich das weiß!«

»Wenn Sie sich nicht gleich entfernen, rufe ich die Wache,« sagte jetzt Morel.

Die Kinder fingen an zu weinen, und die Blödsinnige setzte sich auf ihrem Lager auf.

»Wenn jemand das Recht hat, die Wache zu rufen, so sind wir es,« antwortete Bourdin.

»Weil uns die Wache Beistand leisten muß, wenn Sie nicht gutwillig mitgehen,« setzte Malicorne hinzu; »wir haben allerdings keinen Friedensrichter bei uns. Wenn Ihnen aber an seiner Gesellschaft etwas liegt, so werden wir einen ganz warm aus dem Bette holen. Bourdin, geh und hole ihn.«

»Ich – ich soll ins Gefängnis?« rief Morel bestürzt.

»Allerdings, Verehrtester!«

»Schulden wegen,« fügte Bourdin, gemein lächelnd, hinzu.

»Sie sind der Notar? Ach, mein Gott!«

Und Morel sank totenbleich auf seinen Schemel.

»Wir sind vom Handelsgericht. Verstanden?«

»Morel, der Wechsel von Herrn Ferrand! Wir sind verloren!« rief, mit herzzerreißender Stimme, Magdalene.

»Da ist das Urteil,« sagte Malicorne, indem er aus der Brieftasche einen Bogen Stempelpapier nahm und seinen Inhalt laut vorlas: »Das Gericht verurteilt Herrn Morel, unter Androhung persönlicher Haft, dem Herrn Jakob Ferrand, Notar zu Paris, die Summe von dreizehnhundert Franken mit Zinsen vom Tage des Protestes an zu zahlen und verurteilt ihn überdies zu den Kosten.«

»Und Luise?« rief Morel, fast wahnsinnig, ohne auf Malicorne zu hören, »wo ist Luise? Hat sie den Notar verlassen, da er mich ins Gefängnis bringen will? Guter Gott, was ist aus Luise geworden?«

»Wer ist Luise?« fragte Bourdin.

»So laß ihn doch reden,« fiel Malicorne brutal ein; »siehst du denn nicht, daß er nicht richtig im Kopfe ist? Vorwärts,« setzte er hinzu, indem er zu Morel trat, »vorwärts, daß wir aus diesem Loche fortkommen!«

»Morel, verteidige dich,« rief Magdalene, »laß dich nicht fortführen!«

»Tun Sie, als ob Sie zu Hause wären, Madame,« fiel Bourdin höhnisch ein, »aber wenn Ihr Mann die Hand gegen mich erhebt, ist es um ihn geschehen.«

Morel, dessen Gedanken sich nur mit Luise beschäftigten, rief aus:

»Luise hat das Haus des Notars verlassen, ich gehe also mit leichtem Herzen ins Gefängnis.« Als er aber um sich blickte, setzte er hinzu: »Wer wird nun meine Frau und meine Kinder ernähren? Will der Notar denn unser aller Tod?«

»Noch einmal, wird es bald?« fiel Bourdin ein. »Zieh dich an, Mann, und mach', daß wir fortkommen.«

»Ach, meine guten Herren,« rief jetzt Magdalene, von ihrem Lager aus. »Sie werden nicht so hartherzig sein, Morel fortzuführen; was sollte aus mir, meinen fünf Kindern und meiner alten Mutter werden? Die Arme ist verrückt, meine guten Herren, sie ist verrückt.«

»Die Alte mit dem kahlen Kopf?«

»Wahrhaftig, sie ist geschoren,« sagte Malicorne; »ich dachte, sie hätte eine weiße Nachtmütze auf.«

Die Blödsinnige fing bei dem Anblick der beiden fremden Männer an, dumpf zu heulen und drückte sich an die Wand.

Morel schien alles, was um ihn her vorging, nicht zu beachten; der Schlag, der ihn bedrohte, war so entsetzlich, daß er nicht daran zu glauben vermochte. Die Kräfte verließen den durch Entbehrungen aller Art erschöpften Mann, und er saß auf seinem Schemel, in sich zusammengesunken, mit schlaff herabhängenden Armen, den Kopf auf die Brust gesenkt ...

»Tausend Donnerwetter, wird's bald?« rief jetzt Malicorne. »Vorwärts, oder ich brauche Gewalt!«

Dabei packte der Mann Morel an der Schulter und schüttelte ihn.

Diese Gebärde erregte in den Kindern die höchste Angst; die drei kleinen Knaben krochen halbnackt aus ihrem Strohsack, fielen mit gefalteten Händen vor den Männern auf die Knie und flehten:

»Gnade! Töten Sie unseren Vater nicht!«

Bourdin empfand beim Anblick dieser armen Kinder, die vor Kälte und Angst zitterten, fast ein menschliches Rühren. Sein Kamerad aber stieß die Kinder mit dem Beine fort.

»Welch ein widerwärtiges Gewerbe! fluchte er dabei.

Das älteste Mädchen, das mit der kranken Schwester im Strohsack geblieben war, rief plötzlich:

»Mutter! – ich weiß nicht, was Adele hat! – Sie ist ganz kalt und atmet nicht mehr! Sie sieht aus wie tot. Ach, ich fürchte mich!« rief das Kind, indem es sich in die Arme der Mutter flüchtete.

Diese vergaß, daß ihre fast gelähmten Beine sie nicht tragen konnten und machte eine gewaltsame Anstrengung, um nach ihrem Kind zu sehen, aber die Kräfte reichten nicht aus, und sie sank, mit einem Schrei der Verzweiflung, zu Boden.

Dieser Schrei fand ein Echo im Herzen Morels; er fuhr aus seinem Stumpfsinn auf, war mit einem Sprunge an der Seite seines Kindes – und fand es tot.

Kälte und Hunger hatten das Ende beschleunigt. Die armen, kleinen Glieder waren bereits kalt und starr.

LIX

Morel, dem vor Entsetzen das Haar sich sträubte, stand, das tote Kind in den Armen, unbeweglich da und betrachtete den kleinen Leichnam mit stieren, tränenlosen Augen.

»Morel! Gib mir Adele her!« rief die unglückliche Mutter. »Es ist nicht wahr, sie ist nicht tot, sie kann ja nicht tot sein!«

Die Blödsinnige hörte auf zu jammern, richtete sich empor, schlich langsam hinzu, hielt ihren Kopf über die Schulter Morels und betrachtete den Leichnam ihrer Enkelin.

Ihre Züge behielten den gewöhnlichen Ausdruck des Stumpfsinns, und nach einer Minute gähnte sie, wie ein hungriges Raubtier, kehrte auf ihr Lager zurück und lallte:

»Hat Hunger! hat Hunger!«

»Morel, ich will mein Kind sehen!« schrie Magdalene.

»Ja, eines nach dem anderen,« antwortete der Mann und legte das Kind in die Arme seiner Frau.

Magdalene bettete den Leichnam ihres Kindes auf das Stroh ihrer Lagerstätte, während die anderen Kinder neben ihr knieten und weinten.

Die Gerichtsbeamten, die durch den Tod des Kindes einen Augenblick erschüttert worden waren, erlangten bald ihre gewöhnliche Gefühllosigkeit zurück.

»Nun,« sagte Malicorne, »Ihr Kind ist gestorben, das ist ein Unglück; aber wir sind alle sterblich. Sie müssen uns jetzt folgen, denn wir haben noch einen zu holen!«

Morel hörte nicht.

Ganz versunken in seine finsteren Gedanken, murmelte er mit dumpfer, gebrochener Stimme vor sich hin:

»Das arme Kind muß doch begraben werden, aber wo das Geld hernehmen? – Und den Sarg? ... Ach, so ein kleiner Sarg kann nicht teuer sein. Eigentlich ist es ein Glück ... Wäre sie älter geworden, hätte man uns nicht einmal den Sarg auf Kredit gegeben ... mit einem Kindersarg geht es schon eher ... so ein Kindersarg ist ja nur klein ... klein ...«

»Der Mann ist imstande, den Verstand zu verlieren,« sagte Bourdin zu Malicorne; »sieh nur seine Augen an! Und die alte Verrückte, die vor Hunger heult! Eine schöne Familie!«

»Wir müssen aber der Sache ein Ende machen – faß an; er wird freilich ein gewaltiges Geschrei erheben, aber ist es unsere Schuld, daß das Kind gestorben ist?«

»Wenn man so arm ist, soll man eben keine Kinder in die Welt setzen.«

»Vorwärts! Vorwärts, Mann!« sagte Malicorne, »wir haben nicht Zeit, lange zu warten; entweder Geld oder Gefängnis!«

»Gefängnis?« fiel eine jugendliche, wohlklingende Stimme ein, und ein frisches Mädchen trat in das Stübchen.

»Ach, Mamsell Lachtaube!« sagte eines der Kinder weinend. »Retten Sie den Vater, man will ihn ins Gefängnis werfen, und unsere kleine Schwester ist gestorben ...«

»Adele ist tot?« rief das junge Mädchen, dessen große Augen sich mit Tränen füllten. »Und euer Vater soll ins Gefängnis? Das ist ja nicht möglich!«

Und dabei sah sie bald den Steinschneider, bald dessen Frau, bald die Gerichtsdiener an.

Bourdin trat zu ihr.

»Mein schönes Kind, bringen Sie den Mann da zur Vernunft! Er muß uns nach Clichy folgen; wir sind Beamte des Handelsgerichtes.«

»Also ist es wahr?« rief das junge Mädchen aus.

»Bezahlen oder ins Gefängnis gehen: ein Drittes gibt es nicht. Oder können Sie ihm ein paar tausend Franken leihen?« fragte Malicorne höhnisch. »Dann her damit, und wir ziehen ab!«

»Ohne Spaß,« sagte der andere Gerichtsdiener, »wenn Sie etwas nützen wollen, so sorgen Sie dafür, daß die Frau ihren Mann nicht fortführen sieht. Sie ersparen damit beiden eine schlimme Viertelstunde.«

Morel hatte sich schließlich beruhigt und fügte sich.

»Nun, wird es endlich?« sagte Bourdin.

»Ich kann aber die Diamanten nicht hier lassen; meine Frau ist halb wahnsinnig,« jammerte Morel, indem er auf die Edelsteine zeigte. »Die Frau, für die ich arbeite, wird sie im Laufe des Tages abholen; geben Sie mir also Zeit bis morgen, damit ich die Diamanten zurückgeben kann.«

»Das ist nicht möglich. Die Sache duldet keinen Aufschub.«

»Aber ich kann die Diamanten doch nicht hier liegen lassen!«

»So nehmen Sie sie mit und deponieren sie im Gefängnisbureau, wo sie ebenso sicher aufgehoben sind wie in der Bank; aber nun rasch!«

»Geben Sie mir Zeit, daß ich mein Kind begraben lassen kann,« bat Morel mit flehentlicher Stimme.

»Nein! Wir haben nun schon lange genug gewartet!«

»Nur eine Frage noch: Seit wann haben Sie Befehl, mich zu verhaften?«

»Seit gestern.«

»Und Luise ist noch nicht hier? Wo ist sie? Was ist aus ihr geworden?«

»Holen Sie Ihre Kleider, damit wir endlich fortkommen!«

»Ich habe nichts mitzunehmen als die Diamanten.«

»So kleiden Sie sich an!«

»Ich habe nur, was ich auf dem Leibe trage.«

»In diesen Lumpen wollen Sie gehen?« fiel Bourdin ein.

»Sie werden sich meiner Gesellschaft schämen!« entgegnete der Steinschneider bitter.

»Vater, die Mutter ruft dich,« sagte eines der Kinder.

»Hören Sie mich an,« flüsterte Morel dem einen Gerichtsdiener zu, »ich habe nicht den Mut, von meiner Frau und meinen Kindern Abschied zu nehmen. Ich bitte Sie also, sagen Sie laut zu mir, Sie würden in drei oder vier Tagen wiederkommen und erwarten sie mich auf der Treppe; fünf Minuten später komme ich nach. Das erspart mir das Abschiednehmen.«

»Ich glaube nicht, daß er etwas Unrechtes vorhat,« sagte Bourdin leise zu seinem Kameraden. »Wir wollen ihm den Willen tun, sonst kommen wir nicht fort von hier; die Stube hat keinen zweiten Ausgang. Er kann uns also nicht entwischen.«

»Meinetwegen,« sagte er leise zu Morel. »Aber kommen Sie schnell nach!«

»Ich danke Ihnen,« antwortete Morel.

Die Gerichtsdiener entfernten sich.

Der kleine Lahme hatte sich, um nicht gesehen zu werden, auf die Treppe geflüchtet.

»Hören Sie, Madame Morel!« sagte Mamsell Lachtaube, »man läßt Ihren Mann in Ruhe; die beiden Beamten sind fortgegangen.«

»Hörst du, Mutter?« sagte der älteste Knabe.

»Morel, nimm einen der großen Diamanten ... man wird es nicht merken, und wir sind gerettet,« sagte Magdalene, halb irrsinnig.

Der Steinschneider benutzte den Augenblick und ging vorsichtig hinaus.

»Nun vorwärts!« sagte Bourdin, indem er auf die erste Stufe trat und dem Steinschneider winkte, ihm zu folgen.

In diesem Augenblick hörte man, von der Treppe her, den Ruf: »Vater! Vater!«

»Luise!« flüsterte der Steinschneider, indem er die Hände zum Himmel hob, »ich werde sie also noch einmal sehen und umarmen können!«

Einige Sekunden später lag Luise in den Armen ihres Vaters.

»Luise, meine gute Luise!« rief Morel unter Tränen. »Aber wie blaß du aussiehst! Mein Gott, was fehlt dir?«

»Nichts!« antwortete Luise stammelnd. »Ich bin so schnell gelaufen. Hier ist das Geld!«

»Du wußtest also?«

»Nehmen Sie, meine Herren, hier ist das Geld,« sagte das Mädchen, indem es Malicorne eine Rolle Goldstücke entgegenhielt.

»Nein,« sagte Morel, indem er sich vor die Türe stellte. »Ich muß erst mit dir reden ...«

»Nur eine Minute!« sagte Malicorne, indem er die Goldstücke zählte und einsteckte. »Vierundsechzig, fünfundsechzig: macht dreizehnhundert Franken. Haben Sie nur soviel?«

»Du bist ja nur dreizehnhundert Franken schuldig, Vater, nicht wahr?« sagte Luise bestürzt.

»Ja«, antwortete Morel.

»Richtig,« entgegnete der Gerichtsbeamte; »der Wechsel lautet auf dreizehnhundert Franken; aber die Kosten? Ohne die Verhaftung betragen sie schon elfhundertundvierzig Franken.«

»Ach, mein Gott!« jammerte Luise; »ich glaubte, es wären nur dreizehnhundert Franken.«

»Schön, bringen Sie das Geld ins Gefängnis, und man wird Ihren Vater freilassen. – Und nun halten Sie uns nicht länger auf!«

»Sie führen ihn fort?«

»Wenn er den Rest bezahlt, kommt er frei. Geh voran, Bourdin.«

»Gnade! Gnade!« jammerte Luise.

»Nun geht das Gejammer von neuem an!« Dann trat der Gerichtsdiener zu Morel und setzte hinzu: »Wenn Sie nicht gleich gehen, fasse ich Sie am Kragen und bringe Sie hinunter!«

»Ach, armer Vater!« sagte Luise, tief betrübt.

»Gott ist nicht gerecht!« rief der Steinschneider verzweifelt.

»Ja, Gott ist gerecht!« antwortete eine kräftige, wohlklingende Stimme.

In demselben Augenblick erschien Rudolf an der Tür der kleinen Bodenkammer. Er war blaß und tief ergriffen. Die Gerichtsdiener traten unwillkürlich zurück. Morel und seine Tochter sahen den Fürsten erstaunt an.

Rudolf zog ein Paket Banknoten aus seiner Tasche, nahm drei davon, reichte sie Malicorne und sagte:

»Hier ist das Ganze! Geben Sie dem Mädchen das Gold zurück.«

Der Gerichtsdiener nahm zögernd die Banknoten, besah sie von allen Seiten und steckte sie endlich ein. Dann betrachtete er Rudolf vom Kopf bis zu den Füßen und knurrte:

»Die Banknoten sind echt, aber wie kommen Sie zu dem Gelde?«

»Ich habe dir gesagt, du sollst dem jungen Mädchen die Goldstücke zurückgeben,« entgegnete Rudolf kurz und hart.

»Ich habe dir gesagt! – Was fällt dir ein, mich du zu nennen?« sprach der Gerichtsdiener, indem er drohend an Rudolf herantrat.

»Gib das Gold heraus!« wiederholte der Fürst, indem er das Handgelenk Malicornes faßte und so stark drückte, daß er, unter dem gewaltigen Griffe, zusammensank und stöhnte.

»Gib das Gold heraus und pack' dich, ohne ein Wort zu sagen, oder ich werfe dich die Treppe hinunter!«

»Wer sind Sie, daß Sie hier so auftreten?« fragte Bourdin, hinter seinem Kameraden hervor, »wer sind Sie?«

»Wer er ist, du Narr? Mein Mieter ist es, ihr groben Kerle!« rief Frau Pipelet, die ganz atemlos herbeikam.

»Was will die Hexe?« fiel Bourdin ein.

»Wenn ihr nicht euer ungewaschenes Maul haltet, wird euch mein Mieter die Treppe hinunter spedieren, und ich kehre euch mit dem Besen hinaus!«

»Die Alte ist imstande, das ganze Haus gegen uns rebellisch zu machen. Wir wollen gehen!« sagte Bourdin zu Malicorne.

»Da sind Ihre Papiere,« fuhr dieser Morel an, indem er ihm ein Aktenheft vor die Füße warf.

»Wirst du sie sogleich aufheben! Man bezahlt dich, damit du anständig und höflich bist,« sagte Rudolf, indem er den Gerichtsdiener mit einer Hand zurückhielt.

Der Gerichtsdiener, der bei diesem zweiten Griff wohl fühlte, daß er sich mit einem solchen Gegner nicht messen könne, bückte sich murrend, hob das Heft auf und übergab es Morel. Dann eilte er mit seinem Kameraden rasch die Treppe hinunter.

Während Frau Pipelet die Gerichtsdiener mit Schimpf und Hohn verfolgte, war Morel vor Rudolf auf die Knie gesunken.

»Ach, gütiger Herr, Sie retten uns das Leben! Wem verdanken wir diese unverhoffte Hilfe?«

»Gott erbarmt sich, wie Sie sehen, der Rechtschaffenen.«

LX

Um die Familie über ihre Zukunft zu beruhigen und eine Freigebigkeit zu erklären, die sein Inkognito gefährden konnte, sagte Rudolf zu dem Steinschneider, den er auf den Vorsaal zog, während Mamsell Lachtaube Luise auf den Tod ihrer kleinen Schwester vorbereitete:

»Gestern früh war eine junge Dame bei Ihnen.«

»Ja, Herr, und sie schien mit Schmerz den Zustand zu sehen, in dem wir uns befinden.«

»Ihr haben Sie zu danken, nicht mir!«

»Nennen Sie mir wenigstens den Namen dieses Engels, lieber Herr!«

»Ich sehe keinen Grund, warum ich Ihnen den Namen verschweigen sollte. Die Dame heißt ...«

Rudolf bedachte das indiskrete Geschwätz der Portiersfrau und fuhr, nach kurzer Pause, fort:

»Ich werde Ihnen den Namen der Dame unter einer Bedingung nennen.«

»Sprechen Sie, guter Herr!«

»Unter der Bedingung, daß Sie den Namen für sich behalten.«

»Ich schwöre es Ihnen. Kann ich ihr aber nicht wenigstens danken?«

»Ich werde Frau von Harville fragen und zweifle nicht, daß sie einwilligt.«

»Die Dame heißt?«

»Marquise von Harville.«

»Ich werde diesen Namen nie vergessen; sie soll meine Heilige sein, zu der ich bete!«

»Was die Bestattung des armen Kindes betrifft, so hören Sie mich an. Ich bewohne mein Zimmer noch nicht; es ist groß und luftig: man könnte alles Nötige dahin bringen, damit Sie und Ihre Familie vorderhand dort wohnen, bis es Frau von Harville gelungen ist, Ihnen eine passende Wohnung zu verschaffen. Die Leiche

Ihres Kindes bliebe dann hier in der Stube, wo in der Nacht ein Geistlicher bei ihr wacht. Ich werde Herrn Pipelet bitten, die Besorgung dieser traurigen Angelegenheit zu übernehmen.«

»Sie denken an alles! Wie gütig Sie sind!«

»Jetzt sagen Sie mir, dieser Jacob Ferrand ...«

Eine finstere Wolke zog über Morels Stirn.

»Dieser Jacob Ferrand,« fuhr Rudolf fort, »ist der Notar Jacob Ferrand, der in der Rue du Sentier wohnt ...«

»Ja, Herr. Kennen Sie ihn ...?«

Er schlug die Hände vor das Gesicht.

Rudolf erriet seine Gedanken.

»Gerade dieser Schritt des Notars,« sagte er zu Morel, »muß Sie beruhigen; er ließ Sie ohne Zweifel verhaften, um sich zu rächen. Übrigens habe ich alle Ursache zu glauben, daß er ein unredlicher Mann ist. Wenn er das wirklich ist, so rechnen Sie auf die Vorsehung; sie wird ihn strafen.«

»Er ist sehr reich und ein Heuchler.«

»Sie waren arm und verzweifelt. – Hat die Vorsehung Sie verlassen?«

»Nein, Herr. Glauben Sie nicht, daß ich das aus Undankbarkeit sage.«

»Ein unerbittlicher Rächer wird den Notar erfassen, wenn er schuldig ist.«

In diesem Augenblick kam Mamsell Lachtaube aus dem Stübchen heraus und wischte die Augen ab.

Rudolf sagte zu dem Mädchen:

»Nicht wahr, schöne Nachbarin, Herr Morel wird gut daran tun, wenn er mit seiner Familie mein Zimmer bezieht, bis sein Wohltäter, in dessen Namen ich handle, eine anständige Wohnung für ihn gefunden hat?«

Das Mädchen sah Rudolf verwundert an.

»Sie wollen so gütig sein, mein Herr?«

»Ja, aber unter einer Bedingung, die nur Sie erfüllen können.«

»Alles, was von mir abhängt, werde ich gern tun.«

»Ich habe einige sehr dringende Rechnungen in Ordnung zu bringen. Werden Sie, als gute Nachbarin, mir erlauben, diese Arbeit an einer Ecke Ihres Tisches zu verrichten, während Sie auch arbeiten? Ich würde Sie nicht stören.«

»Wenn es weiter nichts ist, herzlich gern!«

»Vater, die Mutter ruft,« sagte einer der Knaben Morels.

»Gehen Sie, lieber Herr Morel. Wenn unten alles fertig ist, wird man es ihnen sagen.«

»Nun, schöne Nachbarin,« sagte Rudolf, »müssen Sie mir noch eine Gefälligkeit erweisen.«

»Von Herzen gern, Herr Nachbar.«

»Sie sind, ich weiß es, eine vortreffliche Wirtin. Es ist nötig, für die Familie Morel sogleich zu kaufen was sie an Kleidungsstücken und Betten in meinem Zimmer braucht. Wie fangen wir es an, das schleunigst herbeizuschaffen?«

Das Mädchen dachte einen Augenblick nach.

»In zwei Stunden können Sie alles haben: fertige Kleidungsstücke, Wäsche für die ganze Familie, zwei kleine Betten für die Kinder, eins für die Großmutter, kurz alles, was nötig ist, aber es wird viel, viel Geld kosten.«

»Wieviel, glauben Sie?«

»Wenigstens fünf- bis sechshundert Franken.«

»Alles?«

»Sie sehen, es ist viel Geld,« sagte das Mädchen, das große Augen machte und den Kopf schüttelte.

»Und wir können alles haben?«

»In spätestens zwei Stunden.«

»Sie sind ja eine Fee, Nachbarin!«

»Es ist einfacher, als Sie glauben. Der ›Temple‹ ist ganz in der Nähe, und dort findet man alles, was man braucht.«

»Was ist das?«

»Dort kaufen alle Leute, wie Sie und ich. Es ist viel billiger und ganz gut.«

»Wahrhaftig?«

»Das glaube ich. Wieviel haben Sie z. B. für Ihren Rock gegeben?«

»Das kann ich Ihnen nicht genau sagen.«

»Was Nachbar? Sie wissen nicht, was Ihr Rock kostet?«

»Ich will es Ihnen im Vertrauen gestehen, schöne Nachbarin,« antwortete Rudolf lächelnd, »ich habe ihn noch nicht bezahlt.«

»Herr Nachbar, es kommt mir vor, als hielten Sie nicht sehr auf Ordnung!«

»Nein, schöne Nachbarin.«

»Das muß anders werden, wenn wir Freunde bleiben sollen. Sie sollen es nicht bereuen, mich zur Nachbarin zu haben. Ich werde für Ihre Wäsche sorgen, und Sie helfen mir mein Stübchen bohnern. Ich stehe sehr früh auf und werde Sie wecken, damit Sie nicht zu spät in Ihr Geschäft kommen. Ich klopfe so lange an die Wand, bis Sie rufen: Guten Morgen, Nachbarin!«

»Schön! Sie wecken mich, Sie sorgen für meine Wäsche, und ich bohnere Ihr Zimmerchen.«

»Und gehen in den Temple, wenn Sie etwas zu kaufen haben. Denn, sehen Sie, Ihr Rock da kostet vielleicht achtzig Franken, im Temple bekommen Sie ihn für dreißig.«

»Eine Idee, liebe Nachbarin!«

»Herr Nachbar?«

»Sie verstehen sich auf Wirtschaftsgegenstände?«

»Ja, ein wenig.«

»Nehmen Sie meinen Arm; wir wollen in den Temple gehen und eine Ausstattung für die Morels kaufen.«

»Welches Glück! Die armen Leute! ... Aber das Geld?«

»Habe ich.«

»Fünfhundert Franken?«

»Der Wohltäter der Familie Morel hat mir Vollmacht gegeben.«

»Ach, mein Gott!«

»Was ist?«

»Nichts, nur – sehen Sie, meine Zeit ist alles, was ich habe; eine Stunde hier, eine Stunde da, bald macht es einen ganzen Tag, und ein Tag bedeutet dreißig Sous; wenn man aber auch einen Tag nichts verdient, leben muß man doch. Aber – gleichviel! – ich arbeite dann in der Nacht etwas länger ... Ich nehme nur rasch den Schal um, setzte ein Häubchen auf und stehe zu Diensten, Herr Nachbar!«

»Erlauben Sie, daß ich meine Papiere indessen zu Ihnen bringe?«

Leicht wie ein Vogel flatterte das Mädchen die Treppe hinunter. Rudolf folgte ihr und ging zuerst in sein Zimmer, um sich von dem Staube der Bodenkammer Pipelets zu reinigen.

Wenige Augenblicke später trat er, mit einer großen Papierrolle, in das Stübchen seiner Nachbarin.

LXI

Lachtaube war ungefähr in demselben Alter, wie die Schallerin, ihre ehemalige Gefängnisgenossin; aber es war ein Unterschied zwischen den beiden jungen Mädchen, wie zwischen Lachen und Weinen. Lachtaube, wie das Mädchen allgemein hieß, war weit entfernt, egoistisch zu sein; sie hatte keinen Kummer als über die Not anderer Leute, an der sie von Herzen Anteil nahm, und für die sie sich bereitwillig opferte, die sie aber auch vergaß, sobald sie den Rücken gewendet hatte. Oft fing sie mitten im Lachen an zu weinen, oder sie hörte plötzlich zu weinen auf, um hell zu lachen.

Als echtes Pariser Kind zog sie den Lärm der Stille, die Bewegung der Ruhe, die geräuschvolle Orchestermusik dem sanften Rauschen des Windes und der Blätter vor.

Sie verließ ihr Stübchen nur des Sonntags und jeden Morgen früh, um Brot, Milch und Futter für sich und ihre beiden Vögel einzukaufen; aber sie würde verzweifelt sein, hätte sie anderswo als in Paris wohnen sollen.

Lachtaube war kaum achtzehn Jahre alt, von mittlerer Größe, tadellos gewachsen, voller Grazie. Wenn sie ging, schien es, als schwebte sie über das Pflaster hin, das sie nur leicht berührte.

Rudolf hatte das Mädchen bisher nur im Dunkeln gesehen und war deshalb fast geblendet von ihrer strahlenden Frische, als er leise in ihr Zimmer trat.

Das Mädchen stand vor einem Spiegel und knüpfte die Bänder eines Häubchens von gesticktem Tüll zusammen, das mit kirschroten Schleifen garniert war. Dieses vorn sehr schmale, weit nach hinten gesetzte Häubchen ließ zwei dicke, glänzend schwarze Haarflechten sehen, die weit auf die Stirn fielen. Die feinen, schmalen Brauen rundeten sich über schalkhaften, großen Augen. Die vollen Wangen hatten die frischeste Farbe, das kleine Stumpfnäschen schaute keck in die Welt hinein; um den Mund spielte neckisches Lachen.

Rudolf stand noch immer unbeweglich an der Tür, und seine schöne Nachbarin, die allein zu sein glaubte, strich erst mit ihrer weißen Hand das gescheitelte Haar glatt, dann stellte sie den kleinen Fuß auf einen Stuhl und bückte sich, um den Schuh zuzuschnüren.

Rudolf, der das Zimmer und seine niedliche Bewohnerin eingehend gemustert hatte, entdeckte plötzlich an der Tür einen großen Riegel, der an einer Gefängnistür nicht am unrechten Orte gewesen sein würde.

Dieser Riegel nötigte ihn zum Nachdenken.

Er konnte zwei Bedeutungen haben, für einen doppelten Gebrauch bestimmt sein: die Tür hinter dem Geliebten oder vor dem Geliebten zu verschließen.

Eine dieser Verwendungsarten widersprach allerdings den Behauptungen der Frau Pipelet.

Die andere bestätigte sie.

Rudolf dachte noch darüber nach, als das Mädchen sich umwandte, ihn erblickte und, ohne ihre Stellung zu ändern, sagte:

»Sie sind da, Herr Nachbar?«

LXII

Als das Stiefelchen geschnürt war, verschwand der niedliche Fuß unter den weiten Falten des braunen Kleides.

»Sie sind hereingeschlichen?«

»Ich stand und bewunderte schweigend.«

»Und was bewunderten Sie, Nachbar?«

»Das niedliche Stübchen; denn Sie wohnen wie eine Königin, Nachbarin.«

»Das ist mein Luxus, sehen Sie. Ich gehe nie aus, und so muß es mir doch wenigstens zu Hause gefallen.«

»Die schönen Gardinen! Und die Kommode – sie sieht aus, als wäre sie von Mahagoni. Sie haben viel Geld ausgeben müssen.«

»Ich hatte 450 Franken, als ich aus dem Gefängnis kam; fast alles ist drauf gegangen.«

»Als Sie aus dem Gefängnis kamen? – Sie?«

»Ja. Das ist eine ganze Geschichte. – Daß ich wegen einer Missetat im Gefängnis war, werden Sie nicht glauben?«

»Nein, aber weshalb sonst?«

»Nach der Cholera stand ich ganz allein in der Welt. Ich war damals zehn Jahre alt.«

»Wer hatte bis dahin für Sie gesorgt?«

»Brave Leute – sie starben an der Cholera. Man verkaufte das Wenige, was sie besaßen, um einige Schulden zu bezahlen, und ich hatte keinen Menschen, der sich meiner annehmen wollte. Da ich nun nicht wußte, was ich tun sollte, ging ich in die Hauptwache, unserm Hause gegenüber, und sagte zu dem Posten: Herr Soldat, meine Eltern sind gestorben, und ich weiß nicht, wohin ich gehen soll. Darüber kam der Offizier, der mich zum Polizeikommissar führen ließ, und dieser steckte mich ins Gefängnis als Landstreicherin. Erst als ich sechzehn Jahre alt war, erhielt ich meine Freiheit wieder.«

»Und Ihre Eltern?«

»Ich weiß nicht, wer mein Vater gewesen ist; ich war sechs Jahre alt, als ich meine Mutter verlor.«

»Sie müssen mir das alles später einmal ausführlich erzählen. Jetzt wollen wir gehen. Sie verlieren sonst zu viel Zeit.«

»Ja, Herr Nachbar, aber Sie müssen erst so freundlich sein, mir mein Tuch zuzustecken.«

Rudolf legte das Tuch sorgsam um die reizenden Schultern seiner Nachbarin.

»Nun, lieber Nachbar, schlagen Sie meinen Kragen zurück und stecken Sie das Kleid und das Tuch zusammen; hüten Sie sich aber, mich zu stechen.«

Es war ziemlich dunkel, Rudolf kam dem Mädchen nahe, zu nahe ohne Zweifel, denn es schrie auf.

Dann sagte es: »Herr Nachbar, ich werde Sie nicht wieder bitten, mir das Tuch zuzustecken.«

»Ich bitte um Vergebung, liebe Nachbarin, ich bin sehr ungeschickt.«

»Im Gegenteil, mein Herr, und darüber beklage ich mich eben. – Geben Sie Ihren Arm und benehmen Sie sich hübsch anständig, oder – wir zanken uns.«

»Wahrhaftig, schöne Nachbarin, es war nicht meine Schuld.«

»Schon gut!« sagte Lachtaube, mit dem Finger drohend, dann schloß sie die Türe zu. »Da, Nachbar, nehmen Sie meinen Schlüssel, er ist so schwer, daß er mir die Tasche zerreißt.«

Als sie an der Stube des Portiers vorüberkamen, sagte das Mädchen: »Die Leute müssen Bescheid wissen wegen der Möbel, die wir kaufen wollen.«

Pipelet, der, wie gewöhnlich, seinen Hut auf dem Kopfe hatte, trug seinen grünen Frack und saß gravitätisch vor einem Tisch, auf dem Lederstücke und Überreste aller Arten von Schuhwerk lagen; er war eben beschäftigt, einen Stiefel zu besohlen. Anastasia befand sich nicht in der Stube.

»Herr Pipelet,« rief das Mädchen, »ich kann Ihnen etwas erzählen. Morels sind aus aller Not ... Der arme Mann sollte ins Gefängnis gebracht werden! ... Diese Gerichtsdiener sind doch herzlose Menschen!«

»Und sittenlose dazu, Mamsellchen! Sie haben die Finsternis auf der Treppe benutzt, um meine Frau zu berühren. – Als ich ihren Hilferuf hörte, wurde ich selbst ganz rot vor Scham. In diesem Augenblick gingen die unverschämten Menschen hier vorüber ...«

»Sie haben sie hoffentlich verfolgt, Herr Pipelet,« sagte das Mädchen, das Mühe hatte, ernsthaft zu bleiben.

»Das war allerdings mein erster Gedanke,« antwortete Pipelet mit einem Seufzer; »aber als die schamlosen Menschen hier vorübergingen, trat mir das Blut ins Gesicht, und ich konnte nicht anders – ich fuhr rasch mit der Hand vor die Augen, um die wollüstigen Schufte nicht zu sehen.«

»Herr Nachbar,« sagte Lachtaube leise zu Rudolf, »lassen Sie den armen Pipelet bei seinem Glauben. Er fühlt sich geschmeichelt.«

Rudolf, der nicht die Absicht hatte, die Illusion zu zerstören, in der Pipelet sich wiegte, sagte zu ihm:

»Sie haben wie ein kluger Mann gehandelt, mein lieber Herr Pipelet. Übrigens ist die Tugend Ihrer Frau über jeden Zweifel erhaben!«

»Ihre Tugend, Herr, ihre Tugend!« und Alfred fing an, mit dem Stiefel zu gestikulieren, »ja, dafür stehe ich mit meinem Kopfe. Für den Ruhm des großen Napoleon und für die Tugend Anastasias kann ich bürgen, wie für meine eigene Ehre.«

»Sie haben recht, Herr Pipelet. Aber vergessen Sie die Gerichtsdiener und tun Sie mir einen Gefallen.«

»Der Mensch ist geboren, damit er seinem Nächsten beistehe,« entgegnete Pipelet in salbungsvollem Ton.

»Es sind verschiedene Gegenstände, die man hierher bringen wird, in mein Zimmer hinaufzuschaffen. Sie sind für Morels bestimmt.«

»Ich werde dafür sorgen.«

»Dann,« setzte Rudolf traurig hinzu, »ist der Todesfall anzuzeigen und für ein anständiges Begräbnis zu sorgen. – Hier ist Geld!«

»Verlassen Sie sich auf mich! Anastasia ist ausgegangen, um einzukaufen; sobald sie wiederkommt, werde ich ihr befehlen, hierzubleiben und Ihre Aufträge besorgen.«

In diesem Augenblick erschien ein Mann, der sich so in seinen Mantel gehüllt hatte, daß man kaum die Augen sah, und erkundigte sich, ob Madame Burette zu Hause sei.

»Kommen Sie von St. Denis?« fragte Pipelet mit pfiffiger Miene.

»Ja, ein Viertel vor zwei Uhr.«

»So gehen Sie hinauf.«

Der Mann im Mantel verschwand schnell auf der Treppe.

»Was bedeutet das?« fragte Rudolf.

»Es geht etwas bei der Mutter Burette vor; es ist ein fortwährendes Hin- und Herlaufen. Heute früh sagte sie: Alle, die zu mir wollen, fragen Sie: Kommen Sie von St. Denis? Die, welche antworten: ›Ja, ein Viertel vor zwei Uhr‹, lassen Sie heraufgehen, andere nicht.«

»Das klingt ja wie eine Parole,« sagte Rudolf.

»Allerdings, und deshalb habe ich mir auch gedacht: bei der Mutter Burette geht etwas vor. Überdies ist der kleine Lahme, den Herr Bradamanti im Dienst hat, in der Nacht um zwei Uhr mit einer alten Frau zurückgekommen, die man die Eule nennt. Sie blieb bis vier Uhr bei Mutter Burette, und solange wartete der Wagen vor dem Hause. Woher kam die Einäugige? Was wollte sie zu so später Stunde? Das sind zwei Fragen, die ich mir stellte, ohne sie beantworten zu können,« setzte Pipelet gravitätisch hinzu.

»Die Frau, die Sie Eule nennen, fuhr um vier Uhr wieder fort?« fragte Rudolf.

»Ja, aber sie kommt wahrscheinlich wieder. Denn Mutter Burette sagte mir, die Einäugige dürfe ich auch ohne die Parole zu ihr lassen.«

Rudolf ahnte nicht, wie nahe die neue Schandtat der Eule ihn berührte.

»Wir sind also einig, lieber Pipelet; vergessen Sie nicht, was ich Ihnen wegen Morels gesagt habe, und bitten Sie auch Ihre Frau, für sie ein gutes Essen zu holen.«

An der Haustür trafen Rudolf und die Lachtaube mit Anastasia zusammen, die mit einem schweren Korb vom Markte zurückkam.

»Sieh! sieh!« rief die Frau aus, »schon Arm in Arm! Das geht ja schnell. Es macht sich geschwind. Freilich – zu einem hübschen Mädchen gehört ein hübscher, junger Mann. Es geht nichts über die Liebe!« Und die Alte verschwand im Dunkel des Hausflurs.

LXIII

Auf den Schnee, der in der Nacht gefallen, war eine empfindliche Kälte gefolgt, und das gewöhnlich schmutzige Straßenpflaster war ganz trocken. Rudolf und seine Begleiterin gingen nach dem Temple, und das Mädchen hing in Rudolfs Arm, als wären sie schon völlig vertraut.

»Frau Pipelet führt drollige Reden!« sagte Lachtaube.

»Sie hat, meiner Meinung nach, vollkommen recht, schöne Nachbarin.«

»Worin, Herr Nachbar?«

»Sie sagte: es geht nichts über die Liebe.«

»Nun?«

»Das ist meine Meinung auch.«

»Sie machen nicht viel Umstände.«

»Wir sind ja Nachbarn.«

»Freilich, wenn wir nicht Nachbarn wären, würde ich auch nicht mit Ihnen ausgehen.«

»Ich darf also hoffen?«

»Was?«

»Daß Sie mich lieben werden?«

»Ich liebe Sie schon jetzt.«

Dann lachte sie laut und fügte hinzu:

»Sehen Sie dort die dicke Frau mit den großen Pelzschuhen!«

»Ich sehe lieber Sie an, schöne Nachbarin.«

Sie blieb jetzt vor einem Laden stehen und sagte:

»Sehen Sie die schöne Uhr und die beiden herrlichen Vasen. Ich spare, um mir solche Vasen zu kaufen. In fünf bis sechs Jahren werde ich soweit sein.«

»Sie sparen sich Geld, Nachbarin, und verdienen wieviel?«

»Täglich wenigstens dreißig Sous, bisweilen vierzig, aber ich rechne nur auf dreißig, und danach richte ich meine Ausgaben ein,« sagte das Mädchen mit einer sehr wichtigen Miene.

»Wie können Sie mit dreißig Sous leben?«

»Soll ich es Ihnen vorrechnen?«

»Lassen Sie hören.«

»Dreißig Sous täglich machen monatlich 45 Franken, nicht wahr?«

»Ja.«

»Davon brauche ich 12 Franken für Miete und 23 für das Essen.«

»23 Franken für das Essen?«

»Das ist allerdings eine große Summe, aber das Futter für meine Vögel ist dabei.«

»Nun rechnen Sie weiter, Nachbarin. Wir haben schon 23 Franken für Essen, 12 Franken für Miete, das macht 35 Franken im Monat.«

»Von den 45 bis 50 Franken, die ich verdiene, bleiben mir noch 10 bis 15 für Licht und Heizung übrig.«

»Das ist alles gut und schön, aber Sie sollten doch auch ein wenig an die Zukunft denken.«

»An die Zukunft?«

»Ja, Sie können krank werden ...«

»Ich, krank?«

Und das Mädchen lachte so laut, daß ein dicker Mann, der vor ihnen ging und einen Hund unter dem Arm trug, sich wütend umdrehte.

Das Mädchen lachte immer weiter und machte dem Manne dabei ein Knixchen, so daß selbst Rudolf lächeln mußte.

Der Dicke setzte seinen Weg brummend fort.

»Sie sind ein Schalk, Nachbarin,« sagte Rudolf.

»Daran sind Sie schuld.«

»Ich?«

»Ja, Sie reden so dummes Zeug.«

»Weil ich sage, Sie könnten einmal krank werden?«

Sie lachte von neuem.

»Sehe ich so aus?«

»Ich habe nie ein blühenderes Gesicht gesehen.«

»Nun also, warum soll ich denn krank werden?«

»Ist das so unmöglich?«

»Mit achtzehn Jahren ist es, zumal bei dem Leben, das ich führe, allerdings nicht möglich. Ich stehe, im Winter wie im Sommer, um fünf auf und lege mich um zehn nieder; ich esse nach meinem Appetit, der nicht groß ist, friere nicht, arbeite den ganzen Tag, schlafe wie ein Murmeltier und habe die Gewißheit, daß es mir nie an Arbeit fehlt. Warum sollte ich also krank werden? Das wäre doch ganz überflüssig.«

Dieser hohe Glaube des Mädchens an seinen guten Stern war keineswegs nur Sorglosigkeit, sondern blindes Vertrauen in die ewige Gerechtigkeit, die ein armes Mädchen, das auf seine Jugend und Gesundheit baute, nicht enttäuschen würde.

»Sie haben also keinen Wunsch?« fragte Rudolf seine Begleiterin.

»Nein, außer den Vasen für meinen Kamin wünsche ich mir nichts, und die werde ich haben. Wann, weiß ich nicht; aber ich habe mir die Vasen in den Kopf gesetzt und werde dafür, wenn es sein muß, auch des Abends länger arbeiten.«

»Außer diesen Vasen ...«

»Wünsche ich mir, seit heute, weiter nichts.«

»Warum gerade seit heute?«

»Weil ich mir gestern noch einen Nachbarn wünschte, mit dem

ich, wie ich es immer getan habe, gute Kameradschaft halten könnte.«

»Darüber sind wir einig, Nachbarin: Sie sorgen für meine Wäsche, und ich bohnere Ihr Stübchen.«

»Und Sie meinen, das sei alles?«

»Was noch?«

»Sonntags müssen Sie mich ausführen!«

»Ja, im Sommer gehen wir aufs Land.«

»Nein, das Land hasse ich; ich liebe nur Paris, wenn ich auch zuweilen mit einer Freundin, die man Schallerin nannte, weil sie so schön sang, Ausflüge gemacht habe. Aber das war nur ihr zuliebe.«

»Was ist aus Ihrer Freundin geworden?«

»Das weiß ich nicht. Als wir miteinander ausgingen, hatte ich noch keine Arbeit; dann blieb ich ja immer zu Hause. Ich habe ihr meine Adresse gegeben, sie hat mich aber nicht besucht; wahrscheinlich arbeitet sie auch. – Ich wollte also sagen, daß ich Paris über alles liebe. Wenn es Ihnen möglich ist, so führen Sie mich hier und da ins Theater; haben Sie kein Geld, so besehen wir die Kaufmannsläden, das macht mir fast ebensoviel Spaß!«

»Sie erfreuen mich sehr, schöne Nachbarin, wenn Sie über meine Sonntage verfügen,« entgegnete Rudolf; »wir wollen prächtige Partien miteinander machen!«

»Aber die Ausgaben besorge ich, das sage ich Ihnen im voraus. Im Sommer können wir sehr gut für drei Franken essen ... Tanzen Sie?«

»Leidlich.«

»Na, und im Winter hat man weniger Hunger; da essen wir vortrefflich für vierzig Sous, und es bleiben uns noch drei Franken für das Theater übrig, denn mehr als hundert Sous dürfen Sie keinesfalls ausgeben.«

»Meine Freunde werden mich beneiden.«

»Wenn Sie in der Woche den Abend frei haben, so kommen Sie zu mir und benutzen meinen Ofen und meine Lampe mit; Sie holen Romane aus der Leihbibliothek und lesen mir vor. – Das ist besser, als wenn Sie Ihr Geld verspielen! Herr Germain, mein letzter Nachbar, verbrachte alle seine Abende bei mir und klagte nicht darüber. Er hat mir Walter Scott vorgelesen. Das war prächtig! Ich verlange nicht viel, sehen Sie, und tue alles, was man will. Sie kennen Ihr Glück noch gar nicht, Herr Rudolf; es ist das große Los, mich zur Nachbarin zu haben!«

»Sehen Sie Herrn Germain nicht mehr?«

»Er ist nicht wieder zu mir gekommen, seitdem er das Haus verlassen hat.«

»Wo wohnt er? Was treibt er?«

»Wozu diese Fragen, Herr Nachbar?«

»Weil ich eifersüchtig auf ihn bin,« antwortete Rudolf lächelnd.

»Dazu ist keine Ursache. – Der arme Kerl!«

»Im Ernst, liebe Nachbarin, ich möchte sehr gern wissen, wo ich Herrn Germain finden könnte. Sie werden mich wohl nicht für fähig halten, sein Geheimnis zu mißbrauchen?«

»Ich glaube schon, daß Sie Herrn Germain alles Gute wünschen, aber ich habe ihm das Versprechen geben müssen, seine Adresse nicht zu verraten.«

»Aber ...«

»Ein für allemal, Herr Nachbar, reden Sie nicht mehr davon! Ich habe es versprochen und werde mein Versprechen halten.«

»Gut, sprechen wir nicht mehr davon! Sie bewahren die Geheimnisse anderer so gut, daß ich mich nicht wundere, wenn von Ihren Geheimnissen nichts zu erraten ist.«

»Ich möchte wohl Geheimnisse haben, aber ich habe keine.«

»Nicht einmal ein kleines Herzensgeheimnis?«

»Ein Herzensgeheimnis?«

»Nun – haben Sie niemals geliebt?« fragte Rudolf, indem er seine Begleiterin scharf ansah.

»Niemals geliebt? – Herrn Giraudeau! Herrn Cabrion! Herrn Germain und Sie!«

»Sie haben alle nicht mehr geliebt als mich?«

»Wahrhaftig nicht; eher etwas weniger, denn an die Schielaugen Giraudeaus, an den roten Bart Cabrions und an die Melancholie Germains mußte ich mich erst gewöhnen. Sie dagegen gefielen mir gleich!«

»Und haben Sie nie einen Liebhaber gehabt?«

»Habe ich denn Zeit zu so etwas?«

»Was hat das mit der Zeit zu tun?«

»Alles! ... Erstens würde ich eifersüchtig sein wie eine Tigerin und mich mit den schrecklichsten Gedanken quälen. Verdiene ich soviel Geld, daß ich ein paar Stunden am Tage durch Jammern und Weinen verlieren kann?«

»Es sind ja nicht alle Männer untreu!«

»Noch schlimmer wäre es, wenn er zu treu wäre! Könnte ich dann einen Augenblick ohne ihn leben? Und da er wahrscheinlich den ganzen Tag in seinem Bureau, in seiner Werkstatt oder in seinem Laden sein müßte, so würde ich mich mit tausend dummen Gedanken plagen. Und ich sollte mich unter jemandes Befehl stellen? Nein, dazu liebe ich meine Freiheit viel zu sehr.«

»Und haben Sie niemals daran gedacht, sich zu verheiraten?«

»Heiraten kann ich nur einen Mann, der ebenso arm ist wie ich. Und zu zweit arm sein, schafft doppelte Sorgen. Also, wozu?«

»Sie bauen sich niemals Luftschlösser?«

»Doch: ich wünsche mir Vasen für den Kamin!«

»Das ist nicht viel.«

»Für mich ist es genug. Mehr will ich nicht, mehr brauche ich nicht. Vorläufig ... Was später kommt, kann man nicht wissen ... Doch wir sind am Ziel, hier ist der Temple!«

LXIV

Rudolf und seine Nachbarin traten in den großen, bis unters Dach mit Waren vollgestopften Basar ein, und es machte ihnen großes Vergnügen, zu wählen und zu prüfen, um den armen Morels eine möglichst schöne Ausstattung zusammenzustellen. Die Verkäufer rissen sich um sie.

Rudolf führte Mamsell Lachtaube am Arm, und alle hielten sie für ein junges Paar.

»Schönes Pärchen, kaufen Sie bei mir,« sagte eine dicke, gutmütig aussehende Frau, »bei mir finden Sie alles, was Sie brauchen! Sie werden sehen; treten Sie nur näher, das Ansehen kostet nichts.«

Und sie traten zu dem Stand der Mutter Bouvard.

»Hier, junge Frau,« sagte sie zur Lachtaube, »habe ich einen alten Sekretär, der aus einem feinen Hause stammt. Die Leute konnten sich kaum von ihm trennen; wahrscheinlich ist es ein Erbstück. Aber sie waren in Not und mußten ihn verkaufen. Sehen Sie ihn genau an. Ein besseres Stück finden Sie nicht!«

Während die Trödlerin noch mit Lachtaube handelte, betrachtete Rudolf den Sekretär aufmerksamer.

Es war einer der alten Sekretäre von Rosenholz, die vorn mit einer Klappe geschlossen sind, die sich herunterschlagen läßt. In der Mitte dieser mit verschiedenfarbigen Hölzern ausgelegten Klappe war ein Namenszug von Ebenholz, ein M und ein R mit einer Grafenkrone darüber. Rudolfs Neugierde verdoppelte sich; er besah einen Kasten nach dem anderen und bemerkte, daß der letzte, wegen eines eingeklemmten Papiers, sich nicht herausziehen lassen wollte. Endlich brachte er den Kasten und das Papier doch heraus, und während seine Begleiterin mit Mutter Bouvard plauderte, betrachtete er seinen Fund. Es war das vielfach korrigierte Konzept eines unvollendeten Briefes. Der Brief lautete folgendermaßen:

»Herr –
Glauben Sie mir, daß nur das schwerste Unglück mich zu dem Schritte zwingen kann, den ich bei Ihnen versuchen will. Nicht übelangebrachter Stolz veranlaßt meine Bedenklichkeit, sondern der gänzliche Mangel eines Anspruchs auf den Dienst, um den ich bitte. Der Anblick meiner Tochter, die, gleich mir, in die äußerste Not geraten ist, zwingt mich aber, meine Bedenken zu überwinden. Nur einige Worte über die Ursache des Unglücks, unter dem ich leide.

Nach dem Tode meines Mannes blieb mir ein Vermögen von 300 000 Franken, das mein Bruder bei dem Notar Jacob Ferrand anlegte. Ich erhielt in Angers, wohin ich mich mit meiner Tochter begeben hatte, die Zinsen dieser Summe durch die Vermittlung meines Bruders. Sie kennen das entsetzliche Ereignis, das seinem Leben ein Ende machte; unglückliche Spekulationen hatten ihn, wie es scheint, ruiniert, und er nahm sich vor acht Monaten das Leben. Ich erhielt einen verzweifelten Brief von ihm, der mit der Mitteilung schloß, daß er keine Quittung über die Summe besitze, die er, in meinem Namen, bei dem Notar angelegt habe; Ferrand gebe niemals einen Empfangsschein, da er die Redlichkeit und Ehrenhaftigkeit selbst sei, und es würde genügen, wenn ich zu ihm ginge, um die Sache vollkommen in Ordnung zu bringen. Einige Zeit darauf kam ich nach Paris, wo ich niemanden kannte als Sie. Ich habe bereits erwähnt, daß die dem Notar Ferrand übergebene Summe mein ganzes Vermögen bildete, und daß mir mein Bruder jedes Halbjahr die fällig gewordenen Zinsen schickte. Seit der letzten Zahlung war bereits mehr als ein Jahr vergangen, und ich begab mich also zu dem Notar, um ihn um das Geld zu bitten, dessen ich sehr bedurfte.

Kaum hatte ich meinen Namen genannt, als er meinen Bruder beschuldigte, von ihm 2000 Franken geliehen zu haben, die ihm nun verloren wären; auch fügte er hinzu, der Selbstmord sei ein Verbrechen vor Gott und den Menschen.

Ich antwortete Herrn Ferrand, er möge von den 300 000 Franken, die er in Händen habe, die 2000 Franken nehmen, die mein Bruder ihm schuldig geblieben sei. – Bei diesen Worten sah er mich erstaunt an und fragte mich, von welchen 300 000 Franken ich spräche.

Von denen, die Ihnen mein Bruder vor anderthalb Jahren übergeben hat, und von denen Sie mir die Zinsen bisher durch seine Vermittlung zukommen ließen, antwortete ich.

Der Notar zuckte die Achseln, lächelte mitleidig, als wenn meine Worte nicht ernst gemeint sein könnten, und antwortete, mein Bruder habe ihm nicht nur kein Geld übergeben, sondern vielmehr 2000 Franken von ihm geliehen.

Mein Entsetzen über diese Antwort vermag ich Ihnen nicht zu schildern.

Was aber ist aus dieser Summe geworden? Wir, meine Tochter und ich, haben keine anderen Hilfsmittel; wenn uns dieses Geld verlorengeht, bleibt uns nichts übrig als die tiefste Armut. Was soll aus uns werden?

Das weiß ich nicht, antwortete der Notar kalt. Wahrscheinlich hat Ihr Bruder, statt mir das Geld zu übergeben, die Summe in unglücklichen Spekulationen verloren.

Das ist nicht wahr! rief ich aus. Mein Bruder war die Redlichkeit selbst. Statt mich und meine Tochter in Armut zu stürzen, würde er sich für uns aufgeopfert haben.

Wollten Sie zu behaupten wagen, Madame, daß ich imstande sei, mir anvertrautes Geld zu unterschlagen? fragte mich der Notar.

Das gewiß nicht, mein Herr; Ihr Ruf ist bekannt, aber ich kann auch meinem Bruder einen so entsetzlichen Vertrauensbruch nicht nachsagen lassen.

Haben Sie eine Quittung von mir in Händen? fragte Herr Ferrand weiter.

Nein. Vor anderthalb Jahren schrieb mir mein Bruder: Ich kann das Geld zu 6 Prozent anlegen; schicke mir Deine Vollmacht, damit ich Deine Renten verkaufen kann; ich werde 300 000 Franken dem Notar Ferrand übergeben. Ich sandte meinem Bruder die Vollmacht, und wenige Tage darauf zeigte er mir an, Sie hätten das Geld erhalten, gäben aber nie eine Bescheinigung. Nach einem halben Jahr schickte er mir die ersten Zinsen.

Sie besitzen aber doch wenigstens die Briefe von ihm?

Nein, ich habe sie nicht aufbewahrt.

So kann ich leider nichts tun, Madame, antwortete mir der Notar. Wenn meine Rechtschaffenheit nicht über jeden Verdacht erhaben wäre, so würde ich Ihnen sagen: Verklagen Sie mich, Madame, wenn Sie es wagen, und der Ruf Ihres Bruders wird mit Schmach bedeckt werden; aber ich glaube, Sie werden sich lieber in Ihr Schicksal ergeben.

Aber, mein Herr, wenn mir mein Vermögen entrissen ist, bleibt mir und meiner Tochter nichts als ein bescheidenes Mobiliar. Haben wir auch das verkauft, so erwartet uns die bitterste Armut.

Sie sind betrogen worden, das ist ein Unglück. Aber ich kann nichts tun, antwortete mir der Notar. Noch einmal, Madame, Ihr Bruder hat Sie hintergangen. Wenn Sie schwanken zwischen seiner Aussage und der meinigen, so verklagen Sie mich! Das Gericht wird urteilen.

Ich verließ den Notar, den Tod im Herzen. Was konnte ich tun? Da ich nichts Schriftliches besaß, um meine Forderung zu beweisen, da ich niemanden hatte, an den ich mich wenden konnte (Sie waren damals verreist), da ich wohl wußte, daß ohne Geld von Advokaten kein Rat zu erhalten ist, so wagte ich nicht, einen solchen Prozeß zu beginnen. Damals ...«

Hier endete der Brief; die noch folgenden Zeilen waren so durchstrichen, daß sie nicht entziffert werden konnten. Ganz unten, in einer Ecke des Papieres, las Rudolf jedoch:

»An die Frau Herzogin von Lucenay zu schreiben.«

Rudolf versank nach der Lektüre dieses Brieffragmentes in tiefes Nachdenken.

Obgleich die neue Schurkerei, deren Jacob Ferrand darin beschuldigt zu werden schien, nicht bewiesen war, so hatte der Mann sich doch gegen den unglücklichen Morel so unbarmherzig, gegen Luise so schuftig benommen, daß ihm auch das Verbrechen der Unterschlagung sehr wohl zuzutrauen war.

Die Mutter, die das auf so seltsame Weise verschwundene Vermögen in Anspruch nehmen wollte, war ohne Zweifel an Wohlstand gewöhnt. In welcher Lage mußte sich die Unglückliche befinden, da sie, wie der Brief sagte, keinen Menschen in Paris kannte und wahrscheinlich von allem entblößt war.

Rudolf hatte Frau von Harville einige interessante Fälle versprochen, weil er überzeugt war, daß er leicht irgendein Unglück ausfindig machen könnte, das der Linderung bedürfe.

Er glaubte jetzt, der Zufall führe ihn auf die richtige Spur.

Der Brief, dessen Entwurf er in der Hand hielt, und der ohne Zweifel an die Person nicht abgeschickt worden war, deren Hilfe man erbitten wollte, verriet einen stolzen Charakter, den das Anerbieten eines Almosens ohne Zweifel empören würde. Welche

Vorsicht, welche Umwege, welche List waren hier aufzubieten, und welche Gewandtheit gehörte dazu, sich Eingang bei dieser Frau zu verschaffen, um beurteilen zu können, ob sie wirklich die Teilnahme verdiente, deren sie wert zu sein schien! ...

»Nun, Männchen,« sagte Lachtaube heiter zu Rudolf, »was steht denn auf dem Blatt, das du so aufmerksam liesest?«

»Liebes Frauchen,« antwortete Rudolf, »ich will es dir später erzählen. – Bist du mit deinen Einkäufen fertig?«

»Ja. Es handelt sich nur noch ums Bezahlen.«

LXV

»Wieviel bin ich Ihnen schuldig?« fragte Rudolf Madame Bouvard, während Lachtaube an einem anderen Stand die noch fehlenden Kleidungsstücke aussuchte.

»Ihr Frauchen hat auf 330 Franken gehandelt. Ich verdiene nur 15 Franken dabei, denn ich habe die Sachen nicht so billig gekauft, wie ich sie hätte kaufen können. Wenn man solches Unglück sieht, vergeht einem die Lust zu feilschen.«

»Sie sprechen wohl von den Leuten, von denen Sie den alten Sekretär gekauft haben?«

»Ja, mein Herr. Das Herz bricht einem, wenn man daran denkt. Denken Sie sich, vorgestern kommt eine junge Dame hierher, die aber so blaß war, daß man sie nur mit Bedauern ansehen konnte. Obgleich sie nett angezogen war, sah man doch ihrem abgetragenen Kleide und ihrem Strohhut – im Januar! – die verschämte Armut an. Sie fragte mich, ob ich ihr zwei Betten und einen alten Sekretär abkaufen wolle; ich antwortete, ich würde zu ihr kommen und die Sachen besehen. Sie bat mich darauf in ein Haus auf dem Kai St. Martin, ich überließ den Laden meiner Nichte und folgte der Dame. Ein junges Mädchen von etwa vierzehn Jahren öffnete uns die Tür. Es war auch sehr blaß und mager, aber trotzdem schön wie der Tag, so schön, daß ich entzückt stehenblieb. Trotz der Kälte hatte die Kleine nichts auf dem Leibe, als ein dünnes Kleidchen von schwarzem Kattun und einen kleinen, schwarzen Schal.«

»Und die Wohnung?«

»Zwei reinliche, aber ganz kahle, eiskalte Zimmerchen. Das ganze Mobiliar bestand aus zwei Betten, zwei Stühlen, einer Kommode, einem alten Koffer und dem kleinen Sekretär; auf dem Koffer lag ein Paket in einem Tuche. Der Hauswirt wollte sich mit den Bettstellen, den Stühlen, dem Koffer und dem Tische begnügen, und die Dame bat mich, die Matratzen, die Bettücher, die Decken, die Vorhänge zu taxieren. Ich habe, obgleich es mein Gewerbe ist, billig einzukaufen und teuer zu verkaufen, alles ganz genau taxiert, als ich die Tränen in den Augen des schönen jungen Mädchens sah. Ich nahm sogar, um den Leuten einen Gefallen zu tun, den kleinen Sekretär da mit ...«

»Ich kaufe ihn, Madame Bouvard.«

»Desto besser, schöner Herr; er würde mir sonst lange auf dem Halse geblieben sein. Ich hatte ihn nur mitgenommen, um der armen Dame gefällig zu sein. Ich bot ihr so und soviel, und sie sagte: ›Gut.‹ Dann sagte sie zu ihrer Tochter, die auf dem Koffer saß und weinte: ›Klara, nimm das Paket ...‹ Als die Dame mir den Schlüssel zu dem Sekretär gab, sah ich eine Träne in ihren Augen; es war, als blute ihr das Herz. Ich zählte ihnen das Geld hin, 315 Franken, und habe sie seitdem nicht wieder gesehen.«

»Wie hieß die Dame?«

»Das weiß ich nicht.«

»Wissen Sie, wo Sie jetzt wohnt?«

»Nein.«

Wie sollte Rudolf die beiden Frauen ausfindig machen, da er nichts anderes von ihnen wußte als den Vornamen der Tochter?

Die einzige Hoffnung, die Spur wieder aufzufinden, beruhte demnach auf der Herzogin, an die der Brief, den Rudolf gefunden hatte, adressiert werden sollte, und die, glücklicherweise, mit Frau von Harville bekannt war.

»Da, machen Sie sich bezahlt,« sagte Rudolf zu der Trödlerin, indem er ihr einen Fünfhundertfrankenschein gab.

»Ihre Adresse, mein Herr?«

»Rue du Temple Nr. 17.«

»Ah, das Haus kenne ich.«

»Woher?«

»Einmal habe ich dort Sachen bei einer Frau gekauft, die auf Pfänder leiht. Ein andermal, vor etwa sechs Wochen, war ich dort wegen des Mobiliars eines jungen Mannes, der im vierten Stock wohnte und auszog.«

»Herr Franz Germain vielleicht?« fragte Rudolf.

»Richtig. Kennen Sie ihn?«

»Sehr genau, leider hat er aber in der Rue du Temple seine neue Adresse nicht hinterlassen, und ich kann ihn nun nicht auffinden.«

»Wenn es weiter nichts ist, da kann ich dienen.«

»Sie kennen also seine Wohnung?«

»Nein, aber ich weiß, wo Sie ihn finden können.«

»Wo?«

»Bei dem Notar, bei dem er arbeitet, und der in der Rue du Sentier wohnt.«

»Herr Jacob Ferrand?« fragte Rudolf.

»Jawohl.«

»Aber woher wissen Sie, daß Herr Germain bei dem Notar arbeitet?«

»Das hat er mir selbst gesagt. Er hat mich auch einmal dorthin bestellt, und ich habe ihn in der Kanzlei des Herrn Ferrand gesprochen.«

Rudolf war freudig erregt, als er an das Glück der Madame Georges dachte, die endlich ihren so lange vergeblich gesuchten Sohn wiedersehen würde.

Lachtaube kam lächelnd zurück.

»Ich habe mich nicht geirrt,« sagte sie, »wir werden 640 Franken ausgeben, aber die Morels sind dann auch fürstlich eingerichtet. Aber nun bezahlen Sie, Nachbar, und lassen Sie uns gehen. Es ist bald Mittag, und ich muß tüchtig arbeiten, um den verlorenen Vormittag wieder einzubringen.«

Rudolf verließ mit seiner Nachbarin den Temple.

LXVI

In dem Augenblick, in dem beide in den Flur ihres Hauses traten, wurden sie von Frau Pipelet fast umgerannt, die weinend umherlief. »Mein Gott!« fragte das Mädchen, »was ist Ihnen, Frau Pipelet?«

»Ach, Mamsell Lachtaube!« entgegnete Anastasia; »kommen Sie, helfen Sie mir Alfred retten.«

»Was sagen Sie?«

»Der arme Mann ist ohnmächtig geworden. Laufen Sie, holen Sie für zwei Sous Absinth, aber vom stärksten; das ist sein Mittel, wenn er am Magen leidet; vielleicht hilft es ihm; tun Sie mir den Gefallen, gehen Sie!«

Das Mädchen ging eilig davon.

»Aber was ist geschehen, Madame Pipelet?« fragte Rudolf, der mit der Frau in die Wohnung trat.

»Ich weiß es selbst nicht, lieber Herr. Ich war ausgegangen, um alles zu besorgen. Ich komme zurück, und was sehe ich? Mein lieber Mann liegt da und streckt alle viere von sich. Sehen Sie, Herr Rudolf,« setzte sie hinzu, indem sie die Stubentüre öffnete, »sehen Sie selbst!«

Herr Pipelet saß auf dem Fußboden, ans Bett gelehnt, und hatte, wie immer, seinen Hut auf dem Kopfe. Die Ohnmacht war vorüber; Alfred fing an, die Hände ein wenig zu bewegen, als wenn er jemanden zurückstoßen wollte; dann versuchte er, sich von seinem Hut zu befreien.

»Er kommt wieder zu sich!« rief Anastasia, die ihm in die Ohren schrie: »Was ist dir, Alfred? Wie geht es dir?« Dann ging sie in die schmeichelndsten Fisteltöne über und setzte hinzu: »Hat man dich ermorden wollen, Alter?«

Alfred seufzte tief und stieß dann, wie eine Wehklage, das Wort Cabrion aus.

»Wieder dieser verfluchte Maler!« rief Frau Pipelet.

»Cabrion!« wiederholte Pipelet, indem er mit Anstrengung den über die Stirn gedrückten Hut hinausschob und mit großen Augen um sich sah.

In diesem Augenblick kam Lachtaube mit einem Fläschchen Absinth.

»Ich danke, Mamsellchen,« sagte die Alte, die dann hinzusetzte:

»Da, Alter, trink das, dann wird dir besser werden!«

Alfred stand wirklich, nachdem er sich den Mund mit dem Handrücken abgewischt hatte, vom Boden auf und fragte:

»Hast du ihn gesehen?«

»Wen?«

»Cabrion!«

»Er hat es gewagt –?« fragte Frau Pipelet.

Pipelet nickte, stumm wie eine Bildsäule, zweimal bejahend mit dem Kopfe.

»Cabrion ist hier gewesen?« fragte Lachtaube, die mit Mühe das Lachen unterdrücken konnte.

»Dieser Unmensch peinigt Alfred ohne Aufhören,« antwortete Frau Pipelet. – »Wäre ich nur mit meinem Besen dagewesen! Aber so rede doch, Alfred, erzähle uns dein Unglück.«

Pipelet winkte mit der Hand, daß er sprechen wolle.

»Meine Gattin hatte mich eben verlassen,« erzählte er, »ich saß ganz ruhig vor meinem Tische und arbeitete, als ich ein Geräusch, ein Rascheln in der Stube hörte. Es lief mir eiskalt über den Rücken, ich sah auf, und durch das Fenster erblickte ich ...«

»Cabrion,« rief Anastasia aus, indem sie die Hände zusammenschlug.

»Cabrion!« wiederholte Pipelet mit dumpfer Stimme. »Sein häßliches Gesicht war an die Scheibe gedrückt und sah mich mit seinen Katzenaugen an. Ich wollte sprechen, aber die Zunge klebte mir am Gaumen; ich wollte aufstehen, aber ich konnte nicht. Der Stiefel fiel mir aus der Hand, und ich blieb unbeweglich. – Da wurde die Türe aufgemacht, und Cabrion trat ein.«

»Er kam herein? Welche Frechheit!« rief Frau Pipelet, die über diese Kühnheit ebenso bestürzt war, wie ihr Mann.

»Er kam langsam herein,« fuhr Alfred fort, »blieb einen Augenblick in der Türe stehen, als wollte er mich durch seinen schrecklichen Blick verzaubern, schritt dann auf mich zu und sah mich, ohne ein Wort zu sagen, drohend an, wie ein Gespenst.«

»Mir läuft es eiskalt über den Rücken,« sagte Anastasia.

»Ich blieb unbeweglich auf meinem Schemel sitzen, Cabrion kam langsam näher und hielt mich gebannt unter seinem Blick, wie die Schlange den Vogel; ich konnte diesen entsetzlichen Blick nicht länger ertragen und schloß die Augen; da fühlte ich, daß er mit seinen Händen meinen Hut zu berühren wagte; er faßte ihn und nahm ihn mir langsam vom Kopfe, so daß ich kahlköpfig dasaß. – Da ergriff mich ein Schwindel, der Atem verging mir, es brauste mir in den Ohren, ich drückte die Augen immer fester zu. – Da bückte sich Cabrion, nahm meinen kahlen Kopf in seine kalten Leichenhände und drückte mir auf die Stirn, auf der mir der kalte Schweiß stand, einen frechen, schamlosen Kuß!«

Anastasia erhob die Arme zum Himmel.

»Mein Todfeind kommt und küßt mich auf die Stirn, er nötigt mich, seine widerwärtigen Liebkosungen zu erdulden. Cabrion benutzte mein Staunen, um mir den Hut wieder auf den Kopf zu setzen, und schlug ihn mir dann plötzlich über die Augen, wie ihr es gesehen habt. Diese Beleidigung warf mich nieder, das Maß war übervoll, alles drehte sich vor mir im Kreise, und ich wurde ohnmächtig.«

Pipelet sank, als hätte die Erzählung seine Kräfte erschöpft, wieder auf seinen Stuhl, indem er die Hände zum Himmel erhob.

Lachtaube lief schnell aus der Stube, und selbst Rudolf wurde es schwer, ernst zu bleiben.

Mit einemmal hörte man auf der Straße den verworrenen Lärm, der das Nahen einer Volksmenge anzeigt, und bald dröhnten schwere Stiefel auf den Steinen des Hausflurs.

»Mein Gott, Herr Rudolf,« rief Lachtaube, die, blaß und zitternd, wieder in die Stube trat, »es ist ein Polizeikommissar mit der Wache draußen.«

»Die göttliche Gerechtigkeit wacht!« sprach Pipelet, »man will Cabrion verhaften. Leider ist es zu spät.«

Ein Polizeikommissar, kenntlich an der Schärpe, die er über der Weste trug, trat in die Stube. Sein Gesicht war ernst, würdevoll und streng.

»Herr Kommissar, es ist zu spät! Der Übeltäter ist entflohen,« sagte Pipelet betrübt; »aber ich kann Ihnen sein Signalement geben.«

»Von wem reden Sie?« fragte der Kommissar.

»Von Cabrion, Herr Kommissar.«

Ich weiß nicht, wer Cabrion ist,« fiel der Kommissar ungeduldig ein. »Wohnt Hieronymus Morel, Steinschneider, hier im Haus?«

»Ja, Herr Kommissar,« antwortete Frau Pipelet, indem sie militärisch an die Perücke griff.

»Führen Sie mich in seine Wohnung!«

Dann wandte sich der Kommissar zu einem Manne, der ihn begleitete und sagte ihm:

»Zwei von den Beamten bleiben hier und verlassen den Hausflur nicht. Lassen Sie einen Wagen holen!«

Der Mann entfernte sich, um die Befehle auszuführen.

»Jetzt,« fuhr der Kommissar, zu Pipelet gewendet, fort, »führen Sie mich zu Morel!«

»Wenn es Ihnen gleichgültig ist, Herr Kommissar, will ich für Alfred gehen; er ist unwohl.«

»Sie oder Ihr Mann, das bleibt sich gleich.«

Frau Pipelet ging voraus, und der Kommissar folgte; bald aber blieb er, da er sah, daß Rudolf und die Lachtaube ihm nachgingen, stehen und fragte:

»Wer sind Sie? Was wollen Sie?«

»Sie wohnen beide im vierten Stock,« antwortete Frau Pipelet.

»Ich bitte um Verzeihung, ich wußte nicht, daß Sie im Hause wohnen,« sagte der Kommissar zu Rudolf.

Im Vertrauen auf die Höflichkeit des Kommissars entgegnete Rudolf:

»Ich weiß nicht, welcher neue Schlag den unglücklichen Morel bedroht, aber er ist schwer geprüft. Eins seiner Kinder ist in der Nacht vor Hunger gestorben –«

»Ist das möglich?«

»Es ist die Wahrheit, Herr Kommissar!« fiel Frau Pipelet ein. »Ohne den Herrn, der mit Ihnen spricht, und der den armen Morel vor dem Gefängnis bewahrt hat, würde die ganze Familie verhungert sein.«

Der Kommissar sah Rudolf mit Teilnahme und Bewunderung an.

»Ich zweifle nicht an der Rechtschaffenheit Morels,« sagte er, »bedaure aber, eine traurige Pflicht erfüllen zu müssen.«

»Was liegt denn vor?«

»Nach den Diensten, die Sie der Familie Morel geleistet haben, habe ich keinen Grund, meinen Auftrag zu verheimlichen. Es handelt sich um die Verhaftung der Luise Morel.«

Rudolf dachte sogleich an das Geld, das das junge Mädchen den Dienern des Handelsgerichts übergeben hatte.

»Wessen ist sie beschuldigt?«

»Sie ist des Kindesmordes verdächtig.«

»Entsetzlich! ... Der arme Vater!«

»Leider muß ich dem Befehl Folge leisten.«

»Es handelt sich doch nur um einen Verdacht?« fuhr Rudolf fort. »Man hat doch keine Beweise?«

»Ich kann mich nicht weiter aussprechen. Die Justiz ist auf die Spur dieses Verbrechens durch die Erklärung eines in jeder Hinsicht achtbaren Mannes geleitet worden ...«

»Des Notars Jacob Ferrand?« fragte Rudolf empört.

»Ja, mein Herr. Aber warum so heftig?«

»Ferrand ist ein Schurke.«

»Ich sehe mit Bedauern, daß Sie ihn nicht kennen. Herr Jacob Ferrand ist der achtbarste, ehrenwerteste Mann von der Welt.«

»Ich wiederhole: dieser Notar ist ein Schurke; er wollte Morel ins Gefängnis bringen lassen, weil Luise seine Anträge zurückgewiesen hat.«

»Es kommt mir nicht zu, über den Wert der Erklärungen des Herrn Ferrand Erörterungen anzustellen,« antwortete der Kommissar. »Das Gericht wird entscheiden; ich habe nur den Befehl, mich der Person der Luise Morel zu versichern und handle nach meinem Auftrag.«

»Sie haben recht! Nur noch ein Wort: ich habe der Familie mein Zimmer angeboten, um ihr den traurigen Anblick der kleinen Leiche zu ersparen; Sie werden also den Steinschneider und wahrscheinlich auch dessen Tochter bei mir finden. Ich beschwöre Sie im Namen der Menschlichkeit: verhaften Sie Luise nicht mitten unter diesen Unglücklichen, die kaum einem entsetzlichen Schicksal entgangen sind. Morel hat diese Nacht schon schwere Erschütterungen erlitten, und seine Frau ist gefährlich krank; ein solcher Schlag könnte sie töten.«

»Ich habe meine Befehle immer mit der größten Schonung ausgeführt und werde auch in diesem Falle so handeln.«

»Wollen Sie mir erlauben, Sie um eine Gefälligkeit zu bitten? Das Mädchen, das uns folgt, bewohnt ein Zimmer neben mir; ich zweifle nicht, daß sie es zu Ihrer Verfügung stellt. Sie könnten Luise erst rufen lassen und dann, wenn es sein muß, Morel, damit die Tochter von ihm Abschied nehmen kann. Sie würden dadurch wenigstens der kranken Mutter einen herzzerreißenden Auftritt ersparen.«

»Wenn sich die Sache so machen läßt, recht gern.«

Das Gespräch war halblaut geführt worden, während die Lachtaube und Frau Pipelet hinter dem Kommissar und Rudolf die Treppe hinanstiegen. Rudolf ließ jetzt das Mädchen an sich herankommen und sagte:

»Meine arme Nachbarin, ich erwarte von Ihnen schon wieder eine Gefälligkeit. Sie müssen mir Ihr Zimmer auf eine Stunde überlassen.«

»Solange Sie wollen, Herr Rudolf. Aber was ist geschehen?«

»Ich werde Ihnen alles erzählen. Aber Sie müssen ferner noch so gütig sein und im Temple sagen, man möge die Sachen erst in einer Stunde hierherbringen.«

»Ich eile,« sagte das Mädchen und lief davon.

»Herr Kommissar,« sagte Frau Pipelet, »da mein bester Mieter Sie begleitet, darf ich wohl wieder zu meinem Alfred gehen? Er macht mir Sorge...«

»Gehen Sie in Gottes Namen,« sagte der Kommissar, der nun mit Rudolf allein war.

Beide kamen jetzt vor der Türe des Zimmers an, in dem sich der Steinschneider mit seiner Familie aufhielt.

Mit einem Male wurde die Türe geöffnet, und Luise trat, bleich und weinend, heraus.

»Lebe wohl, Vater,« sagte sie, »ich komme wieder, aber jetzt muß ich fort.«

»Luise, mein Kind, so höre mich doch an,« rief Morel, der seine Tochter zurückzuhalten suchte.

Beim Anblick Rudolfs und des Kommissars blieben beide unbeweglich stehen.

»Ach, lieber Herr, Sie sind unser Retter,« sagte Morel, als er Rudolf erkannte. »Helfen Sie mir Luise zurückhalten. Ich weiß nicht, was sie hat; sie will fortgehen. Nicht wahr, sie darf nicht zu ihrem Herrn zurückkehren?«

Rudolf hatte nicht die Kraft zu antworten.

Der Kommissar dagegen sagte streng und ernst:

»Sie heißen Luise Morel?«

»Ja, Herr,« antwortete das Mädchen zitternd.

Rudolf hatte das Zimmer seiner Nachbarin geöffnet.

»Sie sind Hieronymus Morel, ihr Vater?« fuhr der Kommissar fort.

»Ja, Herr, aber ...«

»Treten Sie mit Ihrer Tochter hier ein!«

Durch die Anwesenheit Rudolfs ein wenig beruhigt, gehorchten Morel und Luise dem Kommissar, der die Türe schloß und bewegt zu Morel sagte:

»Ich weiß, wie rechtschaffen und unglücklich Sie sind. Deshalb teile ich Ihnen mit großem Bedauern mit, daß ich Ihre Tochter verhaften muß.«

»Ich bin verloren!« rief Luise und sank in die Arme ihres Vaters.

»Ich verhafte Sie im Namen des Gesetzes,« sagte der Kommissar, indem er auf seine Schärpe zeigte.

»Warum wollen Sie meine Tochter verhaften?« schrie Morel. »Ich bürge für Luise; sie ist meine brave Tochter. Ich heiße wohl Morel; aber es gibt mehr als einen Morel. Es gibt mehr als eine Luise ... Herr Kommissar, es muß ein Irrtum vorliegen!«

»Leider ist es kein Irrtum. Luise Morel, nehmen Sie Abschied von Ihrem Vater!«

»Sie wollen mir also meine Tochter entreißen?« rief Morel und trat drohend auf den Kommissar zu.

Rudolf nahm ihn am Arm und sagte:

»Beruhigen Sie sich! Die Unschuld Ihrer Tochter wird an den Tag kommen!«

»Sie kann nichts verbrochen haben; ich will meine Hand dafür ins Feuer legen!« Dann dachte er aber plötzlich an das Geld, das Luise gebracht hatte, um den Wechsel zu bezahlen, und rief aus: »Woher war das Geld?«

Luise erriet, was er meinte.

»Ich habe nichts gestohlen,« entgegnete sie.

»Man beschuldigt Ihre Tochter auch nicht des Diebstahls,« sagte der Kommissar.

»Aber wessen beschuldigt man sie denn? Ich, ihr Vater, schwöre Ihnen, daß sie unschuldig ist, was man auch von ihr sagen mag.«

»Was nützt es Ihnen, wenn Sie die Beschuldigung kennen«, sagte Rudolf sanft. »Die Unschuld Luises wird an den Tag kommen, die Person, die so lebhaften Anteil an Ihnen nimmt, wird Ihre Tochter beschützen. – Fassen Sie Mut! Sie werden Luise bald wiedersehen.«

»Herr Kommissar,« sagte Morel, ohne auf Rudolf zu hören, »man nimmt einem Vater die Tochter nicht, ohne ihm zu sagen, wessen man sie anklagt. Ich will es wissen!«

»Ihre Tochter ist des Kindesmordes angeklagt,« sagte der Polizeikommissar.

»Ich – verstehe Sie nicht –«

»Ihre Tochter ist angeklagt, ihr Kind umgebracht zu haben,« wiederholte der Kommissar, den dieser Auftritt tief ergriff. »Aber es ist nicht bewiesen, daß sie dieses Verbrechen wirklich begangen hat.«

»Ach nein, das ist nicht wahr!« rief Luise, die sich mit Anstrengung aufrichtete. »Ich schwöre Ihnen, daß es tot war. Es atmete nicht mehr, es war eiskalt ... Ich hatte den Kopf verloren, – das ist mein ganzes Verbrechen!«

»Elende!!« schrie Morel, indem er beide Hände gegen Luise erhob.

»Gnade, Gnade!« jammerte sie flehentlich.

Nach einem Augenblick furchtbaren Schweigens sagte Morel mit eisiger Ruhe:

»Herr Kommissar, führen Sie sie fort; sie ist nicht mehr meine Tochter!«

Luise fiel vor Morels Füßen nieder, umklammerte seine Knie und rief, indem sie weinend zu ihm emporsah:

»Vater, Vater! Höre mich wenigstens an!«

»Herr Kommissar, führen Sie das Mädchen fort!«

»Und wenn sie ihre Ehre opferte, um Sie zu retten?« sagte Rudolf leise.

Morel sah seine Tochter an, die noch immer zu seinen Füßen kniete, und sprach dumpf, die Zähne knirschend:

»Der Notar?«

Luise wollte sprechen, aber sie besann sich, ließ den Kopf sinken und schwieg.

»Aber nein, er wollte mich ins Gefängnis werfen lassen,« fuhr Morel fort, »er kann es nicht sein. Um so besser, so hat sie keine

Entschuldigung für ihren Fehltritt, und ich kann sie ohne Gewissensbisse verfluchen.«

»Nein, fluche mir nicht, Vater! Ich will dir alles sagen, und du wirst sehen, ob ich deine Verzeihung verdiene.«

»Um Gottes willen, hören Sie Ihre Tochter an!« rief Rudolf ihm zu.

»Was soll sie mir sagen?«

»Herr Kommissar,« sagte Luise, »haben Sie Erbarmen und lassen Sie mich einige Worte zu meinem Vater sprechen, ehe ich ihn verlasse. Auch vor unserem Retter will ich sprechen, aber nur vor ihm und meinem Vater.«

»Ich erlaube es,« entgegnete der Kommissar.

»Sind Sie unerbittlich? Verweigern Sie Ihrem Kinde diesen letzten Trost?« fragte Rudolf. »Wenn Sie glauben, mir einen Dank für die Hilfe schuldig zu sein, die ich Ihnen erwirkt habe, so erhören Sie die Bitte Ihrer Tochter.«

Nach einer Pause antwortete Morel: »Ich will sie hören.«

»Aber wohin gehen wir?« fragte Rudolf.

»Wohin wir gehen?« entgegnete der Steinschneider mit bitterer Ironie; »hinauf in die Dachstube, neben die Leiche meines Kindes. Der Ort ist gut gewählt, – nicht wahr? Wir werden sehen, ob Luise im Angesicht ihrer toten Schwester zu lügen wagt.«

Morel schritt rasch hinaus, und Luise und Rudolf folgten ihm.

LXVIII

In der Mitte des Dachstübchens lag, auf der Lagerstätte der Blödsinnigen, der Leichnam des kleinen Mädchens, das am Morgen gestorben war; ein Bettuch war darübergedeckt.

Morel saß auf seinem Arbeitstische mit gesenktem Kopf und stierem Blick und wendete das Auge nicht ab von dem Strohsack, auf dem sein totes Kind lag.

Der Zorn des Steinschneiders wandelte sich in tiefe Trauer. Seine Energie verließ ihn; er brach zusammen unter diesem neuen Schlage. Luise sah totenbleich aus und schien einer Ohnmacht nahe zu sein. Dennoch wagte sie, zitternd die Hand ihres Vaters zu ergreifen, die arme, abgemagerte, durch übermäßige Arbeit entstellte Hand.

Er entzog sie ihr nicht, und Luise bedeckte sie mit Küssen. Der Zorn Morels war gebrochen, und die lange zurückgehaltenen Tränen strömten über seine Wangen.

»Vater, ich will dir alles sagen,« schluchzte Luise, die sich zu fassen suchte. »Aber versprich mir, und unser Retter möge es auch versprechen, kein Wort davon zu verraten! Wenn er wüßte, daß ich gesprochen habe,« setzte sie schaudernd hinzu, »dann würdet ihr verloren sein, wie ich, denn ihr kennt die Schlechtigkeit dieses Mannes nicht.«

»Des Notars?«

»Ja,« sagte Luise leise, als fürchtete sie, von jemandem gehört zu werden.

»Beruhigen Sie sich,« erwiderte Rudolf. »Der Mann ist schlecht und mächtig, aber wir werden ihn doch bekämpfen. Wenn ich das, was Sie uns sagen, entdecken sollte, so geschähe es nur in Ihrem und Ihres Vaters Interesse.«

»Auch ich würde nur sprechen, um dich zu retten. Aber was hat der Mann getan?«

»Das ist nicht alles,« fuhr Luise, nach einigem Nachdenken, fort. »In meiner Erzählung wird auch von jemandem die Rede sein, der mir einen großen Dienst erwiesen hat, der sehr gütig war gegen meinen Vater und meine Familie; diese Person befand sich bei Herrn Ferrand, als ich zu ihm kam, und ich habe schwören müssen, sie nicht zu nennen.«

Rudolf sagte:

»Wenn Sie Franz Germain meinen, so können Sie ganz ruhig sein; Ihr Vater und ich werden sein Geheimnis wahren.«

Luise sah Rudolf verwundert an.

»Sie kennen ihn?«

»Wer brachte Ihre Tochter zu dem Notar?« fragte Rudolf, ausweichend, Morel.

»Als meine Frau krank geworden war, sagte ich Mutter Burette, die hier im Hause wohnt, Luise wolle einen Dienst annehmen, um uns unterstützen zu können. Sie kannte die Haushälterin des Notars und gab mir einen Brief, in dem sie Luise empfahl. Verflucht sei dieser Brief!«

»Obgleich ich einige der Umstände kenne, die den Haß Ferrands gegen Ihren Vater heraufbeschworen haben,« sagte Rudolf zu Luise, »bitte ich Sie doch: erzählen Sie mir mit wenigen Worten, was zwischen Ihnen und dem Notar vorgegangen ist, seit Sie bei ihm in Dienst traten.«

»In der ersten Zeit hatte ich mich über nichts zu beklagen. Ich mußte viel arbeiten, die Wirtschafterin behandelte mich oft hart, das Leben im Hause war sehr traurig, aber ich ertrug alles mit Geduld. Herr Ferrand ging in die Messe und sah häufig Geistliche bei sich. Ich hatte kein Mißtrauen gegen ihn. Im Anfang sah er mich kaum an und sprach sehr hart mit mir, namentlich in Gegenwart Fremder. Das Haus, das wir bewohnten, war ein großes, einzeln stehendes Gebäude zwischen Hof und Garten. Meine Kammer befand sich ganz oben. In der Nacht war es mir oft, als hörte ich ein dumpfes Geräusch unter mir, in der Etage, die nicht bewohnt wurde, und in der nur Herr Germain oft am Tage arbeitete. Zwei Fenster dieser Etage waren zugemauert, und eine der Türen war mit Eisen beschlagen. Die Wirtschafterin hat mir später gesagt, dort befände sich die Kasse des Herrn Ferrand.

Eines Tages war ich sehr lange aufgeblieben, um eine Arbeit zu vollenden. Ich wollte mich gerade niederlegen, als ich leise auf dem kleinen Korridor gehen hörte, an dessen Ende meine Kammer lag. An meiner Türe hörten die Schritte auf; anfangs glaubte ich, es sei die Wirtschafterin, ich wagte aber nicht, mich zu rühren und horchte. Es regte sich nichts, aber ich wußte, daß jemand an meiner Tür war. Da ich mich mehr und mehr fürchtete, schob ich endlich meine Kommode an die Tür, die weder einen Riegel noch ein Schloß hatte. Nach einer halben Stunde legte ich mich endlich nieder. Die Nacht verging ruhig. Am anderen Tage bat ich die Wirtschafterin um die Erlaubnis, einen Riegel anbringen zu lassen und erzählte ihr mein Erlebnis. Sie antwortete mir, ich hätte geträumt und müsse mich wegen des Riegels an Herrn Ferrand selbst wenden. Er zuckte die Achseln, als ich ihm meine Bitte vortrug, und sagte, ich sei eine Närrin. Ich wagte nicht, wieder davon zu sprechen.

Einige Zeit darauf trat das Unglück mit dem Diamanten ein. Mein Vater war in Verzweiflung und wußte nicht, was er beginnen sollte. Ich klagte Madame Seraphin, der Wirtschafterin, mein Leid, und sie antwortete mir:

›Der Herr ist so gütig; vielleicht tut er etwas für Ihren Vater.‹

Denselben Abend, als ich bei Tisch bediente, sagte Ferrand zu mir:

›Dein Vater braucht dreizehnhundert Franken; geh noch heute abend zu ihm und sage ihm, er möge morgen in meine Expedition kommen. Ich will ihm das Geld geben. Er ist ein ehrlicher Mann und verdient, daß man sich für ihn verwendet.‹

Ich weinte vor Freude und wußte nicht, wie ich ihm danken sollte.

Abends, als ich mit meiner Arbeit fertig war, brachte ich meinem Vater die freudige Nachricht, und den anderen Tag ...«

»Hatte ich die dreizehnhundert Franken gegen einen Wechsel auf drei Monate,« sagte Morel; »ich nannte den Mann meinen Wohltäter und meinen Retter –«

»Erregte ein Wechsel von so kurzer Frist, den Sie doch nicht bezahlen konnten, nicht Ihr Mißtrauen?« fragte Rudolf.

»Nein, der Notar sagte mir, ich brauche nicht daran zu denken, den Wechsel vor zwei Jahren zu bezahlen, ich möge ihn nur, der Ordnung halber, alle Vierteljahre erneuern lassen. Am ersten Termin aber wurde er hier präsentiert und nicht bezahlt; Ferrand ließ mir sagen, ich möge mich nicht ängstigen, es sei ein Irrtum.«

»Er wollte Sie nur in seine Gewalt bekommen,« sagte Rudolf.

»Ja, denn nun fing er an. – Aber erzähle weiter, Luise!«

Luise fuhr fort:

»Ich verdoppelte meinen Fleiß, um so dankbar als möglich zu sein. Die Wirtschafterin begann, mich zu hassen und zu peinigen: ich hatte viele Unannehmlichkeiten und würde gern einen anderen Dienst gesucht haben, aber wegen der Verpflichtung meines Vaters wagte ich nicht, fortzugehen. Eines Tages ging die Wirtschafterin, gegen ihre Gewohnheit, nach Tische aus; die Schreiber hatten die Expedition verlassen. Herr Ferrand gab dem Portier einen Auftrag und schickte ihn fort, so daß ich mit ihm allein im Hause war. Ich arbeitete im Vorzimmer; er klingelte. Ich ging in sein Schlafzimmer hinein; er stand vor dem Kamin. Plötzlich drehte er sich um und umarmte mich; sein Gesicht war blutrot, und seine Augen funkelten. Ich war so erschrocken, daß ich mich anfangs nicht bewegen konnte. Dann flüchtete ich ins Vorzimmer und hielt die Türe fest zu.«

»Sie hören es, Herr Rudolf, Sie hören es,« sagte Morel; »so benahm sich dieser Wohltäter.«

»Nach einigen Augenblicken schob er die Türe auf,« fuhr Luise fort. »Zum Glück konnte ich die Lampe auslöschen. So stand er im Dunkel. Er rief mich, ich antwortete nicht. Da sagte er, und seine Stimme zitterte vor Zorn:

›Wenn du mir zu entgehen suchst, muß dein Vater ins Gefängnis.‹

Ich versprach ihm, alles zu tun, um für seine Güte dankbar zu sein, erklärte ihm aber auch, daß mich nichts zwingen würde mich zu erniedrigen.

Ich hörte nach einiger Zeit die Türe zuschließen, die mein Herr im Finstern gefunden hatte. Nun hatte er mich in seiner Gewalt; er ging in sein Zimmer und kam bald mit einer Lampe zurück. Den neuen Kampf, den ich zu bestehen hatte, wage ich nicht zu beschreiben. Zum Glück gaben mir Verzweiflung, Angst und Ekel ungewöhnliche Kraft. Mein Widerstand machte ihn wütend; er kannte sich nicht mehr. Er mißhandelte mich; ich blutete im Gesicht –«

»Mein Gott!« rief der Steinschneider, »und für einen solchen Menschen gibt es keine Strafe!«

»Vielleicht doch,« sagte Rudolf.

Luise fuhr fort:

»Der Kampf dauerte lange, die Kräfte verließen mich, als der Portier klingelte. Er brachte einen Brief. Ferrand sagte zu mir:

›Geh, und wenn du ein Wort sagst, ist dein Vater verloren; wenn du zu entkommen suchst, ist er auch verloren; wenn man sich nach dir erkundigt, werde ich es dir unmöglich machen, einen anderen Dienst zu finden, indem ich andeute, daß du mich bestohlen hättest.‹

Am anderen Tage kam ich, trotz den Drohungen, zu meinem Vater, um ihm alles zu sagen ...«

»Wir waren,« sagte Morel in tiefem Schmerz, »so schlecht, unser Kind in das Haus zurückkehren zu lassen. Ach, zu wie schlechten Handlungen zwingt einen die Armut!«

»Hast du nicht alles versucht, dir die dreizehnhundert Franken zu verschaffen? Da es dir nicht gelang, mußten wir uns fügen.«

»Erzähle weiter,« sagte Morel. »Wir sind deine Henker gewesen, wir haben größere Schuld an dem Unglück als du selbst.«

»Als ich Herrn Ferrand wiedersah,« fuhr Luise fort, »sprach er kein Wort von den Dingen, die sich ereignet hatten; die Wirtschafterin peinigte mich und ließ mich hungern. In der Nacht konnte ich kaum schlafen, denn jeden Augenblick befürchtete ich einen Überfall des Notars. Eine Zeitlang ließ er mich jedoch in Ruhe und sah mich nicht an. Eines Sonntags hatte er mir erlaubt, auszugehen, und ich ging zu meinen Eltern ... Bis dahin hast du alles gewußt, lieber Vater. Was ich noch zu sagen habe, ist so schrecklich, daß ich es immer verschwiegen habe.«

»Erzählen Sie weiter, mein Kind,« fuhr Rudolf, zu Luisen gewendet, fort, »verschweigen Sie uns nichts! Es ist wichtiger, als Sie glauben.«

»Ich fing also an, etwas ruhiger zu werden,« sagte Luise, »als eines Abends Herr Ferrand und die Wirtschafterin ausgingen.

Sie aßen nicht zu Hause, und ich blieb allein. Wie gewöhnlich, ließ man mir eine Portion Brot, Wasser und Wein, nachdem alles andere verschlossen worden war. Ich fing an zu arbeiten, wurde aber bald schläfrig. Ach, Vater!« unterbrach sich Luise, »du wirst es mir nicht glauben, und doch schwöre ich dir, daß ich die Wahrheit sage ...«

»Erzählen Sie weiter,« sprach Rudolf.

»Seit sieben Monaten suche ich mich aller Einzelheiten jener schrecklichen Nacht zu erinnern, ohne daß es mir gelingen will; ich habe darüber fast den Verstand verloren.«

»Gott, was wird sie sagen!« rief der Steinschneider aus, der aus seinem dumpfen Brüten erwachte.

»Ich war auf meinem Stuhl eingeschlafen,« fuhr Luise fort. »Das ist das letzte, was ich weiß ...«

»Weiter! weiter!«

»Ich weiß nicht, wie lange ich geschlafen hatte; ich erwachte in meinem Bett, entehrt durch Ferrand, der neben mir lag.«

»Du lügst! Du lügst!« rief der Steinschneider wütend ... »Warum hätte der Notar mich ins Gefängnis werfen lassen wollen, da du ihm zu Willen gewesen bist?«

»Ich ihm zu Willen gewesen! Nein, Vater. Ich habe so fest geschlafen, als wenn ich tot gewesen wäre ...«

»Ich begreife alles,« unterbrach Rudolf Luise. »Beschuldigen Sie Ihre Tochter nicht der Lüge, Morel. – Sagen Sie mir, Luise, fiel Ihnen nicht an dem Getränk, das man Ihnen zurückgelassen hatte, ein ungewöhnlicher Geschmack auf? Denken Sie genau nach!«

»Ich erinnere mich allerdings, daß die Mischung von Wein und Wasser, die Madame Seraphin mir gegeben hatte, von etwas bitterem Geschmack war; aber ich achtete nicht darauf, denn ich war daran gewöhnt, daß mir die Wirtschafterin aus Bosheit Pfeffer in mein Getränk tat.«

»War Ihnen der Kopf nicht schwer, ehe Sie einschliefen?«

»Ja, die Adern an den Schläfen klopften, ich fühlte mich unwohl.«

»Der Elende!« rief Rudolf aus. »Wissen Sie, Morel, was dieser Mensch Ihrer Tochter zu trinken gegeben hat?«

Morel sah Rudolf an, ohne ihm zu antworten.

»Die Wirtschafterin hatte in das Getränk Luises einen Schlaftrunk gemischt, ohne Zweifel Opium; Ihre Tochter wurde einige Stunden lang völlig betäubt, und als sie erwachte, war es geschehen.«

Der Steinschneider sah stier vor sich hin. Er verstand kaum, was gesagt wurde.

Um die traurige Unterredung zu beenden, sagte Rudolf zu Luise:

»Fassen Sie Mut und kommen Sie zum Schluß!«

»Ach, Herr Rudolf, was Sie gehört haben, ist noch nichts ... Als ich Herrn Ferrand neben mir sah, schrie ich vor Entsetzen laut auf. Ich wollte fliehen, er hielt mich aber mit Gewalt zurück; ich war so schwach, daß ich mich ihm nicht entwinden konnte.

›Warum willst du denn vor mir fliehen?‹ fragte mich Ferrand. ›Was fällt dir ein? Bin ich nicht mit deinem Einverständnis hier?‹

›Sie lügen!‹ antwortete ich. ›Sie haben meinen Schlaf benutzt, mich unglücklich zu machen ...‹

Herr Ferrand lachte laut auf.

›Ich habe deinen Schlaf benutzt? Du spaßest. Wer soll dir diese Lüge glauben? Es ist jetzt vier Uhr früh; seit zehn bin ich bei dir. Du müßtest lange und fest geschlafen haben ... Dein Vater ist in meiner Macht; sei also gehorsam, und wir werden gute Freunde sein ... Wenn nicht, nimm dich in acht!‹

›Ich werde meinem Vater alles sagen‹, antwortete ich; ›er wird mich rächen!‹

Ferrand sah mich verwundert an.

›Bist du denn närrisch. Was willst du deinem Vater sagen? Daß es dir Spaß machte, mich bei dir aufzunehmen? Das steht dir frei ... Du wirst ja sehen, wie er sich dazu verhält.‹

›Sie wissen genau, daß Sie gegen meinen Willen hier sind!‹

›Willst du etwa so frech sein, von Gewalttätigkeit zu reden? Verlangst du einen Beweis für deine Lüge? Ich habe Germain, meinem Kassierer, befohlen, gestern abend eine dringende Arbeit hier zu vollenden; er hat bis um ein Uhr in dem Zimmer unter uns gearbeitet. Würde er dein Geschrei nicht gehört haben, wenn du dich gewehrt hättest? Frage Germain! Er wird dir sagen, daß die Nacht über alles ruhig gewesen ist.‹«

»Der Schuft hatte also alle Maßregeln getroffen, um sich Straflosigkeit zu sichern!« sprach Rudolf.

»Ich war wie vom Blitz getroffen. Ich wußte nicht, was ich antworten sollte. Der Schein war gegen mich. Diese schreckliche Nacht war für mich selbst ein unergründliches Geheimnis.«

Rudolf war entsetzt über die verbrecherische Heuchelei Ferrands.

»Sie haben also nicht gewagt,« fragte er Luise, »sich bei Ihrem Vater über die Schandtat des Notars zu beklagen?«

»Nein, Herr Rudolf. Mein Vater würde mich gewiß für die Mitschuldige Ferrands gehalten haben.«

»Wahrscheinlich,« fuhr Rudolf fort, um Luise einen Teil der peinlichen Geständnisse zu ersparen, »waren Sie dann öfter das Opfer des Elenden?«

Luise schlug, errötend, die Augen nieder.

»Benahm er sich dann freundlicher gegen Sie?«

»Nein. Um jeden Verdacht zu vermeiden, machte mir mein Herr, wenn zufällig der Pfarrer zugegen war, harte Vorwürfe. Er bat den Pfarrer, mich zu ermahnen und sagte, ich betrüge mich frech, ich wäre faul, und er behielte mich nur aus Rücksicht auf meinen Vater.«

»Wie erklärte Ferrand sein Benehmen, wenn er mit Ihnen allein war?«

»Er versicherte, daß er nur scherze. Der Pfarrer nahm aber diese Beschuldigungen ernst und sagte mir, ich müßte doppelt lasterhaft sein, wenn ich in einem so frommen Hause auf Abwege geraten könnte. Ich wußte nicht, was ich antworten sollte, und mein Schweigen, meine Verlegenheit wurden zu meinem Nachteil ausgelegt ... In all meiner Erniedrigung fand ich einen Trost: ich hatte meinen Vater vor dem Gefängnis bewahrt. Aber ein neues Unglück ereilte mich: ich sollte Mutter werden.«

Morel sah um sich, strich mit der Hand über die Stirn, sammelte seine Gedanken und sagte zu seiner Tochter:

»Ich bin einen Augenblick zerstreut gewesen ... was sagtest du?«

»Ich fragte Herrn Ferrand, durch welche Mittel ich meine Schande und die Folgen des Fehltrittes verbergen könne, dessen Urheber er gewesen sei, aber – du wirst mir kaum glauben, Vater – er unterbrach mich mit erheuchelter Verwunderung, stellte sich, als verstehe er mich nicht und fragte mich, ob ich den Verstand verloren habe. – ›Welche Schändlichkeit!‹ rief Ferrand aus. ›Du hast die Frechheit, mich zu beschuldigen, ich sei so schamlos, mich zu einem Mädchen deiner Art zu erniedrigen? Du bist so frech, mir die Folgen deiner Ausschweifungen zuzuschreiben? Verlaß augenblicklich mein Haus!‹«

»Ich gestehe,« sagte Rudolf, »das übertrifft alles, was ich vermutete.«

Morel sagte nichts; ein krampfhaftes Zucken verzerrte seine Züge.

»Ich brauche Ihnen nicht zu sagen,« fuhr Luise fort, »wie ich geweint habe; ich war wie vernichtet. Das alles geschah um zehn Uhr vormittags im Zimmer des Herrn Ferrand; der Pfarrer, der mit ihm frühstücken sollte, trat in dem Augenblick ein, in dem Ferrand mich mit Vorwürfen überhäufte. Der Anblick des Pfarrers schien ihm sehr angenehm zu sein.«

»Und was sagte er?«

»Er rief aus, indem er auf mich zeigte: ›Ich sagte es wohl, Herr Abbé, daß die Unglückliche ins Verderben stürzen würde. Es ist geschehen; sie hat mir eben ihr Vergehen und ihre Schande gestanden und mich ersucht, sie zu retten. Und ich habe eine solche Person in mein Haus aufgenommen!‹ – ›Wie!‹ sagte der Abbé zu mir, ›trotz dem heilsamen Rat, den dir dein Herr so oft in meiner Gegenwart gegeben hat, bist du so tief gesunken? Das ist unverzeihlich. – Lieber Freund, nach der Güte, die Sie der Unglücklichen bewiesen haben, würde Mitleid Schwäche sein. – Bleiben Sie also unerbittlich!‹«

»Und Sie haben den Ehrlosen nicht augenblicklich entlarvt?« fragte Rudolf.

»Ach Gott, ich wollte reden, mich verteidigen. – ›Kein Wort, unwürdiges Geschöpf,‹ schrie mich Ferrand an. ›Du hast den Herrn Abbé gehört. Mitleid wäre Schwäche! – Binnen einer Stunde wirst du mein Haus verlassen!‹ Ohne mir Zeit zu einer Antwort zu lassen, führte er den Abbé in ein anderes Zimmer.

Ich wußte nicht, was aus mir werden sollte und ging in meine Kammer, um zu weinen. Nach zwei Stunden erschien Ferrand. ›Hast du deine Sachen gepackt?‹ fragte er. – ›Erbarmen!‹ bat ich, indem ich vor ihm auf die Knie sank, ›schicken Sie mich in diesem Zustand nicht fort! Was soll aus mir werden? Ich finde ja keinen anderen Dienst.‹ – ›Desto besser! Gott straft dich für deine Ausschweifungen und deine Lügen.‹ – ›Sie wagen zu sagen, daß ich lüge?‹ entgegnete ich, ›Sie wagen zu leugnen, daß Sie mich unglücklich gemacht haben?‹ – ›Verlasse augenblicklich mein Haus, Elende!‹ schrie er mit schrecklicher Stimme. ›Um dich zu strafen, werde ich morgen deinen Vater einsperren lassen.‹ – ›Ach nein, nein‹, rief ich entsetzt, ›ich werde Sie nicht anklagen, ich verspreche es Ihnen, aber vertreiben Sie mich nicht aus dem Hause. Haben Sie Erbarmen mit meinem Vater;

das Wenige, was ich verdiene, brauchen die Meinigen. Behalten Sie mich hier, ich will nichts sagen!‹

Nachdem ich noch lange gebeten hatte, willigte Ferrand endlich ein, mich bei sich zu behalten. In den fünf Monaten nach diesem Auftritt wurde ich arg mißhandelt; nur bisweilen fragte mich Herr Germain, den ich sehr selten sah, teilnehmend nach der Ursache meines Kummers, aber ich schämte mich, ihm meinen Zustand zu gestehen.«

»Hörte nicht Germain, als er hier wohnte, Ihren Vater davon reden, daß der Notar Sie zu verführen versucht habe?«

»Vor Fremden sprach mein Vater nie von seiner Besorgnis, und übrigens redete ich ihm damals selbst seine Unruhe aus, indem ich sagte, Ferrand denke nicht mehr an mich.«

Morel saß da, die Stirn auf beide Hände gestützt, und schluchzte.

»Ich verbrachte,« erzählte Luise weiter, »fünf Monate in Tränen, in endloser Angst. Die Zukunft wurde immer schrecklicher für mich; Ferrand hatte erklärt, daß er mich nicht länger bei sich behalten wolle. Was sollte aus mir werden, wenn mich mein Vater verfluchte? Da kam ich auf einen verbrecherischen Gedanken. Zum Glück wich ich vor seiner Ausführung zurück, aber ich will Ihnen nichts verheimlichen, weil ich Ihnen zeigen muß, wie weit mich die Grausamkeit Ferrands trieb.«

Nach kurzer Pause fuhr Luise mit leiser Stimme fort:

»Die Portiersfrau sagte mir, es wohne in dem Hause ein Kurpfuscher ...«

Sie konnte nicht vollenden.

»Und Sie schrieben vor etwa drei Tagen an ihn, unglückliches Kind! – Ihre Tränen waren auf den Brief gefallen und hatten die Schrift verlöscht.«

Luise sah Rudolf entsetzt an.

»Woher wissen Sie das?«

»Ich war allein in der Stube des Portiers, als dieser Brief gebracht wurde, und bemerkte ihn zufällig.«

»Ja, Herr, ich schrieb an Herrn Bradamanti, er möge, da ich nicht zu ihm zu gehen wage, abends ans Chateau d'Eau kommen. Ich hatte den Kopf verloren, aber bald kehrte mir die Vernunft wieder, und ich erkannte, was ich tun wollte. Ich ging also nicht an den Ort, den ich vorgeschlagen hatte. Am gleichen Abend ereignete sich ein Auftritt, dessen Folgen das letzte Unglück veranlaßten.

Ferrand glaubte, ich würde erst nach zwei Stunden wiederkommen, während ich schon bald zurückkehrte. Als ich an die kleine Gartentüre kam, fand ich sie, zu meiner großen Verwunderung, halb offen; ich trat hinein und trug den Schlüssel in das Zimmer Ferrands, wo er gewöhnlich lag. Dann ging ich durch das erhellte Speisezimmer und trat ohne Licht in den Salon, dann in das Kabinett vor dem Schlafzimmer. In dem Augenblick, in dem ich den Schlüssel auf den Tisch legte, wurde die Tür zum Schlafzimmer geöffnet. Kaum hatte mich mein Herr erkannt, als er die Tür rasch hinter einer Person zumachte, die ich nicht erkennen konnte. Dann fiel er über mich her, packte mich an der Kehle, als wenn er mich erwürgen wollte, und sagte: ›Du spionierst, du horchst an der Türe! Was hast du gehört? Antworte! antworte, oder ich erwürge dich.‹ Aber er besann sich, trieb mich, ohne mir Zeit zu lassen, ein Wort zu sagen, in das Speisezimmer zurück, stieß mich in die offenstehende Küche hinein und verschloß die Tür.«

»Sie hatten nichts von einem Gespräch gehört?«

»Gar nichts!«

»Und was sagte er später?«

»Die Wirtschafterin befreite mich, und ich sah Herrn Ferrand diesen Abend nicht wieder. Am anderen Tage, als ich aus meiner Kammer herunterkam, begegnete ich ihm. Er sagte ziemlich ruhig: ›Du weißt doch, daß ich dir verboten habe, in mein Kabinett zu kommen, wenn jemand in meinem Zimmer ist. Da du aber nur noch kurze Zeit bei mir bist, hat es keinen Zweck, dich auszuschelten.‹ Und er ging in seine Expedition.

Ich verrichtete meine Arbeit und wollte gerade sein Schlafzimmer in Ordnung bringen. Plötzlich wurde ich ohnmächtig. Als ich umsank, wollte ich mich an einem Mantel festhalten, der an der Wand hing; ich riß ihn mit hinab und wurde fast von ihm verdeckt.

Als ich wieder zu mir kam, war die Glastüre des Alkovens geschlossen, und ich hörte die Stimme Ferrands. Er sprach sehr laut. Ich dachte an den Auftritt vom vorigen Abend und glaubte sterben zu müssen, wenn ich mich rühre. Ich hielt also den Atem an und hörte so, gegen meinen Willen, das Ende der Unterredung, die wahrscheinlich schon einige Zeit gedauert hatte.«

»Wer war in dem Zimmer?« fragte Rudolf.

»Ich weiß es nicht; ich kannte die Stimme nicht.«

»Wovon sprachen sie?«

»Ich hörte nur folgendes: ›Nichts einfacher als das‹, sagte eine unbekannte Stimme. ›Ein gewisser Rotarm, ein entschlossener Schmuggler, hat mich wegen der Sache mit einer Piratenfamilie in Verbindung gebracht, die auf einer kleinen Insel bei Asnières wohnt. Vater und Großvater sind hingerichtet, beide Söhne sind lebenslänglich in den Galeeren, aber noch lebt die Mutter mit drei Jungen und zwei Mädchen, die einander nichts nachgeben. Es sind Leute, die für einen Louis jeden Mord begehen, aber das brauchen wir ja nicht, wenn sie nur die Dame aus der Provinz aufnehmen. Die Martials werden in ihren Augen für ehrliche Fischer gelten; ich werde der jungen Dame einige Besuche machen, ihr gewisse Tränke anempfehlen, und in acht Tagen wird sie mit dem Kirchhof von Asnières Bekanntschaft machen. Aber wann werden Sie Ihre Schöne nach Asnières schicken, damit ich die Martials instruieren kann?‹ – ›Morgen wird sie hier ankommen, und übermorgen kann sie bei den Leuten sein‹, sagte Ferrand. ›Ich werde ihr sagen, daß ich ihr den Doktor Vincent schicken werde.‹ – ›Ich habe nichts gegen den Namen Vincent‹, antwortete die Stimme; ›er ist so gut, wie ein anderer.‹«

»Was ist das für ein neues und geheimnisvolles Verbrechen?« fragte Rudolf.

»Neu? Nein, Herr; Sie werden sogleich sehen, daß es mit einem anderen Verbrechen in Verbindung stand, das Sie schon kennen,« entgegnete Luise. »›Ich verlange nicht, daß Sie schweigen‹, sagte Ferrand noch ... ›Sie haben mich in den Händen, wie ich Sie in den Händen habe, d. h. wir können einander immer dienen, aber nie schaden‹, sagte die Stimme. ›Auf Wiedersehen, Kamerad, vergessen Sie die Insel Asnières, den Fischer Martial und den Doktor Vincent nicht! Diese Zaubernamen werden Ihrer Schönen in acht Tagen zur ewigen Seligkeit verhelfen.‹ – ›Warten Sie‹, sagte Ferrand, ›ich will erst den Riegel zurückschieben und sehen, ob niemand im Vorzimmer ist, damit Sie durch den Garten gehen können.‹ Ferrand ging hinaus, dann kam er wieder, und ich hörte ihn endlich mit der Person fortgehen.

Zwei Stunden nach diesem Gespräch holte mich Madame Seraphin aus meiner Kammer. ›Der Herr will mit Ihnen sprechen‹, sagte sie zu mir; ›Sie haben mehr Glück, als Sie verdienen!‹

Ich folgte Madame Seraphin. Ferrand befand sich in seinem Kabinett. Er sah mich lange an. ›Sie scheinen sehr krank zu sein‹, sagte er zu mir. – ›Ach ja, Herr‹, antwortete ich, sehr verwundert, daß er mich nicht du nannte. – ›Das ist sehr natürlich‹, fuhr er fort; ›es sind die Folgen Ihres Zustandes und Ihrer Bemühungen, ihn zu verheimlichen. Trotz Ihrem schlechten Betragen‹, fuhr er, in sanfterem Tone, fort, ›habe ich Mitleid mit Ihnen. Ich will Ihnen also helfen.‹ – ›Ach, Herr‹, rief ich aus, ›diese gütigen Worte lassen mich alles vergessen!‹ – ›Was vergessen?‹ fragte er mich hart. – ›Nichts, nichts; ich bitte um Vergebung‹, antwortete ich, aus Furcht, ihn zu reizen. – ›Hören Sie mich also an‹, fuhr er fort; ›Sie werden heute zu Ihrem Vater gehen und ihm sagen, daß ich Sie auf zwei oder drei Monate aufs Land schicke, damit Sie dort die Aufsicht in einem Hause führen, das ich gekauft habe. Morgen verlassen Sie Paris. Ich werde Ihnen ein Empfehlungsschreiben an Madame Martial mitgeben, die Mutter einer braven Fischerfamilie, die bei Asnières wohnt. Mutter Martial wird Sie wie ihr eigenes Kind behandeln, und ein mir befreundeter Arzt, Doktor Vincent, wird Ihnen Beistand leisten ...‹«

»Jetzt begreife ich alles!« rief Rudolf. »Er glaubte, Sie hätten ein Geheimnis erlauscht, und wollte Sie nun aus dem Wege räumen!«

»Ich konnte nicht antworten und sah Herrn Ferrand entsetzt an; meine Gedanken verwirrten sich. – ›Verstehen Sie mich nicht?‹ fragte er ungeduldig. – ›Ja, Herr, aber –‹ antwortete ich zitternd, ›ich möchte lieber nicht aufs Land gehen.‹ – ›Warum? Man wird Sie dort sehr gut behandeln.‹ – ›Nein, ich gehe nicht, ich will lieber in Paris bleiben, um meine Familie nicht zu verlassen.‹ – ›Du schlägst meine Güte aus?‹ entgegnete Ferrand, der seinen Zorn noch unterdrückte und mich aufmerksam betrachtete. ›Warum hast du dich so schnell besonnen? Du bist ja erst darauf eingegangen?‹ – Ich sah ein, daß ich verloren war, wenn er die Wahrheit erriet, und antwortete also, ich hätte nicht geglaubt, daß ich Paris und die Meinigen verlassen solle. – ›Aber du machst ja deiner Familie Schande!‹ schrie er und stieß mich so heftig, daß ich fiel. ›Ich gebe dir Bedenkzeit bis morgen‹, setzte er hinzu; ›morgen gehst du entweder zu der Familie Martial oder du meldest deinem Vater, daß ich dich aus dem Hause gewiesen habe, und daß er noch am selben Tag ins Gefängnis müsse.‹

Ich blieb allein, am Boden liegend, denn ich hatte nicht die

Kraft, mich wieder aufzurichten. Madame Seraphin war herbeigekommen, als sie ihren Herrn laut sprechen hörte; mit ihrer Hilfe gelangte ich in meine Kammer. Hier sank ich auf mein Bett und blieb bis in die Nacht liegen. An den heftigen Schmerzen, die sich gegen ein Uhr früh einstellten, fühlte ich, daß ich das unglückliche Kind vorzeitig zur Welt bringen würde.«

»Warum riefen Sie nicht um Hilfe?«

»Das wagte ich nicht. Herr Ferrand wollte mich aus dem Wege räumen; er würde gewiß nach dem Doktor Vincent geschickt haben, der mich dann umgebracht hätte. Statt also um Hilfe zu rufen, erstickte ich meine Schmerzen, indem ich ins Bett biß. Endlich, nach schrecklichen Leiden, brachte ich das unglückliche Wesen zur Welt ...«

Die Stimme Luises erlosch in Schluchzen.

Morel hatte die Erzählung seiner Tochter mit dumpfer Gleichgültigkeit angehört. Als aber der Steinschneider Luise weinen sah, blickte er sie starr an und sagte:

»Sie weint, – warum weint sie? Ach ja, ich weiß – der Notar – fahre nur fort, meine arme Luise! Ach Gott, mein Kopf! mein Kopf!«

Luise sah Rudolf erschrocken an.

»Lassen Sie ihn ein wenig zur Ruhe kommen – und erzählen Sie weiter!«

»Ich drückte mein Kind an mich, ich wunderte mich, daß ich es nicht atmen hörte. Es kam mir auch recht kalt vor. – Ich wartete, bis es hell wurde und suchte das Kind zu erwärmen; es schien aber immer kälter zu werden ...

Als es hell geworden war, hielt ich mein Kind ans Fenster und besah es; es war kalt und steif. Ich drückte meine Lippen auf seinen Mund, um den Atem zu fühlen, ich legte die Hand aufs Herz, – es schlug nicht.

In diesem Augenblick ging etwas in mir vor, das ich nicht beschreiben kann. Es war zugleich Verzweiflung, Angst und Zorn. Ich hatte nur den einen Gedanken, den kleinen Körper zu verbergen. Ich hoffte, so würde meine Schande nicht an den Tag kommen, so würde ich den Zorn meines Vaters nicht zu fürchten haben und der Rache Ferrands entgehen, da ich sein Haus verlassen und einen anderen Dienst suchen könnte.

Das, Herr, sind die Gründe, die mich bewogen haben, nichts zu gestehen. Ich habe ohne Zweifel Unrecht getan, aber ich bedachte nicht, welcher Gefahr ich mich aussetzte, wenn ich entdeckt würde.

Es wurde heller und heller. Ich zögerte nicht länger, wickelte mein Kind, so gut als möglich, ein, ging leise in den Garten, um da ein Loch zu graben und das Kind hineinzulegen. Aber es hatte in der Nacht gefroren, und die Erde war hart und fest. Da verbarg ich das tote Kind in einem Keller, in den man den Winter über niemals kam, bedeckte es mit einem leeren Blumenkasten und kehrte in meine Kammer zurück, ohne daß mich jemand gesehen hatte.

Noch jetzt kann ich mir nicht erklären, wie ich, bei meiner Schwäche, den Mut hatte, all das zu verrichten. Um neun Uhr kam Madame Seraphin, um nachzusehen, warum ich noch nicht aufgestanden wäre; ich sagte ihr, daß ich krank sei und bat sie, mich im Bette zu lassen. Nach einer Stunde kam Ferrand selbst. ›Sie sind kränker geworden‹, sagte er; ›das sind die Folgen Ihres Eigensinns! Übrigens werde ich nicht so unmenschlich sein, Sie in Ihrem Zustand ohne Hilfe zu lassen. Noch heute abend wird der Doktor Vincent nach Ihnen sehen kommen.‹

Bei dieser Drohung zitterte ich vor Furcht. Ich antwortete, ich hätte unrecht getan, die Anerbietungen des Herrn Ferrand zurückzuweisen und nähme sie jetzt an; da ich aber noch unwohl wäre, wollte ich mich erst in einigen Tagen zu der Familie Martial begeben; übrigens wäre es nicht nötig, den Doktor Vincent holen zu lassen. Durch mein Versprechen beruhigt, wurde Ferrand fast liebevoll gegen mich und empfahl mich, zum ersten Male in seinem Leben, der Sorgfalt und Pflege der Madame Seraphin.

Ich verbrachte den Tag in Todesangst, man könne das tote Kind finden. Den ganzen Tag verließ ich das Bett nicht. Als es Nacht geworden war, wartete ich, bis alle schliefen. Ich hatte die Kraft, aufzustehen, auf den Holzboden zu gehen und ein Beil zu holen, mit dem ich ein Loch in die Erde hacken wollte. Nach unsäglicher Mühe gelang es mir. Dann nahm ich das tote Kind, benetzte es mit meinen Tränen und begrub es, so gut ich konnte, in dem kleinen Blumenkasten. Zuletzt schüttete ich Schnee darüber, damit man nichts bemerke. Der Mond hatte mir geleuchtet. Als alles geschehen war, konnte ich mich nicht entschließen, fortzugehen. Das arme Kind – in der gefrorenen Erde – unter dem Schnee! Endlich kam ich wieder in meine Kammer zurück und legte mich, mit heftigem Fieber, ins Bett. Früh schickte Ferrand und ließ sich erkundigen, wie es mir ginge. Ich antwortete, besser. Abends stand ich auf und ging in die Küche, um mich zu wärmen; dann ging ich in den Garten, um noch einmal zu beten.

In dem Augenblick, als ich in meine Kammer hinaufging, begegnete ich Herrn Germain. Er sah sehr blaß aus und sagte rasch, indem er mir eine Rolle in die Hand steckte: ›Man will Ihren Vater morgen früh wegen einer Wechselschuld von 1300 Franken verhaften. Hier ist das Geld; sobald es Tag ist, eilen Sie zu ihm. – Sagen Sie aber nicht, daß Sie das Geld von mir haben!‹ Er ließ mir nicht Zeit, ihm zu danken und eilte schnell die Treppe hinunter.«

LXXI

»Heute früh,« fuhr Luise fort, »lief ich, ehe im Hause Ferrands jemand aufgestanden war, hierher mit dem Gelde, das mir Herr Germain gegeben hatte, um meinen Vater zu retten; aber die Summe reichte nicht, und ohne Ihren Edelmut würde ich ihn nicht aus den Händen der Gerichtsdiener haben befreien können ... Ich bitte Sie nun um einen letzten Dienst,« sagte Luise, indem sie die Rolle Gold aus ihrer Tasche zog; »wollen sie die Freundlichkeit haben, das Geld Herrn Germain zurückzugeben? Jetzt wiederhole ich Ihnen, daß ich die Wahrheit gesagt und mich nicht bemüht habe, mein Unrecht geringer darzustellen, als es ist ...«

Hier unterbrach sich Luise und rief erschrocken aus:

»Aber was ist mit meinem Vater?«

Obgleich der Schleifstein an der anderen Seite des Arbeitstisches stand, und er weder Stein noch Werkzeug in der Hand hatte, glaubte der Steinschneider mit seiner gewöhnlichen Arbeit beschäftigt zu sein und machte, mit eingebildeten Werkzeugen, die Handgriffe des Schleifens.

Er begleitete seine Pantomime mit Lauten, die das Geräusch des Schleifsteines nachahmen sollten.

Luise trat zu ihm und sagte:

»Vater!«

Morel warf einen unruhigen Blick auf seine Tochter und antwortete leise, mit sanfter und trauriger Stimme:

»Ich bin dem Notar dreizehnhundert Franken schuldig. Ich muß arbeiten, arbeiten! Ich werde ihn bezahlen ...«

»Morel!« rief Rudolf, »wir sind da. – Ihre Tochter ist bei Ihnen, und sie ist unschuldig.«

»Dreizehnhundert Franken,« sagte der Steinschneider, ohne Rudolf anzusehen.

»Vater!« rief Luise, indem sie vor ihm auf die Knie sank und seine Hände erfaßte, »ich bin es, Luise!«

»Dreizehnhundert Franken!« wiederholte er, indem er sich mit Gewalt von seiner Tochter frei machte. »Dreizehnhundert Franken! Wenn nicht,« setzte er leise hinzu, »wenn nicht, wird Luise geköpft.«

Und er drehte in Gedanken seinen Schleifstein weiter.

Luise stieß einen entsetzlichen Schrei aus. »Was soll,« klagte sie, »aus meiner Mutter, meiner Großmutter, meiner Schwester, meinen Brüdern werden? Sie haben nun den Vater und mich verloren. Sie werden verhungern.«

»Bin ich nicht da? Fassen Sie Mut!«

»Ach, Herr, Sie sehen: Schande, Wahnsinn und Tod! Das alles hat jener Mann verschuldet, und man kann nichts gegen ihn unternehmen, nichts!«

»Nehmen Sie dennoch die Gewißheit mit sich, daß Ihr Vater, Sie und die Ihrigen gerächt werden!«

»Gerächt?«

»Ich schwöre Ihnen, daß dieser Mann schwer büßen soll. Wenn die Gesetze ihn nicht zu erreichen vermögen, so wird man seiner List größere List, seiner Klugheit größere Klugheit entgegensetzen, um ihn seine Strafe finden zu lassen!«

In diesem Augenblick wurde die Türe geöffnet, und der Kommissar trat ein.

»Es tut mir leid, Ihnen erklären zu müssen, daß die Unterredung ein Ende haben muß,« sagte er.

»Die Unterredung ist zu Ende,« antwortete Rudolf, indem er auf den Steinschneider zeigte. »Luise hat ihrem Vater nichts mehr zu sagen, er hat von seiner Tochter nichts mehr zu hören, ... er ist wahnsinnig!«

»Ich wünschte lebhaft,« sagte der Kommissar zu Rudolf, »daß die Unschuld des jungen Mädchens an den Tag kommen möge, aber nach einem solchen Unglück werde ich mich nicht mehr auf Wünsche beschränken, sondern ich werde mich bemühen, der Unglücklichen zu ihrem Rechte zu verhelfen.«

»Das ist ein Wort! ... Übrigens hat die Erzählung Luises mich vollkommen von ihrer Unschuld überzeugt. Können Sie mir sagen, auf welche Weise ihr angebliches Verbrechen entdeckt worden ist?«

»Heute morgen,« sagte der Kommissar, »kam die Wirtschafterin des Notars Ferrand zu mir, um mir mitzuteilen, sie habe im Garten ein neugeborenes Kind vergraben gefunden. Nach der

Aussage der Frau ging ich in die Rue Sentier und fand Herrn Jacob Ferrand sehr entrüstet darüber, daß sich ein solcher Vorfall in seinem Hause ereignet habe. Der Pfarrer der Kirche Bonne Nouvelle, den er hatte rufen lassen, bestätigte, daß das Mädchen in seiner Gegenwart den Fehltritt eingestanden habe. Die Entrüstung Ferrands,« fuhr der Kommissar fort, »kam mir so vollkommen echt vor, daß ich sie teilte. Er sagte mir dann, Luise Morel sei offenbar zu ihrem Vater geflüchtet. Ich begab mich sofort hierher; das Verbrechen lag vor, und ich hatte die Pflicht, zur Verhaftung zu schreiten.«

Rudolf erwiderte:

»Ich danke Ihnen für Ihre Gefälligkeit und für den Beistand, den Sie Luise leisten wollen; den unglücklichen Mann will ich in ein Irrenhaus bringen lassen, ebenso die Mutter seiner Frau.«

Dann wandte er sich an Luise, die noch immer neben ihrem Vater kniete.

»Fügen Sie sich zunächst ins Unvermeidliche und sorgen Sie sich um nichts. Es wird Ihrer Familie an nichts fehlen! Fassen Sie also Mut und hoffen Sie!«

Zwei Stunden nach der Verhaftung Luises waren der Steinschneider und die alte Blödsinnige auf Rudolfs Befehl nach Charenton gebracht, wo sie ein besonderes Zimmer erhalten und besonders gut behandelt werden sollten.

Morel verließ seine Wohnung ohne Widerstand; gleichgültig ging er, wohin man ihn führte; sein Irrsinn war mild und traurig.

Die Großmutter hungerte; man zeigte ihr Fleisch und Brot, und sie folgte diesem Lockmittel.

Die Edelsteine wurden noch an demselben Tage Madame Mathieu übergeben.

Zu ihrem Unglück wurde die Frau von dem kleinen Lahmen verfolgt, der sich davon überzeugte, daß die Maklerin Boulevard St. Denis 11 wohnte.

LXXII

An dem einen Ende der Rue du Sentier lief eine lange, mit Kalk beworfene Mauer hin. Diese Mauer begrenzte den Garten Jacob Ferrands und stieß an ein Gebäude, das nach der Straße zu lag und nur ein Stockwerk hoch war.

Zwei Schilder von vergoldetem Kupfer, Zeichen des Notariats, befanden sich zu beiden Seiten des Tores.

Das Tor führte zu einem bedeckten Gang. Rechts davon lag das Stübchen eines alten, halbtauben Portiers, der zur Gilde der Schneider gehörte; links war ein Stall, der einer Kaninchenfamilie zum Aufenthalt diente, die sich der Portier zugelegt hatte, um eine Unterhaltung zu haben.

Neben die Portierswohnung mündete eine dunkle Wendeltreppe, die zur Kanzlei im ersten Stock führte.

An der einen Seite des großen, gepflasterten Hofes sah man leere Wagenremisen, an der anderen Seite schloß ein verrostetes Eisengitter den Garten ab; im Hintergrunde lag das Haus, das der Notar allein bewohnte.

Acht aus den Fugen gewichene, ausgetretene Stufen führten zu dem Hause, das aus einem Souterrain, Erdgeschoß, einer ersten Etage und einer Dachkammer bestand, die Luise bewohnt hatte. Das Haus sah sehr verfallen aus; die Wände waren von tiefen Rissen durchzogen, die Fenster und Fensterläden, die grau angestrichen gewesen, waren mit der Zeit ganz schwarz geworden; an den sechs Fenstern des ersten Stocks, die zum Hof hinausgingen, sah man keine Gardinen; die Scheiben waren mit Schmutz bedeckt; an den Fenstern des Erdgeschosses dagegen hingen Vorhänge von verschossenem Baumwollstoff mit roten Rosetten.

Der Garten war von Gebüsch überwuchert und schien ganz vernachlässigt zu sein. Man sah kein einziges Beet, nur einige Ulmen, Akazien, im Hintergrund ein niedriges Gewächshaus und, als Horizont, die hohen kahlen Mauern der anstoßenden Häuser.

Wenn die Klienten den gewaltigen Bankierluxus einiger Notare mit dem düsteren Hause Ferrands verglichen, so empfanden sie ein blindes Vertrauen zu dem Manne, der, bei dem Vermögen, das man ihm zuschrieb, äußerst sparsam lebte, weshalb ihm denn auch alle jene Geschäfte zuströmten, die unbedingteste Rechtlichkeit zur Voraussetzung hatten.

Ferrand stammte aus der Familie der Geizigen. Er war schlau und geduldig, grausam und entschlossen wie ein Mörder, aber auch mäßig wie Harpagon.

Eine einzige Leidenschaft stachelte ihn oft bis fast zum Wahnsinn auf: der Geschlechtstrieb.

Wenn dieser tierische Trieb sein Blut erhitzte, vergaß er selbst seine schlaue Klugheit und wurde zum Tiger.

Außer den Frauen liebte Ferrand nur das Geld.

Er liebte das Geld nicht wegen der Genüsse, die es ihm verschaffte, er liebte den Besitz um des Besitzes willen.

Gegen den Besitz aller setzte Jacob Ferrand seine Heuchelei, seine List, seine Kühnheit, seinen Kopf ein, und so sah er einen fortlaufenden Gewinn in der unbegrenzten Achtung, in dem unbeschränkten Vertrauen, das er seinen Klienten einflößte.

Man sagte von ihm: »Er ist sicherer als die Regierung und als die Sparkasse.«

Aber trotz seiner seltenen Geschicklichkeit hatte der Mann einen Fehler begangen, den auch die schlauesten Verbrecher fast nie vermeiden.

Er hatte Mitschuldige! Aber keiner konnte ihn ins Verderben stürzen, ohne sich selbst mitzureißen. Dieser Gedanke gab Ferrand die Ruhe, die er, bei seiner mißtrauischen Natur, sonst nie gefunden hätte.

Der Notar stand im fünfzigsten Jahre, sah aber wie ein Vierziger aus; er war von mittlerer Größe, etwas gebückt, kräftig, rot und behaart wie ein Bär.

Sein Haar lag glatt an den Schläfen, seine Stirn war kahl und von gelblicher Farbe. Sein Gesicht war platt, seine Nase stumpf, und seine Lippen waren so dünn, daß der Mund in das Gesicht geschnitten zu sein schien; wenn er lächelte, sah man die Spitzen seiner Zähne, die fast alle schwarz waren. Das Gesicht, bis an die Schläfen glatt rasiert, hatte einen strengen und harten Ausdruck; seine schwarzen, lebhaften Augen verschwanden hinter großen, grünen Brillengläsern.

Jacob Ferrand sah ganz vortrefflich, aber er konnte hinter der Brille beobachten, ohne beobachtet zu werden.

In seiner Kleidung betonte er eine Nachlässigkeit, die bis zur Unsauberkeit ging. Sein unrasiertes Gesicht, seine platten Nägel mit schwarzen Rändern, seine abgeschabten Röcke, seine schmierigen Hüte und seine plumpen Schuhe empfahlen ihn ebenfalls seinen Klienten, indem sie ihm das Aussehen eines der Welt abgewandten Philosophen gaben.

Welchen Neigungen, welcher Leidenschaft, sagte man, sollte der Notar das Vertrauen opfern, das man ihm entgegenbrachte. Er verdiente jährlich 60 000 Franken, und sein Haushalt bestand in einer Magd und einer alten Wirtschafterin. Sein einziges Vergnügen war, jeden Sonntag in die Messe zu gehen; er kannte keine Oper, keine weltliche Gesellschaft; seine einzige Freude war seine Rechtschaffenheit, sein Stolz seine Ehre und sein Glück die Religion.

Dieses Urteil fällten die Zeitgenossen Jacob Ferrands über diesen Mann, der in Wahrheit einer der abgefeimtesten Schurken war.

LXXIII

Die Kanzlei Ferrands glich jeder anderen Notariatskanzlei, und seine Schreiber waren wie alle Schreiber.

Man gelangte in die Kanzlei durch ein Vorzimmer, in dem vier alte Stühle standen. In der Kanzlei selbst, in der rundherum Schränke und Aktenregale standen, saßen fünf junge Leute, über die schwarzen Pulte gebückt, lachten, schwatzten oder schrieben fleißig – je nachdem.

Im Wartezimmer, das ebenfalls voll von Akten war, hielt sich gewöhnlich der erste Schreiber auf; ein anderes Zimmer, das das Kabinett des Notars von dem Wartezimmer trennte, war das private Sprechzimmer des Notars.

Es hatte eben zwei Uhr geschlagen; unter den Schreibern herrschte eine gewisse Unruhe, deren Ursache aus ihrem Gespräch hervorging.

»Wenn mir jemand gesagt hätte, Germain sei ein Dieb,« sagte einer der jungen Männer, »so würde ich geantwortet haben: ›Sie lügen!‹«

»Ich auch.«

»Auf mich hat seine Verhaftung einen so tiefen Eindruck gemacht, daß ich nicht frühstücken konnte.«

»Siebzehntausend Franken! Das läßt sich hören.«

»Und in der Zeit, in der Germain Kassierer war, hat kein Sou gefehlt.«

»Ich finde es unrecht, daß Ferrand Germain arretieren ließ. Der arme Teufel hat doch geschworen, er habe nur 1300 Franken in Gold genommen.«

»Ja, und außerdem hat er sie zurückgegeben!«

»Man muß sich doch zweimal bedenken, ehe man einen armen jungen Mann ins Unglück stürzt, noch dazu, wenn er sich sonst immer gut aufgeführt hat.«

»Ferrand sagt, es sei des Beispiels wegen.«

»Des Beispiels wegen? Das Beispiel nützt nur denen, die ehrlich sind; die es nicht sind, wissen recht gut, daß sie sich der Gefahr aussetzen, ertappt zu werden.«

»Die Sache scheint mir überhaupt nicht klar zu sein.«

»Er hat ja gestanden.«

»Daß er 1300 Franken genommen hat. Aber er bestreitet rundweg, die anderen 15 000 Franken genommen zu haben.«

»Da er eins gesteht, warum sollte er das andere nicht auch gestehen?«

»Freilich! Man wird doch für 500 Franken ebenso bestraft wie für 15 000.«

»Ja, aber man behält die 15 000 Franken und richtet sich ein Geschäft an, wenn man aus dem Gefängnis kommt – würde ein schlechter Mensch sagen.«

»Nicht dumm!«

»Man mag sagen, was man will: dahinter steckt etwas.«

»Und Germain verteidigte den Notar immer, wenn wir ihn einen Jesuiten nannten!«

»Jetzt kommt Chalamel; der wird sich wundern!«

»Worüber? Etwas Neues von der armen Luise?«

»Du würdest es wissen, wenn du nicht so lange ausgeblieben wärst.«

»Denkt ihr, es sei ein Katzensprung bis zur Rue du Chaillot? Nun, und der famose Vicomte von St. Remy?«

»Er ist noch nicht gekommen.«

»Nein.«

»Sein Wagen war angespannt, und er ließ mir durch seinen Diener sagen, er würde gleich erscheinen; aber er sähe gar nicht zufrieden aus, sagte der Bediente. Ach, Kinder, ist das ein Haus! ein Luxus!« sagte Chalamel, indem er seinen Regenschirm hinstellte und seine Überschuhe auszog.

»Ich glaube, der Vicomte hat Schulden und geht hoch.«

»Der schöne Vicomte muß wohl bezahlen können, da er gestern abend vom Lande zurückgekommen ist, wo er sich drei Tage versteckt gehalten hat.«

»Aber warum hat man ihn nicht gepfändet?«

»Wie könnt ihr so albern fragen! Das Haus gehört nicht ihm, sein Mobiliar ist seinem Diener zugeschrieben, die Pferde und Wagen gehören angeblich seinem Kutscher. Der Vicomte von St. Remy ist schlau! Aber was gibt es sonst Neues?«

»Denke dir, vor zwei Stunden kommt der Notar hereingestürzt: ›Ist Germain nicht hier? Der Elende hat mich um 15 000 Franken bestohlen!‹«

»Germain und stehlen!«

»Das ist nicht möglich!« riefen wir alle. »In diesem Augenblick kam der alte Portier Marriton und sagte: ›Die Polizei ist da.‹«

»Und Germain?«

»So warte doch nur! – Der Notar sagte darauf dem Portier: ›Sobald Germain kommt, schicke ihn hierher, in die Kanzlei, ohne ihm etwas zu sagen. – Ich will ihn in eurer Gegenwart überführen.‹ – Nach etwa einer Viertelstunde kam der arme Germain, als ob nichts geschehen wäre; er grüßte den Notar und war durchaus nicht etwa aufgeregt. ›Germain, Sie frühstücken nicht?‹ fragte Ferrand. – ›Nein, Herr Ferrand, ich danke, ich habe keinen Hunger.‹ – ›Sie kommen sehr spät.‹ – ›Ja, ich mußte nach Belleville.‹ – ›Wahrscheinlich, um das Geld zu verstecken, das Sie mir gestohlen haben‹, fuhr nun Ferrand, mit schrecklicher Stimme, heraus.«

»Und Germain?«

»Germain wurde totenbleich und antwortete: ›Ich beschwöre Sie, machen Sie mich nicht unglücklich.‹«

»Er hatte also gestohlen?«

»So warte doch, Chalamel! – ›Machen Sie mich nicht unglücklich!‹ sagte er. – ›Sie gestehen also?‹ – ›Ja, Herr, aber hier ist das Geld, das fehlt. Ich wußte, daß ich es wieder zurückgeben könnte. Hier sind die 1300 Franken in Gold.‹ – ›Wie! 1300 Franken?‹ rief Ferrand aus. ›Sie haben mir 15 000 Franken gestohlen.‹ – ›Niemals!‹ entgegnete der arme Germain, ganz bestürzt. Ich habe 1300 Franken in Gold genommen, keinen Sou mehr.‹ – ›Infamer Lügner!‹ fuhr der Notar auf. ›Sie haben 15 000 Franken gestohlen!‹ Endlich kam die Polizei mit dem Sekretär des Kommissars, um ein Protokoll aufzunehmen; man faßte Germain und führte ihn ab.«

»Ist das möglich? Germain?«

»Eins muß man sagen: Germain war ein eigenartiger Mensch. Er wollte nie sagen, wo er wohnt.«

»Das ist wahr.«

»Er hatte immer etwas Geheimnisvolles.«

»Deshalb braucht er doch nicht gleich zu stehlen.«

»Natürlich nicht.«

»Ich bemerke es nur.«

»Man könnte fast sagen, er hätte sein Unglück geahnt.«

»Wieso?«

»Er sah immer so aus, als hätte er etwas auf dem Herzen.«

»Vielleicht Luises wegen.«

»Luises wegen?«

»Ich wiederhole nur, was die alte Seraphin sagte.«

»Was sagte sie?«

»Er wäre der Liebhaber Luises und der Vater des Kindes.«

»Da seht den Heuchler!«

»Es ist natürlich nicht wahr.«

»Woher weiß du das, Chalamel?«

»Erst vor vierzehn Tagen hat mir Germain gesagt, er sei rasend verliebt in eine kleine Näherin.«

»Ach, Chalamel!«

In diesem Augenblick trat der erste Schreiber herein.

»Nun, Chalamel,« fragte er, »haben Sie alles besorgt?«

»Ja, Herr Dubois; ich war bei Herrn von St. Remy, er wird gleich kommen, um zu bezahlen.«

»Auch bei der Gräfin Mac Gregor?«

»Ja. Hier ist die Antwort.

»Und bei der Gräfin von Orbigny?«

»Sie läßt dem Herrn Notar danken. Sie ist gestern früh aus der Normandie zurückgekehrt. Ich war auch beim Intendanten des Marquis von Harville wegen der Kosten des Kontraktes.«

»Sie haben ihm gesagt, daß es keine Eile habe?«

»Ja, aber der Intendant wollte gleich bezahlen. Hier ist das Geld! – Ah, da hätte ich beinahe die Karte vergessen, die ich von dem Portier mit heraufgenommen habe. Der Herr fragte nach dem Notar und ließ seine Karte zurück.«

»Walter Murph,« las der erste Schreiber, und weiter unten mit Bleistift: »wird um drei Uhr in einer wichtigen Angelegenheit wiederkommen.«

»Noch etwas!« fuhr Chalamel fort. »Herr Karl Robert wird auch im Laufe des Tages erscheinen, um mit dem Herrn zu sprechen. Er scheint sich gestern mit dem Herzog von Lucenay geschlagen zu haben.«

»Ist er verwundet?«

»Ich glaube nicht.«

»Da hält ein Wagen!«

»Ah! Schöne Pferde!«

»Und der dicke englische Kutscher!«

»Gewiß ein Gesandter.«

»Nein,« fiel Chalamel ein, »der Wagen des Vicomte von St. Remy.«

Bald darauf trat der Vicomte ins Zimmer.

LXXIV

Herr von St. Remy behielt den Hut auf dem Kopfe und fragte hochmütig, mit halbgeschlossenen Augen, ohne jemand anzusehen:

»Wo ist der Notar?«

»Herr Ferrand arbeitet,« sagte der erste Schreiber. »Wenn Sie einen Augenblick warten wollen, wird er Sie empfangen.«

»Warten? Sagen Sie ihm, Herr von St. Remy sei da! ... Ich finde es sonderbar, daß ich bei einem Notar antichambrieren soll. Pfui! der Ofen stinkt wie die Pest.«

»Treten Sie gefälligst ins Nebenzimmer,« sagte der erste Schreiber, »ich werde den Herrn Notar gleich benachrichtigen.«

St. Remy zuckte die Achseln.

Nach einer Viertelstunde, die seinen Verdruß zum Zorn steigerte, wurde der Vicomte in das Kabinett des Notars geführt.

St. Remy sah Ferrand zum ersten Male. Der Notar saß vor seinem Schreibtisch auf einem ledernen Sessel neben einem verfallenen Kamin, in dem einige glimmende Scheite schwelten. Vorhänge von grünem Baumwollzeug, fast ganz zerrissen und an kleinen Eisenstäben befestigt, hüllten das an sich schon dunkle Zimmer in ein mattes Licht.

Der Vicomte hatte noch kein Wort gesprochen, und schon haßte ihn der Notar, der ihn dem Rufe nach kannte. Ferrand behielt seine schwarze Mütze auf, der Vicomte berührte seinen Hut mit einem Finger und sagte, sehr von oben herab:

»Es befremdet mich sehr, daß Sie mich hierher bemühen, statt daß Sie das Geld für die Wechsel bei mir abholen lassen, die ich jenem Badinot gegeben habe, und um derentwillen er mich verfolgen läßt. Sie sagen allerdings, Sie hätten mir außerdem eine wichtige Mitteilung zu machen; aber dazu hätten Sie mich nicht eine Viertelstunde in Ihrem Vorzimmer warten zu lassen brauchen!«

Ferrand verzog keine Miene. Nachdem er den Vicomte eine Zeitlang starr angesehen hatte, fragte er, mit barscher Stimme:

»Wo ist das Geld?«

Diese eisige Ruhe brachte Herrn von St. Remy noch mehr in Wallung.

»Wo sind die Wechsel?« fragte er, ebenso schroff.

Der Notar zeigte, ohne zu antworten, mit der Fingerspitze auf ein großes, ledernes Portefeuille, das neben ihm lag.

Zitternd vor Wut, zog der Vicomte eine Brieftasche aus seinem Rock, entnahm ihr vierzig Tausendfrankenscheine und zeigte sie dem Notar.

»Wieviel?« fragte dieser.

»Vierzigtausend Franken!«

»Geben Sie her!«

»Da, machen Sie sich bezahlt und geben Sie mir die Wechsel,« sagte der Vicomte, indem er die Banknoten auf den Tisch warf.

Der Notar nahm sie, hob sie auf und besah sie mit so beleidigender Aufmerksamkeit, daß St. Remy blaß wurde.

Der Notar zuckte, als errate er die Gedanken des Vicomte, mit den Achseln, wandte sich halb zu ihm und sagte:

»Es wäre nämlich nicht das erstemal, daß man ...«

»Was?«

»Falsche Banknoten sähe,« antwortete der Notar, indem er in seiner Prüfung fortfuhr.

»Was wollen Sie damit sagen?«

Ferrand hielt einen Augenblick inne und sah den Vicomte starr durch seine grünen Brillengläser an; dann prüfte er die Noten weiter, ohne ein Wort zu verlieren.

»Wissen Sie, daß man antwortet, wenn ich frage?« rief Herr von St. Remy, den die Ruhe Ferrands in höchste Wut versetzte.

»Diese da sind gut –«, sagte der Notar. Dann legte er eine Tausendfrankennote und eine Rolle von 300 Franken auf die Wechsel, die er seinem Schreibtisch entnommen hatte und sagte zu St. Remy, indem er auf das Geld und die Papiere zeigte:

»Das bekommen Sie von den 40000 Franken zurück; mein Klient hat mir aufgetragen, die Kosten gleich mit zu erheben.«

Der Vicomte herrschte ihn, statt das Geld zu nehmen, mit vor Zorn zitternder Stimme an:

»Ich frage Sie, Herr, warum Sie vorhin die Bemerkung gemacht haben.«

»Weil ich Sie wegen einer Fälschung hierher beschieden habe!«

Dabei richtete der Notar seine grüne Brille auf den Vicomte.

»Was habe ich mit einer Fälschung zu tun?«

Nach kurzer Pause erwiderte Ferrand mit strenger Miene:

»Kennen Sie die Funktionen eines Notars?«

»Sie sind sehr einfach. Ich habe Ihnen eben 40000 Franken gegeben und besitze nun noch 1300.«

»Sie belieben zu scherzen. Ich sage Ihnen, der Notar ist, in weltlichen Dingen, was der Beichtvater in geistlichen ist. Er kennt oft dunkle Geheimnisse.«

»Und?«

»Er muß oft mit Spitzbuben verkehren.«

»Kommen Sie zum Ziele!«

»Er muß, soviel in seinen Kräften steht, verhindern, daß ein ehrenvoller Name beschmutzt werde.«

»Was geht das alles mich an?«

»Ihr Vater hat ihnen einen geachteten Namen hinterlassen ...«

»Sie wagen ...«

»Wenn dieser Name nicht allen rechtschaffenen Leuten Achtung einflößte, würden Sie in diesem Augenblicke vor dem Richter stehen!«

»Reden Sie deutlicher, Herr!«

»Vor zwei Monaten ließen Sie einen Wechsel diskontieren, der von dem Hause Meulaert & Co. in Hamburg für William Smith ausgestellt und nach drei Monaten bei dem Bankier Grimaldi in Paris zahlbar war.«

»Nun?«

»Dieser Wechsel ist falsch.«

»Das ist nicht wahr!«

»Der Wechsel ist falsch. Das Haus Meulaert hat nie mit William Smith zu tun gehabt und kennt ihn nicht.«

»Dann bin ich der Betrogene! Ich habe das Papier für bares Geld genommen.«

»Von wem?«

»Von William Smith selbst. Das Haus Meulaert ist so bekannt, daß ich den Wechsel als Zahlung für eine Summe angenommen habe, die William Smith mir schuldig war.«

»William Smith hat nie existiert!«

»Herr, Sie sind wahnsinnig!«

»Seine Unterschrift ist falsch, wie alles andere.«

»Ich sage Ihnen, daß William Smith existiert; aber mein Vertrauen ist offenbar schändlich mißbraucht worden.«

»Der jetzige Inhaber des Wechsels ist davon überzeugt, daß Sie der Fälscher sind!«

»Herr ...«

»Er behauptet, den Beweis zu haben; vorgestern kam er zu mir und ersuchte mich, Ihnen anzutragen, den falschen Wechsel zurückzunehmen. Bis dahin war alles gut, jetzt steht die Sache aber anders: er verlangt, noch heute, hunderttausend Franken. Bekommt er sie nicht, erstattet er morgen die Anzeige.«

»Was will man von mir, zum Donnerwetter?«

»Ihre Schuld ausbeuten. Ich habe mich herbeigelassen, Ihnen

den Antrag mitzuteilen, mißbillige ihn aber, wie ihn jeder redliche Mann mißbilligen muß. Jetzt liegt die Entscheidung bei Ihnen. Wenn Sie schuldig sind, so wählen Sie zwischen den Gerichten und der Brandschatzung, die man Ihnen auferlegt. Ich habe das Meinige getan und werde mich um die schmutzige Sache nicht weiter kümmern. Der Inhaber des Wechsels heißt Petit-Jean, ist Austernhändler, wohnt Quai de Billy 16. Verständigen Sie sich mit ihm. Sie sind einander würdig, wenn Sie wirklich der Fälscher sind, den er in Ihnen sieht!«

St. Remy war stolz zu dem Notar gekommen. Er hatte geglaubt, ihm mit seiner Haltung zu imponieren. Jetzt aber hatte sich der Wind gedreht. Die Erwähnung der Wechselfälschung hatte St. Remys Sicherheit stark erschüttert.

Nach einer Pause ließ er sich herab, sich mit Bitten an den Mann zu wenden, der so rücksichtslos gegen ihn aufgetreten war.

»Mein Herr, Sie geben mir einen Beweis von Teilnahme, für den ich Ihnen danke. Ich bedauere, im Anfang so heftig gewesen zu sein,« sagte St. Remy in übertrieben freundlichem Ton.

»Ich schenke Ihnen durchaus keine Teilnahme,« entgegnete der Notar. »Ihr Vater war ein Mann von Ehre, und ich möchte seinen Namen nicht besudelt sehen; das ist alles.«

»Ich wiederhole Ihnen, daß ich der Tat nicht fähig bin, deren man mich beschuldigt!«

»Sagen Sie das Herrn Petit-Jean!«

»Aber ich gestehe, die Abwesenheit des Herrn Smith bringt mich in eine schreckliche Verlegenheit. Ich bin unschuldig; ich werde es beweisen, aber eine solche Anklage brandmarkt einen ehrlichen Mann für immer.«

»Was beschließen Sie also?«

»Verwenden Sie die Summe, die ich Ihnen übergeben habe, um die Person, die den Wechsel in Händen hat, zum Teil zu entschädigen.«

»Das Geld gehört meinem Klienten und ist mir heilig.«

»In zwei oder drei Tagen werde ich es zurückerstatten.«

»Das können Sie nicht.«

»Ich habe Hilfsquellen.«

»Nicht, daß ich wüßte ...«

»Ich werde alles zu Geld machen, was ich besitze. Aber zunächst beschwöre ich Sie, verwenden Sie die Summe, die ich Ihnen gegeben habe, um den unglücklichen Wechsel zurückzukaufen. Oder schießen Sie mir die Summe vor. Lassen Sie mich nicht in einer so entsetzlichen Lage!«

»Ich soll für Sie bürgen? Für einen solchen Betrag? Sind Sie toll?«

»Ich beschwöre Sie im Namen meines Vaters, haben Sie die Güte ...«

»Ich bin gütig gegen die, die es verdienen,« antwortete der Notar; »als ehrlicher Mann hasse ich die Betrüger ... Aber ich höre, Ihre Pferde werden ungeduldig, Herr Vicomte.«

In dem Augenblick wurde an die Tür geklopft.

»Wer ist da?« fragte Jacob Ferrand.

»Die Gräfin von Orbigny,« sagte der Schreiber.

»Ersuchen Sie sie, einen Augenblick zu warten.«

»Die Stiefmutter der Marquise von Harville,« sagte St. Remy.

»Ja, sie hat eine Besprechung mit mir, also – Ihr Diener!«

Ferrand klingelte, und der Schreiber erschien.

»Lassen Sie Frau von Orbigny eintreten!« Dann wandte er sich an den Vicomte mit den Worten: »Nehmen sie die 1300 Franken; es ist doch immerhin eine Anzahlung für Petit-Jean.«

Frau von Orbigny trat in dem Augenblick ein, in dem Herr von St. Remy hinausging.

»Ah, guten Tag, Vicomte, ich habe lange nicht das Vergnügen gehabt, Sie zu sehen.«

»Wirklich, ich habe seit der Vermählung der Frau von Harville nicht mehr die Ehre gehabt,« antwortete St. Remy, indem er sich verbeugte. »Sind Sie immer in der Normandie?«

»Ja, ich bin seit der Verheiratung meiner lieben Stieftochter nicht wieder in Paris gewesen. – Sehen Sie übrigens Harville oft?«

»Harville ist menschenscheu geworden, man sieht ihn selten,« sagte St. Remy mit einem Unterton von Ungeduld. Die Stiefmutter Frau von Harvilles war aber nicht die Frau, ihre Beute so bald loszulassen.

»Meine Stieftochter,« fuhr sie fort, »ist doch hoffentlich nicht auch so menschenscheu?«

»Frau von Harville ist sehr beliebt und umschwärmt. Aber ich fürchte, Ihre kostbare Zeit ...«

»Keineswegs! Ich schätze mich glücklich, den König der Salons zu treffen; in zehn Minuten werde ich alles so genau wissen, als wenn ich Paris nie verlassen hätte. – Und Herr von Lucenay, der mit Ihnen bei der Hochzeit meiner Stieftochter war?«

»Ist origineller als je; er reiste nach dem Orient und kam gerade zur rechten Zeit zurück, um einen Degenstich zu erhalten, der übrigens sehr harmlos ist.«

»Der arme Herzog! Und seine Frau? Noch immer so schön und reizend?«

»Sie wissen, daß ich die Ehre habe, einer ihrer Freunde zu sein! Aber nun habe ich Sie lange genug aufgehalten. Der verehrte Herr Notar könnte ungeduldig werden. Also, gnädigste Frau ...«

»Ich brauche Ihnen nicht zu sagen, daß wir uns glücklich schätzen würden, Sie bei uns zu sehen. Leben Sie wohl, Vicomte!«

Dann setzte sie lächelnd hinzu:

»Gestehen Sie, daß Herr Ferrand ein schrecklicher Mensch ist. Nehmen Sie sich also vor ihm in acht. Er ist völlig unbarmherzig.« – Dann wandte sie sich an Ferrand und sagte: »Wissen Sie, Herr Puritaner, daß Sie eine bewundernswürdige Bekehrung vollzogen hätten, wenn der Vicomte, der König aller Salons, in Ihrer Hand zum Geschäftsmann geworden wäre.«

»Allerdings! Der Herr Vicomte verläßt mein Zimmer als ein ganz anderer, als er es betrat.«

»Ich sage ja, daß Sie Wunder tun!«

»Sie schmeicheln, gnädige Frau,« sagte Ferrand gelassen.

St. Remy verbeugte sich tief vor Frau von Orbigny, und in dem Augenblick, in dem er den Notar verlassen wollte, versuchte er noch einmal, dessen Mitleid zu erregen, indem er leichthin sagte:

»Sie wollen mir also wirklich nicht bewilligen, um was ich Sie ersuchte?«

»Irgendeine Torheit, eine Verschwendung, nicht wahr? Bleiben Sie unerbittlich, Herr Puritaner,« sagte Frau von Orbigny lachend.

»Sie hören es, Vicomte. Ich kann einer so schönen Frau nichts abschlagen.«

»Mein lieber Herr Ferrand, wir wollen ernst von ernsten Dingen reden. Sie weigern sich also?«

Der Notar tat, als zögere er. St. Remy schöpfte Hoffnung.

»Wie, Mann von Eisen, Sie geben nach?« sagte Frau von Orbigny lachend; »auch Sie unterliegen dem Zauber des Unwiderstehlichen?«

»Wahrhaftig, ich stand auf dem Punkte, nachzugeben, aber Sie nötigen mich, über meine Schwäche zu erröten,« entgegnete Ferrand. Dann wandte er sich an den Vicomte und sagte, mit scharfer Betonung: »Es ist leider unmöglich!«

Herr von St. Remy ging verzweifelt fort.

Seinem Jäger, der den Kutschenschlag offen hielt, gab er den Befehl:

»Ins Hotel Lucenay!«

LXXV

»Ein entzückender junger Mann, der Herr von St. Remy!« sagte Frau von Orbigny zu Jacob Ferrand, nachdem der Vicomte fort war.

»Wirklich. Aber wir wollen von unseren Geschäften sprechen. – Sie haben mir aus der Normandie geschrieben, daß Sie mich in wichtigen Angelegenheiten um Rat zu fragen wünschten.«

»Sind Sie nicht immer mein Berater gewesen, seit der gute Doktor Polidori mich an Sie gewiesen hat? – Apropos, haben Sie Nachrichten von ihm?«

»Er hat mir, seit seiner Abreise, nicht geschrieben.«

»Es handelt sich auch nicht um den guten Doktor. Sie sehen mich in großer Unruhe; mein Mann ist krank, und sein Zustand scheint ihn mit Sorge zu erfüllen.«

»Inwiefern?«

»Er spricht nur noch von letztwilligen Verfügungen ...«

Frau von Orbigny verhüllte ihr Gesicht mit dem Taschentuch.

»Das ist allerdings traurig,« entgegnete der Notar. »Welche Absichten hat Herr von Orbigny?«

»Das weiß ich nicht. – Sie können sich denken, daß ich ihn nicht davon sprechen lasse!«

»Hat er Ihnen nichts gesagt?«

»Ich glaube,« entgegnete Frau von Orbigny, »er will mir nicht nur alles geben, was er mir, nach dem Gesetze, geben kann, sondern ... Aber sprechen wir lieber nicht davon!«

»Wovon?«

»Herr von Orbigny geht in seiner Güte so weit, daß er einen Teil seines Vermögens veräußern und mir eine bedeutende Summe schenken will.«

»Und seine Tochter?« fragte Ferrand in strengem Ton. »Ich muß Ihnen erklären, daß Herr von Harville mir seit einem Jahre die Verwaltung seiner Angelegenheiten anvertraut hat. – Will Ihr Gemahl gegen seine Tochter, Frau von Harville, einen Entschluß fassen, der mir nicht richtig erscheint, so dürfen Sie auf meine Mitwirkung nicht rechnen; das sage ich Ihnen gerade heraus.«

»Ich selbst sage meinem Manne: Deine Tochter mag nicht recht gegen dich gehandelt haben, das ist aber kein Grund, sie zu enterben.«

»Sehr richtig! Und was antwortet er?«

»Er antwortet: ›Ich werde meiner Tochter eine Rente von 25 000 Franken hinterlassen. Sie besitzt von ihrer Mutter über eine Million; ihr Mann hat persönlich ein ungeheures Vermögen. Kann ich das übrige nicht dir hinterlassen, meiner einzigen Stütze?‹ – Trotzdem habe ich aber sein Anerbieten immer zurückgewiesen, und er bat mich endlich, zu Ihnen zu gehen.«

»Ich kenne Herrn von Orbigny nicht.«

»Er aber kennt, wie jedermann, Ihre Rechtschaffenheit.«

»Warum wies er Sie an mich?«

»Um meinen Bedenken ein Ende zu machen, sagte er: ›Ich fordere dich nicht auf, mit meinem Notar zu sprechen, weil du glauben könntest, er würde sich in meinem Sinne äußern, um mir gefällig zu sein. Ich will mich nach der Entscheidung eines Mannes richten, dessen Rechtlichkeit sprichwörtlich ist ... Glaubt Herr Ferrand, es verletze dein Zartgefühl, wenn du meine Anerbietungen annimmst, so soll nicht weiter die Rede davon sein.‹ Dem habe ich mich unterworfen,« fuhr Frau von Orbigny fort, »und so sind Sie unser Schiedsrichter geworden. ›Billigt er meine Absicht,‹ setzte mein Mann hinzu, ›so schicke ich ihm Vollmacht, in meinem Namen meine Renten und Papiere zu verkaufen und den Erlös zu verwalten‹.«

Ferrands Augen funkelten bei diesen Worten hinter den Brillengläsern. Trotzdem antwortete er in barschem Ton:

»Man könnte die Geduld verlieren! Das ist nun das zehnte oder elfte Mal, daß man mich zum Schiedsrichter wählt, immer unter dem Vorwande meiner Rechtschaffenheit. Immer führt man dieses Wort im Munde, das mir nur Arbeit, Sorgen und Unannehmlichkeiten bringt.«

»Mein lieber Herr Ferrand, Sie schreiben also an Herrn von Orbigny? Er wartet nur auf Ihren Brief, um Ihnen seine Vollmacht zu senden.«

»Wieviel ist es ungefähr?«

»Er sprach, glaube ich, von 400 000 bis 500 000 Franken.«

»Die Summe ist geringer, als ich erwartete. Nun, Sie haben sich für Orbigny aufgeopfert, seine Tochter ist sehr reich, – ich glaube, Sie dürfen sein Anerbieten annehmen.«

»So werde ich mich also fügen,« entgegnete sie mit einem Seufzer.

In diesem Augenblick wurde wieder an die Tür geklopft.

»Gräfin MacGregor,« meldete der erste Schreiber.

»Lassen Sie sie einen Augenblick warten.«

»Ich verlasse Sie also, Herr Ferrand,« sagte Frau von Orbigny ... »Schreiben Sie an meinen Mann, da er es nun einmal wünscht, und er wird Ihnen morgen die Vollmacht senden.«

»Ich werde schreiben.«

»Leben Sie wohl!«

»Ach, Sie wissen nicht, wie unangenehm es ist, eine solche Verantwortung auf sich zu nehmen. Ich sage Ihnen, es gibt nichts Schrecklicheres als diesen Ruf von Rechtschaffenheit, der einem nur Sorgen und Arbeit auf den Hals lädt!«

»Und die Bewunderung aller guten Menschen!«

»Gott sei Dank, ich suche den Lohn, nach dem ich strebe, nicht hienieden,« entgegnete Ferrand mit heuchlerischem Blicke.

LXXVI

Sarah trat mit großer äußerer Sicherheit und Ruhe in das Kabinett des Notars. Jacob Ferrand kannte sie nicht und wußte nicht, welche Absicht sie zu ihm führte. Er beobachtete sie deshalb sehr aufmerksam und bemerkte ein leichtes Zittern der Augenbrauen, das ihm Verlegenheit zu verraten schien.

Der Notar stand von seinem Sessel auf, deutete auf einen Stuhl und sagte:

»Sie haben eine Besprechung mit mir gewünscht; gestern war ich zu beschäftigt und konnte Ihnen erst heute antworten; ich bitte tausendmal um Verzeihung.«

»Ich wünsche wegen einer sehr wichtigen Angelegenheit mit Ihnen zu sprechen, und da Sie allgemein als ein höchst rechtschaffener und gefälliger Mann gelten, so hoffe ich auf das Gelingen des Schrittes, den ich versuche.«

Der Notar verneigte sich leicht auf seinem Stuhle.

»Ich weiß, daß Ihre Verschwiegenheit erprobt ist ...«

»Pflicht, Madame!«

»Sie sind ein unbestechlicher Mann von strengen Grundsätzen.«

»Das hoffe ich.«

»Würden Sie aber den Mut haben, eine Weigerung auszusprechen, wenn man Ihnen sagte, es hänge von Ihnen ab, einer unglücklichen Mutter das Leben, ja mehr als das Leben: den Verstand wiederzugeben?«

»Erzählen Sie mir die Sache, und ich werde antworten!«

»Vor ungefähr vierzehn Jahren kam ein junger Mann zu Ihnen, um Sie zu bitten, 150000 Franken zu verwalten, die für ein Kind von drei Jahren bestimmt sein sollten, dessen Eltern unbekannt zu bleiben wünschten.«

»Weiter ...« sagte der Notar, der dadurch vermied, bejahend zu antworten.

»Sie übernahmen das Geld und versprachen, dem Kinde eine Leibrente von 8000 Franken zu sichern; die Hälfte dieser Rente sollte, bis zur Mündigkeit des Kindes, kapitalisiert, die andere der Person ausgezahlt werden, die das Kind, ein Mädchen, erziehen würde.«

»Weiter!«

»Nach drei Jahren,« fuhr Sarah fort, die eine leichte Unsicherheit nicht verbergen konnte, »ist dieses Kind gestorben.«

»Ehe wir fortfahren, muß ich fragen, welches Interesse Sie an dieser Angelegenheit haben.«

»Die Mutter dieses kleinen Mädchens ist meine Schwester. Ich habe hier, als Beweis, den Totenschein des Kindes, den Brief der Person, die es erzogen hat, und die Obligation eines Ihrer Klienten, bei dem Sie das Geld angelegt hatten.«

»Lassen Sie die Papiere sehen!«

Sarah entnahm ihrem Portefeuille mehrere Papiere, die der Notar sorgfältig prüfte.

»Und was wünschen Sie, Madame? Der Totenschein ist in Ordnung, und die Summe ist Herrn Petit-Jean, meinem Klienten, durch den Tod des Kindes zugefallen. Die Rente habe ich, bis zum Tode des Kindes, pünktlich bezahlt.«

»Ich erkenne das an. Die Frau, der das Kind übergeben worden war, hat ebenfalls Ansprüche auf unsere Dankbarkeit, da sie meiner armen kleinen Nichte die liebevollste Pflege gewidmet hat.«

»Allerdings, und ich bin mit dem Verhalten der Frau so zufrieden gewesen, daß ich sie in meinen Dienst nahm, als sie, nach dem Tode des Kindes, keinen Erwerb mehr hatte. Sie ist jetzt noch bei mir.«

»Madame Seraphin befindet sich in Ihrem Hause?«

»Seit elf Jahren!«

»Ach, so könnte sie uns von großem Nutzen sein, falls sie ein Gesuch wohlwollend aufnähmen, das Ihnen auf den ersten Blick vielleicht seltsam, wenn nicht schlimmer, erscheinen wird. Sobald Sie aber erfahren haben, zu welchem Zwecke ...«

»Ich halte Sie ebensowenig für fähig, ein ›schlimmes‹ Gesuch an mich zu richten, als ich es anzuhören imstande sein würde.«

»Ich weiß das. Aber meine ganze Hoffnung gründet sich auf Ihr Mitleid. – In jedem Falle darf ich wohl auf Ihre Verschwiegenheit rechnen?«

»Ja, Madame.«

»Der Tod des armen Kindes hat die Mutter so trostlos gemacht, daß ihr Schmerz heute noch so groß ist wie vor elf Jahren, und daß wir jetzt für ihren Verstand fürchten, nachdem wir lange für ihr Leben gefürchtet haben.«

»Arme Mutter!« sagte Ferrand mit einem Seufzer.

»Ach ja, die arme Mutter ist doppelt zu beklagen. Als sie das Kind verlor, mußte sie erröten, während meine Schwester, wenn das Kind noch lebte, es jetzt bei sich behalten und stolz darauf sein könnte. Eben weil dieser Kummer sich mit dem Schmerz um den Verlust des Kindes verbindet, fürchten wir für ihren Verstand.«

»Dagegen ist nun leider nichts zu tun.«

»Doch, Herr Notar.«

»Was, Madame?«

»Nehmen Sie an, man sagt der armen Mutter: ›man hat Ihre Tochter für tot gehalten, aber es war ein Irrtum. Die Frau, die das Kind pflegte, kann bestätigen, daß es noch lebt‹.«

»Eine solche Unwahrheit würde grausam sein. Warum der armen Mutter eine Hoffnung vorspiegeln, die sich nicht erfüllen ließe?«

»Wenn es nun aber keine Unwahrheit wäre, oder vielmehr, wenn die Behauptung sich doch verwirklichen ließe?«

»Durch ein Wunder? Wenn es dadurch zu bewirken wäre, daß ich mein Gebet mit dem Ihren vereinigte, so würde ich inbrünstig beten, glauben Sie mir. Leider ist aber der Totenschein ein unerbittliches Dokument!«

»Ich weiß, das Kind ist tot, und doch wäre das Unglück, wenn Sie es wollten, nicht unabänderlich.«

»Sie sprechen in Rätseln.«

»Wenn meine Schwester morgen ihre Tochter wiederfände, so würde sie nicht nur dem Leben zurückgegeben sein, sondern auch die sichere Hoffnung haben, den Vater des Kindes zu heiraten. Meine Nichte ist in ihrem sechsten Jahre gestorben. Ihre Eltern, von denen sie in frühester Kindheit getrennt wurde, haben keine Erinnerung mehr an sie. Wenn man ein Mädchen von siebzehn Jahren fände – so alt würde meine Nichte jetzt sein – und man zu meiner Schwester sagte: ›Da ist Ihre Tochter, man hat Sie getäuscht, als man Ihnen sagte, sie sei tot; die Frau, die sie erzogen hat, und ein achtbarer Notar werden es beweisen ...‹«

Ferrand unterbrach die Gräfin mit den Worten:

»Genug! Das ist eine Infamie!«

»Wem geschieht denn damit ein Unrecht? Meine Schwester und der Mann, den sie heiraten möchte, sind verwitwet und kinderlos; beide beklagen den Verlust ihres Kindes. Täuscht man sie, so macht man sie glücklich und sichert zugleich einem armen, verlassenen Mädchen die glänzendste Zukunft. – Es wäre also eine edle Tat, kein Verbrechen!«

»Wahrhaftig,« fuhr der Notar, mit wachsender Entrüstung, fort, »ich bewundere, wie schön die abscheulichsten Pläne dargestellt werden können.«

»Aber, mein Herr, bedenken Sie –«

»Genug, Madame, genug!«

Sarah warf dem Notar einen durchbohrenden Blick zu und sagte kalt:

»Sie weigern sich also?«

»Fügen Sie keine neue Beleidigung hinzu!«

»Hüten Sie sich!«

»Drohungen?«

»Um Ihnen zu beweisen, daß es keine leeren Drohungen sein werden, so hören Sie zuerst, daß ich keine Schwester habe. Ich selbst bin die Mutter des Kindes.«

»Sie?«

»Ich wollte auf einem Umweg zu meinem Ziel gelangen und ersann eine Fabel, um Sie für die Sache zu gewinnen. – Sie sind unbarmherzig – wollen den Krieg! – Sie sollen ihn haben!«

»Weil ich mich weigere, an einem verbrecherischen Plane mitzuwirken?«

»Hören Sie mich an ... Ihr Ruf steht fest und ist allgemein bekannt.«

»Man muß also den Kopf verloren haben, um mir einen solchen Antrag zu machen.«

»Seit dem Beginn unserer Unterredung zweifle ich, daß Sie da[s] Ansehen verdienen, in dem Sie stehen.«

»Wirklich, Madame? Der Zweifel macht Ihrem Scharfsinn Ehre.«

»Nicht wahr? Denn der Zweifel gründet sich nur auf meinen allerdings untrüglichen, Instinkt.«

»Machen wir der Besprechung ein Ende!«

»Vorher erfahren Sie noch meinen Plan! Zuerst sage ich Ihnen daß ich von dem Tode des armen Kindes überzeugt bin, aber ich werde behaupten, daß es nicht tot sei; man verteidigt ja die unwahrscheinlichsten Dinge. Sie befinden sich jetzt in einer Lage daß Sie wahrscheinlich von vielen beneidet werden, und diese werden die Gelegenheit, Sie anzugreifen, für einen Glücksfall halten; die Gelegenheit werde ich ihnen bieten –«

»Sie!«

»Ja, indem ich Sie, unter irgendeinem Vorwand, z.B. wegen einer Unregelmäßigkeit im Totenschein, angreife. Ich werde behaupten, meine Tochter sei nicht tot. Da ich das größte Interesse habe, den Glauben zu erwecken, daß sie noch lebt, so wird der Prozeß allgemein bekannt werden! Eine Mutter, die ihr Kind zurückfordert, ist immer interessant, und ich habe Ihre Neider, Ihre Feinde und alle empfänglichen Gemüter auf meiner Seite.«

»Welches Interesse könnte ich gehabt haben, Ihr Kind für tot auszugeben, wenn es noch lebte?«

»Zum Beispiel: Sie haben das Kind verschwinden lassen, um mit Ihrem Klienten die Summe zu teilen, die für das Kind ausgesetzt war.«

Der Notar zuckte die Achseln.

»Wenn ich ein solcher Verbrecher wäre, würde ich das Kind vermutlich umgebracht haben.«

Sarah erschrak, schwieg einen Augenblick und fuhr dann fort:

»Für einen so frommen Mann ist das ein sehr verbrecherischer Gedanke. – Sollte ich zufällig das Richtige getroffen haben? ... Sie sehen, ich bin stark genug, selbst einen heiligen Mann zu verdächtigen. Überlegen Sie sich die Sache! Was ich von Ihnen verlange, können Sie ungestraft tun. Sie können nicht einmal kompromittiert werden; versichern Sie nur, Sie Mann ohne Tadel, daß alles zwischen Ihnen, mir und Madame Seraphin verabredet worden sei, und man wird Ihnen glauben. Ihren Lohn mögen Sie selbst bestimmen.«

Jacob Ferrand behielt seine ganze Kaltblütigkeit.

Um zunächst Zeit zum Nachdenken zu gewinnen, sagte er ruhig zu Sarah:

»Sie haben von mir einen Entschluß bis morgen mittag verlangt. Ich gebe Ihnen bis übermorgen nachmittag Zeit, einem Plane zu entsagen, dessen Tragweite Sie wohl kaum übersehen. Wenn ich bis dahin von Ihnen nicht die Mitteilung erhalten habe, daß Sie von diesem törichten und verbrecherischen Unternehmen abstehen, so werden Sie zu Ihrem Nachteil erfahren, daß die Justiz die ehrlichen Leute zu schützen weiß, die an verbrecherischen Plänen nicht teilnehmen wollen.«

»Das heißt, Sie verlangen einen Tag Bedenkzeit mehr? Das ist ein gutes Zeichen! Übermorgen, um dieselbe Stunde, werde ich wieder hier erscheinen, und es wird nur von Ihnen abhängen, ob Sie Frieden oder Krieg haben wollen.«

Darauf verließ Sarah den Notar.

Unmittelbar nach ihr erschien Herr Karl Robert, der, als guter Bekannter, ohne weiteres eintrat.

LXXVII

Der Kommandant, wie ihn Frau Pipelet nannte, fand den Notar sehr verstimmt und wunderte sich nicht, als er ihn grob anfuhr:

»Die Nachmittage sind für meine Klienten bestimmt. – Wenn Sie mit mir sprechen wollen, so kommen Sie vormittags.«

»Mein lieber Gerichtsschreiber, erstens handelt es sich um eine wichtige Angelegenheit, und zweitens wollte ich Sie persönlich beruhigen.«

»Mich beruhigen?«

»Sie wissen also nicht?«

»Was?«

»Mein Duell mit dem Herzog von Lucenay ... Davon wissen Sie nichts?«

»Nein.«

»Erstaunlich!«

»Und weshalb dieses Duell?«

»Wegen einer höchst ernsthaften Sache. Denken Sie sich, Lucenay sagte mir ins Gesicht, ich wäre verschleimt ...«

»Und deshalb schlugen Sie sich mit ihm?«

»Warum sollte man sich sonst schlagen?«

Der Notar zuckte die Achseln.

»Man einigte sich also über Tag und Stunde, und gestern früh wurde die Sache abgemacht; ich verwundete den Herzog leicht am Arme, und die Sekundanten erklärten, daß der Ehre Genüge geschehen sei.«

»Das nenne ich Mut! – Aber nun sagen Sie mir: was wünschen Sie?«

»Mein lieber Aktenbewahrer, es handelt sich um etwas sehr Wichtiges. Sie wissen, daß wir, als ich Ihnen 350000 Franken zur Bezahlung Ihres Amtes vorschoß, ausbedungen haben, ich könnte, nach vierteljährlicher Kündigung, das Geld von Ihnen zurückfordern.«

»Nun?«

»Nun,« sagte Robert, »man hat mir den Ankauf eines Gutes angetragen, und wenn es Ihnen nicht unangenehm ist, so möchte ich gern mein Geld zurückhaben ...«

»Ah!«

»Es geschieht wahrhaftig nicht, weil man von Ihnen sagt ...«

»Was sagt man?«

»Es ist kein wahres Wort daran, aber die böse Welt versichert, Sie wären, gegen Ihren Willen, in unangenehme Dinge verwickelt ...«

»Sie halten also Ihr Geld nicht mehr für sicher bei mir?«

»Doch, doch, aber ...«

»Warten Sie!«

Ferrand verschloß seinen Schreibtisch und stand auf.

»Wohin gehen Sie?«

»Ich will Sie von der Wahrheit der Gerüchte überzeugen, die über den Stand meiner Angelegenheiten umlaufen,« antwortete der Notar ironisch.

Dann öffnete er die Tür zu einer kleinen, verborgenen Treppe, auf der er ins Hintergebäude gelangen konnte, ohne durch die Schreibstube zu gehen und verschwand.

Kaum war er fort, so klopfte der erste Schreiber.

»Herein!« sagte Karl Robert.

»Ist Herr Ferrand nicht da?«

»Nein.«

»Eine Dame wünscht ihn, in einer sehr dringenden Angelegenheit, zu sprechen.«

»Ist die Dame hübsch?«

»Sie trägt einen so dichten Schleier, daß man ihr Gesicht nicht sehen kann.«

»Schon gut. Ich werde Herrn Ferrand die Sache melden.«

Der Schreiber ging hinaus.

Ferrand kam mit einigen Papieren zurück, die er Herrn Karl Robert übergab.

»Da,« sagte er, »sind die 350000 Franken in Schatzscheinen. – In einigen Tagen bringen wir unsere Zinsrechnung in Ordnung. Geben Sie mir jetzt, bitte, eine Quittung!«

»Wie!« rief Robert erstaunt, »glauben Sie aber ja nicht –«

»Ich glaube nichts.«

»Lieber Freund ...«

»Schreiben Sie und sagen Sie den Leuten, die von meiner Verlegenheit sprechen, wie ich auf solche Gerüchte antworte.«

»Ihr Kredit wird noch fester stehen, sobald man das erfährt, aber nehmen Sie das Geld wieder, ich weiß in diesem Augenblicke nichts damit anzufangen. Ich sagte, in drei Monaten.«

»Herr Robert, man mißtraut mir nicht zweimal!«

»Sie haben es übelgenommen?«

»Ich bitte um die Quittung!«

»Eigensinn!« entgegnete Robert. Während er die Quittung schrieb, sagte er: »Eine Dame wünscht in einer dringenden Sache mit Ihnen zu sprechen. – Da ist Ihre Quittung; ist sie in Ordnung?«

»Vollkommen!«

Der Notar klingelte seinem ersten Schreiber und sagte zu ihm: »Lassen Sie die Dame eintreten. – Adieu, Herr Robert!«

Und der Notar schloß die Türe hinter Karl Robert zu.

Nach einigen Augenblicken führte der Schreiber die Herzogin von Lucenay herein, die sehr bescheiden gekleidet war und das Gesicht mit einem dichten, schwarzen Schleier verhüllt hatte.

LXXVIII

Die Herzogin trat, in ziemlicher Verlegenheit, langsam an den Schreibtisch des Notars, der ihr einige Schritte entgegenging.

»Wer sind Sie, Madame, und was wünschen Sie von mir?« redete Ferrand, dessen Laune, durch die Drohungen Sarahs schon verdüstert, durch das Mißtrauen Roberts aufs äußerste gereizt worden war, sie grob an. Übrigens war die Herzogin so bescheiden gekleidet, daß der Notar keinen Grund sah, artig gegen sie zu sein.

»Mein Herr,« sprach sie mit bewegter Stimme, während sie ihr Gesicht zu verbergen suchte, »kann man Ihnen ein Geheimnis von größter Wichtigkeit anvertrauen?«

»Mir kann man alles anvertrauen, Madame, aber ich muß wissen, mit wem ich spreche.«

»Ich weiß, daß Sie ein Mann von Ehre und Rechtlichkeit sind.«

»Zur Sache, Madame, zur Sache! Man wartet hier auf mich. Wer sind Sie?«

»Auf den Namen kommt wenig an. – Einer – meiner Verwandten ist eben von Ihnen fortgegangen.«

»Sein Name?«

»Florestan von St. Remy.«

»Ah!« sagte der Notar und warf einen forschenden Blick auf die Herzogin; dann fuhr er fort:

»Nun, Madame?«

»Herr von St. Remy hat mir alles gesagt.«

»Was hat er Ihnen gesagt?«

»Ach, er hat mir gesagt, daß Sie ein Mann ohne Erbarmen wären.«

»Ja, mit Spitzbuben und Fälschern habe ich allerdings kein Erbarmen. St. Remy ist also Ihr Verwandter? Sie sollten sich seiner schämen. Wollen Sie hier weinen, um mich weich zu machen, so wird Ihnen das wenig nützen ...«

Diese brutale Grobheit empörte den Stolz der Herzogin. Sie stand auf, schlug den Schleier zurück und sagte mit fester Stimme:

»Mein Herr, ich bin die Herzogin von Lucenay!«

Die Frau wirkte in dieser Haltung so hoheitsvoll, daß der Notar demütig zurücktrat, die Mütze abnahm und sich tief verbeugte.

»Herr Notar,« sagte die Herzogin von Lucenay, »Herr von St. Remy ist mein Freund; er hat mir die Verlegenheit geschildert, in der er sich befindet. – Durch Geld läßt sich alles ausgleichen; wie groß ist die Summe, die nötig ist, diesen Erbärmlichkeiten ein Ende zu machen?«

»Man verlangt 100000 Franken,« entgegnete Ferrand in mürrischem Ton.

»Sie sollen sie haben und werden die Papiere sofort an Herrn von St. Remy senden!«

»Wo sind die 100000 Franken, Frau Herzogin?«

»Habe ich Ihnen nicht gesagt, daß Sie sie bekommen werden?«

»Ich brauche sie vor morgen mittag; sonst wird die Klage erhoben!«

»Gut, legen Sie die Summe aus, ich werde sie bezahlen!«

»Das ist mir nicht möglich.«

»Sie werden doch nicht behaupten wollen, Sie könnten von heute bis morgen nicht 100000 Franken auftreiben?«

»Unter welcher Garantie?«

»Was heißt das?«

»Wer bürgt mir für die Summe?«

»Ich!«

»Aber ...«

»Brauche ich Ihnen zu sagen, daß ich, vier Stunden von Paris entfernt, ein Gut besitze, das mir 80000 Franken Rente einträgt? Das genügt, glaube ich, für das, was Sie Garantien nennen.«

»Ja, mit hypothekarischer Verschreibung!«

»Was bedeutet dieses Wort? Irgendeine Formalität? ... Meinetwegen.«

»Eine solche Urkunde kann vor vierzehn Tagen nicht ausgestellt werden, und es bedarf dazu der Einwilligung Ihres Gemahls.«

»Das Gut ist mein alleiniges Eigentum,« entgegnete die Herzogin ungeduldig.

»Gleichviel; Sie sind verheiratet!«

»Noch einmal: Sie werden mir nicht einreden wollen, Sie könnten die 100000 Franken nicht herbeischaffen.«

»Wenden Sie sich doch an Ihren Notar, mir ist es nicht möglich.«

»Ich habe Gründe, die Sache geheimzuhalten,« sagte die Herzogin stolz. »Sie kennen die Spitzbuben, die St. Remy brandschatzen wollen; deshalb wende ich mich an Sie!«

»Ihr Vertrauen ehrt mich, aber ich kann Ihren Wunsch nicht erfüllen.«

»Verlangen Sie meine Unterschrift? Ich gebe sie; schnell, damit die Sache zu Ende kommt.«

»Angenommen, Sie wären die Frau Herzogin von Lucenay –«

»Kommen Sie in einer Stunde in das Hotel Lucenay. Ich werde in meiner Wohnung unterzeichnen!«

»Ihre Unterschrift allein hat für mich keinen Wert.«

Jacob Ferrand weidete sich an der Ungeduld der Herzogin, die, unter der Maske der Kaltblütigkeit, eine schmerzliche Angst verbarg.

Im Augenblick wußte sie wirklich nicht, wo sie das Geld auftreiben konnte. Am Tage vorher hatte ihr Juwelier ihr eine bedeutende Summe auf ihre Juwelen vorgeschossen, von denen einige Morel anvertraut worden waren. Mit dieser Summe hatte St. Remy die Wechsel bezahlt; zwei Freunde der Herzogin, an die sie sich im Notfalle hätte wenden können, befanden sich gerade nicht in Paris. In ihren Augen war der Vicomte an der Fälschung unschuldig; sie glaubte ihm, aber seine Lage war trotzdem schrecklich.

Die Herzogin liebte St. Remy mit der Leidenschaft, die Frauen ihrer Art empfinden, wenn die erste Jugendblüte verwelkt ist.

Nach kurzem Besinnen begann die Herzogin von neuem:

»Da Sie die Summe besitzen, um die ich Sie ersuche, und da meine Bürgschaft doch wohl ausreichend ist, warum wollen Sie mir das Geld nicht geben?«

»Weil auch Männer ihre Launen haben.«

»Ich wiederhole: stellen Sie Ihre Bedingungen selbst, ich nehme sie an, wie sie auch lauten mögen.«

»Sie würden jede Bedingung annehmen?« fragte der Notar lauernd.

»Jede; zwei-, drei-, viertausend Franken, mehr noch, wenn Sie wollen, denn ich sage Ihnen,« setzte die Herzogin hinzu, »Sie sind meine letzte Hilfe. – Ich wiederhole also: welche Bedingung Sie auch stellen, ich nehme sie an.«

Ferrand stand rasch auf und trat zur Herzogin.

»Sie werden alles bewilligen?« rief er, mit bebender Stimme, indem er sich der Herzogin noch mehr näherte. »Nun gut, ich will Ihnen diese Summe unter einer Bedingung leihen, und ich schwöre Ihnen, daß ...«

Er konnte seine Erklärung nicht beenden.

Die Herzogin brach beim Anblick der widerlich entflammten Züge Ferrands in ein so schallendes Gelächter aus, daß der Notar, wie geschlagen, zurückprallte.

Ohne ihm Zeit zu lassen, ein weiteres Wort zu sagen, überließ sich die Herzogin ihrer Heiterkeit, schlug den Schleier wieder vor ihr Gesicht und sagte:

»Unter diesen Umständen will ich doch lieber meinen Mann um die Gefälligkeit bitten.«

Dann ging sie, unter fortwährendem Lachen, hinaus.

Jacob Ferrand verfluchte seine Unvorsichtigkeit. Er saß, in finstere Gedanken versunken, als die Geheimtür seines Kabinetts sich öffnete, und Madame Seraphin ängstlich eintrat.

»Ach, Ferrand!« rief sie aus, »Sie hatten wohl recht, als Sie sagten, wir würden eines Tages unglücklich werden, weil wir sie am Leben gelassen haben.«

»Wen?«

»Das verwünschte kleine Mädchen.«

»Wieso?«

»Eine einäugige Frau, die ich nicht kannte, und der Tournemine die Kleine vor elf Jahren übergeben hatte ... Ach Gott! Wer hätte das geglaubt?«

»So rede doch!«

»Die einäugige Frau war eben unten und sagte, sie wisse, daß ich ihr das Kind übergeben hätte.«

»Verflucht! Wer hat ihr das gesagt?«

»Ich habe alles geleugnet. Aber sie behauptet, sie habe die Kleine wiedergefunden, sie wisse, wo sie sei und wisse auch, daß es nur auf sie ankomme, alles zu entdecken.«

»Ist denn die Hölle heute los!« rief der Notar.

»Mein Gott, was soll ich der Frau sagen, um sie zum Schweigen zu bringen?«

»Sie weiß, wo das Mädchen ist?«

»Sie behauptet, es zu wissen.«

»Und sie will wiederkommen?«

»Morgen.«

»Schreibe an Polidori, er solle mich heute abend um neun Uhr besuchen.«

»Wollen Sie das junge Mädchen und die Alte aus dem Wege schaffen? Das wäre viel auf einmal, Ferrand.«

»Ich sage dir, schreibe an Polidori, er solle mich heute abend um neun Uhr besuchen.«

LXXIX

An dem Tage, an dem Marie durch die Eule und den Schulmeister geraubt worden war, kam, gegen zehn Uhr abends, ein Reiter in Bouqueval an, der, wie er sagte, Madame Georges über das Verschwinden ihrer Schutzbefohlenen, die ihr sehr bald wieder zugeführt werden würde, im Auftrag Rudolfs beruhigen sollte. Aus wichtigen Gründen, setzte dieser Mann hinzu, ersuche Herr Rudolf Madame Georges, ihm nicht nach Paris zu schreiben, sondern dem Boten ihren Brief mitzugeben.

Der Bote war von Sarah abgeschickt.

Durch diese List beruhigte sich Madame Georges und verzögerte zu gleicher Zeit die Entdeckung der Entführung.

Inzwischen hoffte Sarah, den Notar Ferrand zu zwingen, den unwürdigen Betrug zu begünstigen.

Das war aber noch nicht alles.

Sarah wollte sich auch der Marquise von Harville entledigen, die ihren Plänen im Wege stand und die sie, ohne die Geistesgegenwart Rudolfs, bereits ins Unglück gestürzt hätte.

Einen Tag, nachdem der Marquis seiner Frau in das Haus in der Rue du Temple gefolgt war, begab sich Tom dahin, der Frau Pipelet leicht zum Erzählen brachte und von ihr erfuhr, eine junge Dame, die beinahe von ihrem Manne überrascht worden wäre, wäre durch die Klugheit eines Mieters namens Rudolf gerettet worden.

Nachdem Sarah von diesem Umstand unterrichtet war, entwarf sie den Plan, ein anonymes Schreiben an Herrn von Harville abzusenden, um einen Bruch zwischen Rudolf und dem Marquis herbeizuführen.

Der Brief lautete:

»Man hat Sie hintergangen! Ihre Frau, die davon benachrichtigt war, daß Sie ihr folgten, ersann eine Ausrede; sie ging aber zu einer Zusammenkunft mit einer sehr hochgestellten Person, die in dem Hause der Rue du Temple, unter dem Namen Rudolf, ein Zimmer im vierten Stock gemietet hat. Wenn Sie das bezweifeln, so gehen Sie in das Haus und erkundigen Sie sich; beschreiben Sie die hochgestellte Person, die man meint, und Sie werden leicht finden, daß Sie der leichtestgläubige und gutmütigste Ehemann sind, der jemals hintergangen worden ist. Mißachten Sie die Warnung nicht, wenn man nicht glauben soll, daß Sie ein zu eifriger Fürstenfreund sind.«

Dieser Brief wurde von Sarah zur Post gebracht. –

Der Marquis und die Marquise von Harville standen eben vom Tisch auf; der Ausdruck Clémences war sanft und liebevoll, und auch Harville sah minder traurig aus als gewöhnlich.

Er hatte den Brief Sarahs noch nicht erhalten.

»Was tust du heute abend?« fragte er seine Frau.

»Ich werde nicht ausgehen. Und du?«

»Ich weiß es nicht,« antwortete er mit einem Seufzer. »Ich werde den Abend, wie so viele andere, allein verbringen.«

»Warum allein, da ich nicht ausgehe?«

Harville sah seine Frau überrascht an.

»Ich weiß, daß du es vorziehst, allein zu bleiben, wenn du nicht ausgehst.«

»Ja, da ich aber sehr veränderlich bin,« sagte Clémence lächelnd, »so würde ich heute abend meine Einsamkeit gern mit dir teilen, wenn es dir angenehm ist.«

»Wahrhaftig?« fragte Harville beglückt. »Wie liebenswürdig von dir, einem Wunsch entgegenzukommen, den ich nicht auszusprechen wagte!«

Frau von Harville reichte ihm lebhaft die Hand und sagte:

»Albert, ich schwöre es, ich werde dir stets die aufopferndste

Freundin, die zärtlichste Schwester sein. Aber verzeihe, wenn ich dir soeben vielleicht Hoffnungen gemacht habe, die ich nicht erfüllen kann.«

»Nie?« fragte Harville, indem er seine Frau mit einem bittenden Blick ansah.

»Nie!« antwortete Clémence.

Dieses Wort und der Ton, in dem es gesprochen wurde, verrieten einen unwiderruflichen Entschluß.

Clémence hatte sich, durch Rudolf bewogen, fest entschlossen, Harville auf das sorgsamste zu pflegen, aber sie fühlte auch die Unfähigkeit, jemals Liebe für ihn zu empfinden.

Nach einem Augenblick schmerzlichen Schweigens strich Harville mit der Hand über seine feuchten Augen und sagte bitter:

»Verzeihe, ich hatte mich geirrt; verzeihe, daß ich mich einer törichten Hoffnung überließ!«

Nach einer Pause rief er dann aus:

»Ach, wie unglücklich bin ich!«

»Lieber Mann,« entgegnete Clémence sanft, »hoffe auf bessere Tage. Bis jetzt bin ich fast gleichgültig gewesen, du wirst sehen, wie teilnehmend ich von nun an sein werde, welchen Trost du in meiner Liebe finden wirst.«

Ein Bedienter trat ein und sagte:

»Se. königl. Hoheit der Großherzog von Gerolstein läßt die Frau Marquise fragen, ob sie ihn empfangen kann.«

Clémence sah ihren Mann fragend an.

Harville nickte.

Der Bediente ging hinaus.

»Verzeihe, lieber Mann,« sagte Clémence, »ich habe ihm meine Türe nicht verboten. – Übrigens hast du den Fürsten lange nicht gesehen; er wird sich freuen, dich hier zu finden.«

»Auch ich würde ihn mit Vergnügen wiedersehen,« antwortete Harville, »aber ich bin jetzt so aufgeregt, daß ich seinen Besuch lieber an einem anderen Tage empfangen hätte.«

In diesem Augenblick wurde Rudolf gemeldet.

»Ich freue mich sehr, daß ich Sie treffe,« sagte Rudolf zum Marquis, nachdem er Frau von Harville begrüßt hatte.

»Es ist wirklich lange her, seit ich die Ehre gehabt habe, Ihnen die Hand zu drücken.«

»Und an wem liegt die Schuld, Unsichtbarer? Das letztemal, als ich der Marquise meinen Besuch machte, fragte ich nach Ihnen. Sie waren nicht zu sprechen. Seit drei Wochen haben Sie mich vergessen; das ist sehr unrecht!«

»Sagen Sie ihm nur die Wahrheit,« meinte Clémence lächelnd. »Herr von Harville trägt um so größere Schuld, als er für Eure Hoheit die tiefste Ergebenheit fühlt, und man, wegen seiner Nachlässigkeit, daran zweifeln könnte.«

»Glauben Sie mir, Hoheit, nur unvorhergesehene Umstände hinderten mich, öfter von Ihrer Güte Gebrauch zu machen.«

»Unter uns, lieber Albert, ich halte Sie für etwas zu platonisch in der Freundschaft; sind Sie erst einmal überzeugt, daß man Sie liebt, so liegt Ihnen nicht mehr viel daran, Beweise von Anhänglichkeit zu geben oder zu empfangen.«

Ein Diener übergab dem Marquis einen Brief.

Der Marquis wies, aus Rücksicht auf den Fürsten, den silbernen Teller zurück, den ihm der Diener reichte und sagte halblaut:

»Später! später!«

»Lieber Albert,« sagte Rudolf, »machen Sie meinetwegen solche Umstände?«

»Ich versichere Sie, es hat keine Eile.«

»Noch einmal, Albert, lesen Sie den Brief!«

»Wenn Hoheit es verlangen,« sagte der Marquis, indem er den Brief vom Teller nahm.

»Gewiß verlange ich, daß Sie mich als Freund behandeln.« Dann wandte sich Rudolf zu der Marquise und setzte hinzu:

»Welcher Triumph für Sie, Marquise, diesen eigensinnigen Willen stets zu beugen!«

Harville trat an einen auf dem Kamin stehenden Leuchter und erbrach den Brief Sarahs.

LXXX

Rudolf und Clémence plauderten, während Harville den Brief zweimal las.

Die Züge des Marquis blieben ruhig, nur seine Hand zitterte, als er, nach kurzem Zögern, das Briefchen in die Tasche steckte.

»Auf die Gefahr hin, für menschenscheu gehalten zu werden,« sagte er lächelnd zu Rudolf, »muß ich Sie um die Erlaubnis bitten, den Brief beantworten zu dürfen, der wichtiger ist, als ich anfangs glaubte.«

»Wie er uns überall ausweicht!« sagte Rudolf lachend. »Versuchen Sie nicht, Madame, ihn zurückzuhalten?«

»Ich wage nicht, zu versuchen, was Eurer Hoheit nicht gelungen ist.«

»Ernstlich, lieber Albert, kommen Sie wieder, sobald Sie den Brief geschrieben haben, oder versprechen Sie wenigstens, mich zu besuchen; ich habe Ihnen mancherlei zu sagen.«

»Eure Hoheit sind sehr gütig,« antwortete der Marquis, mit einer tiefen Verbeugung; dann ging er hinaus und ließ Rudolf mit Clémence allein.

»Ihr Mann quält sich mit unangenehmen Gedanken,« sagte Rudolf, »sein Lächeln kam mir sehr erzwungen vor.«

»Harville war sehr bewegt, als Eure Hoheit erschienen, und es wurde ihm schwer, es zu verbergen.«

»Ich kam vielleicht zu ungelegener Zeit?«

»Nein, Sie ersparten mir vielmehr das Ende einer peinlichen Unterredung.«

»Wieso?«

»Ich hatte Harville erzählt, wie ich mich von jetzt an gegen ihn benehmen wolle, und versprach ihm Trost und Hilfe.«

»Er wird sehr glücklich gewesen sein!«

»Anfangs war er auch glücklich.«

»Und wie konnten die Beweise Ihrer Güte die peinliche Unterredung herbeiführen, die Sie eben erwähnten?«

»Ach, Hoheit,« antwortete Clémence errötend, »mein Gatte war verletzt, weil ich ihm Freundschaft antrug, doch seine Liebe zurückwies. Es ist mir unmöglich, seine Zärtlichkeiten zu erwidern. Als er seine Lippen auf meine Hand drückte, erfaßte mich eine tödliche Kälte, und ich konnte meinen Abscheu nicht verbergen ...«

»Ich beklage ihn; aber es gibt Gefühle, die heilig sind und nicht angetastet werden dürfen. Armer Albert! Erwarten wir das Beste von der Zeit! ... Er wird den Wert der Neigung erkennen, die Sie ihm bieten, und sich in sein Schicksal ergeben, wie er es bisher getan hat.«

»Mein Trost wird ihm nie fehlen, das schwöre ich Ihnen.«

»Nun lassen Sie uns an fremdes Unglück denken! – Ich habe Ihnen die Möglichkeit zu einer guten Tat verheißen, die den Reiz eines wirklichen Romanes besitzen soll. Ich werde mein Versprechen einlösen.«

»Das wird mir eine große Freude sein.«

»Es handelt sich um eine arme Mutter und ihre Tochter, die früher im Wohlstand lebten und sich jetzt in der größten Not befinden.«

»Wo wohnen die Ärmsten?«

»Das weiß ich nicht.«

»Wie erfuhren Sie von ihrer Not?«

»Ich war mit Lachtaube, meiner kleinen Nachbarin aus der Rue du Temple, ausgegangen, um einige Einkäufe zu machen, als ich in einem alten Sekretär, der zum Verkauf stand, das Konzept eines Briefes von weiblicher Hand fand. In diesem Briefe klagte die unbekannte Absenderin über die Not, in die sie durch die Schuld eines ungetreuen Vermögensverwalters geraten war. Ich fragte die Verkäuferin, woher sie den Sekretär habe. Er gehörte zu dem bescheidenen Mobiliar, das ihr eine noch junge Frau von anscheinend vornehmem Stande verkauft hatte.«

»Und ist Ihnen die Wohnung nicht bekannt?«

»Leider nicht. Ich habe Herrn von Graun Auftrag gegeben, sie zu ermitteln. – In einer Ecke des Briefkonzeptes standen die Worte: an die Herzogin von Lucenay zu schreiben!«

»Vielleicht erfahren wir also etwas durch die Herzogin?«

»Sie müssen sie fragen, ob sie eine noch junge Witwe kenne, deren sechzehn- bis siebzehnjährige Tochter Klara heißt. Diesen Namen erwähnte die Trödlerin.«

»Wenn die Herzogin die Familie kennt, so reichen diese Angaben aus, sie auf die Spur zu bringen. – Ich werde ihr noch heute abend ein paar Worte schreiben, um sie morgen früh sicher zu treffen.«

»Ich ahne bereits die kunstvollsten Kombinationen,« sagte Rudolf lächelnd.

»Bin ich bei der Herzogin von Lucenay gewesen, so gehe ich in die frühere Wohnung der armen Witwe, frage ihre Nachbarn und erkundige mich überall. Ich scheue auch die Gefahr nicht. Ich werde stolz sein, wenn ich Erfolg habe. Und ich werde Erfolg haben, verlassen Sie sich auf mich, meine List und meinen Wunsch, den Armen zu helfen.«

Rudolf, den dieser Eifer bewegte, lächelte traurig, als er die schöne und liebenswürdige Frau ansah, die in edlen Taten ihr häusliches Unglück zu vergessen suchte. Die Augen der Marquise funkelten, ihre Wangen waren leicht gerötet, ihre lebhaften Gebärden und ihre eifrige Sprache gaben ihrem Gesicht einen neuen Reiz.

LXXXI

Frau von Harville bemerkte, daß Rudolf sie schweigend betrachtete. Sie errötete, schlug die Augen nieder und sagte:

»Sie lachen über meine Begeisterung? Aber ich sehne mich mit Ungeduld nach den Freuden, die mein Leben verschönen sollen, das bisher so traurig und nutzlos war. Je länger ich über Ihre Ideen nachdenke, um so gerechter, um so fruchtbarer finde ich sie. Ach, Hoheit, über welchen Schatz von Güte müssen Sie verfügen! Was gab Ihnen dieses tiefe Mitgefühl?«

»Ich habe selbst viel gelitten und weiß deshalb, was Schmerzen sind!«

»Sie wären unglücklich?«

»Ja, man könnte sagen, das Schicksal habe mich alle Leiden erdulden lassen, um mein Mitleid mit anderer Unglück zu erwekken. Es suchte mich heim in dem Freunde, in dem ersten Weibe, das ich, mit dem blinden Vertrauen der Jugend, liebte, es suchte mich heim in meiner Frau, in meinem Vater, in meinem Kinde.«

»Ich glaubte, die Großherzogin habe Ihnen kein Kind hinterlassen.«

»Allerdings, aber vor meiner Ehe hatte ich eine Tochter, die in ihrer Kindheit starb. So seltsam es Ihnen auch erscheinen mag: der Verlust dieses Kindes, das ich kaum gekannt habe, erfüllt mein Leben mit Trauer. Je älter ich werde, um so tiefer wird der Gram; er wächst gleichsam, wie meine Tochter hätte wachsen sollen ... Jetzt würde sie siebzehn Jahre alt sein.«

»Lebt ihre Mutter noch?«

»Ach sprechen Sie nicht von ihr! Ihre Mutter ist ein unwürdiges Geschöpf, verhärtet durch Selbstsucht und Ehrgeiz. Bisweilen frage ich mich, ob es für meine Tochter nicht besser sei, daß sie gestorben ist, als wenn sie in den Händen einer solchen Mutter geblieben wäre.«

»Ach, Hoheit, ich möchte Ihren Kummer teilen, wie Sie den meinen geteilt haben. Aber wo ist der Trost, den ich Ihnen bieten kann?«

»Wir wollen Mut fassen,« entgegnete Rudolf mit traurigem Lächeln. – »Es ist Ihnen ein heilsamer Weg gebahnt; folgen Sie ihm, und Sie werden, ohne zu fehlen, die Prüfungsjahre überwinden, die für die Frauen, namentlich für eine Frau wie Sie, so gefährlich sind. Sie werden zwar noch zu kämpfen, zu leiden haben, denn Sie sind noch sehr jung, aber der Gedanke an das Gute, das Sie tun, wird Ihnen Mut und Kraft geben.«

Frau von Harville weinte.

»Hoffentlich werde ich nie Ihre Hilfe und Ihren Rat entbehren, Hoheit!«

»Ob ich nahe oder fern bin, ich werde stets den innigsten Anteil an Ihnen nehmen und, soviel in meinen Kräften steht, zu Ihrem Glücke und zu dem Glücke des Mannes beizutragen suchen, dem ich in herzlicher Freundschaft verbunden bin.«

Bei diesen Worten wurde eine Tapetentür aufgerissen.

Harville trat, bleich und tief bewegt, ins Zimmer, ging auf Rudolf zu, verneigte sich vor ihm und übergab ihm einen Brief.

»Hier, Hoheit, ist der Brief, den ich eben, in Ihrer Gegenwart, empfangen habe. – Verbrennen Sie ihn, nachdem Sie ihn gelesen haben!«

Clémence sah ihren Mann erstaunt an.

»Eine neue Schändlichkeit?« rief Rudolf entrüstet aus.

»Die aber noch nicht so verwerflich ist, wie mein eigenes Verhalten!«

»Wie meinen Sie das?«

»Statt Ihnen den Brief zu zeigen, verbarg ich ihn und heuchelte Ruhe, während Eifersucht, Wut und Verzweiflung in meinem Herzen kochten. Und wissen Sie, was ich dann tat? Ich verbarg mich hinter dieser Tür, um Ihr Gespräch zu belauschen; ja, ich war so erbärmlich, an Ihrer Rechtschaffenheit, an Ihrer Ehre zu zweifeln. Ach, der Schreiber dieser Briefe weiß, an wen er sie richtet! Muß ich Sie nun nicht um Verzeihung bitten, nachdem ich Ihr Gespräch belauscht habe, nachdem ich weiß, was Sie in die Rue du Temple zieht? Ich knie vor Ihnen, Hoheit, und vor dir, Clémence; ich kann nur noch auf Ihren Edelmut rechnen.«

»Mein Gott, lieber Albert, was habe ich Ihnen zu verzeihen?« sagte Rudolf, indem er dem Marquis beide Hände entgegenstreckte. – »Jetzt kennen Sie unsere Geheimnisse, und ich bin Ihr Vertrauter, und – was noch wertvoller ist – Sie sind der Vertraute Ihrer Gattin und wissen, was Sie von diesem edlen Herzen zu erwarten haben!«

»Und du, Clémence, verzeihst du mir auch?«

»Ja, unter der Bedingung, daß du mir hilfst, dich glücklich zu machen.«

»Wahrhaftig, Marquis, unsere Feinde sind sehr ungeschickt; sie haben das Gegenteil von dem erreicht, was sie erreichen wollten! Gestehen Sie, daß wir glänzend gerächt sind ... Aber es wird mehr geschehen. Ich errate, woher der Schlag kommt, und ich pflege nicht geduldig zuzusehen, wenn man meinen

Freunden Unrecht tut. Doch das ist meine Sache! Adieu, Marquise, unser Plan ist entdeckt, Sie werden Ihren Schutzbefohlenen nicht mehr allein beizustehen haben. Aber der Marquis wird mit Freuden Ihr Verbündeter sein! ...«

Der Marquis begleitete Rudolf an den Wagen und begab sich in sein Zimmer, ohne Clémence wiederzusehen.

LXXXII

Sobald es hell geworden war, klingelte Herr von Harville seinem Kammerdiener. Der alte Josef hörte seinen Herrn, als er eintrat, zu seiner großen Verwunderung ein Jagdlied trällern, ein ebenso seltenes wie sicheres Zeichen, daß Harville gut gelaunt war.

»Ach, Herr Marquis,« sagte der treue Diener, »wie schade, daß Sie nicht öfter singen!«

»Nicht wahr, Josef, ich habe eine hübsche Stimme?« entgegnete Harville lachend.

»Ich würde die Stimme des Herrn Marquis immer schön finden, wenn sie auch heiser und rauh wie die einer Eule oder eines Nachtwächters wäre.«

»Pfui, Josef! Du wirst ein Schmeichler auf deine alten Tage.«

»Sehen Sie, Herr Marquis, wenn Sie singen, ist das ein Zeichen, daß Sie zufrieden sind; und wenn Sie zufrieden sind, klingt mir Ihre Stimme wie die lieblichste Musik.«

»Na, dann öffne nur immer deine langen Ohren, mein alter Josef.«

»Wie meinen Sie?«

»Du wirst diese liebliche Musik alle Tage hören können.«

»Sie werden alle Tage zufrieden sein, Herr Marquis?«

»Alle Tage, alter Josef, alle Tage werde ich glücklich sein. – Kummer und Traurigkeit sind verschwunden. Dir, dem Vertrauten meiner Leiden, kann ich es sagen: Ich bin glücklich. – Meine Frau ist ein Engel; sie hat mich wegen ihrer früheren Abneigung um Verzeihung gebeten und sie – soll man es für möglich halten? – der Eifersucht zugeschrieben.«

»Der Eifersucht?«

»Ja, anonyme Briefe haben ihr Mißtrauen erregt, aber nun ist alles wieder gut.«

»Ach, Herr Marquis, ich fürchte, daß ich vor der Frau Marquise auf die Knie fallen muß, sobald ich sie sehe ...«

»Du bist ja beinahe so närrisch wie dein Herr ... Aber ich habe eine große Angst ...«

»Mein Gott ...«

»Ja, die Angst, daß es nicht lange dauern wird – ich bin zu glücklich.«

»Wenn es nur das wäre, Herr Marquis! Aber ...«

»Ich verstehe, was du sagen willst. Aber hat mir der Arzt nicht hundertmal versichert, eine starke geistige Erschütterung reiche hin, die Krankheit hervorzurufen und zu heilen? Warum sollten glückliche Erschütterungen nicht auch die Heilung bewirken können?«

»Wenn Sie es glauben, Herr Marquis, so wird es geschehen; oder es ist vielmehr schon geschehen: Sie sind geheilt. – Ich fange fast an, mich zu fürchten, Herr Marquis, ob es nicht vielleicht zu viel Glück ist für einen Tag. Doch, da fällt mir etwas ein. Um Sie zu beruhigen, bedarf es nur einer kleinen Unannehmlichkeit und damit kann ich, Gott sei Dank, dienen.«

»Was hast du?«

»Einer Ihrer Freunde hat, zu sehr gelegener Zeit, einen Degenstich abbekommen, der freilich nicht bedeutend, aber gewiß hinreichend ist, Sie so zu verstimmen, daß dieser schöne Tag einen Flecken hat.«

»Von wem sprichst du?«

»Vom Herrn Herzog von Lucenay.«

»Er ist verwundet?«

»Ein wenig geritzt. – Er kam gestern hierher, um Ihnen einen Besuch zu machen und sagte, er würde heute wiederkommen, um eine Tasse Tee mit Ihnen zu trinken.«

»Der arme Lucenay ... Wie wäre es, wenn man ein Herrenfrühstück improvisierte, zur Feier des glücklichen Ausganges des Duells? Da Lucenay es nicht erwartet, wird er sich doppelt darüber freuen.«

»Das ist schön, Herr Marquis! ... Wieviel Kuverts?«

»Sechs Personen, im kleinen Winterspeisesaal.«

»Und die Einladungen?«

»Schreibe ich selbst. Jemand setzt sich zu Pferde und trägt sie gleich fort. Es ist ja noch früh am Tage.«

Nachdem Harville die Einladungsbriefe geschrieben und abgeschickt hatte, sank er auf einen Stuhl und stützte die Stirn auf beide Hände.

Nach wenigen Augenblicken fuhr er plötzlich wieder hoch, wischte eine Träne aus seinem Auge, schrieb an verschiedene

Personen über ziemlich unwichtige Gegenstände und verschob verschiedene Zusammenkünfte um mehrere Tage.

In diesem Augenblick hörte man einen Wagen in den Hof rollen.

»Die Frau Marquise fährt aus,« sagte Josef.

»Geh und bitte sie, zu mir zu kommen, ehe sie ausfährt.«

»Ja, Herr Marquis.«

Clémence trat ins Zimmer.

»Guten Morgen, lieber Bruder!« sagte sie, indem sie ihm die Hand reichte. Als sie das Lächeln ihres Mannes bemerkte, setzte sie hinzu: »Was ist dir, du siehst so strahlend aus?

»Ich dachte eben an dich, Schwesterchen, und ließ dich bitten, weil ich dir sagen wollte, daß ich heute den Tee nicht bei dir trinken kann. – Ich habe mehrere Freunde zum Frühstück geladen, zur Feier des glücklichen Ausganges des Duells des armen Lucenay.«

Frau von Harville errötete, als sie an die Ursache dieses Duells dachte. Aber sie beherrschte sich und sagte leichthin:

»Ein seltsames Zusammentreffen! Der Herzog von Lucenay frühstückt bei dir, und ich gehe, um mich bei der Herzogin zum Frühstück einzuladen. Ich habe mit ihr über meine unbekannten Schützlinge zu sprechen. Dann denke ich mit Frau von Blainval das St.-Lazare-Gefängnis zu besuchen.«

»Du bist ja unersättlich,« sagte Harville lächelnd; dann setzte er ernst hinzu: »So werde ich dich also nicht wiedersehen – heute?«

»Ist es dir unangenehm, daß ich so früh ausgehe?« fragte Clémence, die der Ton seiner Stimme befremdete. »Wenn du es wünschst, kann ich meinen Besuch bei der Herzogin verschieben.«

Der Marquis antwortete heiter:

»Ja, Schwesterchen, es tut mir leid, daß du so früh ausgehst, und ich werde deine Rückkehr mit Ungeduld erwarten, aber du mußt natürlich ausführen, was du dir vorgenommen hast!«

Die Klingel meldete einen Besuch.

»Da kommt wahrscheinlich schon einer deiner Gäste,« sagte Frau von Harville. »Was hast du für den Abend vor? Wenn du noch nichts beschlossen hast, so verlange ich, daß du mich in die italienische Oper begleitest.«

»Ich gehorche mit dem größten Vergnügen.«

»Adieu, lieber Freund; auf baldiges Wiedersehen! Ich räume das Feld und wünsche euch viel Vergnügen.«

LXXXIII

Der Herzog von Lucenay trat in Harvilles Zimmer.

Die Wunde des Herzogs war so unbedeutend gewesen, daß er den Arm nicht einmal mehr in der Binde trug. Sein Gesicht hatte noch immer den hochmütigen Ausdruck, und seine Spottsucht beherrschte ihn nach wie vor.

»Für wie gleichgültig müssen Sie mich halten, lieber Heinrich,« sagte Harville, indem er Lucenay die Hand reichte; »aber ich habe wirklich erst heute früh von Ihrem unglücklichen Abenteuer gehört.«

»Unglücklich? Ich habe in meinem Leben nie so gelacht. – Der vortreffliche Herr sah so entschlossen aus, die Meinung nicht gelten zu lassen, daß er verschleimt wäre. Das war – wissen Sie es nicht? – die Ursache des Duells. Ich habe ihn, in Gegenwart Ihrer Frau und der Gräfin MacGregor, gefragt, wie es mit seiner Verschleimung stünde; daher das Blutvergießen!«

»Das sieht Ihnen ähnlich! Aber wer ist eigentlich dieser Herr Robert?«

»Ich weiß es wahrhaftig nicht. Ich habe ihn im Bade kennengelernt und ihn dann, auf dem Gesandtschaftsfest, nach seiner Verschleimung gefragt... Doch genug von diesen Albernheiten! Ich bin gekommen, um Sie um eine Tasse Tee zu bitten.«

Bei diesen Worten warf sich Lucenay auf ein Sofa, steckte seinen Stock zwischen die Wand und den Rahmen eines Gemäldes, das über ihm hing und fing an, das Bild hin und her zu bewegen.

»Ich erwartete Sie, lieber Heinrich, und habe Ihnen eine Überraschung zugedacht.«

»Ah!«

»Sie werden sich das Bild auf den Kopf werfen.«

»Sie haben einen Adlerblick ... Aber die Überraschung, die Überraschung?«

»Ich habe einige Freunde gebeten, mit uns zu frühstücken.«

»Bravo, Marquis, bravissimo!« rief Lucenay, indem er mit voller Kraft auf die Sofakissen schlug.

»Und wer wird kommen? St. Remy? – Nein, der ist auf dem Lande. Was, zum Teufel, kann er, mitten im Winter, auf dem Lande suchen?«

»Sind Sie gewiß, daß er nicht in Paris ist?«

»Ich hatte ihn aufgefordert, mein Sekundant zu sein. Er war aber fort, und ich wählte Lord Douglas und Sezannes.«

»Das trifft sich gut! Sie kommen auch.«

»Bravo! bravo!« schrie Lucenay von neuem und wälzte sich dabei auf dem Sofa.

Diese akrobatischen Kunststücke wurden durch die Ankunft des Vicomte von St. Remy unterbrochen.

»Ich brauche nicht zu fragen, ob Lucenay hier ist,« sagte der Vicomte. »Man hört ihn schon von unten.«

»Wie, sind Sie es, Freund des Landlebens?« rief der Herzog, indem er rasch aufsprang.

»Ich bin gestern zurückgekommen. Eben erhielt ich Harvilles Einladung und flog herbei, hocherfreut über diese angenehme Überraschung.«

»Ich bin Ihnen sehr verbunden, lieber St. Remy. Müssen sich Lucenays Freunde nicht über den glücklichen Ausgang des Duells freuen, das doch so traurige Folgen hätte haben können?«

»Aber was hatten Sie, mitten im Winter, auf dem Lande zu suchen, St. Remy? Ich möchte das gern wissen,« fragte der Herzog.

»Ich wollte mich von Paris entwöhnen, da ich es doch bald verlassen muß.«

»Ach ja, der schöne Einfall, sich zur Gesandtschaft in Gerolstein schicken zu lassen! Begraben Sie doch Ihre diplomatischen Hoffnungen! Sie werden nicht nach Gerolstein gehen; meine Frau sagt, und jeder wiederholt es.«

»Dann irrt sich die Frau Herzogin.«

»Wenn Sie den Großherzog kennen würden, wie ich ihn kenne,« mischte Harville sich ins Gespräch, »würden Sie begreifen, warum St. Remy gar nicht abgeneigt ist, einige Zeit in Gerolstein zu verbringen.«

»Ich glaube Ihnen, Marquis, obgleich man Ihren Großherzog für einen Sonderling hält. Das ändert aber nichts an meiner Auffassung, daß ein Mann wie St. Remy nur in Paris leben kann!«

Die anderen Gäste waren eben gekommen, als Josef eintrat und seinem Gebieter einige Worte zuflüsterte.

»Meine Herren, Sie werden verzeihen,« sagte der Marquis. »Der Juwelier meiner Frau bringt mir eben Diamanten, die ich ihr zum Geschenk machen will. Sie kennen das auch, Lucenay, wir sind eben noch Ehemänner alten Stils ...«

»Eine Überraschung?« sagte der Herzog. »Nun, meine Frau hat mich gestern auch überrascht.«

»Durch ein Geschenk?«

»Im Gegenteil: Sie verlangte von mir hunderttausend Franken.«

»Und da Sie sehr nobel sind, so haben Sie natürlich ja gesagt?«

»Ich habe ihr das Geld geliehen. Es wird auf ihr Gut Arnouville eingetragen. Gute Rechnung erhält die Freundschaft. Aber das bleibt sich gleich: 100 000 Franken binnen zwei Stunden jemandem zu leihen, ist eine große und seltene Gefälligkeit. Nicht wahr, Verschwender? Sie verstehen sich doch auf Anleihen,« setzte der Herzog von Lucenay lächelnd, gegen St. Remy gewandt, hinzu, ohne zu ahnen, wie richtig seine Worte waren.

Der Vicomte errötete ein wenig, dann entgegnete er keck:

»100 000 Franken! Das ist ja eine ungeheure Summe. Wozu kann eine Frau eine solche Menge Geld brauchen?«

»Ich weiß wahrhaftig nicht, was meine Frau damit anfangen will.«

»St. Remy,« fiel Harville ein, »Sie besitzen einen so vortrefflichen Geschmack; Sie werden mir den Schmuck für meine Frau aussuchen helfen.«

Der Juwelier Baudoin hatte indessen mehrere Halsketten von Rubinen und Diamanten auf einem Schreibtisch ausgebreitet.

Harville nahm eine der Ketten in die Hand und fragte: »Was kostet dieses Kollier?«

»Der Herr Marquis wird bemerken, daß die Steine vom reinsten Wasser und vortrefflich geschliffen, auch fast alle von gleicher Größe sind.«

»Das sind sehr bedrohliche Auskünfte, Harville,« sagte St. Remy lachend. »Danach können Sie sich auf einen soliden Preis gefaßt machen.«

»Ihre geringste Forderung, Herr Baudoin?«

»Ich möchte mit dem Herrn Marquis nicht lange handeln. Der äußerste Preis ist 42 000 Franken.«

»Meine Herren,« rief Lucenay aus, »bewundern wir unseren Freund Harville!«

»Lachen Sie, soviel Sie wollen,« entgegnete Harville. »Ich bin in meine Frau verliebt und rühme mich dessen.«

»Man sieht es ja,« fiel St. Remy ein; »ein solches Geschenk spricht deutlicher als alle Beteuerungen.«

»Ich nehme also das Kollier,« sagte Harville, »vorausgesetzt, St. Remy, daß Ihnen die Fassung gefällt.«

»Ausgezeichnet.«

»Also abgemacht, Herr Baudoin.«

Harville gab das Kollier Josef und sagte ihm leise ins Ohr:

»Julie muß diese Diamanten geschickt zu denen der Marquise legen, damit sie die Überraschung nicht bemerkt!«

In diesem Augenblick meldete der Haushofmeister, daß das Frühstück serviert sei, und die Gäste begaben sich in den Speisesaal.

»Wissen Sie, lieber Harville,« sagte Lucenay, »daß Ihr Haus eines der elegantesten in Paris ist?«

»Es ist ziemlich bequem, aber nicht geräumig genug. Ich habe deshalb die Absicht, einen Saal nach dem Garten zu anbauen zu lassen. Mir ist nichts lästiger, als wenn bei großen Gesellschaften die Zimmer mit benutzt werden müssen, die man gewöhnlich bewohnt, und aus denen man nun auf einige Zeit verdrängt wird.«

»Der Meinung bin ich auch,« sagte St. Remy.

»Sollte nicht das Land, da wir das Glück haben, eine repräsentative Regierung zu besitzen,« fiel Lucenay ein, »St. Remy jährlich eine Million bewilligen und ihm den Auftrag geben, in Paris die französische Eleganz zu repräsentieren?«

»Angenommen!«

»Die Million müßte als außerordentliche Abgabe von den Knickern erhoben werden, die ein großes Vermögen besitzen, aber wie Pfennigfuchser leben,« setzte Lucenay hinzu.

»An der ernsten Wendung, welche die Frage nimmt,« fiel Harville heiter ein, »erkenne ich, daß weiter nichts nötig ist, die Stelle eines Großmeisters der französischen Eleganz zu schaffen, als eine Petition an die Deputiertenkammer zu richten.«

»Da die Deputierten das größte Verständnis für alle Fragen des guten Geschmacks haben, so wird der Antrag mit Akklamation angenommen werden.«

»Bis diese Entscheidung die Oberherrschaft rechtskräftig macht, die St. Remy faktisch bereits ausübt,« sagte Harville, »möchte ich ihn um seinen Rat in bezug auf den Saal befragen, den ich bauen will.«

»Meine geringen Fähigkeiten stehen zu Diensten, Harville.«

»Und wann werden wir die neue Pracht einweihen?«

»Wahrscheinlich im nächsten Jahre.«

»Plänemacher!«

»O ich habe noch andere Pläne. – Ich denke Val Richer völlig umzugestalten.«

»Ihre Besitzung in Burgund?«

»Ja. Es läßt sich etwas Vortreffliches daraus machen, wenn ... mir Gott Leben und Gesundheit schenkt.«

»Armer, alter Mann!«

»Haben Sie nicht erst kürzlich eine Meierei bei Val Richer gekauft?«

»Ja; mein Notar hatte mir dazu geraten. Es war übrigens ein gutes Geschäft.«

»Wer ist der Wundernotar, der zu so guten Geschäften rät?«

»Herr Ferrand.«

St. Remy konnte bei diesem Namen ein Frösteln nicht unterdrücken.

»Ist er wirklich ein solches Musterexemplar, wie man allgemein sagt,« fragte er Harville, der sich in diesem Augenblick der Worte erinnerte, die Rudolf Clémence über den Notar gesagt hatte.

»Jacob Ferrand! ... Ein Mann von wahrhaft antiker Redlichkeit,« sagte der Herzog von Lucenay.

»Außerordentlich geizig, was eine Bürgschaft für seine Klienten ist.«

»Warum zweifelt St. Remy?«

»Ich denke nicht daran, zu zweifeln. Ich werde mich hüten ... Aber um wieder auf Ihre Pläne zu kommen, Harville, – was wollen Sie in Val Richer bauen?«

»Sie werden zu Rate gezogen werden, lieber St. Remy, und vielleicht früher, als Sie glauben ...«

Nach dem Frühstück gingen die Herren wieder in das Zimmer des Marquis. Die Tür seines Schlafzimmers stand offen.

Lucenay, der sich eine Zigarre angezündet hatte, folgte dem Marquis.

»Sie sehen, ich bin noch immer ein Waffenliebhaber,« sagte Harville zu ihm, auf die beiden Gewehrschränke deutend.

»Douglas!« rief der Herzog. »Kommen Sie und sehen Sie, ob diese Gewehre nicht mit den besten Matons konkurrieren können.«

Lord Douglas, St. Remy und zwei andere Gäste traten ins Schlafzimmer des Marquis, um die gerühmten Waffen zu besichtigen.

Harville nahm eine Pistole, spannte den Hahn und sagte lachend:

»Das, meine Herren, ist das Universalmittel gegen alle Leiden ...«

Er hielt scherzend das Rohr an den Mund.

»Ich ziehe andere Mittel vor,« sagte St. Remy. »Das hier ist nur in den verzweifeltesten Fällen gut.«

»Es wirkt aber so rasch!« entgegnete Harville. »Knall! und es ist geschehen.«

»Nehmen Sie sich in acht, Harville, solche Späße sind zuweilen gefährlich,« sagte Lucenay.

»Glauben Sie denn, ich würde damit spielen, wenn sie geladen wäre?«

»Hoffentlich nicht, aber ein Unglück ist rasch geschehen.«

»Sehen Sie, meine Herren, man nimmt das Rohr zwischen die Zähne, und dann ...«

»Gott, Harville, wie albern!« sagte Lucenay achselzuckend.

»Man legt den Finger an den Drücker,« setzte Harville hinzu.

»Ist er nicht ein wahres Kind? – In seinem Alter!«

»Eine kleine Bewegung,« fuhr der Marquis fort, »und man ist – gewesen ...«

Kaum hatte er die Worte gesprochen, als der Schuß krachte.

Harville hatte sich eine Kugel in den Kopf gejagt.

Das Geheimnis seines freiwilligen Todes nahm er mit ins Grab.

LXXXIV

Das St. Lazare-Gefängnis, in dem hauptsächlich öffentliche Dirnen und Diebinnen ihre Strafe verbüßten, war fast täglich das Ziel hochgestellter Damen, deren mildtätiger Sinn sich zu betätigen suchte.

Die Damen, die an die Artigkeit und das Zartgefühl der besten Gesellschaft gewöhnt waren, verließen ihre Paläste, küßten die Stirn ihrer engelreinen Tochter und gingen in die düsteren Kerker, um der Gleichgültigkeit oder den groben Reden von Diebinnen und Gefallenen Trotz zu bieten.

Sie stiegen, treu ihrer hochmoralischen Aufgabe, mutig in diesen Schmutz hinab, legten die Hand auf die von Sünden angefressenen Herzen, und wenn ihnen ein leises Klopfen des Ehrgefühls eine schwache Hoffnung auf Rettung zu geben schien, suchten sie die kranke Seele, an der sie nicht verzweifelten, einem unwiderruflichen Verderben zu entreißen.

Frau von Harville, die von dem Drama, das sich in ihrem Haus abgespielt hatte, nichts ahnte, hatte sich ins Gefängnis begeben, nachdem sie von der Herzogin von Lucenay einige Andeutungen über die beiden unglücklichen Frauen erhalten hatte, die durch Jacob Ferrand in das tiefste Elend gestürzt worden waren.

Frau von Blainval, eine der Fürsorgedamen für die jungen Gefangenen, konnte Clémence an diesem Tage nicht begleiten, und die Marquise erschien deshalb allein. Sie wurde von dem Direktor und den Aufseherinnen freundlich empfangen.

Eine der Aufseherinnen, eine Frau von reifem Alter, ernstem, aber mildem Gesicht, blieb in einem kleinen Zimmer mit Frau von Harville allein.

Madame Armand sagte zu Clémence:

»Da die Frau Marquise mich beauftragt, ihr diejenigen Gefangenen zu bezeichnen, die durch aufrichtige Reue ihre Teilnahme verdienen könnten, so glaube ich, Ihnen besonders ein Mädchen empfehlen zu müssen, ein unglückliches Kind von höchstens siebzehn Jahren.«

»Weshalb ist sie im Gefängnis?«

»Man hat sie des Abends in den Champs Elysées gefunden.– Da es ihresgleichen bei strenger Strafe verboten ist, gewisse öffentliche Orte zu besuchen, und da die Champs Elysées zu diesen verbotenen Promenaden gehören, hat man sie verhaftet.«

»Ein Mädchen vom Lande?«

»Nein, Frau Marquise. Die Inspektoren haben sie erkannt; sie lebte in einem berüchtigten Hause der Cité, das sie vor etwa zwei Monaten verlassen hatte. Da sie aber nicht darum eingekommen war, ihren Namen aus den Polizeilisten streichen zu lassen, so stand sie dauernd unter Aufsicht und ist so hierhergekommen.«

»Vielleicht hatte sie Paris verlassen, um ein besseres Leben zu beginnen?«

»Das glaube ich selbst, Frau Marquise, und deshalb habe ich mich auch gleich für sie interessiert. Ich fragte sie, warum sie vom Lande zurückgekehrt sei, sagte ihr auch, sie möge hoffen ...«

»Und was antwortete sie?«

»Sie sah mich mit ihren großen, blauen Augen an und antwortete: ›Ich danke Ihnen, Madame, für Ihre Güte, aber über die Vergangenheit kann ich Ihnen nichts sagen. Man hat mich verhaftet; ich hatte Unrecht getan und beklage mich nicht.‹ – ›Aber woher kommst du? Wo bist du gewesen, seit du die Cité verlassen hast? Hast du auf dem Lande ein einwandfreies Leben geführt, so sage, beweise es! Wir werden an den Präfekten schreiben, um deine Freilassung zu befürworten.‹ – ›Ich beschwöre Sie, Madame, fragen Sie mich nicht, ich kann Ihnen nicht antworten‹, entgegnete sie wieder. – ›Willst du aber, wenn du von hier entlassen wirst, in das schreckliche Haus zurückkehren?‹ – ›O nie! nie!‹ rief sie aus. – ›Und was gedenkst du zu tun?‹ – ›Gott weiß es‹, antwortete sie, indem sie den Kopf auf die Brust sinken ließ.«

»Das ist seltsam. Und wie spricht sie?«

»Sehr gut, Frau Marquise. Sie ist schüchtern, ehrerbietig, aber nicht kriecherisch; ja, ich möchte sagen: trotz der außerordentlichen Weichheit ihrer Stimme und der Sanftheit ihres Blickes liegt in ihrem Ton und ihrer Haltung eine gewisse stolze Demut, die mich in Verlegenheit setzt.«

»Das ist ja ein Roman!« rief Clémence aus. »In welchem Verhältnis steht sie denn zu den anderen Gefangenen?«

»Sie befindet sich seit kaum drei Tagen hier und hat schon einen gewissen Einfluß auf sie erlangt.«

»In so kurzer Zeit?«

»Diese Mädchen besitzen einen ungemein entwickelten Instinkt, die guten Eigenschaften anderer zu erkennen. Freilich hassen sie oft auch diejenigen, deren Überlegenheit sie anerkennen müssen.«

»Und die Kleine hassen sie nicht?«

»Im Gegenteil, Frau Marquise ... Wir haben hier, seit etwa einem Monat, ein unbändiges Geschöpf, das die Wölfin genannt wird, so wild ist ihr Charakter, ein großes, fast männliches Mädchen von zwanzig Jahren mit schönem, aber hartem Gesicht. Wir mußten sie oft einsperren, um sie zu bändigen. Vorgestern trat sie eben, noch aufgebracht über die Strafe, die sie erlitten hatte, aus der Zelle. Es war Essenszeit; das arme Mädchen, von dem ich Ihnen erzählte, aß nicht und sagte traurig zu ihren Gefährtinnen: ›Wer will mein Brot?‹ – ›Ich!‹ rief die Wölfin. – ›Ich!‹ rief eine Verwachsene, die Mont-Saint-Jean genannt wird, als Zielscheibe aller Neckereien und als Sündenbock dienen und viel leiden muß, obgleich sie seit mehreren Monaten schwanger ist. Das junge Mädchen gab ihr das Brot, zum großen Verdruß der Wölfin. ›Ich habe es zuerst verlangt!‹ rief sie. – ›Allerdings, aber die Arme da braucht es nötiger als Sie‹, antwortete das Mädchen. Die Wölfin entriß der Armen trotzdem das Brot und fing an, laut zu streiten. Da sie sehr stark und sehr gefürchtet ist, wagte niemand die Partei der armen Schallerin zu nehmen, obgleich alle ihr recht gaben.«

»Wie nennen Sie das Mädchen, Madame?«

»Schallerin; unter diesem Namen ist sie hierhergebracht worden; fast alle haben solche Spitznamen.«

»Dieser ist seltsam.«

»Er bedeutet, in der Verbrechersprache, soviel wie Sängerin. Das Mädchen soll eine sehr hübsche Stimme haben.«

»Und wie entging sie der Wölfin?«

»Die Wölfin wurde durch die Ruhe der Schallerin noch mehr aufgebracht und trat mit erhobenem Messer vor sie hin. Alle Gefangenen schrien laut auf. Nur die Schallerin sah das wilde Geschöpf furchtlos an, lächelte bitter und sagte mit ihrer himmlischen Stimme: ›Ja, töten Sie mich! aber lassen Sie mich nicht zu lange leiden!‹

Selbst die schlechtesten Charaktere,« fuhr die Aufseherin fort, »sind zum Glück bisweilen auch guter Regungen fähig. Die Worte, die mit so rührender Ergebung gesprochen wurden, erschütterten die Wölfin; sie warf das Messer hin, trat es mit Füßen und sagte: ›Ich tat unrecht, daß ich dir drohte, Schallerin. Ich bin stärker als du, aber du hast dich vor meinem Messer nicht gefürchtet. Die Mutigen liebe ich und würde dich jetzt beschützen, wenn man dir etwas zuleide tun wollte.«

»Wie seltsam!«

»Das Beispiel der Wölfin steigerte den Einfluß der Schallerin, und heute nennt sie, was fast beispiellos ist, keine mehr du. Ihre Gefährtinnen sagen: ›Man sieht, daß sie nicht ist wie wir!‹«

»Sie fühlen also, wie tief sie selbst gesunken sind?«

»Niemand verachtet sie so, wie sie sich untereinander verachten ...«

»Welche Pein für sie!«

»Zur Ehre der Menschennatur muß ich bemerken, daß eine tiefe Reue häufiger ist, als man glaubt; zuweilen scheint die Seele zu wachen, wenn der Körper schläft; diese Beobachtung habe ich erst letzte Nacht bei meiner Schutzbefohlenen machen können.«

»Und wie?«

»Ich gehe häufig durch die Schlafsäle, wenn die Gefangenen schlafen. Sie können sich nicht vorstellen, welchen Ausdruck die Gesichter dieser Mädchen und Frauen dann haben! Viele von ihnen, die den Tag über spöttisch und frech waren, sahen kummervoll aus und seufzten schmerzlich auf ... Ich erwähnte die Wölfin ... Vor ungefähr vierzehn Tagen beleidigte sie mich frech vor allen Gefangenen; ich zuckte die Achseln; meine Gleichgültigkeit steigerte ihren Zorn, und um mich noch mehr zu verletzen, sagte sie mir gemeine Schmähworte über meine Mutter, die sie oft bei mir gesehen hat ...«

»Wie entsetzlich!«

»Den Abend darauf nahm ich eine Inspektion der Schlafsäle vor; ich kam an das Bett der Wölfin und erschrak fast über den Ausdruck ihres Gesichtes. Ihre Züge erschienen bittend, traurig, reuevoll; ihre Lippen waren halb geöffnet, und, was ich für unmöglich gehalten hätte, zwei Tränen rollten über die Wangen dieses gewalttätigen Mädchens. Ich betrachtete sie schweigend; da sprach sie die Worte ›Verzeihung – Verzeihung‹ und nannte meinen Namen.«

»Sie bereute also im Schlafe, Sie verletzt zu haben. War ihr die Reue auch am nächsten Tage anzumerken?«

»Nein, sie war grob und roh, wie sonst. Ich rede mir ein, daß diese Unglücklichen im Schlafe so werden, wie sie eigentlich sind, und daß man sie nach ihren guten Regungen beurteilen soll, wenn sie auch nur im Schlaf aus ihnen sprechen.«

»Sie scheinen Ihr trauriges Amt in einer Weise auszuüben, die es höchst interessant machen muß.«

»Man muß sich begnügen, Samen auszustreuen in der Hoffnung, daß einige Keime später Früchte tragen. Bisweilen geht diese Hoffnung wirklich in Erfüllung.«

»Frauen wie Sie müssen sehr selten sein.«

»O nein; was ich tue, tun auch andere, und vielleicht mit mehr Glück, mit größerer Einsicht. Eine Aufseherin aus dem anderen Teil des Gefängnisses würde Sie sicher noch mehr interessieren. – Sie erzählte mir vorhin von einem Mädchen, das des Kindesmordes angeklagt ist. – Der Vater des Mädchens, ein armer Steinschneider, hat, aus Schmerz über die Schande seiner Tochter, den Verstand verloren; die Armut der Familie scheint gräßlich zu sein. Sie wohnt in einem Dachstübchen in der Rue du Temple.«

»Rue du Temple?« fiel Frau von Harville ein; »wie heißt der Steinschneider?«

»Seine Tochter heißt Luise Morel.«

»Um des Himmelswillen!«

»Sie stand im Dienste des Notars Ferrand.«

»Die Familie war mir empfohlen worden,« sagte Clémence errötend. »Und Luise Morel?«

»Sie schwört, ihr Kind sei tot zur Welt gekommen. Da Sie sich für die Familie interessieren, Frau Marquise, so würde Ihre Teilnahme die Unglückliche in ihrer Verzweiflung trösten.«

»Ich werde mich zu ihr führen lassen und so zwei Schützlinge finden: Luise Morel und die Schallerin, denn alles, was Sie mir von diesem armen Mädchen sagen, rührt mich tief ... Was aber ist zu tun, um ihre Freilassung zu erwirken?«

»Bei Ihrer Stellung, Frau Marquise, wird es Ihnen leicht werden, das Mädchen aus dem Gefängnis zu bringen; es hängt dies nur vom Willen des Polizeipräfekten ab. – Seltsam ist übrigens, wie ich noch bemerken wollte, daß die Schallerin so hartnäckig den Ort verschweigt, an dem sie die drei Monate nach ihrem Verschwinden aus der Cité zugebracht hat; ich habe den Eindruck, daß sie fürchtet, von den Personen zurückgefordert zu werden, bei denen sie Aufnahme gefunden hatte.«

»Und warum?«

»Weil sie ihre Vergangenheit gestehen müßte, die man vielleicht nicht kennt.«

»Glauben Sie?«

»Noch ein anderer Umstand hat mich in meiner Vermutung bestärkt. Gestern abend trat ich an das Bett der Schallerin. Sie schlief fest; ihr Gesicht war heiter und ruhig. Ich betrachtete sie einige Augenblicke mit Rührung, als sie plötzlich, in einem zugleich ehrerbietigen und liebevollen Ton, einen Namen aussprach –«

»Welchen Namen?«

»Den Namen Rudolf.«

»Rudolf!« entgegnete Frau von Harville, die gleich an den Fürsten dachte. Da sie jedoch bald einsah, daß der Großherzog von Gerolstein mit dem Rudolf der armen Schallerin nichts gemein haben könne, sagte sie zu der Aufseherin:

»Alles, was Sie mir von der Schallerin erzählen, interessiert mich mehr und mehr. Könnte ich sie nicht heute schon sehen?«

»Ja, Frau Marquise; ich gehe sie holen, wenn Sie es wünschen. Ich könnte mich zugleich auch nach Luise Morel erkundigen.«

»Ich würde Ihnen sehr dankbar sein, Madame.«

LXXXV

Die Uhr des St. Lazare-Gefängnisses schlug zwei. Auf die Kälte, die seit einigen Tagen geherrscht hatte, war eine milde, laue Temperatur gefolgt; die Sonnenstrahlen spiegelten sich in einem großen viereckigen, mit Steinen eingefaßten Bassin in der Mitte eines Hofes, der mit Bäumen bepflanzt und mit hohen Mauern umgeben war.

Die Töne eines Glöckchens verkündeten die Stunde der Erholung, und die Gefangenen, Frauen und Mädchen, traten lärmend aus einer Türe heraus, die man vor ihnen öffnete. Die Frauen trugen schwarze Hauben und lange Kleider von blauem Stoff, die durch einen Gürtel mit eiserner Schnalle zusammengehalten wurden. Es waren etwa zweihundert öffentliche Mädchen, bestraft wegen Vergehens gegen die Vorschriften, nach denen sie zu leben hatten.

Als sie sich schreiend in den Hof stürzten, war es nicht allein die Freude, aus den Arbeitsstuben herauszukommen, die sie so ausgelassen machte. Nachdem sie sich durch die Tür gedrängt hatten, bildeten sie einen Kreis um eine ihresgleichen, die sie mit Spott und Hohn überschütteten.

Es war dies ein kleines, verwachsenes Mädchen von etwa vierzig Jahren mit einem Kopf, der kaum über die Achseln ragte. Man hatte ihr die Haube abgerissen, und ihr starres, bleichgelbes, mit Grau vermischtes Haar fiel auf ihre niedrige Stirn. Sie hatte unter dem rechten Arm ein kleines Paket in einem Tuche; mit dem linken Ellenbogen suchte sie die Stöße zu parieren, die man ihr von allen Seiten versetzte.

Es konnte nichts Traurigeres und zugleich Groteskeres geben als die Züge dieser Unglücklichen; sie hatte ein langgezogenes, runzliges, erdfahles Gesicht mit zwei großen Nasenlöchern und zwei kleinen, schiefstehenden, roten Augen. Bald zornig, bald demütig, grollte und bat sie, aber man lachte über ihre Klagen noch mehr als über ihre Drohungen.

Sie war die Zielscheibe des Spottes aller Gefangenen, obgleich sie schwanger war.

Zu den schlimmsten Peinigerinnen der Mont-Saint-Jean gehörte die Wölfin.

Die Wölfin war ein Mädchen von etwa zwanzig Jahren, groß, schlank, von wahrhaft athletischem Knochenbau und einem ziemlich regelmäßigen Gesicht. Ihr schwarzes Haar war starr; braune Härchen beschatteten ihre fleischige Oberlippe; ihre starken Augenbrauen wuchsen über großen, fahlen Augen zusammen. Es lag etwas Wildes in dem Gesichtsausdruck dieses Mädchens; deshalb hatte man ihr den Beinamen gegeben, den sie trug.

»Was habe ich euch getan?« rief die Mont-Saint-Jean, indem sie sich verzweifelt wehrte. »Warum quält ihr mich so?«

»Weil uns das Spaß macht.«

»Weil du nur dazu da bist, gequält zu werden!«

»Wir wollen dich in Ruhe lassen, wenn du uns sagst, warum du Mont-Saint-Jean heißt.«

»Ja, erzähle uns das.«

»Ich habe es euch schon hundertmal erzählt. – Ich heiße so nach einem Soldaten, der in der Schlacht von Mont-Saint-Jean verwundet worden war. Ich habe seinen Namen behalten ... Seid ihr nun zufrieden?«

»Wenn dein Soldat dir ähnlich war, muß er schön ausgesehen haben.«

»Wie viele Glasaugen hatte er?«

»Er hatte gewiß weder Arme noch Beine und war blind und taub, he?«

»Was hast du da in dem Tuch?« fragte die Wölfin.

»Sie muß es zeigen!«

»Wir wollen es sehen!«

»Nein,« rief die Arme, indem sie das kleine Paket mit allen Kräften festhielt.

»Es muß ihr weggenommen werden!«

»Ja, nimm es ihr, Wölfin!«

»Was ist denn darin?«

»Es ist ein Hemdchen für mein Kleines, weiter nichts.«

»Ach, das Hemdchen für den kleinen Mont-Saint-Jean! Das muß spaßig aussehen.«

»Her mit dem Fetzen!« rief die Wölfin, indem sie die Mont-Saint-Jean mit ihren Pranken packte und ihr das kleine Bündel fortnahm.

Mont-Saint-Jean schluchzte, als wäre sie selbst ein kleines Kind. Sie sah die Unmöglichkeit, sich gegen das riesenstarke Mädchen zur Wehr zu setzen und ergab sich verzweifelt in ihr Schicksal. Aber plötzlich richtete sie sich auf und rief: »Helfen Sie mir, Schallerin! Bitten Sie für mich! Auf Sie wird man gewiß hören.«

Die Schallerin, die zuletzt im Hof erschienen war, trug auch das blaue Kleid und die schwarze Haube der Gefangenen; sie sah aber selbst in diesem groben Anzug noch reizend aus wie ein Engel. Seit ihrer Entführung schienen sich ihre Züge verändert zu haben; ihre Blässe, durch die sonst ein leichtes Rot schimmerte, war jetzt matt, wie Alabaster. Auch der Ausdruck ihres Gesichtes war ernster und entsagungsvoller geworden. Marienblume schien zu fühlen, daß sie durch mutiges Ertragen der schmerzlichen Strafen sich von früheren Fehlern reinigen konnte.

»Bitten Sie für mich, Schallerin,« fuhr die Mont-Saint-Jean fort. »Sehen Sie nur, wie sie alles, was ich mit so großer Mühe für mein Kindchen gesammelt habe, im Hof umherwerfen!«

Marienblume sagte kein Wort, fing aber an, alle Läppchen unter den Füßen der Gefangenen aufzulesen.

Eine Gefangene stand absichtlich auf einem Stück Leinwand; Marienblume hatte sich gebückt, sah die Gefangene bittend an und sagte mit ihrer sanften Stimme:

»Ich bitte Sie, lassen Sie mich das aufheben, im Namen der Armen da, die weint.«

Die Gefangene zog den Fuß zurück.

Es blieb nur noch ein kleines Kindermützchen übrig, um das sich zwei Gefangene stritten. Marienblume sagte zu ihnen:

»Geben Sie ihr das Mützchen zurück!«

»Nun ja, es ist für einen Harlekin.«

Das Mützchen war in der Tat buntscheckig genug.

Die Gefangenen lachten.

»Lacht, soviel ihr wollt, aber gebt es mir nur wieder,« sagte Mont-Saint-Jean.

»Mir die Harlekinsmütze!« rief die Wölfin.

»Ich bitte Sie, geben sie mir das Mützchen,« sagte die Schallerin.

»Sie wollen es der Mont-Saint-Jean zurückgeben?«

»Gewiß.«

»Ich gebe es nicht her,« entgegnete die Wölfin roh. »Soll ich Ihnen immer nachgeben, weil Sie die Schwächste sind? Sie mißbrauchen meine Nachsicht.«

»Wäre es denn ein Verdienst, mir nachzugeben, wenn ich die Stärkste wäre?« antwortete die Schallerin, mit anmutigem Lächeln.

»Sie kriegen das Mützchen nicht!«

»Ich bitte Sie darum.«

»Mach' mich nicht böse! Ich habe nein gesagt, und dabei bleibt es,« entgegnete die Wölfin gereizt.

»Haben Sie doch Mitleid mit ihr! Sehen Sie, wie sie weint!«

»Was geht das mich an?«

»Sie haben recht, Wölfin; es ist ganz in der Ordnung so! Die Arme tut niemandem etwas zuleide, sie kann sich nicht verteidigen, sie ist allein gegen alle – also geschieht ihr recht.«

»Meinst wohl, wir wären feig?« rief die Wölfin. »Antworte! Sind wir feig, he?«

Es entstand ein drohendes Gemurmel gegen die Schallerin.

»Sie nennt uns feig!«

»Welches Recht hat sie dazu?«

»Ist sie etwa mehr als wir?«

»Wir sind zu gut zu ihr gewesen.«

»Was kann sie überhaupt dagegen haben, wenn es uns gefällt, Mont-Saint-Jean zu schlagen?«

»Du wirst nun noch mehr kriegen als früher, Mont-Saint-Jean.«

»Und du, wenn du dich wieder in Dinge mengst, die dich nichts angehen, Schallerin, kriegst auch dein Teil!«

»Das ist nicht genug!« rief die Wölfin aus. »Die Schallerin muß Abbitte leisten, weil sie uns feig genannt hat!«

»Sie muß um Verzeihung bitten!«

»Auf den Knien!«

»Oder wir behandeln sie wie Mont-Saint-Jean.«

»Sage es noch einmal!«

Marienblume blieb in diesem Geschrei vollkommen ruhig; sie ließ den Sturm austoben, dann sah sie, als sie sich Gehör verschaffen konnte, alle mit ihren schönen Augen an und antwortete der Wölfin, die von neuem schrie:

»Wage es noch einmal, uns feig zu nennen!«

»Sie? Nein, die Arme da, der ihr die Kleider zerrissen, die ihr geschlagen, in den Schmutz geworfen habt, sie ist feig! Seht ihr nicht, wie sie weint, wie sie euch zitternd ansieht? Sie ist feig, weil sie sich vor euch fürchtet.«

Die Wölfin und die anderen murmelten noch, aber sie fühlten dunkel, daß sie nicht recht gehandelt hatten.

Marienblume fuhr fort:

»Sie verdient kein Mitleid, sagt ihr, aber ihr Kind verdient es. – Fühlt es nicht auch die Schläge, die ihr seiner Mutter gebt? Wenn sie um Gnade bittet, tut sie es nicht für sich, sondern für ihr Kind. – Wenn sie euch beschwört, ihr die Lumpen nicht zu nehmen, so tut sie es nicht ihretwegen, sondern wegen ihres Kindes. – Spottet nun über uns beide, über Mont-Saint-Jean und mich, wenn ihr könnt.«

Die Gefangenen lachten nicht.

Die Wölfin sah sogar das Mützchen, das sie noch in der Hand hielt, mit einem traurigen Blick an.

»Mein Gott,« fuhr Marienblume fort, »ich weiß, daß ihr nicht bös seid. – Ihr quält Mont-Saint-Jean nur aus Langeweile, nicht aus Grausamkeit. – Aber ihr vergeßt, daß sie ein Kind unter dem Herzen trägt. – Ihr würdet sie sonst nicht schlagen, weil ihr fürchten müßtet, dem armen unschuldigen Kinde weh zu tun, und ihr würdet sogar, wenn es kalt ist, der Mutter alles geben, was ihr entbehren könnt, um es zu erwärmen, nicht wahr, Wölfin?«

»Freilich ...«

»Ihr würdet, wenn es hungerte, das Brot aus eurem Munde nehmen und es ihm geben, nicht wahr, Wölfin?«

»Ja, – ich bin nicht schlechter als andere.«

»Wir auch nicht!«

»Ich sagte es ja,« fuhr Marienblume fort, »daß ihr nur vergeßt, daß Mont-Saint-Jean das Kind nicht auf den Armen, sondern unter dem Herzen trägt –«

»Es ist wahr, wenn wir sie schlagen, schlagen wir das Kind.«

»Daran hatte ich nicht gedacht.«

»Ich auch nicht.«

Die Wölfin griff mit einemmal in die Tasche, nahm zwanzig Sous, warf sie in das Mützchen und rief, indem sie es den anderen Gefangenen hinhielt:

»Und ein Kind zu schlagen. Pfui!«

»Ich gebe zwanzig Sous für Mont-Saint-Jean, damit sie Leinwand kaufen kann. Wir alle helfen zuschneiden und nähen!«

»Ja – ja!«

»Eine feine Idee.«

»Ich gebe zehn Sous.«

»Ich dreißig.«

»Ich zwanzig.«

»Ich vier, ich habe nicht mehr.«

»Ich habe gar nichts, aber ich verkaufe meine Ration. Wer kauft sie mir ab?«

»Ich,« rief die Wölfin, »ich gebe 10 Sous für dich, du kannst aber deine Ration behalten! Mont-Saint-Jean soll eine Ausstattung für ihr Kind bekommen, wie eine Prinzessin!«

»Ach, mein lieber Engel,« rief die Mont-Saint-Jean, indem sie der Schallerin beide Hände entgegenstreckte, »was habe ich für Sie getan, daß Sie so gütig und freundlich gegen mich sind?«

»Wir haben 28 Franken und 7 Sous,« sagte die Wölfin. »Wer soll das Geld aufbewahren? Der Mont-Saint-Jean dürfen wir es nicht geben, sie ist zu dumm.«

»Die Schallerin soll es an sich nehmen!« riefen alle.

»Wenn ihr auf mich hören wollt,« sagte Marienblume, »so bittet die Aufseherin, Madame Armand, das Geld zu übernehmen und die nötigen Einkäufe zu machen.«

»Schallerin ... kommen Sie, ich muß mit Ihnen sprechen,« sagte die Wölfin finster vor sich hin.

Dann trat sie aus der Gruppe der Gefangenen heraus und führte die Schallerin an das Bassin mit der steinernen Einfassung, vor dem eine Bank stand.

Hier setzten sich die Schallerin und die Wölfin nieder und waren fast allein.

LXXXVI

»Was wollten Sie mir sagen?« fragte die Schallerin ihre Gefährtin, die, finster und schweigend, neben ihr saß.

»Wir müssen zu einer Lösung kommen,« antwortete die Wölfin rauh; »das kann so nicht weitergehen.«

»Ich verstehe Sie nicht.«

»Eben jetzt hatte ich mir vorgenommen: ich gebe der Schallerin nicht mehr nach, und doch habe ich Ihnen wieder nachgegeben.«

»Nicht mir, Wölfin ...«

»Ich sage, damit muß es ein Ende haben!«

»Was haben Sie gegen mich, Wölfin?«

»Ich habe gegen Sie, daß ich nicht mehr bin, wie ich war – ich habe keinen Mut, keine Kraft mehr.«

Die Wölfin unterbrach sich, streifte den Ärmel ihres Kleides zurück, zeigte auf ihren weißen, muskulösen Arm und deutete auf eine Tätowierung, die einen Dolch darstellte, der in ein rotes Herz gebohrt war. Darunter las man die Worte:

Tod den Feigen!
Martial.
F. d. L. (für das Leben).

»Sehen Sie das?« fragte die Wölfin.

»Ja, ich könnte mich davor fürchten,« antwortete die Schallerin indem sie die Augen abwandte.

»Als Martial mir mit einer glühenden Nadel diese Worte auf den Arm schrieb, hielt er mich für mutig. Wenn er wüßte, wie ich mich seit drei Tagen benehme, würde er mir sein Messer in die Brust stoßen, und er würde recht tun, denn es steht geschrieben: Tod den Feigen!«

»Was taten Sie, daß Sie sich feig schalten?«

»Ich bin feig!«

»Bereuen Sie Ihre gute Tat?«

»Ja.«

»Habe ich Sie zu einer Feigheit verleitet, als Sie die Arme unterstützten?«

»Darum handelt es sich nicht,« rief die Wölfin zornig aus, »aber ich habe noch vor niemand den Nacken gebeugt. Mehr als ein Weib trägt Spuren von mir an sich, auch mehr als ein Mann ... man soll also nicht sagen, ein schwächliches Ding wie Sie hätte mich unter die Füße gebracht.«

»Sie zürnen mir, Wölfin?«

»Ja, Sie sind für mich eine gefährliche Bekanntschaft; wenn das noch vierzehn Tage so ginge, würde man mich nicht mehr die Wölfin, sondern das Lamm nennen. Dafür danke ich. – Mein Geliebter würde mich umbringen. – Kurz und gut, ich mag nicht mehr mit Ihnen zusammen sein und werde darum bitten, in einen anderen Saal versetzt zu werden. Schlägt man es mir ab, so mache ich irgendeine Dummheit, damit man mich einsperrt, bis meine Zeit abgelaufen ist.«

»Die beste Art, meinem Wohltäter meine Dankbarkeit zu beweisen,« dachte die Schallerin bei sich, »ist die, anderen, die noch darauf hören können, den guten Rat zu wiederholen, den er mir gegeben hat.«

Sie ergriff schüchtern die Hand ihrer Gefährtin, die sie mit finsterem Mißtrauen anblickte, und sagte:

»Ich versichere Sie, Wölfin, daß Sie meinen Einfluß fürchten, nicht weil Sie feig sind, sondern weil Sie ein gutes Herz besitzen. Nur die mutigen Herzen fühlen Rührung bei dem Unglück anderer.«

»Dabei ist weder Güte noch Mut,« sprach die Wölfin rauh, »sondern nur Feigheit. – Übrigens will ich nicht, daß Sie glauben, ich sei gerührt worden; es ist nicht wahr –«

»Aber Ihnen dankbar zu sein, werden Sie mir erlauben, nicht wahr?«

»Meinetwegen. – Noch heute abend bin ich in einem anderen Saal, und bald werde ich überhaupt freigelassen ... Gott sei Dank!«

»Wohin werden Sie dann gehen?«

»In meine Wohnung, Rue Pierre Lescot. Ich habe eine eigene Wohnung.«

»Und freuen Sie sich, Martial wiederzusehen?« fuhr die Schallerin fort, die hoffte, länger mit der Wölfin sprechen zu können, wenn sie einen ihr interessanten Gegenstand berührte.

»Ach ja!« antwortete sie leidenschaftlich. »Als ich verhaftet wurde, erholte er sich eben von einem Fieber, das er bekam, weil er immer auf dem Wasser ist. Siebzehn Tage und siebzehn Nächte habe ich ihn keine Minute verlassen; ich kann mich rühmen, wenn er lebt, so verdankt er es mir.«

»Und wo ist er jetzt? was treibt er?«

»Er wohnt bei der Brücke von Asnières, dicht am Wasser.«

»Und was tut er?«

»Er fischt in der Nacht, und wenn ein feiger Mensch Streit mit einem anderen sucht, so nimmt das Martial auf sich, denn er ist mutig wie ein Löwe. Sein Vater hat Unglück mit der Justiz gehabt. Er hat eine Mutter, zwei Schwestern und einen Bruder.«

»Wo haben Sie Martial kennen gelernt?«

»In Paris. Er wollte Schlosser werden; ein schönes Handwerk! – Aber er hatte, wie ich, seinen eigenen Kopf und kam mit keinem

Meister aus. Er kehrte also wieder zu seinen Eltern zurück und fing an, auf dem Flusse zu stehlen. Er besucht mich abends in Paris, und ich besuche ihn am Tage in Asnières.«

»Ach, Sie werden also das Glück haben, Wölfin, einmal aufs Land zu gehen!«

»Der Wald ist mir lieber!«

»Haben Sie denn schon im Walde gelebt?«

»Nein.«

»Wer hat Sie denn auf den Gedanken gebracht?«

»Martial war Wilddieb im Walde von Rambouillet. Vor einem Jahre hieß es, er habe auf einen Wildhüter geschossen, der zuerst auf ihn geschossen hatte. Der Lump von Wildhüter! Zwar ist vor Gericht nichts bewiesen worden, aber Martial mußte die Gegend verlassen. Er kam nach Paris, und hier lernte ich ihn kennen.«

»Und wo sind Ihre Eltern, Wölfin?«

»Das weiß ich nicht.«

»Haben Sie sie lange nicht gesehen?«

»Ich weiß nicht einmal, ob sie leben oder tot sind.«

»Wie kommt das?«

»Ich war, glaube ich, elf Jahre alt, als meine Mutter mit einem Soldaten davonging; mein Vater, der Tagelöhner war, hielt sich nun eine Geliebte, die mit zwei Knaben zu uns zog. Sie handelte mit Äpfeln. Am Anfang ging es nicht schlecht, dann aber kam eine Austernhändlerin zu uns, mit der es mein Vater auch hielt. Das erfuhr die erste, und nun gab es fast alle Tage entsetzliche Schlägereien. Eines Tages, es war gerade ihr Namenstag, machte sie meinem Vater Vorwürfe, daß er ihr nicht gratuliert habe. Ein Wort gab das andere, und mein Vater gab ihr endlich eins mit dem Besenstiel auf den Kopf. Ich dachte, es wäre aus mit ihr. Sie fiel hin, aber sie hatte ein zähes Leben und einen harten Kopf. Sie blieb meinem Vater nichts schuldig; einmal biß sie ihn so stark in die Hand, daß sie ein Stück Fleisch zwischen den Zähnen behielt.«

»Behandelte die Frau Sie auch schlecht?«

»Im Gegenteil; sie war eine kreuzbrave Frau ... Endlich wurde mein Vater der Sache aber doch überdrüssig; er überließ ihr die wenigen Möbel, die wir hatten, ging fort und kam nicht wieder. Ich war damals fünfzehn oder sechzehn Jahre alt.«

»Und Sie blieben bei der ehemaligen Geliebten Ihres Vaters?«

»Wohin hätte ich gehen sollen? Sie wurde mit einem Dachdecker bekannt, der zu ihr zog.«

»Und was taten Sie?«

»Ich schob den Äpfelkarren, kochte die Suppe und trug sie zu ihrem Manne. Kam er betrunken nach Hause, so half ich Mutter Madeleine, und wir verprügelten ihn gemeinsam, um Ruhe zu haben.«

»Und wie wurden Sie, was ... wir sind?« fragte Marienblume zögernd.

»Der Sohn Madeleines, der kleine Karl, der später ertrank, war bei mir gewesen, fast seit der Zeit, als wir noch Kinder waren. – Seine Stelle nahm der Dachdecker ein. Mir war es gleich, aber ich fürchtete, von Mutter Madeleine aus dem Hause gejagt zu werden, wenn sie etwas merkte. Das geschah denn auch; da sie aber eine gutmütige Frau war, so sagte sie zu mir: ›Da es so ist, so komm mit mir, ich will dich bei der Polizei einschreiben lassen. Was meinst du dazu?‹ – ›Sie mögen wohl recht haben‹, antwortete ich. Wir gingen in das Sittenbureau; sie empfahl mich einem Hause, und seitdem bin ich eingeschrieben. Vor einem Jahr ungefähr habe ich Mutter Madeleine einmal wiedergesehen. Letzthin erzählte jemand, sie sei vor drei Monaten in die Morgue gebracht worden. Schade, wenn es wahr ist! Sie war eine brave Frau, hatte das Herz in der Hand und nicht mehr Galle als eine Taube!«

Die Schallerin kämpfte die Bewegung nieder, welche die traurige Beichte ihrer Gefährtin in ihr geweckt hatte und sagte schüchtern:

»Hören Sie mich an, ohne bös zu werden ...«

»Wir wollen sehen –, reden Sie!«

»Sind Sie glücklich, Wölfin?«

»Hier in St. Lazare?«

»Nein, wenn Sie frei sind.«

»Ja, ich bin glücklich.«

»Sie möchten Ihr Schicksal nicht mit einem anderen vertauschen?«

»Mit welchem anderen? Für mich gibt es kein anderes.«

»Sagen Sie mir, Wölfin,« fuhr Marienblume, nach einer kurzen Pause, fort, »bauen Sie zuweilen Luftschlösser?«

»Warum?«

»Wegen Martial, zum Beispiel.«

»Nein, ich habe noch nie Luftschlösser gebaut.«

»So will ich einmal eins bauen für Sie und Martial.«

»Wozu?«

»Zum Zeitvertreib –«

»Nun, meinetwegen! Lassen Sie sehen!«

»Denken Sie, Sie träfen zufällig jemand, der zu Ihnen sagte: Sie lieben Martial, er liebt Sie ... Geben Sie beide ihren schlechten Lebenswandel auf, werden Sie seine Frau!«

Die Wölfin zuckte die Achseln.

»Wer weiß, ob er mich haben möchte.«

»Außer der Wilddieberei hat er nichts Strafbares begangen, nicht wahr?«

»Nein, er ist Wilddieb auf dem Wasser, wie er es im Walde war, und er hat recht. Sind die Fische im Wasser, wie das Wild im Walde, nicht da für den, der sie fängt?«

»Angenommen, er hätte sein gefährliches Gewerbe als Fischdieb aufgegeben, wollte ein ehrlicher Mann werden und flößte einem unbekannten Wohltäter so viel Vertrauen ein, daß er ihm eine Stelle als Jäger oder Wildhüter gäbe ...«

»Ja, dann könnte man auch im Walde leben ...«

»Angenommen, er bekäme die Stelle nur unter der Bedingung, daß er Sie heiratete und mit sich nähme.«

»Sie haben mich zum Besten! Wäre denn so etwas möglich?«

»Wer weiß? – Übrigens ist es eben ein Luftschloß.«

»Ja so.«

»Ich sehe Sie schon in dem Häuschen, mitten im Walde, mit Ihrem Mann, mit zwei, drei Kindern ...«

»Kinder von Martial?« rief die Wölfin in wilder Leidenschaft, »ach ja! die würde ich lieben!«

»Sie würden um Sie spielen, und wenn sie größer wären, fingen sie an, Ihnen behilflich zu sein; die kleinsten sammelten dürres Holz, der größere ginge mit einer Kuh in den Wald ...«

»Weiter, Schallerin!«

»Man wäre zufrieden mit Ihrem Manne. Sie erhielten von seinem Herrn Geschenke: Hühner in den Hof, einen Garten, – aber Sie würden auch tüchtig arbeiten müssen, Wölfin, von früh bis abends.«

»Oh, wenn es weiter nichts wäre! Schaffen kann ich, wie ein Mann.«

»Beschäftigung ist genug, dafür steh' ich. – Heute wird gewaschen, morgen Brot gebacken, oder das Haus wird von oben bis unten gescheuert ...«

»Für meinen Mann und drei oder vier Kinder zu sorgen, das sollte mir nicht schwer werden!«

»Es gibt aber auch nicht immer Arbeit. Im Winter, abends, wenn die Kinder schlafen, Ihr Mann seine Pfeife raucht und seine Hunde streichelt, können Sie sich ausruhen –«

»Bah, die Hände in den Schoß legen? Nein, da will ich doch lieber die Wäsche ausbessern, wenn wir abends am Feuer sitzen.«

Hocherfreut, daß die Wölfin so eifrig zuhörte, fuhr die Schallerin lächelnd fort:

»Und dann, Madame Martial – erlauben Sie, daß ich Sie so nenne –?«

»Bitte, das klingt sehr hübsch! Also, was sagten Sie?«

»Ich meine, Madame Martial, wenn wir von Ihrem Leben im Winter sprechen, so haben wir die schlechteste Jahreszeit gewählt.«

»Nein, es ist nicht die schlechteste! So in der Nacht im Walde den Wind pfeifen und bisweilen die Wölfe heulen zu hören, das würde ich nicht langweilig finden.«

»Ich ziehe den Frühling vor. Ach, der Frühling, Madame Martial, wenn die Bäume grün werden, und Blumen im Walde blühen, daß die Luft voll Wohlgeruch ist! Da wälzen sich Ihre Kinder lustig im Grase, und der Wald ist so dicht, daß man Ihr Haus kaum sieht. Und dann – ich weiß nicht, ob Sie das schon bemerkt haben – im Sommer ist es im Wald so still, so still, wie in der Nacht. Kein Blättchen regt sich ...«

»Das ist wahr,« antwortete die Wölfin, die mehr und mehr die Wirklichkeit vergaß.

»Etwas liebe ich fast ebensosehr wie die Waldesstille: das Rauschen der Regentropfen, die auf die Blätter fallen; hören Sie das auch gern?«

»Ach ja!«

»Dann sind die Bäume, das Moos, das Gras wie gebadet. Und wie die Sonne, wenn sie durch die Blätter scheint, alle Wassertröpfchen funkeln läßt! ... Haben Sie das auch schon bemerkt?«

»Sie erzählen hübsch, Schallerin; man glaubt, alles vor sich zu sehen, und was Sie sagen, erfrischt wie der Sommerregen, von dem Sie reden.«

Marienblume fuhr fort:

»Und nun stellen Sie sich vor: es ist die Zeit des Abendessens, Ihr Ältester hat, während er die Kühe im Wald hütete, ein Körbchen voll Erdbeeren für Sie gepflückt.«

»Mein Gott, Schallerin, wo nehmen Sie nur die Einfälle her?«

»Aus dem Walde, wo die Erdbeeren wachsen. Aber wir wollen von der Wirtschaft reden. – Es ist Abend, Sie müssen Ihre Kühe melken, das Abendbrot bereit stellen, denn Sie hören die Hunde Ihres Mannes bellen. Und dann, wenn es ganz dunkel geworden ist ... welches Glück, in der Laube den schönen Abend zu genießen, den Duft des Waldes zu atmen, die Kinder plaudern zu hören und die Sterne anzusehen …

Nun sagen Sie mir,« fuhr Marienblume sanft fort, »verdiente der nicht gesegnet zu werden, der Ihnen dieses friedliche Leben gäbe für das elende Leben, das Sie im Schmutze von Paris führen?«

Das Wort ›Paris‹ brachte die Gedanken der Wölfin zur Wirklichkeit zurück.

Sie richtete rasch den Kopf empor, strich mit der Hand über die Stirn, stand drohend und zornig auf und sagte:

»Siehst du –, daß ich recht hatte, als ich dir nicht traute und nicht auf dich hören wollte? Warum hast du so mit mir geredet? Um mich zum Narren zu haben? Und nur weil ich so dumm war und sagte, ich möchte gern mit meinem Geliebten im Walde leben … Jetzt werde ich alle Tage an den Wald, an das Haus, an die Kinder, an das Glück denken, das ich nie, nie finden werde. Und wenn ich nicht vergessen kann, was du mir gesagt hast, dann wird mein Leben eine Hölle sein. Und das ist deine Schuld, ja – deine Schuld!«

»Desto besser!« sagte Marienblume.

»Du sagst: desto besser!« wiederholte die Wölfin mit funkelnden Augen.

»Ja, denn wenn dir dein elendes Leben nun als Hölle erscheint, wirst du das Leben vorziehen, von dem ich gesprochen habe.«

»Was nützt es mir, da es doch nicht für mich ist?« rief die Wölfin aus, indem sie die kleine Hand der Schallerin in ihre starke Faust nahm. »Antworte! Warum bist du hierher gekommen, um Wünsche in mir zu wecken, die nie in Erfüllung gehen können?«

»Wenn Sie ein ehrliches Leben wünschen, machen Sie sich eines solchen Lebens auch würdig,« entgegnete Marienblume.

»Nun – und wenn ich eines solchen Lebens würdig bin? Was nützt mir das?«

»So wird, was Sie für einen Traum halten, zur Wirklichkeit werden,« sagte Marienblume in so überzeugungsvollem Ton, daß die Wölfin, von neuem überwunden, ihre Hand losließ und staunend dastand.

»Hören Sie mich an, Wölfin,« fuhr Marienblume fort, »halten Sie mich nicht für so schlecht, daß ich diese Hoffnungen in Ihnen erweckt haben würde, wenn ich nicht die Gewißheit hätte, Ihnen die Mittel verschaffen zu können, aus Ihrer jetzigen Lage herauszukommen.«

»Sie? Wie wollten Sie das können?«

»Ich nicht, aber jemand, der gütig, groß und mächtig ist.«

»Wer ist das?«

»Vor drei Monaten, als ich, wie Sie, ein armes, verlassenes Geschöpf war, kam eines Tages der, von dem ich nur mit Tränen des Dankes sprechen kann, zu mir und scheute sich nicht, tröstende Worte zu mir zu sagen. Ich hatte ihm meine Leiden, meine Not, meine Schande offenbart, ohne ihm etwas zu verschweigen. Nachdem er mich angehört hatte, tadelte er mich nicht, sondern beklagte mich und pries mir das ruhige und unschuldige Leben, das man auf dem Lande führe.«

»Was Sie eben –«

»Ja, und ich sagte, wie Sie: was nützt es, mir dieses Paradies zu zeigen, da ich doch in der Hölle bleiben muß? Aber ich tat Unrecht, als ich verzweifelte, denn er, von dem ich spreche, ist nicht imstande, einem armen Geschöpf, das von keinem Mitleid verlangte, eine falsche Hoffnung vorzuspiegeln.«

»Was tat er für Sie?«

»Er behandelte mich wie ein krankes Kind und ließ mich eine gesunde, belebende Luft atmen; er vertraute mich Menschen an, die ihm glichen. Ja, wenn meine Worte Sie rühren, Wölfin, so spricht sein Geist aus mir, und wenn ich von einer glücklicheren Zukunft spreche, die Sie erlangen könnten, so tue ich es, weil ich Ihnen, in seinem Namen, diese Zukunft versprechen kann, obgleich er in diesem Augenblicke die Verpflichtung nicht kennt, die ich übernehme.«

Marienblume strahlte, während sie sprach, in einer so rührenden Schönheit, daß die Wölfin ihre Gefährtin mit ehrerbietiger Bewunderung betrachtete und ausrief:

»Mein Gott! – Träume ich? – Wer sind Sie denn? Und warum sind Sie hier – gefangen mit uns, da Sie doch so mächtige Menschen kennen? Sind Sie da, um uns in Versuchung zu führen?! Sind Sie für das Gute, was der Teufel für das Böse ist?«

Marienblume wollte antworten, als Madame Armand sie unterbrach, um sie zu Frau von Harville zu führen.

LXXXVII

Die Aufseherin erschien bald mit der Schallerin in dem kleinen Saal, in dem die Marquise von Harville wartete. Das bleiche Gesicht des jungen Mädchens hatte sich durch das lebhafte Gespräch mit der Wölfin leicht gerötet.

»Die Frau Marquise,« sagte Madame Armand zu Marienblume, »wünscht Sie zu sehen und wird vielleicht die Güte haben, Sie vor Ablauf Ihrer Strafzeit aus dem Gefängnis zu bringen.«

»Mein Kind,« sagte Clémence zu ihr, »Madame Armand rühmt deinen sanften Charakter und dein gutes Betragen, aber sie beklagt sich darüber, daß du ihr so wenig Vertrauen schenkst.«

Marienblume ließ das Köpfchen sinken und antwortete nicht.

»Der Anzug eines Bauernmädchens, den du trugst, als du verhaftet wurdest, und dein hartnäckiges Schweigen über den Ort, wo du dich aufhieltest, ehe du hierher kamst, beweisen, daß du gewisse Umstände verheimlichen willst. Ich habe keinen Anspruch auf dein Vertrauen, armes Kind, und möchte dir keine zudringlichen Fragen stellen, aber man versichert mir, daß man mein Gesuch bewilligen würde, wenn ich mich für deine Freilassung verwendete. Ehe ich es tue, möchte ich aber mit dir über deine Pläne für die Zukunft sprechen. – Was würdest du beginnen, wenn du frei wärest? Schenke mir Vertrauen, und ich werde für dich tun, was ich kann.«

Die Schallerin antwortete, nach einigem Zögern:

»Sie zeigen sich mir so wohlwollend, daß ich vielleicht das Schweigen breche, das mir ein Eid zur Pflicht machte.«

»Ein Eid?«

»Ja, ich habe geschworen, der Justiz und den hier angestellten Personen gegenüber zu verschweigen, wie ich hierhergekommen bin; wenn Sie mir aber ein Versprechen geben wollen ...«

»Ich?«

»... das Versprechen, mein Geheimnis zu bewahren, so könnte ich vielleicht durch Ihre Vermittlung, ohne gegen meinen Schwur zu handeln, Personen beruhigen, die ohne Zweifel sehr besorgt um mich sind.«

»Rechne auf meine Verschwiegenheit!«

»Ich danke Ihnen, Madame! Ich fürchtete so sehr, mein Schweigen könne meinen Wohltätern undankbar erscheinen ...«

Der sanfte Ton der Stimme und die fast gewählte Sprache der Schallerin versetzten Frau von Harville von neuem in Erstaunen.

»Wie konntest du,« fragte sie, »bei deiner, wie es scheint, ausgezeichneten Erziehung ...«

»So tief fallen, nicht wahr? – Leider habe ich diese Erziehung erst jetzt erhalten. Ich verdanke sie einem Manne, der sich meiner erbarmte, ohne mich zu kennen.«

»Und wer ist dieser Beschützer?«

»Das weiß ich nicht.«

»Du weißt es nicht?«

»Er gibt sich, wie man sagt, nur durch seine Güte zu erkennen.«

»Wo trafst du ihn?«

»In der Cité,« sagte die Schallerin, mit niedergeschlagenen Augen, »wollte mich einst in der Nacht ein Mann schlagen, und dieser unbekannte Wohltäter verteidigte mich mutig. So lernte ich ihn kennen.«

»War er – ein Mann aus dem Volke?«

»Als ich ihn das erstemal sah, war er so gekleidet, aber später –«

»Später?«

»Die tiefe Ehrfurcht, mit der ihn diejenigen behandelten, denen er mich anvertraute, bewies mir, daß er nicht war, wofür ich ihn anfangs gehalten hatte.«

»Kennst du den Namen des geheimnisvollen Beschützers?«

»Ja, Madame,« antwortete die Schallerin mit Begeisterung. »Mein Retter heißt Herr Rudolf –«

Clémence wurde purpurrot.

»Hat er keinen anderen Namen?« fragte sie.

»Ich weiß es nicht. In der Meierei, in die er mich gebracht hatte, kannte man ihn nur unter diesem Namen.«

Der leidenschaftliche Ton, in dem Marienblume diese Worte sprach, machte einen schmerzlichen Eindruck auf Frau von Harville.

Unter welchen Umständen waren der Fürst – denn daß es sich um ihn handelte, war Clémence jetzt klar – und diese Unglückliche zusammengetroffen, und warum war Rudolf, verkleidet, in die Cité gegangen?

Clémence besaß edle Eigenschaften, aber sie war ein Weib und liebte Rudolf, obgleich sie entschlossen war, dieses Geheimnis tief im Herzen zu begraben.

Ohne zu bedenken, daß sie vielleicht ein Gefühl begeisterter Dankbarkeit mit Liebe verwechselte, sah die Marquise im ersten Augenblick in der Schallerin ihre Nebenbuhlerin.

Sie fuhr deshalb in einem Tone, der grell von dem Wohlwollen ihrer ersten Worte abstach, fort:

»Und warum läßt Sie, Mademoiselle, Ihr Beschützer im Gefängnis? Wie sind Sie überhaupt hierhergekommen?«

Das eben noch so offene Gesicht der Schallerin verdüsterte sich.

Clémence, die diesen jähen Wechsel bemerkte, fuhr deshalb, um nicht den Argwohn ihres Schützlings zu erwecken, sanfter fort:

»Ich kann wirklich nicht begreifen, daß Sie hier gefangengehalten werden und daß Sie in der Nacht auf einer Promenade verhaftet werden konnten, die Ihnen untersagt war. Alles dies kommt mir seltsam vor. Sie sprachen von einem Eid, der Sie bis jetzt zum Schweigen nötigte, aber auch dieser Eid ist rätselhaft!«

»Ich habe die Wahrheit gesagt.«

»Ich glaube es; aber das Unbegreifliche Ihrer Lage steigert meinen lebhaften Wunsch, Ihnen behilflich zu sein. Ich verspreche Ihnen deshalb, nicht nur Ihr Geheimnis zu wahren, sondern alles zu tun, um das Ziel zu erreichen, nach dem Sie streben.«

»Verzeihen Sie mir, Madame, ich tat gewiß unrecht, daß ich Ihnen nicht sogleich sagte, was Sie zu wissen wünschten: aber Sie fragten mich nach dem Namen meines Retters, und ich konnte dem Glück nicht widerstehen, von ihm zu sprechen.«

»Das beweist, mein Kind, wie dankbar du ihm bist. Aber warum hast du die braven Leute verlassen, zu denen er dich gebracht hat? Bezieht sich darauf der Eid, den du erwähntest?«

»Ja, aber durch Ihre Vermittlung glaube ich meine Wohltäter beruhigen zu können, ohne mein Wort zu brechen.«

»Erzähle, armes Kind!«

»Vor ungefähr drei Monaten hatte mich Herr Rudolf in die Meierei gebracht und mich einer Frau übergeben, die ich bald liebte wie meine Mutter. Sie und der Pfarrer des Dorfes beschäftigten sich mit meiner Erziehung.«

»Warum hast du den Ort verlassen, wo du dich so glücklich fühltest?«

»Ach, es geschah nicht freiwillig.«

»Wer zwang dich dazu?«

»Eines Abends ging ich,« sagte Marienblume zitternd, »ins Pfarrhaus, als eine böse Frau, die mich in meiner Kindheit gepeinigt hatte, und ein Mann, der mit ihr in einem Hohlweg im Hinterhalte lag, über mich herfielen, mich knebelten und in einen Wagen trugen.«

»Zu welchem Zweck?«

»Das weiß ich nicht. Meine Entführer gehorchten, glaube ich, mächtigen Personen.«

»Und welche Folgen hatte dieser Raub?«

»Kaum hatte sich der Wagen in Bewegung gesetzt, als die böse Frau ausrief: ›Ich habe hier mein Vitriol und will damit der Schallerin das Gesicht waschen!‹«

»Entsetzlich! Und wer rettete dich aus dieser Gefahr?«

»Der Helfershelfer jener Frau, ein Blinder, der Schulmeister genannt wird.«

»Er verteidigte dich?«

»Ja, es entstand ein Kampf zwischen ihm und der Eule. Der Schulmeister gebrauchte seine Kraft und zwang sie, die Flasche aus dem Wagen zu werfen. Nach etwa einer Stunde hielt der Wagen an, ich glaube auf der Straße, die über die Ebene von St. Denis führt. Dort wartete ein Mann zu Pferde. ›Nun‹, sagte er, ›habt ihr sie endlich?‹ – ›Ja, wir haben sie‹, antwortete die Eule. ›Wenn Sie die Kleine aus dem Wege räumen wollen, so weiß ich ein gutes Mittel. Ich lege sie hier auf die Erde und lasse ihr die Wagenräder über den Kopf gehen. – Man wird glauben, sie sei zufällig verunglückt.‹ – Zum Glück antwortete der Mann zu Pferde, er wünsche nicht, daß man mir etwas zuleide tue, man brauche mich nur zwei Monate lang eingesperrt zu halten. Da schlug die Eule vor, mich zu Rotarm zu bringen, der ein Wirtshaus hat. In diesem Wirtshaus gäbe es mehrere tiefe Keller. Dort könnte man mich einsperren. Der Mann zu Pferde nahm diesen Vorschlag an und versprach mir, es würde mir später ein Schicksal gesichert werden, das mich Bouqueval vergessen machen könnte.«

»Welches seltsame Geheimnis!«

»Der Mann gab der Eule Geld; dann ritt er schnell davon. Unser Wagen fuhr nach Paris. Kurz bevor wir an die Barriere kamen, sagte der Schulmeister: ›Du willst die Schallerin in einen Keller Rotarms sperren; weißt du auch, daß diese Keller im Winter unter Wasser stehen? – Willst du sie ersäufen?‹ – ›Ja‹, antwortete die Eule.«

»Aber mein Gott, was hattest du dieser Frau getan?«

»Nichts, Madame, und doch ist sie immer so schlecht zu mir gewesen. – Der Schulmeister antwortete ihr: ›Ich gebe nicht zu, daß die Schallerin ersäuft wird; sie wird nicht zu Rotarm gebracht.‹ Die Eule geriet in schrecklichen Zorn und schwor, sie würde mich, dem Schulmeister zum Trotz, doch hinbringen. ›Ich halte die Schallerin‹, sagte er, ›am Arm und lasse sie nicht los. Wenn du ihr zu nahe kommst, erwürge ich dich.‹ – ›Aber was soll mit ihr geschehen?‹ fragte die Eule. – ›Es gibt ein Mittel‹, antwortete der Schulmeister. ›Wir lassen den Wagen vor einer Wachtstube in den Champs Elysées halten, schlagen Alarm und sagen, wir hätten das Mädchen hier aufgegriffen. Da die Schallerin bei der Polizei eingeschrieben ist, so wird man sie festnehmen und nach St. Lazare bringen, wo sie so gut bewacht und so verborgen sein wird wie in dem Keller Rotarms.‹ – ›Aber‹, entgegnete die Eule, ›die Schallerin wird sich nicht verhaften lassen. Sie wird erzählen, daß wir sie geraubt haben. Aber auch angenommen, sie käme ins Gefängnis, so wird sie an ihre Beschützer schreiben.‹ – ›Nein, sie wird freiwillig ins Gefängnis gehen‹, antwortete der Schulmeister, ›und schwören, uns nicht zu verraten.‹ Dann wandte er sich an mich und sagte: ›Entschließe dich, schwöre, was ich verlange, und du wirst mit Gefängnis davonkommen; wenn nicht, so überlasse ich dich der Eule. Entschließe dich. – Ich weiß, wenn du schwörst, hältst du deinen Schwur.‹«

»Und du hast geschworen?«

»Ach ja, ich fürchtete mich davor, ertränkt zu werden. Ein anderer Tod würde mir nicht so schrecklich erschienen sein, und ich hätte vielleicht nicht versucht, ihm zu entgehen.«

»Du wünschest also, zu sterben?«

»Manchmal wünsche ich mir den Tod, ja –«

Die Augen der Frau von Harville füllten sich mit Tränen. Die schmerzlichen Züge und das traurige Lächeln Marienblumes paßten so zu ihren Worten, daß man an der Aufrichtigkeit dieses Wunsches nicht zweifeln konnte.

»Und du gingst auf den Plan dieser Unmenschen ein?«

»Ja, ich hatte ja so große Angst! Die Eule holte Rotarm; er führte mich auf die Wache und sagte, ich hätte mich vor seinem Hause herumgetrieben. Man verhaftete mich und brachte mich hierher.«

»Ihre Freunde müssen in der schrecklichsten Angst sein!«

»Ach, ich hatte ja nicht bedacht, daß mein Schwur mich hindern würde, sie zu beruhigen. Aber, nicht wahr, ich kann, ohne meinen Schwur zu brechen, Sie bitten, an Madame Georges in Bouqueval zu schreiben, sie möge unbesorgt sein? Freilich dürfen Sie nicht sagen, wo ich bin, denn ich habe versprochen, es zu verschweigen.«

»Mein Kind, diese Vorsicht wird unnötig sein, wenn man dich, auf meine Fürsprache, begnadigt. Morgen schon sollst du nach Bouqueval zurückkehren, ohne deinen Schwur gebrochen zu haben.«

»Sie glauben, daß ich hoffen dürfte, durch Ihre Güte diesen Ort bald zu verlassen?«

»Du verdienst so viel Teilnahme, daß es mir sicherlich gelingen wird, und ich zweifle nicht, daß du übermorgen deine Wohltäter selbst wirst beruhigen können.«

In diesem Augenblick trat Madame Armand bestürzt ins Zimmer.

»Frau Marquise,« sagte sie zögernd, »es tut mir leid, Ihnen eine traurige Nachricht überbringen zu müssen.«

»Was ist geschehen?«

»Der Herzog von Lucenay ist da ... er kommt von Ihnen.«

»Mein Gott! Was bringt er?«

»Ich weiß es nicht, aber der Herr Herzog sagte, es sei etwas Furchtbares geschehen.«

»So führen Sie mich zu ihm!« rief Frau von Harville, indem sie weinend mit Madame Armand hinausging.